Kahawa

Du même auteur
dans la collection Rivages/Thriller

Aztèques Dansants
Faites-moi confiance
Histoire d'os
361
Moi, mentir?
Le Couperet
Smoke
Le Contrat
Au pire qu'est-ce qu'on risque?
Moisson noire (Anthologie sous la direction de D. Westlake)
Mauvaises nouvelles

en collection de poche

Drôles de frères (n° 19)
Levine (n° 26)
Un jumeaux singulier (n° 168)
Ordo (n° 221)
Aztèques Dansants (n° 266)
Faites-moi confiance (n° 309)
Trops humains (n° 340)
Histoire D'os (n° 347)
Le Couperet (n° 375)
Smoke (n° 400)
361 (n° 414)
Moi, mentir? (n° 422)

Sous le pseudonyme de Richard Stark

La Demoiselle (n° 41)
La Dame (n° 170)
Comeback (n° 415)
Backflash

Donald E. Westlake

Kahawa

Traduit de l'anglais (États-Unis)
par Jean-Patrick Manchette

Collection dirigée par
François Guérif

Rivages/noir

Titre original : *Kahawa*

Ce livre a déjà paru sous le même titre
aux Presses de la Cité en 1983

© 1981, 1982, Mantra Productions, Inc.
© 1997, Éditions Payot & Rivages
pour la présente édition
106, bd Saint-Germain – 75006 Paris

ISBN : 2-7436-0247-3
ISSN : 0764-7786

REMERCIEMENTS

Ma reconnaissance va d'abord et surtout à Dean Fraser, qui m'a splendidement fait partager ses connaissances et son expérience. Les Alexander a fait les ajouts nécessaires avec un optimisme sans faille, et Rich Barber, Knox Burger et Gary Salt m'ont apporté leur enthousiasme et leur professionnalisme.

C'est en ne citant pas leur nom en toutes lettres que je remercierai le mieux certaines personnes. Mon ami T.E.M. des chemins de fer (qui me fit connaître l'ouvrage de M.F. Hill, *The Permanent Way*) a été patient, serviable, et drôle. J.M. de l'Office du café a offert du thé et des renseignements. À Grosvenor Square, R.B. a été charmant et subtil, tandis que C.M. apportait des anecdotes et une jolie pépite de cuivre.

Ici, Brian Garfield, Gloria Hoye et Justin Scott ont donné d'excellents conseils pendant le travail, et Walter Kisly a relié deux rives au moment précis où c'était très nécessaire. Quant à Abby… elle sait ; elle sait.

PROLOGUE

Chacune des fourmis sortait du crâne en emportant une infime parcelle de cerveau. La double colonne d'insectes qui faisait la navette entre le cadavre et la fourmilière traversait en diagonale la piste humaine au bord de laquelle on avait jeté la femme assassinée. Tandis qu'une ombre traversait le soleil matinal, une douzaine de fourmis furent écrasées sous les pieds nus et calleux de six hommes qui cheminaient, venus de la route de Nawambwa et descendant vers le lac, chacun portant sur sa tête un sac de soixante kilos de café ; aucun de ces hommes décharnés ne devait lui-même peser beaucoup plus de soixante kilos. Les fourmis survivantes continuèrent insoucieusement leur transport. Les hommes aussi.

En contrebas, la piste s'achevait dans un enchevêtrement de végétation au bord de Macdonald Bay, et le lac Victoria s'apercevait par-delà la pointe de Bwagwe. Les six hommes laissèrent tomber leurs sacs de café et s'allongèrent pour une brève pause, les sacs en guise d'oreillers. Deux porteurs fumèrent une cigarette ; trois autres mâchaient de la tige de canne à sucre ; le sixième gratta des piqûres d'insectes autour de son orteil manquant.

Un hélicoptère passa, flap-flap, très bruyamm~~ les hommes devinrent absolument immobiles, le~~

levé à travers l'écran de branches et de feuillage, tandis que le grand appareil vert olive passait, comme un autocar qui eût porté un canotier. Il était du même type que les grands hélicoptères utilisés au Vietnam par les Américains pour déposer des troupes au combat, mais son marquage indiquait qu'il appartenait à l'armée ougandaise. Trois Noirs en treillis de combat genre américain étaient accroupis dans la vaste ouverture au flanc de l'hélico et scrutaient le lac.

Invisibles sur le bord de la piste, les six contrebandiers regardèrent et écoutèrent sans réagir jusqu'à ce que l'hélicoptère s'éloigne, tcheuf-tcheuf, en direction de l'ouest, vers l'île Buvuma. Puis ils se mirent tous à parler en même temps, avec un enthousiasme nerveux, affirmant que l'hélicoptère était un bon présage. Puisqu'il venait de patrouiller dans ce secteur, il n'y reviendrait sans doute pas avant un moment. Et quelle chance qu'ils ne fussent pas arrivés vingt minutes plus tôt ; alors ils se seraient trouvés sur l'eau, visibles et impuissants.

Puisque la chance était avec eux, il fallait la saisir. Les deux canots furent sortis de leur cachette – avec les carabines qui étaient dedans, et les moteurs hors-bord peu fiables fixés à l'arrière – et on les poussa dans l'eau. On chargea les sacs de café, trois hommes prirent place dans chaque canot, et l'on démarra lentement à travers la baie, vers le sud. Les moteurs puaient. Le soleil du matin, bas sur l'horizon oriental, allongeait les ombres sur les eaux tranquilles.

Quarante minutes plus tard ils avaient parcouru une vingtaine de kilomètres et se dirigeaient maintenant vers l'est, vers le mince détroit qui sépare l'île Sigulu de la côte et débouche dans Berkeley Bay. La frontière entre l'Ouganda et le Kenya – visible seulement sur les cartes – coupe en deux Berkeley Bay, et peu après se trouve Port Victoria, une ville toute petite et insignifiante. C'est là qu'ils comptaient débarquer. Il y avait un itinéraire de contrebande bien plus court, directement à travers Berkeley Bay, à partir de Majanji ou Lugala sur la rive ougandaise, mais cette année les patrouilles étaient nombreuses sur cette côte-là. Et comme beaucoup d'hélicoptères munis de projecteurs rôdaient la nuit sur la frontière, il était devenu moins dangereux de risquer la traversée diurne.

Les six hommes entendirent en même temps le tcheuf-tcheuf, malgré le crépitement nasillard des moteurs hors-bord, et par-dessus l'épaule ils virent l'énorme chose qui venait vers eux à travers les cieux, comme actionnée par des fils divins. Cette fois il n'était pas question d'y échapper ; on les avait vus, l'hélicoptère décrivait un cercle autour d'eux, l'ouverture de son flanc était pleine d'hommes qui les désignaient.

C'est avec des armes qu'ils les désignaient, et puis ils ouvrirent le feu. Les contrebandiers avaient envisagé d'être arrêtés, brutalisés, peut-être torturés, mais ils n'avaient pas envisagé de devenir des cibles dans une grande baignoire. Deux d'entre eux saisirent de vieux fusils Enfield dans le fond des canots et ripostèrent.

Les soldats, ne s'attendant pas à une résistance armée, volaient trop bas et trop près, pour mieux faire mouche sur leur proie facile. Au lieu de quoi deux des hommes de l'hélico reculèrent en titubant dans l'ombre de l'appareil, et un troisième dégringola comme un sac plein, voltigeant près de son arme et percutant l'eau. Comme si Dieu eût été dérangé dans son amusement, l'hélicoptère tressauta et s'éleva et fila vers le nord, vers la côte.

À présent les hommes dans les canots étaient terrorisés. Bientôt l'hélicoptère reviendrait, et peut-être d'autres appareils avec lui. On n'avait pas le temps de passer la frontière invisible et d'atteindre l'incertaine sûreté du Kenya. À gauche s'étendait la rive ougandaise, avec sa sombre succession de collines basses, mais les contrebandiers craignaient grandement d'y retourner. Droit devant se trouvait l'île Sigulu, quinze kilomètres de long et un ou deux de large, et couverte d'une végétation épaisse, mais les soldats devineraient cette cachette et auraient des heures et des heures pour y faire des recherches en pleine lumière. Sur la droite, un groupe de petites îles broussailleuses flottaient sur l'eau comme des pompons ; après un rapide colloque, les six hommes furent d'accord pour gagner l'un de ces îlots. Ils éventrèrent les sacs et déversèrent le café dans le lac, à la fois pour alléger les canots et pour qu'il leur soit possible de nier être des contrebandiers ; mais ils gardèrent les sacs, car c'étaient des hommes pauvres et économes.

Ils choisirent une île au hasard, hissèrent les canots loin de l'eau, et recouvrirent de feuillage les embarcations et eux-mêmes. Mais c'étaient des hommes qui n'avaient jamais été dans le ciel, et ils n'imaginaient pas quelles traces visibles les canots avaient faites dans la boue et les broussailles, pareilles à des flèches qui partaient du lac pour pointer sur leur cœur. Quand l'hélicoptère revint effectivement – moins d'une heure plus tard – et se posa sur l'île après une hésitation minime, ils se crurent victimes d'une diablerie.

L'officier de l'hélicoptère était extrêmement en colère. Quand les six hommes furent débusqués et alignés devant lui, il les frappa au visage avec les poings et leur lacéra les bras avec une branche. Ils avaient tué un de ses hommes et en avaient blessé deux autres ; c'était une humiliation personnelle, une honte publique, un mauvais coup contre ses espoirs d'avancement. C'était une tache sur son livret.

Les six hommes nièrent être des contrebandiers, ce qui ne fit qu'accroître la rage de l'officier. Il leur donna des coups de pied dans les jambes avec ses bottes

U.S. Army, tandis qu'à la porte de l'hélicoptère, un Blanc en uniforme l'observait, impassible. Et quand on eut trouvé les sacs à café vides, la fureur de l'officier devint froide et dangereuse. Il commanda que les six hommes s'allongent sur le ventre. Il commanda à ses soldats de verser de l'essence sur les sacs à café et de poser un sac sur chacun des prisonniers allongés. Puis il mit le feu personnellement. Dans la lumière du soleil, les flammes semblaient danser en l'air, légères et inoffensives, tandis que la brune toile de jute noircissait, devenait aussi noire que l'inscription au pochoir : le mot swahili *Kahawa*.

Les hommes se tordirent et hurlèrent sous leurs couvertures embrasées, et la fumée âcre monta dans le ciel clair tandis que l'homme blanc de l'hélicoptère allumait un cigare.

Les soldats détruisirent les canots avec des hachettes, et puis ils rembarquèrent dans l'hélicoptère qui s'en alla, à travers la colonne de fumée.

Cela se passait au début de mars 1977, et fut relaté le 5 avril dans le *Times* de Londres.

PREMIÈRE PARTIE

1

Lew Brady saisit l'homme de cent dix kilos, le fit basculer comme un sac de pommes de terre, et le projeta sur le matelas. Les deux autres assaillants en restèrent bouche bée, n'osant pas avancer.

— Alors, cocos, qu'est-ce qui ne va pas? demanda Lew.

Il en saisit un par son blouson de cuir ouvert, le fit pivoter, rabattit les épaules du blouson de sorte que le vêtement descendit sur les bras de l'homme et l'emprisonna comme une camisole, puis il le poussa contre l'autre type. Ils trébuchèrent tous deux, butèrent contre le matelas et tombèrent sur l'homme de cent dix kilos.

Les mains sur les hanches, Lew considéra l'amas de corps en fronçant les sourcils.

— Je me demande, dit-il. Vous feriez peut-être mieux d'adhérer au syndicat, bande de clowns.

— Monsieur Brady, c'est pas juste, dit un des autres types dans la salle. Vous avez de l'entraînement. Nous pas.

— C'est de *votre* entraînement qu'il s'agit, connards.
(Les trois hommes balancés sur le matelas commençaient à se défouler les uns contre les autres, à coups de
coude et de poing.) Suffit, là, suffit! (Lew se pencha
pour les séparer.) C'est *moi* qui vous dirai quand il faut
se battre.

Ils se mirent maladroitement sur pied et Lew les
repoussa au milieu des autres élèves : seize mecs adultes
et baraqués, tous l'air sombre et servile, comme une
équipe de football à la fin d'une saison sans victoires.

— Alignez-vous, commanda Lew. Face à la glace.

La vaste salle, au dernier étage d'un immeuble de
bureaux délabré dans les faubourgs de Valdez, Alaska,
était censée être une salle de répétition. Plusieurs cours
de danse se réunissaient là, ainsi qu'un club de yoga. Un
mur faisait miroir sur toute sa longueur. Il y avait un
piano dans un coin, et un amas de chaises pliantes dans
un autre. Une demi-douzaine de matelas pourris étaient
dispersés sur le sol. Les larges fenêtres donnaient sur un
parc de voitures d'occasion de l'autre côté de la rue.

Pendant les quatre premiers mois que Lew avait passés à Valdez, le temps de prononcer ça « Valdize »
comme les gens du coin, il avait semblé qu'il n'y avait là
aucun boulot correspondant à sa profession. Mais il avait
rencontré Alan Kampolska, propriétaire d'une petite
entreprise locale de transport routier, qui se faisait harceler par des « organisateurs » syndicaux attirés par la
construction de l'oléoduc. Les chauffeurs de Kampolska
étaient grands et forts, mais ils ne savaient pas se
conduire face à des commandos de malfrats.

C'est là que Lew entrait en scène, avec son expérience de Béret vert et de mercenaire en Afrique. Kampolska avait proposé de l'engager pour apprendre à ses
gars comment batailler contre les gros-bras syndicalistes.
Lew, qui s'emmerdait et se rongeait, avait accepté. Mais

le travail était dur et lent, pas du tout comme l'entraîne-ment des recrues à l'armée.

Le problème principal, c'était l'attitude intérieure. Dans la plupart des cours d'autodéfense, le boulot de l'instructeur est d'enseigner la confiance en soi à partir d'un chapelet de petites victoires. Mais ces gars-là étaient des bagarreurs et des casseurs, très capables de faire face à une situation difficile, et leur problème était qu'ils avaient soudain à affronter un ennemi trop vicieux et trop organisé pour eux. Ils avaient réagi par une sorte de stupeur blessée ; ils se croyaient déjà battus. Lew avait donc abandonné la méthode habituelle – l'encoura-gement systématique – et choisi une voie hétérodoxe : les faire suer jusqu'à ce que ça casse. S'il ne pouvait pas les mener à la confiance en soi par la bienveillance, peut-être pourrait-il les amener au respect de soi en leur tapant dessus. (Et, bien sûr, il en profitait pour passer ses nerfs.)

À présent, tandis que les seize hommes faisaient face à la glace d'un air grognon, Lew faisait les cent pas comme un sergent-chef – ce qu'il avait été souvent.

– Regardez-vous, commanda-t-il. Vous êtes une bande de gros salopards. On ne rigole pas avec vous. On vous croirait capables de chasser l'ours avec une batte de base-ball. Mais quand vous vous amenez ici, tout d'un coup vous n'êtes plus qu'une bande de ballerines.

– Vous êtes un professionnel, voilà. (C'était l'homme qui s'était déjà plaint qui se plaignait de nouveau.)

– Dites-moi la vérité, fit Lew en secouant la tête et en s'adressant à tous. Vous voulez jeter l'éponge, laisser tomber et adhérer au syndicat ?

– Non, dirent-ils. Merde, non, dirent certains. Au cul le syndicat, dirent d'autres.

Ce qui dénotait un bon moral, mais pas assez. Lew soupira et alla se planter face au type plaintif, un grand mec blanc nommé Bill, l'air sauvage, avec des tatouages et un chapeau de cow-boy en paille. Lew le regarda dans les yeux.

— Bill, si on se rencontrait dans un bar et si on se disputait, qu'est-ce que tu ferais ?

— Je vous mettrais mon poing, je suppose, marmonna Bill qui avait l'air morne d'un homme qui s'attend à avoir mal dans un instant.

— Et je ferais quoi ?

— Vous me prendriez au poignet, vous me feriez une clé dans le dos et vous me balanceriez dans le mur.

— Tu m'as vu faire ça.

— C'est sûr, dit Bill. (Les autres rigolèrent tous. Ils adoraient voir l'un d'entre eux se faire secouer les puces.)

— Bill, dit Lew, est-ce que tu le vois dans ton esprit, ce mouvement que je fais ?

— Mais oui. Je le vois *en rêve*.

— Alors *fais-le*.

Les traits massifs de Bill se renfrognèrent.

— J'sais pas. Je...

— Dans la rue, tu ne seras pas prévenu, lui dit Lew. Moi, je te préviens. Je vais te donner un coup de poing. Ou bien tu exécutes le mouvement, ou bien tu en prends plein la gueule.

— Seigneur, dit Bill, et Lew lui mit son poing dans la gueule, Bill s'assit sur le sol, tout le monde rigola, et Lew poussa un soupir.

Il se tourna vers un autre homme, mais ce qu'il voulait dire fut noyé dans le brusque rugissement d'un avion qui passait à basse altitude, juste au-dessus du toit. Dans la salle, tous rentrèrent instinctivement la tête dans les épaules jusqu'à ce que le rugissement se fût éloigné. Puis Lew vit ses élèves échanger des coups d'œil sagaces et amusés, et il secoua la tête.

Comme tous le savaient, il vivait avec un pilote nommé Ellen Gillespie qui travaillait pour la compagnie de construction de l'oléoduc. Elle passait toujours en vrombissant pour lui signaler son retour, afin qu'il aille la chercher en voiture à l'aéroport.

Du coup, il avait l'air de se faire mener par le bout du nez — et c'est pourquoi cette bande de clowns rigolait — mais les choses n'étaient pas du tout comme ça. Ellen était une fille de première classe ; ils s'entendaient formidablement ; tout allait très bien, ou aurait dû. Tout *irait* très bien s'il pouvait se dénicher un vrai boulot quelque part.

Bon. Le vrombissement s'était éloigné, et il avait encore cinq minutes avant de partir pour l'aéroport. Lew s'approcha de sa victime suivante, un Noir à la très large carrure nommé Woody.

— C'est bon, Woody. Tu connais le mouvement ?

— Oui, chef.

L'œil de Woody luisait ; il allait vraiment essayer, ce coup-ci. Lew espéra que l'homme allait réussir et remonter le moral de toute la bande. Il espéra aussi que Woody ne le projetterait pas dans le mur garni de miroir.

— Tu vas recevoir un coup de poing, dit-il et il prit son élan et il ressentit une vive douleur au tibia. Ouille, dit-il, perdant sa concentration, et Woody lui flanqua un bon coup de poing dans l'œil. *Ensuite* Lew décocha son propre coup ; Woody lui saisit le poing, le tordit, lui fit une clé dans le dos et le précipita contre le mur latéral.

Lew se redressa, se sentant soudain plus vieux et *très* fatigué, tandis que ses élèves poussaient des hurlements et des hourras et tapaient dans le dos de Woody. Le salaud lui avait donné un coup de pied dans le tibia !

— Voilà, dit Lew quand les cris de victoire et les congratulations s'éteignirent. Voilà ce dont je parlais, Woody, tu es le premier à avoir compris le truc. Réfléchissez-y, vous autres, et à demain.

Il demeura raide comme un coup de trique pendant que les élèves s'en allaient lentement en bavardant et en rigolant et en proposant de payer à Woody une infinité de bières. Puis, enfin seul, il s'autorisa à grogner et à se frotter aux divers endroits où ça faisait mal.

— Quelque chose, marmonna-t-il en se massant et en boitillant vers sa veste posée sur une des chaises pliantes. Quelque chose d'autre, grommela-t-il dans la laine musquée du chandail qu'il enfilait. Il faut que quelque chose se présente.

2

Baron Chase arpentait la chambre d'hôtel comme un capitaine pirate sa passerelle. C'était un homme si enfoncé dans la vilenie que les signes de sa propre malfaisance n'étaient plus pour lui que des sujets d'amusement.

— Je parle, dit-il, de voler un train.

— Il faut excuser mon anglais, demanda Mazar Balim (qui parlait mieux anglais que la plupart des hommes de toutes nationalités). Vous suggérez l'attaque d'un train ? En vue de le détrousser ? (Commerçant aisé de cinquante-trois ans, il était assis sur le lit, le corps rondelet, les jambes courtes, tel Humpty Dumpty, et considérait Chase en clignant des yeux.)

— Je suggère de *voler* un train en vue de s'en emparer, dit Baron Chase en souriant derrière son cigare.

Assuré de sa puissance, laissant Balim réfléchir un instant, il suspendit son va-et-vient pour regarder par l'étroite fenêtre à jalousie. Elle donnait sur la ruelle menant à Standard Street, où passait une femme en haillons, portant sur sa tête, dans le soleil éclatant, un baril rouillé de vingt litres, plein de bouts de bois et de métal.

En prenant cette chambre modeste sur les arrières du New Stanley Hotel, loin des bavardages du Café Thorntree et de la circulation bruyante de Kimathi Street, Chase s'était inscrit sous le nom de James Martin, citoyen américain, d'Akron, Ohio, représentant la Compagnie Monogram de pneus de cette ville, et il avait produit un passeport, une carte de l'American Express et d'autres documents prouvant son identité. Pourtant il n'avait pas osé rencontrer Balim au bar du premier étage ni au café en terrasse, comme «James Martin» eût fait normalement. Il était forcé de discuter de son plan ici, dans cette pièce claustrophobique, avec un seul fauteuil confortable que Chase dédaignait, tandis que Balim, comme un gros garçonnet servile, était assis au bord du lit et le considérait avec des yeux ronds et patients.

Il y a plusieurs hôtels de première classe à Nairobi, mais aucun des autres n'aurait fait l'affaire. Le Hilton et l'Intercontinental abritent des groupes de touristes, surtout des Américains mais aussi des Européens, tandis que le Norfolk reçoit les Britanniques en qui survit l'esprit de l'empire colonial, ainsi que ce genre de Scandinaves et d'Allemands qui aiment faire semblant d'être anglais. Dans les bars et les restaurants de ces hôtels, tous les clients sont blancs. Au New Stanley seulement, l'hôtel des hommes d'affaires, l'hôtel des politiciens et des journalistes, les clients – et leurs visiteurs – sont un mélange de Noirs et de Blancs et d'Asiatiques.

Mais même ici Chase devait être précautionneux. Il y avait trop de risques, dans n'importe quel lieu public, qu'il soit reconnu par un journaliste ou un fonctionnaire, non pas en tant que James Martin, représentant en pneus, mais en tant que Baron Chase, Canadien de naissance mais maintenant citoyen ougandais, membre officiel du gouvernement ougandais et conseiller spécial d'Idi Amin en personne. Sa présence ici à Nairobi, en conversation

avec un homme d'affaires asiate et ex-ougandais, soulè-
verait forcément des questions ; et si les questions arrivaient aux oreilles d'Amin, il serait trop tard pour y
répondre.

— Où est ce train ?

Se détournant de la fenêtre, ôtant de sa bouche le
cigare apporté de Kampala, Chase se permit d'avoir l'air
à la fois surpris et amusé.

— *Où* est-il ? Vous ne voulez pas savoir ce qu'il transporte ?

— Pas forcément, dit Balim. Je suis un homme d'affaires, monsieur Chase, c'est-à-dire un genre de voleur
minime et très prudent. Je suis disposé à demeurer
minime et prudent toute ma vie. J'ai connu suffisamment
de drames en 72.

Cinq ans auparavant, en 1972, Amin avait chassé
d'Ouganda les soixante mille citoyens d'origine asia-
tique nés et résidant dans le pays, et il les avait forcés à
laisser derrière eux tous leurs biens et propriétés personnelles, sauf une somme d'argent liquide équivalant à
cent dollars américains. Balim faisait partie des
expulsés ; comme son commerce s'était auparavant
étendu au Kenya, il s'en était mieux tiré que la plupart.

— C'était avant que je sois là, dit Chase. Je n'ai rien à
y voir.

— Vous y auriez participé. (Balim haussa les
épaules.) Peu importe.

— En 72, j'étais en Angola, dit Chase. Je travaillais
pour telle ou telle faction.

— Ou même pour deux groupes à la fois, suggéra
Balim.

— Le train transporte du café, dit Chase dont les joues
grises gonflèrent tandis qu'il tirait sur son cigare. Au
cours actuel, pour environ dix-huit millions de livres
sterling.

— Trente-six millions de dollars. (Balim hocha la tête.) Un train plein de café. La frontière entre l'Ouganda et le Kenya est fermée.

— Bien sûr.

— C'est du café ougandais.

— Un transport aérien est prévu, expliqua Chase. À partir d'Entebbe. Il est mis en place par un consortium anglo-suisse, qui revend aux Brésiliens pour couvrir leur déficit.

— Ma connaissance du monde ne s'étend pas jusqu'en Amérique du Sud, dit Balim. Excusez-moi. Pourquoi le Brésil aurait-il un déficit de café ?

— Leur récolte a gelé.

Balim soupira :

— La diarrhée divine frappe partout avec une juste égalité.

— Le train traversera les hauteurs du Nord, déclara Chase. Il s'arrêtera dans chaque plantation pour embarquer la récolte. Avant d'atteindre Tororo, il sera plein. Ensuite il suit la voie principale vers l'ouest, jusqu'à Entebbe.

Balim tapota ses genoux ronds avec ses paumes onctueuses. Ses yeux brillaient en regardant Chase.

— Et quelque part sur la ligne, dit-il, entre Tororo et Entebbe, quelque chose se passe.

— Le train n'atteindra jamais Jinja, dit Chase.

— Ah, Jinja. (Un instant Balim eut l'air nostalgique.) Très jolie ville, Jinja. Un ami à moi y avait autrefois une ferme de week-end. Un verger. Ça n'existe plus, j'imagine. Qu'arrive-t-il à ce train avant qu'il atteigne Jinja ?

— Vous le volez.

— Ho-ho, fit Balim dont seule la bouche riait. Certes non, monsieur Chase. Non, non. Mazar Balim n'est pas un cow-boy ni un para.

23

— Mazar Balim, déclara Chase, est un meneur d'hommes. Vous avez des employés.

— Des secrétaires. Des comptables. Des chauffeurs. Des manutentionnaires.

— Frank Lanigan.

Balim se figea, fronça les sourcils, contemplant l'étroite fenêtre ouverte derrière Chase. On entendait vaguement les bruits de la rue.

— Frank Lanigan n'a pas discuté cette affaire avec vous, dit enfin Balim.

Chase avait remis son cigare au coin de sa bouche, et il sourit, découvrant des dents jaunes.

— Vous paraissez bien sûr de vous. Vous pensez que Frank Lanigan ne me parlerait pas sans vous en avertir ?

— Frank ne vous parlerait pas du tout, dit Balim. Frank ne vous aime pas.

Une petite bouffée de fumée voila le visage de Chase ; quand elle se dissipa l'homme était paisible et souriant.

— Voler un train, ça lui plairait, à Frank.

— Il est effectivement comme ça, approuva Balim en hochant la tête. Un peu gamin.

— Je connais Frank depuis vingt ans, dit Chase. Depuis le Katanga. Il est idiot, mais il fait le boulot.

— Mais quel est votre intérêt personnel dans ce travail-ci, dans ce vol de train ?

— L'argent. (Chase sourit.)

— Idi Amin ne vous paie pas bien ?

— Très bien. En shillings ougandais. Et je ne peux pas en sortir beaucoup du pays.

— Ah.

— Je vais vous parler franchement, monsieur Balim, dit Chase avec l'air convaincu d'un homme qui parle rarement en toute franchise : Idi Amin est au bout du rouleau.

— Qui pourrait le renverser ? (Balim manifestait de l'étonnement.)

— Le monde, dit Chase. Quand vous tuez un archevêque, les vertueux se dressent et vous écrasent.

L'archevêque anglican Janani Luwum avait été assassiné tout récemment.

— Vous ne croyez pas qu'on passera l'éponge là-dessus ? demanda Balim.

— Il y a trop de choses à éponger. Il devient de plus en plus cinglé. Il pourrait même s'en prendre à moi, un de ces jours.

— Pénible situation.

— J'ai quarante-neuf ans, dit Chase. Quand je me suis engagé sous Tschombé au Katanga, j'étais un môme de vingt ans. Je n'avais pas de rhumatismes, je pouvais tenir sans dormir pendant des jours, et quel que soit le nombre de gens qui tombaient autour de moi, je savais que j'étais immortel.

— On songe à sa retraite, fit Balim avec un sourire espiègle. Un jardin de roses. Peut-être même un livre de souvenirs ?

— Je veux me retirer avec autre chose que des souvenirs, dit Chase et sa sauvagerie secrète apparut un instant. J'ai passé la moitié de ma vie sur ce putain de continent. Je veux emporter quelque chose en partant.

Balim changea légèrement de position au bord du lit, comme si la brutalité de Chase choquait sa sociabilité.

— Je vois, déclara-t-il sur un ton délibérément neutre et commercial, que je suis l'homme adéquat pour ce que vous envisagez.

— Exact. (La neutralité de Balim avait calmé Chase.) Je suis en position d'organiser l'affaire. Vous avez au Kenya les contacts commerciaux permettant de remettre le café sur le marché par des voies légales. Vous pouvez financer Frank Lanigan pour exécuter le coup. Vous pouvez me faire verser ma part en Suisse. Et vous avez une raison d'agir, encore plus forte que l'argent.

— Moi? (Cette fois l'étonnement de Balim était assurément sincère.) Une raison plus forte que l'argent? Qui serait quoi, grands dieux?

— Une revanche, dit Chase. La plupart de ces plantations de café appartenaient naguère à des Asiates comme vous.

— Qui les avaient volées aux Blancs en fuite en 1962, fit remarquer Balim.

Chase agita son cigare avec irritation; de la cendre blanche tomba sur le tapis.

— Ce qu'il y a, c'est qu'Amin les a volées en 72, quand il vous a foutus dehors, vous et votre communauté. C'est le café d'Amin. C'est l'argent personnel d'Amin. Vous êtes en mesure de le baiser.

— Ma foi, ma foi, dit Balim en se levant et en lissant son pantalon propret et rond. Vous comprenez que je ne puisse vous répondre immédiatement.

— Le train fera son trajet dans trois mois.

— Vous me donnez beaucoup à penser, dit Balim. Y compris l'idée que vous me jugez suffisamment digne de confiance pour que je mette votre part en banque.

Chase ôta le cigare de ses dents, et son sourire fut comme les crocs découverts d'un loup.

— Mon ami, vous n'êtes pas un feu follet, observa-t-il. Vous possédez des demeures, des magasins, des entrepôts. Vous savez très bien, si vous me doublez, comme il me sera facile de vous retrouver.

— Je vois, dit Balim. Ainsi parle l'homme qui croit la vengeance plus importante que l'argent. Je vois tout à fait. Nous reparlerons. Très bientôt.

3

Frank Lanigan conduisait la Land Rover sur la nationale A 1, regagnant Kisumu. Frank – quarante-deux ans, une large mâchoire, une charpente massive, les mains comme des battoirs – pilotait comme si le véhicule était une mule rétive, poussant et tirant sur le levier de vitesses, écrasant les pédales sous ses pieds bottés, malmenant le volant, grognant chaque fois que les nids-de-poule de la chaussée le faisaient sauter en l'air et retomber sur le siège-baquet sans ressorts. Durant les derniers cent vingt kilomètres de mauvaise route, le toit de la Land Rover lui avait enfoncé jusqu'aux oreilles son chapeau de brousse à larges bords, ajoutant une migraine à toutes ses autres douleurs physiques et à son état général de crasse et de délabrement. Il était plus que temps de rentrer à Kisumu.

Frank s'était absenté trois jours, montant à Eldoret où l'inspecteur provincial du Service des poids et mesures s'était mis à refuser les pots-de-vin. Ça, c'était le genre d'activité que Frank Lanigan aimait le moins ; qu'on lui donne une bagarre, une guerre, même un fossé à creuser, n'importe quoi valait mieux qu'une mission diplomatique. Surtout auprès d'un petit fonctionnaire avide.

Sur le siège du passager, le Noir calamiteux nommé Charlie s'accrochait d'une main, rebondissait en tous sens comme une balle de jokari au bout de son fil, souriait vaguement, mâchait de la canne à sucre, et crachait sur le plancher entre ses pieds. Et parfois sur ses pieds.

— Crache par la fenêtre ! hurla Frank.

— La poussière, expliqua Charlie avec un flegme parfait.

Frank ne savait pas si Charlie était toujours à jeun ou perpétuellement défoncé ; tout ce qu'il savait, c'est qu'il aurait voulu n'avoir jamais connu Charlie. L'homme était un salopard, crasseux, irresponsable, puant et fourbe. À la différence des Luo, la tribu locale de cette région du Kenya, qui étaient des gens sérieux et laborieux (d'ailleurs un peu bornés), Charlie était un Kikuyu intelligent et finaud du territoire Mau, de la tribu qui avait rendu les Mau-Mau fameux. Un Britannique, Sir Gerald Portal, avait parfaitement formulé la chose en 1893 : «La seule façon de traiter les Kikuyu, individuellement ou en masse, c'est de tirer à vue.»

Il était trop tard pour tirer Charlie à vue ; Frank le voyait depuis maintenant trois ans, et la familiarité avait établi entre eux une espèce de trêve incertaine, sans que chacun fasse le moindre effort pour cacher son mépris pour l'autre.

Et somme toute Charlie avait son utilité. M. Balim avait dit à Frank d'emmener le petit salaud à Eldoret comme interprète et assistant, et comme d'habitude M. Balim avait eu raison. C'est Charlie, en jabotant avec les *wananchi* du cru, qui avait découvert la raison de l'instabilité de l'inspecteur provincial : une femme, bien sûr, impatiente et avide et frustrée. Et c'est Charlie qui était allé trouver la femme hier soir et l'avait menacée avec un couteau en lui promettant de *ne pas* la tuer. Ce matin l'inspecteur avait brusquement retrouvé sa voie, et maintenant Frank pouvait rentrer à Kisumu, faire son rapport à M. Balim, et puis regagner la maison, se laver, boire une bière White Cap (ou deux, peut-être), manger un steak dans son patio couvert de treillis antimoustique, aller au pieu avec deux servantes pour lui tenir compagnie, et se débarrasser des douleurs et des crampes qui lui pesaient sur le système.

Il y avait un passage à niveau juste à l'entrée de la ville, et du diable si la barrière ne s'abaissa pas, avec ses clignotants rouges à la con, à l'instant où Frank arrivait sur cette saleté. Il arrêta la voiture dans un couinement de freins, puis demeura immobile à transpirer sous le soleil tandis que la traînée de poussière l'enveloppait doucement. Charlie se cracha négligemment sur la chemise.

— Mon Dieu, donnez-moi la force, dit Frank.

En face, de l'autre côté des voies, luisait une berline bleu sombre Mercedes-Benz 300, le véhicule de prédilection des indigènes qui avaient réussi, dans cette partie du monde. Le chauffeur, casquette et veste noires, d'énormes lunettes de soleil lui cachant la moitié de la figure, se tenait fermement derrière le volant, rêvant peut-être au jour où il aurait son propre chauffeur et sa Mercedes, plus loin sur la route de l'avenir. Derrière lui, le ou les passagers étaient invisibles dans l'ombre ; peut-être un officiel, ou un entrepreneur habile ayant des contacts officiels, ou un contrebandier encore plus habile, ou bien une femme à la coiffure sophistiquée appartenant à l'un des messieurs ci-dessus. (Comme beaucoup des noms tribaux d'Afrique orientale comportent au pluriel le préfixe « Wa » — Wakamba, Wa-Kwavi, Wateita, Wa-Nyika, même Wa-Kikuyu — et comme la Mercedes-Benz était l'invariable symbole de victoire des gagneurs, les indigènes donnaient à ces vainqueurs détribalisés un nom tribal ironique : les Wa-Benzi. Appeler l'un d'eux ainsi dans la conversation, c'était une injure mortelle. Il n'allait pas vous sauter dessus avec un couteau ou à coups de poing, non ; il patienterait et vous détruirait plus tard, par une manœuvre indirecte d'homme blanc.)

Le train, quand il apparut enfin, était un convoi de marchandises, très lent, tiré par une locomotive à vapeur Garratt. Par-delà les wagons qui roulaient, Kisumu était accroupetonnée dans le soleil brûlant, ville basse, miteuse, couleur de sable, ville de commerce, aussi laide et fonctionnelle qu'une prison, port équatorial minable semblable à des douzaines d'autres sur la ceinture du globe, sauf qu'au lieu de l'océan elle donnait sur un lac, le lac Victoria, le deuxième plus grand lac du monde — de la taille de l'Écosse — et la source du Nil, bordé par l'Ouganda, le Kenya, la Tanzanie. Kisumu, desservie à l'est par le chemin de fer, et à l'ouest par une infinité de bateaux marchands, était le lieu de passage d'une formidable quantité de richesses, mais n'en montrait strictement rien.

Tandis que le fourgon de queue, vert et rouillé, passait enfin, et que les barrières se relevaient, Charlie se déplia soudain, quittant son siège et abandonnant la Land Rover.

— Au revoir.

— Au revoir?

Frank, avec une irritation habituelle, regarda Charlie partir vers le sud le long des voies, vers ses buts insondables. Autrefois sa chemise était blanche. Son pantalon, trop large, le derrière informe, et coupé à présent juste au-dessous du genou, était autrefois noir et appartenait sans doute à quelque missionnaire ou croque-mort des hautes terres. Ses jambes, qui s'étiraient en ciseaux quand il marchait, avaient l'air pleines de boutons de porte.

— Ce que j'aimerais savoir, dit Frank à haute voix (ça faisait plusieurs années qu'il se parlait à lui-même sans s'être heurté à un désaccord ni à l'envie d'arrêter), c'est pourquoi, s'il ne voulait pas traverser la voie, il est resté dix minutes dans cette bagnole à attendre que le train passe.

Il n'y eut pas de réponse. Avec Charlie, il n'y avait jamais de réponse. Frank secoua la tête, et la voiture derrière lui klaxonna impatiemment tandis que la Mercedes-Benz avançait. À l'arrière étaient assis deux Wa-Benzi, deux hommes en complet et cravate, pleins de leur propre importance, qui discutaient devant des papiers tirés d'une enveloppe kraft. Frank engagea brutalement la première, talonna l'accélérateur, et la Land Rover bondit en tanguant à travers les rails.

L'entreprise de M. Balim, maintenant que ses biens à Kampala et à Luzira avaient été confisqués par Idi Amin, avait son cœur dans deux bâtiments longs et bas de Kisiani Street, construits sans plan défini, en parpaings de ciment avec une façade crépie. Ils abritaient des magasins sur rue, des bureaux et des entrepôts, ainsi qu'une vaste cour sur les arrières, et l'un d'eux et la moitié de l'autre étaient d'un bleu passé et inégal, grâce à une peinture dont M. Balim avait jadis été le concessionnaire, mais on ne l'avait pas payé. On s'était trouvé à court de peinture, de sorte que l'arrière et le mur de droite d'un des bâtiments restaient de la couleur normale à Kisumu : un brun pâle décoloré par le soleil.

Luttant contre son volant avec les deux mains et les deux genoux, Frank fit sèchement virer la Land Rover dans le passage entre les deux bâtiments. Les murs portaient les traces de ses impatiences antérieures, mais cette fois-ci il eut la chance de ne rien heurter et poursuivit son chemin, arrêtant sauvagement le véhicule sur son emplacement normal de stationnement, près du grillage électrifié qui fermait l'arrière des lieux.

Se dirigeant vers le bâtiment de droite, celui qui abritait les bureaux, Frank passa devant deux employés en combinaison penchés sur un moteur hors-bord rouillé et qui pointaient sur lui des burettes et des tournevis en marmonnant en langue luo. Sur la gauche, un autre employé changeait un pneu de camion avec enthousiasme, à l'aide d'un marteau de forgeron. Deux autres s'étiraient tranquillement contre le mur, attendant l'urgence qui conviendrait le mieux à leurs talents. Frank tenta de cracher dans le sable pour exprimer son sentiment sur ces gens-là, mais il avait la bouche très sèche ; il se contenta d'un regard écœuré et entra.

Derrière son bureau dans l'antichambre, Isaac Otera aussi semblait écœuré, et parlait à quelqu'un au téléphone, avec une patience lasse :

— Nous avons un principe, dit-il et ce n'était manifestement pas la première fois qu'il le disait. Nous ne payons pas des marchandises que nous n'avons pas vues.

Frank, avec un petit geste de la main, se dirigea vers le bureau de Balim, mais Isaac agita négativement les doigts sans cesser de donner des explications dans le téléphone.

Non ? Frank regarda la porte fermée. Est-ce que Balim était là-dedans avec quelqu'un ? Il ne pouvait pas demander à Isaac avant la fin du coup de fil, il alla donc dans le couloir et acheta deux Seven-Up au distributeur automatique. Il s'en déversa un sur la tête ; il but l'autre. Puis il retourna dans les bureaux et s'assit sur une banquette en face d'Isaac, en se frottant le nez avec le dos de la main ; ça le chatouillait à cause du Seven-Up.

Isaac avait sans doute affaire à quelqu'un du gouvernement ; ou bien il n'y aurait pas passé si longtemps. Mais c'était bon ; la patience face aux officiels, Isaac était né pour ça.

Comme Balim, Isaac Otera était un réfugié ougandais. Membre de la tribu langi, dans le nord du pays, il avait eu une bonne éducation à l'université de Makerere et avait commencé de travailler dans la Commission foncière ougandaise, une douzaine d'années plus tôt, à l'âge de vingt-deux ans. Il était par nature un Wa-Benzi, un type grand et beau, intelligent et instruit, avec un goût respectueux pour la culture du Nord, et dans un monde rationnel il aurait encore été ce qu'il était trois ans auparavant : une sorte de sous-secrétaire adjoint quelque part dans l'appareil administratif, pas encore propriétaire d'une Mercedes, mais possédant au moins une Ford Cortina.

Mais l'Ouganda d'Idi Amin était le contraire d'un monde rationnel. Les Langi étaient une des deux tribus qu'Amin détestait le plus, et contre qui il avait établi des listes meurtrières de milliers de noms. Trois ans auparavant, revenant en voiture à Kampala après une conférence qui s'était indûment prolongée à Jinja, Isaac avait eu une panne dans sa Ford Cortina. Avec quelque difficulté, il avait trouvé un garagiste pour l'aider à réparer, et un téléphone pour appeler chez lui et dire à sa femme et ses deux filles qu'il serait en retard. Il ne s'était pas inquiété quand ça n'avait pas répondu, car le téléphone fonctionnait de manière précaire ; il avait supposé qu'il était en dérangement. Quand il était finalement rentré chez lui, avec trois heures de retard, toutes les lumières étaient allumées mais la maison semblait vide. Isaac parcourut les pièces, appelant, jusqu'au moment où il vit la tache de sang sur la poignée de porte de la cave. Il lui fut impossible de toucher cette poignée, d'ouvrir la porte et de regarder ce qu'il y avait derrière. Prenant ce qu'il put trouver d'argent, et deux chandails, il sortit dans les champs derrière la maison et attendit. Quelque temps après minuit deux voitures s'arrêtèrent dehors et plusieurs hommes en sortirent et pénétrèrent dans la maison par-devant et par-derrière. Après un temps, beaucoup de coups de feu s'entendirent à l'intérieur : des tirs de pistolet-mitrailleur et des détonations d'automatique. Plusieurs lampes explosèrent. Puis les hommes repartirent dans leurs voitures, laissant allumées les ampoules qui restaient. Isaac s'éloigna en rampant et atteignit la maison d'un ami qui le conduisit avant l'aube jusqu'à Tororo et la frontière du Kenya.

À présent Isaac était le bras droit de Mazar Balim pour les questions intérieures, de même que Frank était son bras droit à l'extérieur. Tandis que Frank s'occupait des pots-de-vin et des vols, et des violences occasionnelles des malfrats qui croyaient lucratif de s'attaquer à un commerçant asiate, Isaac discutait avec les bureaucrates du gouvernement, des chemins de fer, de l'aviation, il conférait avec les représentants de sociétés américaines ou européennes qui proposaient des marchandises, il s'occupait des taxes et des droits de douane et des quotas d'importation. Il faut un bureaucrate pour coincer les bureaucrates ; le père Balim savait ce qu'il faisait, à tous les coups.

La conversation téléphonique ne s'acheva pas vraiment. Comme la plupart des contacts de ce genre, elle se désagrégea en propos vagues et évasifs. Comme d'habitude, Isaac usa son adversaire, et il y avait une petite lueur de triomphe dans son œil quand il raccrocha enfin.

— Vous êtes poussiéreux, dit-il.

— Je pue, déclara Frank avec précision, et il fit un geste vers la porte. Qui est-ce qu'il y a là-dedans avec le patron ?

— Personne. M. Balim n'est pas là.

— Pas là ? (Frank se leva avec agitation, rajustant sa ceinture sur sa taille trempée de sueur.) Où est-il ?

— Il a pris l'avion pour Nairobi ce matin. Je l'attends…

La porte s'ouvrit et un employé passa sa tête noire et parla vivement à Isaac qui lui répondit avec une rapidité égale. L'employé disparut et Isaac se retourna vers Frank :

— Il arrive.

— C'est ça que l'autre a dit ?

Frank était agacé que les indigènes tiennent encore à parler swahili, après avoir passé un siècle avec les

Anglais. Si encore le swahili avait été leur langue maternelle! Mais ils avaient tous des dialectes tribaux, des centaines de dialectes à travers l'Afrique centrale et orientale. Le swahili n'était même pas un vrai langage, si on y réfléchissait. Même le mot *swahili* venait du mot arabe *sawahil*, qui veut dire «côte». Quand les Arabes fondèrent leurs villes commerçantes à Zanzibar et Mombasa et ailleurs sur la côte d'Afrique orientale au XVIIᵉ siècle, et se marièrent avec les diverses tribus bantoues qui vivaient là, cette langue bâtarde s'était formée, avec une syntaxe bantoue et un mélange de vocabulaire tribal et arabe. Ce yiddish africain avait été transporté vers l'ouest, sur quinze cents kilomètres de continent, par les caravanes esclavagistes arabes pendant leurs sanglantes récoltes d'hommes, de sorte que, même à présent, si par exemple un Nandi voulait converser avec un Acholi, c'était toujours ce satané swahili qu'ils utilisaient.

Frank avait roulé sa bosse en Afrique pendant près de vingt ans, depuis l'affaire katangaise, et il avait mis un point d'honneur à refuser d'apprendre le swahili. Il en savait assez pour se débrouiller à la parade ou au combat — «Des munitions ici», «Baissez la tête, bande de cons», «À qui est ce pied?» — mais pas davantage. Que les Bantous apprennent l'anglais, bon sang, comme des civilisés.

Mazar Balim entra, l'air fripé mais tranquille.

— La route de l'aéroport continue de se dégrader, dit-il. On ne pourra bientôt plus expédier d'ampoules électriques.

— Ni de bière, dit Isaac.

— Comment c'était, à Nairobi? demanda Frank qui ne pouvait refréner sa curiosité.

— Une ville très excitée. Et ici, des problèmes, Isaac?

— Rien d'urgent.

— Bien. Entrez, Frank. Vous avez l'air très poussiéreux ; vous êtes passé chez vous ?

— Pas encore.

Frank suivit Balim dans une pièce petite mais confortable où des armoires de classement bloquaient toutes les
fenêtres, sauf une où saillait comme une tumeur le condi-
tionneur d'air que Balim mit aussitôt en marche.

— Notre ami d'Eldoret est de nouveau notre ami, je
présume, dit-il en se faufilant à travers le fouillis pour
s'asseoir au bureau dans le vieux siège en bois pivotant ;
les deux châles jetés sur ce siège étaient si élimés qu'ils
n'avaient pratiquement plus de couleur.

Frank ferma la porte de communication et tomba
comme un roman abandonné sur le fauteuil de vinyle
marron devant le bureau.

— Tout est réglé, déclara-t-il avant de donner de l'affaire un compte rendu qui ne rendait absolument pas justice à Charlie.

— C'est bien, fit enfin Balim en hochant la tête. Je
savais que vous et Charlie seriez efficaces.

— Mmh, dit Frank.

— Autre question, dit Balim. Que pensez-vous de la
contrebande de café à partir de l'Ouganda ?

— Ça rapporte. (Le Seven-Up de ses cheveux, séchant
dans l'air conditionné, lui chatouillait la tête.) C'est dangereux. Ça n'est pas une affaire à long terme.

— Certes. (Balim sourit comme si un élève intelligent
avait de nouveau manifesté un esprit prometteur.) Mais
s'il s'agissait d'une opération unique et extrêmement
lucrative ?

— Ça dépend des circonstances. Vous êtes sur un
coup, hé ?

— Ça dépend des circonstances. J'aimerais que vous
étudiiez la situation.

— O.K.

Balim remua des papiers sur son bureau, non pas comme s'il cherchait quelque chose de particulier, mais plutôt comme s'il s'assurait de son identité et de sa puissance.

— Cette tâche, déclara-t-il, occupera certainement beaucoup de votre temps.

— Jusqu'à quand?

— Pendant trois mois, peut-être plus. Connaîtriez-vous quelqu'un que vous pourriez engager, à titre temporaire, pour remplir une partie de vos emplois?

— Un affreux?

— Un homme blanc, oui. *Un vieil affreux d'Afrique*, précisa Balim en jouissant manifestement de sa lourde ironie.

— Il n'y a pas tellement de guerres en cours en ce moment, dit Frank. Je vais passer le mot, je trouverai quelqu'un.

— Quelqu'un en qui vous ayez confiance.

— Allons, allons, voyons! fit Frank en ricanant.

— Je vous fais mes plus plates excuses. (Balim ricana à son tour, à sa façon.) Bien sûr, je voulais dire, quelqu'un dont vous savez *jusqu'à quel point* vous pouvez lui faire confiance.

— Ça peut se faire.

Frank se remit sur pied, étirant ses articulations nouées, grattant les gouttelettes cristallines de ses cheveux.

— Il vous intéressera peut-être de savoir qui nous a proposé cette opération, dit Balim.

— Je connais?

— Un vieil ami. (Balim leva le doigt et rectifia:) Non, je fais encore erreur. Une vieille connaissance.

— Qui?

— Baron Chase.

Frank cessa de se gratter, oubliant la démangeaison du Seven-Up.

— *Ce fumier-là?* Vous comptez traiter avec *Baron Chase?*

— C'est pourquoi, dit Balim, je veux votre entière vigilance dans la période qui vient.

— Il vous faudra davantage que moi, déclara Frank. Il vous faudra un ange du Seigneur envoyé spécialement. Chase ferait fondre sa grand-mère si elle avait les cheveux argentés.

— Je vous crois sur parole, fit Balim en haussant les épaules. Mais je suis mû par mon avidité de pauvre commerçant. Il nous a proposé un convoi de chemin de fer, un train de marchandises, un train entier plein de café de grande valeur. Je veux ce café et je dois donc traiter avec Baron Chase. Mais seulement en vous ayant toujours auprès de moi, Frank. (Balim sourit et agita le doigt.) C'est pourquoi il est si important que vous trouviez vraiment l'homme qu'il faut pour vous assister. Faites votre choix avec soin, Frank.

4

Devant l'aéroport international de Valdez, Lew Brady était assis dans une Chevrolet Impala de cinq ans d'âge et sentait l'air sec du chauffage lui détruire l'intérieur du nez, tout en regardant le Cherokee d'Ellen Gillespie qui roulait vers sa niche. Bien qu'on fût presque en avril, Lew continuait de considérer le temps comme hivernal.

— Je suis en train de geler à mort ici, marmonna-t-il. Les Alaskiens sont fous.

Ça n'arrangea rien qu'Ellen sorte de l'avion en corsage lavande à manches courtes et en pantalon de toile kaki. Elle traversa le gazon mal rasé en souriant et en faisant signe. Grande et svelte, des cheveux courts d'un blond sombre, elle avait un long visage anguleux où la beauté et l'efficacité se mêlaient de telle manière que Lew en restait ahuri de désir.

Ellen avait vingt-huit ans. Elle était la fille d'un pilote de ligne qui lui avait appris à voler quand elle était encore adolescente. Elle avait sa licence de pilote de long-courrier à réaction, mais elle ne voulait pas passer des années à faire son apprentissage comme navigateur et technicienne, et sa jeunesse et son sexe la confinaient dans des emplois inférieurs à ses qualifications : pilote de court-courrier en Floride, vols publicitaires en Californie, elle avait même remorqué une banderole vantant un produit anti-coups de soleil dans la brume bleue estivale de Fire Island.

C'est pendant ce dernier boulot qu'elle avait rencontré Lew. Après six ans et demi d'Afrique, et de guerres — du Tchad à l'Angola, de l'Éthiopie au Biafra : du nord au sud et de l'est à l'ouest — Lew s'était soudain trouvé à court de conflits africains et avait accepté de partir à une demi-mappemonde de distance, dans les Caraïbes, pour entraîner des forces antiguérilla sur une des plus petites îles de l'archipel.

Le meilleur itinéraire pour y aller passait par Amsterdam et New York, et c'est à New York qu'un message avait intercepté Lew ; son employeur — un gouvernement — venait d'être renversé avant qu'il n'arrive et ne puisse entraîner quiconque à le défendre.

De nouveau chômeur, Lew avait contacté un pilote qu'il avait connu en Afrique et qui travaillait maintenant pour une compagnie de court-courriers entre New York et la baie de Chesapeake, basée à l'aérodrome de Flushing (Queens). Sur cet aéroport, Lew avait vu pour la première fois cette belle femme pilote, qui revenait de ses vols publicitaires du jour, et il avait aussitôt été accroché.

Elle eut d'abord des façons détachées mais amicales. Progressivement elle fut moins détachée, et puis plus amicale, et finalement Lew s'installa chez elle pour le reste de cet été-là. Et à l'automne, quand on proposa à Ellen ce boulot en Alaska, ils décidèrent que Lew suivrait le mouvement.

— Salut, mon cher, dit-elle en se glissant dans la voiture et elle l'embrassa sur les lèvres, d'une manière confortable plutôt que passionnée ; puis, comme il embrayait, elle coupa le chauffage et baissa sa glace ; il s'y attendait. C'est le printemps, déclara-t-elle avec une nette satisfaction.

Il obliqua en direction de la sortie ouverte dans la clôture grillagée.

— Bon vol ?

— Couci-couça. (Elle regardait vers l'extérieur, l'avant-bras sur la portière, ses ongles courts tapotant le plastique. Elle était souvent ainsi après un vol : un peu nerveuse, frémissante, excitable, hyperactive. Lew avait constaté avec déception que c'était un mauvais moment, sexuellement parlant ; elle était absorbée par le ciel.) À force de voir les mêmes arbres, on s'ennuie, dit-elle.

— Rien à livrer ? (Le travail d'Ellen consistait d'abord à transporter des papiers, des plans, des instructions, destinés aux bureaux mobiles du chantier de l'oléoduc ; il y avait parfois une réponse et on devait alors passer par le siège de la compagnie à Valdez pour l'y déposer.)

Mais pas aujourd'hui :

— Non, on peut rentrer.

Le gardien, à la sortie de l'aéroport, était devenu une vieille connaissance : il adressa un salut amical à Lew, qui agita la main en retour.

— Comment vont les élèves ? demanda Ellen.

— Ils s'améliorent enfin.

40

— Ça ne m'étonne pas. Tu t'es monté un chouette commerce. Qu'est-ce que tu as fait d'autre aujourd'hui ?

— Passé quelques coups de fil. Causé avec des gens.

— Ça mord ?

— Des vagues possibilités. En fait rien.

Ils longeaient un chantier immobilier ; des bulldozers jaunes rampaient sur un coin de rue ravagé derrière un panneau annonçant l'érection d'une banque. Ellen regarda.

— Tu te rappelles ce que tu as dit en venant ici ?

Il se rappelait.

— « Il doit y avoir plein de travail pour un homme valide, en Alaska », cita-t-il.

— Lew, tu te fais vieux, lui dit-elle. Tu traînes. Tu attends. Tu fais joujou avec des camionneurs. Tu n'es pas un chienchien à sa mémère.

— Je pourrais conduire une pelleteuse, dit-il d'une voix neutre et ironique. Je pourrais tenir un bar. Vendre des voitures d'occasion. Conduire un camion pour l'oléoduc.

— Lew, dit-elle avec douceur, il n'y aura pas de guerre en Alaska.

— Il y en aura une quelque part.

Le téléphone sonnait quand ils se garèrent à côté de la caravane qu'ils appelaient leur maison. Lew se précipita en criant « Doux Jésus ! ». Il déboula dans la chambre, fonçant vers leur unique téléphone, arrachant sa pelure, déjà sûr de ce que c'était, et quand Ellen entra une minute plus tard il souriait si largement qu'il avait l'air de vouloir bouffer le téléphone.

— Frank, disait-il comme un croyant qui voit la lumière, *c'est un miracle.*

Ellen s'assit sur le lit. Lew arpentait le local, le combiné pressé contre son oreille et sa bouche, le socle dans l'autre main.

— Bon Dieu, oui, Frank, dit-il.

Il comprenait à peine les paroles de Frank, il ne comprenait pas du tout quel travail on lui proposait, et il s'en fichait totalement. Frank Lanigan – ce vieux Frank Lanigan d'Angola et de Guinée portugaise et d'Éthiopie – Frank Lanigan lui proposait un *truc*, un travail. *En Afrique*.

Puis il remarqua Ellen assise et il coupa la parole à Frank :

— Une chose. Il y a une chose.

— Qu'est-ce que tu dis ? (La voix parcourait des milliers de kilomètres et arrivait clairement et nettement dans l'oreille de Lew.)

— Je fais comme qui dirait équipe avec quelqu'un, dit Lew. Un pilote. Tu as du boulot pour nous deux ?

— Un pilote ? Je ne crois pas, Lew. Ça n'est pas le genre de travail...

— Elle est avec moi, insista Lew. Je regrette, Frank, mais c'est comme ça. (Et il agita le socle du téléphone du côté d'Ellen, car elle semblait troublée et il voulait qu'elle sache que tout irait bien.)

— Lew, je pourrais demander si... Tu as dit *elle* ?

— Oui.

— Oh. C'est autre chose. Il lui faut forcément un travail de pilote ?

— Ne quitte pas, dit Lew que la joie rendait sauvage et il boucha de la main le combiné pour questionner Ellen : Il ne te faut pas forcément un travail de pilote ? Ça peut être n'importe quel job pour une femme dégourdie, non ? Elle rit et le traita de salaud. Il revint au téléphone.

— Désolé, Frank, ricana-t-il. Un travail de pilote.

— On va se débrouiller, dit Frank.

Ils passèrent encore quelques minutes à causer des détails de transport, tandis que Lew souriait sans cesse à Ellen assise sur le lit. Puis il dit au revoir et raccrocha comme s'il claquait dans ses mains.

— Reste sur le lit, dit-il.

5

Le premier regard qu'Ellen jeta sur Frank Lanigan, dans la salle d'attente principale de l'aéroport Wilson de Nairobi, lui rappela ce qu'elle trouvait de si précieux chez Lew Brady. Lanigan était comme la plupart des hommes qu'Ellen avait rencontrés dans ce genre de décor universel et impersonnel : velu, suant, un gamin trop développé, un péquenot gueulard abusivement content de lui-même, de sa bravoure et de ses exploits. Lew, qui était du même monde, était plus fort et plus brave qu'eux tous, *et il ne le savait pas*. Comment ne pas le chérir ?

Lew fit fièrement les présentations, comme s'il avait personnellement inventé chacun d'entre eux pour le plaisir de l'autre. Frank Lanigan prit la main d'Ellen dans un de ses battoirs et s'inclina avec un sourire connaisseur :

— Lew a toujours su les choisir, déclara-t-il.

Ça y est déjà, je fais partie de *celles-là*, pensa Ellen.

— Enchantée, dit-elle avec le sourire qu'elle réservait aux soirées ennuyeuses. (*Froide salope*, dirent les yeux de Frank Lanigan à travers son attitude chaleureuse. *Exact*, répondit-elle avec son propre regard tandis qu'elle retirait sa main, et elle avait un sourire qui aurait pu glacer un plein seau de daiquiri.)

Frank se détourna et considéra les deux sacs de voyage usagés posés sur le sol.

— C'est tout, comme bagages ?

— On se bouge sans chichis, dit Lew.

— Une femme qui se bouge sans chichis, dit Frank. L'univers est une source infinie d'émerveillements.

Ah ! le con, pensa Ellen. Avec un certain amusement, elle regarda Frank se demander lequel des sacs était à

elle – afin qu'il puisse le porter, bien sûr, le coup du
brave scout – et puis il en prit un au hasard. C'était le
bon, d'ailleurs. Lew ramassa son propre sac.

— Par ici, fit Frank et il ajouta à l'adresse d'Ellen : On
vous met tout de suite au boulot.

— Ah bon ?

Toute cette affaire avait paru si douteuse à Ellen
qu'elle n'avait même pas vraiment abandonné son
emploi en Alaska. Elle avait seulement demandé et
obtenu deux semaines de congé sans solde. Si l'aventure africaine tournait mal, elle pouvait toujours faire
demi-tour. Elle continuait de bénéficier de tarifs spé-
ciaux sur les lignes aériennes et dans les hôtels, et elle
ne risquait donc pas grand-chose en faisant tout ce chemin sans en savoir long sur la promesse de travail qu'on
lui faisait ici. Mais peut-être que le boulot allait se révéler réel ?

— Vous êtes notre pilote, lui annonça Frank par-
dessus l'épaule en les précédant en direction de la sortie,
écartant les douzaines de Noirs haillonneux qui proposaient des taxis. Pas de taxi ! beugla-t-il et il poussa la
porte et plongea dans la lumière aveuglante de l'Afrique.

Lew n'était qu'une des raisons qui avaient poussé
Ellen à accepter cette équipée. L'autre, c'était l'Afrique.
Elle avait travaillé en Amérique du Nord et du Sud ainsi
qu'en Asie du Sud-Est, elle avait vu le Japon et un peu
de l'Europe en tant que touriste, mais tout le continent
africain était nouveau pour elle. L'idée la fascinait, d'une
fascination à peine mitigée par les vaccinations qu'ils
avaient dû subir avant de partir, contre le choléra et la
fièvre jaune et le typhus, et par le stock de comprimés
contre le paludisme qu'ils étaient censés avaler – un tous
les mardis – non seulement pendant tout leur séjour en
Afrique mais aussi pendant deux mois pleins ensuite.
Elle commença de penser que l'Afrique était aussi exo-

tique et aussi hospitalière pour la race humaine que Mercure ou Jupiter.

Sa première vision non aérienne fut décevante. Des champs plats, secs et broussailleux sous un soleil énorme et cuisant. Les taxis, petits et rouillés mais aux vitres étincelantes, s'entassaient pêle-mêle près de la sortie de l'aérogare ; les chauffeurs étaient assis sur les pare-chocs ou les capots. Les bâtiments de l'aéroport, bas et surchauffés, rappelaient à Ellen les Petites Antilles.

— Par ici, brailla Frank.

Balançant le sac de voyage, il tourna le coin du bâtiment. Ellen jeta un coup d'œil à Lew et vit qu'il souriait, s'illuminait, béait comme s'il se sentait de retour chez lui. Il adore cet endroit affreux, pensa-t-elle et son cœur fit un plongeon.

Brièvement il fallut montrer ses papiers à une entrée ouverte dans une clôture de grillage, et puis on se mit en marche sur le sol herbeux, en direction d'avions amarrés sur deux rangs à côté de la piste principale est-ouest.

Ellen marchait tout près de Lew et s'adressa à lui d'une voix trop basse pour que Frank entende :

— Est-ce qu'il compte que je vais piloter quelque chose ?

— J'en sais rien, dit Lew. Ça se peut.

Durant les soixante heures précédentes, ils avaient pris un avion de ligne d'Alaska à Seattle, et de là à New York, où ils avaient attendu trois heures le vol de nuit d'Alitalia pour Rome. À Rome ils avaient pris une chambre pour la journée, dans un hôtel près de l'aéroport, et puis le vol de nuit final pour Nairobi, arrivant à huit heures du matin. Ils avaient traversé treize fuseaux horaires et avaient passé vingt-trois heures dans les airs. Et Ellen était-elle maintenant censée piloter un appareil qu'elle ne connaissait pas, au-dessus d'un territoire qu'elle n'avait jamais vu, et d'un pays et d'un continent dont le système de trafic aérien lui était inconnu ?

Elle envisagea de parler à Lew, mais elle hésita. Si elle hésitait, c'était – comme elle se l'avoua avec exaspération – en partie parce qu'elle craignait que toute objection soit considérée comme une plainte spécifiquement féminine, mais c'était aussi parce qu'elle voulait voir ce que Frank Lanigan avait en tête, au juste.

— On est là avant les pluies, dit Lew.

Elle regarda en l'air, ne vit que quelques nuages hauts et ténus, çà et là.

— Les pluies ?

— Elles arrivent fin mars, normalement. (Il sourit et ajouta :) Après la sécheresse, le déluge.

— Ce n'est pas un système idéal.

Ils étaient environ à mi-chemin des avions quand Frank, qui les précédait, poussa soudain un rugissement furieux, lâcha le sac d'Ellen sur le gazon brunâtre et se précipita lourdement, comme un taureau excité, vers un bimoteur Fairchild peint en blanc avec des parements orange. Contrairement aux autres appareils parqués, celui-ci n'était pas amarré au sol. Lew et Ellen se regardèrent, haussèrent les épaules et poursuivirent leur marche. Ellen ramassa son sac au passage.

Entre-temps, Frank sortait brutalement quelqu'un du Fairchild, si brutalement que l'homme dégringola sur le sol, tombant sur l'épaule et roulant sous l'aile. Frank contourna l'aile en courant, comme un chien qui joue, et rejoignit l'homme qui se relevait, entre le moteur droit et le fuselage.

Ellen et Lew étaient maintenant assez près pour entendre ce que Frank hurlait :

— Qu'est-ce que tu fous dans cet avion ? Je t'ai dit de te tirer ! (L'homme grommela quelque chose et Frank leva une main menaçante.) T'as eu ton argent ! C'est tout

ce que t'auras ! (Observant Frank, Ellen se dit qu'il faisait un numéro, qu'il était bien plus maître de lui-même
qu'il ne paraissait.)

— C'est juste pour *mes* trucs, dit l'homme qui avait
l'accent du Yorkshire. (Il était maigre, la quarantaine,
moustachu, un teint rougeaud et tavelé, des valises sous
les yeux, larmoyant. Il avait bu, et il s'était rasé récemment mais maladroitement. Il y avait dans sa voix un
gémissement qu'il essayait manifestement de dissimuler
de son mieux.) J'ai juste pris ce qui m'appartient, dit-il.

— Frank ? dit Lew. Un problème ? (Ellen et lui
avaient atteint l'avion.)

— Surveille ce coco, lui dit Frank, pendant que je
regarde ce qu'il fichait.

— Mes affaires personnelles ! glapit l'homme tandis
que Frank contournait de nouveau l'aile comme s'il craignait de perdre sa dignité en se baissant et en passant
dessous.

Ellen, qui regardait l'homme, fut surprise quand il
croisa soudain son regard et prit un air sarcastique, sa
bouche molle tâchant de former un sourire sardonique.

— Alors c'est vous, le *pilote*, fit-il avec une lourde
insistance. La nouvelle pute de Frank.

Lew lâcha son sac de voyage, avança le pied gauche
et envoya un direct du droit dans la figure de l'homme.
L'homme fut précipité en arrière, se cogna la tête contre
le fuselage et tomba par terre, conscient mais sonné.

— Lew ! dit Ellen.

Il se tourna vers elle, vit son regard furieux et recula
aussitôt, gêné, ouvrant les poings :

— Je suis désolé. Je dors debout.

Dans les débuts de leur compagnonnage, Lew avait
frappé deux fois des hommes en croyant à tort la
défendre, réagissant aux provocations comme il pensait
qu'elle le souhaitait. Comme il ne comprenait pas que

les suppositions dédaigneuses d'un Frank Lanigan étaient mille fois plus offensantes que n'importe quelle injure coléreuse, il n'était vraiment pas un protecteur adéquat, au cas où elle aurait ressenti le besoin d'une telle chose, si moyenâgeuse. Elle pensait que la question s'était résolue des mois auparavant, mais elle voyait à présent que Lew Brady, pourvu qu'il soit assez fatigué, assez ahuri par le changement d'heure, assez déboussolé, retrouvait les mêmes vieilles réactions, bien vivantes dans sa tête de bois.

— Quand je me bagarre, c'est toute seule, Lew, dit-elle.

— Je sais. Je sais. Je suis désolé.

L'homme s'était remis péniblement debout, tapotant sa bouche et son nez avec le dos de la main comme s'il essuyait du sang.

— Oh, vous allez avoir du bon temps, dit-il à Ellen avec une colère intacte. Ça oui.

— Vous n'êtes pas blessé, lui signala-t-elle.

Il ramena sa main à son côté, dans une sorte de garde-à-vous, se rappelant apparemment la dignité qu'il tâchait de manifester un moment plus tôt.

— Je connais votre genre, déclara-t-il. Vous êtes aussi mauvaise qu'eux. Vous pouvez tous aller griller en enfer ensemble.

Frank contournait de nouveau l'aile ; cette fois il tenait une bouteille de whisky en verre blanc, aux deux tiers vide. Il la tendit à l'homme :

— Les voilà, vos affaires personnelles.

L'homme saisit la bouteille et la fourra sous sa chemise.

— Merci pour le verre, dit-il et il s'éloigna à grands pas vers la sortie du terrain, avec une raideur excessive, pour leur prouver sa sobriété dans le cas où ils l'auraient observé.

— Qu'est-ce que c'était que cette histoire ? fit Lew.

— Tu ne l'as pas reconnu, hein ? dit Frank. Timmins. Il pilotait des avions-cargos quand on travaillait pour le F.N.L. en Angola.

— Je ne vois pas, dit Lew. Qu'est-ce qu'il a ?

— C'était notre pilote. (Frank sourit à Ellen.) Vous prenez sa place.

Ellen regarda la maigre silhouette qui s'éloignait.

— C'est ce qui l'a mis tellement en rogne ?

— Il n'en revient pas, c'est tout, dit Frank qui haussa les épaules. Allez, on embarque. (Il prit le sac de la main d'Ellen.)

— De quoi est-ce qu'il ne revient pas ? Pourquoi ?

Frank les précéda, contournant de nouveau l'aile, gagnant la porte de la soute dans l'arrière du fuselage.

— Je l'ai foutu dehors il y a vingt minutes.

— Vingt minutes !

Il s'arrêta d'ouvrir la porte de la soute pour sourire à Ellen :

— Il fallait qu'il nous amène ici, moi et l'avion, non ?

Ellen regarda de nouveau dans la direction du pilote, mais il avait disparu de l'autre côté des grilles.

— Un préavis plutôt court, dit-elle. Et pas d'indemnité de licenciement, j'imagine.

— Je vois que vous êtes une tendre, dit Frank. Mais ne vous en faites pas pour Roger, il ne devrait même plus piloter du tout.

— Il boit trop, suggéra-t-elle.

— Il boit quand il ne faut pas. (Frank claqua la porte de la soute et s'avança pour ouvrir la portière et repousser le siège du passager.) Je vais monter à l'avant pour vous guider. Lew, tu grimpes derrière.

— O.K.

Pendant que Lew embarquait, Frank adressa à Ellen un regard ironique et inquisiteur :

— J'espère que vous savez piloter ce truc.

— Du moins je ne bois pas. Pas quand il ne faut pas.

Frank rit, ramena le siège avant en position et s'installa dans le siège de copilote. Ellen suivit le mouvement et prit un temps pour se familiariser avec le tableau de bord. À vrai dire elle n'avait jamais piloté ce type-ci d'appareil, mais ce n'était pas beaucoup plus compliqué que de prendre le volant d'un modèle de voiture inhabituel.

— On a fait un plan de vol pour Kisumu, dit Frank. Les cartes et les papelards doivent être dans le vide-poches.

— Minute.

Elle trouva la check-list dans le vide-poches et l'examina, puis sortit une demi-douzaine de cartes aéronautiques. Elles étaient vieilles et fragiles, marquées ici et là d'une multitude d'indications, au crayon et à l'encre, de couleurs variées, et elles commençaient de se déchirer aux plis. Ellen trouva Nairobi sur une carte.

— On va dans quelle direction ?

— Ouest-nord-ouest.

— Kisumu, vous dites ?

Kisumu se trouvait sur la carte suivante, à l'ouest. Les hauts sommets de la chaîne Mau coupaient l'axe reliant Nairobi à Kisumu, mais en prenant par l'ouest Ellen pourrait longer l'extrémité méridionale des montagnes. Un petit terrain d'aviation était visible sur la carte à Ewaso Ngiro, à cent vingt kilomètres d'ici ; un autre sur la rivière Mara, soixante kilomètres plus loin. À partir de là, Ellen allait mettre le cap au nord-nord-ouest, passant entre les aéroports de Kisii et de Kericho tandis que le terrain s'abaissait progressivement vers les rives du lac Victoria, à près de cinq cents kilomètres de distance. L'aéroport de Kisumu, au creux du golfe de Winam, était, à sa surprise, marqué comme aérodrome international. Mais évidemment les pays étaient si petits, dans ce secteur, qu'un aéroport international n'y était pas la même

50

chose qu'aux USA. De nouveau elle se remémora les Caraïbes.

— Tout gaze? demanda Frank.

— Ça va.

Elle décrocha les écouteurs du manche et les mit. Elle appela la tour de contrôle. Pendant ce temps Lew se penchait en avant sur son siège pour bavarder avec Frank. Saisissant un mot par-ci par-là, Ellen comprit qu'ils parlaient de vieux amis, où sont-ils à présent, as-tu des nouvelles d'Untel. Chez les hommes, on n'appelle pas ça du bavardage.

Elle fit démarrer le moteur droit, puis le gauche, détailla vivement la check-list, puis mena l'appareil hors de la rangée d'avions parqués, en direction du tarmac. Le vent était passablement fort et venait de l'ouest. Elle gagna donc l'extrémité est de la piste, attendit pendant qu'un VC 10 de la British Airways décollait et qu'un DC 9 de la Kenya Air se posait, puis elle communiqua de nouveau avec la tour et on s'envola.

Elle adorait ça. Toujours elle adorait ce moment-là : l'envol, le flottement, la terre qui soudain s'amenuisait et défilait sous elle. L'avion réagissait bien, et déjà ses mains et son regard parcouraient automatiquement les commandes et les cadrans. Repoussant dans ses cheveux l'écouteur droit, afin d'entendre la conversation sans cesser d'écouter la radio dans son écouteur gauche, elle s'installa plus confortablement dans son siège et regarda le territoire brun qui se déroulait doucement sous elle.

— Voilà le nouvel aéroport, dit Frank, criant par-dessus le vrombissement des moteurs, pointant le doigt vers la gauche. Ils sont censés le terminer l'année prochaine. (Il sourit à Ellen.) Devinez comment il s'appelle.

Elle regarda les balafres blanches et brunes du chantier, là-bas, vit que le nouvel aéroport serait environ trois fois plus grand que l'autre.

51

— Comment s'appelle-t-il ?

— Jomo Kenyatta ! cria Frank. Le président du pays ! Grosse légume, grand chef ! (En riant, il leva le pouce, comme si le président était aux cieux, ou assis sur un de ces nuages effilés.)

Lew se pencha en avant, posant les avant-bras sur les dossiers d'Ellen et Frank, passant un peu la tête entre eux.

— Dis-m'en un peu plus sur le boulot, Frank. Guérilla, non ?

— En un sens. (L'idée de Jomo Kenyatta semblait l'amuser encore.) En un sens, c'est la guérilla.

— On attaque l'Ouganda ?

— C'est juste un raid, dit Frank.

— Un seul raid ?

— Ah oui, mais quel raid ! (Le grand sourire heureux et viril de Frank les enveloppa tous deux.) On se tape un train, Lew. On se farcit tout un putain de train.

— Un train ? Pas un train de voyageurs ?

— Non-non-non, fit Frank en agitant négativement les bras dans l'habitacle confiné.

— Prise d'otages. (Lew secoua la tête.) J'aime pas ça.

— Ne t'inquiète pas. C'est le coup le plus propre du monde. Ça va te plaire.

— Un train de marchandises, supposa Lew. Des armes.

— Du café, dit Frank.

En jetant un coup d'œil à Frank, Ellen se rendit soudain compte que quelque chose n'allait pas. On n'avait pas engagé Lew pour le travail auquel il s'attendait. C'était une affaire complètement différente.

Elle vit que Lew s'en rendait compte aussi et tâchait de ne pas le savoir. Il appuyait les avant-bras sur les dossiers ; ses mains entrelacées pendaient entre les sièges ; son visage se tendait au-dessus de ses mains. Et il se caressa doucement la mâchoire, inconsciemment et nerveusement, avec son poing à demi fermé :

— Du café, Frank ? Je ne comprends pas.

— Trente-six millions de dollars, dit Frank. Un putain de convoi de café plein à ras bord. Ah, fit-il à l'adresse d'Ellen, excusez-moi.

— Va te faire enculer, déclara-t-elle en contemplant le sol en bas.

— Frank, dit Lew, qu'est-ce que tu dis ? C'est une opération de guérilla ougandaise ou quoi ?

— C'est un peu autre chose, dit Frank. C'est pas exactement de la guérilla.

— Mais avec Amin Dada, dit Lew. Il y a forcément de la guérilla quelque part.

— En Tanzanie. Nyerere les chouchoute, mais c'est presque tous des zozos.

Ellen jeta un coup d'œil à Frank et vit qu'il lui souriait en coin. Il lui fit une œillade à l'insu de Lew.

— Dans ce cas, dit Lew, on est quoi, nous ?

— On est deux Blancs et on bosse pour des gens qui vont piquer trente-six millions de dollars à Idi Amin.

— C'est son café à lui ?

— Tout est à lui, dans ce putain de pays.

La tour guidait Ellen vers le nord, à l'écart de la circulation aérienne est-ouest. Au-dessous s'étendait l'habituelle zone urbaine : Nairobi, capitale du Kenya, centre des affaires commerciales d'Afrique orientale. Les bidonvilles étaient bondés et brillamment bigarrés, tandis que les demeures riches paressaient dans la verdure des coteaux. On croisa une voie ferrée nord-sud qui étincelait au soleil comme une chaîne ornementale.

— Et voilà notre chemin de fer, dit Frank. Putain de huitième merveille du monde.

— Pourquoi est-ce que ça brille comme ça ? demanda Ellen.

— Les traverses. Au lieu d'être en bois, elles sont en acier.

— En acier ?

— Trente kilos chacune, quinze cents par kilomètre, mille kilomètres de la côte à Kampala. (Il débita ça avec un contentement marqué, comme s'il avait lui-même transporté et placé chaque traverse d'acier.)

— Mais pourquoi en acier ? dit Ellen.

— Ils ont essayé les traverses en bois. Les Britanniques, quand ils ont construit la ligne vers 1900. Mais les fourmis les bouffaient, les inondations les faisaient pourrir, et les indigènes les volaient pour faire du feu. Alors ils ont mis de l'acier. Des coolies indiens ont fait le travail, et parfois au soleil l'acier leur brûlait les mains à vif.

La voie étincelante était loin derrière eux et la tour autorisa Ellen à obliquer au sud-ouest pour survoler la vallée du Kedong.

— Vous avez l'air au courant, dit-elle.

— Je m'instruis. Je ne passe pas mon temps à me branler.

— Frank, dit doucement Lew, parle à Ellen sur le même ton qu'à moi.

Frank lui jeta un regard étonné, comme s'il était surpris qu'une réaction vienne de ce secteur. Ellen réfléchit à la situation et estima que le coup de main était dans les limites du raisonnable, elle demeura donc silencieuse, concentrée sur le pilotage. Après un instant, Frank hocha la tête :

— Elle et moi, on va s'habituer l'un à l'autre.

— J'en suis certain, dit Lew.

— Je lis pas mal, expliqua Frank en s'adressant directement à Ellen. J'aime l'histoire.

— L'histoire africaine ? s'enquit-elle assez aimablement (car l'homme semblait corriger son comportement).

— Principalement. Je lis comment ils ont déconné, ceux qui sont venus avant moi. C'est bien de savoir que je ne suis pas le premier crétin à promener ma gueule dans le secteur.

— En effet, ça doit aider, fit Ellen en souriant à sa propre surprise.

— Tout le temps et dans tous les sens. (Il remua, s'installant plus confortablement, et poursuivit sur un ton plus détendu et presque narratif:) Ces coolies se sont cassé le tronc, dit-il. Les lions les bouffaient, les moustiques leur donnaient le paludisme, la sécheresse leur ôtait le boire et le manger, les inondations arrachaient les voies qu'ils venaient de poser, ils attrapaient la dysenterie et des amibes et des maladies dont ils n'avaient jamais entendu parler, les tribus indigènes leur tombaient dessus avec des gourdins et des sagaies et des flèches empoisonnées, leurs surveillants britanniques étaient contre leur vie sexuelle, et de temps en temps, quand le sol était vraiment boueux, une locomotive leur tombait dessus. Mais ils ont continué, pendant près de dix ans, et ils ont construit cette putain de ligne. Et vous savez à quoi ça devait servir, tout ça?

— Non, dit Ellen, je ne sais pas.

— À garder l'Ouganda dans la sphère d'influence de l'Empire britannique, rigola Frank. Elle est bien bonne, non?

Après l'atterrissage à Kisumu, un Noir haillonneux que Frank appelait Charlie amarra l'avion pendant que Frank allait téléphoner. Ellen et Lew restèrent près de l'appareil, regardant Charlie, qui paraissait ivre ou défoncé mais qui, à sa façon lente et absente, accomplissait correctement sa tâche.

— Tu veux faire demi-tour? dit Ellen.

— Qu'est-ce que tu veux dire? (Lew paraissait irrité.)

— Cette histoire ne te plaît pas.

— Je ne sais même pas de quoi il s'agit.

— Tu sais que ça n'est pas ce que tu espérais.

— On verra bien. Frank est un mec bien. (Mais Lew ne put chasser le doute de sa voix.)

Frank revint vers eux d'une démarche énergique, mais rebondissante et désarticulée, comme si tous les boulons et les vis de son corps étaient desserrés.

— On va faire un saut pour voir M. Balim, dit-il, et puis je vous conduis chez vous.

— Très bien, dit Lew.

— T'as pas fini, connard ? cria Frank à Charlie.

— Tout doux, bredouilla Charlie.

— Je sais, t'es un lambin. Ramasse les sacs et arrive.

Frank prit les devants, Ellen et Lew à sa suite, Charlie venant derrière avec les deux sacs. Ellen se retourna vers lui et Charlie lui sourit. Il bavait. Ellen se détourna.

On gagna d'abord une grande Land Rover crasseuse au toit de toile rapiécée. La plaque d'immatriculation jaune avec des numéros noirs était ébréchée en deux ou trois endroits, comme si on avait tiré dessus – comme sur les panneaux indicateurs aux États-Unis, sur les routes de campagne. Charlie hissa les bagages dans le coffre arrière.

— Montez derrière, dit Frank. Charlie a transformé le siège avant en champ d'épandage.

Lew et Ellen grimpèrent, et à l'instant où elle toucha le siège dur et inconfortable elle fut envahie par une vague d'épuisement si terrible qu'elle crut un instant qu'elle allait vomir. Au lieu de quoi elle bâilla et ses yeux se mouillèrent, et elle s'appuya le front contre le dossier avant.

— Ellen ? Ça va ? fit Lew.

— Fatiguée, c'est tout. (La lourdeur moite de l'air lui pesait.)

— Il n'y en a plus pour longtemps.

— Bon.

L'adrénaline et la curiosité l'avaient tenue en éveil, et efficace, jusqu'ici, pendant le long voyage depuis l'Alaska et les trois heures de pilotage après Nairobi ; mais à présent ça lui tombait dessus. Elle bâilla de nouveau derrière ses mains, si largement qu'elle eut mal à la mâchoire.

Charlie et Frank prirent place à l'avant.

— Frank, on est tous les deux plutôt claqués, dit Lew tandis que Frank faisait démarrer le moteur délabré.

— Quinze minutes, promit Frank. On s'arrête pour dire un mot à M. Balim — il veut juste dire bonjour, vous serrer la main — et je vous amène à la maison.

La Land Rover bondit en avant. Ellen regardait le dos et les épaules de Frank qui remuaient comme ceux d'un lutteur de foire aux prises avec un alligator, à grands efforts brusques. On s'éloigna de l'aéroport en cahotant et l'on prit une étroite route en dur pleine d'énormes poids lourds qui se traînaient. Frank fit du slalom entre eux.

— Frank, dit Lew, parle-moi de Balim.

— Un Asiate. Né et élevé en Ouganda, chassé. Commerçant. Probablement riche, je ne sais pas. Je travaille pour lui.

— À quoi faire ?

— Je tords des bras, je casse des têtes, je fous mon pied dans des culs.

Charlie gloussa.

— Balim ne fait pas de politique ? demanda Frank.

— Balim trouve que c'est un gros mot, la politique.

— Et toi ?

Frank sourit par-dessus son épaule, puis ramena son regard sur la route.

— Je trouve que nous vivons dans un drôle de monde, Lew. Depuis quand est-ce que tu te soucies de politique ?

Lew remua sur son siège, mordillant son pouce, l'air soucieux.

— J'ai toujours été du côté de *quelqu'un*, marmonna-t-il trop bas pour que Frank l'entende.

Charlie se retourna, leur sourit béatement :

— Pouvez-vous me dire pourquoi la politique suscite d'étranges compagnons de lit ? Pouvez-vous me dire ce que c'est, d'« étranges compagnons de lit » ?

— Vous parlez très bien anglais ! s'exclama Ellen.

Charlie la regarda d'un air enchanté :

— Vous de même, dit-il.

— Mon avion vous a-t-il plu ? demanda M. Balim.

— Beaucoup. (Ellen était étonnée de la rapide sympathie que lui inspirait ce petit homme rond.)

Il les avait attendus devant ce qui était apparemment son local commercial, un long bâtiment bas et écaillé d'un bleu bizarrement délavé qui semblait être ici depuis mille ans.

— Le voilà ! Il est là ! avait hurlé Frank en le voyant et il avait fait un brutal demi-tour sous le nez des cars et des vélos qui passaient ; Charlie avait babillé quelque chose d'un ton joyeux, comme un toucan, mais dès que Frank avait stoppé en crabe, Charlie s'était éclipsé comme un passager clandestin.

Et le petit homme rond à la tête ronde, aux grands yeux bruns et doux, au sourire timide, aux mains délicates et replètes, s'était incliné et présenté :

— Mazar Balim. Très heureux de faire votre connaissance. (Et à présent qu'on s'était salué, qu'on avait parlé de l'avion pour le louer, Balim poursuivit :) Vous devez tous deux être très fatigués par votre voyage, bien que vous n'en ayez pas l'air, je dois dire. Frank, comment vos amis peuvent-ils paraître si frais, après un tel trajet ?

— La fièvre, suggéra Frank.

— C'est très possible. Allez vous installer. (Il sourit.) Reposez-vous. Mangez. Dormez. Faites l'amour. Ne revenez me voir que lorsque vous commencerez de vous ennuyer.

— Voilà un ordre que je n'aurai pas de mal à exécuter, dit Lew. Content de vous avoir rencontré.

— Moi de même. Tous les deux.

Ellen voulut dire quelque chose de poli, mais un bâillement la submergea. Balim rit, et Ellen rit aussi quand elle eut fini de bâiller. Elle le salua de la main, ne voulant plus essayer de parler, et permit à Lew de la reconduire à la Land Rover.

Les cinq minutes de trajet furent floues. Elle ne savait pas vraiment où elle était et eut seulement conscience qu'on s'arrêtait devant une petite maison basse au crépi brun. À l'intérieur, elle perçut des surfaces dures, des meubles bon marché, des couleurs primaires. Frank causait joyeusement et portait les sacs de voyage et montra la chambre et s'en alla en claquant la porte d'entrée.

— Suffit, dit Ellen et elle ôta ses vêtements en marchant vers le lit et perdit conscience tandis qu'elle ramenait le drap sur elle.

Il faisait noir. Ellen sortit doucement d'un sommeil lourd peuplé de rêves confus. Elle transpirait ; les draps et la taie d'oreiller étaient humides. Elle se retourna dans le lit trop mou, grognant, et sentit près d'elle le corps dur et anguleux de Lew, huilé de sueur. Elle le connaissait merveilleusement bien, de nuit comme de jour. Elle fit courir sa main sur le ventre humide et chaud, toucha le buisson de poils mouillés, toucha le sexe à demi érigé.

— Hum, fit-il quand elle le toucha et il remua comme s'il n'était pas complètement endormi. Elle lui empoigna la verge qui s'éveilla et se dressa tandis qu'il se tendait maladroitement vers Ellen, sa main hésitante heurtant un sein. Il l'empoigna et sa bouche un peu fétide envahit les lèvres d'Ellen. Elle faillit protester mais la langue de l'homme la fit taire.

Malgré les mouvements elle lui tenait fermement le sexe. Il lui plaisait, elle s'en emplit la bouche et puis elle s'en emplit le con. Ils étaient si mouillés qu'en baisant leurs ventres firent des bruits de succion, des explosions et des déflations pneumatiques telles que Lew finit par marmonner : « Merde. Ça suffit. » Il la saisit par la jambe et la retourna sans perdre le contact. Les genoux, les épaules et la joue sur le lit, se tenant les seins à deux mains, elle ouvrit la bouche et soupira contre l'oreiller tandis qu'il l'assaillait par-derrière. Un autre orgasme.

— J'ai perdu le compte, murmura-t-elle contre l'oreiller en poussant fortement sa croupe contre le ventre de Lew.

— Hein ?

— Tais-toi et baise !

— Ah, joli con. (Il gifla la droite de ses fesses, ce qui ne fit rien que la rendre enragée.)

— *Baise !* hurla-t-elle en lui claquant tout aussi violemment la cuisse.

— Bon sang bon sang bon sang bon sang bon sang bon sang bon sang bon sang DE *DIEU ! ! !*

Mais ensuite ils ne purent trouver de kleenex ni de serviettes ni rien du tout. Elle roula sur le lit mouillé, dans la nuit moite, le sperme lui chatouillant les cuisses :

— Nom de Dieu, où sommes-nous ? dit-elle.

— En Afrique, dit-il.

— Seigneur, dit-elle.

60

6

C'était la première visite de Sir Denis Lambsmith à Kampala. Il l'envisageait avec le même frisson d'excitation et d'horreur qu'il avait à l'âge de six ans quand le prestidigitateur arrivait au goûter d'anniversaire d'un ami : Est-ce vraiment un magicien ? Va-t-il me choisir, *moi*, pour tenir le chapeau, la cage à oiseaux, le foulard rouge ? Est-ce qu'enfin il va se passer quelque chose d'épouvantable, *cette fois-ci* ?

Il n'y avait presque plus de circulation de voyageurs au départ ou à l'arrivée en Ouganda, mais l'aéroport international d'Entebbe était tenu comme si l'on y attendait incessamment des milliers, voire des millions de touristes. Les salles d'attente et les salons restaient immaculés. La boutique hors-taxes demeurait inutilement ouverte ; la vendeuse de service, une fille trapue, l'air morne, faisait un test dans un numéro vieux de deux mois de l'édition britannique de *Cosmopolitan*. À côté, la boutique de cadeaux était ouverte aussi, tenue par un vieillard arthritique qui dormait, la joue contre la caisse. Derrière lui des colonies d'insectes avaient entrepris de faire le ménage dans les lions et les girafes empaillés.

M. Onorga, de la Commission du café d'Ouganda, accueillit Sir Denis au bureau de l'immigration et le conduisit à une Mercedes noire avec chauffeur. Assis à l'arrière avec Sir Denis, M. Onorga parut sombre et distrait, comme un homme qui a des ennuis familiaux. La conversation se borna au temps et au paysage. Sir Denis, grand, soixante et un ans, les cheveux blancs, les épaules basses et la contenance presque humble de l'aristocrate britannique, débordait de questions concernant Idi Amin — Est-il vraiment aussi épouvantable qu'on le dit ? Aussi

impressionnant? Aussi brutal? Va-t-il me choisir, *moi*?
— mais bien sûr la courtoisie interdisait pareille curiosité,
à moins que l'hôte laisse entendre que l'on pouvait
bavarder. Mais l'humeur sombre de M. Onorga submer-
geait tout.

Avec audace, Sir Denis fit lui-même une ouverture,
quand M. Onorga eut demandé comment était le Brésil:

— Ça s'améliore, dit Sir Denis. Il apparaît que les
pires excès pourraient être terminés. Les changements de
régime sont des périodes éprouvantes; mais la vie finit
toujours par reprendre son cours normal.

Ce qui était une ouverture grosse comme une maison;
mais M. Onorga la négligea et hocha simplement la tête,
avec une approbation morose, et demanda si Sir Denis
était jamais allé aux États-Unis.

— Plusieurs fois, dit Sir Denis avec irritation et il
regarda par la vitre, vers la ville appauvrie: des gens en
haillons, des devantures fermées par des planches, des
victimes de la polio qui rampaient sur les mains et les
hanches sur les trottoirs effrités. Parmi eux, les quelques
personnes saines et bien vêtues semblaient écrites en ita-
lique. Beaucoup d'entre elles étaient habillées de la
même façon bizarre que le chauffeur de la Mercedes:
pantalon large, chemise bariolée de mauvaise qualité,
chaussures à talonnettes, lunettes aux verres très foncés.
Quand un de ces individus passait, les autres piétons
semblaient veiller à ne pas se trouver sur son chemin.

Beaucoup plus beau était le Nile Mansions Hotel, un
vaste établissement de luxe bâti sur le même terrain que
le Centre de conférences international. Un chasseur petit
et étique prit les bagages tandis que M. Onorga conduisait Sir Denis à travers le hall jusqu'à la réception.

Un peu d'électricité dans l'air, la sensation que tout le
monde était attentif à quelque chose firent que Sir Denis
regarda sur le côté, en direction d'un long bar américain

flanqué d'un comptoir. Une douzaine de personnes étaient assises là, très figées, causant méthodiquement, comme M. Onorga avait causé dans la voiture. Et à l'extrémité du bar, seul à une table, était assis un homme massif vêtu d'une tenue de safari grise et mal coupée, contemplant le hall d'un œil lourd. Sa main tenait négligemment un verre, et tandis que Sir Denis regardait, il leva le verre et but. Instantanément les autres clients du bar burent aussi, avec précipitation et soulagement. Les verres furent reposés sur les tables, et le regard de l'homme massif bougea, sans paraître se fixer sur un objet particulier.

C'est Idi Amin ! Sir Denis battit des paupières, stupéfait et inquiet, tandis que lui revenait un souvenir tout à fait déplacé. Autrefois, dans les années 40, pendant la guerre, il avait été détaché pendant près de deux ans auprès de la marine américaine, à Washington, pour s'occuper des convois transatlantiques qui franchissaient le blocus des sous-marins allemands. Sa famille était avec lui, et un jour de Noël il avait emmené sa fille Anne, alors âgée de trois ans, pour voir le Père Noël chez Garfinckel. Cette silhouette trapue, toute rouge et blanche, était le centre de l'attention générale, sur son trône au fond de la salle, dégageant un parfum menu – et erroné, bien sûr – de pouvoir : le pouvoir de donner, d'exaucer, de rendre heureux. Ici en Ouganda, n'était-ce pas le revers de la même médaille, cette lourde silhouette toute noire et grise ?

Sir Denis se rappelait qu'Anne avait eu peur du Père Noël, elle avait pleuré et refusé de s'approcher de lui. Elle avait eu ses cadeaux de Noël, de toute façon.

À la réception, les formalités furent brèves. Fort bien : après tout, il était Sir Denis Lambsmith de l'Office international du café, venu achever les négociations touchant la vente et l'expédition au Brésil d'une très grande partie de la récolte ougandaise de café. Il était donc une personnalité importante – peut-être formidable – pour l'économie ougandaise. Se remémorant cela, tâchant d'oublier le poids du lourd regard qui pesait sur son épaule et son bras, Sir Denis signa le formulaire d'entrée, prit les trois messages qui l'attendaient, serra gravement la main de M. Onorga, le remercia tout aussi solennellement de sa courtoisie et de ses bontés, et suivit le chasseur en direction de sa chambre.

Les trois messages émanaient de : Baron Chase, capitaine, qui signait «Adjoint au chef du protocole», souhaitait la bienvenue à Sir Denis en Ouganda et l'invitait à une réception donnée par le président à vie Idi Amin Dada dans la suite présidentielle, au 202, à dix-sept heures aujourd'hui ; de sa fille, Anne, maintenant âgée de vingt-huit ans et mariée à un banquier de la City, qui lui demandait, s'il passait par Londres en rentrant au Brésil, de l'appeler et de lui rapporter un sac africain tressé ; et de Carlo Velhez, de l'Institut brésilien du café, disant qu'il était au 417.

Après avoir défait ses bagages et s'être douché et avoir pris des notes manuscrites sur le début de cette journée – dix-sept volumes de ce journal intime morne et indigeste, gribouillé dans un code personnel, étaient déjà stockés à Londres et dans le Sussex et à São Paulo –, Sir Denis téléphona à Velhez et l'invita dans sa chambre pour discuter avant la réception.

Il y avait déjà du whisky et de l'eau potable dans la chambre. Sir Denis avala un petit scotch et son verre était rincé, essuyé et rangé sur le plateau quand de petits coups économiques à la porte annoncèrent l'arrivée de la petite silhouette économique de Carlo Velhez, homme minuscule et pimpant, affublé d'aberrantes bacchantes de bandit. Au Brésil, Sir Denis et Velhez avaient des relations neutres, sans intimité personnelle ni mondaine; ici, comme tous les voyageurs qui se retrouvent loin de chez eux, ils se montrèrent presque fraternels, chacun accueillant l'autre avec une joie sincère.

— Entrez, entrez.

— Vous semblez en pleine forme.

— Vous avez fait bon voyage?

— C'est curieux, cet endroit.

Puis ils s'assirent avec de légers whiskies à l'eau pour discuter de ce qui les amenait ici, s'entretenant en portugais, ce qui rendit furieux les hommes de la Sécurité nationale dans leur poste d'écoute au sous-sol.

— Il y a une question d'argent qui se pose, dit Velhez.

— Mais le prix a été fixé le mois dernier.

Velhez hocha la tête, ses doigts manucurés jouant avec son inquiétante moustache.

— Néanmoins, dit-il, le prix continue de monter sur le marché international.

Depuis longtemps l'inconstance humaine n'inspirait plus à Sir Denis qu'une lassitude efficace; il fallait négocier avec la race humaine telle qu'elle est et non telle qu'elle devrait être. Il souligna pourtant l'évidence:

— Un accord de prix est un accord de prix. Si le marché avait baissé, les Ougandais auraient-ils envisagé d'être payés moins?

— J'ai avancé cet argument, dit Velhez d'une voix plate. En fait, je crois qu'il s'agit seulement d'une manœuvre, d'un élément négociable.

Sir Denis considéra le liquide pâle au fond de son verre.

— Bien sûr. Ils ne veulent pas davantage d'argent, ils veulent quelque chose d'autre. Une modification de la procédure de livraison?

— Non. Nous... c'est-à-dire, le cartel... Nous devons toujours fournir huit avions qui transporteront le café jusqu'à Djibouti où il sera embarqué. (Velhez eut un sourire triste derrière sa moustache.) Ce qu'ils veulent, c'est un plus gros pourcentage d'avance.

— Combien ?

— Un tiers.

— Douze millions de dollars ? dit Sir Denis qui semblait stupéfait et qui l'était. D'avance ?

— Je tiens la chose de Baron Chase en personne, dit Velhez. C'est ce qu'ils veulent, et ils ne lâcheront pas. En fait, ils préféreraient que la suggestion vienne de nous.

— Baron Chase. Le capitaine Baron Chase. (Sir Denis traversa la pièce pour ramasser ses messages sur la table de chevet.) Adjoint au chef du protocole, lut-il. Qui est ce monsieur ?

— Un Canadien. Il travaille pour...

— Un Blanc ?

La moustache de Velhez frémit d'amusement.

— Absolument. Il a peut-être la citoyenneté ougandaise.

— Capitaine, répéta Sir Denis. Capitaine de quoi ?

— Apparemment, Amin voulait en faire un général, expliqua Velhez, mais Chase est plus sensible qu'Amin au ridicule, et le grade de capitaine représente un compromis.

— Qu'est-ce qu'il fait ? A-t-il du poids ?

Velhez haussa les épaules.

— Sous un pouvoir personnel, il est difficile de dire qui a du poids et qui n'en a pas. Mais Amin a deux ou trois Blancs comme ça auprès de lui pour le conseiller, pour faciliter ses relations internationales, pour agir quand ses Africains mettraient la pagaille. Chase est très polyvalent.

— Alors il faut que je lui dise deux mots, dit Sir Denis. Un tiers d'avance. Et si, finalement, les pluies

arrivent trop tôt et gâchent la récolte ? Et si ce gouvernement tombe ? Il arrive que les gouvernements tombent.

— De même que la pluie, observa Velhez. De même
que le gel, comme nous le savons tous deux.

— A-t-on informé Bogota ? demanda Sir Denis d'un air
soucieux. (Il faisait référence au groupe de Bogota,
l'OPEC – Organisation des pays exportateurs de café –,
un cartel de huit producteurs occidentaux : le Mexique, le
Brésil, le Venezuela, la Colombie, le Salvador, le Costa
Rica, le Honduras et le Guatemala. Ils avaient approuvé
le marché initial.)

— Tant que le prix total n'est pas modifié, ça ne les
concerne pas, dit Velhez en haussant les épaules.

— Eh bien, dit lentement Sir Denis, je ne crois pas
qu'Emil Grossbarger acceptera.

Le souci de Velhez parut redoubler. Il y avait de quoi.
Bien que la vente effective de café soit négociée entre
des gouvernements – entre la Commission du café d'Ouganda, organisme officiel, et l'Institut brésilien du café,
organisme quasi officiel –, il y avait un inévitable intermédiaire, en l'occurrence un groupe d'investisseurs de
Londres et de Zurich dirigé par un Suisse nommé Emil
Grossbarger. Le transport du café, sa livraison aux
demandeurs brésiliens, ainsi que l'apport financier et les
versements, étaient à la charge de ce consortium privé,
qui possédait à la fois le capital nécessaire et une réputation internationale propre à garantir la bonne marche des
opérations et leur honnêteté. Si le groupe Grossbarger se
retirait maintenant, si le Brésil devait tout recommencer
et négocier ailleurs pour trouver du café et honorer ses
engagements, le prix serait certainement plus élevé, la
quantité disponible serait probablement insuffisante, et le
Brésil risquait de devoir consacrer sa prochaine récolte
au remboursement de ses dettes. Velhez ne put dissimuler son anxiété :

— Vous ne croyez pas que vous pourriez parler à Grossbarger ? Le persuader ?

— Je ne suis pas sûr qu'une telle tentative serait honorable, répliqua Sir Denis avec une certaine vivacité. Grossbarger s'est adressé à l'ICB parce que notre neutralité est connue, dans ce genre d'affaires.

L'ICB, International Coffee Board – l'Office international du café –, était une organisation installée à Londres, appuyée par l'industrie du café et approuvée par les États producteurs et consommateurs. Sa tâche était de superviser impartialement le commerce international du café. Sir Denis, expert de l'ICB depuis dix-sept ans, faisait circuler à travers le monde d'énormes cargaisons de café, comme dans une obscure partie de go, et était notamment lié au groupe de Bogota et surtout à l'Institut brésilien du café ; c'est à la demande personnelle d'Emil Grossbarger qu'il s'était chargé des négociations actuelles. Jusqu'ici il avait fait le travail à Londres et à São Paulo, mais maintenant que l'accord était sur le point d'être signé, il était venu à Kampala pour les ultimes formalités.

Et voici qu'il y avait un pépin. L'accord, que Sir Denis avait parfaitement en tête, prévoyait un paiement initial de dix pour cent, soit environ trois millions et demi de dollars US, dont les Brésiliens et le groupe Grossbarger devaient mettre chacun la moitié. À présent, à la dernière minute, ce premier versement était presque quadruplé. Après avoir pris le temps de servir deux autres verres – tandis que Velhez se rassérénait tant bien que mal – Sir Denis poursuivit :

— Emil Grossbarger, dit-il, n'est pas homme à accepter ce genre de plaisanterie.

— Je suis certain qu'on peut faire quelque chose, dit Velhez. Les deux parties sont sûrement pleines de bonne volonté.

— Un tiers ?

— L'Ouganda, à ce que je comprends, a des problèmes commerciaux avec l'étranger. (Velhez essaya de ne pas mentionner la situation politique catastrophique.) Fermeture des frontières et ainsi de suite. On peut comprendre leur position.

— Il m'est difficile de comprendre la position d'un partenaire qui revient sur un accord établi.

— Mais vous en parlerez ? fit Velhez d'un air de plus en plus soucieux.

— Ce ne sont pas des politiciens, Carlo, ce sont des hommes d'affaires. Ils se sont déjà engagés pour plus d'un million et demi de dollars US. Sans compter le transport, le stockage et tout le reste.

— Mais vous leur parlerez.

Sir Denis soupira. Son esprit exercé avait déjà trouvé le compromis qui serait tolérable pour toutes les parties. Son travail consistait maintenant à le faire accepter. Il commença de poser des jalons :

— Carlo, vous savez que je ferai de mon mieux.

— On peut trouver une solution, dit Velhez comme s'il énonçait une prière.

— Pour être franc, dit Sir Denis avec un manque total de franchise, il me paraît très improbable que Grossbarger modifie sa position.

— Mais le bénéfice reste le même ! gémit Velhez avec une inquiétude presque coléreuse.

— Le risque initial augmente. Il y a d'autres investissements que ces gens peuvent faire, ensemble ou séparément. Et puis le capital bloqué représente une perte de revenu.

— Je m'en rends bien compte. (Velhez soupira avec agitation à travers sa moustache de brigand.) Mais nous en sommes à ce point.

— Il est possible, dit Sir Denis qui remarqua la brusque tension de Velhez, que je puisse les faire bouger un petit

peu. Mais certainement pas jusqu'à la moitié des nouvelles exigences. Pas jusqu'à six millions de dollars.

— Quarante-cinq pour cent, peut-être ? Quarante…

— Non, Carlo. Ces messieurs vont être très en colère
quand je leur parlerai, et nous ne pouvons les blâmer.

— Bien sûr, dit Velhez. Mais ce n'est pas *notre* faute.
Ils le comprendront sûrement.

— Je doute qu'ils se soucient de savoir à qui la faute.
Carlo, je veux bien demander au groupe Grossbarger de
porter son versement initial à deux millions.

— Deux ! Sur douze !

— Si je demandais davantage, dit Sir Denis, on
m'éconduirait aussitôt. Je ne suis pas du tout certain que
ce n'est pas ce qu'ils feront de toute façon. Enfin, on
peut tenter la chose.

— Deux millions, répéta Velhez d'un air consterné.
Dix millions de notre côté.

— Ce que je vais faire *aussi*, poursuivit Sir Denis,
c'est dire deux mots aux gens d'ici. Au capitaine Chase
ou je ne sais quoi. Peut-être pourrons-nous les modérer
un peu.

— Ça, je ne sais pas, dit Velhez.

Il n'avait plus du tout le vent dans les voiles : même
sa moustache se recroquevillait.

— Eh bien, nous leur parlerons. Nous obtiendrons
peut-être un résultat heureux. Et ce que je vous suggère à
présent, entre nous…

— Oui ? Oui ? fit Velhez en se redressant.

— Quand je parlerai à nos amis de Londres et Zurich,
déclara Sir Denis, je ne parlerai pas de pourcentage. Je
suggérerai qu'ils augmentent leur premier versement jusqu'à deux millions, et avec de la chance ils accepteront.
Alors, les concessions que vous et moi pourrons obtenir
des gens d'ici — ces concessions bénéficieront uniquement à votre partie.

Le grand talent de Sir Denis Lambsmith ne consistait pas à trouver des solutions brillantes à des problèmes épineux, mais à trouver une façon brillante de décrire la solution imparfaite et malcommode qui était la moins mauvaise de plusieurs mauvaises solutions. Cinq minutes plus tôt, Velhez pensait fournir six millions ; maintenant, il était soulagé et content de savoir qu'il n'aurait pas à partager avec ses partenaires ce qu'il pourrait gratter sur dix millions.

— C'est magnifique, dit-il. Il est possible, je suppose qu'il est possible que nous les ramenions à vingt-cinq pour cent plutôt qu'un tiers. Dans ce cas, avec deux millions qui viendraient de nos amis, notre propre débours ne dépasserait pas sept millions.

— Pas d'enthousiasme prématuré, gronda Sir Denis. Nous avons encore bien des gens à convaincre, dans cette galère.

— Vous avez raison. (Velhez se leva avec précipitation, la moustache frémissante.) Je dois téléphoner à São Paulo.

— J'ai moi-même quelques communications à donner, dit Sir Denis en se levant aussi. Je vous verrai à la réception.

— À la réception, répéta Velhez. Souhaitons-nous bonne chance.

La suite 202 était gardée par des soldats avachis portant des bérets et des uniformes de style britannique. À l'intérieur, dans une pièce où juraient des meubles anglais traditionnels et du danois contemporain avec des tapisseries et des tapis arabes, se tenait une assistance assez nombreuse et bigarrée. Les visages pâles étaient surtout des hommes d'affaires, britanniques ou américains, allemands ou scandinaves, à quoi s'ajoutaient quelques diplomates des représentations encore présentes à Kampala : principalement des Arabes, mais aussi des Français et quelques autres. Il y avait trois sortes de Noirs présents : des hommes élancés, au visage froid, en uniforme de l'armée ; des fonctionnaires mâles et femelles en complet veston ou robe de cocktail qui émettaient un fond sonore de bavardages mondains ; et des hommes sourcilleux, aux yeux furieux, en saharienne ou chemise criarde, beaucoup pourvus de grosses lunettes noires, la plupart immobiles et déhanchés, une main derrière le dos, tenant leur propre coude – la posture était puérile, mais elle évoqua pour Sir Denis des enfants malfaisants, comme si ces hommes retenaient leur bras avant de commettre un acte profondément cruel.

Sir Denis arrivait plus tard qu'il n'avait prévu, car il avait été accaparé au téléphone, surtout par sa conversation avec Zurich, c'est-à-dire avec Emil Grossbarger, le dirigeant effectif du consortium. Il comptait d'ailleurs que ses hôtes avaient une écoute sur sa ligne et qu'ils comprenaient donc la raison de son retard.

Comme il pénétrait dans la vaste pièce principale de la suite (la réception semblait se dérouler aussi dans des pièces voisines à droite et à gauche), Carlo Velhez s'approcha en compagnie d'un grand Blanc assez trapu. Tous deux tenaient des verres. Carlo avait l'air très agité, l'excitation de son regard faisait presque oublier sa moustache luxuriante, tandis que son compagnon avait les yeux mi-clos, l'air d'un serpent sur une pierre ensoleillée. *Baron Chase*, se dit Sir Denis.

— Sir Denis Lambsmith, dit Carlo Velhez dans son anglais lourdement accentué et d'une voix frémissante d'inquiétude contenue. Puis-je vous présenter Baron Chase...

— Enchanté, dirent-ils tous deux et Sir Denis tendit la main, Baron Chase la prit et la garda : Il vous faut un verre, déclara-t-il.

— Je vous remercie, je…

Tenant toujours la main de Sir Denis — ce que celui-ci trouvait horriblement pénible — Chase se détourna à demi, fit signe avec son bras gauche.

— Il faut un verre à notre invité d'honneur. (Chase avait un ton affecté, las et pédérastique qu'il croyait sans doute aristocratique, et l'accent d'un péquenot cosmopolite.)

Un valet — petit, décharné, jeune, apeuré, malodorant — fendit vivement la foule pour atteindre Chase. Sir Denis, tout en commandant un gin-tonic, ne fut pas du tout étonné de voir l'homme qui lui avait servi de chauffeur entre l'aéroport et ici, et qui s'adossait au mur en compagnie de deux types semblablement habillés, tous trois l'air sombre et menaçant. De même que les «tontons macoutes» en Haïti, la police «secrète» d'Ouganda manifestait ostensiblement son existence.

Enfin, la commande étant passée, Chase autorisa Sir Denis à récupérer sa main.

— Votre ami Carlo m'a expliqué ses ennuis, et je lui ai expliqué les miens.

Ce qui voulait dire que Carlo n'avait pu faire rabattre les nouvelles exigences ; d'où son expression épouvantée. Sir Denis adopta un ton affable :

— J'ai ouï dire, en effet, qu'on tentait de rouvrir les négociations.

— Ah bon ? fit Chase en prenant l'air perplexe. Sur quelle base ?

— Peut-être me suis-je mépris. Il était question d'un plus gros paiement à la commande.

— Ah, le réaménagement ! (Chase rit et secoua la tête.) Il ne s'agit pas de… Voilà votre verre.

— Merci.

Le serveur malodorant s'en fut. Sir Denis goûta un peu de gin mêlé d'un soupçon de tonic et de trop de citron.

73

— On ne rouvre pas les négociations, Sir Denis. Puis-je vous appeler Sir Denis?

— Mais certes. (Et en effet, pourquoi pas? Chase allait s'adresser à lui selon les règles de la politesse formelle, mais ce Canadien s'imaginerait que «Sir Denis» était une familiarité; c'était un nouveau triomphe de la diplomatie.)

— Sir Denis, dit Chase, réaménager le calendrier des paiements, ce n'est pas rouvrir les négociations, il me semble. Mais ce n'est pas notre affaire. Venez que je vous présente au président.

Une sensation de froid courut le long de la colonne vertébrale de Sir Denis et devint un frisson d'appréhension qui fit se hérisser les poils de sa nuque. Il se contint.

— J'en serai ravi.

— Nous nous verrons tout à l'heure, dit Carlo (il avait l'air d'un homme qui se noie mais qui est trop poli pour le dire).

Tenant Sir Denis par le coude, doucement mais avec insistance (cet individu était-il donc incapable de tenir ses mains tranquilles?), Baron Chase le guida à travers les conversations polyglottes et jusqu'à la porte de communication donnant sur la pièce de droite, où une douzaine de personnes se tenaient dans des postures maladroites, comme de mauvaises statues, face au groupe familial qui régnait sur le centre des lieux.

Une brusque envie de rire ne fit qu'augmenter l'appréhension de Sir Denis. Idi Amin portait un uniforme camouflé, trop petit de plusieurs tailles, dont les méandres verts et bruns se tendaient sur son gros torse et ses cuisses épaisses, de sorte qu'au premier regard il avait l'air d'une photographie aérienne de paysage rural, marqué par des poches de veste gonflées juste au-dessous de sa taille épaisse. Les rangées de décorations sur sa poitrine, si nombreuses qu'elles se recouvraient comme des revues sur une table basse, auraient pu être la principale ville de la région. Mais que penser de cette gigantesque olive noire et pensive – cette tête à la large bouche mécontente, aux yeux lourds et défiants ?

À la droite d'Amin se tenait une Noire jeune et belle, le teint clair, très grande et svelte, dans une espèce de costume indigène qui comportait des mètres et des mètres de tissu vivement coloré. Sa chevelure, à la mode des Ougandaises richissimes, était tressée et coiffée pour former des arceaux et des huit qui s'élevaient trente centimètres au-dessus de sa tête, comme une sculpture moderne en fer forgé. La jeune femme était très joyeuse et souriait comme si elle se trouvait à sa propre fête d'anniversaire.

Deux enfants flanquaient les adultes, comme deux échos. Près de la jeune femme, une fillette d'environ six ou sept ans avait une coiffure plus simple et plus traditionnelle mais un vêtement analogue. Le garçonnet d'une dizaine d'années qui se pressait timidement contre la jambe gauche d'Amin portait l'équivalent exact de l'uniforme camouflé de son père. Les deux enfants étaient beaux, avec de grands yeux bruns et une mine grave.

Oublieux de la main qui lui tenait le coude, Sir Denis laissa Chase le guider à travers la pièce. Tout s'effaça tandis que Sir Denis regardait ces yeux noirs qui le regardaient approcher.

– Président Idi Amin Dada, dit Baron Chase en lâchant enfin prise, puis-je vous présenter Sir Denis Lambsmith ?

Un large sourire coupa en deux le visage d'Amin. Sir Denis avait escompté que tout sourire provenant de cet être serait féroce. Il fut stupéfait de voir comme Idi Amin pouvait avoir l'air gamin, en dépit de sa taille, de sa laideur, de sa réputation. La pogne énorme mais douce secoua la main de Sir Denis.

– Échange international, dit Amin et il rit.

— Ravi de vous rencontrer, Votre Excellence, dit Sir Denis.

— Échange international, répéta Idi Amin comme si la formule était le nom de Sir Denis, ou un mot de passe, ou une plaisanterie secrète entre eux ; et il rit encore et tapota l'épaule de Sir Denis et se détourna pour faire signe à une silhouette proche.

Un homme avança en hâte, la mise nette mais élimée, l'air intelligent mais soucieux, grand mais voûté par l'angoisse, assurément négroïde mais le nez aquilin et le menton pointu. Contournant Amin et la femme et les deux enfants, l'individu se posta derrière le garçonnet (qui contemplait Sir Denis avec une curiosité parfaitement solennelle) et attendit apparemment des instructions. Lesquelles ne se firent pas attendre : Amin lâcha une bordée de mots crépitants, dans une langue aiguë et pleine d'aspirations, avec des accentuations et des coups de glotte et des liaisons gutturales fréquentes. Du swahili. L'homme écouta, hochant la tête, et quand Idi Amin eut fini, il s'adressa à Sir Denis :

— Le président à vie dit qu'il est très heureux de vous voir ici, dans ce beau pays. Il espère que vous profiterez de l'occasion pour faire du tourisme et contempler quelques-uns de nos célèbres paysages. Et il est content que vous soyez prêt à nous aider dans notre problème d'échange international.

Sir Denis écouta tout ça avec une certaine stupeur et répondit directement à Amin :

— Votre Excellence, j'avais été informé que vous parliez anglais.

L'interprète allait traduire cela en swahili mais Amin répliqua aussitôt, dans ce dernier langage, et l'interprète traduisit à l'intention de Sir Denis :

— Le président à vie dit qu'il parle un tout petit peu l'anglais, juste assez pour commander sur un champ de manœuvres. Avec quelqu'un d'aussi important que vous, le président à vie juge important que le langage soit, euh…

— Poué-cis, déclara Idi Amin.

L'interprète cligna des yeux et déglutit, comme si on l'avait menacé.

— Que le langage soit précis, dit-il.

— Mais sans nul doute, dit Sir Denis en s'adressant de nouveau directement à Amin, ceci est une conversation mondaine. Nous n'allons ni l'un ni l'autre entamer des négociations dans les circonstances présentes, j'espère.

Amin sourit de nouveau. Cette fois son sourire avait quelque chose de la férocité que Sir Denis avait prévue. Une nouvelle bordée de swahili fut lâchée et traduite :

— Toute la négociation est terminée. Le président à vie est heureux que les Brésiliens et l'Office international du café aient trouvé le café ougandais à leur goût. (Il y eut encore une intervention en swahili, puis :) Et le prix acceptable, pour cet excellent café.

— Le café et le prix sont tous deux excellents, déclara Sir Denis en adressant un sourire hésitant à Amin.

Encore du swahili.

— Le président à vie est heureux que les Brésiliens et vos propres, euh, chefs soient…

— Vos su-bé-wieux, dit Idi Amin.

— Que vos supérieurs, dit précipitamment l'interprète, acceptent un modeste versement anticipé d'un tiers.

— Je ne sache pas que la discussion sur ce point soit achevée, déclara Sir Denis en choisissant ses mots avec soin.

— C'est tout fini ! s'exclama Amin en riant bruyamment et en se claquant lourdement le ventre avec la paume. (Les personnes présentes dans la pièce, qui n'avaient pas suivi la conversation, et qui ne l'auraient pas comprise si elles l'avaient suivie, jugèrent bon de rire. Amin se remit à parler swahili et l'interprète tradui-sit :) Nous sommes ici dans l'amitié et la joie, pour signer beaucoup de papiers.

Dans l'arsenal de la diplomatie, un air d'ennui distingué est une arme très utile. Sir Denis s'adressa à l'interprète :

— Voulez-vous dire au président à vie combien je suis heureux que cette question ait été résolue. J'ignorais qu'elle l'était.

Idi Amin rit de nouveau et parla en swahili. L'inter-prète eut l'air très embêté et resta silencieux. Idi Amin baissa un sourcil et le considéra. L'interprète leva les yeux sur Sir Denis.

— Le président à vie déclare que sa bite est plus grosse que la vôtre.

— Oh, dit Sir Denis qui se trouva court pour la pre-mière fois de sa vie adulte. Eh bien, ma foi, je vois. C'est possible.

— Échange international, dit Idi Amin qui se pencha de très amicale façon pour tapoter le bras de Sir Denis. Très heureux, déclara-t-il.

Sir Denis, au milieu du chaos de honte brûlante qu'était devenu l'univers, sentit de nouveau la main de Baron Chase sur son bras. Après avoir adressé une der-nière phrase à Amin, il se laissa reconduire.

Plus tard, dans sa chambre d'hôtel, prenant note de l'entrevue, il fut totalement incapable de se rappeler ce qu'il avait dit pour finir. Il lui sembla probable que ce n'était, en tout cas, pas la chose à dire.

7

Ce matin-là, Mazar Balim s'enferma pendant une heure dans son bureau avec Isaac Otera, afin de causer de divers détails d'affaires. Isaac avait apporté dans les entreprises commerciales de Balim son amour bureaucratique des fiches et des dossiers, qui y étaient inconnus auparavant. Balim avait d'abord été rebuté par toute cette paperasse, et il s'était plaint : « Isaac, quand un gouvernement quelconque finira par me prendre, tous vos papiers lui serviront de preuves. » Mais il avait fini par s'y faire, et à présent il était même content de savoir que ses affaires étaient si complètement connues par cet homme — qui était étranger à sa famille, qui n'était pas un Asiate, qui était à vrai dire un Ougandais noir.

Un instant ils furent dérangés par Frank, à qui Balim dit d'attendre. Ils continuèrent, examinant successivement tous les dossiers de papier kraft aux intitulés propres et nets, jusqu'au moment où ils en eurent fini avec tous les transports lacustres et ferroviaires, tous les achats et ventes, tous les crédits et débits. Alors Balim eut enfin son sourire timide, irrésistible, adorable (et totalement truqué).

— Merci, Isaac. Veux-tu dire à Frank d'entrer ?

— Un instant, monsieur, fit Isaac assez étonnamment et, au lieu de se lever, il demeura assis sur la chaise de bois derrière le bureau, les genoux serrés, tous les dossiers proprement empilés dans son giron. Puis-je dire quelque chose ? demanda-t-il.

— Bien sûr. (Le sourire de Balim se fit poliment inquisiteur.)

— Vous n'avez pas discuté avec moi de cette nouvelle opération, dit Isaac. (Balim hocha ; son visage n'exprimait rien.) Vous ne m'avez pas demandé d'ouvrir un dossier, dit Isaac, ni de vérifier les références de quiconque, ni de faire une estimation des coûts, ni de m'occuper du stockage, du transport…

— Oui, oui, coupa Balim. Compris.

— En bref, déclara Isaac avec son propre sourire fonctionnel, il faut supposer que je ne sais rien du tout de cette affaire.

— Jamais je ne supposerai une chose pareille, Isaac.

— Si j'ai bien compris la question, l'opération consiste principalement à voler une grosse quantité de café en Ouganda et à le faire passer en contrebande au Kenya.

— À ce que je comprends, tu tiens des informations de Charlie.

Isaac laissa la remarque sans réponse :

— Je vous sais gré de votre délicatesse, dit-il. Vous ne voulez pas me mêler à une action illégale et très probablement violente. Vous avez évidemment considéré, comme je suis un chrétien pratiquant et comme je me suis formé dans les tâches administratives, que je ne voudrais rien avoir à faire avec une telle activité.

— Votre interprétation me fait honneur, dit Balim.

— Cependant, déclara Isaac avec douceur et fermeté, cette opération est en quelque mesure analogue à une entreprise commerciale complexe. Il y aura des associés et des employés – par exemple les deux Américains qui sont arrivés hier – qu'il faut jauger et dont la position doit être précisée. Il y aura des problèmes de transport, peut-être d'hébergement. Tôt ou tard le café lui-même devra réapparaître sur le marché par les voies normales, et il faudra posséder alors les papiers adéquats.

Balim, les yeux brillants, dévisagea Isaac.

— Est-ce que tu te portes volontaire ?

— Je n'ai pas à me porter volontaire pour ce qui est

déjà mon travail normal. (Isaac eut de nouveau un petit sourire.) Mais il y a un autre élément à considérer.

Balim attendit, hochant légèrement la tête, les mains croisées sur son ventre replet.

— J'ai encore des contacts à l'intérieur de l'Ouganda, dit Isaac. (Sa voix prenait toujours une soudaine âpreté quand il parlait de son pays natal ; c'était la seule manifestation des émotions complexes qu'il se forçait à réprimer.) L'économie s'effondre, poursuivit-il. On pourrait estimer qu'elle s'est déjà effondrée. L'expulsion des Afro-Asiatiques y a été pour beaucoup, bien sûr…

— Alors il y a une justice, somme toute, murmura Balim.

— Mais, dit Isaac, il y a aussi l'incurie financière d'Amin et de ses Nubiens. Ils ne mangent pas seulement leur capital ; ils mangent la banque.

— Jolie formule.

— C'est le café qui leur sauve la vie. (Isaac se pencha en avant ; son agitation réprimée mit du désordre dans les dossiers posés sur ses genoux et en rompirent l'alignement impeccable.) Le peuple meurt de faim, mais Amin achète du whisky et des voitures et des uniformes neufs, et c'est grâce au café qu'il paie.

— Certes.

— Je ne suis pas un héros, dit Isaac qui se détendit, s'adossa de nouveau, rectifia l'alignement des papiers, et tout son corps parut pousser un soupir. Je ne suis pas le vengeur solitaire, dit-il en contemplant ses mains noires sur les dossiers pâles. Je ne suis pas l'homme qui franchit secrètement la frontière avec une carabine pour traquer le tyran et… et venger sa famille.

— Isaac, fit doucement Balim qui se pencha comme s'il voulait toucher la main de l'administrateur.

— Je suis un bureaucrate, dit Isaac sans lever les yeux. Je suis un rond-de-cuir.

— Isaac, tu es un homme. Tout homme a une fonction.

Cette fois Isaac leva les yeux. Ceux-ci étaient ordinairement un peu rouges dans son visage sombre, et en ce moment ils l'étaient plus que d'habitude.

— Chaque sac de café qu'on vole à Amin abrège son sursis. Plus on lui volera de café, plus il en sortira en contrebande, et plus vite Amin sera à court d'argent pour soûler ses Nubiens et se couvrir de médailles neuves. J'espère que ce train transporte toute la récolte, jusqu'au dernier grain.

— Dieu t'entende, fit Balim avec un doux sourire.

— Vous avez besoin de moi, affirma Isaac. Pas pour attaquer le train, bien sûr.

— Bien sûr.

— J'ouvre un dossier ?

— Oui.

— Comment l'intitulerai-je ?

Balim réfléchit.

— Pause-café, décida-t-il. Dis à Frank d'entrer, maintenant.

Isaac sourit et se leva. À la porte, tenant la pile de classeurs, il se retourna :

— Merci, monsieur Balim.

— Merci *à toi*, Isaac.

Isaac sortit et Frank entra, d'un pas botté et sonore, en pantalon de whipcord kaki bruissant et chemise de coton repassée et soigneusement boutonnée, les manches roulées sur ses biceps.

— 'Jour, m'sieu Balim, fit-il en s'abattant dans le fauteuil.

— Ma première impression, dit Balim, est favorable à vos amis.

— Je voulais qu'on parle de ça, dit Frank. De la façon de manier Lew Brady.

— Le manier?

— Ce n'est pas le premier gars que j'ai appelé, dit Frank. Pour vous dire vrai, il n'est même pas dans les dix premiers que j'ai appelés.

— Ah bon?

Frank se gratta bruyamment le crâne.

— Je ne sais pas ce qui leur arrive à tous. Les gens que je connais, ils sont tous morts ou à la retraite ou disparus. À la retraite! Vous imaginez une chose pareille?

— Les gens vieillissent, suggéra Balim.

— Ces mecs? Dan Davis? Rusty Kirsch? Bruno Mannfelder? (Frank secoua la tête.) Ils deviennent tous de plus en plus comme Roger Timmins.

Ce rappel de leur pilote précédent fit hausser les sourcils de Balim.

— Comment a-t-il pris la chose?

— Mal. Il a râlé. Bon, en tout cas, finalement j'ai Lew et au moins il n'est ni gâteux ni poivrot ni retraité ni mort.

— Mais?

— Mais il faut le manier, dit Frank. Ce qu'il y a, c'est que Lew est ce qu'on pourrait appeler un idéaliste.

— Ah? Ah.

— Il ne sait pas qu'il est comme ça, expliqua Frank. Il croit qu'il est mercenaire comme tout le monde. Mais quand on abat les cartes, il aime bien penser qu'il fait une bonne action.

— Je vois.

— Alors quand vous lui parlerez, suggéra Frank, tâchez de faire un peu mousser le côté politique, vous voyez? Que notre objectif, c'est qu'Amin en prenne plein la gueule. Ça lui plaira.

— Oh, dit Balim dont le sourire devint triste. Je vais vous dire ce qui sera le mieux, Frank. Faites en sorte que votre ami Lew parle à Isaac.

— Ah ouais?

— Assurément, dit Balim. (Il avait le sourire le plus triste du monde.) Tout homme a une fonction.

8

À Londres, Sir Denis descendit à l'Inn On the Park, hôtel qui était en réalité à une rue de distance de Hyde Park, bien qu'effectivement, tandis qu'il prenait son petit déjeuner près de la fenêtre de sa chambre élevée, il pût scruter par-dessus les toits des immeubles intermédiaires et apercevoir le large paysage verdoyant du parc, la Serpentine, les cavaliers sur Rotten Row, de petites Arabes grasses enveloppées de mauvais tissu noir et masquées de plastique noir, et les ormes séculaires frappés par la maladie et qu'on avait abattus en hâte pour essayer de sauver les arbres sains, et qui étaient maintenant comme des bûches gigantesques et cadavériques.

Après le petit déjeuner, Sir Denis traversa à pied le quartier de Grosvenor, passant devant l'ambassade américaine de Grosvenor Square et poursuivant jusqu'au quartier général de l'Office du café sur Warren Street, juste au sud d'Oxford Street. Les deux hommes qu'il rencontra là se nommaient Bennett et Cleveland, et la discussion porta essentiellement sur le tempérament et les projets d'Idi Amin.

— Vous l'avez vu, dit Bennett. Qu'en dites-vous?

— Cet homme est aberrant, déclara Sir Denis. Je ne doute pas qu'il puisse être dangereux.

— Il a déjà été dangereux plusieurs fois, observa Cleveland.

— Pendant que vous étiez là-bas, demanda Bennett, avez-vous eu des conversations avec un certain Onorga ?

— De la Commission du café d'Ouganda. Oui. Il m'a accueilli à l'aéroport. Un être morose.

— Que vous a-t-il dit ?

— Rien. Il a à peine ouvert la bouche.

Bennett et Cleveland échangèrent un regard plein de sens.

— Si vous voulez mon avis, dit Cleveland, Onorga est à passer par profits et pertes.

Sir Denis les considéra tous deux avec perplexité, puis s'adressa à Bennett, le plus sérieux des deux :

— Qu'est-ce qui ne va pas ?

— Onorga était notre homme sur le terrain.

— Mais il ne m'a pas dit un mot ! (Sir Denis était stupéfait.)

— Il avait peur, supposa Cleveland. Il savait qu'ils étaient après lui.

— Pourquoi croyez-vous qu'il y a un ennui ?

— Depuis que vous avez quitté Kampala, dit Bennett, il ne nous a pas envoyé de message radio.

Sir Denis savait que se trouvait quelque part dans l'immeuble un système de communication hautement complexe et coûteux, mais il ne s'était jamais soucié de son usage. Il est vrai que le café est cultivé sur presque tous les continents et consommé dans tous les pays, et il est vrai aussi que le marché du café touche une énorme quantité d'argent. (L'année précédente, les seuls États-Unis avaient payé plus de deux milliards et demi de dollars le café qu'ils avaient importé.)

L'Office international du café ne régissait pas le produit lui-même, mais ses mouvements sur le marché des matières premières dans les grandes places financières du monde. Sir Denis participait à l'expression visible de ce contrôle. Il avait toujours su qu'un secteur secret existait aussi, mais il préférait n'en savoir rien ou presque rien, et penser que ce secteur n'était ni nécessaire ni actif dans des circonstances normales.

Mais voici qu'il en était question, et le morose petit M. Onorga en faisait partie.

— Vous pensez qu'on l'a congédié ? dit Sir Denis.

— Nous pensons qu'il est mort, dit Bennett.

— S'il a de la veine, dit Cleveland.

— Mort ?

Sir Denis espéra qu'ils allaient rire et lui dire que c'était une farce. Mais Bennett se contenta de hausser les épaules.

— C'était un espion, dans un sens.

— Au pire, un espion industriel, déclara Sir Denis qui sentait son indignation monter. Et même pas ça, s'il informait simplement l'Office. On ne tue pas les gens pour des choses de ce genre.

— Nous, non, approuva Cleveland. Idi Amin, si.

— A-t-on enquêté ?

— Quand l'archevêque a été assassiné il y a deux mois, dit Bennett, il y a eu toutes sortes d'enquêtes. Certaines sont encore en cours. L'archevêque était un personnage plutôt important...

— Éminent, rectifia Cleveland.

— C'est pareil, lui dit Bennett qui se retourna vers Sir Denis : Les réponses faites à propos de l'archevêque ont été une quasi-plaisanterie, tant elles dédaignaient les faits concrets. Si nous nous inquiétions d'Onorga, ils se contenteraient de nous rire au nez.

— Le malheureux, dit Sir Denis. Je ne m'étonne plus de sa mine lugubre. Je compte que rien ne s'oppose à ce que je m'enquière personnellement de lui en retournant là-bas ? Simplement d'une manière amicale, demander où est le type que j'ai vu la dernière fois.

— Vous pouvez faire ça, dit Cleveland, si vous tenez à perdre votre temps.

— Notre problème immédiat, dit Bennett, c'est que nous avons grand besoin de recruter quelqu'un d'autre.

— Pas commode, vu les circonstances, ajouta Cleveland.

— Et redoutable pour la nouvelle recrue, souligna Sir Denis. À supposer que vous la trouviez.

— Si quelqu'un accepte, commença Bennett, mais Cleveland interjeta que c'était peu probable et Bennett hocha la tête à son adresse avec un soupçon d'agacement et poursuivit : Bien sûr. Mais si quelqu'un accepte d'essayer, il sera conscient du danger.

— Mon œil ! fit Cleveland en riant.

Bennett se pencha vers Sir Denis.

— Avez-vous fait d'autres rencontres là-bas ? Des personnes qui pourraient être utiles ?

— J'ai vu très peu d'indigènes. Surtout Onorga, à vrai dire.

— En y retournant, vous pourriez garder l'œil ouvert, dit Cleveland.

— Oui, certainement.

— Étant donné un dirigeant aussi instable qu'Idi Amin, dit Bennett, nous serions bien plus satisfaits d'avoir quelqu'un dans la place.

— Je comprends. Je ferai mon possible.

Le reste de la réunion fut consacré aux nouvelles conditions de vente, maintenant que l'Ouganda réclamait un tiers du prix au lieu d'un dixième à la commande. Les Brésiliens n'étaient pas joyeux mais ils trouveraient l'argent, et Sir Denis pourrait annoncer que le groupe Grossbarger avait accepté d'assez bonne grâce la légère augmentation de sa part du versement initial.

— En fait, dit Sir Denis, je déjeune aujourd'hui avec Emil Grossbarger.

— Il est à Londres ?

— Pour quelques jours seulement, il semble. Jusqu'ici, l'affaire ne paraît pas l'inquiéter beaucoup.

— Il se peut, dit Cleveland, qu'il n'ait pas encore compris la situation.

Emil Grossbarger était un homme grand et gros de près de quatre-vingts ans, la démarche traînante, de longs cheveux blancs hirsutes, les mains noueuses. L'arthrite et la vieillesse s'étaient coalisées contre lui, de sorte qu'il lui fallait un appareillage à roulettes pour marcher ; mais quand il était assis, il paraissait plus formidable que jamais, ses épaules charnues et son torse gros comme une barrique formant un socle adéquat pour sa grande tête dressée et attentive. Il avait un long nez pointu, des yeux bleu pâle profondément enfoncés qui luisaient derrière de légères lunettes à monture d'or, et une large bouche sensuelle dont les mouvements fluides et incessants reflétaient ses sentiments, tantôt souriant, tantôt faisant la moue, tantôt se tordant comme pour mordre.

Le déjeuner avait lieu dans le club commun aux deux hommes, le Special Services, juste derrière Harrods. Le club était accessible aux membres passés et présents des services de renseignements des pays de l'OTAN et à leur famille proche. Pendant qu'il était en poste à Washington durant la Seconde Guerre mondiale, Sir Denis avait fait de l'espionnage pour les services secrets britanniques, découvrant tout ce qu'il pouvait des contradictions entre ce que les États-Unis disaient à leurs alliés et ce qu'ils projetaient effectivement. Pendant la même guerre, Emil Grossbarger avait eu un grade assez élevé dans le renseignement militaire allemand, jusqu'à ce qu'il fût l'un des rares comploteurs à sauver sa vie après l'attentat de juillet 1944 contre Hitler. Échappant de justesse à la Gestapo, il était passé en Suisse, était devenu citoyen suisse peu de temps après la guerre, avait travaillé pour une banque suisse et son service de sécurité – de contre-espionnage, en fait : il s'agissait de garder le secret sur l'identité des déposants ; et bientôt il était devenu lui-même une puissance financière. À présent il pouvait mobiliser des fonds presque illimités dans toute affaire qui soulevait son intérêt.

Le Special Services était le seul club du monde auquel Sir Denis Lambsmith et Emil Grossbarger pussent tous deux appartenir sans qu'on s'en étonnât. À cause de sa référence à l'OTAN, les deux camps de la guerre mondiale étaient remarquablement bien représentés parmi les membres présents à n'importe quel moment dans le bâtiment de brique orange, petit mais coquet, sur Herbert Crescent. Autour de filets de sole et de vin du Rhin, des conversations se tenaient qui auraient fait hausser les sourcils à ceux qui croient encore que l'histoire du monde est une lutte entre le bien et le mal.

Grossbarger avait amené un invité, un vieillard rabougri avec qui il parlait allemand jusqu'au moment où Sir Denis arriva, s'excusant d'être en retard. La marche lui avait pris un peu plus de temps que prévu.

— Za n'a bas d'imbortanze, décréta Grossbarger. *Doutes* mes marches me brennent blus de temps que brévu. Voizi Reinhard Neudorf, Zir Denis Lambsmitt.

Sir Denis serra les mains, s'assit à la table, tapotant machinalement la nappe immaculée :

— Neudorf ? Ce nom me semble familier.

— J'ai été vilain pendant la guerre, dit le vieillard avec un sourire malin et sans remords. (Son anglais était bien meilleur que celui de Grossbarger, et il en usait d'une manière insinuante, comme s'il pouvait être bien plus vicieux dans cette langue qu'en allemand.)

— Nuremberg, suggéra Sir Denis (son souvenir était très flou).

— Ils m'ont condamné à huit ans de prison.

— Il en a burgé trois, dit Grossbarger dont la bouche mobile riait. Ils avaient besoin de lui, alors ils l'ont relâché.

— Je suis ingénieur, dit Neudorf. Je construis de très bons barrages, avec ou sans cadavres.

— Un egzellent ingénieur, insista Grossbarger qui se pencha d'un air faussement confidentiel : Nous discutions du Quatrième Reich.

— Très bientôt, expliqua Neudorf d'un air absolument sérieux, le national-socialisme réapparaîtra enfin.

— Heil quiconque, approuva Grossbarger, *und march*. La zvastika vlottera !

— Toutefois, dit Neudorf avec un léger haussement d'épaules, le moment n'est jamais encore tout à fait venu, il semble.

— Nous avons énormément de brillants zoldats, bartout dans le monde, ils n'attendent que le zignal. (Les yeux de Grossbarger luisaient ; la plaisanterie lui faisait trembler la lèvre.)

— Malheureusement, chaque fois, dit Neudorf, la plupart d'entre eux sont à l'hôpital.

— Et le rezte, ajouta gaiement Grossbarger en tapotant son appareillage qui, comparé à son siège, avait l'air d'un morceau de rambarde installé par erreur — le rezte est gomme moi.

— Mais nous n'avons pas perdu l'espoir, expliqua Neudorf. Car y a-t-il une chose plus terrifiante et invincible qu'un groupe de vieillards infirmes pleins de conviction et de foi ?

Grossbarger rit si bruyamment et avec tant d'enthousiasme qu'il faillit dégringoler de sa chaise et dut se rattraper à sa prothèse. Neudorf le regarda en souriant légèrement, puis secoua la tête et s'adressa à Sir Denis :

— Je vous prie de m'excuser un instant.

— Je vous en prie.

Sir Denis regarda Neudorf s'éloigner de la table. L'homme semblait avoir perdu beaucoup de poids récemment. Ses vêtements flottaient autour de lui comme une tente et les deux tendons de sa nuque se détachaient comme des tringles de fer soutenant sa tête.

Grossbarger avait cessé de rire. Il se pencha de nouveau en avant, bien plus sérieux :

— J'espère que vous n'êtes pas choqué.

— Du tout, dit Sir Denis qui n'était pourtant pas certain de savoir si la plaisanterie avait été agressive ou non.

— Il est en train de mourir, expliqua Grossbarger en agitant une grosse main bossuée dans la direction de Neudorf. Zes blaisanteries l'amusent, alors je laize faire. Et je laize gontinuer avec vous barce que vous êtes homme du monde.

Un essai de compliment, donc. Sir Denis y répliqua indirectement :

— Il y a des années, aux États-Unis, on m'a appris un peu d'argot américain : «Le onze est mis.» En fait, l'officier de marine américain qui m'a appris ça parlait du président Roosevelt.

— Le onze est mis ?

— Les tendons sur la nuque. Quand ils se détachent ainsi, l'homme est à l'agonie.

Grossbarger demeura pensif. Sa bouche mâchait l'information.

— La formule est blus froide que j'aurais cru, venant de cette nazion, décida-t-il enfin et il haussa les épaules. En tout cas, la nature de la maladie de Reinhard est telle qu'il nous quittera zouvent bour aller à la toilette. Nous discuterons les questions d'affaires pendant ces intervalles. (Il s'adressa au serveur qui rôdait :) J'esbère ne pas vous offenzer en ne choisissant pas un de vos vins anglais assurément egzellents. Mais je bréférerais un

91

moselle, le Bernkasteler Doktor. Vous zavez lequel je veux dire.

Le serveur dit que oui. Il distribua les photocopies du menu du jour et s'en fut. Grossbarger secoua la tête :

— Un des rares moselles zecs qui restent. Maintenant ils ajoutent trop de zucre. Bour blaire au goût américain, je crains. Exbortation. (Il haussa les épaules avec fatalisme.)

— Moi-même, approuva Sir Denis, je suis de plus en plus porté vers les vins italiens. Bien que nous ayons quelques crus étonnamment bons en Amérique du Sud, surtout venus d'Argentine.

Grossbarger eut un nouvel éclat de rire et tapa sur la table.

— Ce zont nos gonspirateurs qui les produisent, bien zûr ! Je vais le dire à Neudorf !

— Le voici qui revient.

Grossbarger se tapota l'aile du nez.

— Nous barlons affaires blus tard, dit-il.

Neudorf s'absenta pour la deuxième fois entre la quiche et la sole. Immédiatement Sir Denis décrivit son voyage à Kampala et Grossbarger écouta soigneusement, posa une ou deux questions rapides. L'augmentation du versement initial ne semblait pas le troubler.

— Bien zûr, dit-il enfin, la question zentrale est Idi Amin lui-même. J'aimerais le gomprendre mieux.

— Il m'a dit une chose extraordinaire, déclara Sir Denis à sa propre stupeur.

Jusqu'ici il pensait qu'il ne raconterait jamais cela à quiconque, mais il lui parut soudain que l'anecdote appartenait à Emil Grossbarger, et Sir Denis se trouva en train de la raconter avec discipline, comme un chien rapporte à son maître le journal du matin. Et Grossbarger perçut aussitôt que c'était essentiel :

— Ah, dit-il, l'œil acéré, la bouche mobile. Quelle chose ?

— J'avais laissé transparaître mon irritation. Au sujet du brusque changement des conditions de vente. Et il m'a dit, par l'intermédiaire de son interprète : «Ma bite est plus grosse que la vôtre.»

Grossbarger hurla de rire, donnant des coups de poing sur les bras de son fauteuil, insoucieux des autres clients qui lui jetaient des regards réprobateurs.

— Ah, Seigneur! gémit-il. Oh, gomme za a dû être affreux bour vous !

— En vérité, oui.

— Je crois que j'aime zet homme, fit Grossbarger en hochant la tête et en méditant l'anecdote.

— Qui est-ce que vous aimez? demanda Neudorf qui revenait et se rassit avec une souffrance manifeste.

— Idi Amin.

— Ah, oui. Le fou de Kampala. (Neudorf tourna vers Sir Denis son regard malin :) Nous songeons à le déclarer aryen. Cela pose un ou deux problèmes, bien sûr.

La sole arriva sur ces entrefaites, et Sir Denis s'amusa de la désinvolture du serveur, qui posa tranquillement son plateau sur l'appareillage de Grossbarger. La conversation se ralentit pendant qu'on mangeait, mais Neudorf dut s'absenter au milieu du plat et Grossbarger dit :

— Vous avez rencontré un nommé Baron Chase?

— Oui, en effet.

— Décrivez-le.

— Canadien. Citoyen ougandais, je crois. Et je le suppose auteur de quelques actions peu ragoûtantes. Très proche d'Amin.

— Il m'a gontacté. (Grossbarger regarda le serveur vider la fin de la deuxième bouteille de moselle dans les trois verres, puis il poursuivit :) Indirectement. Il zuggère que nous pourrions faire un *marché*. Je ne sais pas ce qu'il peut bien avoir en tête, mais quand vous retournerez vous le gontacterez en mon nom.

Techniquement, Sir Denis ne pouvait représenter dans cette transaction que l'Office international du café; mais comme le seul but de l'Office était de garantir un niveau raisonnable d'honnêteté et de sérieux dans de grandes opérations de ce genre, il n'était pas du tout inhabituel que telle ou telle partie emploie Sir Denis quand la situation était particulièrement délicate. Il possédait quatre qualités difficiles à trouver ailleurs : il s'y connaissait, on pouvait lui faire confiance, il ne s'énervait pas, il était discret.

— Avec plaisir, dit-il. S'agit-il d'un pot-de-vin, à votre avis ? Pour faciliter les choses ?

Grossbarger secoua la tête, remuant ce qui restait de sa sole.

— Za n'est bas mon imbression. Nous payons déjà des *chai* à un zertain nombre d'officiels là-bas. Z'est ainzi que za z'appelle en Afrique orientale, vous savez ?

— *Chai* ?

— Z'est le mot swahili pour «thé». J'ai demandé à mes documentalistes.

— Un pot-de-vin, c'est du thé ? Curieux, fit Sir Denis.

— Quand on veut une chose du gouvernement, expliqua Grossbarger, on invite le fonctionnaire gonzerné dans la boutique d'en face pour une taze de thé pendant qu'on discute la zituation.

— *Chai*, dit Neudorf en se rasseyant. Vous projetez de corrompre quelqu'un, vous deux. On ne verra pas de telles choses sous le Quatrième Reich.

Grossbarger leva son verre avec une ironie amicale.

— À l'Aryen zimple et honnête, déclara-t-il. Et à la blitzkrieg des vieillards gonvaingus.

94

9

La douche était une cabine en parpaings peinte en rose baveux, avec un rideau en plastique blanc moisi et un sol de ciment gris où l'écoulement faisait comme un grain de beauté de rouille. La lumière filtrait irrégulièrement à travers une plaque de plastique au plafond. L'eau, qui provenait d'une citerne en béton sur le toit et qui était chauffée par le soleil, se réduisait à un filet tiédasse et il fut presque impossible à Lew de se rincer. Le savon, de marque Eléphant, moussait merveilleusement et c'était bien dommage.

Finalement, Lew abandonna et passa dans l'autre partie de la salle de bains où il termina avec un linge trempé dans l'eau froide du lavabo. Puis, rasé, propre et frissonnant, tout nu, il gagna la cuisine, laissant des empreintes humides. Il y trouva Ellen, vêtue d'un pantalon de toile brune et d'un T-shirt marqué *Chorus Line*. Elle buvait du Coca-Cola en compagnie d'un petit Asiate pimpant en chemise de soie genre Mondrian. Le jeune homme se leva, souriant de la nudité de Lew, ses yeux noirs luisant de malice.

— Vous devez être Lew Brady.

— Non seulement je dois l'être, mais je le suis déjà, fit Lew en secouant ses doigts pour les égoutter au cas où il faudrait serrer la main de l'individu.

— Un Coca ? demanda Ellen qui souriait aussi. Voici le fils de M. Balim.

— Bathar Balim, pour vous servir. (Il avait quelques années de moins que Lew et il s'inclina pour marquer la différence d'âge.) Je suis avec l'auto, déclara-t-il.

— Oui, dit Lew à Ellen, puis s'adressant à Bathar Balim : Je ne suis pas tout à fait prêt.

— Rien ne presse.

Le réfrigérateur était petit et très rouillé intérieurement et extérieurement. Ellen y prit un Coca – le meuble semblait rempli uniquement de bouteilles de Coca-Cola et de bière White Cap –, l'ouvrit et le tendit à Lew, qui montra du doigt la montre-bracelet sophistiquée de Bathar :

— Vous pouvez me dire l'heure ? Nos montres sont arrêtées.

— Une heure et sept minutes. Voulez-vous la date ?

— Non merci. (Ni la pression barométrique, pensa Lew en emportant le Coca et l'information dans la chambre, où il régla sa montre et mit ses vêtements.)

Ils s'étaient réveillés plusieurs fois, chacun de son côté ou tous les deux ensemble, dans le demi-jour de la pièce, mais leurs tentatives pour rester conscients avaient échoué jusqu'à ce qu'enfin Ellen lui tambourine sur la hanche avec le poing en clamant qu'il fallait *vraiment* se lever.

Ils s'étaient donc levés. Dans la cuisine – petite, pauvrement équipée, avec un sol de carrelage vert pâle – un message était posé sur la table de formica et d'inox : « Lew, téléphone au 40126 quand tu seras prêt. Frank. »

Ils avaient fini par dénicher le téléphone dans le salon (doté d'un canapé scandinave rouge et branlant, d'un fauteuil victorien massif et d'un bric-à-brac de tables et de lampes dépareillées) et quand Lew avait formé le numéro, une voix masculine sèche avait répondu en swahili.

— Frank Lanigan, avait dit Lew.

— Monsieur Brady ?

— Oui.

— Ici Isaac Otera, l'assistant de M. Balim.

— Salut.

— Je vous envoie une voiture ?

— Donnez-nous une demi-heure.

— Certainement.

Mais une demi-heure n'avait pas tout à fait suffi, à

cause du problème de la mousse dans la douche. Habillé, Lew remplit ses poches : portefeuille, briquet Zippo, couteau à ressort de huit centimètres, lunettes de soleil, porte-cartes en cuir contenant un passeport, des permis de conduire, des certificats de vaccination et une (fausse) carte de membre d'Interpol ; poignard militaire suisse, stylo à bille, petite lampe-torche contenant un billet de vingt dollars enroulé autour des deux piles de 1,5 volt. Tout en finissant le Coca, il regagna la cuisine où Ellen riait chaleureusement de quelque chose que Bathar Balim avait dit. L'Asiate tourna vers Lew son visage souriant et narquois :

— Fin prêt ?

— Fin prêt.

Lew posa la bouteille vide sur la table mais Ellen la saisit aussitôt :

— Bathar dit que c'est notre maison, maintenant. (La petite boîte à ordures était à pédale et le couvercle grinça quand elle l'actionna pour jeter la bouteille.)

— *Home, sweet home*, fit Bathar en souriant à Lew.

Lew découvrit ses dents en retour.

— Il va falloir que j'accroche mes trophées de chasse, dit-il.

Au sortir de la maison, la chaleur humide étonnait. Une brume blanche voilait le ciel mais n'arrêtait nullement la brûlure du soleil. La maison, une boîte basse et jaune sur une rue en terre où s'alignaient des bâtiments semblables, était entourée d'un sol dur et grillé où ne poussaient que quelques rares herbes. Ce n'était pas un quartier, c'était un camp. Personne ne se sentait chez soi ici, c'était visible. Quant aux deux petits enfants noirs qui jouaient dans la poussière avec des avions, à quelques maisons de distance, ils semblaient seulement tuer le temps en attendant un camion de déménagement.

La voiture était un fourgon de safari Nissañ blanc, plutôt plus propre que la Land Rover de Frank. Ellen prit place auprès de Bathar, et Lew derrière elle. Bathar conduisait aussi vite que Frank, mais bien plus souplement. Il avait l'air de dire que si quelqu'un pouvait faire passer un chameau par le trou d'une aiguille, ce serait lui. Lew gardait les bifurcations en mémoire, étonné de ne se rappeler absolument pas son trajet initial avec Frank.

Devant le quartier général bleu de Balim, Bathar sourit à Ellen :

— Je suis charmé d'avoir fait votre connaissance à tous deux.

— De même, fit Lew.

Bathar s'en alla en souriant tandis que Frank sortait des bâtiments, souriant comme un gagnant du Derby :

— On a fait un gros dodo ?

— On n'en a pas l'air ? dit Lew qui se sentait irritable et tâchait de plaisanter.

— Elle, oui. Entrez.

On entra dans un dépôt encombré de piles de cartons, de caisses, de monceaux de pièces mécaniques. Comme les fenêtres étaient très sales et les tas de marchandises très grands, la lumière était très faible, ce qui faisait d'abord croire qu'il faisait plus frais ici que dans l'éblouissement extérieur. En fait, c'était aussi moite, peut-être plus chaud, certainement plus étouffant. Quelques Noirs, assis sur le sol, jouaient à on ne sait quel jeu de cartes et se mouvaient avec la lenteur requise par le climat.

Mais pas Frank. Il traversa les lieux à grands pas, comme si l'on était dans l'Arctique.

— Les bureaux sont là derrière.

Il ouvrit la porte et les fit entrer dans un autre monde, un monde bien plus européen ou américain, avec des meubles de bureau proprets, un calendrier des chemins de fer du Kenya au mur à côté d'une photo en couleurs du président Jomo Kenyatta, et un Noir extrêmement adéquat derrière le bureau, en complet gris foncé, chemise blanche, cravate gris clair. Frank fit les présentations :

— Isaac Otera, Ellen Gillespie, Lew Brady.

— Nous avons fait connaissance par téléphone, dit Lew en serrant la main de l'homme.

Isaac Otera eut l'air un instant perplexe, puis vaguement désapprobateur.

— Je n'avais encore jamais entendu cette locution, fit-il d'un ton pédant. Est-ce un américanisme ?

— Sans doute que oui, dit Lew avec étonnement.

— Isaac va te mettre au courant, dit Frank. Venez, Ellen.

— Où ça ? demanda immédiatement Lew qui regretta aussitôt sa question. (Il évita le regard d'Ellen.)

— Causer avec son patron, dit Frank, et à Ellen : Ça va vous plaire. Il y a l'air conditionné.

Frank et Ellen disparurent par la porte de communication et Isaac désigna le siège de bois près de son bureau :

— Asseyez-vous.

Lew s'assit, et Isaac ouvrit son tiroir inférieur droit et en tira un appareil photographique – un Cavalier SLR II, fabrication est-allemande – qu'il posa sur le bureau.

— Selon Frank, vous vous y connaissez en photographie.

— Je sais photographier. Je ne suis pas un crack.

— Bien. (Une grande enveloppe blanche sortit du même tiroir. Isaac en vida le contenu sur le bureau : des clés, des papiers. Il poussa les objets vers Lew, un par un.) Il y a une Honda Civic jaune garée derrière, dit-il. Louée chez Hertz. Les clés, le formulaire de location. Vous avez un permis de conduire international ?

— Ouais.

— Bien. Voici votre réservation confirmée pour un séjour de trois nuits à partir de ce soir à l'hôtel International de Kampala.

— Je vais à Kampala ?

— Non.

Isaac sortit alors du tiroir une carte routière qu'il ouvrit sur la section voulue et déposa devant Lew. C'était une carte du Kenya, mais le quart gauche, celui qu'Isaac montrait, représentait aussi une partie du lac Victoria et un peu de territoire ougandais, et même, dans le coin inférieur gauche, du territoire tanzanien. Le Kenya ne possédait vraiment qu'une très petite partie des rives du lac.

— Nous sommes ici, dit Isaac en posant son ongle carré sur l'extrémité orientale du lac. (Même pas sur le lac lui-même, mais sur un plan d'eau voisin nommé Winam Gulf.)

— D'accord, dit Lew en hochant la tête et en lisant le nom de « Kisumu » sous l'ongle.

Le doigt se déplaça vers le haut du lac.

— Jinja.

— Une seconde.

Lew se pencha sur la carte pour se familiariser au moins avec la disposition générale. Kisumu était à une centaine de kilomètres de la frontière ougandaise en suivant la côte jusqu'à l'angle nord-est du lac. Puis en obliquant vers l'ouest le long de la rive septentrionale, on avait encore une autre centaine de kilomètres à faire jusqu'à Jinja – que le doigt d'Isaac montrait – et ensuite soixante-quinze ou quatre-vingts kilomètres de plus pour Kampala, capitale de l'Ouganda, au bord de l'eau à l'extrême gauche de la carte.

— D'accord, dit Lew.

Le doigt d'Isaac se posa de nouveau sur Jinja.

— Jusqu'en 1931, dit-il, le chemin de fer venu de l'océan s'arrêtait là. Puis on a bâti le pont sur le Nil.

100

— Le Nil? fit Lew avec étonnement.

— Voici le Nil. (Le doigt d'Isaac parcourut une souple ligne bleue qui sinuait vers le nord à partir de Jinja, accompagnée par les lignes rouges des grandes routes, les lignes jaunes des routes secondaires, les lignes noires des voies ferrées.) Voici où il part du lac.

— La source du Nil.

Lew sourit involontairement. Pendant ses années d'Afrique il avait parcouru tout le territoire, mais sans jamais passer par ce point précis. Et bien qu'il n'eût pas comme Frank l'amour de l'histoire, il savait du moins que la recherche des sources du Nil avait été la grande quête du XIXᵉ siècle, la dernière grande exploration humaine dans l'inconnu avant qu'on s'attaque à l'espace. Les uns après les autres, des explorateurs avaient péri ou étaient revenus détruits par la maladie, dans leurs efforts pour remonter le Nil jusqu'à sa source. Et maintenant ce n'était qu'une tache sur la carte, nommée Jinja, avec une voie ferrée.

Apparemment Isaac avait suivi les pensées de Lew.

— Nous avons toujours su où c'était, dit-il sèchement.

— Vous auriez sans doute dû garder le secret.

— Nous avons essayé. (Mais Isaac redevint pédant, reprit son ton compassé :) Quoi qu'il en soit, quand la voie ferrée a traversé le Nil en 1931, cela a rendu caducs certains équipements qu'on utilisait là quand Jinja était le terminus. Une partie de ces équipements existe toujours. Nous avons des informations à ce sujet, mais jusqu'ici nous n'avons ni photos ni témoignages sûrs.

— Des informations? Venues d'Ouganda?

Isaac se rembrunit. Il appuya sa paume, doigts écartés, sur la carte, et regarda Lew avec sérieux.

— Excusez-moi si je parle brutalement.

— Allez.

— Je ne suis pas un voleur, dit Isaac. M. Balim non

plus. Si le but de l'opération était de voler du coton en Tanzanie ou du cuivre au Zaïre, je ne m'en mêlerais pas.

— De quoi s'agit-il, alors? demanda Lew qui l'observait.

— Un coup de main contre Amin. (La voix d'Isaac avait soudain pris de la méchanceté, et son visage s'était durci, comme s'il réunissait en lui la mèche et l'amorce.)

Lew sourit. Il se sentait soudain chez lui. Les apparences étaient trompeuses. Cet homme n'était pas un employé de bureau, c'était un guérillero!

Isaac se méprit sur le sourire.

— Tout le monde n'est pas seulement motivé par l'argent.

— Oh, je sais, dit Lew. Croyez-moi, je sais. Frank m'a juste dit que...

— Frank agit pour ses raisons à lui.

— Il m'a donné à penser qu'il n'y en avait pas d'autres.

— Il ne peut pas expliquer ce qu'il ne comprend pas, fit Isaac en haussant les épaules.

— C'est vrai.

— Mais, et vous? Je pensais que vous étiez comme Frank.

— Quitte à gagner ma vie, dit Lew, je préfère une activité qui m'intéresse.

Isaac le toisa longuement. Lew demeura immobile sous son regard, au garde-à-vous, comme un chien qui attend une caresse d'un ami de son maître. Finalement Isaac sourit:

— Je suis étonné que Frank ait eu la bonne idée de vous choisir. (Il déplia une feuille de papier-machine épais et médiocre.) Lisez.

Lew regarda les mots tracés au stylo à bille dans une grande écriture quelque peu maladroite. Il n'y avait ni préambule ni signature:

East African Railways – Dépôt d'entretien numéro 4
– Iganga.

Un hangar à locomotive et une plaque tournante. Eau courante tirée du ravin (Thruston Bay) avec une vieille pompe à moteur (pompe Coventry Climax). Installation entièrement étouffée par les végétaux.

Plaque tournante constituée par une plate-forme en bois sur une armature portante en forme de A en acier qui pivote sur de grosses roues dans un sillon circulaire. Actionnée à la main.

Six mètres de voie au-delà de la plaque tournante en direction du ravin avec butoir toujours en place au bout.

Aiguillage d'origine ôté de la voie principale pour utilisation ailleurs pendant la Seconde Guerre mondiale à cause d'une pénurie de matériel. L'embranchement est toujours en place et commence à quatre mètres de la voie principale. Invisible de la voie principale à cause de la végétation.

Stock de rails (mais pas de traverses) empilés derrière le hangar à locomotive.

Vieille route de service encore carrossable pour des véhicules à quatre roues motrices. Part de la grand-route et aboutit au lac.

Lew acheva sa lecture, hocha la tête et reposa la feuille sur le bureau.

— Ce sont les informations en provenance d'Ouganda.

— Une partie. Relisez, je vous prie... Je préférerais que vous n'emportiez pas ce papier.

Lew sourit de tout ce que ça impliquait et reprit obligeamment la feuille, qu'il relut.

Il était en train de la relire une fois de plus quand la porte de communication s'ouvrit et Ellen et Frank réapparurent. Ellen riait.

— Certainement pas, lança-t-elle à l'occupant de l'autre pièce (sans doute Balim) et elle vint vers Lew, les yeux brillants, l'humeur joyeuse : Salut, fit-elle. Comment ça marche ?

— Je vais faire une balade en auto. Et toi ?

— Une balade en avion.

— On va s'envoyer en l'air, dit Frank avec un sourire carnassier.

— Amusez-vous bien, dit Lew (sourire lui faisait mal à la joue).

— Vous êtes en train de froisser ce papier, lui signala Isaac quand les deux autres furent sortis.

Le soleil brillait sur le capot de la petite voiture jaune. Lew conduisait doucement, étrécissant les yeux derrière ses lunettes de soleil, surveillant le compteur kilométrique. Onze kilomètres depuis qu'il avait pris l'embranchement à Iganga et qu'il comptait.

Jusque-là le voyage était sans histoire. Lew était parti de Kisumu à quatorze heures trente, après un déjeuner avec Isaac Otera, au cours duquel Isaac lui avait raconté quelques histoires d'horreur touchant Idi Amin, y compris (après quelque hésitation) les circonstances de sa propre fuite hors du pays. Pour Lew, il était maintenant clair que Frank manifestait seulement son cynisme habituel en affirmant que tout ceci n'était qu'un simple hold-up de droit commun. Balim et Otera étaient tous deux des exilés d'Ouganda, chassés de chez eux par Amin. En fait Otera était un ex-responsable gouvernemental. Ce qui se préparait ici était tout aussi politique qu'un braquage de banque par l'IRA à Belfast.

Il avait fallu près de deux heures, par la grand-route encombrée de camions, pour atteindre la frontière à Busia. Toutefois presque tout le reste des véhicules avait disparu avant, et la voiture était seule, à perte de vue, quand elle atteignit la frontière qui était officiellement fermée. Mais cette fermeture concernait essentiellement les denrées et les ressortissants des deux pays en cause : on ne refoulait pas un touriste blanc ayant de l'argent à dépenser.

Une fois en Ouganda, ayant pratiquement la route pour lui seul, Lew n'avait guère mis plus d'une heure pour atteindre Iganga, et puis faire onze kilomètres de plus. Le soleil de l'après-midi était brûlant et très haut dans le ciel. Partout alentour, les champs et les bois avaient cet aspect brunâtre, étiolé et élimé que toute l'Afrique prend juste avant les pluies.

Douze kilomètres. C'est ici que la vieille route devait se trouver, selon Isaac. Ralentissant à l'extrême, Lew observa le bas-côté. On était dans une ancienne colonie anglaise : il conduisait donc à gauche, dans une voiture à conduite à droite, et le capot étincelant était dans son champ de vision tandis qu'il scrutait l'herbe brune, les broussailles décolorées, les fourrés et les arbres penchés.

Ah ? Un emplacement, assez grand pour livrer passage à un camion, et dépourvu d'arbres. Lew s'arrêta et observa par sa vitre de gauche. Le travail de déboisage était manifeste, bien que la broussaille eût envahi la trace. Celle-ci avait une vague allure de cathédrale, comme toutes les pistes abandonnées que surplombe la forêt. C'était là.

Avant de tourner, Lew regarda dans le rétroviseur : rien. Il regarda vers l'avant et vit le soleil étinceler sur des chromes, au loin. Il se remit au point mort, attendant le passage du véhicule. Sortant une carte du vide-poches, il la déplia et examina les traces et les noms.

La voiture approchait rapidement, puis elle ralentit, et Lew venait juste de constater qu'il ne s'agissait pas d'une voiture mais de deux — des Toyota luisantes, noires, neuves et identiques — quand celles-ci obliquèrent brusquement vers lui.

Il crut qu'on voulait l'emboutir et se recroquevilla instinctivement, mais une Toyota s'arrêta en vibrant juste devant lui tandis que l'autre le frôlait sur la droite et s'arrêtait en épi, emplissant le rétroviseur.

— Ah, je suis con, fit Lew à voix haute en lâchant la carte. (Il ne pouvait ni avancer ni reculer. Même s'il parvenait à prendre un virage serré pour s'engager sur la vieille piste abandonnée, ça ne le mènerait nulle part, et la Honda Civic ne tiendrait pas longtemps le coup. Et il était futile de fuir à pied.)

Les deux Toyota dégorgeaient des hommes. Ils avaient des lunettes très noires, des chemises voyantes, de vastes pantalons, des chaussures à semelle compensée. Ils se déployèrent et approchèrent.

10

Ellen trouvait Mazar Balim de plus en plus plaisant. Contrairement à son fils, contrairement à Frank Lanigan, contrairement à la plupart des hommes qu'elle avait connus, il ne se souciait pas de l'emmener au lit. Mais en même temps elle lui plaisait, il le manifestait, et elle réagissait à ça avec plaisir.

La réunion se déroula ainsi : Frank dit « Venez, Ellen », Lew dit « Où ça ? » et Frank dit « Causer avec son patron », et Ellen sentit que le genre de réaction de Lew allait tôt ou tard la faire réagir violemment elle-même. Voyant que Lew évitait son regard, elle comprit qu'il le savait aussi. Et elle passa dans la pièce voisine avec Frank.

Mazar Balim se leva derrière son bureau encombré, dans la petite pièce encombrée et rafraîchie par l'air conditionné.

— Ah, Miss Gillespie, dit-il. Veuillez prendre place sur cette chaise. On y jouit de la fraîcheur sans subir le courant d'air.

— Merci.

Elle s'assit sur le siège de vinyle, petit mais confortable, juste devant le bureau, tandis que Frank s'affalait dans le vieux fauteuil contre le mur, aussi brutalement que s'il avait été abattu.

— Pour moi, déclara Balim, c'est une chose merveilleuse que d'être né à une époque où une femme peut être belle sans honte, et en même temps être efficace sans honte. Vous avez piloté beaucoup d'avions dans beaucoup de contrées lointaines.

— Mais jamais encore en Afrique, dit-elle en souriant du compliment controuvé.

— L'atmosphère est la même. (Balim agita la main.) Et maintenant que vous êtes ici, je dois vous avouer franchement que vous avez été engagée d'une manière quelque peu mensongère.

Le sourire se figea sur les lèvres d'Ellen. Depuis le début elle craignait cela : que le prétendu travail ne soit qu'une calembredaine simplement destinée à satisfaire les exigences de Lew, que Lew soit le seul dont on avait réellement besoin ici. Et pourtant l'avion existait bel et bien, et il avait eu un pilote, qu'elle remplaçait.

— La saison des pluies va commencer d'un jour à l'autre, dit Balim. Les pluies sont généralement abondantes et presque incessantes. Pendant la majeure partie des deux mois qui viennent, il ne vous sera guère possible de piloter mon avion.

— Je vois.

— Nous devons donc vous faire travailler très dur avant les pluies, dit Balim avec son doux sourire. Et puis nous vous ferons travailler très dur quand les pluies cesseront.

— J'ai piloté par mauvais temps, fit remarquer Ellen. L'Alaska n'est pas ensoleillé en permanence.

Balim sourit.

— Je crois pourtant que vous trouverez notre saison des pluies impressionnante, et vous ne piloterez alors que si c'est absolument indispensable. À présent, quant aux destinations et aux buts de vos vols, permettez-moi d'affirmer que je suis un homme beaucoup plus important et puissant que je n'en ai l'air. (Il eut un sourire si humble qu'Ellen ne jugea pas nécessaire de le contredire poliment.) Mes intérêts commerciaux, poursuivit Balim, s'étendent à travers le Kenya jusqu'à Mombasa, ainsi qu'à l'intérieur de la Tanzanie, et requièrent de temps en temps mon attention personnelle. Je dois fréquemment me rendre à Nairobi, à Dar es-Salaam, à Tanga, ou même à Lindi pour traiter avec l'administration des douanes, ou des négociants, ou parfois des clients. Frank doit aussi régler des problèmes loin d'ici. Enfin, il arrive que des cargaisons petites et délicates nécessitent des soins particuliers.

— Il parle de l'ivoire, fit Frank en souriant à la limite du champ visuel d'Ellen.

— J'étais sur le point de parler de l'ivoire, dit Balim d'un air très légèrement agacé. Il n'y a plus aucun commerce ouvert de l'ivoire au Kenya, expliqua-t-il. Des soucis humanitaires et écologiques ont mis fin au massacre des éléphants, chose que nous ne pouvons qu'approuver avec enthousiasme.

— Mama Ngina, dit Frank en riant, comme s'il plaisantait délibérément son employeur.

— Il est vrai, déclara Balim (et Ellen ne savait plus s'il était agacé ou amusé), que le commerce des objets d'art fabriqués naguère à partir de l'ivoire provenant des éléphants massacrés, en d'autres temps barbares, est interdit aussi. Et que tout l'ivoire que le gouvernement a pu trouver est saisi. Et que certaines rumeurs suggèrent un lien entre Mama Ngina et les dépôts où l'on stocke ces richesses confisquées.

— Qui est Mama Ngina ? dit Ellen.

— Pardonnez-moi, fit Balim. J'oubliais que ma région du monde n'en est qu'un modeste recoin. Mama Ngina est la première dame du Kenya. La femme de Jomo Kenyatta.

— Il est illégal de détenir de l'ivoire au Kenya ?

— Il est illégal de le détenir dans un but commercial. Ou de le vendre.

— Vous voulez que je transporte de l'ivoire ?

— Oh, ma chère jeune dame, certes non ! (L'idée semblait vraiment choquer Balim.) Jamais je ne me proposerais de vous mettre dans un cas si pendable. Et sûrement pas pour le salaire que je vous paie.

Ellen eut un rire involontaire.

— C'est justement ce que je pensais. (Elle devait être payée sept cents dollars par semaine plus les frais ; dont six cents seraient directement virés à sa banque de San Francisco.)

— Vous êtes pilote, insista Balim. Vous n'êtes pas responsable de ce que vos passagers peuvent transporter sur eux. Et si ces passagers ont des problèmes pénaux, la question ne vous concerne pas.

— Vous êtes sûr de ça ?

— Je m'en porte garant.

— Ne vous en faites pas, Ellen, dit Frank comme si elle et lui étaient de vieux copains et comme si elle pouvait lui faire confiance. Toute cette histoire d'ivoire est tellement énorme que le gouvernement tient autant que nous à la garder secrète. Si on m'arrête et que j'aie une petite statue d'ivoire dans mon fourre-tout, ils se contenteront de la confisquer et de me dire de ne pas recommencer.

— Un ressortissant kenyan pourrait avoir quelques difficultés supplémentaires, dit Balim d'une voix brève. Mais pas un Blanc.

— En plus, dit Frank, il n'y a pas tellement d'ivoire à fourguer.

— C'est hélas vrai, approuva Balim. En fait, les denrées que vous transporterez seront généralement des choses bien plus prosaïques. Des médicaments, par exemple, ou des diamants industriels, ou simplement de gros tas de documents.

— Tout ça, j'ai l'habitude, dit Ellen. Je commence quand?

— Aujourd'hui, dit Frank.

— Bon. Où est-ce que je vais?

— Aujourd'hui, c'est un peu particulier, dit Frank. Aujourd'hui on se balade. On regarde un peu le paysage.

— Où ça?

— En Ouganda, dit Frank.

— Je m'arrête juste une seconde chez moi prendre les appareils photo, dit Frank.

Il avait jeté deux couvertures malpropres sur le siège malpropre afin qu'Ellen s'asseye, et dit que si Charlie était un Peau-Rouge, on l'appellerait «cul-percé». Ellen avait souri, mais sans répondre, regardant avec envie la petite voiture jaune que Frank lui avait désignée et qui était le moyen de transport de Lew pour la journée.

Frank mit le moteur en marche et elle regarda les efforts qu'il faisait pour manipuler la Land Rover. Est-ce que toutes ses activités lui demandaient la même frénésie?

Le logis de Frank était une coquette maison crépie aux confins de la ville. Un muret de béton ajouré entourait la propriété et disparaissait presque sous une profusion de fleurs.

— C'est très joli, dit Ellen.

— Les fleurs, ici, ça y va, approuva Frank.

Ellen descendit de la Land Rover et longea la façade en regardant les couleurs.

— C'est un pied-d'alouette. Et ça, c'est du jasmin? (Elle désignait un massif épineux à feuilles dures, avec des fleurs blanches pareilles à des étoiles de mer.)

— Non, dit Frank qui la suivait de près. Mais ça sent pareil. En swahili c'est du *mtanda-mboo*. On peut faire une chouette confiture avec les fruits. Vous voyez celui-là? (Il montrait un arbuste haut et noueux avec des amas de fleurs orangées et sèches.) En swahili c'est l'*utupa*. Une plante plutôt bizarre. On peut faire un méchant poison avec les feuilles, et l'antidote se trouve dans les racines.

— Vraiment?

— Juré. Les Masaï se servent du poison à petites doses comme purge. Les Luo trempent les fleurs dans de l'eau, ça en fait de l'eau bénite et ils s'en servent pour arroser autour des maisons pour éloigner les esprits mauvais. Entrez donc; on a fait l'arrosage hier.

Des rocs chaulés bordaient soigneusement l'allée de terre battue menant à la porte d'entrée.

— Bibi! brailla Frank en poussant le battant de bois maculé. Eddah!

On entrait directement dans une vaste pièce basse, pleine de lumière fraîche. Ellen parcourut du regard les murs blancs de plâtre nu, le sol en pierre, le lourd mobilier rustique. Tout était extrêmement propre. Aux deux bouts de la pièce, des vases contenaient diverses fleurs cueillies à l'extérieur.

Une Noire de petite taille, d'une vingtaine d'années, entra par le fond en pouffant, enveloppée de tissu coloré à la mode indigène. Le tissu se mêlait à sa coiffure pour former un grand nœud sophistiqué et elle avait l'air d'un modèle de la fondation Guggenheim couvert de graffitis.

— Eddah partie, annonça-t-elle à Frank en hochant et en rigolant comme s'il s'agissait d'une plaisanterie très bonne et satisfaisante. Partie magasins.

— Bibi, Ellen, présenta Frank avec désinvolture et il commanda à Bibi : Fais des sandwiches. Bière. Pique-nique.

L'idée la réjouit. Elle avait de grandes dents irrégulières et très blanches. Son regard débordait de rire. Elle hochait sans cesse, de tout son corps, comme si chaque instant de l'existence augmentait sa joie.

— O.K., d'accord, dit-elle. Vite fait.

— Attention, avertit Frank. Des bons sandwiches. (Il brandit la main comme s'il menaçait de fesser.) De bons gros sandwiches.

— Oui, oui, assura-t-elle en riant à l'idée qu'elle pût faire autre chose que le satisfaire pleinement et, battant l'air, rigolant, jetant quelques rires et quelques regards vifs et étincelants du côté d'Ellen, elle s'éclipsa vivement.

— Venez visiter, dit Frank.

Il s'agissait bien sûr de la scène de séduction. Ellen savait que leurs relations ne seraient pas placides avant que l'homme eût fait sa danse nuptiale. Elle accepta donc et le suivit pour visiter les lieux.

Ça ressemblait à un bungalow rêvé par un adolescent ; à la hutte du chef de patrouille dans un camp scout, avec des pin-up en plus. Toute la maison était nette et étincelante, ce qui n'était évidemment pas le genre de Frank, mais il faisait sentir sa présence au milieu de la netteté.

La cuisine, où la joyeuse Bibi sciait du pain avec un couteau dentelé, était moderne et l'inox brossé y abondait. La desserte était en plastique orange et une étagère était pleine de récipients contenant des cacahouètes. Une petite radio en plastique blanc diffusait doucement de la musique genre reggae, comme pour son propre plaisir. À travers une porte antimoustique en grillage d'aluminium, un petit potager était visible, et, au-delà, un enclos contenant des poulets.

Frank ouvrit le réfrigérateur, qui bien sûr était plein de bière, et sortit deux bouteilles, mais Ellen refusa :

— Trop tôt pour moi ; je viens de me lever. Et puis je dois piloter. Je ne dois pas boire au mauvais moment, vous vous rappelez ?

— Touché, fit-il en rigolant, l'air de dire qu'elle avait gagné ce round-ci mais pas le match. Seven-Up ou Coca ?

— Coca.

Le couloir, dont les murs s'ornaient de quelques jolis morceaux de batik sans cadre, conduisait d'un côté aux logements des servantes, et de l'autre à la chambre de Frank, où trônait un gigantesque lit recouvert d'écarlate. Un chien marron d'origine incertaine et de taille moyenne jouait avec le couvre-lit.

— Merde alors, George ! hurla Frank. Fous-moi le camp de ce pieu !

George, dans un mélange d'ennui et d'obéissance morose, se dressa lentement, bâilla, sauta mollement sur le plancher et disparut.

— Washington ? fit Ellen.

— Patton.

— Ah oui, dit-elle en riant. (Et il avait gagné le deuxième round.)

Il y avait des dépliants de *Playboy* sur les murs blancs, évidemment, plus une affiche représentant deux canards en train de baiser en plein vol avec la légende *Fly United*. La cane souriait d'un air de sainte-nitouche tandis que le mâle ricanait sardoniquement. C'est sans doute ainsi qu'ils désirent se voir, songea-t-elle. Et c'est ainsi qu'ils nous veulent.

113

— Vos fenêtres sont orientées comment?

Les fenêtres étaient situées dans deux murs différents, et voilées de légers rideaux. Frank pointa le doigt :

— À l'est et au nord.

— Pour avoir le soleil le matin.

— Mais pas trop.

Des nattes recouvraient en partie le sol luisant. Il n'y avait pas de placard, mais dans une grosse armoire ancienne étaient accrochées des tenues de brousse impeccablement lavées et repassées. La petite salle de bains, visible par une porte entrouverte, était moins plaisante que le reste, mais elle avait été si abondamment vernie de peinture blanche et récurée si souvent et avec tant d'énergie qu'elle aussi finissait par prendre un air de simplicité et de dignité spartiate. Un appareil de conditionnement d'air, débranché, était inclus dans le mur sous une des fenêtres orientées au nord.

— Vous l'utilisez souvent?

— Seulement quand je pique une suée.

Mauvaise technique. Ça, c'était bon pour les filles qu'on lève dans un bar.

— La maison n'en a pas besoin pour paraître fraîche et jolie, déclara Ellen d'une voix fraîche et jolie.

— C'est à cause des murs épais. Est-ce que vous appartenez exclusivement à Lew?

Elle rit de plaisir et d'étonnement.

— Excellent ! dit-elle et elle battit bel et bien des mains en se retournant pour le féliciter. *Ça*, ça me réduit à la défensive.

Il ne put cacher son agacement; peut-être qu'il n'essaya même pas.

— Je veux juste savoir comment je dois me conduire, dit-il. Si vous appartenez à Lew, c'est réglé.

Et il se passa quelque chose alors qui n'était pas la faute de Frank, bien qu'on fût presque obligé de le tenir

114

pour responsable, tout de même. Comme souvent dans une telle situation, sans que l'homme fût du tout menaçant, elle se rappela sa relative fragilité physique. En cet instant, s'il le voulait, il pouvait l'assommer, il pouvait l'étrangler, à vrai dire il pouvait bel et bien faire d'elle ce qu'il voulait. Elle se débattrait, certes, mais finalement il triompherait.

Quelque temps auparavant elle avait appris diverses mesures d'autodéfense, pour faire face à ce genre de situation récurrente, mais elle doutait de pouvoir tenir tête à quelqu'un comme Frank. Elle était donc là, dans cette pièce, à lui dire non, et elle allait continuer de lui dire non, mais quelque part au fond de sa tête elle avait peur de lui ; elle savait qu'en dernier ressort c'est lui qui allait accepter ou non qu'elle le refuse.

Ni l'expression d'Ellen ni ses intentions ne changèrent, mais il y eut de la peur au fond de son esprit, qui lança de petits pseudopodes à travers ses pensées, pareils au réseau rouge qui entoure une blessure gangrenée.

— Vous savez à qui j'appartiens, Frank, dit-elle en tâchant de ne pas montrer sa peur, ni de lui en vouloir. C'est à *moi* que j'appartiens, comme cette maison vous appartient. Et si jamais je décide de vous faire visiter, je vous le dirai.

Frank rit et se détendit visiblement. (Est-ce qu'elle avait *vraiment* été en danger ?)

— Ça colle, déclara-t-il. Vous savez où me trouver. Et je vous ferai signe de temps en temps.

— Ça, dit-elle, j'en suis certaine.

Finalement dans l'avion, elle accepta une bière, avec les sandwiches, pendant qu'on survolait le lac Victoria. Les sandwiches, entre des tranches épaisses de pain blanc grisâtre, ressemblaient à des salades maison : le jambon ou le poulet y était enfoui sous des bouts de piment, de la laitue, de la tomate, de minces tranches de radis, des morceaux de fromage, des herbes. C'était mal-commode à manger ; du jus et des bouts de tomate tombaient sur les serviettes en papier sur leurs genoux, tandis que l'avion se débrouillait tout seul dans les légers courants ascendants au-dessus du lac. La bière White Cap était agréablement piquante, dangereusement gazeuse, parfaitement adéquate.

Pendant qu'on mangeait, Frank transmit à Ellen quelques bribes de sa culture sur l'histoire africaine :

— Les Baganda, dit-il, sont la principale tribu d'Ouganda, c'étaient les Africains les plus civilisés avant que les Blancs arrivent. Ils avaient un roi, appelé le kabaka, et une cour, et toute une structure sociale civilisée. Mais ils étaient déjà dingues.

— En quoi ?

— Quand le premier Anglais est arrivé – il s'appelait Speke – il a d'abord rencontré un kabaka nommé Mutesa, et lui a apporté des cadeaux, comme les Blancs faisaient toujours. On vous donne des cotonnades et de la verroterie et de la merde, et puis on vous prend votre pays.

Ellen rigola, la bouche pleine de sandwich.

— Bref, dit Frank, Speke a montré à Mutesa les premières armes à feu que le roi ait jamais vues. Mutesa lui a fait flinguer quelques vaches. Puis Speke a donné une carabine à Mutesa, et Mutesa – il était sur son trône, au milieu de sa cour –, Mutesa a donné la carabine à un page et lui a dit de sortir et d'abattre quelqu'un et de revenir dire si ça marchait.

— Vous me racontez des histoires, fit Ellen avec stupeur.

Frank secoua la tête.

— Le page est sorti, Speke a entendu « pan », le page est rentré et a dit que ça marchait au poil, le mec était par terre, mort.

Ellen dévisagea Frank, pour voir s'il plaisantait ; mais non.

— Mais qui a-t-il tué ? demanda-t-elle.

— Personne n'en sait rien. Ça n'avait pas d'importance. Écoutez, si vous ne me croyez pas, vous pouvez vérifier. Speke en parle dans un livre, *Journal de la découverte des sources du Nil*.

— C'est la chose la plus affreuse que j'aie jamais entendue.

— Ils n'ont guère changé depuis, dit Frank avec une satisfaction lugubre.

Le déjeuner fini, Ellen vira à basse altitude au-dessus du lac tandis que Frank jetait le sac en papier contenant leurs déchets. Puis elle prit la direction du nord, de la sombre rive ougandaise. Le pilotage, la bière, et la bonne issue de leur affrontement dans la chambre avaient détendu la jeune femme.

— Vous avez fait exprès, non ? De nous séparer, Lew et moi.

— Bien sûr, fit-il paisiblement. Mais nous avons réellement besoin de vous deux. L'homme au sol pour voir de près ce qui s'y trouve. Et la surveillance aérienne pour savoir ce que l'ennemi pourra apercevoir le moment venu.

L'ennemi. Malgré lui, Frank ne pouvait voir cette affaire que comme une opération militaire. Ellen sourit pour elle-même et poursuivit son vol vers le nord. À côté d'elle, Frank examinait les cartes.

— Voilà l'île Dagusi, dit-il en montrant quelque chose en avant et sur la droite. Passez sur sa droite, on va survoler Macdonald Bay. C'est là que la route se termine.

L'Ouganda se dressait raidement au bord du lac, couvert d'épaisses forêts, contrairement à la rive kenyane brune et broussailleuse. Macdonald Bay était une poche d'eau au contour irrégulier, à la surface mouvante, luisante et scintillante.

Frank avait pris sur le siège arrière le sac de toile kaki contenant ses appareils photo. Il en choisit un et visa un objectif.

— La route devrait être quelque part sur la rive gauche. On ne verra pas grand-chose. Elle est inutilisée depuis des années.

— Ce n'est pas ça?

Une vague cicatrice brune partait de l'eau en direction de l'ouest et disparaissait presque aussitôt sous les arbres.

— Vous avez de bons yeux. (Frank regarda à travers le viseur de son appareil.) Descendez en rase-mottes, on va voir si…

Un avion à réaction croisa leur route bruyamment, de gauche à droite, très vite. Ce fut si brusque et si près qu'Ellen tira instinctivement sur le manche, puis dut stabiliser l'appareil tandis que le choc visuel s'effaçait. Un chasseur, peint en camouflage.

— Qu'est-ce que c'était que ça?

— Un Mig, dit Frank qui semblait soucieux mais pas encore effrayé. (Il serrait les appareils photo sur ses genoux.) Force aérienne ougandaise.

— Qu'est-ce qu'il fait? (Elle se pencha en avant pour scruter le ciel mais ne vit rien.)

— Ma foi, on est dans son espace aérien. Le revoilà à trois heures.

De nouveau le chasseur à réaction passa en grondant, plus lentement cette fois, décrochant paresseusement au dernier instant alors que Frank, à travers sa vitre, lui adressait un salut et un grand sourire chaleureux. Outre son immatriculation, l'avion avait une marque sur le côté du fuselage: un rectangle divisé diagonalement. Le triangle supérieur gauche était vert, le triangle inférieur droit rouge orangé.

— Il me rend nerveuse, dit Ellen. Je vais retourner au-dessus du lac.

Mais pendant qu'elle virait, le chasseur réapparut sur leur flanc. Il était beaucoup plus rapide qu'eux et ne pouvait pas ralentir sans risquer d'étouffer son réacteur, de sorte qu'Ellen ne put pas distinguer grand-chose, mais elle eut l'impression que cette fois le pilote avait fait un signe aimable au passage. En guise de confirmation, l'appareil balança les ailes quand il fut devant eux, puis fila vers le haut, accélérant et s'éloignant vers l'ouest.

— Il dit que c'est O.K., déclara Frank. Juste des touristes qui se baladent.

— Je me demandais s'il n'était pas censé essayer ses mitrailleuses sur nous pour voir si ça marche.

Frank rigola et Ellen acheva son virage de 360 degrés, survolant de nouveau Macdonald Bay, à bien plus basse altitude cette fois. La trace sur la rive était visiblement une route, mais qui disparaissait toujours sous les arbres épais vert sombre.

— Direction nord-ouest, dit Frank qui prenait des photos.

Au-dessous d'eux, la forêt était impénétrable, rien que des branches surchargées de feuilles. Frank abaissa son appareil.

— Thruston Bay est là-bas, dit-il en désignant l'avant gauche. La plaque tournante devrait être entre ici et là.

Volant très lentement, très bas au-dessus des cimes des arbres, elle se dirigea vers Thruston Bay.

— Attendez, dit-elle en réduisant les gaz (et elle dut aussitôt accélérer de nouveau).

— Qu'est-ce qu'il y a?

— Je crois que j'ai vu briller quelque chose.

Ils étaient au-dessus de la baie. Ellen vira serré et revint au-dessus des arbres.

— En arrivant où vous l'avez vu, virez à gauche, dit Frank.

— D'accord.

Cette fois elle ne vit rien luire, elle n'était même pas totalement certaine de l'endroit. Quand elle eut l'impression de l'avoir dépassé, elle vira à gauche, et peu après on survola perpendiculairement une voie ferrée : une seule paire de rails et l'alignement brillant des traverses en métal.

— On est trop loin, dit Frank. La plaque tournante est entre la voie ferrée et le lac.

Ellen entama un nouveau virage, dont la courbe passa au-dessus de la grand-route au nord de la voie ferrée. En bas, trois voitures arrêtées formaient une figure bizarre, semblable à un idéogramme chinois : deux autos noires en épi encadraient une auto jaune. Au milieu de la route, un groupe entourait un homme isolé. Ellen écarquilla les yeux.

— La voiture ! C'est Lew !

— Bon Dieu de merde, dit Frank.

Un membre du groupe frappa l'homme isolé avec une matraque ou un morceau de tuyau ou le canon d'une arme — un objet de ce genre. L'homme tomba, et deux types du groupe lui donnèrent des coups de pied, et il se recroquevilla comme une limace sur quoi l'on met du sel.

— Où peut-on atterrir ? Où peut-on atterrir ? hurla frénétiquement Ellen en scrutant la forêt sans failles.

— Vous n'êtes pas cinglée ? On est en Ouganda ! Demi-tour sur Kisumu, vite !

Deux des hommes regardaient en l'air, ils désignaient l'avion. L'un d'eux se hâta vers une des voitures noires : pour lancer un appel radio ?

Ellen accéléra en virant, s'élevant dans le ciel vide et sans réconfort.

— On va parler à Balim, disait Frank. Il saura quoi faire.

Il avait défait sa ceinture de sécurité pour se retourner et ranger son appareil photo sur le siège arrière. Ellen se contracta et tira brusquement sur le manche, et l'avion décrocha de vingt mètres, comme une pierre, avant qu'elle remette les gaz. Elle s'était préparée au truc, mais pas Frank. Il fut brutalement projeté contre le toit métallique, et puis projeté tout aussi brutalement vers le bas.

— *Dieu du ciel !* hurla-t-il en se démenant pour se cramponner à quelque chose. Faites attention !

— Je fais attention, Frank, dit-elle et le ton de sa voix le fit la regarder avec une brusque inquiétude. (Sans lui rendre son regard, elle dit :) Vous avez envoyé Lew là-bas aujourd'hui pour pouvoir me baiser. (L'indicateur de vitesse grimpait.)

— En principe il n'y avait pas de danger ! (Il tentait précipitamment de boucler sa ceinture.) Je vous l'ai dit ! Nous avions réellement besoin de deux...

Cette fois elle mit l'avion en tranche et il se cogna joliment la tête contre sa vitre. Il poussa un cri.

— Ne discutez pas avec moi, Frank, dit-elle. Je pourrais vous tuer ici, et vous n'oserez pas me toucher parce que je suis le pilote. Vous en voulez encore un petit coup ?

— Non ! Seigneur Dieu, fit-il en tâchant simultanément de se tenir la tête et de s'attacher pour se protéger de n'importe quel changement de direction ou de vitesse. *Pourquoi* faites-vous ça ?

— Je veux que Lew revienne, déclara-t-elle. Et je veux que vous sachiez à quel point je suis sérieuse, Frank.

— Ne recommencez pas !

— Je veux qu'il revienne. (Elle ne recommença pas.)

— Vous l'aurez, promit Frank d'un air sombre et abattu et défait. Vous l'aurez. Et grand bien lui fasse.

11

Comme Rome, Kampala est construite sur sept collines, et c'est d'ailleurs l'une d'elles qui lui donne son nom, *Kampala*, c'est-à-dire « la colline de l'impala », cette antilope gracieuse et inoffensive aux bois incurvés, pacifique herbivore. Une autre de ces collines s'appelle Nakasero, et sur sa crête se dressait le bungalow présidentiel, l'une des multiples résidences qu'Amin, homme d'impatience et d'avidité mécontente, avait en Ouganda. D'un luxe rustique, le bungalow se nichait parmi les manguiers et les gommiers, les bougainvillées grimpantes, le frangipanier et l'hibiscus. Dans la journée la végétation odorante résonnait des rires des enfants d'Amin ; il en avait au moins vingt-cinq, issus de cinq épouses.

En contrebas, au pied de la colline, en vue des fenêtres du bungalow, s'étendait un parc ouvert vaste et charmant, une pelouse de quatre cents mètres de large. D'un côté du parc s'élevait All Saints Church, la paroisse de l'archevêque anglican Janani Luwum, qu'Idi Amin avait personnellement assassiné le 17 février 1977. En face se tenait l'ambassade de France et, à côté, un bâtiment rose à deux étages entouré de fil barbelé. C'était le Bureau des enquêtes d'État – *State Research Bureau* – dans une pièce duquel Amin avait abattu l'archevêque d'un coup de feu dans la figure, avant de téléphoner à un de ses utiles conseillers blancs pour lui dire : « J'ai perdu mon calme. J'ai tué l'archevêque. Faites quelque chose. »

Lew était à moitié inconscient, dans le coffre d'une des Toyota, quand les deux voitures franchirent la grille d'entrée du State Research Bureau. Il se sentait enfiévré, délirant, mais était assez conscient pour savoir qu'il était dans la pire situation de sa vie. Il ne savait pas, et il n'aurait pas été réconforté d'apprendre, que quelqu'un avait dit un jour du SRB de Nakasero : « Quand on entre là, la question n'est pas de savoir quand on sortira, ni si on sortira. La seule question qui reste, c'est de savoir quand la souffrance cessera. »

Ils ouvrirent le coffre de la Toyota et en sortirent Lew par les coudes et les chevilles et les cheveux, et ils le laissèrent tomber par terre et lui donnèrent des coups de pied pour punir sa maladresse, en criant « Debout ! Debout ! » en dialecte nubien. Lew se mit en boule, protégeant sa tête et son tronc, le dos abrité par la Toyota, et ils finirent par cesser de lui donner des coups de pied et l'empoignèrent par les bras pour le redresser. Dans l'éblouissement aquatique du soleil il vit le parc au-delà des barbelés, et au loin une cathédrale qui semblait un mirage. Garé près des barbelés se trouvait un car, cabossé d'un côté, dans lequel, deux mois auparavant, un groupe d'infirmières revenaient à Kampala après un bal à l'université de Makerere. Les hommes du SRB avaient arrêté le véhicule, l'avaient conduit ici, avaient battu et violé les infirmières toute la nuit et les avaient relâchées au matin. Il n'y avait pas eu de suites.

On poussa Lew dans le bâtiment, où un homme à l'air dur en uniforme de l'armée était assis derrière un comptoir de réception. Un Colt 45 était posé à portée de sa main sur le comptoir. Lew, clignant des yeux, tâchant de se dégager le regard et l'esprit, regarda le pistolet automatique et lécha ses lèvres bouffies, goûtant le goût du sang. Même s'il avait été pleinement lucide, et maître de ses mouvements, il eût été stupide de plonger sur cette arme.

— Nom ?

— Lew... (Il toussa et s'éclaircit la gorge et recommença :) Lewis Brady.

Il vit l'homme écrire ça dans un grand registre, noire parodie d'un registre d'hôtel. Le volume était épais, ouvert au milieu, il y avait déjà une douzaine de noms notés sur la page avant celui de Lew. Clignant sans arrêt, lisant à l'envers, Lew vit deux rubriques en haut de page : « Nom » et « Motif ». Dans la colonne « Motif », à la suite de son nom, il vit le militaire écrire « non déterminé ». Presque toutes les autres entrées de la page portaient la même mention.

— Objets de valeur.

Il leur donna tout, mais ils voulaient davantage et ils le manifestèrent en lui tapant sur le crâne et dans les côtes à coups de crosse. Ils voulaient ses chaussures et sa ceinture, et quand il les eut données on lui fit monter un escalier et longer un long et large couloir et on lui dit d'attendre là sur un banc de bois. Tous s'en allèrent sauf deux hommes qui s'appuyèrent au mur d'en face et prirent un air extrêmement sévère, comme si leur propre aversion était la seule chose qu'ils comprenaient clairement.

La demi-heure d'attente sur le banc fut excellente ; si c'était censé être un truc psychologique pour augmenter la nervosité de Lew, c'eut l'effet exactement inverse. Il se remit à réfléchir, il se remit un peu des coups reçus, il observa les parages. Il se trouvait dans un long couloir vide avec des portes de bureaux dont environ un tiers étaient ouvertes. D'un bureau éloigné provenaient les bruits hésitants d'une dactylographie malhabile. De proche en proche sur les murs se lisaient de grandes pancartes : « Silence ». Ici et là entre les exigences de silence étaient accrochés des slogans et des déclarations encadrés ; Lew put en lire un qui disait : « Nulle sagesse n'est plus grande que la bonté. Ceux qui bâtissent leur succès sur le malheur des autres ne réussissent jamais. » C'était signé « Major Farouk Minawa ».

Ce que le couloir avait de moins encourageant, c'étaient les larges traces de sang sur le mur au-dessus du banc, juste à la hauteur de la tête de Lew. Manifestement on avait l'habitude ici de cogner contre le mur la tête des prisonniers assis. Une mort brusque et sale. Ou peut-être une simple fracture du crâne et des lésions cérébrales irréparables. Lew était prêt à se défendre si l'un des deux types d'en face décidait de jouer à ça avec lui ; bien qu'il sût qu'il était inutile de résister.

Un truc curieux chez ses deux gardes : l'ongle de l'auriculaire, à chaque main, était long de près de trois centimètres, incurvé, tranchant, gris-jaune, comme l'ergot d'un faucon.

Après trente minutes, deux nouveaux venus apparurent dans le couloir.

— Venez avec nous.

Lew se mit debout, ses gardes précédents s'en allèrent, il longea le couloir entre les deux autres et aboutit dans un grand bureau intitulé «Direction des opérations techniques», où un homme en uniforme au visage épais était assis à une grande table encombrée de fouillis.

C'était le major Farouk Minawa, commandant le SRB et auteur des pensées encadrées dans le couloir. C'était Minawa, Nubien musulman, qui, en compagnie du chef du protocole ougandais, le capitaine Nasur Ongoda, s'était rendu à l'hôpital de Musago le 5 juillet 1976 à neuf heures du matin, avait tiré de son lit Mrs Dora Bloch (le seul otage israélien non récupéré), lui avait fait dégringoler trois étages tandis que les soignants et les patients impuissants la regardaient hurler, puis l'avait jetée à bord d'une voiture, emmenée à trente kilomètres de Kampala sur la route de Jinja, l'avait balancée hors de la voiture, l'avait abattue au bord de la route, et avait vainement essayé de faire brûler le cadavre. (Les cheveux blancs ne brûlèrent pas et furent le premier indice qui permit l'identification.)

Il y avait dans le bureau trois autres hommes du SRB, avec ce qui leur tenait lieu d'uniforme : la chemise criarde, les chaussures à semelle compensée, le vaste pantalon, les lunettes noires. L'un buvait un soda, étalé sur un canapé. Deux autres sofas étaient inoccupés, tandis que les deux autres hommes du SRB arpentaient la pièce comme de gros félins dans un zoo. Les deux types qui avaient amené Lew gagnèrent un des sofas libres et s'y assirent côte à côte, l'air décontracté, croisant les jambes, le regard vacant, comme s'ils attendaient un autobus. Tous dans la pièce avaient, sauf Minawa, un ongle long aux auriculaires.

Minawa désigna le sol doté d'un tapis, devant Lew.

— Asseyez-vous.

— Par terre ?

— Asseyez-vous ! (De rage, Minawa rebondit presque sur son siège.)

Percevant le mouvement d'un des hommes derrière lui, Lew se laissa vivement tomber par terre, remontant les genoux, repliant les bras. Minawa l'observa avec fureur à travers le désordre de sa table, mais l'interpella d'une voix paisible :

— Qu'est-ce que la CIA vous a commandé de faire en Ouganda ?

— La CIA ? (Au fond de sa stupeur, Lew eut une microseconde de joie, songeant que tout ça n'était qu'une erreur et qu'on allait simplement le relâcher avec des excuses ; mais l'illusion ne dura pas.)

Sous les canapés étaient empilés des fusils, des automatiques, des pistolets-mitrailleurs. Un des hommes assis sortit un couteau et en examina la lame avec une grande intensité.

— La CIA ! La CIA ! (Minawa martelait la table à coups de poing.) Vous nous prenez pour des *idiots* ? Vous nous prenez pour des *négros* ?

— Je n'ai rien à voir avec la CIA, dit Lew.

— Vous êtes américain.

— Ça ne veut pas dire que…

— Vous vous appelez Lewis Brady.

— Oui.

— Appelez-moi «monsieur» !

— Oui, monsieur, mon nom est Lewis Brady. (Être insolent aurait déclenché un autre passage à tabac. Ce n'est pas par peur que Lew évitait un autre passage à tabac ; c'est qu'il lui fallait être dans la meilleure forme physique et nerveuse possible, il le savait, en vue de ce qui l'attendait ensuite ; manifestement il allait se faire suffisamment taper dessus sans qu'il eût besoin de réclamer un supplément de coups.)

— En 1964, dit Minawa en consultant un feuillet sur la table, la CIA vous a affecté au service du gouvernement répressif d'Éthiopie.

— Non, monsieur, dit Lew. L'Éthiopie m'a engagé comme instructeur. Ça n'avait rien à voir avec la CIA ni rien…

— En 1965, coupa Minawa, la CIA vous a transféré auprès du Front national angolais. Vous n'allez pas nier que c'était une opération de la CIA, *ça*.

— Si c'en était une, dit Lew, je n'en ai rien su.

— Vous croyez pouvoir nous tuer, dit un homme du canapé, mais on vous voit venir.

— Nous avons *des listes*, dit Minawa. Quand vous avez passé la frontière, nous avons regardé nos listes.

— Je ne vois pas sur quelle liste je pourrais être.

Un des hommes debout se trouvait alors derrière Lew et lui donna un coup de pied dans les côtes.

— Appelle le major «monsieur».

— Je vous demande pardon. (Le choc lui avait coupé la respiration mais Lew tâcha de ne pas le montrer. Ces êtres étaient davantage des bêtes que des hommes, et la faiblesse ou la peur les exciteraient.) Monsieur, dit-il, voulez-vous me dire sur quelle liste était mon nom ?

— Mercenaires, dit Minawa. Identifiés par nos amis comme membres de la CIA.

— Quels amis ? Monsieur.

— *Les nôtres !* (Les brusques manifestations de rage de Minawa étaient métronomiques, elles semblaient se déclencher à des intervalles déterminés indépendamment des excitations extérieures.)

— Nous avons beaucoup d'amis, dit l'homme du canapé. Et tu n'as aucun ami.

— Les saints rebelles du Tchad ont appris la vérité sur toi, déclara Minawa, et c'est alors que tu as fui l'Éthiopie.

— Le Tchad ? (Lew avait brièvement pris part à une révolte tchadienne, en 1974, mais pourquoi est-ce… ? Et ça devint clair. De «saints rebelles», tu parles ! C'était une révolte financée par la Libye. Et le colonel Kadhafi n'était-il pas très proche d'Idi Amin Dada ?) La Libye, dit Lew.

Ils furent mécontents qu'il eût percé leur mystère. L'homme sur le canapé contempla le plafond comme s'il se retirait de la conversation, et Minawa s'activa à déplacer des choses sur son bureau encombré, grognant et remuant les lèvres.

— Major, dit Lew, je peux seulement vous assurer que je n'ai jamais été employé par la CIA, de toute ma vie.

Sans cesser de regarder le plafond, l'homme du canapé parla comme s'il expliquait un concept simple à un enfant borné :

— Nous vous tuerons avant que vous puissiez nous tuer. Nous devons nous protéger. C'est justice.

— Je suis un touriste, dit Lew. J'ai retenu à l'hôt…

Minawa fit claquer sa paume sur sa table.

128

— Tu n'es pas un touriste ! Tu es un mercenaire, un provocateur, un agent de la CIA !

— Non, monsieur, je suis…

— Si tu mens, fit Minawa en pointant un doigt épais, ça ira très mal pour toi. Nous savons déjà tout. Tu vas écrire un papier. Tu vas écrire ce que la CIA t'a envoyé faire à Kampala. Tu vas écrire les noms des gens que tu devais contacter en Ouganda.

— Monsieur, je peux seulement vous dire qu'il y a erreur. Jamais je n'ai…

— Tu refuses d'écrire ce papier ?

Il n'y avait rien à répondre. Lew contempla le large visage furieux du major Minawa jusqu'au moment où un des hommes qui faisaient les cent pas vint s'interposer. Avec calme, l'homme tapota sèchement la tête de Lew avec ses phalanges repliées. Lew grimaça mais ne bougea pas. L'homme frappa de nouveau, plus fort, et comme Lew n'avait toujours pas de réaction, il s'exaspéra et abattit son poing sur le crâne de Lew, comme Minawa tapant sur son bureau un moment auparavant. La souffrance éclata dans la tête de Lew, envahit son front, traumatisa tous les muscles de son cou. Si l'homme recommençait, il allait certainement provoquer des lésions. Lew ouvrit les mains, lâchant ses genoux et se préparant à lancer un coup de pied, mais Minawa dit quelque chose en dialecte et le cogneur poussa un grognement écœuré, gifla Lew sans conviction et s'écarta.

— Tu vas écrire le papier, dit Minawa.

— Si je pouvais, je le ferais, major, dit Lew. Mais je n'ai rien à déclarer.

— *Kalasi ?* demanda un homme assis.

— Non, dit Minawa. Pas encore. (Et, à l'adresse de Lew :) Debout. (Lew obéit.) Approche, dit Minawa. Ouvre ton pantalon. Mets ta bite sur la table.

Lew le considéra avec stupeur.

— Je dois faire quoi ?

Les deux types debout se ruèrent alors sur lui à coups de pied et de poing jusqu'à ce qu'il eût obéi. Il se retrouva debout contre la table, douloureux et humilié, la braguette ouverte et son pénis pareil à un minuscule poisson impuissant sur le bord du bois, et il éprouva une peur bien différente de la peur de la mort.

Dans le fouillis qui encombrait sa table, Minawa prit une baïonnette rouillée – non, tachée de sang. Il en tapota doucement le bois près du membre recroquevillé de Lew.

— Tu vas écrire le papier, dit-il.

— Major, dit Lew, la bouche et la gorge totalement desséchées, major, je veux bien écrire tout ce que vous voudrez. Vous le savez. Mais si vous me dites d'indiquer mes contacts en Ouganda, il faudra que j'invente les noms. Je n'ai *aucun* contact en Ouganda.

Tous les occupants de la pièce attendirent de voir si Minawa allait se fâcher. Minawa lui-même parut attendre avec la même tension. Finalement il hocha la tête et posa la baïonnette.

— Les noms sont plus importants. Tu me les donneras plus tard. Tu crois que non, mais tu me les donneras.

— Tu nous diras les mille noms de Dieu, fit un homme assis en riant doucement. Tu nous supplieras de t'écouter.

— Ferme ton pantalon, dit Minawa d'un air méprisant, comme si Lew s'était conduit de manière indécente ; puis il parla en dialecte.

Les deux hommes qui avaient amené Lew se levèrent de leur canapé, l'un d'eux fit signe à Lew de sortir de la pièce. Lew fit demi-tour et se trouva face au type qui lui avait tapé sur la tête et qui lui barrait le passage. Souriant, l'homme leva la main et allongea son auriculaire et son ongle démesuré en direction de l'œil gauche de Lew.

La pointe de l'ongle touchait presque le globe oculaire. Lew regarda l'homme sans ciller, pensant : Si tu me mets ça dans l'œil, je t'arrache la pomme d'Adam avant que les autres puissent m'arrêter.

Le sourire de l'homme faiblit, comme s'il se trouvait lui-même moins drôle qu'il n'avait espéré. Ou comme s'il avait vu quelque chose qui ne lui plaisait pas dans l'expression de Lew. Il baissa la main et s'adressa à Minawa en dialecte. Tout le monde rigola, ce qui rendit à l'homme sa confiance en soi ; souriant, il s'écarta d'un pas et fit cérémonieusement signe à Lew de sortir.

On chantait à quelque distance. C'était un cantique et les voix étaient nombreuses. Lew et ses gardes descendirent plusieurs volées de marches, s'enfonçant dans le sous-sol du State Research Bureau, et le chœur de voix masculines, flageolant mais décidé, était de plus en plus proche. Sur l'air de «Jésus est notre ami», les paroles étaient en swahili.

La lumière du jour était loin à présent ; les couloirs et les escaliers étaient éclairés par de violents tubes fluorescents trop espacés, de sorte que se succédaient les zones d'ombre et les taches éblouissantes. Le sol et les murs étaient maculés comme si des fleuves de sang avaient coulé là, et qu'on eût mal nettoyé ensuite. Les marches étaient froides sous les pieds déchaussés de Lew.

Et puis on atteignit une porte métallique fermée, avec un ventilateur dans la partie supérieure ; c'est derrière le battant que montait le chant.

Un soldat porteur d'un pistolet-mitrailleur était assis sur un tabouret de bois près de la porte. Les gardes lui parlèrent et il se leva, posant le P.-M. sur le tabouret pendant qu'il ouvrait la porte. Au bruit des verrous le chant s'éteignit, remplacé par une attente silencieuse et peut-être épouvantée.

Le soldat tira le battant à lui et une incroyable puanteur se déversa, avec la force d'un coup de poing dans l'estomac. Un mélange de pourriture, d'excréments humains, de sang, de corps et de vêtements immondes, d'urine et de déchets et de mort et de peur. Lew fit un pas en arrière, affolé, et ses deux gardes rirent de lui.

L'intérieur ne fut d'abord qu'une obscurité mouvante, la gueule et la gorge de quelque hideux monstre à l'haleine puante ; mais le soldat actionna un interrupteur près de la porte et un plafonnier fluorescent s'alluma là-dedans, et le spectacle de l'endroit était encore pire que l'odeur.

Quand les Yougoslaves avaient construit ce bâtiment pour le gouvernement ougandais, ils avaient inclus un tunnel reliant le sous-sol au bungalow d'Amin, pour qu'il eût un moyen de fuir si jamais il était assiégé en haut de la colline, et pour qu'il puisse discrètement aller du bungalow au SRB afin de participer aux tortures et aux meurtres. (Il aimait, portant un masque à gaz, battre les gens à mort avec deux pistolets tenus par le canon.) Mais en fin de compte le tunnel n'était pas le chemin le plus commode entre les deux endroits ; on avait donc muré son extrémité, côté bungalow, et à présent le tunnel servait de cul-de-basse-fosse pour les victimes du SRB.

Le tunnel avait deux mètres de haut et un mètre cinquante de large, et il était plein d'hommes. Tous étaient des Noirs ; certains étaient demi-nus ; certains portaient des haillons et des restes de vêtements déchirés ; tous étaient pieds nus. Ils étaient plus d'une centaine là-dedans, assis ou accroupis sur le sol, le dos au mur, battant en retraite dans la pénombre à l'écart du plafonnier. Beaucoup étaient maculés de sang, beaucoup avaient des blessures récentes à la tête, au torse, aux bras, et tous clignaient des yeux et remuaient sous la brusque lumière, la bouche béante et l'air abruti.

Un prisonnier près de la porte s'adressa au soldat en swahili, précipitamment et craintivement, en désignant quelqu'un ou quelque chose dans le fond du tunnel — peut-être la grosse poubelle rouillée posée là-bas.

Non, il était question d'un autre des prisonniers. Le soldat répliqua, et il y eut une brève discussion, durant laquelle Lew adapta son esprit à cette horreur et cessa de donner à ses gardes des raisons de rigoler. Puis deux prisonniers se levèrent, ramassèrent un autre homme par les bras et les chevilles et, courbés sous la voussure du plafond, le portèrent dehors et l'étendirent par terre dans le couloir. Il était mort. Peu de temps auparavant, l'articulation de sa mâchoire avait été brisée et pas soignée ; juste sous son oreille, la protubérance d'os ébréché, blanc et sanguinolent, était comme un cri sur la peau noire.

Lew fut poussé en avant. Il franchit le seuil et s'immobilisa dans la lumière, regardant la stupeur de tous ces visages qui le regardaient : un homme blanc, dans *leur* enfer. Puis la porte claqua et la lumière s'éteignit.

Dans le noir il les entendait murmurer autour de lui. L'intensité de la puanteur était violente, et l'obscurité l'aggravait ; il avait envie de vomir, mais l'atmosphère était si totalement immonde qu'en même temps elle lui desséchait la bouche et la gorge et lui rendait impossible de vomir.

Lew ne savait trop quoi faire (s'il avançait d'un pas, il marcherait sans doute sur quelqu'un) mais une main lui effleura le tibia et une voix parla sur sa droite :

— Asseyez-vous ici. Il y a de la place.

Lew s'accroupit, toucha des corps, toucha le mur froid et râpeux à l'endroit qu'on avait dégagé pour lui faire place. Il s'assit, s'adossa au mur, voulut étendre ses jambes et heurta quelqu'un.

— Excusez-moi.

— Mettez vos jambes sur les miennes, dit l'homme d'en face. Tout à l'heure on fera le contraire.

— Merci.

Son voisin, celui qui lui avait touché le tibia et parlé, se fit de nouveau entendre :

— Ayez confiance, mon frère. Dieu prendra soin de vous.

Une très faible lumière filtrait par l'orifice de ventilation dans le haut de la porte. Lew put distinguer l'homme : imposant, une barbe grise, sans doute la cinquantaine passée. Il portait une chemise blanche déchirée et un pantalon noir, et il avait des entailles récentes près des yeux et sur l'arête du nez, comme si on l'avait frappé alors qu'il portait des lunettes.

— Je suis l'évêque Michael Kibudu, dit-il.

— Lew Brady. Evêque ?

— De la Mission baptiste évangélique. Mon église est à Bugembe.

— Vous êtes ici depuis combien de temps ?

— Deux mois. Je ne crois pas qu'il y ait jamais eu d'homme blanc ici. Pas *ici*. Pourrais-je me permettre de demander quelle mauvaise chance vous a amené dans ce lieu ?

— Ils se sont mis en tête que je suis lié à la CIA.

— Ah. Ils ont accusé l'archevêque d'être à la solde de la CIA.

— Celui qu'ils ont tué ? Est-ce qu'il s'agit de persécutions religieuses ou quoi ?

L'évêque Kibudu sourit, d'une manière douce et triste et incongrue.

— Quelque chose de ce genre, dit-il. Puis-je vous demander, avez-vous pensé au salut de votre âme ?

Avait-on jamais posé cette question-là dans d'aussi ridicules circonstances ?

— Je ne crois pas, dit Lew.

12

Frank but une gorgée de Seven-Up, puis versa soigneusement du gin dans la bouteille et l'agita doucement en rond. Il goûta de nouveau, hocha la tête avec satisfaction, et emporta la bouteille dans le bureau de Balim, où Balim lui-même était au téléphone, tandis que dans un coin Isaac Otera et Bathar (que tout le monde sauf son père appelait le jeune monsieur Balim) avaient l'air soucieux et désœuvrés et regardaient Ellen arpenter la pièce, le visage orageux.

— Tenez, dit Frank en tendant la bouteille.

Elle le toisa, regarda sa main, regarda le Seven-Up.

— Qu'est-ce que c'est ?

— J'ai mis du gin dedans. Ça vous calmera.

— Je ne veux pas me calmer, tête de nœud, dit-elle et elle se détourna pour regarder férocement Balim qui parlait au téléphone d'une voix lente et insinuante et douce.

Frank jeta un coup d'œil furieux à la nuque d'Ellen et avala lui-même le Seven-Up corsé. Elle allait trop loin, tout de même, et il commençait à se sentir en colère et non plus coupable. On faisait ce qu'on pouvait, non ?

Concluant sa communication, Balim fit des remerciements extravagants à son interlocuteur et raccrocha avec une apparence de profond regret.

— Maintenant, dit-il à Ellen, nous devons attendre, c'est ce qu'il y a de plus difficile.

— Cela fait des heures.

Même Frank se rendait compte que sa fureur seule empêchait Ellen de s'effondrer ; ça n'était pas une raison pour qu'elle l'injurie devant tout le monde, quand même.

— En cet instant, la patience est notre seule amie, dit Balim.

— Il est peut-être déjà mort.

— Je vous en prie, dit Balim en se dressant lourdement derrière sa table. Ôtez-vous du moins cela de l'esprit. J'ai appris que l'Ouganda avait reçu l'an dernier du Japon une cargaison de Toyota noires, toutes affectées à l'administration. Il ne s'agit donc pas de kidnappeurs ni de bandits. (Il avait contourné son bureau tout en parlant et il effleura gentiment l'avant-bras d'Ellen avec ses doigts, comme un guérisseur, comme pour lui communiquer un flux de force et de conviction.) Ils ont appréhendé Lew, c'est tout.

— Mais nous ne savons pas ce qu'ils vont lui faire.

— Ils vont l'interroger, dit Frank. Il y a une gourance quelconque. Ils le prennent pour quelqu'un d'autre. Ils vont même peut-être s'en apercevoir tout seuls et le relâcher. (Lui-même ne croyait guère à rien de ce qu'il disait.)

Ellen lui jeta un regard de mépris total, mais du moins elle ne le traita pas de tête de nœud.

— Je veux appeler l'ambassade américaine, dit-elle à Balim.

Ça ne va pas recommencer, songea Frank, on a déjà discuté tout ça. Mais Balim était la patience incarnée.

— Ellen, dit-il, je sais que mon souci de notre ami est peu de chose auprès du vôtre, mais croyez-moi, mon souci est véritable, et si l'ambassade américaine pouvait nous aider, je l'appellerais avant tout. *Avant tout*.

— Bien sûr qu'elle peut nous aider. Il est citoyen américain.

— L'ambassade des États-Unis en Ouganda est fermée. Faut-il qu'un chargé d'affaires américain téléphone de Nairobi à l'ambassade de France à Kampala, pour demander à un chargé d'affaires français de s'enquérir, de manière forcément routinière, d'un Américain errant qui pourrait éventuellement être détenu en Ouganda ?

136

— Pourquoi pas?

— Qui est cet Américain? demanderaient les autorités ougandaises. Qui est-il pour que des diplomates s'en soucient? Et bientôt elles apprendraient qu'il a une longue carrière de mercenaire en Afrique.

— Pareil avec l'ambassade américaine à Nairobi, dit Frank. Sans parler du gouvernement kenyan. Quels sont nos rapports avec ce Brady? Qu'est-ce qu'on fricote, tous? Vous voyez ce que je veux dire?

Avant même d'avoir fini de parler, Frank, voyant les regards d'avertissement des autres, comprit qu'il avait fait une erreur technique, mais il ne comprit pas laquelle avant qu'Ellen se retourne vers lui avec rage:

— Alors c'est ça le problème! Le *coup* sur lequel vous êtes tous. On va tout essayer pour récupérer Lew, pourvu que ça ne mette pas le *coup* en danger.

Heureusement pour Frank, c'est Balim qui répondit:

— Non, Ellen, certainement pas! Frank s'est mal exprimé, mais son intention était bonne, je vous le garantis.

Frank n'aimait guère que Balim parle de lui en ces termes, même si c'était un truc psychologique; et ça ne lui plut pas du tout qu'Ellen ricane de mépris:

— Frank? Une bonne intention?

Isaac Otera intervint soudain:

— Vous appelez ça un coup. Peut-être que c'en est un.

Tout le monde se tourna avec stupeur vers Isaac, qui arborait l'expression crispée d'un orateur saisi par le trac mais décidé à poursuivre. Il cillait et serrait les poings contre ses cuisses.

— Peut-être que c'est autre chose, dit-il. Mais de toute façon, si l'on apprend que Lew est en Ouganda pour nous aider à monter une opération de contrebande de café, vous ne le reverrez jamais.

— C'est exact, dit Balim.

— C'est ce que je voulais dire! C'est ça! s'exclama Frank avec un grand sourire, désignant Isaac et sentant un grand poids quitter sa poitrine.

— La vérité, dit Isaac en faisant un pas hésitant vers Ellen, c'est que même si Lew a été arrêté par erreur, *il a quelque chose à cacher*. Quoi que nous fassions pour le sauver, nous ne devons pas courir le risque de dévoiler son secret.

— Mon Dieu, dit Ellen d'une voix faible.

— En ce moment, dit Balim, je tâche d'entrer en contact avec un personnage haut placé dans la hiérarchie ougandaise. Cela peut prendre...

— Père, mon cher père, dit Balim le Jeune, dites-lui toute la vérité. Elle la mérite.

Frank se sentit furieux et songea: Il lui court après, ce petit bougnoule graisseux. Mais Balim l'Aîné hocha la tête, acceptant le reproche de son fils:

— L'habitude du secret est souvent trop forte chez moi, dit-il. Ellen, notre associé à l'intérieur de l'Ouganda dans l'affaire du café est un homme blanc nommé Baron Chase, qui a un poste gouvernemental très élevé. Un des plus proches hommes de confiance d'Amin.

— Un Blanc?

— Frank le connaît depuis des années.

— Un sale rat, dit Frank.

— Mais même un sale rat peut avoir son utilité, déclara Balim le Jeune en souriant tranquillement à Frank.

— Tu parles, coco, dit Frank.

Le père Balim s'adressa de nouveau à Ellen:

— Je ne puis joindre directement Baron Chase. Ce que j'ai fait, c'est que j'ai utilisé deux intermédiaires différents pour lui faire dire qu'il doit me contacter immédiatement, pour une question de la première urgence.

Ces deux messieurs sont maintenant en route pour l'Ouganda. Si l'un d'eux a des difficultés…

— Ou la frousse, dit Balim le Jeune.

— J'ai une plus haute idée de mes amis que mon fils, dit Balim en souriant chaleureusement à Ellen. (Frank la vit réagir légèrement au sourire ; Balim pouvait obtenir n'importe quoi, quand il s'y mettait.) En tout cas, si quelque chose fait échouer un de mes messagers, l'autre arrivera sûrement. Alors Baron Chase me téléphonera, j'expliquerai le problème, et on fera relâcher Lew.

— A vous entendre, ça paraît presque facile, fit Ellen d'un ton encore manifestement méfiant.

— Ça l'est presque. Vous allez rentrer chez vous, à présent. (Il tapota l'épaule d'Ellen.) Et je vous appellerai…

— Non, coupa-t-elle. J'attendrai ici.

— Ellen, je vous promets de vous appeler à l'instant où…

— Où suis-je censée aller ? demanda-t-elle et Frank fut stupéfait de la voir se rebiffer contre Balim. Rentrer toute seule dans ma petite baraque ? Ou dans votre chambre d'amis ? Ou dans le salon de Frank ? Je suis mieux ici.

— Mais si l'appel arrive tard dans la nuit, quand je serai chez moi ?

Elle regarda le téléphone du bureau.

— Ça ne serait pas le même numéro ?

Balim rit et lui tapota de nouveau l'épaule.

— Vous avez gagné.

— Si le téléphone sonne, je décrocherai, mais je ne dirai rien. J'écouterai seulement. Quoi qu'il dise, je ne dirai pas un mot.

— Je vous crois, dit Balim. Vous pouvez rester.

Le seau contenait deux sandwiches faits par Bibi, quatre bouteilles de bière White Cap, deux verres, des serviettes, un petit sac de biscuits maison. Frank regarda dans le seau et sourit, satisfait. Fermant le couvercle du récipient, il donna une claque sur la croupe de Bibi qui gloussait et emporta les provisions dans la Land Rover.

Il était près de onze heures du soir. Les lampadaires de Kisumu sont faibles et très espacés. Il n'y a guère de vie nocturne, du moins dans les rues. À grands coups de pied sur les pédales, Frank longea des maisons obscures ; un peu de lumière rose filtrait parfois à travers le tissu qui couvrait les fenêtres ; Frank alla se garer devant les bâtiments de Balim. Deux des gardes — des hommes haillonneux et avachis à qui un chapeau et une ceinture Browne servaient d'uniforme — traînaient près de l'entrée, allongés sur des caisses vides ; ils essayèrent vaguement d'avoir l'air alerte quand Frank apparut, mais n'allèrent pas jusqu'à se lever. Les autres gardes devaient être sur les arrières, où l'éventualité d'une tentative de vol était évidemment plus grande.

Le chien qui patrouillait dans le bâtiment la nuit se nommait Hakma. C'était un molosse hargneux au thorax énorme, et Frank avait dit un jour qu'il était mi-berger allemand, mi-gorille.

— Ouais, Hakma, salut, tu sais qui je suis, sale bête, déclara Frank sur le seuil, tandis que le chien, bien plus consciencieux que les gardes humains, lui reniflait d'abord le corps, après quoi seulement, ayant identifié l'odeur d'un visiteur autorisé, il s'intéressa au bon fumet du seau.

— C'est pas pour toi, mon con, dit Frank qui écarta le chien et se dirigea vers les bureaux.

La porte de communication était ouverte entre la pièce d'Isaac et celle de Balim. La lumière était allumée et on entendait des voix. Fronçant lourdement les sourcils, tenant le seau à deux mains devant lui comme une offrande, Frank s'avança sur la pointe des pieds dans la pénombre de l'antichambre et regarda par la porte ouverte.

Le môme! Putain de petit salaud, c'était Balim le Jeune Con qui était là-dedans avec Ellen, souriant comme le sale rat qu'il était, racontant des trucs, rigolant. Un panier de pique-nique était posé par terre; un petit tissu gaiement imprimé couvrait un tiers de la table de Balim, avec des assiettes et des verres à pied dessus. Qu'est-ce qu'ils mangeaient? Du poulet froid, du fromage, des fruits. Grinçant des dents, Frank regarda le salopard saisir une bouteille de vin blanc pour remplir les verres.

— Peut-être est-ce à cause de mes origines provinciales, disait le petit con mal blanchi, mais j'ai toujours trouvé que les pièces de théâtre de West End sont un peu trop sophistiquées. Ce n'est pas votre impression?

— Je vois ce que vous voulez dire, dit Ellen.

Elle était complètement détendue. Frank eut envie d'entrer pour qu'elle se sente coupable, pour lui demander comment elle pouvait *pique-niquer* ainsi pendant que Lew avait Dieu sait quels ennuis. Bien sûr, il faudrait qu'il cache son propre seau de sandwiches.

De mauvais gré, très silencieusement, il battit en retraite, fermant la porte derrière lui en sortant du bureau d'Isaac, et traitant Hakma de tous les noms sur le chemin de la sortie.

Il perdrait la face devant Bibi et Eddah s'il rentrait tout de suite, et avec le pique-nique intact. Avec frustration, Frank sortit de la ville par le sud-est et trouva à se garer à un endroit d'où il pouvait contempler le golfe sous la lune. À soixante kilomètres de distance, trop loin pour qu'on le vît, Winam Gulf débouchait dans le lac Victoria, lui-même large de trois cents kilomètres et long de près de quatre cents. Dans tout ce vaste espace, avec la lune qui brillait et l'eau paisible qui frémissait comme un chat qui ronronne, il n'y avait pas un seul endroit où

Frank Lanigan aurait pu ne pas se sentir malheureux.

— Si elle les trouve à son goût... marmonna-t-il en ouvrant le seau.

Il mangea les deux sandwiches, but deux des bières, balança les biscuits un par un dans les eaux paisibles, rentra dans sa maison obscure, flanqua un coup de pied à George pour qu'il dégage du lit, et dormit comme une souche.

13

Ce fut une belle jeune femme noire en robe imprimée de couleurs vives qui accueillit cette fois Sir Denis Lambsmith à l'aéroport d'Entebbe, toujours étrangement vide. Son teint cannelle foncé respirait la santé et l'innocence, mais il y avait quelque chose de séducteur dans son large sourire et dans l'éclat attentif de ses yeux.

— Je suis ravie de vous rencontrer, Sir Denis, déclarat-elle en lui serrant la main (sa propre main était petite, déliée et ferme). Je suis Patricia Kamin, du ministère du Développement.

Sir Denis, bien qu'il fût aussitôt intéressé par cette séduisante jeune femme, ne put résister à la tentation de demander ce qu'était devenu M. Onorga.

Elle parut un instant interloquée; puis le sourire sensuel et ensoleillé réapparut:

— Oh, l'homme de la Commission du café! Je crois qu'il a été muté. Maintenant vous êtes entre mes mains.

— Eh bien, j'en suis ravi, déclara Sir Denis avec le sourire supérieur qui convenait à sa taille, son âge, son sexe et sa race, tous supérieurs.

— Vous avez vos bagages? La voiture est par là.

C'était une Toyota noire, que Patricia Kamin conduisait elle-même. Pas de police secrète cette fois ; très
agréable. Assis près d'elle à l'avant, Sir Denis regarda
avec plaisir les genoux et les jambes sveltes qui se mouvaient tandis qu'elle manœuvrait la voiture hors du parking vide, et dans la courbe qui rejoignait la route
principale. Tous les aérodromes des anciennes colonies
britanniques sont de petites répliques de Heathrow,
même si un système d'échangeurs y est parfaitement
superflu.

— Comment est Londres ? demanda-t-elle quand ils
furent sur la route de Kampala.

— Brouillasseux.

Elle eut un rire musical.

— Toujours pleine d'étrangers ?

— D'étrangers ? (Il la regarda avec étonnement, ne
sachant pas bien quoi répondre, se demandant ce qu'*elle*
croyait être.)

— Quand j'y suis allée à Noël, la ville était pleine de
Norvégiens et de Danois et de Français et je ne sais qui
encore.

— Ah, oui. Pour faire des courses.

— C'est ça, approuva-t-elle. On ne pouvait même pas
approcher de Harrods. J'ai fait mes courses sur Oxford
Street.

— J'imagine que c'était bondé aussi.

— Certes. Je ne comprendrai jamais rien au système
monétaire international, fit-elle en lui adressant un nouveau sourire éclatant. J'ai rencontré un Suédois délicieux
et il m'a expliqué trente-six fois qu'il faisait des écono-
mies en venant jusqu'à Londres faire ses courses pour
Noël, mais je n'y ai rien compris. Et l'hôtel où il logeait !
La douche était *bel et bien* assez grande pour deux !

Sir Denis prit un ton verbeux pour éviter des pensées
d'ordre sexuel :

143

— Je pense qu'il y aura un retour à la normale, dit-il, quand le pétrole de la mer du Nord commencera à couler.

— Fini les manchettes ? « La livre s'effondre », « La livre dégringole » ? Les journaux ne parlaient que de ça, pendant tout mon séjour. C'était à devenir chèvre.

— Les journaux, fit Sir Denis en secouant la tête et en souriant en coin.

— Vous avez déjà entendu la description des divers lecteurs de journaux londoniens ?

— Non, je ne crois pas.

Elle se concentra, l'air studieux :

— Le *Times* est lu par les gens qui gouvernent le pays, dit-elle. L'*Observer* par les gens qui *croient* qu'ils gouvernent le pays. Le *Guardian* par ceux qui pensent qu'ils devraient le gouverner. L'*Express* par ceux qui pensent que le pays devrait être gouverné comme autrefois. Le *Telegraph* par ceux qui croient qu'il l'est encore. Et le *Sun* par ceux qui se fichent de savoir qui gouverne, pourvu qu'elle ait de gros nichons.

— Très bon, très juste, fit Sir Denis en hochant la tête et en gloussant (mais l'utilisation du mot « nichons » avait augmenté son impression de sexualité au point qu'il avait failli se trouver à court de réponses et de politesse).

— J'ai des cousins à Fulham, dit-elle. Ils me tiennent au courant.

On bavarda, et Sir Denis apprit que Patricia Kamin avait été un moment attachée à l'ambassade d'Ouganda à Londres, que ses cousins avaient quitté l'Ouganda lors de l'indépendance en 1962, et qu'elle paraissait elle-même étonnamment décontractée sur la question de l'appartenance nationale.

— Ne trouvez-vous pas… difficile de travailler pour le gouvernement actuel ? finit par demander Sir Denis.

— Pourquoi ? (Elle haussa les épaules.) En fin de compte, tous les gouvernements sont le même genre de bureaucratie. Si l'on sait faire un boulot convenable et laisser son supérieur se vanter du résultat, on peut travailler pour n'importe quel gouvernement du monde.

Il rit de nouveau, et il vit que la voiture escaladait une hauteur boisée, bien qu'on fût encore au milieu de la ville.

— Où allons-nous ?

— Au bungalow présidentiel. Comme les circonstances sont moins officielles que la dernière fois, le président Amin veut que vous soyez son invité chez lui.

Cela eût dû être flatteur ; mais c'était au contraire effrayant. Sir Denis manifesta une fausse animation pour dissimuler son anxiété réelle :

— Je doute fort que je mérite un tel honneur.

— Modestie britannique, fit-elle en lui riant ouvertement au visage. Le reste du monde n'attrapera jamais ce style-là.

— Ce n'est nullement de la modestie, affirma-t-il modestement et sans pouvoir s'empêcher de grimacer modestement.

— Je parie que vous n'avez aucune raison d'être modeste, dit Patricia Kamin et sa mimique à elle était ouvertement suggestive.

Sa chambre était vaste et claire, mais meublée chaotiquement d'objets trop hétéroclites ; l'Europe, l'Afrique et l'Arabie se heurtaient dans les tableaux, les tapisseries, les miroirs ouvrés, dans le grand lit excessivement géant recouvert de coton trop joli, dans le rocking-chair de bois peint d'un blanc rafraîchissant, dans le plafonnier médiocre en verre dépoli. À un bout de la chambre, des rideaux vert sombre ouverts révélaient des portes coulissantes en verre et une petite terrasse de béton à balustrade, pourvue de deux chaises de jardin en plastique et tube d'aluminium.

Sir Denis prit une douche, se changea, s'octroya un whisky réconfortant grâce à son flacon de poche, se rinça avec l'eau d'une carafe posée sur la commode, puis prit pied sur le balcon et regarda la pente en contrebas, où des zones colorées alternaient avec des poches d'ombre, et où le chant des oiseaux peuplait la fin d'après-midi. Plus loin, à travers des branchages, il distinguait le parc, l'église, un grand bâtiment rose. Il se demanda vaguement ce que c'était.

Quelque chose le fit se retourner et, voyant quelqu'un dans la pièce, à travers les portes de verre, il fut si stupéfait qu'il empoigna la balustrade pour se cramponner à quelque chose. Mais, le cœur battant, il se rendit compte que c'était Baron Chase et qu'il souriait. Sir Denis fit mouvement pour rentrer dans la pièce, mais Chase s'avança en lui faisant signe de rester où il était.

Un peu plus tôt Sir Denis avait presque entièrement refermé la porte coulissante. Chase la rouvrit, prit pied sur la terrasse.

— Excusez-moi, Sir Denis. J'espère que je ne vous ai pas donné un choc.

— Nullement.

— J'ai frappé, mais je crains que vous ne m'ayez pas entendu d'ici.

— Aucune importance.

Chase referma la porte coulissante.

— Depuis notre dernière rencontre, dit-il d'un ton détaché, j'ai appris que nous avons un ami commun.

— Ah ?

— Emil, dit Chase avec un sourire sagace et léger.

Sir Denis avait été si choqué par l'idée que lui et un homme comme Chase puissent avoir des connaissances communes — sans parler d'amis — qu'il lui fallut plusieurs secondes de gêne avant de comprendre que Chase parlait d'Emil Grossbarger, qui avait dit à Londres, à

146

table, que Chase avait en vue quelque marché obscur. Puis Sir Denis, de manière plus gênante encore, faillit, dans son étonnement, prononcer le nom :

— Emil Gross...

— *Oui*, fit Chase si rapidement et sauvagement et avec une telle fureur féline que Sir Denis écarquilla les yeux et serra les dents (il venait d'avoir un aperçu du *vrai* Baron Chase).

Lequel disparut aussitôt comme un sous-marin. Redevenu superficiellement placide, Chase contempla les pentes en contrebas :

— Belle ville, Kampala, dit-il. Sans doute la plus charmante de l'Empire britannique. Ce qu'était Saigon pour les Français.

— Le site est heureux.

— Souhaitons que le reste le soit aussi.

— Je me demandais, fit Sir Denis. Qu'est-ce que ce bâtiment rose, là-bas ?

— State Research Bureau, dit Chase d'une voix atone.

— Qu'est-ce donc ?

— Renseignements statistiques. Administration, vous voyez.

— Ah. L'administration dans des murs roses. C'est joli.

— N'est-ce pas ? Voulez-vous faire un tour au jardin ?

Sir Denis avait compris – à retardement – que si Chase avait parlé très indirectement d'Emil Grossbarger, c'est qu'il craignait que les systèmes d'écoute perçoivent leur conversation, même sur la terrasse. De même il comprit qu'un tour au jardin était le moyen d'éviter les oreilles indiscrètes.

— Avec joie, dit-il aussitôt.

— Bon. Venez.

Il y avait des sentiers au milieu des branches incurvées, des grandes feuilles vernissées, des fleurs cuivrées et odorantes. Chase et Sir Denis se promenaient, croisant inopinément des soldats en treillis armés de pistolets-mitrailleurs, qui considéraient apparemment que la race des deux promeneurs était un laissez-passer suffisant. Sir Denis attendait que Chase mentionne le nom de Grossbarger, mais pendant un long moment l'homme bavarda de choses inessentielles : le voyage en avion, le climat de Londres et de l'Ouganda, les problèmes commerciaux actuels entre l'Ouganda et le Kenya. Sachant que Sir Denis était maintenant domicilié à São Paulo, Chase le questionna aussi avec une certaine insistance à propos du Brésil, expliquant qu'il envisageait diverses régions du monde pour y prendre « sa retraite ».

— Ailleurs qu'en Afrique, dit-il à un moment avec le sourire d'autodérision qu'il affectionnait.

Comme il s'était déjà ridiculisé une fois sur le balcon, Sir Denis se refusa à mettre sur le tapis la question d'Emil Grossbarger. Mis à part son compagnon, il trouvait très agréable de se promener sur la colline, dans cette zone trop sauvage pour être un jardin et trop policée pour être une jungle. De temps en temps, à travers les branches et les fleurs, s'apercevait le bâtiment rose en contrebas, dont les fenêtres étincelaient au soleil. L'atmosphère était délicieusement parfumée, la lumière était vive sans être éblouissante, la terre sous les pas était rembourrée d'un humus séculaire. Le bâtiment rose était comme un ajout capricieux au paysage délicieux et paisible.

— Je crois savoir que vous avez rencontré Patricia Kamin, dit Chase.

— Quoi ? Oh, oui, elle m'a amené de l'aéroport.

— Une fille intelligente. Très capable dans son genre, je suis sûr.

— Elle m'a fait impression.

— Une de nos femmes libérées, à ce que je crois, dit Chase. Sur le plan sexuel, si vous voyez ce que je veux dire.

Sir Denis feignit un intérêt poli ; son cœur battait ; il se rappelait soudain comment Patricia avait parlé du Suédois et de sa douche d'hôtel.

— Ah, vraiment ?

— Il paraît que c'est une vraie acrobate, au lit. Moi, je n'en sais rien.

— Vous m'étonnez, dit Sir Denis avec une haine sincère.

— Je ne me branle pas dans mon assiette.

La crudité de la formule, ainsi que la nature excitante de la conversation, rendirent Sir Denis totalement muet ; il n'avait rien du tout à répondre, et il ne s'attendait pas à ce que Chase change brusquement de sujet :

— Grossbarger dit que vous parlez pour lui.

— Eh bien... Oui, j'imagine que oui.

— Vous bossez dans les coins, hein ?

Sir Denis eut envie de gifler Chase pour qu'il cesse de sourire.

— Certes non, dit-il.

— Vous travaillez pour l'Office du café, vous négociez avec les Brésiliens pour le compte de Grossbarger, et avec Grossbarger pour le compte des Brésiliens, vous négociez avec nous pour leur compte à eux tous, et maintenant vous servez d'intermédiaire dans un arrangement privé entre Grossbarger et moi. Je dis que vous bossez dans les coins.

— Nullement, déclara Sir Denis avec une extrême raideur. Je n'ai aucune espèce d'intérêt en jeu dans cette affaire.

— Vous n'êtes pas venu faire une promenade de santé, jappa Chase.

Il paraissait en colère, sa violence souterraine menaçait de faire à nouveau surface, comme si l'insistance de Sir Denis quant à sa propre dignité menaçait celle de Chase.

149

— Je suis ici, expliqua Sir Denis, en tant que représentant de l'International Coffee Board. Je suis leur employé, et c'est seulement l'ICB qui me versera de l'argent à l'issue de la transaction.

— Foutre, on ne se mouille pas.

— J'ignore si vous vous mouillez, dit Sir Denis, mais moi, non, certes non.

Et il comprenait parfaitement comme il était aberrant de se livrer à une si sotte querelle au milieu de cette forêt luxuriante et fleurie, parmi les chants des oiseaux, sous l'œil étincelant du bâtiment rose. Mais peut-être la discussion était-elle terminée. La dernière sortie de Sir Denis avait peut-être fait son effet. À présent Chase le considérait d'un air morose, comme s'il se demandait si on lui avait parlé franchement.

— Vous transmettez des pots-de-vin.

— Bien sûr. Je ne serais pas surpris, d'ici la fin de cette transaction, si l'on me demandait de *vous* verser un pot-de-vin.

Chase négligea l'insulte. Quand il s'absorbait dans la contemplation de son propre avantage de position, Chase était manifestement capable de négliger toutes les provocations.

— Si vous vous mouillez tellement peu...

— Oh, allons, fit Sir Denis qui en avait vraiment assez de ce genre de conversation. Ce n'est pas parce qu'un tas de sénateurs américains bornés ne comprennent rien aux réalités que je dois, *moi*, subir une conférence sur la corruption, de la part de gens comme *vous*.

— Des sénateurs... ? (Chase parut franchement ahuri, puis il rit soudain.) Ah, l'affaire Lockheed. Oui, je saisis.

— Jamais je ne vous paierais pour tuer quelqu'un, dit Sir Denis. Cela va sans dire. Ni pour vol à main armée.

— Dommage, marmonna Chase.

— Mais, poursuivit Sir Denis, dans beaucoup de régions du monde — et je crois que c'est le cas ici —, il y a un certain nombre d'individus sur le trajet, et ils veulent tous qu'on reconnaisse leur existence et leur importance.

— Ah! voilà qui est bien dit, s'exclama Chase en riant, manifestement amusé, nullement vexé.

Sir Denis tâcha de ramener la discussion sur un terrain rationnel et pondéré :

— Emil Grossbarger m'a suggéré que ce n'était pas un pot-de-vin que vous recherchiez.

— Il a dit ça, hein? Il a suggéré que je recherchais *quoi*?

— Il ne sait pas.

Les deux hommes avançaient nonchalamment sur les sentiers obliques que bordaient les formes noires et contournées de racines apparentes. Il y avait des barbelés autour du bâtiment rose ; bizarre.

Sir Denis attendait que Chase continue, qu'il dise ce qu'il voulait d'Emil Grossbarger, mais Chase avait soudainement sombré dans une sorte de tristesse morose. De temps en temps Sir Denis jetait un coup d'œil au profil de l'homme. À en juger par son expression tendue, celui-ci se suçait ou se mordait l'intérieur des joues.

— Eh bien, dit enfin Chase en arrivant à une bifurcation du sentier, je crois que nous devrions rentrer. C'est bientôt l'heure du dîner.

— Mais... Emil Grossbarger?

Chase lui adressa un sourire neutre et inexpressif.

— Nous en reparlerons, dit-il.

Le bungalow présidentiel était un nid de pie voleuse, une tanière de rongeur. On aurait dit qu'Idi Amin était sur les listes d'envoi des maisons de vente de pacotille par correspondance du monde entier. *Deux* baromètres muraux dans une même pièce. Aux murs, de belles tapisseries arabes voisinaient avec des chromos imprimés représentant des canards sauvages. Les meubles étaient de tous les styles, de tous les genres, et ils étaient beaucoup trop nombreux. Un grand réfrigérateur vert clair était absurdement installé dans un coin de la grande salle à manger ; de temps en temps un serveur en veste blanche allait y chercher de la bière, de l'eau glacée ou du vin pour les convives.

Idi Amin présidait la table, souriant, expansif, lourd, comme un comédien en tournée incarnant Big Daddy dans une version africaine de *la Chatte sur un toit brûlant.*

Outre Sir Denis, assis à la droite d'Amin, il y avait près d'une douzaine d'invités, y compris Patricia Kamin presque en face de Sir Denis, Baron Chase vers l'autre bout de la table, et à la gauche d'Amin l'épouse à qui il n'avait pas exactement été présenté la dernière fois qu'il était venu en Ouganda. Cette fois non plus il n'avait pas exactement été présenté ; bien qu'elle lui eût souri poliment quand on était entré pour souper, Amin ne s'était pas soucié de la nommer.

Parmi les autres convives se trouvait un couple d'Américains blancs entre deux âges et très nerveux, propriétaires d'un petit service de charters aériens basé à Entebbe, et dont la subsistance ne dépendait manifestement plus d'un tourisme inexistant, mais des miettes que leur laissait le gouvernement. Il y avait aussi un autre des conseillers blancs d'Amin, un Anglais nommé Bob Astles avec une moustache broussailleuse et des manières de joyeux hallebardier ; il semblait avoir un peu plus l'oreille d'Amin que Baron Chase ; en tout cas il était assis plus près du président, occupant un rang intermédiaire entre l'épouse sans nom et Patricia Kamin.

À la droite de Sir Denis se tenait une Allemande, Hilda Becker, représentant le fabricant allemand qui avait récemment livré plusieurs diesels neufs aux chemins de fer du Kenya ; Amin négociait apparemment avec elle la fourniture de diesels analogues pour les chemins de fer ougandais qui, au contraire du reste du réseau ferré africain, marchaient encore presque uniquement à la vapeur.

Sir Denis aurait voulu converser avec l'Allemande, mais Amin le monopolisa pendant tout le repas. La plaisanterie du swahili et de l'interprète était oubliée ; Amin parlait un bon anglais courant, quoique avec un fort accent. « Mais les Brésiliens seront contents », par exemple, devenait : « Mâais la Bwasiliens sewont kontentts. » Cette lente et lourde voix, montant des profondeurs du grand torse, formant les mots un par un comme si c'étaient des briques – cette voix donnait une impression de grande puissance, étonnamment allégée par le rire d'Amin et par son sens très net du ridicule. C'était comme si l'on avait mélangé un Henry Kissinger particulièrement tonnant et un Mohammed Ali particulièrement primesautier.

Hélas, le côté tonnant était bien plus évident que le côté enjoué. Au milieu du repas, Sir Denis, à sa stupeur, eut personnellement droit à une conférence d'Idi Amin sur le chapitre de l'hygiène.

— Ce kôntinent, lui dit Amin en se penchant en avant et en levant un doigt pour appuyer son propos, ce-eu kôntinent n'est pas un bôn endwoua pou'etwe sale. Oh non. Il y a les… (Et il leva le pouce et l'index pour figurer la petitesse.)… p'tites bêtes. Pas comme l'Euwope. C'est un pays fwoid, l'Euwope, voyez-vous ? C'est fwoid. Pas bon pou'les p'tites bêtes. (Puis il eut un rire tonitruant et chaleureux.) Pas bon pou'les gens non plus, non, déclara-t-il.

Sir Denis aurait pu répliquer, avec un peu d'humour poli, mais Amin redevint aussitôt sérieux et la conférence continua avec la même intensité :

— Mais-ah en Afwique, il faut êtwe *twès* pwudent avec la pwopweté. Il faut wega'der sous les ongles. (Il désigna les ongles carrés, épais et ambrés de sa propre main brune aux doigts épais.) Il faut wega'der dans les cheveux. (Il tapota son grand crâne ovoïde avec son majeur.) Et il faut wega'der twès soigneusement vos pa'ties intimes. (Cette fois il désigna Sir Denis.)

— À vrai dire, fit Sir Denis qui tâchait de faire dévier la conversation vers un sujet plus plaisant. À vrai dire, même en Europe…

— Et euh vos habits, lui expliqua Amin. Vos sous-vêtements et euh vos chaussuwes et euh tous vos vêteuments. Il euh est twès impo'tant pouw un Afwicain de wester pwopwe. C'est pouw *cette waison* quand les Euwopéens sont awivés, ils ont amené de l'épidémie.

— Oui, je comprends votre point de vue, dit Sir Denis d'une voix beaucoup plus rapide que d'habitude. Mais je ne…

— Et puis euh le Nil, déclara Amin en se penchant davantage, comme s'il allait communiquer un important secret, connu de peu de gens : Le Nil est *twès* dangeweux à cause de l'eau. Aussi les cwocodiles… (Il s'interrompit pour glousser, mais reprit son exposé avant que Sir Denis ait pu saisir l'occasion.) Mais bien piwe que même les cwocodiles, il y a le micwobe. Vous connaissez le micwobe ?

— Oui, bien sûr, je…

— Ça peut vous wendwe twès malade, dit Amin. Dans le ventwe et dans votwe twou du cul.

Et ça continua sur ce ton.

Après le dîner, dans une pièce rustique à l'air inachevé qui ressemblait assez au salon d'un petit hôtel montagnard peu fréquenté, vinrent les distractions. Amin, manifestant un autre aspect de sa personnalité, gagna la table de ping-pong et décrivit avec une joie immense une formidable partie de tennis de table entre lui-même et un jeune colonel de la force aérienne ougandaise. Amin mima les grandes volées et les petits amortis rusés et délicats, tandis que son visage mobile passait du triomphe comique au désespoir comique. En même temps il commentait, de manière tout à fait amusante, citait le colonel et se citait lui-même. Quand il imitait le colonel, il en donnait l'image d'un jeune gars très raide, très britannique, très traditionaliste, et quand il s'imitait il donnait de lui-même l'image d'un ours malhabile mais plein de bravoure. À la fin, alors que tout espoir semblait perdu, l'ours décocha une série de smashes en revers – «Une bombe H! Baoum!» cria Amin qui balança le bras comme s'il voulait démolir le mur – et l'ours gagna.

Sir Denis s'étonna de rire, en même temps que les autres invités. L'homme pouvait être réellement assez drôle, assez charmant et plaisant. Un seul indice rappelait qu'il ne s'agissait que d'un aspect d'Amin : le couple américain dont la compagnie aérienne était à la merci du gouvernement riait beaucoup trop fort et trop longtemps, et entreprit deux fois d'applaudir. L'émanation de leur terreur était un antidote discret mais efficace au charme enjoué d'Amin.

Après la déclamation, de la musique. Un orchestre vêtu de costumes mexicains incongrus – sombreros, petites vestes de torero, pantalons noirs avec un entrelacs argenté le long de la couture – se tenait à un bout de la salle avec des instruments à vent et des guitares, et joua de la musique populaire aigrelette, accompagné par les battements de toutes sortes de calebasses.

Amin se mit à danser, invitant d'abord Patricia Kamin, puis sa femme. Sir Denis regarda Patricia, petite et gracieuse dans les bras du géant pataud, puis il détourna les yeux.

Il y avait un bar à l'autre bout de la salle. Sir Denis s'y rendit et demanda un brandy. Il n'y en avait pas, alors il prit du gin-tonic et il se détournait quand Baron Chase l'intercepta, commanda une bière au barman, la prit et accompagna Sir Denis, longeant un côté de la salle.

Le couple américain soumis dansait à présent, maladroitement, les coudes écartés. Bob Astles dansait avec l'Allemande.

— Si je vous ai bien compris cet après-midi, dit doucement Chase, vous êtes neutre.

Ils approchaient de l'orchestre et il était difficile d'entendre les paroles de Chase par-dessus la trompette et les saxophones : c'était exprès, certes.

— Je ne suis pas certain de comprendre ce que vous voulez dire, dit Sir Denis.

— Vous n'avez pas d'intérêts propres dans cette affaire. Vous n'avez pas d'opinion. Vous faites seulement ce qu'on vous dit.

— Je suppose que c'est un bon résumé.

— Vous ne répétez pas ce que vous entendez.

— Je crains d'être un peu dépassé. Je ne comprends pas cette dernière phrase. (À présent Amin dansait avec son épouse : Patricia était au bar.)

— Je veux dire, fit Chase en considérant sombrement le trompettiste, que si vous découvriez que les Brésiliens arnaquent Grossbarger, c'est juste un exemple que je prends, vous n'iriez pas le raconter à Grossbarger. Vous êtes neutre.

— Oh, je vois. (Sir Denis réfléchit sérieusement.) Je ne suis pas certain, dit-il. Neutre moralement ? Je ne ferais sûrement rien pour démolir une négociation équitable et honnête, mais si l'une des parties tentait une escroquerie, ne serait-ce pas mon devoir de signaler la chose ?

Chase sourit soudain, comme si depuis le début il avait attendu cette réponse.

— Parfait, dit-il. On peut tous compter sur vous, on peut vous confier des secrets, on peut vous confier des intentions, tant qu'on se conduit tous comme de bons petits gars.

— Curieuse façon de voir les choses.

— Ah, excellent! s'exclama Chase, mais à présent il s'agissait d'autre chose; il regardait la salle et se mit à applaudir. Le couple américain en fit autant. L'orchestre termina hâtivement son morceau.

Amin s'avançait, souriant et hochant la tête, portant d'une main un petit instrument analogue à un accordéon. Un membre de l'orchestre alla chercher une chaise pliante près du mur et l'installa. Amin lui adressa un signe de tête reconnaissant, s'assit devant l'orchestre, face au public, et fit une annonce bruyante:

— Maintenant vous allez euh entendwe quelque chose! Maintenant vous allez euh danser!

Il marqua le rythme à coups de talon et se mit à jouer un petit morceau sautillant. D'abord malaisément, puis plus professionnellement, l'orchestre lui fournit un accompagnement.

Patricia se tenait près de Sir Denis.

— On danse? proposa-t-elle en lui tapotant le bras.

— J'aimerais beaucoup. Je suis un peu rouillé.

— On va vous lubrifier.

Il posa son verre sur un guéridon à côté du verre de Patricia, et ils rejoignirent la plupart des assistants sur la piste. Il ne savait pas trop s'il dansait la valse, la polka ou le fox-trot, mais cela semblait importer peu; la bonne humeur s'était installée, et après un début très peu prometteur, une véritable soirée prenait forme. Et puis il était délicieux de sentir dans ses bras le corps svelte et musclé de Patricia Kamin.

Amin joua deux morceaux, puis les rejoua tous les deux, puis s'arrêta. Patricia sourit à Sir Denis, lui dit qu'il dansait très bien, lui dit qu'elle adorerait l'inviter à aller danser un de ces jours, à Londres.

— Vous devez vous sentir très seul, à passer tant de temps loin de chez vous, dit-elle aussi quand Amin eut fini de jouer.

Il n'avait pas de chez-soi, plus depuis la mort d'Alicia, mais ce sujet de conversation ne semblait pas convenir en cet instant.

— Ma foi, j'ai mon travail. Ça, ça me plaît vraiment.

— Tout de même. Ils vous ont donné la jolie chambre, hein? Celle où il y a le grand lit rouge?

— En effet.

— Moi aussi, je me sens parfois solitaire, dit-elle à la stupeur de Sir Denis. Si je me sens solitaire cette nuit, pourrai-je venir vous voir?

— Mais certainement, fit-il, abasourdi.

— À plus tard. (Son sourire, si chaleureux et amical, et en même temps si relâché et provocant, l'illumina comme un phare doré. Elle lui effleura la pointe du menton et quitta la salle en prenant son verre au passage.)

J'ai soixante et un ans, songea Sir Denis, mais il était seulement stupéfait de sa chance; il ne doutait pas de cette chance.

Au bout de la salle, Amin montrait à l'Américaine comment jouer de son instrument, qu'il appelait un mélodéon. Le mari montrait tant de terreur et de honte que Sir Denis ne put supporter de le regarder.

Baron Chase le rejoignit. Il était manifestement arrivé à une conclusion.

— J'ai quelque chose à faire dire à notre ami commun, dit-il. (Les bruits de la réception couvraient de nouveau sa voix: le mélodéon, la voix tonnante d'Amin, des rires légèrement hystériques.)

— Bien sûr, fit Sir Denis.

— Dites-lui que je souhaite vivement faire avec lui une affaire personnelle, une affaire qui est d'un très grand intérêt pour lui.

— Très bien.

— Toutefois...

Un serviteur en veste blanche interrompit Chase, qui eut une grimace d'irritation mais s'écarta pour écouter l'homme. Sir Denis ne put entendre les paroles du domestique, mais il entendit Chase dire :

— Maintenant ? Qu'y a-t-il de si urgent à cette heure de la soirée ? (Le serviteur plaida visiblement l'ignorance, mais ajouta des explications, à quoi Chase répliqua sèchement :) Eh bien, il peut retourner tout de suite au Kenya.

Le domestique attendit, ne sachant s'il devait rester ou s'en aller, ni quelle réponse il devait transmettre. Chase était très agacé, mais avec fatalisme.

— C'est bon, soupira-t-il. S'il y tient. (Il se retourna vers Sir Denis.) Dites à notre ami que je ne peux pas discuter les détails avec un neutre. Il faut qu'il m'envoie un homme à lui.

Et Baron Chase s'éclipsa.

Des lumières luisaient derrière les fenêtres du bâtiment rose. Sir Denis, au moment de tirer les draperies vertes sur la paroi de verre donnant sur la terrasse, jeta un regard à travers la jungle policée et vit les lumières du local administratif, et s'en amusa : les bureaucrates du State Research Bureau ne dorment jamais. Il tira les rideaux.

Il portait une robe de chambre en soie marron, une de ses plus anciennes possessions. Il avait quitté la soirée très peu de temps après Patricia, s'était douché dans la petite salle de bains rouillée attenante à sa chambre, et maintenant il attendait, bouleversé d'espérance.

Il attendit plus d'une heure. Après deux tentatives vaines pour noter les activités de ce soir dans son journal, il se contenta d'arpenter la pièce, rongeant son frein, l'esprit plein de soucis. Allait-elle vraiment venir ? Avait-il eu raison de penser que l'invite était sexuelle ? Pourrait-il se montrer à la hauteur ?

Le coup à la porte fut si menu qu'il l'entendit à peine. Il demeura immobile plusieurs secondes, contemplant la porte. Ne sois pas idiot, se dit-il et il rectifia aussitôt : ne sois pas un *vieil* idiot. Tu as soixante et un ans, tu es riche de sagesse et d'ans et de biens de ce monde. Rien de vital n'est en jeu ce soir dans cette chambre, il n'y a rien qui puisse t'effrayer. Au pire, tu te rendras ridicule sous les yeux — et peut-être dans les bras — d'une femme assez jeune pour être ta petite-fille ; et s'il en va ainsi, tu ne seras pas le premier sexagénaire à se ridiculiser de cette façon.

Voilà. Sir Denis se sentit mieux, plus tranquille, il sourit même de ce qu'il était, et il ouvrit enfin la porte.

Elle était vêtue comme à la soirée, de sorte qu'il crut aussitôt qu'il avait tout compris de travers, mais alors qu'il tâchait d'articuler des excuses touchant sa propre tenue négligée, elle lui adressa son sourire lascif :

— Oh, dit-elle, j'adore cette chambre. Et j'adore ce grand lit.

Et il sut que tout allait bien.

— Je suis ravi de vous voir ici, dit-il en refermant la porte et en la verrouillant.

— Moi aussi.

Elle déposa la petite bouteille de vin qu'elle avait apportée, elle lui prit la tête à deux mains, abaissa son visage vers elle, et lui embrassa la bouche.

Au fil des années, dans des livres qu'il avait lus ou des histoires qu'on lui avait dites, Sir Denis avait entendu parler de femmes qui étaient des tigresses au lit, mais il n'en avait rencontré aucune, selon son expérience personnelle.

Une tigresse peut être terrifiante, même si elle vous aime, même dans l'amour. Patricia, long corps bronzé, seins fermes, jambes souples, ventre vorace, était la tigresse, et il était le territoire sur lequel elle chassait, insatiable, avide, exigeante.

Jamais de toute sa vie Sir Denis n'avait connu le goût d'un sexe de femme, mais elle fut inflexible. Elle se pressa contre sa bouche, réclamant sa langue et ses dents, lui tirant les cheveux, tandis qu'il sentait son nez s'emplir de fluide onctueux et qu'il riait sous ce masque d'os et de chair. Il voulait faire davantage ; il voulait faire des choses dont il n'avait jamais entendu parler. Et il les fit.

Quand il eut son orgasme il était en extension sur le dos sur l'énorme lit, elle le chevauchait, elle pressait ses épaules avec ses mains puissantes, son ventre svelte allant et venant tandis qu'il s'arquait en elle, criant, étouffant, avide de la chaude et merveilleuse cavité dont les parois reçurent son sperme comme une peinture rupestre.

Il crut alors qu'il en avait fini, et il était presque endormi quand elle sortit de la salle de bains pour exiger qu'ils se douchent ensemble. La tigresse était encore en chasse.

Dans l'eau chaude elle lui savonna le corps, puis elle se déhancha et fit des grâces et rit tandis qu'il la savonnait à son tour. Ils se chatouillèrent et jouèrent et elle se frotta contre lui, mais quand il vit que son sourire faisait de nouveau place à ce regard intense, il s'inquiéta.

— Oh, ma chère, je ne suis plus aussi jeune qu'autrefois, dit-il. Je ne peux certainement pas recommencer ça cette nuit.

— Oh, mais si, tu peux, dit-elle.

Elle lui essuya le corps avec les serviettes rêches, lui faisant rosir la peau. Il plissa le visage.

— Doucement, doucement.

— Pas doucement, dit-elle.

Cependant, un long moment, il demeura hors d'état, malgré tout ce qu'elle lui fit sur le lit, rampant sur lui, l'engouffrant. Elle l'avait sans résultat pris dans sa bouche, et il s'apprêtait à s'excuser de nouveau et à proposer qu'on dorme et qu'on recommence au matin, quand tout à coup elle lui enfonça profondément un doigt dans le rectum. Il poussa une exclamation choquée et douloureuse, et elle se retira à demi puis s'enfonça brutalement de nouveau.

Ça faisait *mal*! Il voulut s'arquer pour y échapper, mais ça ne fit que le presser contre la bouche, la langue, les dents, les lèvres qui s'activaient sur lui comme des souris agiles sur un sac de grain, et soudain ce fut comme si une tringle d'acier lui transperçait douloureusement le corps, du bout de ce doigt jusqu'à son pénis. Lequel s'anima, gonflé, *s'érigea*, souffrant et frémissant mais tout à fait raide, et elle eut un rire de triomphe.

— Enlève *ça*!

— Non! cria-t-elle en le frappant avec une véritable sauvagerie. *Enfonce!* exigea-t-elle et elle le viola, tantôt dans une position, puis dans une autre, mais toujours s'activant avec ce doigt scandaleux, l'excitant sans cesse. Profondément plongés l'un dans l'autre, ils s'agrippèrent et s'enchevêtrèrent sur le lit, Sir Denis lui mordit les épaules et les seins avec violence, il lui griffa les fesses jusqu'au sang, il y eut même un moment où il la saisit à la gorge et où il l'étrangla, la baisant en même temps avec le désespoir d'une bête aux abois.

Il crut mourir; il crut qu'il explosait, qu'il avait une attaque, un infarctus, qu'il était mort. Il n'y avait jamais eu pareil orgasme, au-delà du plaisir, au-delà même de la douleur, dans un univers irréel et parallèle, un univers de torsion et d'inversion. C'était comme être jeté dans les flammes, ou dans de l'eau glacée. Un élancement de souffrance monta de son scrotum et gicla de son sexe, et même *elle* poussa un cri, le broyant, absorbant le supplice jusqu'à la dernière goutte, tandis qu'il s'effondrait, les muscles noués, les os pulvérisés, son ventre se vidant en elle.

Et cette fois la tigresse fut satisfaite. Tandis qu'il haletait, le corps ruisselant de sueur, elle s'étira comme un chat repu. Puis, riant, lui décochant une tape légère sur la joue, elle gagna la salle de bains, et quand elle revint elle versa deux verres du vin doux local et épais qu'elle avait apporté. Elle y mêla de l'eau du robinet.

— Sans eau, tous les Anglais détestent ça, dit-elle.

Le breuvage restait trop douceâtre, mais Sir Denis était trop extatique pour discuter. Cette nuit dans ce lit, elle avait fait de lui un homme de trente ans, et son corps douloureux, frémissant et tremblant était au septième ciel. Le mélange de gratitude, d'enchantement et de lubricité qui se voyait dans ses yeux était presque de l'amour pour elle. Il but le vin.

Ni l'un ni l'autre n'étaient disposés à dormir aussitôt. Dans la chambre à peine éclairée par la lumière venue de la porte entrouverte de la salle de bains, ils s'assirent côte à côte sur le lit, adossés au mur, sirotant le vin, et elle le questionna sur son travail. Il lui parla de Grossbarger et des Brésiliens. Il lui parla de ses étranges conversations avec Baron Chase. Il lui dit beaucoup, beaucoup de choses, il s'en étonna lui-même, mais il continua de répondre aux questions, sirotant le vin. Et puis le vin fut fini.

— Maintenant, dors, dit-elle alors.

— Ah, oui. (Il s'étendit, puis se tourna à demi pour lui embrasser l'intérieur de la cuisse.) Merci, Patricia, dit-il.

163

— C'est moi. (Elle lui ébouriffa les cheveux, qui étaient rares et blancs, et très vite il s'endormit.)

Elle était toujours éveillée une heure plus tard, quand on gratta à la porte. Il entendit le son, au fond de son esprit endormi, mais ne s'éveilla pas. Et il ne réagit qu'en changeant un peu de position quand elle se glissa hors du lit, traversa toute nue la chambre, déverrouilla la porte et l'ouvrit pour qu'Idi Amin entre.

Il était en joie, souriant d'une oreille à l'autre. D'un signe de tête il désigna l'homme endormi.

— Il a beaucoup parlé, chuchota-t-il en swahili. C'est bien.

— Ça m'a plu, murmura-t-elle.

Amin renifla l'atmosphère musquée.

— On a beaucoup baisé, ici.

— Tu me connais, chuchota-t-elle en souriant.

— Prépare-toi, dit-il.

Elle s'agenouilla sur le sol, les jambes écartées, la tête et les épaules par terre, levant haut sa croupe ronde et lisse. Amin ouvrit son pantalon et s'agenouilla entre les chevilles de Patricia et la pénétra. L'empoignant par les fesses, il la fit aller et venir comme une machine. Il grognait de temps en temps, et elle gémissait contre le tapis.

Sur le lit Sir Denis dormait, le visage plissé, mal à l'aise. Il rêvait de grands chiens qui mangeaient de sombres quartiers de viande dans un chaos de rochers. Ils lui faisaient peur, et pourtant il était au-dessus d'eux, il n'était qu'un observateur.

Au matin il s'éveilla, il était seul.

14

La puanteur ne diminuait pas. Lew avait espéré s'y habituer, mais chaque inspiration provoquait la même répulsion convulsive, et l'odeur putride répandait à travers le cerveau un désespérant message : dans un endroit comme celui-ci, nul ne peut espérer retrouver jamais le bien-être ni le bonheur.

Et pourtant, beaucoup de ces hommes, peut-être la plupart d'entre eux, ne semblaient pas avoir abandonné toute espérance. Des conversations à voix basse se déroulaient ; par intermittence on chantait des cantiques ; de temps en temps on riait même, d'un rire acide. Chaque fois qu'un homme, soumis à ses impératifs corporels, était contraint d'utiliser l'énorme poubelle, il s'excusait d'ajouter à la puanteur générale.

— Nous sommes pour la plupart chrétiens, ici, dit l'évêque Kibudu en guise d'explication, et il voulait dire qu'il s'agissait de croyants fervents et militants.

Que la répression menée par Idi Amin, d'abord simple terreur politique normale contre les opposants, ait abouti finalement à une persécution religieuse massive, c'était en partie un accident de l'histoire, en partie un résultat de l'ignorance personnelle d'Amin, expliqua l'évêque. Amin avait été mis au pouvoir en 1971 avec l'aide des Britanniques et des Israéliens, et ni les uns ni les autres n'imaginaient quel genre de monstre ils engendraient. Tout ce que savaient les Britanniques, c'est que le prédécesseur d'Amin, Milton Obote, semblait pencher trop à gauche ; vers le marxisme plutôt que vers le travaillisme radical. Et tout ce dont les Israéliens se souciaient, c'était la rébellion qui se déroulait alors dans le sud du Soudan, c'est-à-dire dans le pays qui s'étend entre l'Égypte et l'Ouganda. Avec un allié au pouvoir en Ouganda, Israël pourrait fournir une aide secrète à la rébellion soudanaise, ce qui mobiliserait des milliers de soldats égyptiens, empêchant qu'ils soient utilisés contre Israël.

Amin avait toujours été un militaire, c'est tout ce qui l'intéressait, il ne se souciait guère de religion. Il venait du nord musulman de l'Ouganda mais n'avait jamais affirmé qu'il était musulman. Parlant avec des prêtres protestants ou catholiques, il avait manifesté de l'intérêt pour le christianisme, mais rien de plus. Quand il fit une visite en Israël peu après avoir pris le pouvoir, il eut beaucoup de commentaires élogieux pour le judaïsme.

Mais c'est aussi pendant cette visite qu'il demanda aux Israéliens de l'aider à attaquer la ville portuaire tanzanienne de Tanga, pour que son pays continental s'empare d'un corridor sur l'océan Indien. Il demanda aussi beaucoup d'argent, mais resta dans le vague quant à son usage. Et à la même époque il demanda aux Britanniques de lui donner une aviation de bombardement à réaction, expliquant qu'il voulait s'en servir pour attaquer l'Afrique du Sud.

Au moment où les Britanniques et les Israéliens disaient non (avec quelque retard) à Amin, il advint qu'il rencontra le colonel Moammar Al Kadhafi, le dingue qui gouverne la Libye. Kadhafi, marxiste musulman, expliqua à Amin que les Israéliens étaient en fait des juifs, et que les Britanniques étaient des capitalistes également détestables par conséquent. Il expliqua ensuite que la Libye avait des millions de dollars de richesses pétrolières, pour faire avancer la cause du marxisme islamique à travers le monde. « Mais c'est moi, ça ! » lui déclara Amin, découvrant soudain ses profondes convictions religieuses, et il exposa à Kadhafi que l'Ouganda était une nation musulmane où il ne restait que quelques chrétiens, et que lui – Idi Amin Dada en personne – s'était donné comme but premier l'islamisation complète de son pays.

Kadhafi prouva son sens des réalités en avalant ces fadaises. En réalité, l'Ouganda est la plus christianisée des nations africaines, car il y a près de cent ans que les missionnaires en ont fait leur objectif. En 1972, alors qu'Amin racontait à Kadhafi que le pays était musulman à 95 %, et chrétien seulement à 5 %, il était en réalité chrétien à 85 %, et musulman à 6 %. (Les 9 % de reste gardaient encore les vieilles croyances tribales animistes et adoraient un arbre sacré ou un rocher.)

Kadhafi commença de donner de l'argent à Amin ; des tas d'argent. Et des armes. Et une villa pour lui et sa famille en Libye. Et tout ce qu'Amin voulut d'autre.

Et Amin, pour sa part, commença de donner à Kadhafi des résultats. Il se tourna contre la Grande-Bretagne et Israël, déclarant que «Hitler avait raison à propos des juifs, car les Israéliens n'agissent pas dans l'intérêt des peuples du monde, et c'est pourquoi on a brûlé vifs les Israéliens avec de l'essence et on les a enterrés dans le sol de l'Allemagne». Il interdit trente-neuf sectes chrétiennes. Des congrégations entières furent arrêtées, emprisonnées, battues, parfois massacrées. L'Armée du Salut fut interdite. En général on laissait les missionnaires blancs tranquilles, mais les prêtres noirs étaient torturés et tués. Sur les cinq cent mille personnes finalement assassinées par le gouvernement Amin avec l'aide de l'argent libyen, plus de la moitié allèrent à la mort en croyant être des martyrs chrétiens.

L'évêque Kibudu expliqua à Lew une partie de ces faits, au fil des heures. Dans un lieu si épouvantable, une conversation paisible semblait un soutien, elle empêchait le cerveau d'exploser. L'évêque décrivit l'église que ses paroissiens et lui avaient construite à Bugembe, un faubourg de Jinja. En retour, Lew décrivit l'Alaska à l'évêque, qui n'était jamais allé dans l'hémisphère ouest. L'évêque conta des anecdotes cléricales à propos de mariages, des visites de prêtres étrangers, de pique-niques désordonnés et comiques. Lew raconta des anec-dotes — censurées et embellies — de la vie des mercenaires : le voyage en radeau sur le fleuve Congo, l'envoi d'armes qui arrivent avec des munitions qui ne sont pas du bon calibre. Et chaque seconde de chaque minute de chaque heure était insupportable.

Et bien sûr il y avait la vermine. Le tunnel était plein de vermine, se nourrissant sur les blessures des hommes, dans les vêtements immondes. Lew la sentait grouiller sur lui, et d'abord il lutta contre, mais cela revint, des milliers de bestioles, sous sa chemise, dans son slip. Il se grattait quand il était piqué, mais où qu'il mît sa main sur sa peau, c'était comme si son épiderme bougeait. De toutes ses forces, il tâcha d'imaginer que ça n'existait pas.

De temps en temps la porte s'ouvrait, le puissant pla-fonnier s'allumait, et un drame ultracourt se jouait. Trois fois, de nouveaux prisonniers furent poussés à l'inté-rieur, saignant de blessures fraîches et d'entailles et de perforations. Deux fois, on appela certains noms et des hommes sortirent. Ces fois-là, l'attention silencieuse du souterrain fétide prit une tournure spéciale, les prison-niers semblèrent s'assembler intérieurement, car ces hommes allaient à la mort.

— John Emiru. Nahum Tomugwang. Godfrey Okulut.

Chaque homme, loqueteux, encroûté de sang, se levait avec peine et franchissait toutes les jambes étendues pour gagner la porte. On lui mettait les menottes, les mains devant lui. Ceux qui étaient assis sur le sol du sou-terrain murmuraient des adieux paisibles. Les hommes menottés hochaient la tête, voûtés. La porte se refermait. La lumière s'éteignait.

— Ils verront bientôt Dieu, dit l'évêque Kibudu.

— Ici, il y a beaucoup de façons de mourir, dit quelqu'un assis en face. Ils n'aiment pas tirer, les balles coûtent trop cher. Peut-être qu'on vous étrangle avec du fil de fer. Peut-être qu'on vous découpe à coups de lame. Peut-être qu'on vous assomme avec des démonte-pneus.

— À coups de masse, dit un autre homme. Quand ils appellent les hommes un par un, c'est pour les coups de masse.

Lew gratta ses piqûres et lécha ses lèvres sèches.

— Pourquoi un par un ?

— Eh bien, d'abord deux, dit l'homme. (Il avait les intonations d'un enseignant pointilleux, peut-être un universitaire.) On emmène deux hommes dehors. On donne une masse à l'un des deux et on lui dit qu'il sera libre s'il bat l'autre à mort. Alors il le fait, et alors on amène un nouvel homme et on lui donne la masse et on lui dit que *lui* sera libéré s'il tue le deuxième homme. Et ainsi de suite.

— C'est l'œuvre de Satan, déclara l'évêque Kibudu. Vouloir que la dernière action d'un homme soit le péché de meurtre, avant qu'il se présente devant le jugement de Dieu. Ces gens se sont donnés au Prince des Ténèbres.

Chaque fois que la porte s'ouvrait, quelqu'un hélait le garde et lui demandait l'heure. L'idiotie de la chose, dans ce lieu où le temps ne comptait plus, finit par irriter Lew.

— On croirait qu'il a un rendez-vous, dit-il à l'évêque.

— C'est pour l'histoire, dit l'évêque.

— L'histoire ?

— Ceci prendra fin. Il y aura des survivants. Chacun d'entre nous retient dans son esprit tout ce qu'il peut de ce qui se passe ici. À deux heures du matin le 28 mars 1977, telle et telle personnes furent emmenées. Quand tout sera fini, les survivants écriront ce qu'ils savent. Ils porteront témoignage pour nous.

— Et s'il n'y a pas de survivants ?

— Dieu survit. L'histoire de Dieu continue. La justice de Dieu s'exerce à la fin.

La lumière s'alluma, la porte s'ouvrit, et le soldat apparut, avec deux autres soldats qui avaient des fusils et la baïonnette au canon.

— Quelle heure est-il ?

— Trois heures trente du matin, Lewis Brady. Dieu soit avec vous, dit l'évêque.

Il est parfois possible de se dégager d'une paire de menottes. Quand on vous met les bracelets, il y a une certaine manière de contracter les avant-bras et les doigts et le pouce, telle que le poignet gonfle un peu, et il y a des chances pour que les menottes soient bouclées d'un cran de moins. C'est le premier pas.

Il parut à Lew qu'il avait réussi le premier pas : quand il détendit ses muscles, il n'eut pas l'impression que les menottes étaient très serrées.

Apparemment, les soldats avec les fusils à baïonnette ne parlaient pas anglais. Ils cacardaient entre eux dans une autre langue (pas du swahili), et conduisaient Lew en lui faisant des signes et en le poussant. On suivait le trajet qu'il avait parcouru en sens inverse à son arrivée ici.

En chemin, sur la droite, une porte était ouverte sur une assez vaste cellule de béton. Les trois hommes qu'on avait appelés une heure plus tôt étaient là-dedans, à quatre pattes, récurant la cellule, toujours menottés. Au premier abord on aurait dit qu'un bidon de vingt litres de chocolat avait explosé dans le local, mais Lew se rendit compte que c'était du sang. Éclaboussant les murs, répandu sur le sol en flaques de trois centimètres d'épais-

seur. Un fumet chaud et écœurant émanait de la porte
ouverte. Les hommes à quatre pattes étaient eux-mêmes
couverts de sang à force d'éponger avec des chiffons
qu'ils tordaient ensuite dans des seaux. Lew trébucha,
nauséeux et instable, mais les soldats le poussèrent en
avant, et il laissa derrière lui la vision de cette cellule.

Il continua de trébucher et de tanguer, donnant l'impression qu'il était très faible, et tout en trébuchant il se grais-
sait les mains avec la sueur de son torse et de son cou.

Pour se libérer des menottes, on serre au maximum la
base du pouce contre sa paume, en même temps qu'on
replie l'auriculaire vers l'intérieur. On tire sur la menotte
et l'on se tord la main de côté et d'autre. On se crache
sur la main pour la lubrifier davantage. Il y a un moment
où la jointure de l'auriculaire et l'os à la base du pouce
se liguent contre vous, mais on continue à tordre, tandis
qu'on sent la chair se déchirer, et la sueur et la salive qui
vous piquent dans ces entailles nouvelles. Et quand on a
dépassé ce point, la menotte est ôtée.

Au pied d'un escalier, les soldats derrière lui, Lew
tomba en avant sur les marches. La tête pendante, regardant derrière lui, il voyait leurs pieds qui montaient; ils
s'apprêtaient à le bousculer pour qu'il avance. C'était la
menotte gauche dont il s'était libéré : donc, quand il bondit en se retournant sur les marches, il cingla l'air de la
main droite, et la menotte vide frappa un soldat au visage.
L'homme hurla, lâcha son fusil, heurta le mur, et Lew
décocha un coup de pied vers l'aine de l'autre soldat.

Mais celui-ci avait déjà sautillé en arrière, braquant
son fusil. Il paraissait indécis, il avait sans doute reçu
l'ordre d'amener Lew sans trop de violences; ils voulaient encore l'interroger sur la CIA.

Avant que le soldat puisse se décider, Lew lui sauta
dessus, se lançant en avant, puis plongeant de côté
comme l'homme brandissait son arme. Le bras de Lew

se détendit parallèlement au fusil, la menotte vide s'enfila sur la baïonnette jusqu'à la garde, un coup parfait dans un jeu d'anneaux. Lew releva vivement le bras, et le fusil sauta des mains du soldat et tomba par terre. Comme l'homme se penchait pour le ramasser, Lew lui donna un coup de pied dans la figure, ramassa l'arme lui-même, pivota, et tandis que l'autre soldat titubait devant le mur, Lew le cloua avec la baïonnette. Il entendit la lame heurter le béton et se briser.

Le soldat survivant tenta de fuir dans le corridor. Lew le rattrapa en trois enjambées, croisa les bras autour de la tête de l'homme, et lui rompit le cou. Il laissa tomber le corps, puis regarda les deux soldats. Morts tous les deux. Bien.

Quand Lew était en action, quand il exerçait son métier, quelque chose s'emparait de lui, une cohérence d'esprit et de corps aussi complète et efficace que celle d'un pianiste de concert qui est en scène, ou d'un basketteur sur le terrain. À d'autres moments il avait peut-être des opinions sur la guerre, sur la destruction, sur le meurtre, mais quand il œuvrait, ses opinions cessaient d'exister. Il était un spécialiste de la mort, et il était bon dans sa spécialité.

Les soldats n'avaient pas d'autres armes que leurs fusils. Ils avaient dans les poches quelques shillings ougandais et quelques allumettes ; Lew prit le tout. Ainsi que la clé des menottes.

Débarrassé des menottes, armé du fusil à la baïonnette intacte, toujours sans souliers, Lew monta vivement les marches.

En haut, le couloir tournait à droite. Regardant à l'angle, Lew vit un garde assis sur un banc, plongé dans une bande dessinée, apparemment à moitié endormi. Il était peut-être à dix mètres.

Un coup de feu attirerait l'attention, même ici. Lew ôta la baïonnette, posa le fusil contre le mur, et dissimula la baïonnette contre son avant-bras droit, tenant la garde dans son poing. Puis, d'un air tranquille et décidé, il tourna le coin et marcha vers le garde.

Il avait raisonné ainsi : ou bien tout le monde ici était au courant de sa détention, ou bien non. Est-ce que n'importe quel pauvre troufion connaissait tout le détail de ce qui se passait dans le bâtiment ? Il y avait de bonnes chances pour qu'une peau blanche et une allure assurée emportent le morceau.

Ce fut le cas. Le garde leva les yeux, avec une certaine curiosité, et puis avec un certain étonnement de voir ce visage blanc inconnu, et puis avec une horrible stupeur quand Lew lui transperça la gorge.

Récupérer le fusil. Le fusil dans la main gauche et la baïonnette dans la droite (la lame essuyée sur la manche du garde mort) il se hâta, refaisant en sens inverse son trajet de la veille.

Deux hommes sortirent d'une pièce à quelque distance devant lui, ne le virent pas et s'éloignèrent dans le couloir, l'un d'eux donnant du feu à l'autre. Lew les tua tous les deux, l'un à la baïonnette et l'autre d'un coup de karaté, puis revint vers la pièce dont ils étaient sortis. C'était un petit bureau banal, vide bien qu'on eût laissé la lumière allumée. Des collections reliées de *The Economist* emplissaient une bibliothèque basse sous les fenêtres ; avant Amin, le State Research Bureau était bel et bien un organisme de statistiques.

Le châssis de la fenêtre refusa de s'ouvrir complètement tant que Lew n'eut pas brisé la fermeture. Alors il put regarder dehors et voir qu'il était à l'étage, avec un saut de trois bons mètres à faire jusqu'au sol de terre brune et damée. Il y avait des projecteurs, mais leur lumière violente se concentrait sur l'aire de stationnement et les barbelés, laissant le pourtour du bâtiment dans une demi-obscurité.

Sur la hauteur, à travers les arbres, brillaient les lumières d'une quelconque villa.

Lew jeta d'abord le fusil, puis sauta, la baïonnette à la main. Il la lâcha quand il toucha terre et boula, mais il récupéra les deux armes et longea le bâtiment, restant près du mur.

Des barbelés tout autour. Des gardes à l'entrée de l'enclos. Mais il y avait une Mercedes noire garée devant le bâtiment, et à côté du véhicule il y avait un homme blanc en uniforme militaire ougandais qui faisait les cent pas avec impatience. Un *Blanc* en uniforme ougandais !

Lew était trop enthousiasmé par ce coup de chance pour se poser des questions. Avec cet uniforme, avec cette voiture, avec son visage blanc, il pourrait sûrement franchir l'entrée et s'en aller.

De nouveau il abandonna le fusil, et cette fois il laissa aussi la baïonnette à côté ; il ne fallait pas de sang sur cet uniforme. Il se déplaça parmi les zones d'ombre, se courbant, s'arrêtant, progressant de nouveau. L'homme allait et venait, tantôt juste devant la Mercedes, tantôt à deux pas derrière elle. C'est là que Lew allait l'avoir : derrière la voiture.

L'homme acheva un aller et retour. Il pivota. Lew arriva comme une panthère qui saute d'un arbre, les bras tendus vers la tête de l'homme, l'empoignant, tordant.

— *Lew Brady !*

Sa victime avait crié, et l'exclamation étranglée lui sauva la vie. À trois millimètres de la mort, l'homme oscillait dans les bras de Lew qui écoutait résonner son propre nom.

Gardant sa prise, sentant que l'homme était tendu mais ne se débattait pas, Lew se décrispa, inspira profondément, sortit lentement de cet état intérieur de tueur qui avait gouverné ses actions. Ce fut dur de ne pas tuer cet

homme ; ce fut très dur. Le tenant encore, voulant encore
achever son mouvement, il lui chuchota à l'oreille :

— *Qui êtes-vous ?*

— *Baron Chase ! Je suis venu vous faire sortir !*

Baron Chase. Frank en avait parlé. Balim avait prononcé son nom. Le bras douloureux de Lew relâcha sa
prise inachevée. Il fit un pas en arrière tandis que Chase
se retournait en se tenant la gorge, s'appuyait au pare-
chocs arrière de la Mercedes pour se soutenir.

— Bon Dieu, fit-il d'une voix très rauque. Vous êtes
foutrement bon.

— Expliquez-vous. (Lew n'avait pas envie de bavarder.)

— Balim m'a passé le mot. J'ai mis cet uniforme et je
suis venu vous faire sortir. (Alors Chase regarda plus
attentivement Lew et fronça les sourcils.) Vous n'avez
esquinté personne, hein ?

Lew lui rit au nez.

15

Quand vint le deuxième appel téléphonique, à quatre
heures quinze du matin, Ellen et M. Balim le Jeune —
qu'elle appelait maintenant Bathar — étaient engagés
dans une partie de parcheesi sur le bureau de Balim
l'Aîné. Bathar, ayant jeté deux doubles à la file, avait
pris deux pièces à Ellen.

— C'est maintenant qu'il me faudrait de bonnes nouvelles, dit-elle, très absorbée par la partie, et le téléphone
sonna.

Bathar, assis, la contempla affectueusement tandis
qu'elle décrochait et écoutait la communication. C'était

encore Baron Chase, celui qui avait appelé la première fois – et Ellen avait alors écouté Balim expliquer le problème avec un merveilleux laconisme. Cette fois la conversation fut encore plus brève.

— Le colis est récupéré, dit Chase.

— Pas de dégâts ?

Ellen retint sa respiration dans l'attente de la réponse.

— Le colis, *lui*, est intact. (Ceci fut dit d'un ton mystérieusement amer. Puis la voix de Chase redevint normale.) Je vous le renvoie dans la matinée.

— Très bien. Nous apprécions votre aide.

— Vous souriez, observa Bathar assis.

Ellen raccrocha pendant que les deux hommes échangeaient des salutations.

— Il va bien, dit-elle.

— C'était visible.

— Il rentre demain.

— Je vous reconduis ? demanda Bathar en se levant.

— Vous ne voulez pas finir la partie ?

— Non. (Quelque chose semblait amuser Bathar.) Je ne crois pas que je gagnerais, d'ailleurs.

Elle pensait tellement à Lew que c'est seulement le lendemain qu'elle comprit ce qu'il voulait dire.

Au matin le ciel était plein de nuages pareils à de grands oreillers et couvertures sales empilés et instables et qui dégringolaient, certains restant en place, tandis qu'au-dessus et au-dessous des couches plus fines filaient à toute vitesse.

Frank passa prendre Ellen chez elle. Elle avait bien dormi, s'était réveillée tôt, avait pris des biscuits et du Coca en guise de petit déjeuner. Il la conduisit à l'aéroport. Il paraissait de mauvaise humeur aujourd'hui, mais elle y fit à peine attention ; elle était simplement contente qu'il n'essaie pas de la draguer lourdement.

Comme on virait pour entrer dans l'aéroport, il finit par dire quelque chose qui attira l'attention d'Ellen, tandis que devenaient claires les raisons de cette morosité :

— Vous vous êtes bien amusés hier soir tous les deux, vous et Balim le Jeune ?

Oh, pour l'amour du ciel. Elle lui rit au nez, le traitant comme un saint-bernard, une grosse bête familière et pagailleuse :

— C'était super, dit-elle. Il connaît *de ces positions*.

— Très drôle, dit Frank qui arrêta la Land Rover d'un coup de pied et assassina le moteur avec les coudes.

Un charter privé devait amener Lew d'Entebbe à Kisumu, mais bien sûr les communications étaient très réduites dans ces petits aérodromes, et l'on ne savait pas du tout quand il arriverait. Ellen fit les cent pas devant l'aérogare, regardant les troupeaux de nuages qui se pressaient dans le ciel, et au bout de quelques minutes Frank lui apporta une bouteille de White Cap.

— Je vous croyais furieux contre moi, dit-elle.

— Je le suis. (Mais il y avait un sourire gêné derrière son irritation.) Mais j'ai réfléchi, dit-il. Vous ne baiseriez pas avec un type pendant que Lew est dans la mélasse.

— Merci pour le vote de confiance.

— En 1905, dit Frank en essuyant le goulot de sa bouteille avec la paume et en prenant une lampée de bière, le commissaire britannique de la province a interdit que des femmes habitent Kisumu.

— Pourquoi ?

— Ils avaient déjà trop d'emmerdements avec les épidémies.

— Je vois.

Il rit de bon cœur, ravi de sa propre saillie. Puis, apparemment satisfait d'avoir égalisé on ne sait quel score, il reprit :

— Non, mais c'était presque ça. Tout ce coin était un marécage avant que les Britanniques le dégagent. Et le golfe est si long et étroit que l'eau ne circule pas beaucoup entre ici et le lac. Alors ça donnait la malaria, la dysenterie, des hépatites, la peste bubonique.

— Formidable.

— La maladie du sommeil en tuait des tas, dit Frank comme s'il était content d'avoir survécu. Et quand les Britanniques étaient là, on aurait dit que c'était aussi dangereux de penser aux maladies que de les attraper. Ils ont eu plein de suicides, des gens qui ne supportaient plus le suspense, à se demander quelle maladie leur tomberait dessus. C'est pour ça qu'ils ont exclu les femmes pendant un moment.

— Ils auraient dû exclure tout le monde.

— Ils ont failli. Un des commissaires provinciaux de l'époque, un nommé John Ainsworth, a dit : « Kisumu n'est pas un endroit pour un mélancolique. »

— A-t-il dit *pour qui* c'était ?

— Pour les joyeux drilles, faut croire. Comme maintenant.

— Les joyeux fossoyeurs, plutôt.

— Aussi, oui. C'est pas notre avion ?

Il arrivait du nord, c'était un bimoteur Cessna qui progressait sous les nuages comme une mouche qui marche au plafond. Au niveau du sol, la brise humide et tiède venait du lac, de l'ouest : le petit avion vira donc sur sa gauche et descendit en spirale, comme s'il suivait une rampe invisible, touchant terre au loin, à l'extrémité est de la piste.

Ellen et Frank traversèrent le terrain, l'herbe sèche craquant sous leurs pieds. L'avion approchait, gaz coupés ; il les dépassa, alla jusqu'à l'autre bout de la piste, fit demi-tour sur le tarmac et revint lentement, ses bouts d'aile oscillant doucement. Sur ses portières, de chaque côté, un dessin stylisé représentait un impala bondissant et on lisait « Uganda Skytours ».

— Le voilà! (Ellen désigna Lew, reconnaissable dans le siège de copilote. Il n'y avait que lui et le pilote à bord. Ellen agita la main, puis se sentit bête, puis fit de nouveau signe, avec hésitation.)

Les deux hommes descendirent de l'avion arrêté. Le pilote était un Blanc d'âge moyen, l'air très soucieux. Il tenait une enveloppe de papier manille.

Lew semblait dans un état terrible. Ses vêtements étaient déchirés et dégoûtants, et son visage était marqué de coups et d'entailles qui n'avaient reçu que des soins sommaires et hâtifs. Il paraissait vidé, comme s'il n'avait guère dormi, et aussi comme s'il réfléchissait à quelque chose, comme un inventeur près de faire une découverte. Ellen s'approcha, se sentant malhabile, comme s'ils étaient des étrangers. Elle lui toucha le bras.

— Lew?

Il la regarda. Il semblait à des kilomètres. Il sourit.

— C'est Byzance, dit-il mais sa gaieté était forcée.

Celle d'Ellen aussi :

— Bienvenue dans la cité des plaisirs.

Il la contempla comme si son cerveau était tombé en panne, puis soudain il l'étreignit fort, l'enserrant de ses bras, la renversant presque, enfouissant son visage dans son cou, se pressant entièrement contre elle.

— Seigneur Jésus, fit-il, les lèvres contre sa peau. Qu'est-ce que ça fait du bien !

— Ahhh, dit-elle en fermant les yeux, se laissant aller, se laissant soutenir. Pour moi aussi, moi aussi, moi aussi.

— Frank Lanigan? demanda le pilote à l'air tourmenté.

— C'est moi.

— Un pli pour vous. Pour un nommé Balim. (Il avait l'accent américain.)

— D'accord.

— Je dois repartir, dit le pilote. Je ne peux… Ma femme est… Je vais filer avant la pluie si j'ai le temps.

— Bon vol, lui souhaita Frank.

Lew finit par se détacher d'Ellen.

— Merci, lança-t-il au pilote sans cesser de la tenir par la taille.

— De rien. J'avais besoin d'un boulot.

— Vous devriez fiche le camp de là-bas, dit Lew.

Le pilote baissa la tête soudain, comme quelqu'un qui a l'habitude d'être frappé. Il désigna l'avion avec une sorte de haine :

— Je ne possède rien d'autre. Les choses s'arrangeront. Et je garde toujours le plein d'essence et le zinc prêt à partir.

— Ouais, bon, dit Lew.

— La pluie ! s'écria le pilote en regardant brusquement les cieux, et Ellen sentit une goutte s'écraser sur son bras. Au revoir ! hurla le pilote en se hâtant vers l'avion. Au revoir !

— Content que tu sois rentré, Lew, dit Frank qui tenait l'enveloppe de papier manille.

— Moi aussi. Ça ne m'a pas plu, là-bas.

— Venez, dit Frank. Dans deux minutes il va pleuvoir comme vache qui pisse.

Ils retraversèrent le terrain desséché qui luisait d'une étrange lumière gris perle, guettant sa maîtresse : la pluie. Lew marchait au milieu ; inconsciemment les deux autres l'encadraient, le protégeaient.

— Je suis désolé de t'avoir envoyé là-bas, tu sais ? dit Frank.

— Je ne t'en veux pas. (Sur la taille d'Ellen, la main de Lew s'agitait nerveusement.) Vraiment pas. Tu ne m'as pas fait venir de si loin pour me perdre.

— C'est sûr.

180

— J'ai perdu la bagnole, dit Lew. L'appareil photo aussi. Chase dit de faire une croix dessus. J'ai quand même récupéré mes affaires personnelles.

— Balim étalera le coup. Tu avais des photos dans l'appareil ?

— Non. Ils m'ont sauté dessus avant que j'arrive au bout.

— Que s'est-il passé ? demanda Ellen. Qu'est-ce qui a cloché ?

— Il y a quelques années, j'ai travaillé pour une armée soutenue par la Libye, au Soudan. J'ai laissé tomber, et ils ont mis mon nom sur une espèce de liste d'ennemis. La Libye et l'Ouganda sont très bien ensemble, en ce moment. Alors à la frontière ougandaise, ils ont les listes libyennes.

— Putain de Dieu, fit Frank. On se balade, on file, et tout d'un coup votre passé ressort et vous flanque son pied dans les roustons.

L'orage éclata juste avant qu'on atteigne la maison. Auparavant, de grosses gouttes isolées étaient tombées de loin en loin sur le pare-brise, mais tout d'un coup il sembla qu'il n'y avait plus de pare-brise du tout, rien qu'une énorme chute d'eau, et ils étaient derrière.

Ou dedans. Avec la brusquerie d'un seau qu'on retourne, le monde entier n'était plus que de l'eau qui tombait, s'écrasait, ricochait, grondait, noyait tout.

— Bon *Dieu* ! cria Ellen dont la voix se perdit dans le bombardement.

La saison des pluies était là.

— Merde ! brailla Frank (et lui, orage ou pas, on l'entendait) en bataillant de côté et d'autre avec le volant comme pour chasser la pluie de la voiture. Putain de saloperie ! gueula-t-il tandis que la Land Rover glissait et sinuait dans l'inconnu ; on ne voyait absolument rien à travers le pare-brise ruisselant. T'aurais pu attendre une heure, saleté! mugit-il à l'adresse du ciel en agitant le poing, et il passa la tête à l'extérieur, au milieu du déluge, pour apercevoir quelque chose.

— Vous y êtes! rugit-il quelques secondes plus tard tandis que la Land Rover dérapait autour d'une Datsun en stationnement et s'arrêtait devant la maison. (Après une demi-minute dehors sous la pluie, la tête de Frank avait l'air d'une chose trouvée quatre cents ans plus tard dans un galion espagnol coulé.)

— Entrez un instant! cria Ellen. (Elle n'en avait pas du tout envie mais voulait être polie.)

Il secoua la tête, les aspergeant de gouttelettes:

— Je rentre chez moi! Et je me soûle!

Lew le salua de la main et dégringola de la Land Rover. Ellen suivit, prenant directement pied dans une douche tiédasse et surabondante. Elle courut à travers, trempée jusqu'aux os dès la première enjambée, et Lew et elle entrèrent en titubant dans la maison.

Debout dans le salon, le grondement de la pluie tout autour d'eux, ils luttèrent avec leurs vêtements collants, épluchèrent les couches de tissu qui couvraient leur peau humide, flanquant les habits trempés sur le sol. Ellen regarda Lew: sa peau tannée était pleine de trous et d'entailles, comme s'il s'était roulé dans du gravier.

— Lew! Qu'est-ce qui s'est passé? Qu'est-ce que c'est?

Il contempla son propre corps avec une sorte de dégoût.

— Des piqûres, dit-il. Je crois que je m'en suis débarrassé, mais je vais continuer à me laver.

— Que tu t'es débarrassé de quoi?

— De la vermine. Ellen, dit-il avec une lassitude énorme, je n'ai vraiment pas envie d'en parler.

— Bien. Très bien. Ce que nous devrions faire, je crois, c'est imiter Frank et nous soûler.

— C'est bien possible.

Mais la maison était presque aussi mouillée que le monde extérieur, et il leur fallut un moment pour se faire un nid. Il fallut fermer les fenêtres ouvertes. Lew dénicha une corde et l'accrocha dans le salon tandis qu'Ellen emportait l'amas de vêtements dans la salle de bains pour les tordre. Puis, ayant étendu le linge et s'étant frotté le corps avec toutes les serviettes de la maison, ayant revêtu de nouveaux habits, ils s'enfermèrent dans la cuisine et Ellen alluma les brûleurs de la cuisinière pour dissiper un peu l'humidité. Alors enfin, avec le feu roulant de la pluie repoussée dehors, avec les petits ronds bleus du gaz enflammé, même la petite cuisine rouillée devint confortable et intime.

Alors Lew parla. Il n'était pas vrai qu'il n'avait pas envie de parler de ce qui était arrivé, simplement il ne voulait pas qu'on le questionne. Il fallait que ça sorte selon son propre rythme, et avec des passages censurés. Ellen fit des œufs brouillés et des toasts qu'ils mangèrent en buvant de la bière, et Lew lui raconta un peu à quoi ressemblait le State Research Bureau. Elle tâcha de garder un air neutre et attentif, car elle vit que, chaque fois qu'elle réagissait, avec horreur ou pitié ou dégoût, il renonçait à poursuivre. Mais elle en entendit assez pour avoir une claire idée de ce lieu.

Quant à sa sortie, commencée comme une évasion et se terminant par une sorte de sauvetage, il parut plus réticent. Manifestement, en chemin, il avait blessé, sans doute tué, un ou plusieurs hommes, mais jamais il ne fut explicite sur ce point, et quand elle le questionna sur les conséquences, il secoua la tête dédaigneusement :

— Chase s'en occupera. Il inventera un truc. La vérité ne signifie rien, là-bas.

Au bout d'un moment ils se turent et demeurèrent simplement assis ensemble à la table de cuisine. Lew était songeur et sombre ; Ellen le regardait. De toute sa vie elle n'avait été si contente de l'existence d'une autre personne. Elle savait combien il avait besoin de réconfort, et combien il était peu disposé à en accepter, elle se contenta donc de rester assise et de le regarder.

— Je vais te dire une chose, fit-il après un moment.

— Oui ?

Lew était morose ; ses yeux contemplaient le vide ou une chose qu'elle ne pouvait voir.

— Il s'agit d'autre chose que du café, dit-il. C'est forcé.

DEUXIÈME PARTIE

16

Lew avait déjà eu l'expérience de la saison des pluies en Afrique ; mais la subir n'est pas s'y habituer. Jamais on ne s'y habitue.

Il était censé se rendre en avion à Nairobi avec Balim pour rencontrer de quelconques planteurs de café à propos d'une affaire quelconque. Le temps n'avait pas changé, l'eau et le moisi s'étendaient comme une malédiction divine, mais quand Ellen téléphona ce matin-là à la tour de contrôle de l'aérodrome, on lui dit que les atterrissages et les décollages étaient possibles à la fois à Kisumu et à Nairobi, et que la couverture nuageuse était si basse qu'il devait être possible de voler au-dessus pendant tout le trajet. Lew téléphona donc l'information à Balim, qui dit qu'on y allait.

Ils se rendirent directement de la maison à l'aéroport, où Balim avait été déposé par son fils. Dans la salle d'attente vide et humide, Balim paraissait excité mais un petit peu anxieux. Vu le temps, il était vêtu d'un imperméable noir énorme qui le faisait ressembler à un ballon de plage endeuillé.

— Eh bien, dit-il, ce n'est pas agréable de voler par un temps pareil, mais ah, vous savez, ce serait bien pire par la route. Très dangereux.

— Nous allons faire attention, promit Ellen.

— Ramenez bien mon père, dit Balim le Jeune. C'est le seul qui sache ce que nous sommes tous en train de faire.

Ils furent très mouillés en traversant le terrain pour gagner l'avion, qu'un employé de Balim, ruisselant, débarrassait de ses amarres. Comme Balim était un peu trop rondouillard pour être à l'aise sur les sièges arrière, c'est Lew qui s'y mit tandis que Balim s'asseyait à côté d'Ellen. L'intérieur de l'appareil devint aussitôt embué, avec une désagréable odeur de vêtements mouillés. De l'avis de Lew, le petit essuie-glace qui balayait la vitre devant Ellen était absolument insuffisant ; il donnait à la jeune femme un champ visuel de la taille et de la forme d'un éventail de dame, et d'ailleurs des filets d'eau ne cessaient de l'envahir encore et encore tandis qu'on roulait au sol, vers le bout de la piste.

Balim était du genre qui bavarde pour oublier sa nervosité. Tandis qu'on attendait au bout de la piste, il leur parla de son baptême de l'air, un vol Kampala-Londres, via Le Caire et Rome, un voyage de plus de deux jours. C'était en 1938, juste avant que la guerre éclate, et il avait alors quatorze ans et regagnait son école.

— Quelle école ? demanda Ellen.

— Eton.

— Vous êtes allé à Eton ? Pardon, je ne voulais pas le dire comme ça.

Mais Balim était d'une bonne grâce sans faille, même quand il luttait pour ne pas montrer sa peur.

— J'en suis moi-même plutôt étonné, dit-il. J'avais

espéré continuer à Cambridge, mais la guerre a changé la situation.

— Qu'est-ce que vous étudiiez? demanda Lew intrigué.

— L'histoire. À commencer par l'histoire de l'Asie. Malheureusement, surtout du point de vue anglais.

— Frank et vous avez quelque chose en commun, alors, dit Ellen.

— Oh, de loin en loin nous avons de vieilles discussions. L'histoire, somme toute, n'est qu'une affaire d'interprétation.

— J'ai le feu vert, dit Ellen (il s'agissait de l'autre conversation qu'elle suivait dans ses écouteurs).

Pendant que Balim tapotait à plusieurs reprises sa ceinture de sécurité pour s'assurer qu'elle était toujours en place, et se lançait dans une phrase sinueuse et affolée à propos d'une visite qu'il avait faite à Cambridge avant la guerre, et des arbres qui lui avaient fait impression, Ellen accéléra et le petit bimoteur roula puis fila sur la piste huilée de pluie, les hélices pulvérisant les gouttes d'eau et projetant derrière elles un sillage de bruine argentée.

Puis l'appareil s'éleva, comme s'il avait pris une brusque inspiration, et l'instant d'après ils se trouvèrent dans une machine volante, à quelques centimètres du sol, puis à plusieurs mètres, puis tout à fait indépendants de la terre.

À cause de la pluie et du poids, le petit avion luttait pour prendre de l'altitude, se démenant dans le déluge, s'insérant dans les nuages sales, englouti dans une grisaille floue, des filets d'eau partout, tanguant dans les courants vicieux des nuages. Et puis soudain on fit irruption sous un soleil si brillant et propre et stupéfiant que tous trois crièrent d'émerveillement:

— Ah! dit Ellen.

— Seigneur ! dit Lew.

— Oh mon Dieu ! dit Balim.

Le soleil...

Vus d'au-dessus, les nuages étaient propres, un grand édredon blanc et doux épandu sur un lit géant qui était le monde entier. Le ciel avait l'infinie netteté d'un beau jour de septembre. Et le soleil était le roi de la création, grand, doré, rond, souriant, heureux de les voir.

— J'avais oublié à quoi il ressemble, ce fils de pute, dit Lew.

L'avion fila vers son but, entre le ciel et les nuages, comme un jouet enjoué qu'on laisse s'amuser tout seul pendant que les Titans sont ailleurs : partis déjeuner, ou faire la sieste. Les vêtements séchèrent ; l'atmosphère de la cabine devint douce. Balim cessa de tripoter sa ceinture. Ellen décrispa ses doigts sur le manche et regarda son reflet dans le miroir qu'elle avait installé entre le pare-brise et la portière. Lew s'enfonça dans son siège et sourit, s'étirant voluptueusement. Le soleil brillait, et tout allait bien en ce bas monde.

Descendre sur Nairobi fut comme s'infliger une blessure. Avec une répugnance manifeste, Ellen fit piquer le nez de l'avion, butina longuement les traînées laineuses et effilochées au-dessus des nuages, puis d'un coup plongea hors de l'ensoleillement, dans une luminescence ensoleillée, puis une blancheur surnaturelle, puis dans une grisaille d'une saleté grandissante. Des gouttelettes couraient vers l'arrière sur les vitres latérales. Et l'on tomba sous la couche nuageuse, comme une punaise quittant le matelas crasseux d'un galetas, et Nairobi s'étendait là-bas, ruisselante et chagrine.

L'aéroport Wilson était juste après le nouvel aéroport en construction. Ellen dut tourner en rond pendant qu'un vol de la KLM atterrissait et qu'un petit avion privé décollait ; puis elle descendit à travers les rideaux de perles de la pluie, vers une piste qui semblait aussi glissante et traîtresse que du verre. Balim commença six ou sept phrases sur autant de sujets, n'en finit aucune, tripota beaucoup sa ceinture, et ils furent au sol, roulant tout droit, perdant de la vitesse, sans zigzaguer ni rebondir ni se planter ni rien faire des diverses autres choses que tous trois avaient à demi prévues.

Cela fit une drôle d'impression de laisser Ellen, mais évidemment le pilote restait avec l'avion. Elle allait s'occuper des formalités et acheter du carburant et puis attendre le retour de Lew et Balim.

La voiture de louage attendait : une Peugeot 504 marron à quatre portes. Balim s'assit à l'arrière, manifestement ravi de ne plus être en avion, et Lew prit le volant et traversa Nairobi, suivant les indications de Balim.

L'aéroport Wilson était au sud de la ville, tandis que les plantations de café qu'ils cherchaient étaient au nord : malheureusement il n'y avait pas moyen de contourner la ville. Cependant, malgré la pluie et l'abondance de véhicules, la circulation se faisait à vive allure. Camions surchargés de fatras, petits taxis rouillés, Mercedes luisantes de pluie, cyclistes spongieux, piétons totalement inconscients, tous faisaient la course, tissant sur les rues mouillées une tapisserie démentielle.

Dans toutes les sociétés du monde, les riches vivent sur les hauteurs au-dessus de la ville. Laissant derrière lui le centre de Nairobi et ses rues encombrées, mal dégrossies, construites à la hâte, Lew prit la direction des hauteurs, dans une circulation décroissante, entre des demeures dont la richesse d'allure croissait. Bientôt les rues devinrent plus larges, avec des courbes agréables, signes certains de l'opulence. On passa devant l'ambassade d'Allemagne, et deux autres résidences officielles. On passa devant un internat dont tous les élèves visibles étaient blancs.

— Voilà pourquoi le Kenya est demeuré un pays stable, dit Balim du siège arrière ; tandis que tant d'autres nations africaines indépendantes ont sombré dans la banqueroute et la corruption. Kenyatta est de la tribu kikuyu. Quand l'indépendance est arrivée, les Kikuyu ont cru qu'ils allaient s'installer dans ces maisons, mais ça n'a pas eu lieu. Les Blancs sont toujours là ; les Indiens sont toujours là ; les Noirs talentueux sont toujours là. C'est pourquoi le commerce international peut se poursuivre à Nairobi, et le Kenya demeure solvable. Il aurait été politiquement très populaire de donner ces maisons aux Kikuyu descendus de leurs villages de montagne, mais ça aurait tué le pays. Et où serions-nous aujourd'hui, hein, Lew ? Vous et moi ?

— Je ne sais pas où vous seriez, monsieur Balim, fit Lew en souriant en coin dans le rétroviseur. Moi, je serais en Alaska.

— Nous devons beaucoup à Jomo Kenyatta, dit Balim.

La ville proprement dite disparut derrière eux, et la banlieue aussi, et la Peugeot continua d'escalader les premiers contreforts de la chaîne de Narandarua, au nord de Nairobi. Sur son passage, un groupe d'écolières noires en robes violet vif, avec des parapluies multicolores, fit des saluts et des rires.

— Voilà le café, dit Balim quelques minutes plus tard.

— Comment ça ? (Cette fois Lew fronçait le nez dans le rétroviseur.)

— Les arbustes qui poussent des deux côtés de la route. Nous sommes dans la plantation.

Lew se rendit compte alors qu'ils traversaient des champs cultivés. Les arbustes avaient environ un mètre de haut, ils étaient très broussailleux, avec des feuilles d'un vert intense. Au loin sous la pluie il voyait les rangées parallèles s'incurver sur la pente, comme un dessin dans une histoire pour enfants, illustrée avec pointillisme.

— Après la prochaine courbe, dit Balim, il y a une maison blanche sur la gauche. C'est notre destination.

— Parfait.

Le terrain dévalait de ce côté-là, et on aurait aisément pu manquer la demeure, qui était en retrait de la route et en contrebas, et entourée d'arbres. Une allée de graviers, ravinée par l'eau, débouchait juste après la courbe ; Lew s'y engagea, sinua sur la pente au milieu des arbres et vint s'arrêter sur le flanc de la maison, en face d'un garage blanc en bois où il y avait place pour trois voitures.

Avant qu'ils puissent ouvrir leurs portières, un Noir décharné, souriant largement, surgit près d'eux avec un vaste parapluie noir. Il fit signe à Lew d'attendre dans l'auto et ouvrit la porte arrière à Balim. Après avoir conduit Balim de la voiture à la demeure en l'abritant soigneusement sous le parapluie, il revint chercher Lew.

— Bonne pluie, déclara-t-il en hochant la tête et en souriant tandis qu'on se hâtait vers la porte latérale. Excellente pluie.

— Très bonne pluie, approuva Lew.

Dans la maison, Lew eut d'abord une impression d'obscurité, enchâssant une femme minuscule vêtue de blanc. À ce croquis sommaire succédèrent aussitôt beaucoup trop de détails. La femme était très vieille. C'était manifestement une Indienne, et au vrai, avec ses lunettes rondes, elle ressemblait absurdement au mahatma Gandhi. Le déploiement de tissu blanc qui la couvrait des pieds à la tête était un sari. À ses doigts noueux et minuscules, les bagues étaient toutes du même style : des anneaux d'or sombre, entrelacés comme des plantes grimpantes, portaient de petites pierres luisantes, rouges ou vertes.

Le Noir au parapluie disparut dans un couloir étroit et sombre encombré de meubles. Il y avait des murs vert sombre, des buffets d'acajou, un miroir rococo à cadre doré, de petits tapis persans espacés sur le plancher sombre et, luisant de cire, un escalier de bois qui menait au premier avec des marches noires, et des contre-marches et une rampe blanches.

L'urbanité habituelle de Balim se trouva ici redou-blée, intensifiée jusqu'à devenir un souci presque pal-pable, comme si cette vieille dame était à la fois extrêmement fragile et d'une formidable importance pour Balim personnellement.

— Mama Jhosi, dit-il, permettez-moi de vous présen-ter un jeune homme de mes amis, venu d'Amérique : M. Lewis Brady. Lew Brady, j'ai le plaisir de vous pré-senter Mama Jhosi, qui est la maîtresse de cette magni-fique demeure.

En cas de besoin, Lew pouvait se montrer urbain. Il prit la main (pareille à une collection de crayons usés dans un petit étui de cuir) de Mama Jhosi et s'inclina.

— Je suis enchanté, *madame*.

— Vous êtes grand, dit-elle. (Sa voix était aussi noueuse que ses doigts, rauque et très faible.) Il faut qu'un homme soit grand.

— Et il faut qu'une femme soit belle, déclara Lew en souriant largement pour montrer que le compliment s'adressait à elle, dont il lâcha la main.

Elle hocha et gloussa d'une manière étonnamment adolescente — terriblement adolescente. Puis elle s'écarta un peu :

— Et puis-je vous présenter mon petit-fils, Pandit Jhosi. M. Lewis Brady.

Le petit-fils avait onze ou douze ans, c'était un gar-çonnet gracile et solennel ; son teint et ses traits indiens étaient doux ; il avait d'énormes yeux sombres. Il portait

des baskets et un blue-jean, mais sa chemise rayée verticalement de bleu et blanc était boutonnée au cou et aux
poignets, et le faisait ressembler à un boutiquier indien
en miniature. Lew vit dans ses yeux qu'il était intelligent
et timide ; le jeune garçon comprenait qu'il était temps
de serrer la main de Lew, mais hésitait à prendre l'initiative. Lew le tira d'affaire en lui tendant sa propre main,
en souriant.

— Heureux de vous rencontrer.

— Vous aussi. (La poignée de main du garçon était
adéquate : deux mouvements, et on lâche.)

Sa grand-mère lui effleura l'épaule :

— Dis à Ketty que nous voudrions du thé.

— Oui, Mama.

— Pandit, dit doucement Balim, Lew Brady ne sait
presque rien des plantations de café. Pourquoi ne l'em-
mènerais-tu pas dans la cuisine pour lui en parler ?

Ah. Le pilote reste avec l'avion ; le chauffeur attend à
la cuisine. Quelles que fussent les affaires de Balim ici,
elles ne concernaient pas Lew, qui ricana du sérieux avec
lequel Pandit accepta la tâche :

— Oui, monsieur, avec joie. (Il regarda Lew.) Nous
avons une cuisine très moderne.

— Je la visiterai avec intérêt.

Tandis que Pandit conduisait Lew dans le long corridor, Mama Jhosi introduisit Balim dans une pièce attenante. À présent ils allaient pouvoir sans impolitesse
causer en hindoustani. Lew souriait encore de la courtoisie tortueuse avec laquelle les gens d'ici arrivaient à
leurs fins, quand Pandit ouvrit une porte à l'extrémité du
couloir et le fit entrer dans une grande cuisine étincelante
qui était, comme promis, très moderne. Des récipients de
cuivre pendaient au-dessus d'une grande table centrale
en bois clair. Les appareils ménagers alentour étaient
tous en inox brossé ou en porcelaine blanche, et

incluaient un grand congélateur. Une Noire en uniforme, quadragénaire et légèrement mafflue, lisait un journal déployé sur la table. Pandit l'appela « Ketty » et lui adressa un flot de paroles en swahili. Ketty hocha la tête, replia son journal, se leva et, se détournant, montra un gros postérieur étroitement moulé par l'étroite jupe d'uniforme et encadré par l'attache et les rabats de son petit tablier blanc.

— Voulez-vous un peu de thé ? dit Pandit.

— Merci, oui.

Lew s'assit à la table, à l'opposé de la place où s'était trouvée Ketty, et attira à lui le journal plié ; voyant qu'il était en swahili, il le repoussa.

Pandit apporta sur la table deux tasses à thé avec soucoupe et cuiller ; deux petites assiettes avec des couteaux à beurre ; une théière sur un plateau, avec un cache-théière rembourré ; un petit plateau d'argent avec un pot de crème en argent et du sucre en poudre dans un sucrier en argent ; deux serviettes en tissu ; du beurre sur une assiette ; des rondelles de citron sur une soucoupe ; un délicat cendrier de porcelaine ; un plat contenant un assortiment de biscuits et de gâteaux. Parallèlement, Ketty réalisait un amoncellement analogue mais plus gros sur un plateau d'argent qu'elle emporta hors de la pièce, d'une démarche pleine de noblesse — et tout juste perturbée par sa croupe aberrante.

— Vous intéressez-vous beaucoup aux plantations de café ? demanda Pandit en s'asseyant en face de Lew.

Quelque chose dit à Lew qu'avec ce garçon l'honnêteté était la meilleure attitude.

— Pas vraiment.

— Moi, si, bien sûr, dit Pandit. Mais c'est mon métier.

— Parce que vous en hériterez.

— J'ai déjà quelques responsabilités administratives, déclara le jeune garçon.

Lew lui sourit, espérant qu'il comprendrait que c'était un sourire de camaraderie et non de dérision. Le garçon était très solennel et sagace, en même temps ce n'était qu'un môme.

— J'ai vu les cultures sur les pentes, en arrivant. Je vois que c'est tout un tas de responsabilités.

— Oh, tout n'est pas à nous.

— Ah non?

— Non. Autrefois, oui, mais quand mes parents sont morts et que nous sommes venus ici, ma grand-mère a dû vendre la plus grande partie de nos terres.

— Quand vous êtes venus ici? demanda Lew qui connaissait déjà la réponse. D'où veniez-vous?

— D'Ouganda.

— Ah!

— Vous êtes allé en Ouganda?

— Oui, dit Lew.

— J'avais sept ans quand nous sommes partis, dit Pandit. Je ne m'en souviens pas vraiment.

— Ce n'est pas un endroit agréable, dit Lew. C'est bien mieux ici.

— Pourtant, fit Pandit, j'aimerais y aller un jour. Quand la situation sera différente, bien sûr.

— Bien sûr.

— Le thé doit être infusé, déclara Pandit en se levant. (Il ôta le cache-théière, saisit la théière finement décorée de noir et d'or, la remua un instant, puis il versa du thé dans la tasse de Lew et la pièce s'emplit d'un parfum délicieux.) Du sucre?

— Un morceau, merci.

Pandit lui donna du sucre, à l'aide d'une petite pince en argent.

— Lait ou citron?

— Du lait. Voilà, très bien.

Telle était l'imprégnation britannique ; au milieu

d'une plantation de café, on s'asseyait pour prendre le thé. Justement Pandit se rassit enfin après avoir empli sa propre tasse et remis le cache-théière. Tous deux prirent des gâteaux.

— Qu'est-ce qui vous intéresse, à part le café ? dit Lew.

— Le football.

— Oh, vraiment ?

— Je suis un très grand fan de l'équipe d'Italie, déclara Pandit, les yeux brillants.

— L'équipe d'Italie… (Lew comprit soudain.) Pardon, dit-il, je confondais. Je croyais que vous parliez du football américain.

— Non, le football classique. Le *soccer*. Je n'aime pas le football américain. Je ne vous offense pas ? ajouta-t-il vivement, craignant d'avoir été impoli.

— Du tout, fit Lew en lui souriant. Qu'est-ce qui ne vous plaît pas dans le football américain ?

— Ça s'arrête tout le temps, dit le jeune garçon. Chaque fois que ça démarre, on commence à s'intéresser et ça s'arrête. Le football — excusez-moi, je veux dire le football classique — n'est pas comme ça. C'est beaucoup plus passionnant, à mon avis.

— J'imagine que ça dépend de ce à quoi on est habitué, dit Lew. Le base-ball, tenez, c'est un jeu où il ne se passe *jamais* rien, et pourtant c'est toujours le sport favori des Américains.

— C'est pareil pour le cricket, dit Pandit qui haussa les épaules. Je n'ai rien contre le cricket, ajouta-t-il comme pour classer l'affaire.

Il y avait une porte dans le mur du fond ; elle s'ouvrit et une jeune fille entra, avec divers petits paquets dans deux filets. Elle portait un pantalon de toile brune, un imperméable brun et un chapeau de pluie rond et souple.

— Ah, fit-elle en souriant à Lew puis à Pandit. Tu as ramené un camarade d'école.

Troublé, mais toujours gentleman, Pandit bondit sur ses pieds :

— Amarda, voici M. Lewis Brady. Monsieur Brady, puis-je vous présenter ma sœur, Amarda Jhosi.

Lew se leva, se cogna contre un cuivre suspendu au plafond, sourit.

— Ouille. Bonjour, dit-il.

— Ah, ces cuivres, dit-elle avec un sourire de sympathie. Nous n'avons pas l'habitude d'avoir des hommes ici. Je veux dire, des hommes grands. (Elle s'inclina légèrement à l'adresse de son frère. Elle semblait avoir une vingtaine d'années. Elle avait les mêmes grands yeux sombres et liquides que Pandit, dans un visage bien à elle, ovale et doux. La Princesse indienne, songea Lew.)

— Je vais te donner une tasse, proposa Pandit.

— Merci. Il fait un temps de chien dehors.

Lew l'observa, sans comprendre totalement qu'il avait un coup de cœur, tandis qu'elle ôtait son chapeau et secouait son épaisse chevelure noire. Le chapeau et l'imper atterrirent sur une chaise ; elle portait un corsage blanc ton sur ton, et elle avait sur la gorge une mince chaînette d'or. Elle vida vivement les filets à provisions, rangeant les denrées dans le réfrigérateur ou sur des étagères, tandis que Pandit mettait un troisième couvert au bout de la table, entre les hommes. Il versa le thé, ajouta une rondelle de citron, choisit pour Amarda un gâteau carré et brunâtre. Il se rassit comme elle les rejoignait.

— Parfait, dit-elle en s'asseyant. Mais pourquoi nous cachons-nous comme ça dans la cuisine ?

— Mama est au salon avec M. Balim.

Les façons de la jeune fille changèrent aussitôt ; son visage exprima la compréhension, et quelque chose de plus. Elle jeta à Lew un bref regard chargé d'une aversion manifeste.

— Je vois.

Quand on a un coup de cœur, on ne supporte pas d'être rejeté :

— Est-il tellement rebutant de rompre le pain avec un chauffeur ? fit Lew.

— Je vous demande pardon ? (Cette fois le regard d'Amarda était franchement ahuri.)

— Je peux attendre dans la voiture, si vous préférez.

— Certainement pas ! s'exclama Pandit, horrifié par ce manque de tact et décidé à conserver sa propre politesse.

— Chauffeur ? répéta Amarda Jhosi. Oh, je vois ce que vous voulez dire. Non, pour être franche, ce mot ne m'était même pas venu à l'idée.

— Quel mot vous est venu à l'idée ? (C'était au tour de Lew d'être perplexe.)

— C'est sans importance. Prenez un peu de gâteau.

— Miss Jhosi, dit-il en négligeant le plat qu'elle lui tendait, quel mot avez-vous pensé ?

Elle hésita, morose, voulant qu'on oublie ça. Mais voyant qu'il était décidé à élucider la chose, elle eut un petit mouvement de tête agacé, posa le plat, adressa à son frère un petit coup d'œil d'excuses, considéra la rondelle de citron qui flottait dans son thé.

— Si vous insistez, dit-elle, le mot que j'ai pensé était *voleur*.

Lew fut si irrité qu'il put à peine se maîtriser. Si elle était furieuse contre Balim, c'était son affaire, mais il n'allait pas se laisser mettre dans le même sac. Il baissa la voix pour s'empêcher de crier :

— Vous ai-je jamais volé quelque chose, Miss Jhosi ?

— Vous savez de quoi je parle. (Son bref coup d'œil était furieux.)

— Non, je crains que non.

— N'êtes-vous pas ici, en ce moment même, pour négocier avec ma grand-mère à propos de marchandises volées ?

Des marchandises volées? Balim n'avait rien dit du motif de ce voyage, il n'avait même pas laissé entendre qu'il y eût un rapport avec leur opération, mais maintenant tout s'éclairait aux yeux de Lew comme si Balim en personne l'avait mis dans la confidence. Voilà une famille, les Jhosi, qui avait naguère des plantations à la fois au Kenya et en Ouganda. Ils étaient parmi les Asiatiques expulsés d'Ouganda par Amin en 1972, et c'est alors que les parents de ces deux-là étaient morts — ou avaient été tués. La grand-mère et les enfants s'étaient retrouvés sans rien d'autre que cette plantation au Kenya, dont ils avaient dû vendre une partie pour faire face à leurs obligations financières. D'autre part, voici Balim, qui va bientôt détenir au Kenya des tonnes et des tonnes de café de contrebande; il lui faut un moyen de faire rentrer ce café dans les filières commerciales légales. Pourquoi ne pas expédier le café à partir de la plantation Jhosi, sous le nom des Jhosi? C'est bien dans la manière de Balim, de résoudre son propre problème et d'aider en même temps des compatriotes dans le besoin.

Pendant que Lew réfléchissait, Amarda Jhosi continuait de le dévisager, et l'incertitude la gagnait.

— Vous ne saviez pas? dit-elle finalement. Vous ne saviez vraiment pas?

— J'imagine que j'aurais dû deviner. (Avec un soupir, Lew prit sa serviette sur ses genoux et la jeta sur la table à côté de sa tasse et son assiette.) Merci, Pandit, dit-il en se levant. J'ai apprécié le thé, et la conversation.

— Mais où allez-vous? (Pandit écarquillait les yeux.)

— Attendre dans la voiture. Content de vous avoir rencontrée, Miss Jhosi. Ça va, Pandit, je trouverai la sortie. Et je promets de ne rien voler en chemin.

Il lisait pour la seconde fois le manuel technique de la Peugeot, sans avoir encore découvert pourquoi la voiture s'appelait une 504, quand la portière avant s'ouvrit et Amarda Jhosi se glissa sur le siège voisin, portant de nouveau son Burberry et son chapeau de pluie. Il la considéra, tâchant de paraître impavide, de cacher son sursaut de plaisir.

— Puis-je vous aider ?

— Vous pouvez accepter mes excuses, dit-elle. (Elle ôta le chapeau et secoua de nouveau sa chevelure ; c'était comme un geste dont il pourrait aisément tomber amoureux, à la longue.)

— Je les accepte, fit-il d'un ton détaché, comme si ses excuses n'avaient pas d'importance ; la punissant un peu.

— Je croyais comprendre la situation. Vous m'avez troublée.

— Désolé.

— S'il vous plaît, ne soyez plus fâché contre moi.

Jusqu'ici Lew regardait plus ou moins au-delà d'elle, vers la vitre latérale striée de pluie ; la considérant, il vit qu'elle essayait d'être franche avec lui. Elle avait la vulnérabilité de quelqu'un qui dépose délibérément les armes. Comme toujours, Lew réagit à cette vulnérabilité téméraire en devenant extrêmement protecteur.

— Je ne suis pas fâché. (Il lui effleura les doigts ; ils étaient mouillés de pluie.) Ce n'était pas la peine de sortir sous la pluie pour me faire des excuses.

— Ce n'est pas ça, dit-elle avec un sourire qui les désarma tous les deux. Je ne suis pas venue *seulement* pour faire des excuses.

— Je comprends, dit-il avec déception, mais sans étonnement. Vous voulez me tirer les vers du nez, aussi.

— Pardon ? (Elle plissa le visage.)

— Vous voulez me poser des questions. Vous voulez savoir ce qui se passe.

— C'est vrai. (Mais ensuite elle secoua la tête.) Non.

Laissez-moi vous dire ce que je *croyais* savoir, et vous me direz où je me trompe.

— D'accord.

— Il y a des gens qui volent un tas de café en Ouganda et le font passer au Kenya. Ils se sont adressés à M. Balim pour qu'il les aide – pour que le café ait l'air d'origine honnête.

— L'idée de *blanchir du café* me passe tout le temps par la tête, dit Lew (mais il vit qu'elle ne comprenait pas non plus cette expression-là). Peu importe, dit-il. Balim n'est pas un intermédiaire, c'est un des organisateurs, mais vous avez compris l'idée générale. Continuez.

— M. Balim s'est adressé à ma grand-mère, connaissant nos ennuis d'argent. J'ai supposé que vous étiez un des voleurs.

— Je suppose que j'en suis un. Mais le mot *voleur* ne convient pas tout à fait.

— Il ne s'agit pas d'un vol ?

— On vole Idi Amin. Votre famille vivait en Ouganda, non ?

— Si. Presque tous nos biens étaient là-bas.

— Quel âge aviez-vous quand vous êtes partie ?

— Quinze ans.

— Alors vous vous rappelez comment c'était, sous Amin.

— Oui, je…

Et puis, soudain, le menton de la jeune fille trembla. Elle battit des paupières et détourna les yeux, hochant la tête. Il vit qu'elle essayait de parler mais qu'elle n'arrivait plus à se maîtriser et restait muette.

— Hé, fit-il avec inquiétude et embarras. Hé.

Il lui passa le bras autour des épaules, effleura sa mâchoire tremblante avec son autre main, la serra contre lui, voyant les larmes dans ses yeux, pressant sa tête contre son épaule, la serrant fort, la laissant pleurer et se libérer.

Elle pleura longtemps, tandis qu'il ne cessait de chercher en vain la chose à dire. Finalement, un moment après que les sanglots convulsifs eurent cessé, et que le corps de la jeune fille fut simplement devenu doux et passif contre le sien, elle parla d'une voix étouffée, contre le torse de Lew :

— Ça va, maintenant, dit-elle.

À contrecœur il desserra son étreinte, il la laissa s'écarter un peu et lever le visage pour le regarder. Elle était si belle, et si meurtrie, et si vulnérable, qu'il ne put que l'embrasser. Et elle avait des lèvres douces comme les prairies du Ciel.

Elle répondit. Elle lui passa le bras autour du cou ; les lèvres douces s'ouvrirent ; la chaleur de leurs deux corps se mêla. Il bougea le bras et sa main passa sur un sein renflé, et Amarda resserra son étreinte. Il lui tint le sein, sentant le bout durcir sous des épaisseurs de tissu, sentant la chaleur de son corps, la saveur de sa langue.

Il ne sut pas lequel d'entre eux s'écarta le premier ; ils bougèrent tous deux au même moment, d'un coup, comme s'ils réagissaient à un bruit extérieur. Mais l'esprit de Lew s'était empli soudain de réflexions : Ellen, la jeunesse d'Amarda, l'avantage qu'il tirait de son émotion éperdue, leur vulnérabilité dans cette voiture près de la maison en plein jour, et il se détacha d'elle à l'instant où elle se détachait de lui.

Ils se contemplèrent, les yeux agrandis. Il gardait le sentiment de sa douceur et de sa tiédeur, pareil à une couverture invisible, chaude, mais apeurante.

— Je regrette, chuchota-t-il.

— Oh, ne regrettez pas, dit-elle. (Elle lui saisit le poignet, le serra violemment.) Ne regrettez pas, répéta-t-elle et elle se détourna ; sa main tâtonna sur la poignée, elle ouvrit la portière d'une poussée et s'en alla, en hâte, sous la pluie.

17

La pluie se déversait, depuis près de deux semaines; dix jours et dix nuits d'averse diluvienne. La surface grêlée du lac était bourbeuse; sur la surface de la terre, toute chose était saturée et molle; et où qu'on porte le regard il y avait de l'eau. Les nuées enceintes se pressaient si bas qu'on attrapait la migraine rien que d'y penser.

Frank Lanigan était assis à l'avant du bateau, avec son ciré et son chapeau de pluie et ses lourdes bottes, et il pensait à sa migraine. Derrière lui, Charlie écopait l'eau de pluie avec une boîte de café, tandis qu'à l'arrière le propriétaire du bateau se tenait près du moteur hors-bord et les dirigeait vers l'Ouganda.

L'Ouganda. C'était là-bas, visible sous l'averse, droit devant. Le sourcil d'un géant sombre se montrant sur les eaux du lac. Une cochonnerie flottant dans un monde liquide. Une loutre brun sombre, au repos. L'île mystérieuse des histoires de fantômes, où les marins naufragés rencontrent le savant fou et les dinosaures vivants et les choses qui vous sucent le sang la nuit.

Quelque part dans la surabondance moite de ses vêtements, Frank avait un flacon d'un demi-litre de bourbon. Le bourbon pourrait peut-être le soulager, mais le boulot nécessaire pour l'atteindre lui ferait bien plus mal, et Frank restait donc immobile, maudissant le sort, maudissant l'Afrique, maudissant la pluie, maudissant Lew qui n'avait pas accompli sa tâche la première fois.

Lentement la ligne brisée du rivage ougandais approchait. Derrière Frank, et en harmonie avec ses pensées, le batelier injuriait son moteur d'une voix de baryton, et sa litanie lente et presque aimante se mêlait à la toux du moteur pour former une berceuse chagrine au milieu de l'éternelle mitraille de la pluie.

Bwagwe Point défila lentement sur bâbord tandis qu'on pénétrait dans Macdonald Bay. Avant les pluies, ces parages grouillaient de soldats ougandais chargés de réprimer la contrebande, mais par un temps pareil les soldats et les contrebandiers restaient chez eux. Tout le monde reste chez soi sauf moi, songea Frank avec un apitoiement irrité.

Le bateau s'inséra dans la baie − pout-pout-pout −, manquant dériver sur un courant suscité par l'orage, devenant un jouet d'enfant tanguant dans cette grande baignoire pluvieuse qu'était la baie. Il n'y eut pas de réaction en face, et Frank se tendit un peu, songeant à la tâche qui l'attendait, regrettant qu'on n'ait pas pu envoyer de nouveau Lew (la pensée d'Ellen ne lui vint même pas), et finalement se retournant pour brailler à l'adresse du pilote :

− Serre à gauche, connard ! (En effet le batelier était en train de les mener au milieu de la baie, vers l'est, sans doute mû par une envie subconsciente de rentrer au Kenya − qui était à l'est.)

Et merde. Comme d'habitude, les cibles de Frank restaient sourdes à ses plus fermes insultes ; bourrelé de fureur, il dut tolérer que Charlie traduise ses ordres, en sachant que tout ce que Charlie pouvait dire n'avait que peu de rapports avec l'énoncé initial.

Ce fut néanmoins efficace. Le bateau appuya à gauche ; il parut même prendre un petit peu de vitesse.

− C'est par là, déclara Frank qui se demanda ensuite à qui il croyait s'adresser. Je hais la pluie, dit-il et il se tassa plus profondément dans son amas de vêtements.

La traduction du coup de gueule de Frank avait engendré toute une conversation entre le batelier et Charlie. Celui-ci déblatérait d'une voix crépitante ; l'autre grognait abondamment en retour ; Charlie répliquait, le batelier aussi — un vrai dialogue. Charlie désignait vaguement bâbord avant, le batelier pointait vaguement le doigt un peu plus à gauche, Charlie désignait une autre direction, le batelier désignait son moteur, Charlie désignait Frank, et en même temps les deux Noirs ne cessaient de caqueter comme des frères qui se retrouvent après une longue séparation et qui ne se sont jamais beaucoup aimés.

— Je crois que je vais les tuer tous les deux, marmonna Frank. (À travers les rideaux de pluie, vers la gauche, il distingua faiblement leur destination sur le rivage : un croissant boueux où une piste à deux voies non revêtue aboutissait jusqu'au bord de l'eau.) C'est là, bande d'abrutis ! hurla-t-il en flanquant une taloche sur la tête de Charlie pour interrompre la palabre. *C'est là !*

— Oui, c'est là, dit Charlie. (Même sous ces trombes d'eau, sans rien que sa chemise en loques et son pantalon, il demeurait joyeux et affable.) Nous en parlions justement, dit-il et il reprit tranquillement sa conversation.

— Sale menteur, grommela Frank.

Le batelier les dirigea vers la plage de boue, où ils talonnèrent à six bons mètres de la terre ferme. Frank secoua la tête.

— On peut quand même faire mieux que ça !

— Oh mais oui, dit Charlie.

Tandis que le batelier déverrouillait le moteur et le basculait en avant, sortant l'hélice de l'eau, Charlie sauta par-dessus bord, empoigna le bout d'amarre épais et effrangé attaché à la proue, et les remorqua. Avec une force étonnante, vu sa maigreur étique, il hala une bonne moitié du bateau sur la boue alors que Frank et le batelier étaient encore dans l'embarcation. Bien sûr, la boue était à moitié liquide. Quand Frank descendit dedans, ses pieds bottés s'enfoncèrent jusqu'à mi-mollet ; se dégageant malgré la succion, il sentit la vase qui faisait de son mieux pour lui arracher ses bottes.

Le batelier enjamba aussi le plat-bord, et les trois hommes hissèrent le bateau sur la vase et jusqu'à la terre ferme croisillonnée d'herbe morte. Tel l'Abominable Homme des Neiges, Frank trébuchait dans la vase et chaque pas était un arrachement spongieux, tandis que Charlie et le batelier, agiles sur leurs pieds nus, glissaient comme des anguilles debout. L'humeur de Frank empira encore en constatant que ses préparatifs et son équipement soigneux ne valaient pas, en l'occurrence, l'insouciance haillonneuse de Charlie.

Quand le bateau fut sur un terrain relativement solide, ils ôtèrent la bâche des deux cyclomoteurs qu'ils portèrent jusqu'à l'entrée de la route. Charlie demeura immobile et souriant, la pluie lavant déjà la boue de ses jambes décharnées, tandis que Frank ouvrait son ciré, puis sa veste, dénichait son flacon et le sortait. La première petite lampée de bourbon chaleureux lui brûla la gorge et lui mit les larmes aux yeux, et ce n'étaient pas des larmes de gratitude. Battant des paupières, Frank s'envoya une autre goulée, plus longue, puis revissa le bouchon du flacon et sourit en sentant l'heureuse chaleur s'étendre dans son corps, comme l'acier en fusion emplit un moule.

Mais, regardant les cyclos, il se rembrunit de nouveau. Pour un adulte, c'était un véhicule bougrement ridicule, cette espèce de vélomoteur trapu avec ses roues d'une largeur grotesque. Mais le dépôt d'entretien numéro 4 était à une bonne trentaine de kilomètres sur la piste qui montait, et les cyclos étaient le seul moyen de transport qu'on pouvait apporter par le lac.

— On ferait aussi bien d'y aller, alors, dit Frank en enfouissant de nouveau son flacon et en refermant tous ses boutons. Dis-lui d'attendre, commanda-t-il à Charlie

en donnant un coup de pouce par-dessus son épaule ruisselante en direction du batelier.

— Oh, il sait, dit Charlie.

— Dis-lui que s'il n'attend pas, on le retrouvera plus
tard et il nous le paiera.

— Plus tard? (Charlie eut l'air dubitatif.) S'il nous
laisse ici, il n'y aura pas de «plus tard». Il sait ça aussi.

Et Frank aussi le savait.

— Est-ce qu'il nous attendra?

— Il veut être payé, dit Charlie en haussant les
épaules. Mais si quelque chose lui fait peur, il s'en ira.

— Merde. (Frank secoua la tête.) Bon, allez, finis-
sons-en.

Ils enfourchèrent les cyclos, qui démarrèrent tous les
deux du premier coup, et ils s'engagèrent sur la route à
demi effacée qui montait parmi les arbres bas et denses.
Frank allait devant, dans les ornières de droite, Charlie
suivait du côté gauche. Jetant un regard en arrière,
Frank vit que le batelier était remonté dans la barque où
il était maintenant immobile, assis contre le moteur basculé, les bras croisés sur l'estomac. Il semblait endormi;
ou mort.

Cette route avait été tracée par les Britanniques quand
ils construisaient la voie ferrée, soixante-dix ans auparavant, et cinquante ans plus tard elle avait été abandonnée. Dans les vingt années suivantes, le passage
occasionnel d'une charrette ou d'un camion de ferme
avait suffi pour que la double trace demeure visible sur
le sol, mais n'avait pas suffi à empêcher l'envahissement
par les broussailles et les baliveaux.

— Ça va être la merde pour les camions, dit Frank en
poussant le cyclo à travers l'enchevêtrement de buissons.
(Il se faisait l'impression d'être un clown de cirque
monté sur un tricycle minuscule, et l'image n'était pas
tellement fausse.)

Par ici la forêt était épaisse, la vieille route était complètement recouverte par la futaie, qui formait un bon parapluie. On voyait des gouttes isolées, et on les entendait — et on les sentait — et l'air semblait plus frais et un peu moins humide. Le sol était un rien moins spongieux. C'était comme si la pluie s'était arrêtée une minute avant, comme si les ultimes gouttelettes tombaient des arbres.

Le vrombissement nasillard des cyclos faisait un drôle d'effet dans cette forêt vide et mouillée. Ça semblait à la fois très bruyant et complètement silencieux. Ça semblait ajouter une question corollaire à la vieille question du bruit que fait un arbre qui tombe dans une forêt déserte. Les moteurs semblaient avoir pour seul effet de rendre le silence derrière eux plus moiré, plus tendu que le silence devant eux.

En théorie, les cyclos pouvaient faire plus de soixante-dix à l'heure, mais pas sur un terrain pareil. Par instants, ils montaient à trente, ou même trente-cinq, mais le plus souvent ils faisaient du vingt, et parfois ils tombaient même à dix ou quinze à l'heure. La pente montait d'une manière régulière, la forêt était toujours la même autour d'eux, coupée de loin en loin par une sente — frayée par l'homme ou par les bêtes — sur la droite, vers l'intérieur des terres. Le lac était toujours à quelques kilomètres sur la gauche, mais totalement invisible.

Frank gardait un œil sur le compteur kilométrique, et ils avaient parcouru vingt-huit kilomètres et trois cents mètres quand un changement dans le bruit massif qui lui emplissait les oreilles le fit jeter un regard sur sa gauche, où il ne vit pas Charlie. Soucieux, se retournant, il vit que Charlie s'était arrêté à cinquante mètres derrière et se tenait près de son cyclo, gai et patient, contemplant Frank d'un air éveillé.

— Qu'est-ce que c'est que ça? (Frank vira en épingle à cheveux, passant des ornières de droite à celles de gauche, manquant être désarçonné quand le cyclo heurta une racine au cours de la manœuvre ; il revint bruyamment vers Charlie qui arborait un sourire innocent.) Qu'est-ce qu'il y a ?

— Le chemin de la plaque tournante. (Charlie pointa le doigt.)

Frank regarda, et du diable s'il n'y avait pas comme une faible trace, là, qui s'écartait de la piste. Étrécissant les yeux pour scruter au milieu des gouttelettes et des arbres, la main en visière comme pour s'abriter du soleil, Frank eut l'impression qu'il distinguait peut-être une espèce de bâtiment là-bas. Difficile à dire.

— Vous l'avez dépassé, dit Charlie.

Frank comprit alors que Charlie se vengeait de n'avoir pas été le premier à repérer leur point de débarquement.

— T'es une tête de nœud, déclara-t-il.

Il descendit du cyclo, décocha dans la béquille un coup de pied plus violent que nécessaire, et s'avança à pas lourds et coléreux sur le sentier en direction de l'éventuel bâtiment ; il savait que s'il se retournait, il verrait Charlie arborer un air aussi joyeux et innocent que d'habitude. Il ne se retourna pas.

Charlie avait raison ; c'était le dépôt d'entretien numéro 4. Le vieux hangar était là, longue construction en tôle ondulée, assez vaste pour accueillir une locomotive à vapeur, à présent rouillé et affaissé mais toujours debout. A côté s'empilaient une demi-douzaine de rails de cinq mètres, couverts de rouille orangée. Les arbres et les buissons avaient tellement envahi le secteur qu'une branche poussait à l'intérieur du bâtiment à travers une fenêtre sans vitre.

Frank décrocha deux appareils photographiques et fit méthodiquement le tour de l'emplacement, prenant des clichés, essuyant les objectifs, s'accroupissant de telle sorte que la pluie lui coulait dans le cou, pendant que Charlie, d'une démarche détendue, franchissait l'entrée du hangar et se prélassait au milieu des amas de métal rouillé.

Les lieux étaient à peu près conformes à la note d'information envoyée par Chase. Une voie rouillée descendait de l'amont et bifurquait, une branche aboutissant directement dans la gueule béante du hangar, l'autre déviant sur la droite et menant à la vieille plaque tournante. Quant à cet embranchement-ci, recouvert de rouille ainsi que la plaque tournante, Frank fit des constatations satisfaisantes et d'autres qui ne l'étaient pas. La constatation satisfaisante, c'est que le vieil aiguillage était bloqué par la rouille dans une position telle qu'il menait à la plaque et non au hangar ; c'était la position qu'il leur fallait. Mais la constatation fâcheuse, c'est que la plaque tournante était restée dans une position oblique par rapport à la voie. Ce serait la croix et la bannière pour débloquer cette plaque antique et rouillée et pour l'aligner.

Eh bien, tant pis ; Frank continua de prendre des photos. Au-delà de la plaque tournante, la voie continuait sur six mètres, presque jusqu'à l'à-pic : un abîme se présentait soudain là, de manière inattendue, car la forêt poussait jusqu'au bord, surplombant une trentaine de mètres de falaise et Thruston Bay, dont le rivage parsemé de rochers semblait, sous la pluie, un paysage sorti d'un roman noir gothique.

Frank revint sur ses pas, longeant la plaque tournante et le hangar où Charlie somnolait. Il suivit les rails en amont. Tout le long de la voie, des buissons et des arbustes, certains d'une bonne taille, poussaient entre les traverses. Brusquement les rails s'interrompaient. Les éléments de raccordement étaient épars sur le sol, et la voie et ses traverses avaient disparu sans laisser de traces.

— Saleté de pluie, dit Frank en plissant les paupières, tâchant de scruter à travers la muraille de végétation devant lui, mais il n'y avait rien à voir que la verdure et l'eau.

Il se trempa *vraiment* en se frayant un passage à travers la bande de jungle qui séparait l'embranchement de la voie principale. Il traversa en force, à coups de pied et de poing, écartant les branches avec les coudes, et soudain il surgit sur la ligne des Chemins de fer ougandais, dont les rails humides luisaient et reflétaient le ciel grisâtre. Debout entre les traverses, Frank prit d'autres photos, et constata avec satisfaction que, d'ici, on ne pouvait absolument rien apercevoir du dépôt d'entretien numéro 4.

Embarrassé dans sa marche par l'acier mouillé des traverses, il avança vers l'est, jusqu'au passage à niveau – abandonné mais non détruit – où la voie ferrée croisait la vieille route de service. C'était là-haut vers la gauche que Lew s'était fait alpaguer par le State Research Bureau. Frank eut un regard noir ; sans ces salopards, Lew aurait fait le boulot à ce moment-là. À présent on ne pouvait risquer que Lew se fasse ramasser une deuxième fois, alors que c'était Frank qui était obligé de se traîner sous la pluie, avec le fidèle Charlie à ses côtés (sur l'ordre de M. Balim). Et Lew était à Kisumu et s'occupait de plus en plus des tâches normales de Frank.

Et puis merde ; il était ici et le boulot se faisait. Maintenant il ne restait plus qu'à retourner au hangar, récupérer Charlie, et regagner le bateau. Frank descendit la route de service, rangeant les appareils dans leur sac de toile, et une pensée soudaine le fit s'immobiliser, la tête levée.

Et s'il *ne rejoignait pas* Charlie ? Le fils de pute s'en tirerait – il connaissait le terrain – mais pendant un moment il ne serait plus sur le dos de Frank ; peut-être même pour toujours. Et s'il rentrait sans le cyclo, il l'aurait mauvaise devant M. Balim.

Frank pourrait dire qu'il avait cherché partout Charlie, qu'il l'avait appelé, mais que Charlie devait être endormi dans un coin. Finalement, de peur que le batelier n'attende plus, il avait été forcé de partir. (Il marcherait en poussant le cyclo sur un ou deux kilomètres, pour que le bruit du moteur ne donne pas l'éveil à Charlie.)

Comme un môme qui joue à cache-cache, excité et anxieux et s'attendant à tout instant à être attrapé, Frank continua de descendre la route. Après quelques pas, la joie (et le bourbon) l'envahirent si vivement qu'il se mit à dévaler la pente en dérapant.

Bonne chose, qu'il ait couru ; à l'entrée du sentier, il ne restait qu'un seul cyclo.

Le sale *con* ! Saloperie de petit traître ! Bien sûr il était en train de faire pareil, et il n'y avait aucun moyen de le prouver. Frank n'entendait pas de moteur : Charlie était donc en train de pousser le cyclo sur un kilomètre, juste comme Frank l'avait envisagé. Si Frank essayait de le surprendre en marchant lui aussi avec son cyclo, il ne rattraperait jamais ce sale rat ; mais s'il faisait démarrer son moteur, Charlie allait l'entendre, faire démarrer aussitôt le sien, et rabattre sur lui à toute vitesse et lui raconter une histoire à la noix, qu'il était parti cueillir des fleurs ou un truc comme ça.

C'était pas juste.

— Merde, dit Frank qui mit son cyclo en marche et partit vers le lac en faisant teuf-teuf et pout-pout.

18

C'est dans une petite pièce de stockage, dans le second bâtiment de M. Balim, qu'eut lieu la projection de diapos touristiques que Frank avait rapportées d'Ouganda. On avait sorti une certaine quantité de machines à coudre et de boîtes de chaussures et d'employés traîne-patins ; on avait apporté une certaine quantité de chaises pliantes ; Isaac installa le projecteur et l'écran et s'occupa de l'éclairage des lieux, tandis que Frank faisait l'exposé culturel.

L'assistance était réduite et attentive. Lew, Ellen, Balim et Balim le Jeune, assis, observaient l'écran tandis que Frank passait les diapos et commentait successivement chaque image. Lew et Isaac avaient des crayons et des blocs et prenaient quelques notes.

— Voilà la baie, en approche. Difficile à distinguer dans cette saleté de pluie, mais il n'y a ni villes ni villages au bord de l'eau. Partout de la forêt, très épaisse.

«Voilà le point de débarquement. De la vase jusqu'au cul. Même si on y va deux ou trois semaines après les pluies, ça sera encore comme ça. Il faudra apporter assez de planches pour construire une baraque, sans quoi on ne pourra jamais charger les bateaux.

«Comme vous voyez, la route est bonne. Pleine de broussailles et de saloperies, mais on aura de gros camions.

«Il y a vingt-huit kilomètres trois cents du lac au dépôt. J'ai pris des photos en chemin pour montrer comment c'est. Peut-être trop de photos.

Balim : Non, non, Frank, c'est très bien. Nous voulons voir le maximum, comme si nous y étions allés nous-mêmes.

Balim le Jeune : Comme dit Clausewitz, la carte n'est pas le territoire.

Lew se détourna de l'écran et contempla Balim le Jeune. Clausewitz ? Balim le Jeune regardait en souriant la silhouette d'Ellen. Il se retourna vers Lew sans cesser de sourire, et Lew reporta donc le regard sur la projection d'un nouveau cliché de la piste forestière noyée de pluie.

— Voilà pratiquement la plus forte pente qu'on ait rencontrée. Ça ne dépasse jamais dix ou onze pour cent. Les camions seront pleins à la descente et monteront à vide, donc il ne devrait pas y avoir de problème.

«Bon. Voilà le sentier menant au dépôt. Là, il pourrait y avoir un problème. Ça nous ralentira si on doit porter tout ce café du dépôt jusqu'à la route, mais vous voyez l'allure que ça a. Pas un camion ne passera là-dedans.

Balim : On ne pourrait pas abattre les arbres, faire une route ?

— Abattre les arbres, c'est d'accord. Mais il n'y a pas de tracé de route, là. C'est rien que des ravines et de l'érosion et des racines et des rochers et toutes les saloperies possibles et imaginables. Il faudrait y passer la journée avec un bulldozer.

Isaac : Cela ferait une trouée très visible, même par un avion.

Lew : Et si on fascinait le chemin ? On coupe les arbres qui gênent, et on utilise les rondins comme revêtement.

— Il faudrait trop de rondins. J'ai arpenté, du mieux que j'ai pu, et je dirai qu'il y a trente mètres, du dépôt jusqu'à la route.

Lew : Si le terrain est tellement mauvais, ce sera encore pire avec des porteurs qu'avec des camions. Est-ce qu'ils pourront transporter des sacs de trente kilos là-dedans ?

— Comme j'ai dit, c'est là qu'on a un problème.

Balim le Jeune : Frank, il *doit* y avoir une voie d'accès au dépôt. C'était le but de la route de service.

— S'il y en avait, je ne l'ai pas trouvée. À mon avis, comme la route de service suit la ligne de pente, la pluie ne la démolit pas. Mais l'accès au dépôt était perpendiculaire à la ligne de pente, alors à la longue le ruissellement l'a complètement raviné, et les arbres et les broussailles ont poussé, et maintenant, ce tronçon-là n'existe plus. En vingt ans, ça pousse, un arbre.

Ellen (surprenant tout le monde): Et pourquoi pas un chemin de broussailles?

Lew (inquiet pour elle): Un quoi?

Ellen : On reprend ton idée de fasciner le chemin, mais vous utilisez des rondins seulement pour boucher les grosses ravines, et puis vous mettez des branches et des broussailles tout du long. Vous faites l'aller et retour avec un camion, vous ajoutez des broussailles, vous continuez à tasser, et très vite les camions eux-mêmes auront fabriqué un revêtement.

Balim : Miss Ellen, avez-vous déjà vu faire ça?

Ellen : Deux fois, en fait. Une fois au Guatemala, où ils essayaient de transporter des fournitures médicales après un tremblement de terre, et une fois en Oregon, où un homme construisait des chalets au bord d'un lac qui lui appartenait, et il était à court d'argent. Il a construit les premiers chalets en utilisant une route à revêtement de broussailles, et puis il a goudronné quand il a eu commencé à vendre.

Balim : Qu'en pensez-vous, Frank?

— J'en pense que c'est une idée fantastique. Restez avec nous, Ellen.

Ellen : Certainement.

Lew regarda le visage souriant de la jeune femme avec un mélange égal d'amour et de sentiment de propriété, et quand elle lui fit un clin d'œil il s'illumina, tout content.

Frank poursuivit son commentaire :

— Voilà le dépôt. Vous voyez les rails, là, on pourra s'en servir pour raccorder à la voie principale. Le bâtiment est intact, il a très bien tenu le coup.

« Voilà Charlie endormi. Je n'ai pas pu me retenir, juste pour une fois.

Balim le Jeune : Charmant. Surtout la salive qui coule.

— L'embranchement. La voie est rouillée mais utilisable. L'aiguillage est bloqué par la rouille mais il est bloqué dans la bonne position. Un coup de chance. Mais voilà la plaque tournante, notre deuxième problème.

Isaac : Elle est orientée de travers. Pourquoi diable ont-ils fait ça ?

— Je donne ma langue au chat. Il va falloir la débloquer en force et l'aligner pour pouvoir utiliser les six mètres de rails au-delà. Par le fait, ce train va être tellement long qu'on pourra lui baiser le fourgon sans quitter la voie principale.

Balim : Tout est dans la rapidité.

— Je m'en doute. Voilà l'embranchement en montant vers la voie principale. On a un tas d'arbres à abattre.

Lew : Du matériel supplémentaire pour la route d'Ellen.

— Juste. Voilà le bout de l'embranchement. Vous remarquerez qu'on ne voit que dalle, mais la voie principale est juste là derrière les buissons. Et maintenant la voilà, et le dépôt est invisible.

Balim le Jeune : Il faudra tailler une trouée terriblement grande pour faire passer le train à travers le fourré.

— On rebouchera après. Ça, ce n'est pas un problème.

Balim le Jeune : Quel soulagement !

— Voilà le croisement entre la voie et la route de service. C'est par là-haut qu'ils t'ont pincé, Lew.

Lew : Il faudra mettre une plaque commémorative.

19

Ce fut avec des émotions excessivement mélangées que Sir Denis Lambsmith, regardant les passagers du vol Entebbe-Tripoli-Londres émerger du terminal 3 de Heathrow, vit qu'auprès de Baron Chase s'avançait Patricia Kamin, belle et pleine de classe et parfaitement à son aise. Même à neuf heures du matin après avoir voyagé toute la nuit, songea-t-il, elle était d'une perfection intacte.

Il était ravi de la voir, bien sûr, ravi et stupéfait... mais avec Chase ? Quel lien pouvait-il y avoir entre eux ? À se rappeler les trois nuits qu'il avait lui-même passées avec elle à Kampala – elle était venue à lui chaque soir, l'avait laissé enchanté et comblé, et avait chaque fois disparu au matin – il lui fallait supposer que ses rapports avec Chase étaient sexuels ; mais il ne *voulait* pas penser cela. Il se rappelait qu'elle avait été un moment attachée à l'ambassade d'Ouganda à Londres ; peut-être qu'elle était ici en mission officielle, et que c'était pure coïncidence qu'elle eût pris le même vol que Chase. Il se cramponna à cette faible possibilité tandis qu'ils venaient vers lui.

C'était bizarre, mais cet homme blanc paraissait plus déplacé à Londres que cette femme noire. À Kampala, Chase convenait au décor, son genre n'était pas inconnu dans cette région du monde ; mais entrant dans Londres avec son sac avion de toile bleu sombre il ressemblait à quelque barbare prédateur franchissant subrepticement les portes de la cité. Patricia Kamin, qui à Kampala était comme un élément de sophistication exotique dans une capitale provinciale jolie mais subalterne, devenait à Londres un oiseau au magnifique plumage et trouvait sa vraie place. Elle aurait pu être la cover-girl de l'année, ou une star de cinéma, ou l'épouse d'un diplomate.

Tous deux serrèrent la main de Sir Denis ; Chase l'empoigna comme s'il voulait l'emprisonner ; Patricia le toucha de manière brève et légère et qui l'émut. Elle avait les yeux rieurs.

— Alors, dit-elle, voilà votre allure, à Londres.

— Mais la vôtre ! Plus belle que jamais.

— Galanterie, commenta Chase d'une voix sans inflexion, comme un homme qui identifie un végétal.

— Vous avez des bagages ?

— Bien sûr, dit Patricia. Des malles vides, pour les remporter pleines.

— Nous pouvons déposer Patricia à l'hôtel, dit Chase tandis qu'on se dirigeait vers l'aire d'arrivée des bagages.

— Avec joie.

— Je suis venue pour affaires, dit Patricia, répondant à la question que Sir Denis n'avait pas posée. (Elle fit la grimace.) C'est très barbant. Mais j'aurai au moins le temps de faire des courses.

« Peut-être pourrions-nous faire des courses ensemble », eut envie de dire Sir Denis. La présence de Baron Chase l'en empêcha.

Pendant que Patricia et Chase attendaient avec les quelques autres passagers agglutinés près du tapis roulant, Sir Denis sortit et rejoignit la voiture, une Daimler noire garée sur le parking spécial derrière l'annexe, et fit appel au chauffeur pour qu'il vienne aider à porter les éventuelles malles vides de Patricia. En fin de compte il n'y en avait que deux, d'ailleurs pas tellement grosses.

— Vous ne comptez pas faire beaucoup de courses, somme toute, dit Sir Denis.

— Ah, mais je vais aussi acheter des valises.

Les messieurs laissèrent Patricia monter la première

218

dans l'auto, puis Sir Denis, en tant qu'hôte (puisqu'on était dans son pays), s'effaça devant Chase, ce qui plaça Chase au milieu du trio sur la vaste et moelleuse banquette arrière. Sir Denis se rendit compte trop tard qu'il aurait préféré que son genou côtoie Patricia.

Sur la voie express M4, en route vers Londres, Patricia expliqua sa mission : la force aérienne ougandaise voulait acheter certains ordinateurs à une compagnie américaine, et il fallait débrouiller les choses auprès de l'ambassade des États-Unis à Londres.

— Tout achat d'ordre militaire, dit-elle, même indirectement militaire, doit être approuvé par cet homme.

— Un homme très puissant. (Sir Denis ressentit un ridicule pincement de jalousie à l'idée qu'on envoyait Patricia sur cette affaire parce qu'elle pourrait influencer l'homme de l'ambassade en lui prodiguant ses faveurs. Il tâcha d'éloigner cette idée pénible – et certainement indigne.) Je croyais que l'Ouganda et les États-Unis étaient à couteaux tirés.

— Oh, il s'agit d'une simple affaire commerciale, dit-elle négligemment. L'autorisation du gouvernement américain n'est qu'une formalité, juste pour éviter que nous achetions des bombes atomiques ou des choses de ce genre.

— Donc vous ne pensez pas avoir de difficultés, dit Sir Denis, heureux de se débarrasser de son soupçon indécent.

Et Patricia l'y aida, d'un ton clair et net :

— S'il pouvait y avoir des difficultés dans cette affaire, dit-elle, ce n'est pas *moi* qu'on enverrait. Je ne suis qu'un coursier galonné.

Sir Denis sourit, extrêmement content, puis il vit que Baron Chase le considérait avec un sourire torve. Désarçonné, imaginant une seconde que Chase pouvait lire ses pensées, Sir Denis se rencogna contre le capitonnage de la Daimler et laissa la conversation se poursuivre sans lui.

Bien entendu il fallut déposer Patricia en premier. Son hôtel était petit mais élégant, sur Basil Street, dans Knightsbridge.

— Pour aller chez Harrods, c'est *très* pratique, observa Sir Denis en se risquant à sourire de nouveau, souhaitant ne pas savoir si Chase observait.

— C'est pourquoi je l'ai choisi, dit Patricia.

Un instant elle attendit sur le trottoir pendant que le chauffeur sortait les bagages du coffre et les donnait au chasseur en uniforme bleu sombre qui était vivement sorti de l'hôtel. Chase logeait aussi là, mais il se rendait d'abord à la réunion qui l'amenait à Londres.

— Appelez-moi, firent les lèvres de Patricia tandis que Chase regardait ailleurs, et Sir Denis hocha la tête, et cette fois il souriait à se fêler les pommettes.

Après qu'on eut déposé Patricia, la Daimler dut sinuer dans l'interminable embouteillage à travers Knightsbridge et jusqu'à Hyde Park Corner, puis elle traversa Green Park, dépassa le Queen Victoria Memorial et St James's Park, longeant Pall Mall jusqu'aux dômes multiples et grandioses d'Admiralty Arch. Comme d'habitude, Trafalgar Square était encombré aussi de taxis noirs, de bus rouges à impériale, d'une multitude de petites Mini Morris pareilles à des machines à laver sales et montées sur roues. Le chauffeur vira, passa devant la National Gallery, tourna à gauche, fila sur Leicester Square, tourna encore à gauche, et plongea dans le parking souterrain d'un des grands immeubles de bureaux tout neufs que les Britanniques appellent adéquatement des «pâtés de bureaux» et qui (du moins de l'avis de Sir Denis) font qu'une partie de Londres commence à ressembler à des villes inférieures comme Indianapolis, peut-être, ou bien Montréal.

On ne parla pas dans la voiture après que Patricia en fut sortie, mais dans l'ascenseur qui les menait du parking en sous-sol au vingt-troisième étage, Sir Denis s'adressa à Chase :

— Vous comprenez que je vais seulement vous présenter. Je ne resterai pas.

Le rictus cynique de Baron Chase apparut de nouveau fugitivement, comme un feu follet sur une fondrière.

— Je sais, dit-il. Vous ne vous mouillez pas.

— Si vous voulez.

Et d'ailleurs ce n'était pas faux, Sir Denis devait l'avouer. En quittant l'Ouganda, trois semaines plus tôt, il avait emporté avec lui à Zurich les résultats de sa bizarre conversation avec Chase ; les hésitations de l'homme, ses évitements, ses coups de sonde moraux, et son message final à l'adresse d'Emil Grossbarger : «Dites à notre ami que je ne peux pas discuter les détails avec un neutre. Il faut qu'il m'envoie un homme à lui.» Grossbarger avait ri quand Sir Denis avait répété le message et, comme Sir Denis, il l'avait aussitôt compris. «Il feut broboser un goup tordu», avait-il dit, et Sir Denis avait approuvé et avait été déçu mais non surpris quand Grossbarger avait ajouté : «Eh pien, che l'entendrai. Za beut être amussant.»

Au cours des deux semaines suivantes, Sir Denis était rentré chez lui à São Paulo, et était allé à Bogota, et à Caracas, pour des questions d'affaires touchant le groupe de Bogota, mais sans grand rapport avec le marché entre l'Ouganda et le Brésil. Cette année les prix du café et les stocks de café étaient inhabituellement mouvants ; outre les gelées inattendues qui avaient détruit une si grande partie de la récolte brésilienne, un tremblement de terre avait réduit la production guatémaltèque bien plus bas que la normale, et la guerre civile intense en Angola mettait en danger la récolte de ce pays. Le groupe de

221

Bogota souhaitait la stabilité du marché. Que les prix soient élevés, très bien, mais pas trop. Il convenait que les stocks de café soient inférieurs à la demande, mais seulement un peu.

Revenant à Londres trois jours auparavant, surtout pour contribuer à un échange de vues entre le groupe de Bogota et le Cartel international du café, Sir Denis avait découvert qu'Emil Grossbarger était en ville aussi et avait une mission pour lui. «Ce Baron Chase fient fendredi. Che le rengondrerai tans les pureaux de mes afocats. Aurez-fous la gentillesse de nous brésender? Fous bartirez auzitôt abrès, bien zûr», avait conclu Grossbarger dont les lèvres mobiles tremblaient, et il avait éclaté en rafales de rire.

Sir Denis avait accepté, comprenant aussitôt les deux motifs de Grossbarger, lesquels n'avaient rien à voir avec les bonnes formes ni la politesse. D'abord Grossbarger voulait être assuré que son interlocuteur était effectivement Baron Chase et non un subalterne envoyé par Chase à sa place pour telle ou telle raison. En second lieu il fallait un témoin : Grossbarger voulait pouvoir prouver, le cas échéant, que la rencontre avait vraiment eu lieu.

C'est ainsi que Sir Denis s'était rendu aujourd'hui jusqu'à Heathrow dans la Daimler fournie par Grossbarger, où il avait joui de la présence absolument inattendue de Patricia Kamin. L'esprit plein de Patricia, il montait à présent en ascenseur avec Chase ; puis il le conduisit dans le couloir jusqu'à la suite 2350 : sur les doubles portes épaisses en acajou, l'intitulé du cabinet figurait en lettres de cuivre — huit noms, dont les deux derniers étaient réunis par un «&», mais rien qui indique quelles affaires ces huit hommes traitaient ensemble.

La réceptionniste, une jeune Américaine, mais dotée d'un nez mince et d'un visage ovale très anglais, reconnut Sir Denis, l'annonça, et très vite la secrétaire apparut (c'était une femme plus âgée, vêtue sans élégance, comme une caricature de postière de campagne). Sir Denis et Chase la suivirent dans le couloir, longeant des portes closes ou entrouvertes, d'où sortaient les murmures de discussions tendues et sérieuses.

L'avocat londonien de Grossbarger s'appelait Lissenden (en cinquième position sur la porte d'entrée); il n'avait pas l'air d'un homme de loi réel et en activité, mais plutôt d'un comédien grand, grisonnant et distingué qui gagne sa vie en incarnant des avocats et des directeurs de services secrets et parfois – mais un peu moins bien – des médecins. Il surgit de son bureau comme les visiteurs arrivaient.

– Eh bien, je vous laisse! s'exclama-t-il d'une voix trop enjouée, agitant la main hâtivement et reculant comme s'il était gêné, et il disparut par une autre porte. Sir Denis se demanda si Chase se rendait compte que Lissenden évitait à tout prix de lui être présenté; un bref coup d'œil au profil de l'homme ne révéla rien.

Emil Grossbarger était assis dans un grand fauteuil, le dos à la vaste baie vitrée; derrière lui on apercevait les toits tortueux de Soho, loin en contrebas.

Sir Denis fit les présentations d'un ton neutre et précis:

– Emil Grossbarger, puis-je vous présenter Baron Chase, d'Ouganda. Baron Chase, Emil Grossbarger, de Zurich.

– Pardonnez-moi de ne pas me lefer, dit Grossbarger avec un geste en direction de sa prothèse près du fauteuil. Che ne suis plus l'homme que ch'étais.

– Je suis certain que si, monsieur Grossbarger, déclara Chase en s'avançant vivement pour prendre la main de Grossbarger et s'incliner légèrement. Le corps est peut-être diminué. Je parierais que l'esprit est accru.

— Guel gompliment! dit Grossbarger qui se tortilla bel et bien de contentement en secouant la main de Chase ; sa bouche remuait comme un reflet sur l'eau, et il sembla à Sir Denis que le vieil homme était *réellement* sensible à la flatterie.

— Puis-je m'asseoir ? fit Chase en lâchant la main de Grossbarger.

— Oui ! Oui ! Bien zûr !

La pièce était organisée comme s'il s'agissait d'une scène de théâtre, avec Grossbarger éclairé par-derrière de sorte que son visage se dessinait à peine dans le contre-jour. Mais Chase, sans qu'il parût vouloir contrarier cet arrangement, comme mû par un vif intérêt qui le poussait à se rapprocher, tira aussitôt un autre siège à travers la moquette bleu pâle, y laissant des traces sombres de poils hérissés, et plaça ce siège sur la droite de Grossbarger, en diagonale, de sorte qu'à présent il allait dévisager directement le financier (sans avoir la fenêtre dans son champ visuel) tandis que Grossbarger allait devoir tourner un peu la tête.

Mais Chase ne s'assit pas immédiatement. Il resta debout derrière le fauteuil, les deux mains sur le dossier, comme un agnostique qui écoute réciter les grâces avant le dîner, tandis que Grossbarger s'adressait à Sir Denis d'un air réjoui :

— Merzi de m'afoir amené ce *chentleman*.

— Le plaisir est pour moi, dit Sir Denis, mais il voyait qu'en vérité le plaisir était pour Emil, qu'Emil voyait en Chase un autre participant au Grand Jeu, qu'il voyait aussitôt les possibilités de conflit et de compréhension mutuelle que possèdent seulement ceux qui partagent la même vie secrète et le même point de vue sur le monde. Les tennismen professionnels, les chefs militaires, les politiciens, tous sont plus proches de leurs adversaires que de quiconque dans le monde extérieur. Un policier en vacances parlera plus volontiers métier avec un voleur, qu'il ne causera d'épargne-logement avec son voisin de palier. De même Emil Grossbarger était déjà plus proche de Baron Chase qu'il ne le serait jamais de Sir Denis Lambsmith, et Sir Denis admit le fait avec un inévitable pincement d'envie et une répugnance à s'en aller.

Cependant les remerciements de Grossbarger étaient une façon de donner congé, et Sir Denis partit donc :

— Eh bien, dit-il avant de sortir, comme vous savez, je ne puis rester. Mais je suis heureux de vous avoir réunis.

— Excellente chose, approuva Grossbarger tandis que Chase se contentait d'un sourire froid.

Comme il quittait le bureau, par la porte encore entrouverte, il entendit encore la voix de Grossbarger :

— Che zuis infiniment désolé, monsieur Chase. Ma nuque m'élance. Si fous pouviez téplacer légèrement fotre fauteuil. Merzi infiniment.

Il voulait que je l'entende gagner ce round, songea Sir Denis, et il regagna l'ascenseur en souriant.

Il y avait moins de monde chez Harrods que pendant les fêtes, mais les clients restaient surtout des touristes venus du continent. Combiné au fait qu'un fort pourcentage d'employés étaient des Pakistanais, des Indiens et d'autres citoyens du Commonwealth, cela produisait sans cesse un certain nombre de saynètes comiques. Sir Denis observa avec intérêt une Norvégienne qui tentait de payer en *kroners* la calculette japonaise qu'elle achetait à une vendeuse pakistanaise ; mais il compatit plutôt aux difficultés d'un Danois qui, armé de bribes d'anglais, essayait d'obtenir la bonne taille d'un costume italien, face à un vendeur indien arrogant qui semblait ne pas parler anglais du tout.

La plupart du temps, toutefois, Sir Denis négligea le perpétuel numéro de clowns de ces gens dépourvus tantôt d'un langage commun, tantôt d'un taux de change connu, tantôt d'un système de mesures compatible. Ce qu'il observait plutôt, c'était la présentation de mode de Patricia.

Comme elle l'avait annoncé, elle était en train d'acheter beaucoup de vêtements. Elle était dans sa chambre d'hôtel quand Sir Denis l'avait appelée par le taxiphone du parking, dans l'immeuble des hommes de loi de Grossbarger, et elle avait été manifestement ravie de l'entendre.

— Venez avec moi chez Harrods, avait-elle dit. Vous m'aiderez à choisir ma garde-robe.

Il avait dit oui avec joie. La Daimler de Grossbarger l'avait reconduit à l'hôtel de Basil Street, où il s'était demandé si Patricia n'allait pas l'inviter à monter dans la chambre ; mais elle était descendue et ils avaient parcouru à pied les quelques pâtés de maisons jusqu'à Harrods, et maintenant Sir Denis était aux anges, assis dans un fauteuil petit mais confortable, tandis que Patricia paradait devant lui dans une succession de robes, de chandails et de corsages.

Alicia, qu'il avait chérie d'un amour total, ne lui avait jamais donné cela, ne lui avait même jamais donné à penser que ce plaisir existait. Quand elle s'achetait des vêtements, c'était presque toujours seule, deux fois par an, menant les choses comme un tacticien brillant mènerait un raid contre les boutiques, et rentrant chaque fois épuisée et victorieuse. Que ces expéditions puissent avoir plutôt un langoureux parfum de harem, c'est une chose que Sir Denis n'avait jamais imaginée ; à nouveau la gratitude se mêlait aux sentiments plus physiques que Patricia lui inspirait.

Près d'une heure s'écoula tandis que Patricia choisissait diverses tenues et commandait qu'on les livre à l'hôtel.

— Je meurs de faim, dit-elle soudain. Montons là-haut, je vous invite à déjeuner sur ma note de frais.

C'était tout juste l'heure du déjeuner et, au dernier étage, la vaste salle à plafond bas, couleur crème, était à moitié remplie, surtout de femmes entre deux âges. Patricia choisit le vin et conseilla Sir Denis quant aux hors-d'œuvre, avec cette aisance que les femmes ont récemment acquise ; la serveuse d'allure maternelle semblait l'admirer de loin, comme si elle jugeait les façons de Patricia aussi inaccessibles que sa beauté.

— Quand devez-vous rencontrer cet homme de l'ambassade américaine ? demanda Sir Denis par-dessus les verres de chablis.

— Oh, pas avant demain. C'est défendu de traiter des affaires le jour où on arrive. À cause de la fatigue, le changement de fuseau horaire, vous savez.

— Le changement d'horaire n'avait pas l'air de perturber Chase. (Sir Denis fut embêté d'entendre la jalousie de son propre ton : jalousait-il Chase et Patricia ? Chase et Grossbarger ?)

— Oh, Chase, fit Patricia avec dédain. Il n'est pas humain, c'est un chat. Imaginez ça, il a dormi de l'instant où il est monté dans l'avion jusqu'à l'annonce d'attacher nos ceintures pour l'atterrissage.

— Vraiment ? Je l'envie. (C'était agréable de pouvoir exprimer son envie sur un terrain banal.)

— Il est tellement froid, dit-elle et elle frissonna.

— Il l'est, oui.

Brusquement bien plus sérieuse, elle se pencha, tendant les bras pour poser ses mains sur les siennes.

— Vous devriez faire attention à Baron Chase, dit-elle.

— Oh, certes.

— Non, je parle sérieusement. (Elle hésita, puis se lança :) Maintenant je peux vous dire des choses que je ne pouvais pas vous dire à Kampala.

L'esprit de Sir Denis fut aussitôt envahi par le souvenir de sa conversation débridée avec Patricia, le premier soir où elle était venue dans sa chambre. Le lendemain il avait été stupéfait de la franchise avec laquelle il avait répondu à toutes les questions posées par la jeune femme, surtout après l'avertissement précédemment donné par Chase : sans nul doute il y avait des micros dans les chambres. Sir Denis n'était pas un imbécile, et il s'était demandé si elle l'avait drogué avec le vin, mais finalement il avait décidé que non. Il *voulait* avoir foi en elle — c'était la chose la plus importante — mais il avait aussi d'autres indices : le fait qu'il était un homme d'affaires traitant avec d'autres hommes d'affaires, et non un espion avec des espions ; le fait que ses secrets étaient tous minimes et sans importance et d'ordre commercial ; et le fait qu'elle était revenue les deux nuits suivantes, où il n'y avait eu ni questions ni réponses débridées.

À présent, en lui confirmant que les chambres du bungalow présidentiel étaient sur écoute, elle ranimait son souci, qu'elle rendait plus embrouillé. Était-elle somme toute coupable et lui parlait-elle maintenant par un savant calcul d'espionne ? Ou bien sa référence implicite aux écoutes était-elle la preuve définitive de son innocence ?

De même qu'on tâte avec la langue une dent qui fait mal, Sir Denis explora cette ambiguïté :

— Je crois me rappeler que je vous ai dit beaucoup trop de choses, à Kampala.

Elle ferma les yeux, comme embarrassée, lui pressant la main.

— Oh, je sais. (Elle ouvrit les paupières pour le regarder fixement.) Nous étions trop excités, mon chéri, et nous avons un peu trop bu. Le lendemain je me suis rappelé... Et comment je vous ai entraîné... Dieu merci vous n'avez rien dit contre Amin.

Cette possibilité n'était pas venue à l'esprit de

Sir Denis; il se souciait trop de ses secrets d'homme de négoce. Mais s'il avait dit du mal d'Idi Amin? S'il s'en était moqué? Moins de deux ans auparavant, Amin avait jeté en prison un écrivain britannique nommé Dennis Hills qui avait, dans un livre, traité Amin de «tyranneau de village». Hills avait été condamné à mort, et relâché seulement après que James Callaghan, ministre des Affaires étrangères britannique, se fut rendu en Ouganda pour demander en personne qu'on épargne Hills. (Cette fois-là, Amin était assis dans une hutte dotée d'une porte très basse, de sorte que Callaghan dut s'incliner pour se présenter devant lui.)

— Enfin, c'est passé, fit Patricia avec un sourire rassurant, lui pressant de nouveau la main. Nous avons eu de la chance, chéri, et ensuite nous avons fait attention.

— En effet. (De sa main libre, Sir Denis lubrifia de vin sa bouche sèche.)

— Ce qu'*il y a*, dit Patricia avec une gravité nouvelle, c'est que Baron Chase prépare quelque chose.

— Je n'en serais nullement étonné.

— Je le soupçonne de vouloir trahir Amin d'une manière ou d'une autre.

— Si c'est le cas, dit Sir Denis, il est soit plus courageux, soit plus téméraire que moi.

— Ne le répétez à personne, je vous en prie, fit-elle d'un air très tendu et soucieux. À personne!

— Vous avez ma parole.

— Et ne le laissez pas vous mêler à ça. Quoi qu'il ait en tête, ne le laissez pas vous persuader de l'aider.

— Certes non.

— Vous savez pourquoi il est à Londres? (Elle vit l'hésitation manifeste sur le visage de Sir Denis – devait-il parler de Grossbarger ou mentir à Patricia? – et elle rit et lui tapota la main.) Je suis au courant, pour Emil Grossbarger, dit-elle.

— Ah, bien, fit-il avec soulagement, souriant en retour.

Elle lui lâcha la main et ne la reprit pas après avoir bu un peu de vin.

— Officiellement, dit-elle, il est ici pour parler avec le groupe Grossbarger... ce qui peut évidemment dire Grossbarger...

— Évidemment.

— ... à propos des avions qui transporteront le café à Djibouti.

— Je vois. (Sir Denis leva un sourcil : ainsi, c'est ce que Chase avait raconté.)

Elle l'observait attentivement. Puis elle sourit encore.

— Vous n'y croyez pas non plus.

— Moi ?

— C'est un trop petit sujet de conversation. N'importe qui aurait pu s'en occuper. J'aurais pu. Chase lui-même aurait pu s'en occuper par téléphone.

— C'est un fait.

— Mais Grossbarger a personnellement voulu cette rencontre. Il a demandé Chase.

— Droit au but, commenta Sir Denis d'un ton admiratif.

— Je vais vous dire ce que je pense. Je pense que Chase essaie de monter un coup à lui avec Grossbarger. Vous vous rappelez, en Ouganda, il n'a pas voulu vous dire ce qu'il fallait transmettre à Grossbarger.

— Bien sûr, je me rappelle, fit-il en grimaçant un peu. (C'était une des choses qu'il avait laissé échapper dans la conversation, le premier soir.)

— Eh bien, il a trouvé un moyen de joindre Grossbarger, et ça intéresse Grossbarger, et maintenant ils essaient de monter une affaire quelconque ensemble.

— Je dirai que vous êtes dans le vrai, déclara Sir Denis. (Ce qu'il ne dit pas, c'est qu'il *savait* qu'elle était dans le vrai. Il se demanda si elle en savait plus

230

long que lui.) Quel genre d'affaire, à votre avis ? demanda-t-il.

Fâcheusement, elle secoua la tête :

— Aucune idée. S'agirait-il de café ? Mais Grossbarger s'intéresse à d'autres secteurs, non ?

— Bien sûr, Grossbarger est un investisseur, dans tous les domaines qui paraissent assez solides et assez profitables. Le groupe Grossbarger, c'est du capital spéculatif à un très haut niveau.

— Et il va discuter avec Baron Chase, dit-elle avec une perplexité qui lui faisait froncer le visage. Qu'est-ce que Baron Chase peut bien lui proposer ?

— Je me suis moi-même posé la question une douzaine de fois, déclara Sir Denis. Sans trouver une seule réponse satisfaisante.

— Est-ce qu'il vend l'Ouganda ? (Son ton était facétieux, mais elle se rembrunit de nouveau :) Je me demande. Se *peut-il* qu'il vende l'Ouganda ?

— Je ne comprends pas.

— Un révolution, suggéra-t-elle. Chase pourrait-il amener Grossbarger à financer une révolution ? Il y aurait certainement des bénéfices si la révolution réussissait.

Sir Denis secoua la tête.

— Je connais assez bien Emil Grossbarger, dit-il. Je le crois capable de bien des choses, mais il ne se mêlerait pas d'une révolution.

— En aucun cas ?

— En aucun cas. Une révolution, c'est de l'émotion, et Emil Grossbarger ne placera jamais son argent sur les émotions des autres.

Patricia rit d'étonnement et de plaisir :

— Vous déchiffrez très bien les gens, dit-elle. Je me demande ce que vous pensez de moi.

— Vous savez ce que je pense de vous, dit-il et il fut récompensé par un sourire sensuel.

La serveuse aux allures de matrone apportait enfin les plats.

— J'ai fait assez de courses pour aujourd'hui, dit Patricia. Après déjeuner, j'aimerais rentrer à l'hôtel et me reposer, mais je ne veux pas tomber sur Chase.

— Venez à mon hôtel, proposa-t-il. (Il essayait d'avoir un ton détaché mais il sentait déjà une chaleur charnelle l'envahir.)

— Délicieuse idée. (Elle eut encore ce sourire...)

La serveuse s'éloigna d'un air renfrogné, regardant par-dessus son épaule cette Noire superbe et ce gentleman mûr, distingué, et blanc.

Ce week-end-ci, Anne n'utilisait pas la ferme du Sussex, et le samedi Sir Denis et Patricia s'y rendirent donc dans une Ford Escort de louage. En chemin ils bavardèrent, avec aisance et plaisir, chacun puisant dans le stock d'anecdotes qu'on peut utiliser comme si elles étaient neuves quand on a un nouveau partenaire. Le sujet de Grossbarger et Chase ne fut abordé qu'une seule fois, et en passant, quand Patricia demanda pourquoi Sir Denis avait accueilli Chase à l'aéroport. Il expliqua alors comment il avait dû faire les présentations entre les deux hommes.

— Alors vous êtes l'intermédiaire, dit-elle.

— Je suppose que oui.

— Je m'étonne qu'ils ne vous aient pas dit ce dont il s'agissait.

— Ils estiment que je suis en quelque sorte trop honnête, dit-il avec un sourire d'autodérision.

Pendant quelques secondes elle l'observa attentivement, puis elle sourit avec un soulagement manifeste :

— Et bien sûr ils ont raison.

— Merci, dit-il.

À Foxhall (qui se prononce *Foxell* ou bien, si les gens du cru veulent faire de l'humour, *Fossil*), Sir Denis tourna à gauche sur la petite route revêtue, d'à peine deux voies de large, qui menait à la ferme, à plusieurs kilomètres de là.

— Ce sont mes terres, ça, fit-il avec un signe de tête du côté des sillons frais sous le ciel nuageux.

— Vous cultivez? (Elle semblait stupéfaite et ravie.)

— Non, dut-il malheureusement répondre. Je loue presque tout à des gens d'ici. Je ne garde pour moi que la maison et les bois.

Il avait d'abord hésité à l'amener ici, mais plus on approchait et plus il sentait qu'il avait eu raison. Autrefois il avait eu là beaucoup de satisfaction et de contentement, mais au fil des années, après la mort d'Alicia, la ferme avait pris dans sa vie un sens différent; c'était devenu un endroit de solitude, où il pouvait travailler et lire; ce n'était plus guère un endroit de joie ni de sérénité. Y introduire Patricia, c'était bouleverser la demeure, la renouveler. Et peut-être se renouveler lui-même.

Pour aller de la route à la maison, il y avait quatre cents mètres de chemin gravillonné entre des champs; celui de gauche avait été labouré récemment, celui de droite était encore intact et printanier, où se mêlaient les tiges mortes et les pousses nouvelles. D'abord la maison était invisible, révélée seulement par une masse d'épineux au bout de l'allée, pareils à des gardes suisses en uniforme vert sombre. La demeure était au milieu d'eux: une maison basse à un étage, charpentée de bois, avec des taches d'un brun si sombre qu'il paraissait noir sur le crépi blanc. À gauche et au-delà, on distinguait un pavillon d'été et la grange la plus proche, tous deux des bâtiments trapus et humbles en pierres extraites du sol.

— C'est beau, dit Patricia en se penchant pour sourire à la maison à travers le pare-brise. C'est un conte de fées.

Sir Denis sourit. Une maison de ce type, enfouie dans les bois, évoquait toujours un conte de fées pour les gens. À l'ordinaire, il répliquait à ce genre de commentaire en disant : « Si elle était à vous, vous ne diriez pas ça. Pour moi, ce sont des problèmes de plomberie, du moisi, le plâtre qui se fend, les mulots, et des impôts affreux. » Mais à côté de Patricia il s'abstint ; il n'était pas d'humeur à gâcher l'ambiance.

Un couple de fermiers, les Kenwyn, lui louait une partie de ses terres et s'occupait aussi de la demeure pendant les longues périodes où ni lui ni sa fille n'y résidaient. Sir Denis leur avait téléphoné de Londres ce matin, et quand Patricia et lui pénétrèrent dans la maison, elle avait été un peu aérée (bien que des remugles d'abandon se perçussent encore un peu) et largement dépoussiérée. Le chauffage central (encore considéré comme un luxe dans ce recoin d'Angleterre) avait été allumé, et l'on avait préparé un feu dans le salon, sous le plafond à doubleaux. Mme Kenwyn ayant demandé à Sir Denis s'il amenait un invité, deux chambres devaient avoir été préparées en haut. Pour ne pas choquer la décence locale, il lui faudrait penser à mettre du désordre dans le lit de la chambre d'ami, avant qu'on reparte lundi.

Ils portèrent les bagages à l'étage. Là, Sir Denis désigna les bois, visibles de la fenêtre de sa chambre, et qui s'étendaient sur plus de deux kilomètres dans la campagne.

— Plus tard, dit-il, si vous en avez envie, nous pourrons faire une promenade. J'ai sûrement des bottes qui vous iront.

— C'est pour plus tard, dit-elle. Pour l'instant, j'ai très envie qu'on me fasse l'amour.

— Je suis à vos ordres, dit-il et elle le prit au mot.

Et ils ne sortirent pas ce jour-là. Entre les siestes et les étreintes, le samedi s'achevait presque quand ils redescendirent, lui dans sa vieille robe de chambre marron marquée de moisi, Patricia pareille à une fillette arriérée et salace dans les plis massifs, roses et quadrillés d'un ancien peignoir d'Alicia. Ils dînèrent de conserves et Sir Denis alluma le feu préparé au salon par les Kenwyn. Assis sur le long canapé face à l'âtre, ils burent un saint-émilion de sa cave et parlèrent de la vie qu'ils avaient vécue avant de se rencontrer, et nulle lumière ne rompait l'ombre derrière les fenêtres.

Quand elle lui ouvrit sa robe de chambre et abaissa sa tête vers son ventre, il ne fut même pas étonné qu'elle pût l'exciter si fréquemment. Elle demeura ainsi et tira de lui la foudre, comme on tire un aiguillon de guêpe hors de la chair de quelqu'un, et puis tous deux s'endormirent dans cette position et se réveillèrent bien plus tard, frissonnants et courbatus et pouffant de rire, et le feu était presque éteint. Enlacés, ils gagnèrent l'étage en riant, et ils se mirent au lit, et ils se réveillèrent par un dimanche merveilleusement ensoleillé.

— *Maintenant*, dit-elle, je veux cette promenade dans les bois.

Dans la souillarde près de la porte de derrière, il avait une variété de bottes hautes, des *wellingtons* de caoutchouc tramé montant jusqu'au genou. Elle trouva une paire qui lui allait et qu'elle pouvait porter par-dessus ses chaussures. Main dans la main, ils parcoururent les bois boueux et printaniers. Elle l'embrassa pour le récompenser lorsqu'il découvrit un oiseau au nom inconnu dont le chant était beau.

L'après-midi ils firent un tour en voiture et s'arrêtèrent dans un *pub* où, manifestement, les buveurs locaux en imper ne savaient pas très bien si c'était la Noire elle-même, ou bien le compagnon qu'elle s'était choisi, qui devait les stupéfier. Ça aussi, c'était drôle, et pendant le retour ils imaginèrent le dialogue qui avait dû s'échanger au bar après leur départ.

À vingt kilomètres de là, dans une ville, il y avait un restaurant où la nourriture était bonne et copieuse, et où ils firent à nouveau sensation – mais les tenanciers et les autres clients étaient trop bien élevés pour s'agiter visiblement. Quand ils furent rentrés à la maison, sous un ciel perlé d'étoiles minuscules autour d'une lune gibbeuse, ils découvrirent que les invisibles Kenwyn avaient préparé au salon un nouveau feu qui n'attendait que l'allumette de Sir Denis.

Patricia avait fini le vendredi sa mission auprès de l'ambassade des États-Unis – l'autorisation ne posait pas de problème et allait être adressée au fournisseur américain d'ordinateurs. Le lundi elle prenait un avion pour Rome dans l'après-midi ; là-bas elle attrapait un vol de nuit sur Tripoli et Entebbe. Tous ses bagages et ses achats (y compris une troisième malle, comme prévu) étaient ici à présent, et Sir Denis allait la conduire directement à Heathrow demain. Cette nuit-là dans son lit il ressentit déjà sa perte ; le week-end lui inspira de la nostalgie avant même d'être fini ; et il dormit avec la tête de la jeune femme sur son épaule, en l'enserrant de son bras.

Lundi matin ils étaient en train de charger l'auto et de fermer la maison quand le téléphone sonna pour la première fois de tout le week-end. Il n'y avait qu'un poste, dans la cuisine, et Sir Denis était un peu essoufflé quand il l'atteignit.

C'était Bentley, un des hommes du bureau londonien du cartel du café :

— Excusez-moi de vous appeler dans votre retraite, dit-il, mais je voulais vous joindre avant que vous fassiez des projets.

— Je vous en prie, bien sûr. Aucun problème.

— En fait, déclara Bentley (et Sir Denis sentit dans le ton de l'homme une gêne inhabituelle), vous n'êtes plus en contact avec la transaction ougandaise. Vous ne vous en occupez plus.

Il crut que son cœur s'arrêtait. Dans la pièce voisine, Patricia fredonnait en parcourant une dernière fois la maison. *Je vais la perdre*, pensa-t-il (sans songer à ce qu'il impliquait, à ce qu'il éprouvait à son sujet, et qu'il niait), mais il garda un ton égal.

— Je ne m'en occupe plus ? Pourquoi diable ?

— Bof, fit Bentley. Je suis censé vous fourguer une réponse, forcément, mais je ne peux pas m'empêcher de vous poser une question personnelle. Quels rapports avez-vous avec Emil Grossbarger ?

— Emil ?… Je… je ne sais trop quoi vous répondre. Ça marche bien. Nous travaillons ensemble. *(Je vais la perdre.)* Quel est votre problème, mon ami ?

— Je ne vous l'ai pas dit. En fait, personne ne vous l'a dit, hein ? Mais on vous met sur la touche à la demande de Grossbarger.

— C'est impossible ! (Mais dans l'instant même où il le disait, il sentit le sol de la planète vaciller sous ses pieds, il sentit les réalités se réorganiser selon une perspective nouvelle.)

— D'après votre voix, dit Bentley, je sens que vous ne savez pas de quoi il s'agit, dans tout ça.

— Suis-je si transparent ? C'est bon ! Je *ne sais pas* de quoi il s'agit dans tout ça.

— Grossbarger a pris beaucoup de peine, dit Bentley, pour nous assurer qu'il ne s'agit d'aucune erreur de votre part, ni sur le plan personnel ni sur le plan professionnel. Il a dit qu'il voulait changer pour des raisons à lui et qu'il serait toujours heureux de retravailler avec vous.

— Alors c'est incompréhensible, déclara Sir Denis. *(Je vais la perdre.)* Qui me remplace ?

— Walter Harrison.

Sir Denis connaissait : un Américain, avec des intérêts personnels dans les affaires caféières du Mexique.

— Encore un homme du groupe de Bogota, alors, commenta-t-il.

— J'espérais que vous pourriez peut-être m'expliquer.

À cet instant les rouages s'enclenchèrent, et Sir Denis aurait pu expliquer, mais il ne le fit pas.

— Je suis aussi stupéfait que vous, déclara-t-il.

— Dans l'état actuel des choses, vous pouvez rentrer chez vous quand vous voulez.

Ce qui voulait dire São Paulo, bien sûr.

— Merci, dit Sir Denis. Je vous parlerai avant de partir. *(Je vais la perdre.)*

Avec beaucoup d'hésitation il revint dans le salon, où les braises de l'âtre étaient froides et mortes. Patricia se leva d'un fauteuil. Elle semblait soucieuse.

— Qu'est-ce que c'est ? De mauvaises nouvelles, sûrement.

Il la regarda plus intensément qu'il ne croyait, il voulut que l'affreuse chose fût dite aussi vite et proprement que possible :

— Emil Grossbarger a demandé au cartel du café de me remplacer dans l'affaire d'Ouganda.

— Oh. (Elle s'avança et lui toucha le bras.)

— Je vois ce qui se passe, bien sûr, dit-il. Grossbarger et Chase sont arrivés à un accord, et ils ne veulent pas m'avoir dans leurs jambes.

— Alors c'est bien de *café* qu'il s'agit. (Pendant un bref instant la réflexion lui contracta le visage. Puis elle secoua la tête, considéra de nouveau Sir Denis, et sourit tristement de ce qu'elle lisait dans ses yeux.) Oui, bien sûr, dit-elle. Mais ça ne va rien changer pour nous.

— Rien changer ? (Il était si persuadé de la fin de leur liaison qu'il n'arrivait même pas à espérer.)

— Il y a des choses que je voudrais pouvoir vous dire,

déclara-t-elle en lui pressant doucement le bras. Mais vous verrez, mon chéri, ce n'est pas fini. Pas entre nous.

Il ne la crut pas, mais la politesse exigeait qu'il fasse semblant :

— Merci, Patricia, dit-il. Sans parler du reste, merci de m'avoir ramené à la vie.

— Restez en vie, dit-elle avec son sourire sensuel et familier. Pour moi.

— Il faut partir. Vous ne voudriez pas manquer votre avion.

20

Pendant tout le mois d'avril et le début de mai, pendant les cinq premières semaines de la saison des pluies, Ellen ne pilota que pour quatre aller et retour : trois jusqu'à Nairobi, et un jusqu'à la lointaine Mombasa, à onze cents kilomètres vers l'est, sur l'océan Indien. Ces quelques récréations au-dessus des nuages, dans la beauté du soleil d'or, rendirent les choses pires au lieu de les améliorer : chaque fois, le retour sur la terre à travers ces affreux nuages était une expérience abominable, qui la mettait de mauvaise humeur pour des heures.

La pluie pesait sur tous. Même Frank semblait moins fort en gueule et M. Balim pas tout à fait aussi doux et tranquille. Quant à Lew, la pluie et l'inaction forcée suffisaient sans doute à expliquer sa tension nouvelle, ses façons distraites, presque coupables, ses impatiences et ses colères rentrées. Mais Ellen pensait qu'il y avait autre chose. Elle pensait qu'il avait une aventure.

Si oui, c'était avec la fille de Nairobi. Lors du premier vol là-bas, Ellen avait véhiculé Balim et Lew, et ensuite

Lew lui avait décrit la famille Jhosi, sa triste situation financière et ses liens avec l'opération sur le café. La deuxième fois, une semaine plus tard, Lew fut le seul passager, il portait des papiers à la grand-mère pour qu'elle les signe. Il avait été accueilli à l'aéroport par la petite-fille, Amarda, qui devait le conduire à la plantation pendant qu'Ellen refaisait le plein et s'occupait des formalités de vol.

Lew avait mentionné Amarda Jhosi en racontant la première visite, mais il n'en avait parlé qu'en passant, comme si elle importait peu ; il n'en avait donc pas dit assez. Il n'avait pas signalé qu'elle était belle, avec de grands yeux tristes. Et il n'avait pas signalé qu'elle était amoureuse de lui.

Eh bien, les hommes ont moins d'intuition pour ce genre de choses ; il était possible qu'il ne se rende pas compte qu'Amarda Jhosi était amoureuse de lui. Pourtant, selon Ellen, sa nervosité et son irritabilité croissantes dataient de ce second voyage à Nairobi, où il était parti avec la jeune fille pendant cinq heures — pour signer des papiers ? — racontant ensuite une peu convaincante histoire d'embouteillages.

Le troisième vol d'Ellen à travers les pluies, ce fut le voyage à Mombasa, pour transporter Frank et deux petits sacs de toile. Elle soupçonnait qu'il s'agissait de trafic d'ivoire ou de quelque autre marchandise illégale, mais elle n'avait posé aucune question et Frank n'avait offert aucune réponse. À cause de la distance, on avait passé la nuit sur place, et Ellen était pleinement prête à repousser de nouvelles avances de Frank, ce soir-là à l'hôtel White-sands. Elle fut agréablement soulagée de le voir simplement chaleureux et de bonne compagnie, racontant pendant le dîner diverses anecdotes comiques ou horribles liées à l'histoire de Mombasa, et sans faire la moindre proposition, même détournée, pour qu'ils passent la nuit ensemble. Depuis lors Frank lui inspirait moins de froideur, et elle le considérait même comme un ami, à présent.

Enfin, voici trois jours, il y avait eu le troisième voyage à Nairobi. Cette fois, M. Balim venait, ainsi que Lew, et pendant la conversation dans l'avion Ellen comprit que Balim apportait à la famille Jhosi de l'argent destiné à l'opération. Les Jhosi devaient commander et payer des milliers de sacs portant l'estampille de leur plantation. Ils devraient organiser le transport du café réemballé à partir de la plantation, ainsi que son stockage pendant qu'ils le détiendraient.

La petite Amarda les attendait de nouveau à l'aéroport Wilson, pour les véhiculer, et il sembla à Ellen que la jeune fille évitait son regard. Et cette fois, quand les deux hommes revinrent au bout de quatre heures, Ellen vit dans le regard de Balim une étincelle d'amusement nouveau, comme chez un homme qui détient fermement un secret délicieux et divertissant.

Durant cette période d'oisiveté pluvieuse, Ellen avait pris l'habitude de traîner dans l'établissement de Balim, ou en général il y avait au moins une activité quelconque à observer pour se distraire. Et elle avait plaisir à causer avec Isaac Otera, individu poli et très triste. Bien sûr, Frank était toujours plaisant à regarder, tandis qu'il rebondissait de cloison en cloison.

Ce jour-là, arrivant au milieu de la matinée, elle trouva Frank vêtu comme un démon de théâtre kabuki, tout emmailloté de toile imperméable noire et luisante, qui déboulait des bureaux.

— Vous êtes occupée? lança-t-il. Vous ne feriez pas un tour en bagnole?

— Sous la pluie? Où ça?

— Dans une ville qui n'a jamais existé, dit-il. Venez donc.

— Après tout, dit-elle et elle alla avec lui.

241

— Port Victoria, dit Frank en plissant les yeux comme une gargouille pour voir à travers le pare-brise mouillé. Ça devait être la ville-lumière et c'est devenu un trou noir.

On quittait le nord-ouest de Kisumu par la route B1. La pluie avait son rythme moyen – incessante, mais pas un déluge – et Frank avait recouvert le siège avant d'une couverture pour éliminer les traces laissées par Charlie, de sorte qu'Ellen puisse s'asseoir à côté de lui. De manière déraisonnable, elle se sentait heureuse et légère, comme si elle s'était enfin débarrassée d'un manteau laineux, épais et malcommode qui l'eût oppressée depuis des mois. Elle s'installa confortablement sur le siège, souriant d'avance au profil osseux de Frank.

— Qu'est-il arrivé à Port Victoria? demanda-t-elle.

— Les Britanniques, pour commencer. Quand ils ont construit la voie ferrée, ils ne savaient pas ce qu'ils foutaient. Ils ont fait faire quatre repérages, et il n'y en avait pas deux pareils, mais bien sûr, à l'époque, un repérage réussi, c'est quand rien ni personne ne bouffait l'ingénieur. Il n'y a guère qu'une chose sur quoi ils étaient d'accord, c'est l'endroit où la voie devait rejoindre le lac.

— Port Victoria, suggéra-t-elle.

— Attendez donc. (Il aimait raconter à son rythme, sans être interrompu.)

— Désolée.

— Cet endroit – bon, d'accord, Port Victoria – c'est dans le coin nord-est du lac, avec un terrain assez élevé derrière. C'est pas des marais, vous voyez, mais c'est pas non plus des montagnes. C'est à la pointe sud de Berkeley Bay, donc le lac est juste devant, avec un port naturel d'une bonne profondeur, et Berkeley Bay qui s'incurve et qui protège le mouillage.

— Ça paraît bien.

— C'est bien. C'est formidable. C'est pour ça qu'ils l'ont baptisé Port Victoria, non? C'était censé être le port principal du lac Victoria, tous les deux avec le nom de la reine.

— Quelque chose a cloché.

— Quelque chose cloche toujours, dit Frank. Le truc, ce coup-ci, c'est que les Britanniques savaient que la voie se terminerait à Port Victoria, et ils savaient qu'elle démarrerait à Mombasa, mais pour les onze cents kilomètres entre les deux, ils étaient un peu paumés.

— Parce que les ingénieurs s'étaient fait manger. (Ellen rit.)

— Ouais. C'était tellement la merde qu'ils en étaient encore à faire des relevés en même temps qu'ils construisaient le chemin de fer. Et forcément, plus les relevés étaient détaillés, plus ils se rendaient compte de la nature du sol, et plus c'était cher. Mettons qu'une équipe y aille à la saison sèche et dise: «C'est bon, le terrain est solide, il n'y a qu'à poser les rails et zou!» Et puis les pluies arrivent et on s'aperçoit qu'il y a carrément des rivières à cet endroit-là, la voie est emportée, et tout d'un coup, tous les dix kilomètres il vous faut six kilomètres de ponts.

— Cher, approuva Ellen.

— Le Parlement britannique payait pour tout ça, et dès le début il y avait une forte minorité qui ne voulait pas de chemin de fer du tout. C'étaient les anti-impérialistes, on les appelait le groupe de la Petite Angleterre, ils ne voulaient pas que l'intérieur de l'Afrique soit ouvert à la colonisation et annexé à l'Empire britannique. Au bout de dix ans, le coût du chemin de fer avait à peu près doublé par rapport à la première estimation, mais on approchait vraiment du lac, et les types de la Petite Angleterre ont fini par gagner. On n'a pas complètement coupé les crédits mais on a pas mal serré le robinet.

— Mais le lac a quand même été atteint.

— Ouais. À Kisumu. Quatre-vingts kilomètres moins loin que Port Victoria, un marécage au bord d'un bras mort, et il faut faire soixante bornes d'eau morte pour arriver au vrai lac. Les Britanniques étaient comme tout le monde : ils dépensaient comme des fous quand ils ne savaient pas ce qu'ils faisaient, et dès qu'un peu de pognon aurait été utile, ils devenaient pingres.

— Alors Port Victoria n'a jamais existé.

— Ç'aurait été comme est Kisumu, dit Frank en hochant la tête. Une ville commerciale riche avec des hôtels pour touristes et son propre aéroport et tout ça. Au lieu de ça, il y a peut-être cent habitants, un petit marché de village, et c'est tout. En plus, les derniers trente-cinq kilomètres de route n'ont pas de revêtement.

— Pas de revêtement ! Par ce temps ?

— C'est pas si terrible. On est presque tout le temps sur de la roche. Quand ils construisent ce genre de route, ils s'amènent avec des bulldozers et ils arrachent la couverture d'humus, et dessous il y a de la roche. Mais je reviens à mon histoire. Il y a un gag final.

— Une *happy end* pour Port Victoria, malgré tout ? (Curieusement, Ellen éprouvait de la sympathie pour la ville, comme s'il s'agissait d'une personne injustement traitée.)

— D'une certaine façon, dit Frank. Tout le commerce normal est passé par Kisumu, mais Port Victoria conservait tous ses avantages naturels et personne pour les utiliser. Le port naturel, une côte solide et haute, une baie abritée. Et en plus, vous avez l'Ouganda à quinze kilomètres en face.

— Vous allez me parler de contrebande.

Frank rit ; les récits historiques le ravissaient.

244

— Contrebande, ouais. Le plus gros port de contrebande du lac. Le monde des honnêtes gens a eu droit au marais et aux eaux mortes et à une ville nommée Kisumu, à vos souhaits. Le monde du truandage a eu droit à Port Victoria.

Ce que Frank avait appelé «presque tout le temps de la roche» se révéla être, de l'avis d'Ellen, presque exclusivement de la boue. Quand ils tournèrent à gauche pour quitter la B1 à Luanda (le panneau indiquait Siaya et Busonga, sans même mentionner Port Victoria), ils furent presque aussitôt immergés à demi dans un large lac de boue rouge orangé. La route était très large, sans doute à trois voies – dans la mesure où l'on pouvait parler de voies – avec un haut talus de boue de chaque côté, qui canalisait l'eau et l'empêchait de s'écouler. Les talus étaient certainement le sol superficiel que les bulldozers, au dire de Frank, avaient arraché pour construire cette «route».

On croisa un groupe d'écolières en chandail rose vif et corsage blanc, toutes portant des parapluies aux couleurs pimpantes. Quelques-unes adressèrent au véhicule une grimace soupçonneuse et morose, mais la plupart arborèrent des sourires couleur de fraise sous leur parapluie, et beaucoup agitèrent la main.

Partout où elle allait, Ellen voyait de tels groupes d'écoliers, les filles vêtues d'ensembles de couleur vive, les garçons souvent en short et chemise blanche et blazer bleu. Le plus étrange était de voir un groupe d'adolescents pimpants, en fin de journée, traverser les champs broussailleux pour rentrer chez eux : dans un conglomérat de huttes de terre, sans électricité ni eau courante. Comment font-ils, se demanda-t-elle, pour se lever le matin dans des cagnas pareilles, et pour se transformer en collégiens proprets, nets et brillants ? Ils venaient de

bien loin pour rejoindre le XXe siècle, et ils le rejoignaient
d'une allure vive et sûre.

Quant à la Land Rover, elle avait l'allure plutôt moins
vive et moins sûre. Elle glissait et dérapait sur cette
rizière sans fin, ses roues projetaient de la boue dans
toutes les directions. (Frank avait ralenti en croisant les
écolières, pour ne pas les éclabousser.) Il y avait de loin
en loin un piéton isolé ; parfois on apercevait quelqu'un
sur le bord de la route, attendant Dieu sait qui ou quoi
sous un vaste parapluie ; et une fois un car bleu bourré de
passagers, dérapant dangereusement, déboula en sens
inverse, son conducteur actionnant frénétiquement
l'avertisseur au lieu d'essayer de maîtriser le volant.
Frank le frôla, et Ellen croisa tous ces regards blancs
dans tous ces visages noirs, terriblement proches derrière
les vitres embuées.

Il n'y eut pas d'anecdotes historiques pendant cette
partie du trajet. La conduite absorbait toute l'attention de
Frank et, comme d'habitude, tous ses muscles. Serrée
contre la portière pour éviter les coups de coude désordonnés, Ellen écouta défiler cet univers de boue.

Frank avait dit que Port Victoria était à quatre-vingts
kilomètres de Kisumu, et au train où ils allaient il semblait que ça pourrait prendre une semaine, quand soudain
la route fit un brusque coude à droite dans un village – à
peine un village ; rien qu'Ellen pût distinguer – nommé
Busonga, et juste devant eux elle vit un cours d'eau
étroit, rapide et boueux, et un petit bac sans toit.

— Bon Dieu !

Frank ricana tandis qu'il forçait la Land Rover à s'arrêter sur la pente de macadam glissant qui aboutissait à
l'eau.

— J'ai oublié de vous parler de ça, dit-il. Le bac de la
Nzoia. Une petite aventure à raconter à vos petits-
enfants.

— Vous êtes *sûr* que j'en aurai ? fit Ellen en examinant avec méfiance le bac qui, venant de la rive opposée, se dirigeait peu à peu vers eux.

— Je suis prêt à participer.

Elle lui jeta un regard acéré mais vit qu'il plaisantait seulement, il n'essayait pas d'être aguichant.

— Je trouverai une réplique drôle, dit-elle, quand nous serons de l'autre côté.

Le bac n'était guère qu'un grand radeau carré avec un gros moteur graisseux et sale fixé sur le côté. Un câble épais, attaché sur chaque rive à des étançons métalliques, se balançait sur la rivière, traversant le moteur du bac, pour que celui-ci puisse traverser le courant avec une éprouvante lenteur. Un autre câble s'y ajoutait, plus haut et un peu en amont. Un troisième était fixé par un bout au flanc amont du radeau, et son autre bout attaché par une boucle au câble numéro deux, afin d'empêcher le bac de dériver trop vers l'aval et d'exercer une trop forte traction sur celui qui passait dans le moteur. C'est à cause de la friction entre la boucle et le câble en amont que le bac progressait d'une manière si hésitante et hachée, comme un ivrogne qui a très sommeil.

Le radeau était pourvu sur ses deux côtés de rambardes en tubes métalliques, et de doubles rampes métalliques pour les véhicules à l'avant et à l'arrière. Pour l'instant il y avait une douzaine de personnes groupées au milieu de l'engin, vêtues de rouge, de blanc, de jaune, de rose, la plupart avec des parapluies, formant un plateau géodésique provisoire et multicolore. D'autres piétons attendaient sur cette rive-ci ; la monotonie de leur attente avait été rompue par l'arrivée d'une Land Rover contenant deux personnes de race blanche. Ellen leur rendit leur regard, mais elle s'en lassa avant eux.

Le maître du bac était petit, avec un torse trapu mais des bras filiformes et des jambes d'araignée. Ses mouvements aussi ressemblaient à ceux d'une araignée : il rampait et grouillait sur son moteur, faisant de son atterrissage une grande affaire très compliquée, tandis que les rampes métalliques griffaient la pente de macadam.

Malgré les cris furieux du batelier et ses avertissements, la plupart des passagers avaient sauté à terre et étaient partis à leurs affaires avant qu'il eût fini sa manœuvre à sa propre satisfaction. Puis il y eut un instant assez comique quand les passagers en attente se précipitèrent tous, et le batelier dut leur ordonner de redescendre, avec force hurlements et injures et agitation de ses bras décharnés, afin que la Land Rover, par une manœuvre savante, puisse d'abord être placée adéquatement. Ellen, qui se sentait vaguement coupable d'être à l'abri pendant que tous ces gens étaient dehors sous la pluie, faisait des sourires d'excuse à tous ceux que son regard rencontrait, pendant que Frank murmurait des jurons contre les avis contradictoires du passeur, qui ne cessait de faire signe qu'il fallait braquer dans tel et tel sens, alors qu'il suffisait à l'évidence de monter la rampe et d'aller s'arrêter sur le bac.

Bref, c'est ce qu'il finit par faire, et les piétons suivirent, et le passeur ramassa le prix du passage de chacun. Il en coûta quatre shillings pour le véhicule (environ un demi-dollar américain). Observant le batelier qui rendait la monnaie, Ellen eut l'impression que les piétons payaient bien moins.

— Voilà la partie la plus reposante du trajet, annonça Frank tandis que le batelier faisait embrayer son moteur et que la rampe d'embarquement grinçait de nouveau en quittant le macadam. Joignant le geste à la parole, Frank s'adossa confortablement, croisa les bras sur sa poitrine, ferma les yeux, et eut un sourire de confort paresseux.

Et ce qu'il y avait de bizarre, c'est qu'il avait raison. Le mouvement du bac, ce mélange d'avance hésitante et de poussée latérale constante dans le courant, était curieusement apaisant, comme l'équivalent physique d'une berceuse. On progressait lentement, facilement, d'une façon soporifique et qui vous échappait. Le cours d'eau était si étroit que, malgré sa rapidité et ses eaux boueuses, il ne paraissait pas vraiment dangereux, et les autres passagers, sous leur toit de parapluies réunis, semblaient contents, comme si la présence d'Ellen et Frank les changeait plaisamment de la routine quotidienne. La rive opposée, qui était bien plus raide, approchait doucement sous la pluie, et Ellen se trouva plus détendue qu'elle n'avait été depuis un mois. Les tensions s'envolèrent ; les frustrations s'éteignirent ; les incertitudes perdirent de leur importance.

— Je voudrais rester là toujours, chuchota-t-elle et Frank auprès d'elle eut un petit rire moelleux.

Sur l'autre rive, le numéro de cirque recommença entre le passeur frénétique et les piétons qui s'en foutaient, et de même entre le batelier-qui-donne-de-mauvaises-indications et Frank en conducteur-excédé-mais-patient. Mais enfin ce fut fini et ils filèrent sur la pente boueuse, et les gens s'écartaient vivement pour éviter les grosses projections de boue brune qui giclaient sous les pneus. On atteignit le plat et une route bien plus étroite que surplombaient des rangées d'arbres penchés.

— C'était bien, dit Ellen. Merci.

— On ne voit pas des trucs comme ça à... Vous êtes d'où, au fait ?

— De partout. Le bébé du régiment. U.S. Air Force, en fait. Mon père était pilote.

— C'est lui qui vous a appris ?

— À partir de quatorze ans. Maintenant, il fait l'avion-taxi.

Ils parlèrent un moment des villes et des pays où Ellen avait grandi ; ils découvrirent qu'ils avaient parfois vécu aux mêmes endroits mais jamais au même moment. Mais Ellen adorait comme chacun de nous les coïncidences insignifiantes, et elle se réjouissait chaque fois de découvrir que Frank avait été à tel et tel endroit trois ans après elle, ou deux ans avant.

À une bifurcation de la route boueuse ils prirent à gauche, et tombèrent bientôt sur un monstrueux camion affaissé, brinquebalant et fumeux, dont des bâches marron recouvraient la cargaison. Du côté droit la suspension était complètement morte, de sorte que le véhicule semblait à tout instant près de se renverser : même si la route avait été assez large pour doubler, cette masse vacillante aurait apeuré la plupart des conducteurs.

— Merde, dit Frank. Ils sont censés être déjà là-bas ; ils sont partis deux heures avant nous.

— Qui ça ? (Elle ne voyait pas du tout de quoi il parlait.)

— Charlie, fit-il avec écœurement en désignant le camion. Ils ne peuvent pas prendre le bac, alors ils ont fait le grand tour, par Sio.

— Ils ont quelque chose à voir avec *nous* ?

— C'est notre équipe de travail. (Frank sourit malgré son agacement.) Nous ne sommes pas venus juste pour parler de ce qui aurait pu être.

— Oh. (Ellen comprenait soudain.) La capitale de la contrebande...

Évidemment, le trajet était lié au coup du café ; pour quelque absurde raison, elle fut un peu déçue que cette «promenade» ait un but.

— C'est ça, dit Frank. La capitale de la contrebande. Bonne formule. Vous avez lu l'histoire des moteurs hors-bord, dans le *Standard* ? (Le *Standard* était un quotidien de Nairobi qu'on trouvait aussi à Kisumu.)

— Les moteurs hors-bord ? Non.

— Vous connaissez le lac Naivasha ? C'est à trois cents kilomètres à l'est, un grand lac. Depuis le début de l'année, tous les moteurs hors-bord de ce lac ont été volés ; du moins, tous ceux qui n'étaient pas sous clé chez quelqu'un.

— C'est vrai ? Pourquoi ?

— Pour ici, pour la contrebande. L'Ouganda se casse la gueule. Cette année, il y aura davantage d'import-export en contrebande que de commerce normal.

Ellen eut soudain une vision d'eux tous – elle-même, Lew, Frank, Balim, même Isaac Otera – comme des charognards, vautours ou hyènes, attendant en retrait la mort d'une créature blessée. C'était une image déprimante et gênante.

— Ça paraît vache pour les gens, dit-elle.

— Au lac Naivasha ? Ils s'en remettront !

— Non. En Ouganda.

— En Ouganda ! (Il paraissait vraiment stupéfait.) Nous n'allons pas baiser *les gens*, c'est eux qui font de la contrebande. Ils essaient d'échapper à leur gouvernement, c'est tout, du mieux qu'ils peuvent, les pauvres types.

— Qu'est-ce qu'il se passera ensuite ? demanda-t-elle. En Ouganda, je veux dire.

— Ce qui se passe habituellement, j'imagine. Les choses vont empirer.

Port Victoria ressemblait à une ville de western. Non pas la grosse ville avec des saloons pleins de filles à fanfreluches, mais la petite ville de rien du tout où la diligence change de chevaux. La route non revêtue – revêtue de boue, plutôt – aboutissait à une grande place criblée de mauvaises herbes, avec des bâtiments bas en ciment ou en torchis sur trois côtés. La plupart des bâtiments comportaient des toits en auvent surplombant un trottoir de boue ou de ciment ; au-dessus des auvents s'élevaient des façades sans rien derrière. Les vieilles affiches politiques collées sur les murs et à moitié arrachées étaient comme les affiches *Wanted* dans les westerns. Une douzaine d'adultes et d'enfants traînaillaient sous les auvents, plus ou moins à l'abri de l'humidité. Sur trois côtés des collines basses entouraient la bourgade et ajoutaient à son allure de ville frontière isolée. Seule la présence d'un petit camion blanc British Leyland, garé devant ce qui semblait être un magasin général, faisait sortir les lieux du XIXe siècle américain pour les replacer dans l'Afrique du XXe siècle.

Ressentait-on ici l'impression d'une destinée manquée ? Dans ce village ensommeillé, l'embryon rêvait-il encore de la métropole commerciale qui n'était jamais née ? Sans doute était-ce seulement à cause de l'histoire racontée par Frank, mais il sembla à Ellen que la bourgade avait quelque chose de vaguement triste, d'une tristesse différente de celle qu'on ressent dans toutes les agglomérations campagnardes, une tristesse plus grave que l'ambiance habituelle de deuil personnel, d'espoir déçu et d'occasions manquées. L'endroit n'évoquait pas seulement l'idée d'un Mozart inconnu et muet ; il faisait lever l'image de toute une cité qui avait échoué à exister. Manquaient la gare et ses quais, les hangars, les dépôts, les cinémas, les bars, les demeures cossues et les taudis populeux, la vitalité, les buts ; mais tout cela semblait flotter imperceptiblement et fugitivement dans les airs, derrière la ville réelle, comme le halo d'un spectre trop faible pour hanter.

Et le second secret des lieux, c'étaient bien sûr leurs activités clandestines : la double vie de Port Victoria en tant que repaire de la contrebande. Outre la plate réalité des apparences, outre l'écho fantomatique de ce qui aurait pu être, il y avait aussi le visage caché de la corruption. Chaque homme qu'Ellen voyait était peut-être un passeur ou un truand ; chaque bâtiment abritait peut-être un butin. Le trafic amène toujours d'autres crimes : pots-de-vin, vol, meurtre. En perdant sa destinée initiale, Port Victoria était devenue une chose étrange et fascinante et quelque peu pathétique, un peu comme une femme déchue.

— C'est un personnage de Graham Greene, sauf que c'est un endroit, dit Ellen en jetant un regard circulaire.

— Hein ? fit Frank d'un air ahuri.

— Rien. Peu importe.

Frank s'était irrité de plus en plus contre ce camion gémissant qui les précédait, et quand on avait atteint la place envahie par les herbes il avait aussitôt saisi l'occasion de lui faire une queue de poisson en klaxonnant rageusement.

— Pauvre con ! hurla-t-il, mais comme les vitres étaient fermées à cause de la pluie, personne ne l'entendit sauf Ellen.

Une piste boueuse et défoncée s'ouvrait sur le côté droit de la place, comme une arrière-pensée entre deux bâtiments à auvent. Frank fonça vers cette descente comme s'il défiait la Land Rover de heurter les murs, et il sinua, glissa et dérapa sur la longue pente gluante, entre de minuscules maisons à toit plat qui ressemblaient davantage aux Caraïbes qu'au Far West.

Le lac s'étendait là-bas, au pied de la pente. Une grande et bizarre hutte de roseaux et de paille se voyait sur le côté. Ce coup-ci nous voilà dans le Pacifique Sud, pensa Ellen. Sur la gauche, près de l'eau, se trouvait un énorme camion semblable à celui qui les suivait à présent en tanguant sur la piste. Tandis que Frank dérapait et s'arrêtait derrière ce deuxième poids lourd, ses portières s'ouvrirent et deux hommes descendirent, vêtus d'impers déguenillés et coiffés de chapeaux de paille.

— Il est temps que je les secoue, fit Frank avec une évidente satisfaction.

253

Complétant de nouveau sa tenue de démon kabuki en enfilant un bonnet imperméable en plastique noir brillant, il ouvrit sa portière d'un coup de pied, sauta dans la boue et s'immobilisa, poings brandis, comme un idéogramme signifiant exactement la fureur, tandis que le second camion, tanguant et affaissé, décrivait un grand demi-cercle pour stopper près de son véhicule frère. Ellen descendit aussi de la Land Rover, avec son chapeau de pluie rouge, son imper bleu foncé, ses jeans délavés et ses bottes jusqu'au genou; elle entendit les deux types à chapeau de paille qui jabotaient en swahili à l'adresse de Frank.

— Ah, la ferme! commanda-t-il et il se tourna vers Ellen par-dessus le capot: ces connards sont incapables d'apprendre l'anglais!

— Très bon anglais, protesta un des hommes.

— Alors *parle* anglais.

L'homme hésita, très renfrogné, réfléchissant apparemment à sa dignité; puis il lâcha encore quelques mots de swahili.

— Merde, répondit Frank qui se tourna vers les deux qui émergeaient du second camion, l'un d'eux étant Charlie. Où est-ce que *vous* étiez passés, raclure?

— Oh, la charge elle est absolument très lourde, dit Charlie. (Il était le seul à n'être pas vêtu en fonction de la pluie, et déjà sa chemise blanche dégoûtante et son pantalon noir informe étaient trempés et lui collaient à la peau. Il ne semblait ni s'en apercevoir ni s'en soucier.)

— Deux fois merde, commenta Frank. Vous allez vous mettre au boulot, maintenant?

— Complètement, dit Charlie qui se retourna et s'adressa en swahili aux trois autres, qui répondirent tous à la fois, chacun suppliant manifestement pour son compte. Charlie poursuivit imperturbablement son discours et Frank se détourna en secouant la tête avec écœurement.

— Descendons au lac, dit-il à Ellen, avant que je m'énerve et que j'écrase cette bande de clowns à coups de talon.

Ils descendirent la pente ensemble sous la pluie, les mains dans les poches de leurs impers. Plusieurs barques à rames, étroites et longues, reposaient sur la rive. De couleurs vives, elles avaient presque toutes un arrière carré permettant l'installation d'un moteur hors-bord.

— C'est ça, votre port naturel ? dit Ellen.

— Ouais. (Il agita la main vers la droite.) Par là, Berkeley Bay. (Il lança le menton en avant.) Voilà l'Ouganda.

Droit devant, une colline basse s'élevait sur l'eau, étonnamment proche, pareille à une île. En survolant l'Ouganda avec Frank, le jour où Lew avait été capturé, Ellen n'avait rien ressenti de particulier à l'égard du pays, mais à présent il y avait une aura de menace autour de cette sombre colline indistincte sous la pluie, tapie sur l'eau. Ellen frissonna.

— Ça n'a pas l'air sympathique.

— Ce qu'il y a de drôle, dit Frank, c'est que *c'est* sympathique. Le terrain, je veux dire. C'est la partie la plus riche, la plus féconde de tout le continent. Stanley disait que l'Ouganda était la perle de l'Afrique.

— Une perle maléfique, dit Ellen et Frank rit.

— Vous voulez une autre citation ? De Sir John Gray, celle-là, il était chef de la magistrature quand les Britanniques étaient là. Il a dit que « l'histoire de l'Ouganda est un crime sans témoins oculaires ».

— Mais si le pays est si riche...

— Seul l'homme est mauvais.

Ellen se détourna de la colline basse là-bas sur les eaux et regarda en amont, où Charlie et les trois autres avaient ôté les bâches d'un des camions et commencé de décharger un tas de blocs de béton. Leur méthode était simple : ils les flanquaient par terre du haut du camion, en amas boueux. Quand deux blocs se heurtaient, ils se fendaient et se brisaient, mais les hommes ne semblaient pas s'en soucier.

— Qu'est-ce que c'est que tout ça, d'abord ? demanda Ellen.

— L'hôtel, dit Frank avec un sourire qui annonçait une plaisanterie.

— Un hôtel ? Ici ? (Elle contempla le rivage, qui se composait de boue, d'herbes et de broussailles ; ce n'était certes pas une plage touristique.)

— Ouais, dit Frank. Développement régional. On construit la boîte. Deux minutes après, Elizabeth Taylor et Bianca Jagger se pointent. Des *paparazzi* à Port Victoria.

— Allons, Frank, fit Ellen en riant. C'est quoi ?

— Balim a fait la causette. (Frank frotta son pouce contre son index.) Avec un gars du ministère du Tourisme et de la Faune.

— Le ministère de *quoi* ?

— Vous ai-je jamais menti ?

— Probablement, dit Ellen. Y a-t-il vraiment un ministère du Tourisme et de la Faune ?

— Bien sûr. Réfléchissez, ça se comprend. Quand les touristes viennent au Kenya, c'est pour voir la faune.

— Il n'y a guère de faune par ici, fit Ellen en contemplant de nouveau les alentours. À part Charlie.

— Regardez-moi ces crétins ! dit Frank. (Crac, crac, les parpaings rebondissaient les uns sur les autres.)

— Frank, pourquoi un hôtel ?

— Bon. (Il regarda vers l'Ouganda.) Quand cette putain de pluie s'arrêtera, nous irons là-bas chercher des *tonnes* de café. Il nous faudra des rafiots pour le transporter ici. Il nous faudra des camions pour l'apporter à la plantation.

— La plantation Jhosi, dit Ellen avec une soudaine et surprenante crispation de détresse.

— Exact, dit Frank sans rien remarquer. Il nous faudra des équipes d'ouvriers ici pour charger et décharger. Il nous faudra probablement des locaux de stockage parce que le café arrivera plus vite que les camions ne pourront l'emporter. Bon, vous avez vu cette ville. Qu'est-ce qu'ils ont comme circulation moyenne, sur cette route, par jour ?

— Pas grand-chose. (En venant, ils avaient croisé le car bleu, et vu trois hommes à bicyclette avec des sacs à dos énormes ; Frank avait dit que c'étaient des contrebandiers.)

— Exact. Parfois un camion ou deux, et même une livraison légale les jours de marché. Mais pas de grosse circulation. Il passe beaucoup de contrebande par ici, mais c'est seulement des bricoles.

— Bien sûr.

— Alors, dit Frank, en ce bas monde, tout le monde n'est pas aussi relax que vous et moi. Par-ci, par-là, il y a des excités. Il y a des gens qui pourraient même aller porter le deuil chez les flics, quand ils voient un truc qu'ils ne comprennent pas.

— Je commence à voir l'idée.

— Pendant les deux mois qui viennent, des camions vont faire l'aller et retour tous les jours. Il y aura des ouvriers. Il y aura des matériaux de construction, y compris tout le bois dont on aura besoin pour fabriquer les radeaux et aller chercher le café. Il y aura des locaux de stockage.

— Mais à la fin, fit remarquer Ellen, il y aura un hôtel complètement inutile.

— Financé par l'Aide internationale au développement.

— Oh. Je vois.

— Joli, hein ?

Ellen hocha la tête.

— Balim est très très malin, n'est-ce pas ?

— Balim, dit Frank, est un putain de génie.

Le seul embêtement, expliqua Frank, c'est qu'il allait devoir passer beaucoup de temps ici, pour s'assurer que le travail se faisait bien, qu'on ne volait pas le matériel, et que personne ne s'avisait de leur vrai projet.

— Au départ, je voyais Lew pour faire ça. (Il secoua la tête avec agacement.) Mais je suis forcé d'admettre que c'est à moi de m'y coller. Je sais comment traiter ces Bantous.

Oui, songea Ellen, la méthode de l'homme blanc. Le coup de pied au cul. Les cris, les hurlements, le visage tout rouge. Et de son côté l'indigène sourit et hoche la tête et travaille aussi lentement que possible et fait semblant d'être idiot, et tout le temps il vous empaume. Et de part et d'autre on est content de la relation.

— Le pire, dit Frank, c'est qu'on ne doit pas trop me voir ici, parce que je suis un Blanc. Si un salopard va dire aux flics de Kakamega qu'il y a un Blanc qui traîne à Port Victoria, on est cuits. Alors il faudra que je campe.

— Camper ? Dans une tente ?

— Voui mam'zelle. C'est pour ça que je suis venu aujourd'hui, pour choisir l'endroit. Par là-haut. Si je laisse faire Charlie, il plantera la tente sur un nid de scorpions, l'ordure. Et si j'y survis, il fera l'imbécile, comme si c'était une erreur.

— Je pensais justement ça, dit Ellen.

— Venez, on va se dérouiller les jambes.

Sous la pluie incessante, ils remontèrent de la rive et Frank passa un instant près des camions à engueuler inutilement Charlie à cause des parpaings cassés. Puis, en s'éloignant obliquement de la bourgade, on monta une pente raide et rocheuse couverte d'arbustes tordus et de pousses nouvelles vertes. Plus haut vers la crête se voyaient des arbres osseux.

Se retournant, Ellen vit deux petits bateaux qui approchaient du rivage non loin de là, chacun transportant deux hommes et plusieurs sacs oblongs. Des contrebandiers, sans doute ; oui, sans aucun doute.

La pente raide était dure à monter, d'autant que la boue et la roche étaient glissantes sous les bottes. Préoccupés par leur ascension, ils ne parlèrent plus jusqu'au moment où ils eurent atteint la crête et commencé de descendre la pente bien plus douce de l'autre versant. Peut-être parce que le nom de la plantation Jhosi avait été prononcé tout à l'heure, Ellen passa le temps de silence à réfléchir douloureusement à ses problèmes, pour la première fois ou presque depuis qu'on avait quitté Kisumu ; et après qu'on eut franchi la crête, alors qu'on progressait sur un terrain presque plat, elle posa à Frank une question qui la stupéfia elle-même :

— Frank, savez-vous que Lew a une liaison ?

Il fronça les sourcils, sans comprendre.

— Avec vous, dit-il.

— Non, avec quelqu'un d'autre.

— Il est gourmand, le salaud.

Frank ne semblait vraiment pas être au courant, et Ellen demeura donc silencieuse. Ils poursuivirent leur marche, Frank en tête, l'air furieux, seulement soucieux en apparence de l'endroit où planter sa tente, jusqu'au moment où il se retourna vers elle.

— Qui est l'heureuse élue ?

— Peu importe.

Il s'immobilisa.

— Écoutez, dit-il, vous en êtes sûre à cent pour cent ?

— Bien sûr que non. On ne l'est jamais tant que l'autre ne vous le dit pas, tout d'un coup. Et l'autre vous le dit toujours tout d'un coup.

— Les gens sont merdeux, dit Frank.

— C'est vrai. J'espérais que vous pourriez confirmer ou infirmer.

— Lew ne me fait pas de confidences. En tout cas, pas sur des trucs comme ça. Il aurait peur que je me mette à vous draguer.

— Il aurait raison, dit-elle en souriant involontairement.

Il leva la main et la fit ballotter comme si son poignet était brisé.

— Je me suis fait échauder.

— Oh! vous vous en remettrez! (Elle n'aimait pas la tournure de la conversation; elle jeta un regard circulaire.) Là-bas, ça n'irait pas? Pour votre tente.

— Où ça? (Il regardait dans la direction indiquée.)

— Là où le terrain s'élève un peu.

Ils marchèrent jusqu'à l'emplacement, un monticule bas, couvert de buissons et d'herbes mais sans arbres. Les arbres osseux étaient tout autour, comme des rangées de barbelés protégeant ce bastion. Ni la bourgade ni le lac n'étaient visibles.

— Possible, dit Frank. Très très possible.

— Ce sera plus sec que le terrain alentour, mais quand même abrité.

— Ouais. (Frank pivota largement, contemplant sans enthousiasme le paysage.) *Home, sweet home*, dit-il. Bon Dieu. Dans une de mes vies antérieures, j'ai dû être un méchant salaud.

21

Lew était au volant de la Morris Minor, sous la pluie, Ellen auprès de lui, en route vers les bureaux de Balim. Et c'est au tournant, à moins d'une rue de chez eux, qu'il vit la Citroën grise garée sur le bas-côté et comprit aussitôt que c'était la voiture d'Amarda Jhosi.

Amarda elle-même était derrière le volant ; il la vit sourire à travers les vitres ruisselantes, au passage. Ellen avait-elle vu ? Lui jetant un coup d'œil, il constata qu'elle cherchait quelque chose dans son sac à courroie.

Tandis qu'il continuait de conduire, des souvenirs érotiques affluèrent soudain. En particulier, le second voyage à Nairobi lui revint avec la force d'une suggestion hypnotique. C'était la fois où Balim n'était pas venu et où Amarda l'avait accueilli dans cette même Citroën. «J'ai juste quelque chose à prendre chez une amie», avait-elle dit pendant qu'on s'éloignait de l'aéroport (et d'Ellen). «C'est sur le chemin.» Bien sûr, l'amie n'était pas chez elle, et quand Amarda avait dit : «Autant que vous entriez», elle avait eu un sourire radieux et il n'avait plus eu de questions à poser. Elle était la Princesse indienne aux seins ronds, au sourire lent, elle était douce et jeune et très avide d'apprendre.

Au troisième voyage, avec Balim, les retrouvailles avec Amarda avaient été plus précipitées, plus coupables, moins extatiques ; mais il l'avait quand même suivie avec excitation dans l'entrepôt derrière la demeure, roulant avec elle sur les sacs de toile rugueuse, environné par le crépitement de la pluie.

Il n'y avait pas eu d'autres voyages à Nairobi, et c'était aussi bien. Amarda était une merveille et un délice, mais elle était un danger aussi, et bien qu'elle n'eût rien demandé, Lew ne pouvait se défaire de l'impression coupable qu'il n'avait pas été franc du collier en acceptant son offrande. Il valait mieux laisser cette aventure s'éteindre.

Et voilà qu'Amarda était *ici*, à Kisumu, qu'elle lui souriait à quelques dizaines de mètres du logis qu'il partageait avec Ellen. Devons-nous vraiment payer tous nos errements, jusqu'au dernier ? *Je ne veux pas perdre Ellen*, songea-t-il et il jeta un coup d'œil au profil de la jeune femme auprès de lui dans la voiture. Sans doute n'était-ce qu'un effet de son imagination, mais elle semblait affreusement figée.

Lew dut lutter pour se concentrer sur ce que Balim et Isaac Otera disaient. La voie ferrée aboutissant à Kisumu, lui expliquèrent-ils, n'était plus la grande ligne qu'elle avait été. À présent la véritable grande ligne tournait vers le nord à Nakuru, puis pénétrait en Ouganda par l'est, et la ligne de Kisumu, pour laquelle on avait tant lutté, n'était plus qu'un embranchement. Plus récemment cet embranchement avait été prolongé vers le nord-ouest, parallèlement à la rive du lac, mais dans l'intérieur, et jusqu'à Butere, à quarante-cinq kilomètres d'ici.

Il se révélait à présent qu'à un moment quelconque de la quinzaine écoulée un chargement de machines à coudre — cinquante-sept machines, dans des caisses individuelles — qui devait être livré ici à Balim, à Kisumu, n'avait pas été déchargé, inexplicablement, du train de marchandises et avait abouti au terminus de Butere.

— Et maintenant il y a des responsables du chemin de fer, à Butere, qui veulent faire des ennuis, dit Isaac en remuant, pour marquer son agacement, les divers papiers et bordereaux qu'il avait sur les genoux.

Balim eut son sourire triste, ce sourire qui laissait entendre que la race humaine avait de nouveau justifié ses pires soupçons.

— C'est un pot-de-vin qu'ils veulent, bien sûr. *Chai*. La question est, premièrement : combien ? Et deuxièmement : à qui ? Mon cher Lew, voici une des circonstances qui requièrent une main ferme et un visage blanc.

Lew se força à sourire, tâchant d'apprécier l'humour de Balim et de cesser de penser à Amarda *ici à Kisumu*. Comptait-elle parler à Ellen ? Qu'allait-il se passer ?

— Je vois la chose, dit-il, et, à Isaac : Avons-nous un nom ?

— Deux noms. (Isaac tendit un petit feuillet marqué de son écriture petite et nette à l'encre bleue.) L'un est Kamau Nyaga, qui se présente comme le directeur adjoint du terminus. J'ai téléphoné à un ami des chemins de fer à Nakuru, et en ce moment personne n'est directeur à Butere, donc ce lascar est en train de rentrer les foins pendant qu'il fait soleil.

— Curieuse métaphore, vu les circonstances, gloussa Balim en hochant la tête en direction des fenêtres où la pluie ruisselait.

— Lew comprend ce que je veux dire, déclara Isaac de son air le plus pincé.

— En effet. (Mais, songea-t-il, que signifie *Amarda* ?)

— L'autre, poursuivit Isaac, s'appelle Godfrey Juma. Il est chef de dépôt et il est là-bas depuis très long-temps.

— Nous l'avons déjà acheté, dit Balim d'un ton neutre. C'est-à-dire, Frank l'a acheté. Vous pouvez y aller à la manière de Frank.

— D'accord.

— Malheureusement, dit Isaac, nous ne savons pas lequel des deux a autorité, ou même simplement détient la cargaison.

263

— Nous ne voulons pas verser un pot-de-vin inadéquat, précisa Balim.

— Je vois.

— C'est aussi terrible que d'avoir deux femmes, dit Isaac en soupirant.

Lew le scruta ; y avait-il une allusion ? Mais le visage d'Isaac était plus ouvert et innocent et sérieux que jamais. Lew se leva, morose.

— Je verrai ce que je peux faire.

— Faites simplement de votre mieux, suggéra Balim. Câlinez-les tous les deux, mais ne nouez de doux nœuds qu'avec un seul.

Ah ! nom de Dieu ! pensa Lew.

— J'y veillerai, dit-il et il sortit avant qu'ils le rendent encore plus fou.

La Citroën grise était dans le rétroviseur, derrière la vitre arrière striée de pluie. Comme il avait une mission où il était important d'avoir de l'allure, Lew disposait d'un des meilleurs véhicules de Balim, une Peugeot noire à peine cabossée. Il était à peine sorti de la ville, filant sous la pluie vers le nord-ouest, sur la B1, quand la Citroën grise apparut derrière lui.

Il ne la remarqua pas tout de suite parce qu'il pensait à Ellen. Une femme peut-elle crisper les lèvres ? Sortant des bureaux de Balim, allant vers la Peugeot et les incertitudes — celle de Butere et celle d'Amarda —, Lew avait embrassé Ellen pour lui dire au revoir, et il lui avait semblé qu'elle avait les lèvres plus dures que d'habitude ; presque comme de la tôle. Ou bien devenait-il parano ? Ou honteux ? Il dit « merde » à haute voix tandis qu'il roulait et c'est alors qu'il jeta un coup d'œil à son rétroviseur et vit la Citroën.

Son premier réflexe fut d'écraser l'accélérateur, mais bien sûr il ne pouvait pas faire ça. Et il ne pouvait pas non plus écraser les freins et s'arrêter, pas ici sur la

grand-route à la sortie de Kisumu. Il continua donc jusqu'à Kisiani, où il prit la petite bifurcation non revêtue, à
gauche. Non loin de l'agglomération il trouva un endroit
ou les engins agricoles avaient tracé un chemin sur la
droite, derrière un bouquet d'arbres. Il vira, et s'arrêta en
cahotant derrière les arbres.

La Citroën était dans son rétroviseur, énorme comme
un requin triste. Lew descendit vivement sous la pluie, il
voulait que la réunion eût lieu dans sa voiture à elle.

— Surpris ? fit-elle avec un sourire de joie simple tandis qu'il se glissait dans la Citroën.

— Plus que je ne pourrais dire.

Claquant la portière, il la prit dans ses bras et l'embrassa ; non qu'il le voulût, mais parce qu'il savait très
bien que c'est ce qu'il était censé faire.

Mais alors il le voulut.

C'est dans un rôle de héros qu'il l'avait rencontrée
pour la première fois. Il était le héros, elle était la demoiselle en détresse. Il était le bel étranger, elle était la
vierge superbe dans le sein de sa famille. Il était Lochinvar et elle était... Sauf que, dans le poème, la Dame de
Lochinvar s'appelait Ellen.

Son Ellen à lui avait paru inessentielle alors, un personnage absent des sagas. Mais elle existait, le monde
extérieur existait, et ce matin le mur qu'il avait bâti entre
la réalité et les rêveries s'était écroulé quand il avait vu la
voiture d'Amarda près de sa maison. La demoiselle en
détresse ne fait pas trois cents bornes pour se faire sauter.

Dans la Citroën, après le sexe, après qu'il eut de nouveau tué le monstre, tous deux étendus sur les sièges ren-
versés pareils à des couches, Lew du moins put de
nouveau approcher une pensée rationnelle. Loin d'être
une orpheline désemparée, Amarda était à vingt ans une
femme adulte et capable de saisir ce qu'elle désirait en

ce monde. Que voulait-elle de Lew, et pour combien de temps ? Quels ennuis voulait-elle causer ? Que comptait-elle faire à propos d'Ellen ?

La Citroën était comme une caverne dans quelque astéroïde. À l'intérieur il faisait très chaud à présent, les vitres étaient complètement embuées, et la pluie — tamisée par les branches — tambourinait irrégulièrement sur le toit. Dans ce décor, auprès de la jeune fille nue et lascive, Lew entreprit de mettre fin à leur relation.

— Hum ! (Il se redressa, échappant à sa main, cherchant désespérément quelque chose à dire.) Quelle heure est-il ?

— La pendule marche. (De sa main abandonnée, elle désigna le tableau de bord, d'un geste indifférent et lent.)

Il regarda à peine. Il ne s'agissait pas de l'heure mais de son attitude vis-à-vis de l'heure.

— J'ai beaucoup à faire aujourd'hui, dit-il.

— Hmmmmmmmmmmmmmm.

Doux Jésus. Il risqua un regard vers elle ; comment pouvait-il abandonner ça ? Presque involontairement, il avança la main et effleura un sein.

— Tu n'es pas rien, dit-il.

Mais soudain c'est *elle* qui devint vive, s'assit, s'étira — il lui tenait le ventre, il rêvait de demeurer toujours dans la caverne — et elle dit :

— Il est vraiment tard. Je dois retourner. Je dois voir M. Balim.

Froide réalité. Il retira sa main, il se pelotonna peureusement, relevant les genoux.

— Balim ? Pour quoi faire ?

— C'est pour ça que je suis venue. (Elle se pencha pour prendre une boîte de kleenex sous le tableau de bord, puis regarda Lew avec son sourire le plus lumineux.) Je suis maligne, non ?

— J'en suis sûr.

— Ma grand-mère avait des questions à poser, dit-elle

en faisant sa toilette comme une chatte. Et puis des factures à payer, des frais supplémentaires. Je l'ai persuadée que je devais venir ici en voiture aujourd'hui, que ce serait bien mieux que de demander au pauvre M. Balim de venir nous voir en avion à chaque fois.

— Bien sûr.

— Tu es très salissant, fit-elle d'un ton confortable en roulant les kleenex en boule. (Et le sourire qu'elle eut à son adresse, oblique, était plein de l'innocence et de la fraîcheur qui affolaient Lew.) Je voulais te voir sur ton territoire.

— Suis-je différent ?

— Plus triste, je crois. Je ne sais pas pourquoi.

— Ellen, dit-il en se forçant à lâcher ce nom avant de se raviser ; il *fallait* mettre fin à cette histoire, quels que fussent les désirs de son corps.

Elle parut d'abord abasourdie, puis heurtée, comme s'il avait trahi une promesse.

— Ah, bon sang, dit-elle.

— Je ne veux pas perdre Ellen. Mais je ne veux pas te faire souffrir.

— Et tu crois qu'il faut que ce soit l'une ou l'autre.

— Je pense parfois que ce sera les deux.

Elle se détourna et essuya un petit rond dans la buée de la vitre latérale pour pouvoir scruter les champs noyés de pluie.

— Ellen est très belle, dit-elle.

— Ce n'est pas...

— Et très sophistiquée. (Amarda se retourna vers lui, comme une enfant sagace et spirituelle.) Elle est très séduisante, dit-elle. Et *toi*, tu es très séduisant.

— Amarda, ne...

Elle lui mit la main sur la bouche pour le faire taire. C'était la main avec laquelle elle avait frotté la buée de la vitre : elle était froide et humide.

— Lew, s'il te plaît, dit-elle. Attends. As-tu la moindre idée de ce qu'est ma vie ?

Il se figea. Avait-il jamais réfléchi à ça ? Quand il ne tenait pas Amarda en son pouvoir dans le donjon de son cerveau, quelle était *sa vie* ? Elle ôta sa main mais il ne dit rien.

— Nous sommes des gens pauvres qui avons été riches, dit-elle. Je suis née en Afrique mais je suis une étrangère. Même s'il y avait des Bantous qui me plaisent — et il n'y en a pas — je n'aurais pas le droit de faire amitié avec eux. Et ils ne m'accueilleraient que pour m'humilier et me berner.

— Les barrières de classe, marmonna-t-il maladroitement. D'autres gens, d'autres… (Ses mains s'agitèrent vaguement.)

— D'autres Indiens, compléta-t-elle à sa place, et ses yeux brûlaient d'une intensité dont Lew n'avait pas imaginé qu'elle fût capable. Trois générations de vie en Afrique ont émasculé nos hommes, dit-elle. On les voit dans les rues à Nairobi, à Mombasa, ces garçons fluets qui portent des chemises voyantes et trafiquent des petites voitures et de petits appareils photographiques. J'hériterai un domaine ; la famille survivra ; nous ne resterons pas toujours pauvres. Ces garçons aimeraient beaucoup me faire la cour, m'emmener en promenade sur leur moto, m'épouser, prendre mon domaine, me faire des enfants, et m'oublier. (Elle haussa les épaules avec une amertume terrible.) Un jour, c'est ce qui arrivera.

Il songea à Balim le Jeune, il savait qu'elle disait la vérité, il tenta encore de nier :

— Vous n'êtes pas obligée de…

— Si. (Maintenant elle le regardait comme si c'était lui qui était un enfant.) Qu'est-ce que tu crois ? Devrais-je partir pour Londres, arpenter Sloane Street, et qu'on me découvre et que je sois dans les magazines de mode ?

Dois-je retourner en Inde, un pays où même mon *père* n'est pas né, et me trouver des centaines de charmants amis, des milliers de partis convenables?

— Oh, Amarda. (Il n'arrivait même plus à discuter.)

— Lew, dit-elle plus doucement en posant gentiment sa main sur celle de l'homme. Tu ne comprends pas quelle aventure tu représentes pour moi? Tu arrives dans ma cuisine, avec tes façons tranchantes d'aventurier et de tête brûlée, et il y a même l'idée d'un crime excitant à l'arrière-plan. Non pas un crime affreux comme l'assassinat, mais un délit formidable: contrebande, piraterie. Lew, tu es le seul héros que j'aie jamais rencontré.

Ils avaient *partagé* l'illusion!

— Oh Bon Dieu, dit-il et il aurait voulu tout défaire, elle était vraiment l'orpheline de légende et elle avait vraiment besoin de sa protection, et il n'y pouvait rien, il n'était pas un héros, il était un faux dur.

— Lew, dit-elle, je sais que tu n'es pas *mon* héros. Faisons simplement semblant un petit moment, et puis tu retourneras à ton aviatrice.

— Je regrette. (Il secoua la tête, les yeux baissés.)

— Pas moi. (Elle sourit alors de son sourire le plus scandaleux, celui qu'elle avait eu en le conduisant à l'intérieur de la maison vide à Nairobi.) C'est merveilleux, avec toi, dit-elle.

— Avec toi aussi.

Elle se pencha pour l'embrasser, très chastement, lèvres closes contre lèvres closes.

— La prochaine fois à Nairobi, chuchota-t-elle.

La prochaine fois. Pourquoi était-il si faible? Pourquoi ne pouvait-il se dresser et dire *non* comme le héros qu'il était censé être?

— Oui, d'accord, dit-il.

L'odeur suave d'Amarda emplissait la Peugeot car elle était sur le corps de Lew. Il conduisit vers le nord, prenant la B8 à Luanda (où Frank et Ellen avaient pris l'autre direction, vers Port Victoria), et il arriva à Butere peu après quatorze heures. La gare, souvenir de l'époque coloniale, petit bâtiment en brique, était un endroit très somnolent où une douzaine d'hommes décharnés et haillonneux étaient assoupis ou fumaient dans la salle d'attente humide et froide, à l'abri de la pluie.

Il trouva Kamau Nyaga, le directeur adjoint du terminus, dans son bureau. C'était un homme petit et trapu avec une grosse moustache et de grandes lunettes à monture noire. Il avait l'expression boudeuse d'un petit chef, et parut d'abord vouloir jouer à faire attendre Lew.

Pas question. Lew n'avait pas la bonhomie de Frank à l'égard des petits emmerdeurs. Frank leur flanquait cette tape amicale et lourde qui sous-entend pourtant une punition violente. Lew manifestait plutôt un mépris ouvert, et une fureur à peine contenue contre le désordre et la corruption alentour. Les petits officiels marchaient avec Frank pour qu'il reste amical; mais avec Lew, ils marchaient par peur de le voir devenir fou furieux.

Nyaga fit semblant de lire des papiers tandis que Lew attendait devant la table de travail. Lew compta discrètement jusqu'à trois — pas très lentement — et puis se pencha, posant la paume et les doigts écartés sur le papier que Nyaga examinait.

— Je viens pour les machines à coudre de Mazar Balim.

— Machines à coudre ? (Nyaga n'était pas encore impressionné, il recula dans son fauteuil grinçant et foudroya Lew du regard.) Qui diable êtes-vous ?

— Le représentant du propriétaire. On vous a averti que j'arrivais. (Lew ramassa la liasse de papiers du bureau et la parcourut.) Ces papiers ne concernent pas nos machines à coudre.

Nyaga avait bondi sur ses pieds ; il caquetait comme une poule :

— Mes documents ! Vous n'avez pas le droit ! C'est interdit !

Le bureau de directeur du terminus était très petit ; Lew y fit cependant les gestes les plus dramatiques que l'espace permettait, brandissant le poing droit, balançant la liasse de papiers contre le mur latéral. Les feuilles dégringolèrent en tous sens.

— Je viens pour les machines à coudre.

Nyaga regardait dans toutes les directions en même temps : vers Lew, vers la table nue, vers la table ouverte (voulait-il appeler à son secours les traîne-patins d'à côté ?), vers les papiers répandus sur le sol.

— Ce bureau, réussit-il à dire d'une voix tremblante d'émotion, s'occupe des affaires du chemin de fer. Il n'est pas destiné au tapage ni... ni... ni aux personnes démentes.

— Je compte qu'il y aura certains frais de stockage, déclara Lew d'un air toujours méprisant mais moins menaçant.

Jetant un regard circulaire, il vit le deuxième siège du bureau dans le coin près de la porte et l'attira à lui avec son pied.

— Des frais, répéta Nyaga comme s'il revenait à lui après avoir été assommé avec un pavé. Oui, bien sûr. Les marchandises ne peuvent pas être entreposées gratuitement.

Comme Lew s'asseyait, Nyaga reprit place dans son fauteuil à pivot derrière le bureau.

— M. Balim, dit Lew, a pris un conseil juridique selon lequel les chemins de fer devraient nous payer un intérêt sur nos pertes, à la suite de ce retard de livraison.

Cette déclaration était suffisamment idiote et banale pour rassurer Nyaga, qui eut un vrai sourire :

— Porter cette affaire devant les tribunaux causerait manifestement un retard encore plus grand, dit-il.

— M. Balim préférerait ne pas compliquer les choses. (Lew haussa les épaules et retroussa la lèvre pour marquer que son opinion personnelle était autre.) Il est prêt à payer des frais de stockage raisonnables.

— C'est un commerçant, fit Nyaga d'un ton soulagé. (Il ouvrit et ferma des tiroirs en marmonnant.) Frais d'entrepôt, frais d'entrepôt...

— Les machines à coudre sont-elles toujours dans le wagon?

Nyaga se figea. Il cligna des yeux et se lécha les lèvres.

— Le wagon de marchandises? demanda-t-il. Ma foi, non. Mais on les y remettra sans problème. (Il s'activa de nouveau avec ses tiroirs.)

— Où sont-elles?

— Ce n'est pas un problème.

— Où sont-elles entreposées?

— Mais, ici. Ici, bien sûr. À la gare. Ah, voilà le formulaire. (Il sortit une liasse de reçus en papier pelure et entreprit d'y insérer des carbones usagés.) Voyons voir, neuf jours de dépôt...

— Il faut que j'examine les machines, bien sûr, dit Lew, pour m'assurer qu'elles ne sont pas endommagées.

— Oui, oui. D'abord nous réglons les frais de dépôt, et...

— Vous ne savez pas où elles sont, dit Lew.

— Je vous demande pardon, fit Nyaga d'un air béant.

— Vous ne savez pas où sont les machines à coudre!

Lew bondit sur ses pieds, renversant le fauteuil de bois derrière lui. Nyaga clignait derrière ses lunettes à monture noire.

— Espèce de putain de faux derche, lui dit Lew. Vous vous apprêtiez à ramasser vos *frais de stockage*, et puis à m'envoyer voir Juma!

— Juma? Juma? (Nyaga semblait ne pouvoir trouver d'autre réponse que son indignation simulée.) Qui est ce Juma?

— Votre chef de dépôt, trou-du-cul! (Lew pointa un index rigide sur le nez de Nyaga stupéfait.) Si vous sortez de ce bureau, je vous tords le cou comme si vous étiez un poulet.

Il sortit en claquant si brutalement la porte que tout le monde s'éveilla dans la salle d'attente.

Godfrey Juma était un oiseau bien différent, un type plus vieux, plus bourru, plus terre à terre, qui ramassait le *chai* quand l'occasion se présentait parce que les pots-de-vin faisaient partie de l'ordre du monde, mais à côté de ça il connaissait son boulot, le faisait bien, et en tirait de la fierté et de la dignité.

Lui non plus, malheureusement, ne savait où étaient les machines à coudre.

— Croyez-moi, monsieur, je serais content d'accepter votre argent, dit-il à Lew tandis que tous deux se tenaient sous le toit de tôle à l'abri de la pluie au bout du quai, contemplant divers wagons sur les voies. Mais il se trouve qu'on a volé les caisses.

— Volé! fit Lew avec colère. Comment? Quand? Pourquoi personne ne l'a-t-il signalé?

— Monsieur, vous voyez ce wagon? demanda Juma en pointant le doigt.

Le wagon en question était neuf, les flancs argentés, avec la marque rouge K.R. des Kenya Railways.

— Je le vois, dit Lew qui était près de devenir dangereux.

— Votre cargaison est arrivée dans ce wagon. J'ai tout de suite vu qu'elle n'était pas destinée à cette gare. Je l'ai donc fait bloquer sur cette voie en attendant d'autres instructions.

— Oui?

— Pendant que je n'étais pas de service, le directeur du terminus…

— Nyaga. (Lew savait que s'il se retournait, il verrait la figure de Kamau Nyaga, avec ses yeux ronds, sa bouche ronde, ses lunettes rondes, scrutant par la vitre inondée de pluie, pareil à un écureuil sur le passage des chiens.)

— En effet, dit Juma en hochant la tête impassiblement et prudemment. Pour que la marchandise soit mieux gardée, c'est du moins ce qu'il a dit, M. Nyaga a fait transporter les caisses, vous voyez, dans ce hangar. (Il désigna un petit bâtiment de tôle ondulée entouré d'herbes, sur le côté de la gare.)

— Oui?

— J'ai craint que ce local ne soit pas sûr, j'ai donc dit à mon équipe de rembarquer les caisses dans le wagon. À ce moment-là ou plus tard, elles ont malheureusement disparu. Je pense qu'elles étaient sous la responsabilité de M. Nyaga quand elles ont disparu.

— Et il rejette la faute sur vous, fit Lew en opinant.

— Monsieur, je le crains.

À part que les foutues machines à coudre avaient disparu, la situation était comique. Les deux cheffaillons, sachant qu'il y avait du fric à se faire sur cette cargaison, se l'étaient volée l'un à l'autre jusqu'au moment où un troisième larron (ou bien peut-être Juma ou Nyaga eux-mêmes) avait sorti le butin du jeu. Lew prit un air dur, mais pas physiquement menaçant.

— La commission d'enquête des chemins de fer trouvera sûrement le responsable.

— La commission d'enquête? (Juma arbora l'expression soucieuse d'un homme mûr qui songe à sa retraite.) Pourquoi y aurait-il une commission d'enquête? Il y a des vols tous les jours, sur la ligne.

— Bof. La compagnie d'assurances.

Juma semblait de plus en plus soucieux. Une compagnie d'assurances était une chose bien plus menaçante qu'un quelconque commerçant asiate.

— Franchement, dit Lew, je crois que la commission d'enquête trouvera à se plaindre à la fois de vous et de M. Nyaga.

— Vous voyez, monsieur, fit Juma en frottant ses mains calleuses sur ses joues parcheminées : on pourrait sûrement interpréter injustement mes actes. Croyez-moi, monsieur, si je pouvais vous donner ces machines, je le ferais, sans vous demander un sou.

— Je n'aime pas voir un homme mûr chassé de son emploi, déclara Lew. Croyez-vous que Nyaga en sache plus qu'il n'en dit ?

— Je le voudrais, monsieur. (Juma eut un haussement d'épaules fataliste.) Mais j'ai peur qu'en l'occurrence il soit une victime, tout comme moi.

Lew avait fait pression aussi fort que possible, et il n'en était rien sorti. Juma ne pouvait pas l'aider ; il l'aurait fait s'il avait pu, c'était certain. Était-il utile de secouer à nouveau Nyaga, de retourner dans le bureau et de le bousculer un peu ? Non : en dédouanant à contrecœur Nyaga, Juma avait donné son opinion d'expert.

Pendant que Lew réfléchissait, Juma contemplait sombrement le vaste espace des voies de garage rouillées, comme s'il le voyait pour la dernière fois. Soudain il se redressa, animé, magiquement grandi, assuré de lui-même, les yeux pleins d'espérance.

— Monsieur ! Peut-être y a-t-il une solution, somme toute !

— Oui ?

— Venez avec moi, monsieur.

Juma le précéda pour descendre des marches de ciment au bout du quai et traverser les voies de garage sous la pluie. Il fallait enjamber les rails, contourner les flaques vastes et sales, poser le pied avec soin sur les traverses métalliques graissées de pluie, rentrer le cou dans son col pour empêcher les gouttelettes de s'infiltrer.

Dans le coin le plus éloigné du triage, près de la haute clôture couronnée de barbelés, se voyait un très vieux wagon. Sa peinture marron s'écaillait et il portait la marque de l'East African Railway Corporation. Juma défit deux gros verrous et ouvrit la porte coulissante.

— Là.

Le plancher du wagon était à hauteur de poitrine. À l'intérieur, Lew aperçut de grandes caisses empilées, un peu plus courtes que des cercueils, couvertes d'inscriptions au pochoir et de fiches de voyage tamponnées.

— Qu'est-ce que c'est ?

— Des moteurs de hors-bord, monsieur. Voyez vous-même.

S'accrochant aux poignées métalliques, ils prirent pied dans le wagon frais mais sec, et Juma utilisa un grand tournevis tiré de sa poche de pantalon pour déclouer le couvercle d'une des caisses. Dedans, logé dans la mousse expansée et enveloppé de plastique gris translucide, il y avait un moteur hors-bord Evinrude de 120 chevaux, dont la peinture laquée luisait, orange et blanche et noire, avec une petite hélice d'un vert terne, pareille à un ventilateur.

— Il y en a quarante, dit Juma. Ça vaut plus que cinquante-sept machines à coudre.

Beaucoup plus, oui.

— Vous proposez un échange ? dit Lew.

— On forme un train de marchandises cet après-midi, qui va sur Nakuru, dit Juma. Je peux y mettre ce wagon, à destination de Kisumu. M. Nyaga ne sait rien de cette cargaison, monsieur.

— Ah-ah.

— Je téléphonerai à mon ami M. Molu, au bureau des marchandises de Kisumu, et je lui ferai comprendre que vous viendrez chercher la cargaison au nom de ses destinataires.

— Qui sont les destinataires ? À qui appartiennent ces moteurs ?

— Oh, à personne, monsieur, dit Juma. À un Asiate, vous voyez, un cochon. Il aurait utilisé ces moteurs pour la contrebande, vous voyez, sur le lac Victoria.

— Ah oui ? Comment s'appelle-t-il ?

— Hassanali.

Lew se rappela que Balim avait une ou deux fois parlé avec aversion d'un nommé Hassanali, un fieffé coquin, un type qui cherchait systématiquement les coups tordus.

— Qu'est-ce qui lui est arrivé ?

— Oh, il a tué un batelier qui l'avait grugé, monsieur. Vous savez que les voleurs sont des gens complètement sans honneur, monsieur. La police l'a arrêté, maintenant.

— Il a donc d'autres soucis que ces moteurs hors-bord.

— Oh oui, monsieur. (Juma tapota le flanc incurvé du moteur.) Vous pouvez sauver ces beaux moteurs d'une existence vouée au crime, monsieur.

— Les sauver de la contrebande, fit Lew qui éclata de rire, plus joyeux qu'il n'avait été depuis des jours et des jours ; rien ne valait l'absurdité pour remettre les choses dans leur juste perspective ; même Amarda serait oubliée. Venez, monsieur Juma, dit Lew. Prenons le thé et discutons.

22

Il y a des esprits dans les airs, et dans le sol, et au-dedans des arbres, dont c'est la tâche d'appeler les humains à mourir. C'est pourquoi, dans la plupart des tribus d'Afrique, un enfant mâle qui naît ne reçoit pas tout de suite son vrai nom ; il a d'abord une fausse identité pour dérouter les esprits de mort. Si l'enfant survit à ses premières années – mais la plupart meurent, malgré le subterfuge – il reçoit son nom définitif.

Mais même ce nom-ci n'est pas son *vrai* nom. Celui qu'il choisit à la puberté et qu'il ne dira sans doute jamais à personne. Ainsi l'Africain vit-il toujours sous pseudonyme, rassuré de savoir que *nul ne sait qui il est vraiment.*

Toutefois, le système de désignation a deux autres ramifications. Un Africain peut choisir secrètement un nouveau nom pour les personnes qui importent dans sa vie ; ce nom secret, qu'il ne dira pas à la personne ainsi surnommée, lui donne un pouvoir important sur cette personne. Et bien sûr quand on voyage parmi des gens qui ne sont pas de votre tribu, on leur permet de vous coller un surnom absurde, dont on sera débarrassé quand on sera reparti.

Le nom de Charlie n'était donc pas Charlie. Ça, ce n'était que l'aboiement auquel il répondait quand il était parmi les animaux : c'est-à-dire, parmi des gens qui n'étaient pas kikuyu. Son nom temporaire contre les esprits de mort appartenait depuis longtemps au passé ; son nom définitif n'était connu que par des membres de son clan kikuyu, dans les villages de l'escarpement occidental des monts Narandarua ; et il était seul à connaître son nom réel.

Parmi les animaux, le seul que Charlie eût pris la peine de baptiser était Frank. Charlie l'avait nommé Mguu, et il était secrètement content chaque fois qu'il voyait cet homme, de savoir qu'il était seul à savoir que c'était Mguu. Le nom venait du swahili – Mguu ne méritait pas un nom issu du dialecte kikuyu de Charlie – et signifiait «pied». Il semblait à Charlie que *pied* exprimait très bien la nature de Mguu : sa façon de piétiner comme un éléphant, de rugir, de foncer sans réfléchir ni se préparer. Et puis, au cinéma, Charlie avait vu des dessins animés sur un Blanc nommé Mister Magoo, et cela ajoutait une dimension adéquate, lui semblait-il : Mguu, le pied aveugle.

Fin d'après-midi. Pendant une éclaircie, Mguu quitta sa tente et traversa la clairière en direction de Charlie accroupi qui écorchait une gazelle pas tout à fait morte.

— Charlie, dit Mguu.

Charlie se dressa, avec son sourire le plus rose, le couteau sanglant dans sa main sanglante. Mguu désigna le couteau.

— Pose ça.

— Ah! bien sûr, Frank. (Charlie planta négligemment le couteau dans le cou de la gazelle qui expira avec soulagement.) Que puis-je faire?

— Tu voulais seulement plaisanter, déclara Mguu avec une expression méchante. Je le sais, Charlie.

Charlie avait l'air attentif, curieux, prêt à aider. Il essuya sa main sanglante sur le devant de sa chemise.

— Mais, poursuivit Mguu, la plaisanterie est finie. Alors de deux choses l'une : ou bien tu me rends mes pilules contre la malaria, ou bien je tords ton cou de poulet, je laisse ton corps par ici et ta tête par là, et je retourne à Kisumu chercher d'autres pilules.

Derrière le sourire niais de Charlie et ses yeux luisants, le cerveau bourdonna, et puis un sourire s'épanouit et devint un rire chaleureux, amical, à gorge déployée, et Charlie dit :

— Bien sûr. Une plaisanterie ! Bien sûr, Frank, je ne peux jamais te cacher des choses.

— Exact, dit Mguu.

Le ciel d'occident, au-dessus du lac, au-delà des nuages, était blanc cassé et bleu pâle, il devenait lavande sur l'horizon pailleté d'or. Charlie et Mguu s'éloignèrent un peu du campement, puis Charlie escalada un arbre courtaud, d'où un aigle pêcheur s'éleva avec fureur en battant des ailes. Fouillant les détritus secs du nid, Charlie saisit ce qu'il cherchait et redescendit avec le flacon intact, qu'il déposa dans la paume de Mguu avec la fierté du chasseur victorieux. Dans les ombres qui s'allongeaient, Mguu regarda du côté du campement, puis le nid là-haut dans l'arbre.

— Sacrée cachette, pour une petite plaisanterie, dit-il.

Des insectes commençaient à voler en essaims, y compris assurément plusieurs des vingt-huit variétés de moustiques qui véhiculent la malaria dans cette région du monde.

— Si une chose mérite d'être faite, déclara Charlie, elle mérite d'être bien faite.

Tôt le lendemain matin, Charlie et Mguu descendirent la colline sous une nouvelle averse, firent halte sur le site de construction de l'hôtel afin que Mguu puisse crier et haleter et agiter les bras à l'adresse des hommes qui creusaient les fondations, et puis ils ramassèrent le batelier ivre et partirent en ronronnant, traversant l'embouchure de Berkeley Bay et dépassant l'île Sigulu, continuant à travers le lac Victoria, pénétrant profondément en territoire ougandais. La pluie douce s'amenuisa et finit par cesser ; en se retournant, Charlie la voyait tomber encore sur le Kenya.

La dernière fois qu'ils étaient venus au point de débarquement de Macdonald Bay, Charlie et Mguu et le batelier avaient construit un abri pour dissimuler les deux cyclos. Rien n'avait été touché, et les cyclos étaient toujours là, mais mouillés et rouillés. Il ne pleuvait pas pour l'instant mais il avait plu récemment, et tout était humide dans les bois. Mguu remit de l'essence dans les cyclos avec le jerrycan qu'ils avaient dans le bateau, et quand les moteurs démarrèrent, le vacarme sembla faire dégringoler les gouttelettes des feuilles.

L'après-midi précédent, un camion transportant des pneus Michelin était passé du Kenya en Ouganda à Moroto, loin au nord d'ici. Les gardes-frontières de Moroto, que le conducteur avait arrosés pour qu'ils le laissent entrer avec ce chargement illégal sans remplir de formulaires ni payer les droits et taxes usuels, avaient été induits à penser qu'il s'agissait seulement d'une opération de contrebande normale, et que les pneus allaient à Masindi, une ville prospère des hautes terres à l'ouest du lac Kyoga. Ils ignoraient que dans un espace vide au milieu des piles de pneus étaient assis quatre hommes, engagés par Mazar Balim avec l'aide de Lew Brady. Ces quatre hommes étaient des poseurs de rails expérimentés, anciens employés des chemins de fer kenyans, et ils circulaient avec tout un équipement : pelles, barres à mine, masses, clés à écrous. Ils partageaient aussi leur cachette avec des sacs de couchage et plusieurs cartons de provisions et conserves.

Cette nuit, par de petites routes, le camion avait roulé vers le sud, dépassé le lac Opeta et le mont Elgon, et atteint finalement cet endroit de la route Tororo-Kampala où Lew avait été arrêté par les hommes du State Research Bureau. Là, à la faveur de l'obscurité, on avait conduit le camion aussi loin que possible sur la vieille route de service, et les ouvriers avaient émergé de leur cocon de pneus et transporté leurs outils et leurs provisions jusqu'au dépôt d'entretien numéro 4. Et ce matin, à présent, Charlie et Mguu allaient au dépôt pour donner aux hommes leurs instructions.

Les quatre ouvriers s'étaient mis à l'aise dans le hangar. Jusqu'ici, c'est un travail ménager qu'ils avaient accompli ; ils avaient flanqué une partie des débris rouillés dans les coins, bouclé deux fenêtres brisées avec de vieilles tôles ondulées, et installé un feu de camp en empilant des pierres sous une autre fenêtre, laquelle ferait office de cheminée sommaire. Ils avaient sûrement entendu le rugissement des cyclomoteurs, mais ils étaient toujours allongés près de leur petit feu, échangeant des mensonges et des rires, quand Charlie et Mguu entrèrent.

Mguu commença par s'énerver à cause du feu. Charlie était censé traduire — en swahili, car deux de ces hommes seulement étaient des Kikuyu, les autres étaient des bêtes — mais il préféra répliquer :

— Frank, ces hommes comprennent absolument le problème de la fumée. Il y a des fermes partout, par ici. Les fermiers font des feux dans les champs. Personne ne fera attention à un peu de fumée.

Cela calma Mguu, qui demeura toutefois grognon. Il ordonna aux ouvriers de se lever et de le suivre dehors, où, en agitant les bras et en flanquant beaucoup de coups de pied dans les rails rouillés empilés près du hangar, il expliqua ce qu'ils étaient censés faire. Charlie traduisit, intercalant des remarques telles que les ouvriers se mordirent l'intérieur des joues pour s'empêcher de rigoler.

Oui, ils comprenaient. Oui, ils voyaient que la plaque tournante devait être débloquée pour s'aligner sur les rails. Oui certes, il fallait ôter le butoir au bout de la voie et prolonger celle-ci avec les rails rouillés jusqu'au bord de la falaise. Oui, ils saisissaient pourquoi il fallait faire une trouée dans les buissons épais entre l'embranchement et la ligne principale, et qu'ils devaient fabriquer une espèce d'écran de branches, sur un bâti quelconque, qu'on puisse remettre pour cacher la trouée. Oui, ils étaient bien d'accord, il ne fallait pas se faire prendre par la police ou l'armée ougandaises. (Cependant, s'ils étaient pris, le désastre ne serait pas total, car ces quatre hommes ne savaient pas le but final de leur travail.) Et enfin, oui, ils acceptaient le délai impératif d'une semaine. Tout serait fait. Et maintenant prenons une bière.

— Je ne suis pas sûr de ces zozos, dit Mguu, plus tard dans l'après-midi, tandis qu'on regagnait la route et les cyclos.

— Oh, ils seront très bien, dit Charlie. Je m'en porte garant.

Mguu eut son regard dur :

— *Toi*, tu t'en portes garant ? Doux Jésus.

Il prie beaucoup, pensa Charlie.

L'homme tenta de fuir en courant mais Mguu le paralysa en hurlant. C'était magnifique à voir, aussi efficace que quelqu'un lançant une pierre ; Charlie admirait beaucoup ça.

Ils étaient sortis des bois, et l'homme était là, tripotant les cyclos. Charlie avait tout de suite vu qu'il n'avait pas les façons d'un voleur mais celles d'un curieux. C'est seulement en s'enfuyant qu'il eut l'air d'un voleur. Et alors Mguu rugit, et l'homme se laissa tomber par terre, et puis s'accroupit au bord de la route, attendant, assis sur ses talons, tremblant légèrement, la tête penchée vers les genoux.

Charlie et Mguu le rejoignirent et le contemplèrent. Charlie voyait que ce n'était pas un Kikuyu, mais peut-être un Luo ou un membre d'une des autres tribus lacustres.

— Debout ! hurla Mguu et Charlie traduisit en swahili, sans hurler, et l'homme se déplia lentement et se leva.

Il était très loqueteux, le genre d'homme qu'on voit pousser une brouette pleine de parpaings sur les chantiers de Nairobi. Ses vêtements déchirés étaient grisâtres ; ses genoux noueux étaient grisâtres ; ses pieds nus étaient ocre et couverts de coupures ; ses mains étaient enflées par le labeur ou la maladie : la peau marron et épaisse de ses doigts gonflait autour des ongles orangés.

— Demande-lui ce qu'il fait là, commanda Mguu.

Charlie demanda. Morose mais soumis, l'homme répondit : « Mfupa », qui signifie « os ».

— Ah, fit Charlie. (Il avait déjà jugé que cet homme loqueteux était sans importance. Il expliqua à Mguu :) Il dit qu'il est colporteur. Il achète et vend des os.

— Des os ! (Mguu paraissait affolé.)

— Un homme pauvre peut gagner sa vie avec les os, expliqua Charlie. Et avec les chiffons et les autres ordures.

— Oh, fit Mguu, qui comprenait soudain. Un chiffonnier. Autrefois, il y en avait, aux États-Unis.

— Autrefois ? (Voici que s'ouvrait un nouveau point de vue inattendu sur cet autre monde si lointain.) *Autrefois*, Frank ? (Charlie aimait en apprendre sans cesse.)

— Plus personne ne fait ça. (Mguu rejeta l'idée d'un bref geste de la main, sans cesser de considérer le chiffonnier avec fureur.)

— Plus personne ?

Charlie imagina vaguement les maisons d'Amérique — elles ressemblaient aux chambres de motel dans les films — avec des tas d'ordures dans tous les coins. Était-ce possible ? Il n'avait jamais rien vu de la sorte au cinéma, mais on sait bien que les films mentent sur les réalités de la vie. Si la situation était telle, quelles possibilités pour un chiffonnier entreprenant !

Mais l'attention de Mguu était concentrée sur ce chiffonnier-ci, qui n'avait pas du tout l'air entreprenant.

— Il n'y a pas d'ordures par *ici*, dit-il avec une colère dangereuse. Qu'est-ce qu'il fout *ici* ?

Charlie posa la question. Le chiffonnier marmonna une phrase incompréhensible.

— Il ne sait pas, traduisit Charlie.

— Il ne sait pas ? Il ferait mieux de savoir, nom de Dieu !

Charlie reformula la question. Le chiffonnier marmonna de nouveau. Charlie haussa les épaules.

— Il ne sait pas, Frank.

— Ça va lui *revenir*, dit Mguu et en un clin d'œil il frappa l'homme au visage.

Le chiffonnier tomba assis sur le sol couvert de plantes rampantes. Pendant un instant, comme si tout l'univers était stupéfait de la violence de Mguu, il ne se passa rien. Charlie, le chiffonnier, Mguu, tous trois demeurèrent immobiles. Puis Mguu ouvrit le poing comme si ses doigts étaient engourdis.

— Repose-lui la question, Charlie.

Se baissant face à l'homme, Charlie vit qu'il avait baissé les yeux, que les muscles de sa mâchoire étaient flasques, que ses mains reposaient mollement sur ses genoux. Charlie se redressa.

— Maintenant il pense à mourir.

— Bonne chose, dit Mguu qui se méprenait. Dis-lui qu'il me répond ou qu'il est un homme mort.

— Non, Frank, dit Charlie.

Mais comment expliquer ce qui se passait ? Au fil des années il avait remarqué que les Blancs ne semblaient pas avoir cette capacité de mourir qui est si naturelle chez les Africains. Dans une situation désespérée ou misérable, un Africain, grâce à son fatalisme, peut sombrer dans la lassitude et puis s'éteindre tranquillement. C'est bien connu, mais les Blancs l'ignorent.

Du moins la plupart. Un médecin blanc chez qui M. Balim avait envoyé Charlie trois ans auparavant disait que c'était parce que les Africains des tribus sont tous malades de toute façon. Ils vivent avec la malaria (qui atteint tout le monde mais ne tue qu'un pour cent des Noirs) et plusieurs autres maladies, contre lesquelles ils ont acquis un certain degré d'immunité ou de tolérance, à travers les millénaires. Mais leur corps est tout de même affaibli et il leur est plus facile de cesser de s'accrocher à la vie.

Charlie lui-même ne croyait pas à cette explication. Il savait qu'il est simplement raisonnable de mourir à tel ou tel moment, et l'Africain est un homme raisonnable. Mais peut-être cette explication satisferait-elle Mguu.

Non. Trop compliqué. Charlie ne pouvait pas exposer tout ça. Il se contenta de dire:

— Frank, ce n'est qu'un pauvre chiffonnier, qui erre dans les bois pour trouver ce qu'il peut. Il ne sait rien, il ne peut pas répondre, il pense que tu vas continuer à lui faire du mal, alors il pense mourir pour échapper à tout ça.

— Hein? (Mguu se baissa pour dévisager l'homme aux traits fermés, aux yeux semblables à ceux d'un animal pris dans un piège à ressort depuis trop longtemps, et qui ne lutte plus et se prépare à mourir.) Bah! fit Mguu qui se redressa en frottant ses mains sur son pantalon, l'air presque gêné. Quel pays, dit-il et il se détourna et gagna à grands pas les cyclos.

Mais Charlie continuait d'observer le chiffonnier. Ses yeux avaient-ils étincelé un instant comme Mguu se détournait? Charlie fronça le nez, observant ce visage défait.

— Amène-toi! appela Frank.

Charlie s'accroupit, scrutant, et les yeux vides lui rendirent son regard. Contenaient-ils quelque chose?

— Charlie!

Charlie eut l'idée de tuer immédiatement ce chiffonnier, à l'instant même. Mais il ne pouvait tuer froide-

ment, comme fait le Blanc ; il lui fallait d'abord se mettre
en fureur, avoir l'émotion qui tue.

— Bon Dieu de *merde* ! Amène-toi !

Face à Mguu, bien sûr, une telle émotion serait aisée
et vivement conçue. Charlie se redressa, l'esprit plein du
fatalisme qu'il attribuait au chiffonnier. Ou bien *c'était*
un chiffonnier et ça n'avait plus d'importance, ou bien
c'était quelque chose d'autre, qui réapparaîtrait dans leur
existence.

Charlie rejoignit Mguu, et ils enfourchèrent les cyclos
et partirent vers le lac. Quand Charlie se retourna, juste
avant le premier virage, le chiffonnier n'avait pas bougé.

23

Passant par Greek Street à deux heures du matin,
entre les sex-shops ouverts toute la nuit avec leurs
vitrines badigeonnées de blanc et leurs enseignes fluores-
centes rouges, Baron Chase fut intercepté par deux
Jamaïcains trébuchants, souriants et sveltes qui semblaient marcher à la poudre plutôt qu'à l'alcool.

— Mèèèque, mèèèque, fit l'un d'eux, t'as pas cent
balles ?

— Ôtez-vous de mon chemin, dit Chase.

La pluie du soir avait cessé, mais les rues luisantes
d'humidité restaient désertes. Shaftesbury Avenue, ses
lumières, sa circulation et ses piétons étaient à deux rues
de distance, mais auraient aussi bien pu être à deux kilomètres ; on aurait aussi bien pu être loin de Londres. Les
Jamaïcains souriants s'approchèrent davantage, ils sen-
taient absurdement la noix de coco, et celui des deux qui
parlait insista :

— Et cent balles pour mon pote, mèèèque, il veut se charger.

— Si vous étiez dans mon pays, dit Chase d'une voix basse et lasse, je vous ferais couper les oreilles et on les rôtirait au four et on vous les servirait à bouffer.

— C'est quoi, ton pays, mèèque? demanda le Jamaïcain en gloussant comme si tout ça était une plaisanterie (et il allait saisir la manche de Chase).

La main de Chase remonta, trop vite pour que l'œil puisse la suivre. Le tranchant frappa le nez du Jamaïcain, brisant l'os, enfonçant les esquilles dans le cerveau de l'homme. Mourant, les yeux déjà vitreux, le Jamaïcain s'effondra lentement en arrière sur les pavés inégaux du trottoir mouillé.

L'autre prit sa course. Il n'attendit pas de voir ce qui était arrivé à son copain ni ce que Chase comptait faire ensuite. Il se contenta de filer, dérapant sur ses talons, reprenant son équilibre, tournant vivement le coin de Manette Street et disparaissant.

Chase poursuivit sa marche, négligeant le corps recroquevillé sur le trottoir qui semblait avoir été jeté d'un camion. *C'est quoi ton pays, mèèque?* résonnait dans les oreilles de Chase tandis qu'il rejoignait Shaftesbury Avenue et tournait à droite en direction de Piccadilly Circus.

L'Ouganda. L'Ouganda violent. L'Ouganda dépravé. L'Ouganda horrible. *Mon pays.* Il le sentait qui l'enveloppait comme un drapeau. Il fallait foutre le camp.

Londres semblait bien timorée. À une époque de sa vie, son plus grand plaisir était Londres la nuit; bien plus accessible que Paris. Arpenter les rues de Soho et du West End après minuit, les poches pleines de livres sterling, parmi les prostituées et les petits truands au nez pointu et les collégiens innocents qui tirent une bordée; choisir ses distractions, jouer un rôle différent chaque nuit; c'était le Technicolor de son existence, et les couleurs avaient à présent pâli. Après quelques années d'*entrée libre* au State Research Bureau – son musée des horreurs privé et authentique, son *vrai* Madame Tussaud's – le reste du monde était devenu pâlot.

À Piccadilly Circus, le mouvement incessant des déambulations nocturnes se poursuivait encore, bien qu'il y eût moins foule qu'à minuit, lors de son dernier passage. Filles moroses et bouffies en minijupes et vestes à épaulettes rembourrées, les yeux lourdement soulignés de noir; garçons osseux et décharnés au long cou, avec des pantalons cylindriques étroits et noirs et des chandails où l'on lisait UNIVERSITY OF MIAMI (achetés ici à Oxford Street); homosexuels plus âgés, nerveux, l'estomac flasque, trébuchant vers l'humiliation qu'ils craignaient et voulaient; putes semi-professionnelles, couvertes de clinquant, toujours par deux, avec des perruques blondes comme des copeaux; tous continuaient de faire la ronde, agités et désœuvrés, l'œil et la bouche insatisfaits et craignant d'autres frustrations. Les taxis noirs pétaradants contournaient sans cesse la statue d'Éros au milieu de Piccadilly, en route vers ailleurs, arborant rarement l'inscription lumineuse LIBRE. Pas ici.

On ne percevait pas de vraie organisation, mais le courant des piétons allait dans le sens des aiguilles d'une montre, parallèlement à la circulation automobile. Chase se joignit à la minorité qui circulait en sens inverse et examina les visages et les corps qu'il croisait. Et cet endroit aurait pu être le terrain d'exercice d'un camp de concentration dont le commandant, avec un sens de l'humour macabre et exceptionnel, aurait revêtu ses captifs des dépouilles d'une troupe théâtrale.

Qu'est-ce que je me fais ce soir? Qu'est-ce qui sera le mieux pour faire passer un peu l'ennui? Il était tard; les pubs étaient fermés; l'air était froid et humide à cause de la pluie de tout à l'heure ; le désespoir général affleurait davantage ; Chase pouvait choisir ce qu'il voulait dans ce défilé de mannequins.

Quand il croisa pour la quatrième fois le même couple de garçons, douloureusement maigres, vêtus presque identiquement : gros chandails noirs de grosse laine, blue-jeans serrés, fausses «santiags» bon marché et craquelées, les mains et le cou grisâtres (non pas la crasse du labeur, mais celle des crasseux), Chase haussa mentalement les épaules, leur adressa un hochement de tête et alla tourner dans Glasshouse Street, le long du sombre pâté de maisons qui s'étend derrière la courbe illuminée de Regent Street. Au bout, il jeta un coup d'œil derrière lui et les vit qui arrivaient lentement, presque à contrecœur. Il sourit et tourna à droite dans Regent Street, passant devant de vastes vitrines luisantes pleines de vêtements destinés à un monde que ces garçons ne connaîtraient jamais.

Il pouvait tirer n'importe qui, n'importe quoi, de ce vivier malpropre. Il avait de plus en plus tendance à choisir des garçons, mais il se disait que ça ne signifiait rien. Avec les garçons c'était plus facile, c'est tout. Et comme il ne permettait jamais qu'on introduise quelque chose dans son corps, se contentant de les pénétrer, il n'était évidemment pas homosexuel.

Passé Piccadilly Circus, les taxis vides allumaient leur signal LIBRE. Chase en héla un avant d'avoir atteint Beak Street.

— Un instant, dit-il au conducteur, mes amis arrivent.

Le chauffeur, un Cockney juif au visage étroit, se tortilla pour regarder les garçons qui approchaient.

— C'est vot'vie, l'ami, fit-il. S'pas.

— En effet. (Chase, tenant la portière, fit monter dans le taxi les deux garçons qui maintenant souriaient timidement.) Montez dans mon carrosse d'or, dit-il.

À dix heures du matin le téléphone sonna dans la chambre d'hôtel. Chase s'éveilla avec peine, saisit maladroitement le combiné, marmonna dedans et entendit la voix d'Emil Grossbarger :

— Ils l'ont remis zur l'affaire.

L'esprit de Chase était plein de bribes de rêves, de silhouettes noires et rouges qui se dissipaient, ne formaient plus une histoire, ne laissaient derrière elles qu'un mince résidu d'effroi. Il n'avait aucune idée de ce dont Grossbarger parlait.

— Quoi ? Qui ?

— Zir Denis Lambsmitt. Chase, qu'est-ce que vous zavez de zette histoire ?

— Lambsmith ? (S'orientant, se rappelant qui il était et quoi, Chase se redressa dans le lit.) Qu'est-ce que ça veut dire, ils l'ont remis ?

— Je l'avais fait retirer de la négoziazion ougandaise, dit Grossbarger. (Au téléphone, on avait davantage conscience de la rauque puissance de sa voix, emplie du pouvoir dont son corps avait été privé.) Guand nous avons fait notre arrangement perzonnel, vous und moi, mon cher Baron, j'ai voulu que zet homme à l'œil perzant zoit mis à l'écart de notre zphère d'agtivités.

— Oui, oui. (Impatienté par sa propre somnolence, Chase, de sa main libre, frotta son visage bouffi de sommeil. Sa main sentait vaguement le savon, à cause de la douche qu'il avait prise cette nuit après le départ des garçons.) Qui l'a remis sur l'affaire ?

— Votre gouvernement. Pourquoi ont-ils fait za ?

— Je n'en ai aucune idée, dit Chase, stupéfait de constater que c'était vrai ; il ne voyait pas du tout qui en Ouganda avait pu faire ça, et dans quelle intention ; c'était effrayant d'ignorer ainsi, soudainement, ce qui se passait dans l'arène où il luttait pour survivre.

— Je veux qu'on l'écarte, dit Grossbarger. Z'est très important pour moi.

— Je peux, euh... (Chase secoua la tête pour chasser les toiles d'araignée du sommeil.) Nous pouvons le contrôler. Je vous assure qu'il ne saura pas ce qui se passe.

— Je veux qu'il *z'en aille* ! Et pas en le tuant, za démolirait notre jeu. Il faut le zortir de l'opération *gomplètement* !

À entendre l'animation de Grossbarger, Chase comprit brusquement pourquoi l'homme était si soucieux, et ça lui fit un choc. Oui, et c'était pourquoi Grossbarger avait voulu qu'on écarte Lambsmith au départ. L'idée suscita en Chase une haine grandissante, une haine et une rage, et il devint plus posé, plus assuré, plus dissimulé.

— Je vais abréger mon séjour, Emil, dit-il. (Pour la première fois il utilisait le prénom du vieil homme, délibérément, pour retourner le couteau dans leur plaie à tous deux.) Je vais rentrer à Kampala aujourd'hui. (De toute façon il le fallait ; manifestement il s'était absenté trop longtemps.) Je découvrirai ce qui s'est passé.

— Und vous *écarterez* Zir Denis Lambsmitt de zette opérazion !

— Vous avez ma promesse.

— Notre association en dépend.

Chase raccrocha et resta encore quelques instants au lit, contemplant sombrement la porte de la salle de bains, dont la glace reflétait la fenêtre principale de la chambre. Sir Emil Grossbarger était si agité, ce n'était pas à cause de la perspicacité de Sir Denis, de la possibilité qu'il découvre leur plan. Non, pas du tout. Chase le voyait. Le fait est qu'Emil Grossbarger avait *de l'affection* pour Sir Denis Lambsmith, il se considérait comme *l'ami* de Sir Denis Lambsmith, il essayait de protéger son *ami*, d'écarter son *ami* de la zone dangereuse.

Qui ferait cela pour moi ?

Dans l'univers de Chase les preuves d'amitié étaient si rares qu'il n'avait presque jamais à se rappeler l'existence d'un tel sentiment. Et on le lui jetait au visage à présent, et ça concernait deux êtres comme Grossbarger et Lambsmith, et c'était exaspérant, insupportable. Qui se serait soucié ainsi de Baron Chase ?

Ils m'utilisent, c'est tout. Même Amin n'a pas vraiment d'affection pour moi.

Chase décrocha le téléphone pour faire changer sa réservation de vol.

Par une de ces coïncidences qui ne sont pas aussi extravagantes qu'elles le paraissent, Sir Denis était sur le même vol. Il était à Londres, expliqua-t-il, pour des entretiens à l'Office du café, quand le gouvernement ougandais avait demandé qu'il fût remis en fonction pour représenter l'Office. Il avait appris la nouvelle peu avant Chase, et les deux hommes avaient promptement pris leurs dispositions pour retourner à Kampala, Chase pour voir ce qu'il pouvait faire pour reprendre le contrôle de la situation, Sir Denis à la demande du gouvernement ougandais. Pour chacun d'eux, le meilleur itinéraire était le vol de nuit Londres-Tripoli-Kampala d'Air Ouganda.

Ils se rencontrèrent dans le salon des personnalités à Heathrow, où Chase eut une joie sauvage en voyant l'homme qui venait de devenir son ennemi, et où Sir Denis dut manifestement mobiliser toutes ses ressources de diplomatie pour suggérer qu'il était heureux de cette rencontre. Après les salutations usuelles et des manifestations d'étonnement et de satisfaction, ils prirent un verre au bar, et puis Chase insista pour changer sa place dans l'avion afin qu'on voyage côte à côte.

— Ce n'est pas la peine, si c'est compliqué, dit Sir Denis et Chase lui sourit, découvrant ses dents :

— Ce n'est pas compliqué du tout, dit-il.

L'hôtesse du salon s'occupa du changement de siège, et Chase, avec sa nouvelle carte d'embarquement, rejoignit Sir Denis assis près des fenêtres et qui feuilletait un vieux numéro de *Punch*. Dans l'obscurité derrière les vitres, des points lumineux rouges et blancs bougeaient, signalant les mouvements des appareils qui manœuvraient au sol.

— Aucun problème, annonça Chase qui s'installa dans un fauteuil rebondi à la droite de Sir Denis.

Celui-ci soupira, ferma sa revue et en montra la couverture à Chase.

— Je crains de n'être plus un Anglais, dit-il. Je suis trop souvent absent du pays, ces temps-ci. Je ne comprends pas la moitié des dessins humoristiques qu'il y a là-dedans.

— L'Angleterre est un club, dit Chase comme s'il tombait d'accord avec Sir Denis. (Une des frustrations de Chase était d'être canadien, ce qui était presque n'être rien du tout.)

— L'Angleterre, un club ? C'est possible. (Sir Denis eut un sourire chaleureux et laissa tomber la revue sur la table près de son siège.) Peut-être ai-je laissé mon appartenance se périmer.

— Du moins nous vous avons remis sur l'affaire Brésil-Ouganda. (Chase eut son sourire le plus affable.)

— Vous avez quelque chose à voir avec ça ? fit Sir Denis en l'observant attentivement.

Chase haussa les épaules d'un air modeste.

— Vous sembliez être l'homme qu'il fallait. J'ai juste dit ça à Amin.

— Je vois. Merci beaucoup.

La déception de Sir Denis était évidente. Chase rit intérieurement car il savait pourquoi. Sir Denis avait cru que c'était Patricia Kamin qui l'avait fait remettre en place ; et en fait c'était peut-être bien le cas. Chase sourit en pensant à la façon dont Patricia mènerait ce vieil idiot par le bout du nez.

— Il n'y a pas de quoi, dit-il.

Amin en personne les accueillit à Entebbe. Il jouait un nouveau rôle, celui de l'homme d'État distingué. Son costume droit gris fer était superbement taillé pour faire valoir ses épaules et son torse tout en effaçant son ventre. Sa cravate était bleu foncé, modestement décorée de lions héraldiques argentés, et sa chemise était d'un blanc neigeux, encore légèrement marquée d'avoir été pliée par le fabricant. Ses pieds, qui étaient de taille normale, paraissaient minuscules dans les souliers noirs brillants, sous cette silhouette imposante à grosse tête. Seules les poches gonflées du costume – qui contenaient, Chase le savait fort bien, des liasses d'argent liquide : shillings, livres, dollars – rompaient la perfection de cette gravure de mode.

Amin sortit seul de l'aérogare, avançant à grands pas sur le tarmac tandis qu'on débarquait. Il arborait à leur adresse son sourire le plus joyeux et le plus accueillant, et tout en marchant il tendait déjà la main. Tandis que les autres passagers (des hommes d'affaires ougandais ou européens) regardaient du coin de l'œil, avec anxiété et curiosité, Amin s'avança vers Sir Denis et lui pompa le bras.

— Mon ami-euh, mon ami-euh. Comment pouvais-je poursuivre sans vous, absolument ? Ce-euh miiii-nistre qui vous a euh *vidé*, il a été *chassé*. Chassé de mon gouvernement, absolument. Quand j'ai euh su ce qu'il avait fait, j'ai agi immédiateuh-ment.

Il se vante, le foutu roublard. Chase se tint à l'écart en souriant, comptant que Sir Denis interpréterait son attitude comme celle du fonctionnaire modeste qui laisse son supérieur glaner la récompense de son discret labeur.

Quant à Sir Denis, du moins en surface, il parut sincèrement ravi d'être encore une fois en face du président à vie Idi Amin Dada. En fait, il l'affirma :

— Je suis ravi, Votre Excellence. J'espère pouvoir vous être encore utile.

— Oh, oui. Oh, oui, nous euh travaillons ensemble comme euh… (Un instant, Amin chercha visiblement une comparaison ; puis il la trouva :)… comme euh Abel et Caïn. *Fwèwes.*

— En frères, approuva imperturbablement Sir Denis. Je suis ravi, répéta-t-il (même lui se trouvait à court de mots).

Amin ne prit pas la peine de serrer la main de Chase, mais lui adressa un large sourire.

— Bienvenue chez nous euh, Bawon. Vous vous êtes euh absenté longtemps.

Ah bon. En effet.

— C'est bon d'être de retour, fit Chase en souriant aussi.

— Mon bwas dwoit, déclara Amin qui découvrit de nouveau les dents à l'adresse de Sir Denis : qu'est-ce que vous pensez de mon bawon ? Peut-être j'en fais un duc maintenant.

C'était une plaisanterie qu'Amin avait déjà faite et Chase y répliqua comme d'habitude :

— Oh, non, monsieur le Président, je suis satisfait d'être un simple Baron.

— Modeste absolument. Venez euh.

Ici en Ouganda la saison des pluies était moins impitoyable qu'à l'est, sur la vallée du Rift, et aujourd'hui était un jour de répit. Un amoncellement de nuages roulait à travers les cieux, mais l'air luisait un peu et avait une douce tiédeur, humide mais sans excès. Passer de Londres mouillée et froide à l'austérité aride de Tripoli, puis aux brises tropicales d'Entebbe, c'était voyager du

Purgatoire à l'Enfer, puis aboutir au Paradis. Météorologiquement parlant.

Aujourd'hui la voiture était la Mercedes décapotable noire, celle que les Israéliens avaient imitée l'été dernier lors de leur coup de main pour sauver les otages. Leur fausse Mercedes, émergeant en premier des entrailles de l'avion de tête et arborant sur ses phares le drapeau ougandais et le fanion du président, avait désorienté un instant la garnison de l'aérodrome. Ensuite, pendant des semaines, Amin avait refusé d'utiliser sa Mercedes authentique, comme si le véhicule était responsable de son humiliation ; mais il n'avait pu s'en détacher définitivement ; la Mercedes-Benz avait une signification symbolique trop puissante.

Le chauffeur était au garde-à-vous près de l'auto dont les quatre portières étaient ouvertes. L'équipe de rampants d'Air Ouganda chargeait les bagages dans le coffre. Amin s'adressa au chauffeur en swahili :

— Je vais conduire. Rentre dans une autre voiture. (Chase comprenait très bien le swahili, mieux que quiconque ne le pensait, y compris Amin, mais il ne le parlait jamais. Sa grande connaissance de cette langue était une des petites armes de son arsenal d'autodéfense.)

Le chauffeur salua et s'éloigna comme un jouet à ressort. Amin inclina sa tête noire souriante vers la tête blanche et âgée de Sir Denis, comme s'il était le gérant attentif d'une maison de retraite.

— Je vous euh conduis. Je vous euh montre les beautés du pays. Vous vous asseyez devant avec euh moi.

— C'est une surprise et un plaisir, dit Sir Denis. (Il se tortille, songea Chase avec ravissement, en considérant l'extérieur impassible de Sir Denis.)

Chase eut la grande banquette arrière pour lui seul. La capote était baissée, et quand Amin jeta la voiture en avant — conduisant trop vite, trop négligemment, trop maladroitement : il avait déjà eu plusieurs accidents – le vent de la course saisit les cheveux raréfiés de Chase comme pour le scalper. Écartant les mèches de son front, il se retourna et vit les deux voitures de gardes du corps qui suivaient à distance respectueuse – mais pas trop loin.

Il y avait eu des attentats contre Amin. Si impulsives que ses actions paraissent, il était toujours bien gardé ; trop de gens avaient besoin de lui en Ouganda, non seulement pour survivre mais pour rester en vie. *Si* Amin était assassiné, cela ne changerait rien dans le pays, car le système d'oppression resterait en place. Mais la lutte entre les Nubiens, pour la succession d'Amin, serait plus horrible que même Chase pouvait l'imaginer.

Devant, Amin parlait à Sir Denis, lui faisait un exposé documentaire (certainement ponctué d'erreurs) sur l'histoire de l'Ouganda, sa flore et sa faune, et sur les projets de développement envisagés par Amin. Chase n'essayait même pas de saisir les mots que le vent emportait. Il en savait déjà plus long qu'Amin sur l'Ouganda, et sur les projets de développement, qui se réduisaient à la fameuse « route du whisky » : des avions transportaient du café à Stansted en Angleterre et à Melbourne en Floride (USA), et revenaient avec les alcools et les produits de luxe qui faisaient tenir les Nubiens tranquilles. Le projet de développement, c'était ça et ça fonctionnait bien mieux, du moins ça atteignait bien mieux son but que la plupart des programmes du tiers-monde.

Pendant le trajet, Chase songea à son propre programme de développement. Ce qu'il tentait était bien plus risqué et subtil que la route du whisky, mais si ça marchait il en tirerait autant de tranquillité qu'Amin tirait de la route du whisky. De l'argent. Un tas d'argent. De l'argent pour prendre sa retraite, peut-être dans une petite Antille, d'où il pourrait toujours faire un voyage à Londres de temps en temps. Et à New York, aussi. Et toute sa vie il avait eu envie de vérifier les rumeurs concernant La Nouvelle-Orléans.

Amin fut le premier à voir qu'il y avait un pépin en face. C'était bien de lui, c'était une partie du secret de sa réussite; il était sensible comme un chat aux dangers potentiels.

Ils avaient atteint la ville et roulaient sur la route de Kampala, entre des boutiques qui avaient naguère appartenu aux Asiates expulsés. La moitié des magasins étaient maintenant fermés, par manque de capitaux, manque de qualification, manque d'initiative. Parmi les quelques véhicules usagés de la rue, la coûteuse et lui- sante Mercedes était comme un visiteur d'une autre pla- nète. Bien plus typique était le camion oscillant, à hayons de planches et cabine bleue, qui sortit lentement d'une transversale devant eux et boucha le passage, comme s'il lui fallait une éternité pour dégager.

Amin agissait déjà quand Chase vit l'autre camion. Le second camion se trouvait d'abord à l'arrêt de l'autre côté de la large route de Kampala, et c'est à une vitesse étonnante qu'il démarra soudain et se jeta à travers la chaussée, face au premier poids lourd, bloquant totale- ment la route.

Mais Amin était rapide, et quand c'était nécessaire il pensait à une vitesse incroyable. Avec un grognement soudain et bruyant, comme un lion dérangé dans son repas, il enfonça l'accélérateur, tordit le volant et se baissa autant que possible.

L'accélération tira brutalement Chase de ses rêveries. Lui aussi pouvait agir vite en cas de crise, et après coup il se rendit compte que c'était pour que la mort de Sir Denis ne menace pas son accord avec Grossbarger qu'il se pencha contre l'accélération, sans songer à sa propre protection, tapant sur la tête blanche de Sir Denis:

— Planquez-vous!

La Mercedes avait bondi sur le trottoir. Une femme passait là, tenant son petit garçon par la main. Des hommes armés de mitraillettes sortaient d'une boutique abandonnée juste devant la voiture. Le conducteur du camion à hayons essayait désespérément de passer la marche arrière sur son embrayage antique. La femme jeta son garçonnet sur la chaussée juste avant que la Mercedes la heurte et la jette comme un paquet de cigarettes vide à travers une vitrine.

Puis Chase fut au sol à l'arrière et il ne vit plus rien, et des balles faisaient éclater le pare-brise. Encore un pare-brise à changer. Il sentit que la voiture passait en raclant le ciment du magasin et le pare-chocs arrière du camion. La Mercedes dansa sur sa suspension, parut près de s'envoler, mais dégringola le trottoir, fila de nouveau sur la chaussée, ralentissant enfin.

Se redressant avec hésitation, Chase jeta un coup d'œil au combat qui se déroulait près des camions. Les gardes d'Amin échangeaient des coups de feu avec les assassins, qui maintenant tentaient en vain de fuir. S'ils avaient de la chance, ils seraient tués tout de suite par les coups de feu, proprement.

Avril, on n'était qu'en avril. C'était la troisième tentative d'assassinat depuis le début de l'année, et comme les deux autres on n'en parlerait dans aucun journal, dans aucune émission de télévision, sur aucun télex.

J'ai raison de me tirer, songea Chase. Tout fout le camp.

À l'avant Amin riait, il tapait sur la cuisse de Sir Denis ébahi, il transformait déjà cette dangereuse échappée en triomphe, en sujet de plaisanteries, en anecdote. Il avait dit à Chase, avec une grande conviction apparente, qu'il savait qu'aucun tueur ne pouvait l'abattre, car il avait déjà vu sa propre mort en rêve. Ce ne serait pas, avait-il affirmé, avant très très longtemps.

24

Nue devant le miroir de la coiffeuse dans la chambre de Frank, Ellen se fit encore une fois la réflexion que le sexe ne paraît jamais aussi merveilleux après que pendant. En bougeant un peu la tête elle apercevait Frank étendu sur son dos sur le lit, sur la couverture neuve rose corail qu'il y avait jetée après avoir chassé le chien stupide, George. Les deux oreillers étaient maintenant empilés sous la tête de Frank qui grattait distraitement son ventre velu et souriait de satisfaction ensommeillée. *Lui*, il a pris du bon temps, le salaud, songea-t-elle.

Il n'y avait pas d'autre bruit que le murmure incessant de la pluie, pareil au grattouillis d'un million de petits rongeurs croquant du bois pourri. S'il n'y avait pas eu la pluie...

Elle avait commencé fin mars, la pluie, et on était le 19 mai. Sept semaines de pluie. Des fissures apparaissaient dans les murs; des fuites naissaient dans les plafonds; les portes gauchissaient. Les tiroirs se coinçaient; la farine et les haricots et le pain moisissaient sur les étagères; la souillure vert-noir du moisi gagnait toute chose comme dans une éclipse totale et surréelle.

S'il n'y avait pas eu la pluie...

Sans doute Lew ne se serait-il pas entiché de cette petite Indienne, d'abord. C'était sûrement l'oisiveté forcée, due à la pluie incessante, qui l'avait poussé à se distraire avec cette créature. Dans des circonstances normales, ça ne se serait pas produit. Lew n'était pas homme à faire ça. Et Ellen n'était pas femme à faire ça, elle le *savait*.

S'il n'y avait pas eu la pluie...

Ellen aurait été plus active, plus satisfaite. Elle aurait piloté trois ou quatre fois par semaine et non trois ou quatre fois par mois. Elle aurait consacré du temps et de la réflexion et des soins à cette affreuse petite maison qu'on leur avait prêtée, et elle aurait eu le loisir d'en faire une sorte de logis. Et elle n'aurait pas été si souvent désœuvrée, et morose, et de plus en plus irritable et déprimée, à imaginer des vengeances miteuses.

S'il n'y avait pas eu la pluie...

Frank non plus n'aurait pas sombré dans l'ennui et la lassitude. Son expédition de camping près du lac Victoria, qui convenait parfaitement à son cerveau de gamin de douze ans, l'aurait comblé et diverti. Il ne serait pas revenu à Kisumu d'humeur morose, agitée, coléreuse. Il aurait laissé leurs relations conserver ce niveau d'amitié asexuée qui avait été si difficile à atteindre, et qui était la seule relation à long terme qu'ils *pouvaient* avoir. Il ne l'aurait pas draguée de nouveau à son retour de Port Victoria, par irritation et ennui.

Et elle n'aurait pas accepté.

Sottise, sottise, sottise. Ils avaient couché ensemble, ça leur avait plu, et à partir de maintenant la situation avait empiré d'autant. Et tout ça à cause de la pluie.

— Un sou pour tes pensées, dit Frank ; et puis, comme si c'était causé par l'effort de parler, il eut un énorme bâillement.

— Je pensais que je déteste terriblement cette pluie.

Il gloussa, très confortablement.

— Tu as un très beau cul, déclara-t-il.

— Merci.

— Je vais te dire ce que, *moi*, je pensais, et je ne rigole pas. Tu sais que je ne rigole pas avec ça.

— Hein ?

— T'es ce que j'ai jamais eu de mieux, dit-il. C'est la vérité du Bon Dieu et qu'Il me foudroie si je mens, j'ai cru que j'allais me retrouver hors de ma peau, là, deux ou trois fois. J'ai cru que j'étais mort et que je baisais un ange.

Elle rit, moins morose :

— Tu t'y connais en compliments.

— Lew ne te mérite pas.

Ah ! non, pas de ça. Soudain active, Ellen se détourna du miroir, traversa la chambre en deux enjambées, s'agenouilla sur le lit et enfourcha l'homme, sa toison pubienne sur le ventre de Frank. De la main droite, elle remonta sans douceur le long de ses côtes. Il grimaça mais garda les mains sous la tête, sans chercher à se défendre. Il l'observait avec étonnement, amusement et intérêt, sans inquiétude. Elle enfonça son doigt entre la troisième et la quatrième côte, juste sous le mamelon.

— Si Lew apprend ça un jour, dit-elle avec insistance et conviction, si jamais seulement Lew a des *soupçons*, je te planterai une lame ici. Je le ferai, Frank.

Frank gloussa, feignant d'ignorer la douleur que lui causait l'ongle :

— Lew serait le premier à le faire, mon loup, dit-il. Ne t'inquiète pas, le vieux Frank n'a pas envie de mourir.

Elle diminua la pression sans ôter sa main.

— Mais que ce soit bien compris.

— Je te reçois cinq sur cinq.

Alors elle voulut s'en aller, mais il la prit par la taille, la forçant à se rasseoir sur son ventre. Elle sentait contre ses fesses sa nouvelle érection.

— Ne t'en va pas, dit-il. Ça me plaît que tu sois là.

Eh merde ! elle resta. Elle était en colère, elle était furieuse, la pluie lui tapait sur les nerfs, l'oisiveté la rendait dingue, mais en même temps elle aimait bien ces mains musculeuses sur ses hanches, et la poussée de ce sexe dur contre sa peau.

Frank, c'était autre chose que Lew. Il était moins fin et plus bête et moins sensible, mais il y a des moments où la simplicité bestiale a son charme. Quasiment contre sa volonté, elle se sentait qui s'amollissait pour répondre à sa dureté, elle se sentait humide. Sachant ce qu'il désirait, elle se souleva un peu sur les genoux, recula légèrement pour l'accueillir...

Et elle s'immobilisa. Sourcils froncés, elle pencha la tête comme un herbivore qui entend un son lointain dans la forêt. Frank pressait sa taille pour l'amener sur son membre impatient, mais elle ne bougea pas.

— Qu'est-ce que c'est que ça? dit-elle.

— Quoi? Bon Dieu...

Repoussant les mains de l'homme, elle descendit du lit et alla à la fenêtre la plus proche. Elle écarta le rideau et regarda dehors, écoutant les gouttes isolées qui tombaient des branches et des auvents.

C'était vrai. Et, dans la qualité de la lumière, dans l'altitude des nuages, quelque chose lui disait que ce n'était pas un simple répit, c'était vraiment là. Elle se retourna vers Frank, perplexe sur le lit. Elle avait les yeux brillants. Elle n'avait pas du tout besoin de lui.

— La pluie a cessé, dit-elle.

TROISIÈME PARTIE

25

Lew entra dans la salle avec une bûche et un vieux porte-documents noir usagé. Il posa le porte-documents, soupesa la bûche et fit face à ses élèves.

Ils lui rappelaient un peu sa classe de camionneurs de Valdez, sauf qu'il ne pensait pas avoir autant de mal à apprendre à cette bande à riposter. Ils étaient quarante-huit, dans la vaste salle malpropre qui servait de dépôt dans le deuxième bâtiment de Balim. C'étaient des employés de Balim, ou bien des amis ou des parents ou des compatriotes tribaux des employés de Balim, et dans les quelques jours à venir c'était le boulot de Lew d'en faire quelque chose comme une armée d'invasion. Pour l'instant ils ressemblaient plutôt à la foule du samedi soir dans un bar louche.

Charlie avait reçu mission d'être l'interprète de Lew, et se tenait près de lui à présent, mâchant un bout de canne à sucre et l'air extrêmement détendu. Lew contempla ses troupes, qui semblaient généralement un peu intéressées et rien de plus.

— Dis-leur de s'asseoir.

Charlie prit la parole. Comme le groupe était mélangé (surtout des Luo et des Kikuyu), il parla en swahili, langage dont Lew ne connaissait que les rudiments, pas assez pour saisir quelque chose dans le débit chantant, rapide et élidé de Charlie. Mais certainement c'était trop long pour traduire «Asseyez-vous», et Lew remarqua que les hommes échangeaient des regards amusés en s'installant sur le sol poussiéreux.

— Charlie, dit Lew. (L'homme tourna vers lui son visage étroit et sagace.) Charlie, tu dois juste traduire ce que je dis.

— Ah, bien sûr, dit Charlie.

Lew soupesa le rondin.

— Dis-leur que je vais maintenant leur montrer comment faire si un homme les attaque avec un gourdin.

Charlie hocha la tête et parla en swahili. De nouveau les hommes assis semblèrent s'amuser. Charlie se retourna vers Lew, prêt à traduire la suite.

— Bien, dit Lew qui lui tendit le rondin. Prends ça.

— Monsieur?

— Va, prends.

Perplexe mais discipliné, Charlie prit le morceau de bois, faisant passer son bout de canne à sucre dans sa main gauche. Lew recula d'environ trois pas.

— Attaque-moi avec le gourdin, Charlie, dit-il.

Charlie parut ahuri un instant, puis contempla le bout de bois et puis de nouveau Lew.

— Je fais *semblant*? Je fais semblant de vous attaquer?

— Si tu veux, dit Lew d'un ton indifférent. Comme tu veux.

Avec un petit sourire, Charlie se tourna vers le public et discourut encore en swahili. Un murmure appréciateur parcourut les rangs. Plusieurs hommes dissimulèrent de grands sourires derrière leurs mains.

— Je ne t'ai rien donné à traduire, Charlie, dit Lew.

— Je leur ai juste dit ce qui va arriver, expliqua Charlie. Pour qu'ils ne soient pas inquiets.

— Bien. Arrive, maintenant.

— D'accord.

Charlie s'avança, faisant semblant de faire semblant. Lew s'attendait à ça : un assaut d'une trompeuse mollesse plutôt qu'un numéro d'attaque hurlante ; et il vit quand le regard de Charlie changea, juste avant le rapide bond en avant et le grand coup de trique qui visait carrément la tête de Lew.

Lew fit un pas en avant pour éviter le coup. Du bras gauche il fit dévier le rondin vers le haut, en même temps qu'il décochait très violemment son pied droit dans l'entrecuisse de Charlie. Charlie poussa un hurlement, bruit très satisfaisant dans n'importe quel langage, et se tortilla sur le sol comme une fourmi sur une braise. Le gourdin tomba par terre et rebondit au loin.

Ce fut très apprécié. Les hommes rirent, ils applaudirent, ils firent des commentaires admiratifs entre eux. Lew se pencha pour poser une main pleine de sollicitude sur l'épaule de Charlie :

— Ça va, Charlie ?

Charlie ne put pas tout à fait lever la tête pour regarder Lew, mais il parvint à la hocher.

— Est-ce que tu peux toujours traduire ? Dois-je prendre quelqu'un d'autre pour traduire ?

— Je peux. (La voix de Charlie semblait se frayer un chemin à travers une bâche.)

— Il faut que je sois bien traduit, Charlie. Avec précision. Tu es sûr que tu peux ?

Cette fois Charlie leva la tête. Lui et Lew s'observèrent, à quelques centimètres de distance, et Lew regarda Charlie résoudre une équation dans sa tête : mauvaise traduction égale grande souffrance, bonne traduction égale fin de la souffrance. Charlie hocha lentement la tête.

— Je peux.

— Bien. Je t'aide à te relever.

Charlie se redressa. Son maintien et sa mine étaient d'un vieillard. Lew fit un numéro en l'époussetant, tandis que le public gloussait et se tapait sur les cuisses.

— Prêt? demanda Lew.

Charlie déglutit bruyamment et se tint un peu plus droit.

— Oui. Prêt. (Sa voix n'était pas redevenue normale, mais ça allait mieux.)

— Bon. Dis-leur que le but de la démonstration était de prouver qu'une arme ne rend pas un homme invincible.

À en juger par le ton de Charlie et l'intérêt des assistants, la traduction fut exacte. Satisfait, Lew poursuivit :

— Mais nous n'allons pas en Ouganda pour *chercher* la bagarre. Il y a là-bas une cargaison à transborder. C'est pour ça que nous y allons. Pour la plupart, nous n'aurons pas d'armes. (Il y eut un mouvement d'insatisfaction quand Charlie traduisit cette dernière phrase.) Si la police ou l'armée ougandaises nous attaquent, poursuivit Lew, nous partirons aussitôt. Mon travail consiste à vous apprendre comment regagner les radeaux en cas d'attaque. En d'autres termes, comment faire retraite, pendant que ceux qui ont des armes protègent vos arrières.

Un des hommes assis dit quelque chose d'un ton indigné.

— Il dit, traduisit Charlie, donnez-leur des armes à tous, ils sauront se protéger. (Il était manifestement content que Lew ait un opposant.)

Lew hocha la tête.

— Regardez votre voisin, dit-il et il attendit pendant qu'ils écoutaient la traduction et puis regardaient de côté

308

et d'autre, gênés et troublés, riant les uns des autres, et Lew poursuivit avec lenteur, pour que Charlie eût tout son temps pour traduire en swahili : Votre voisin a très peu d'entraînement au tir et il n'a aucun entraînement militaire. Imaginez que vous marchez dans les bois, avec toute une armée quelque part dans le coin. Imaginez que votre voisin est aussi dans les bois, pas loin. Il y a du tumulte à l'avant. Des gens tirent ; des gens hurlent. Les arbres et les buissons vous empêchent de voir ce qui se passe, de distinguer les gens. Est-ce que vous souhaitez vraiment que votre voisin ait un fusil, là-bas au milieu des bois, à côté de *vous* ?

Ce discours provoqua le mécontentement général. Plusieurs avaient des choses à dire. Comme la plupart des gens, ils voulaient se croire capables d'actes héroïques et déterminants. La partie la plus difficile du travail de Lew, ici comme dans les armées pour lesquelles il avait travaillé, était sans doute d'amener les gens à saisir leurs propres limites. Une fois qu'ils avaient admis leur ignorance et leur impréparation, ils pouvaient commencer l'instruction.

— Ils disent..., commença Charlie qui se retournait joyeusement vers Lew.

— Je sais ce qu'ils disent.

Se penchant sur la serviette qu'il avait apportée comme n'importe quel enseignant dans n'importe quelle salle de classe, l'ouvrant de telle sorte que le couvercle en cachait le contenu aux élèves, Lew sortit deux automatiques, tous deux de fabrication espagnole, des Star calibre 38. Fermant le couvercle de l'attaché-case, il fit face au groupe, tenant négligemment les deux pistolets.

— Dis-leur ceci, Charlie : si un homme ici croit s'y connaître assez en armes pour qu'on lui fasse confiance en Ouganda, il peut le prouver en se battant en duel avec moi maintenant. (Comme on faisait silence sur sa gauche avec stupeur, il insista :) Dis-leur, Charlie.

Charlie obéit, et les hommes écarquillèrent les yeux et firent silence. Lew poursuivit :

— Nous nous tiendrons de part et d'autre de cette salle, chacun tenant l'automatique au côté. Charlie comptera jusqu'à trois, puis nous ouvrirons tous deux le feu, et nous continuerons jusqu'à ce que quelqu'un soit touché. Je ne tirerai pas pour tuer. Je viserai le genou.

Ils discutèrent entre eux. D'un air négligent, Lew continuait d'exhiber les automatiques. Finalement Charlie revint, d'un air étonné et qui révélait une admiration hésitante.

— Ils ne veulent pas essayer.

— Dis-leur ceci : c'est *moi* qui leur dirai ce qu'ils savent et ce qu'ils ne savent pas. Et si quelqu'un n'est pas d'accord, il pourra toujours relever mon défi.

Charlie traduisit ça avec autant de ravissement qu'au moment où c'était Lew qu'il croyait dans les ennuis. Les hommes assis écoutèrent avec morosité et irritation, mais sans vraie révolte.

Lew rangea les pistolets, boucla le couvercle et continua son exposé.

— Je ne veux pas que l'un de vous meure en Ouganda. Je ne veux pas que vous vous tiriez dessus les uns les autres, et je ne veux pas que vous vous fassiez abattre par la police. M. Balim sait que j'ai été instructeur dans plusieurs armées, et il m'a demandé de vous enseigner ce que vous devez savoir pour vous protéger pendant notre expédition. Nous n'avons que quelques jours, alors si vous ne voulez pas apprendre ou si vous n'aimez pas ma façon d'enseigner, vous pouvez partir. Personne ne s'y opposera.

Lew contempla la salle, comptant que ce défi ne serait pas non plus relevé. Pour ce travail on offrait aux hommes une prime très confortable, et on leur avait dit le strict minimum qu'il fallait : ils devraient traverser le lac jusqu'en Ouganda, ils auraient là-bas à transborder un «chargement» (on ne leur avait pas dit quoi), et ils rentreraient au Kenya le lendemain. Lew comptait qu'ils seraient tous activement retenus par un mélange d'avidité et de curiosité.

Il avait raison. Ils finirent par se calmer, et il leur parla du terrain qu'ils auraient à parcourir. Il leur expliqua comment, dans les bois, même une troupe aussi nombreuse pouvait éviter d'être visible d'en haut. Il leur enseigna comment réagir en cas de tirs : ne jamais courir en ligne droite et, avant tout, ne jamais supposer que c'est *sur vous* qu'on tire.

— Vous êtes caché derrière un arbre. Ils tirent sur quelqu'un d'autre. Vous avez peur et vous courez. *Alors* ils vous tirent dessus, et ils vous abattent sans doute, d'ailleurs.

Il leur dit quoi faire s'ils étaient pris :

— Dites-leur tout ce qu'ils voudront. Dites-leur la vérité, coopérez, répondez à toutes les questions. Faites-leur voir comme vous avez peur. Et soyez très attentifs s'il se présente une chance de filer. Écoutez-moi, c'est important. Si vous faites les mariolles, ils vous battront à mort. Si vous vous conduisez comme des types complètement effondrés et si vous répondez à toutes leurs questions, ils ne se feront pas trop de souci à votre sujet, ils peuvent même devenir négligents. Dans un combat, il y a beaucoup de diversions. Si vous voyez une occasion de filer, faites-le.

Il sortit de l'attaché-case la seule arme qu'il voulait bien les voir porter : une chaussette de laine emplie de sable.

— Que le nœud ne soit pas serré. Si vous voyez que vous allez être pris, dénouez-la, videz le sable, jetez la chaussette. Et vous êtes un type sans armes, vous n'en avez jamais eu.

La chaussette pleine de sable, ça leur plut. À en juger par la façon dont ils désignaient Charlie et riaient et parlaient, ils voulaient que Lew fasse une démonstration de l'arme sur Charlie.

— Que disent-ils ? demanda Lew d'un air neutre.

— Rien, dit Charlie. Ils déconnent.

Lew poursuivit. Il commençait à expliquer comment se cacher en forêt pendant une battue policière lorsque Isaac entra, l'interrompant :

— M. Balim dit qu'il est désolé, mais vous ne pourrez pas travailler avec ces hommes demain.

— Pourquoi ? Nous n'avons pas beaucoup de temps. Et c'est son idée.

— M. Balim dit que vous pouvez les avoir tous les jours sauf demain. Mais il dit que demain matin vous devez aller en avion à Nairobi.

Nairobi. Amarda.

Lew n'avait pas pensé à elle depuis... Depuis que la pluie avait cessé ? Depuis qu'elle était repartie dans sa voiture deux semaines auparavant ? Depuis les rêves confus et oubliés de la nuit dernière ? S'il ne la revoyait jamais, leur liaison était terminée.

— Isaac, dit-il, il faut que j'entraîne ces hommes. Vous ne pouvez pas y aller, cette fois ?

— Un Noir, un Ougandais noir, discuter avec une famille asiate ? (Isaac secoua la tête avec un sourire lugubre.) D'ailleurs, dit-il, je suis censé faire un voyage avec Frank demain.

— Un voyage ? Un voyage ? (Avec agacement, Lew contempla les hommes qui attendaient d'un air intéressé.) C'est une vacherie pour eux.

— Lew, qu'est-ce qui ne va pas ?

C'est-à-dire qu'il se conduisait bizarrement. Isaac

allait commencer à se demander pourquoi il faisait tant d'histoires au sujet de l'entraînement de ces ouvriers — naguère, en présence d'Isaac dans le bureau de Balim, Lew n'avait pas manifesté tant de souci pour ces hommes — et Isaac pouvait même peut-être soupçonner la vérité.

— C'est bon, dit Lew. Désolé, Isaac, je ne veux pas m'énerver. C'est juste que ces types me donnent un peu de fil à retordre.

— Alors ça ne vous ennuie pas de les laisser une journée?

— Absolument pas. (Ellen allait voler avec lui; *Seigneur*. Il se força à sourire gaiement.) En route pour Nairobi.

26

— La frontière, dit Isaac.

Il avait la bouche sèche; ses paupières battaient sans arrêt; ses mains tremblaient sur le volant.

— Vous vouliez une aventure, dit Frank du siège arrière. La voilà.

Dans le rétroviseur, Isaac vit Frank confortablement installé à l'arrière, la cravate un peu de travers, la veste de son complet ouverte, sa chemise blanche bouchonnant à la taille. Frank paraissait joyeux, insouciant, tout juste amusé de la peur d'Isaac. Il faut que je sois comme ça, se dit Isaac. Il faut que j'observe Frank, et s'il n'a pas peur je ne dois pas avoir peur non plus.

Et s'il vient un moment où Frank *a peur*?

Écartant consciencieusement cette idée, Isaac fit ralentir la Mercedes grise qui vint stopper juste avant le poteau rayé de rouge et de blanc qui barrait l'entrée en Ouganda. À gauche s'élevait une cahute où se trouvaient des fonctionnaires des douanes et des gardes-frontières. Deux hommes en uniforme débraillé, fusil à la bretelle, se penchèrent négligemment par la porte de la cahute, observant la Mercedes d'un air neutre.

Frank se pencha, tendit son portefeuille avec ses papiers par-dessus l'épaule d'Isaac :

— À vous, camarade. Cassez-les en deux.

— Ou réciproquement, dit Isaac. (Sa voix tremblante gâcha son effort inhabituel pour plaisanter. Il s'en voulut.)

— Suffit de ne pas leur dire votre vrai nom. (Frank rit.)

— Pas de danger.

Avec beaucoup de répugnance, Isaac ouvrit la portière de la Mercedes, prit pied dans la chaleur ensoleillée, rajusta sa casquette et sa veste bleu foncé de chauffeur, et, les jambes en coton, se dirigea vers le bâtiment.

Après ce qui était arrivé au début à Lew Brady, avant les pluies, on avait décidé qu'aucun des participants de l'opération ne se risquerait plus à pénétrer en Ouganda sous son vrai nom et avec ses papiers authentiques. Grâce à divers contacts que Balim avait à Nairobi, on s'était donc procuré de faux papiers, de sorte qu'à présent qu'il fallait se rendre en Ouganda de façon plus ouverte que par le lac, on était paré. Du moins l'espérait-on.

Isaac, de plus en plus insatisfait de son rôle de gratte-papier, avait acheté des faux papiers pour lui-même aussi, expliquant à Balim que Frank aurait de temps en temps besoin d'un interprète plus civilisé d'allure que Charlie. Et puis Frank serait sûrement content d'avoir avec lui quelqu'un qui connaissait déjà le pays. Et enfin, certaines choses devaient être faites en Ouganda que seul un Noir pourrait faire, et à qui Balim pouvait-il se fier plus qu'à Isaac, pour cela ? Balim avait répliqué en rappelant à Isaac que la première loi de la survie est de ne jamais se porter volontaire ; puis il avait accepté l'offre du volontaire. Et Isaac se retrouvait là, pas très joyeux, alors qu'il était recherché par la police ougandaise, alors qu'il figurait en bonne place sur la liste noire personnelle d'Idi Amin ; et il s'avançait (pas très ferme sur ses jambes) droit dans la gueule du lion.

Dans le hangar surchauffé à toit de tôle se trouvaient une demi-douzaine de soldats et de fonctionnaires des douanes, tous l'air ennuyé et mauvais et à moitié ivre, et capables de l'assassiner, ou au minimum de lui arracher bras et jambes, rien que pour se distraire un instant. Sans un mot, sans regarder à gauche ni à droite, Isaac posa ses papiers et ceux de Frank sur le comptoir qui traversait la pièce à hauteur de poitrine, puis il attendit comme un cheval épuisé.

Au bout d'un instant, le plus vieux des hommes, et qui avait l'air le moins dangereux, s'approcha et se mit à examiner les papiers : le passeport américain vert de Frank, le passeport kenyan rouge d'Isaac, les lettres de Frank et ses autres pièces d'identité, le permis de conduire d'Isaac, la carte d'immatriculation de la Mercedes.

Selon ces papiers, Frank était un Américain nommé Hubert Barton, employé par International Business Machines, en route pour Jinja pour discuter de l'installation d'un ordinateur là-bas, avec un homme de loi du nom d'Edward Byagwa. (Il y avait des photocopies de la correspondance entre Byagwa et IBM.) Les papiers faisaient aussi d'Isaac un citoyen kenyan nommé Bukya Mwabiru, employé comme chauffeur par le bureau central de Nairobi de la compagnie de location de voitures East Africa Car Hire, Ltd. La carte d'immatriculation de la Mercedes montrait que cette même compagnie possédait le véhicule. (Mazar Balim possédait trente pour cent de cette compagnie.)

Le garde-frontière étudia les papiers un par un, fronçant le visage, remuant les lèvres, marmonnant de temps en temps. Finalement il contempla Isaac d'un air terrifiant :

— Barton, dit-il.

— Dans l'auto. (Comme il ne faisait pas confiance à sa voix — elle pouvait se briser, se fêler, faire entièrement défaut, le trahir d'une manière ou d'une autre — Isaac énonçait aussi peu de mots que possible.)

Le garde se déplaça un peu sur sa gauche pour regarder par la porte ouverte et voir Frank affalé sur le siège arrière de la Mercedes.

— Pourquoi n'entre-t-il pas ?

— Air conditionné, dit Isaac qui osa même un haussement d'épaules : C'est un Américain.

Le garde grogna. Sans rien dire d'autre, il sortit un tampon encreur de sous le comptoir et tamponna les deux passeports, puis gribouilla quelque chose d'illisible par-dessus les coups de tampon. Mais au lieu de rendre les papiers à Isaac, il souleva un portillon, sortit de derrière le comptoir, referma le portillon, et s'avança hors de la cahute, avec les papiers.

Isaac le suivit, craignant à demi que les autres gardes lui hurlent de rester. Sur les talons du garde, Isaac regagna la Mercedes, où l'homme, de sa main pleine de papiers, fit signe à Frank d'ouvrir la glace. Frank le fit.

— *Jambo*, déclara le garde d'un ton sévère.

— Ça veut dire « hello », hein ? *Jambo* toi-même, mon pote, dit Frank. Seigneur, il fait chaud là-dehors. Quelque chose ne va pas, chauffeur ?

— Non monsieur, dit Isaac.

— Eh bien, encore *jambo*, dit Frank au garde et il pressa le bouton qui fit remonter la vitre.

Comment *fait-il ça* ? se demanda Isaac. La désinvolture de Frank, au lieu de le rassurer, augmentait sa terreur. Et pour l'instant les choses sont faciles, se remémora-t-il douloureusement.

Le garde, offensé, considéra encore un moment la voiture, comme s'il envisageait de la fouiller (mais on n'aurait rien pu trouver dedans). Puis, se détournant soudain, l'homme tendit sans un mot les papiers à Isaac et fit signe à un des soldats nonchalants d'ouvrir la barrière. Isaac, dont la main tremblait si violemment qu'il eut du mal à ouvrir la portière, se glissa au volant, laissa tomber les papiers sur l'autre siège de cuir, regarda le poteau rouge et blanc se lever, embraya et, pour la première fois depuis trois ans, s'engagea sur le sol de l'Ouganda.

Les souvenirs affluèrent. Non seulement sa famille (*ce souvenir-là* n'était jamais bien loin), mais toutes les autres choses qu'il avait eues et n'avait plus. Sa maison, ses amis, son travail, les relations avec des gens du ministère du Développement, même les quatre pêchers derrière la maison. Son avenir, aussi, un avenir qui n'était pas advenu et qui maintenant n'adviendrait jamais — cela aussi tombait sur lui comme tombait la lumière du soleil à travers le pare-brise, et lui nouait la gorge de souffrance. Il conduisait, les yeux fixes, avec tant de douleur qu'il ne voulait remuer aucune partie de son corps.

Le pays était familier, le soleil familier, le ruban de la route familier. Les quelques véhicules rencontrés avaient des plaques jaunes comme au Kenya mais l'immatriculation commençait par *U*, au lieu de *K*. Ici et là dans les villages, les gens étaient vêtus de façon plus colorée que dans le voisinage de Kisumu.

Mon Dieu, mon Dieu, il était rentré chez lui.

27

Aux yeux d'Idi Amin, l'aspect le moins plaisant de sa fonction était sa fonction. Il aimait beaucoup être en manœuvres avec son armée, ou observer sa force aérienne en vol, ou faire une tournée éclair d'«inspection» en jeep, à la tête d'un convoi de camions pleins de troupes, fonçant à travers les petites villes, riant de voir détaler les chiens et les bébés et les poules.

Les dîners officiels, c'était bien aussi. Et les déjeuners officiels, les thés officiels, les cocktails officiels. Ainsi que les tournées officielles dans des sites comme le barrage d'Owen Falls (on s'assurait que les cadavres discrètement jetés là étaient enlevés la veille, si les crocodiles ne les avaient pas mangés) ou la base aérienne «Maréchal Idi Amin» à Nakasolonga, à cent kilomètres au nord de Kampala. Cette base lui plaisait tout particulièrement, bien qu'elle fût un peu une source de gêne. Dans les débuts de sa présidence, Amin en avait ordonné la construction, avec des hangars souterrains modernes et camouflés, car il voulait protéger sa force aérienne du sort connu par les Égyptiens lors de la guerre des Six Jours, en 1967, où les Israéliens avaient pratiquement détruit au sol toute l'aviation égyptienne le premier jour. Toutefois Amin n'avait guère que vingt avions de combat modernes dans sa force aérienne, et il ne supportait pas qu'ils soient si loin, de sorte que la base «Maréchal Idi Amin» était ordinairement vide, tandis que toute la force aérienne se trouvait à Entebbe, où les Israéliens l'avaient balayée l'été dernier. Mais il avait de nouveaux avions à présent, et en faisait toujours envoyer quelques-uns à Nakasolonga avant une inspection.

Malheureusement, la présidence d'une nation moderne implique d'autres choses que la revue des troupes et les manœuvres militaires. De temps en temps le dirigeant doit s'asseoir dans son bureau, écouter un tas de détails ennuyeux exposés par des ministres, prendre des décisions, donner des ordres, et même parfois signer quelque chose. Il détestait *vraiment* ça. Il avait appris tard dans la vie à signer de son nom, et il demeurait convaincu que sa signature avait une drôle d'allure, qu'il lui manquait bizarrement l'apparence d'une vraie signature. Il pensait que les gens voyaient la différence et lui dissimulaient délibérément leur impression.

Comme chez beaucoup d'hommes qui ont atteint le sommet dans l'univers du pouvoir politique, le talent d'Idi Amin n'était pas l'aptitude à gouverner, mais l'aptitude à grimper. Maintenant qu'il n'y avait plus rien à grimper, il était fréquemment dans l'ennui ou l'agacement ou le malaise, comme si c'était la faute du monde s'il n'avait plus rien à faire de ses talents. Pareil encore à beaucoup d'hommes de ce genre, il avait concentré son énergie sur une lutte obsessionnelle pour *garder* le pouvoir acquis, même si ses ennemis et ses concurrents n'étaient souvent que des fantômes.

Mais on ne peut chasser sans arrêt les fantômes, même si l'on en a fabriqué beaucoup. Ce jour-là, en ayant fini avec tous ses rendez-vous, n'ayant nulle part où aller, Amin rôdait dans la vaste et luxueuse pièce qu'il avait héritée de Milton Obote, buvant de la bière et pensant à la conférence des Premiers ministres du Commonwealth qui allait se tenir le mois prochain à Londres. Récemment les Britanniques avaient fait toute une histoire de sa présence éventuelle. Ils avaient dit des horreurs sur lui et ils ne voulaient pas qu'il vienne. Ils prétendaient que c'était à cause de sa façon de traiter ses ennemis, mais il savait que c'était faux. Tous les dirigeants forts ne traitaient-ils pas leurs ennemis brutalement? Bien sûr que si. Comment les intimider, sinon, comment les tenir en échec? C'était de l'hypocrisie pure et simple.

Les journaux britanniques avaient même discuté sa rencontre avec la reine Elizabeth. S'il venait assister à la conférence, bien sûr qu'il serait avec tous les autres chefs d'État dans la rangée respectueuse qui accueillerait la reine (d'ailleurs il l'avait déjà rencontrée six ans auparavant), et ces journaux avaient soulevé la question de savoir si la reine devrait accepter la main d'Idi Amin. Mais oui, et il savait pourquoi, il savait pourquoi on soulevait le problème. «La main rougie d'Amin», écrivait-on, mais c'était la main *noire* qu'on pensait. Oui, c'était ça.

Autrefois, dans les années 1950, quand il était dans l'armée, dans ce qu'on appelait alors les King's African Rifles — le régiment royal des tirailleurs d'Afrique —, il avait été le seul engagé noir de l'équipe de rugby du Nil, à côté de tous ces officiers blancs. Chaque fois qu'on disputait un match au Kenya il y avait une réception ensuite, et pendant que le reste de l'équipe participait aux festivités, Idi Amin attendait tout seul dans le car qu'on rentre aux casernements. Oui, il savait la couleur de cette main dont on voulait que la reine ne la touchât pas.

— Monsieur?

Amin avait plongé profondément dans le passé, contemplant la fenêtre sans la voir, tenant sa bouteille de bière par le goulot. Il faisait près de deux mètres; il avait une panse qui n'existait pas en 1951 ou 1952, quand il était champion de boxe poids lourd d'Ouganda; sa tension morose emplissait la pièce. Il regarda son secrétaire, un soldat en uniforme, un Kakwa comme lui. Il aimait avoir près de lui des gens qui parlaient son dialecte tribal. C'est dans ce dialecte qu'il le questionna, espérant un sujet d'intérêt:

— Eh bien ? Je suis très occupé à penser.

— Votre Excellence, M. Chase se demande si vous pouvez prendre cinq minutes pour le voir.

Chase. Il était possible que Chase fût distrayant, surtout s'il se lançait de nouveau contre Sir Denis Lambsmith.

— Oui. Je vais le voir. Non, attendez. Dites-lui que je le recevrai bientôt, qu'il attende.

— Bien, Votre Excellence.

En souriant, Amin regarda le secrétaire-soldat fermer la porte ; puis il retourna à la fenêtre et à ses pensées.

Au total, il préférerait assister à cette conférence. De telles circonstances officielles faisaient partie de ce qu'il y a de meilleur à être un chef d'État, et c'était toujours réjouissant d'embêter les Britanniques et de mettre à l'épreuve leur vernis de politesse.

Et il y avait Londres, qu'il aimait beaucoup. Amin avait fait plusieurs visites hors d'Afrique : à Rome pour voir le pape, à New York pour s'adresser aux Nations unies ; mais son voyage favori, c'était en 1971, l'été suivant sa prise de pouvoir, quand il était allé à Londres voir la reine. Ils avaient déjeuné ensemble, et il avait longuement exposé ses projets éducatifs et économiques pour l'Ouganda. Bien sûr, c'était avant qu'il comprît l'étendue de la fourberie britannique.

Chase. Il était canadien, bien sûr, et non anglais, mais cela faisait-il une grande différence ? Deux Africains de deux tribus distinctes sont aussi différents que l'hiver et l'été, mais tous les hommes blancs, du moins tous les Blancs de langue anglaise, étaient pareils. Sur la question des Blancs, il ne pouvait qu'approuver l'attitude de Roy Innis, qui en mars 1973 l'avait fait membre à vie du CORE, le Congrès pour l'égalité raciale [1].

---

1. Organisation noire américaine, initialement intégrationniste et non violente, ralliée au slogan du « Pouvoir noir » en 1966. (*N.d.T.*)

Pour préparer une conversation réjouissante avec Chase, Amin regagna son bureau, ouvrit un tiroir avec sa clé et en sortit la photocopie de la lettre, qu'il étala devant lui sur le bureau. Il n'était toujours pas très doué pour lire, mais il s'était fait lire ce texte-ci par un Nubien cultivé et fidèle, et maintenant il le savait par cœur. C'était dactylographié, sans date ni en-tête, et c'était ainsi :

Cher Emil Grossbarger,

Lors de notre dernier entretien, je vous ai assuré que je pourrais faire écarter Sir Denis Lambsmith de la négociation avec le Brésil. Malheureusement je me trompais. Amin a décidé pour des raisons personnelles qu'il veut que Lambsmith soit là, et il est même allé jusqu'à exiger que Lambsmith soit à Entebbe pour contrôler le départ effectif du café.

Il nous serait difficile, voire impossible, de communiquer directement avant que l'affaire soit réglée. Je sais ce que vous m'avez dit lors de notre dernière entrevue à Londres, et je sais que vous parliez tout à fait sérieusement. Mais d'autre part, quand on se trouve dans une situation qu'on ne peut en aucune façon modifier, il est raisonnable d'accepter la réalité et de continuer. Comptant que nous sommes tous deux raisonnables, je poursuis mon travail comme si nos accords étaient respectés. Vous avez ma garantie qu'il n'arrivera rien à Sir Denis.

C'était signé *Baron Chase*. Amin examina cette signature comme s'il pouvait en apprendre quelque chose. Le *B* majuscule et le *C* majuscule étaient grands et arrondis, comme des huttes villageoises. Les autres lettres, sauf le *h* de *Chase*, n'avaient pas d'existence correcte, elles étaient représentées par des traits errants, semblables à des traces d'animal autour d'un trou d'eau. En revanche, le *h* était un fanion, une hampe droite et tranchante avec un minuscule pennon au bout. *Baron Chase*. Très intéressant.

Chase avait écrit la lettre juste avant la fin des pluies, quelques jours après son retour de Londres. Comme il l'écrivait, il avait déjà fait de son mieux pour qu'Amin soit hostile à la présence de Sir Denis. Mais selon ce que Patricia Kamin lui avait dit, c'était Sir Denis qu'Amin voulait auprès de lui, et personne d'autre. Sir Denis était un être ouvert, un technocrate sans imagination. Il n'imaginerait pas d'être malhonnête ou manœuvrier, et cette vente de café ne lui inspirait pas de projets secrets ni d'intentions dissimulées.

Ce qui n'était le cas d'aucun des autres participants. Les Brésiliens et le groupe de Bogota étaient mouvants, manœuvriers, très sagaces, sans cesse prêts à saisir un avantage. Emil Grossbarger, bien sûr, n'était absolument pas fiable, et Chase complotait sans cesse par une sorte d'impulsion irrésistible. Non, c'était avec le brave et pacifique Lambsmith qu'Amin voulait traiter, d'autant que son jugement sur l'homme était confirmé par le travail d'espionnage de Patricia.

Et d'autant que ses autres espions pouvaient le protéger des autres acteurs de l'affaire, y compris Chase.

Cette lettre était parvenue à Amin par une voie presque aussi tortueuse que celle qu'elle avait prise pour atteindre Grossbarger. Chase l'avait apportée, déjà cachetée, à un pilote anglais nommé Wilson, un de ceux qui faisaient régulièrement la route du whisky jusqu'à Stansted. Faisant jurer le secret à Wilson, Chase lui avait donné un peu d'argent et demandé d'emporter la lettre en Angleterre, et là de la poster à Grossbarger à Zurich. Wilson avait opiné, avait emporté la lettre à Stansted, l'avait ouverte à la vapeur et photocopiée, l'avait refermée et postée à Grossbarger, avait rapporté la copie en Ouganda, demandé une entrevue personnelle avec le président, et lui avait raconté les faits et donné la copie. La récompense de Wilson se trouvait déjà dans son compte en banque personnel en Suisse.

Il fallait à présent savoir ce que mijotaient Chase et Grossbarger. S'il s'agissait seulement d'un petit pot-de-vin que Chase ramassait en sous-main, faisant croire à Grossbarger qu'il y avait un problème imaginaire à résoudre avec de l'argent, grand bien lui fasse. Amin ne voyait pas pourquoi il se mêlerait des petits profits des autres, tant que *leurs* affaires ne venaient pas se mêler à *la sienne.*

Mais il y avait quelque chose dans cette lettre, quelque chose d'un peu tordu. «... avant que l'affaire soit réglée. » «... comme si nos accords étaient respectés. » Quelle affaire? Quels accords? L'«affaire» n'était *peut-être* que la vente et l'expédition du café. Les «accords» ne portaient *peut-être* sur rien d'autre qu'un pot-de-vin supplémentaire. Mais quelque chose n'allait pas et le premier problème était de savoir pourquoi Chase et Grossbarger désiraient l'exclusion de Sir Denis. Et pourquoi Chase jugeait-il nécessaire d'assurer à Grossbarger «qu'il n'arriverait rien à Sir Denis»? Craignaient-ils qu'il connaisse, ou vienne à connaître, ce qu'ils préparaient?

Dans ce cas, c'était encore une raison supplémentaire de garder Sir Denis. S'il apprenait effectivement quelque chose sur Chase et Grossbarger, Patricia ne serait pas longue à le savoir, et Amin lui-même le saurait.

Bien. Autant que possible, le problème Chase était maîtrisé. Amin remit la lettre dans le tiroir, jeta la bouteille de bière dans la corbeille sous son bureau et appela son secrétaire par l'interphone.

— Faites entrer M. Chase.

— Bonjour, monsieur le Président, dit Chase.

Amin sourit. Chase avait toujours gardé les formes convenables en sa présence, et bien qu'Amin sût que cette attitude était fourbe et superficielle, il en jouissait. C'était une confirmation de ce qu'il était devenu.

— Bon-euh-jour, Baron, fit-il d'une voix pareille à un ronronnement ensommeillé. Mon seul Baron, ajouta-t-il.

Chase demeurerait debout, quoique détendu, tant qu'Amin ne l'inviterait pas à s'asseoir.

— Vous avez l'air en forme, monsieur, dit-il. On m'a dit que vous avez fait un peu de course à pied ce matin.

— Du basket-euh-ball cet après-midi, dit Amin. Avec mes aviateu'. (Il parlait des pilotes de sa force aérienne, de jeunes hommes brillants et durs qui le traitaient avec un délicat mélange de camaraderie de caserne et de respect attentif. Certains avaient été formés par les Britanniques, certains par les Israéliens, quelques-uns par les Russes, ou les Américains, et les plus nouveaux par les Libyens.)

— Bonne chance, dit Chase. (Sa seule marque occasionnelle de familiarité était de ne pas toujours ajouter «monsieur».)

— Merci. (Amin sourit.) Mes-euh T-shirts, ils sont arrivés, fit-il avec un geste en direction d'un tas de boîtes en carton dans un coin. Prenez-en un.

— Avec l'image? (Son sourire manifestant d'avance son amusement, Chase traversa la pièce et ouvrit la boîte du dessus.) J'en essaie un?

— Bien sûr. Comment vous voulez voir s'il vous va-euh bien?

Sans embarras, Chase ôta sa veste de sport marron, sa cravate à ramages vert clair et sa chemise blanche. Sa poitrine et son dos étaient très blancs et dodus, pleins de globules gras d'allure malsaine sous la peau. De vieilles blessures avaient criblé et balafré son torse et ses bras,

325

comme si, des années auparavant, il s'était roulé sur des barbelés.

Il a été dans beaucoup de batailles, songea Amin en considérant l'homme, et soudain il se rappela sa propre déposition devant la Commission d'enquête, en 1966, à propos d'une opération de contrebande d'ivoire et d'or sur la frontière congolaise, d'où Amin avait retiré quarante mille livres pour son compte en banque de Kampala et un tas de barres d'or chez lui. Amin avait déclaré à la Commission – qui n'avait finalement rien pu retenir contre lui – qu'il avait servi en Birmanie et aux Indes pendant la Seconde Guerre mondiale. En fait, il n'avait même pas rejoint l'armée avant 1946, et la seule «guerre» qu'il ait connue était une expédition punitive de 1962, avec le 4ᵉ King's African Rifles, contre des voleurs de bétail, dans la région du lac Turkana au Kenya. Les accusations portées cette fois-là contre sa section, des histoires de meurtres et de tortures, s'étaient perdues dans les sables, comme toujours.

Chase enfila un des T-shirts et se retourna face à Amin, bras écartés :

— De quoi ça a l'air ?

— Excellent, dit Amin qui rit en regardant l'agrandissement photographique imprimé sur la poitrine de Chase.

Deux ans plus tôt, pendant la réunion au sommet de l'Organisation de l'unité africaine, ici à Kampala, Amin s'était fait transporter au siège de la conférence assis dans un palanquin porté par quatre hommes d'affaires britanniques résidant en Ouganda, et suivi par un autre Blanc, un Suédois, qui tenait un petit parasol au bout d'une longue hampe pour ombrager la tête d'Amin. Une photo de presse montrait Amin, dans son palanquin, saluant gaiement la foule enthousiaste, et c'est cette photo qu'Amin avait maintenant fait reproduire sur des milliers de T-shirts blancs.

— Très bon tirage, dit Chase en baissant le regard. Le fardeau de l'homme blanc, hein?

— C'est ça! C'est ça!

Ni l'un ni l'autre ne mentionnèrent que le porteur arrière droit du palanquin, un Anglais nommé Robert Scanlon, avait été récemment tué à coups de masse dans l'enceinte du State Research Bureau à cause d'une divergence d'intérêts financiers. Chase revint vers le bureau en tapotant la photo sur son torse:

— Voilà ce que je vais porter aujourd'hui.

— Oh non, protesta Amin. Pas toute la journée-euh. Vos habits vous vont si bien.

— En dessous, alors, dit Chase. Ce sera mon secret.

— Un de vos-euh secrets, dit Amin avec un sourire affable. Asseyez-vous-euh, mon petit Baron.

— Merci, monsieur. (Chase s'installa dans son fauteuil habituel.) Ce dont je veux surtout vous parler, c'est le café, dit-il.

Et de Sir Denis Lambsmith? Les yeux d'Amin brillèrent.

— Oui?

— Le train peut partir cette semaine. Vendredi. Est-ce que les avions seront là?

C'était dans le style d'Amin de diviser les tâches entre plusieurs personnes, de sorte qu'il était le seul à en connaître toute la nature ou toute l'ampleur. Pendant que Chase traitait avec Sir Denis, et dans une moindre mesure avec les Brésiliens (et pour son propre compte avec Emil Grossbarger), c'est l'adjoint au ministre du Développement d'Amin qui avait reçu mission de veiller à ce que le groupe Grossbarger fournisse les huit avions de transport dont on était convenu. Les avions devaient être à Entebbe quand le premier train de café arriverait, et ils emporteraient leur première cargaison à Djibouti, où elle serait embarquée sur des navires sur l'océan Indien.

Mais il y avait un problème, et Chase venait malheureusement de le soulever.

— Nous allons avoir les avions, dit Amin avec un grand déploiement d'assurance. Il y a-euh un ou-euh deux détails encore à régler-euh.

— Les frais de mise en place, dit Chase. J'ai entendu parler.

— Vous entendez un tas de choses, fit Amin avec mécontentement.

— Je me demandais si je pouvais faire quoi que ce soit pour aider.

— Cela va-euh s'arranger, déclara Amin pour clore le sujet. Et-euh le train peut bien rouler vendredi, même s'il faut stocker-euh ce café un jour ou deux à Entebbe.

Comme c'était si souvent le cas des choses qui irritaient Amin, il y avait un problème d'argent. Les avions étaient fournis par une compagnie basée en Suisse, qui exigeait ce qu'elle appelait des « frais de mise en place » avant d'envoyer huit avions qui avaient leur utilité en Europe. Pour la « mise en place » de chaque grand avion-cargo, avec son carburant et son équipage, à Entebbe, la compagnie jugeait qu'il en coûterait trente-cinq mille dollars américains, et réclamait cet argent d'avance.

Comme les Brésiliens et le groupe Grossbarger avaient déjà payé leur versement d'avance à l'Ouganda — argent qui avait déjà été dépensé —, on ne pouvait faire appel à eux pour régler ces frais inattendus. En même temps, la position de l'Ouganda sur le marché des changes était comme toujours précaire, de sorte qu'on ne pouvait fournir deux cent quatre-vingt mille dollars U.S. avant que le café fût expédié et qu'on reçût les deux autres tiers de son prix de vente.

En ce moment, les représentants d'Amin à Kampala et à Zurich essayaient soit de convaincre la compagnie de charters de faire confiance à l'Ouganda — nation sou-

328

veraine, somme toute — pour un paiement ultérieur, soit de trouver une autre société de fret aérien qui le ferait. Jusqu'ici, les choses n'allaient pas très bien, quoique la possibilité demeurât de conclure avec une compagnie américaine, Coast Global Airlines, qui avait déjà, les années précédentes, effectué de petits transports de café entre l'Ouganda et les États-Unis. Le problème essentiel de la Coast Global semblait être de trouver suffisamment d'appareils et d'équipages pour le travail.

— Eh bien, dit Chase en se levant, si tout va bien, je vais m'en aller.

— Oui, dit Amin. (C'était décevant que Chase n'eût aucunement parlé de Sir Denis Lambsmith. Amin le regarda traverser la pièce et reprendre ses vêtements, puis ajouta:) Pour Jinja.

Chase eut l'air étonné mais non soucieux.

— En effet, dit-il. (Il enfila sa chemise blanche par-dessus le T-shirt et la boutonna.)

— Voir un avocat, dit Amin avec un sourire imperturbable et joyeux. Il s'appelle Edward-euh Byagwa. Pourquoi vous avez besoin d'un avocat, mon petit Baron?

— J'achète un peu de terrain près d'Iganga, dit Chase. C'était à l'Église, autrefois. (Il noua posément sa cravate verte.)

— Vous *achetez*?

Chase sourit en coin, comme si tous deux conspiraient.

— Vous me connaissez, dit-il en haussant les épaules dans sa veste de sport marron. J'aime que les choses soient bien propres et bien légales.

— Je vous connais, petit Baron, opina Amin. Amusez-euh-vous bien, à Jinja.

À la porte Chase s'immobilisa, se retourna, eut encore ce sourire ouvert qu'Amin savait être son expression la plus fourbe.

— Comme ça, vous saviez que j'allais à Jinja. Je ne peux rien vous cacher, hein?

— J'espère-euh que non, lui dit Amin. J'espère-euh absolument pas.

28

L'amour hier soir, et de nouveau ce matin. Il se sent coupable, se dit Ellen, parce qu'il est en route pour voir sa nana. Elle observa le profil de Lew tandis qu'on roulait vers les bureaux de Balim, et sur son visage neutre elle lut la duplicité, la culpabilité et la complaisance.

Elle ne lui avait pas parlé de sa conversation d'hier avec Balim, il n'y avait pas lieu. Il voudrait savoir pourquoi elle désirait quitter Balim pour travailler ailleurs, et ça aboutirait forcément au nom d'Amarda Jhosi, et Ellen ne voulait certes pas ce genre de cirque. Peu lui importait que Lew nie tout, ou promette de changer, ou même entreprenne de riposter. Quand un truc est fini, c'est fini, c'est tout. Et cette période de la vie d'Ellen Gillespie était *finie*.

Dans le bureau de Balim elle s'assit sagement dans un coin, dans le fauteuil marron où Frank se laissait généralement tomber. Balim expliquait à Lew le problème d'aujourd'hui :

— La grand-mère, dit-il avec un petit sourire gêné comme s'il s'agissait de sa propre grand-mère et comme s'il en était responsable. La grand-mère ne veut plus participer.

— Je crois qu'elle ne nous aime pas, dit Lew.

— Pauvre chère dame. (Balim soupira.) Ce qu'elle n'aime pas, c'est sa situation. Voler à Amin, qui lui a volé, ce sont des subtilités morales trop compliquées pour Lalia Jhosi. Ce qu'il faut là-bas, ce sont des assurances chaleureuses, quelqu'un qui la persuade qu'elle ne s'est pas abouchée avec des voleurs.

— Alors vous devriez lui parler vous-même, dit Lew. Ou envoyer Isaac. C'est ce que je lui ai dit hier.

Ellen le regarda avec brusquerie. Est-ce qu'il avait *vraiment* tenté d'éviter ce voyage ? Ah, mais ce n'était que par culpabilité et couardise. La principale différence entre les hommes et les femmes, se dit-elle, c'est que les hommes ont des émotions bien plus simples ; ils sont impuissants devant la complexité. Si Lew essayait vraiment d'éviter Amarda Jhosi, ce ne pouvait être que parce qu'elle le bouleversait.

— Oh non, était en train de dire Balim. Vous êtes l'homme de la situation. Je suis un commerçant, et assurément un personnage louche. D'abord j'ai été un très bon ami, parce que je donnais cette occasion à mes compatriotes, à mes amis réfugiés. Mais avec le temps, Lalia Jhosi s'est rendu compte que je suis seulement un homme d'efficacité, le genre d'Asiate qui donne mauvaise réputation aux Asiates. Quant à Isaac, il ferait sûrement peur à la vieille dame en parlant politique. Elle veut encore moins se mêler de politique que de délinquance. Après tout, elle a déjà vu à quoi peut aboutir la politique.

Lew jeta un coup d'œil plein de colère contenue à Ellen, puis se retourna vers Balim.

— Et qu'est-ce que je suis censé faire, moi ?

— Le jeune Américain propre sur lui. Combattant l'injustice au nom des opprimés.

— Ah, du vent !

— Non, je suis tout à fait sérieux, dit Balim et Ellen le crut. Vous faites impression sur Lalia Jhosi. Vous lui dites que nous sommes tous engagés dans une aventure, mais qu'il s'agit d'une aventure *morale*.

— Bon sang, fit Lew en secouant la tête.

— Vous ne parlez pas de bénéfices, comme je ferais. Vous ne parlez pas politique, comme Isaac ferait. Vous ne parlez pas du mécanisme de la chose, comme Frank ferait. Vous parlez du bien et du mal, et vous lui montrez que c'est *nous* les bons.

— Les bons.

— C'est ça. Vous n'aurez pas de problème, Lew, je vous le promets. Allez à Nairobi et faites le héros.

Comme Ellen atterrissait sous un soleil brillant et conduisait l'appareil vers une aire de stationnement de l'aéroport Wilson de Nairobi, Lew rompit un silence prolongé:

— Pourquoi est-ce que tu ne viendrais pas?

Elle s'était concentrée sur les instructions de la tour et sur d'autres pensées. Une seconde elle le regarda d'un air absent.

— À la plantation de café? dit-elle ensuite.

— Ouais. C'est un endroit très intéressant.

Il veut que je le protège contre cette fille, songea-t-elle. Mais elle ne voulait pas, elle refusait qu'il la force à décider pour lui. D'ailleurs, c'était déjà terminé. Comme on sortait du bureau à Kisumu, Balim l'avait questionnée, à voix basse pour que Lew ne pût l'entendre: « Vous n'avez pas changé d'avis? » et elle avait secoué la tête, et il avait eu son haussement d'épaules fataliste. Et de toute façon elle avait son rendez-vous ici qui l'attendait.

— Oh, je ne pense pas, Lew, dit-elle, refusant l'invitation. Il y a vraiment trop à faire à l'aérodrome.

— Trop à faire? (Il manifestait de l'étonnement.) Voyons, Ellen, tu passes la plupart du temps à traîner et à lire des magazines. Tu me l'as dit toi-même.

— Eh bien, aujourd'hui, il y a trop à faire. (Elle fit

décrire un virage serré à l'appareil et l'arrêta sur l'aire de stationnement.) Et en fait je n'ai pas envie d'y aller.

— Mon pourquoi, bon Dieu ?

Elle coupa les deux moteurs, puis le regarda franchement.

— Je ne m'intéresse pas à la famille Jhosi, Lew, dit-elle. Ni à leur plantation de café. Ni à une gentille promenade à travers Nairobi.

Il avait compris ce qu'elle impliquait : elle vit son visage se fermer de colère inquiète.

— Comme tu voudras, dit-il.

— Merci.

Elle descendit de l'avion et il suivit le mouvement. Il entreprit de l'aider à amarrer, mais elle l'écarta :

— Va, Lew, la grand-mère attend.

À quelque distance derrière le grillage, tous deux voyaient Amarda Jhosi debout sur la pointe des pieds près de sa voiture, agitant gaiement la main, comme les filles dans les films de guerre, quand elles accueillent leur homme au retour du combat. Lew hésita, manifestement déchiré, ses yeux allant d'Ellen à la jeune fille.

— Tu es sûre que tu ne viens pas ?

— Absolument.

Il hocha la tête, comme s'il prenait une décision.

— À tout à l'heure, dit-il et il s'éloigna.

Elle demeura le dos tourné, s'activant sur les cordes pour amarrer l'avion, jusqu'au moment où elle fut certaine qu'ils étaient partis.

Parmi les petits bureaux grands comme des boîtes à sardines qui abritaient les diverses compagnies d'avions-taxis et de fret léger, Ellen trouva celui qui était marqué CHARTAIR, LTD. en lettres bleu clair qui s'inclinaient sur la droite pour donner une impression de vélocité. À l'intérieur, un Noir à l'air soucieux était assis, coincé entre de grands meubles de classement sombres, comme si ces meubles le gardaient en attendant son exécution. La table de travail était en désordre, la corbeille débordait, et le petit tableau noir latéral où s'inscrivaient les vols était tellement surchargé de numéros barrés ou à moitié effacés qu'il était illisible.

— Je cherche M. Gulamhusein, dit Ellen.

Le condamné leva sa tête soucieuse. Il tenait un stylo à bille, et deux crayons rouges étaient accrochés dans ses cheveux laineux derrière son oreille droite.

— Vous êtes Miss Gillespie? (Sa voix, étonnamment ferme et assurée, démentait tout le reste.)

— En effet.

— M. Gulamhusein a téléphoné de Nairobi. Il a malheureusement été retardé, mais il sera ici dans l'heure.

— Bon, fit Ellen bien qu'elle fût déçue de ne pas pouvoir obtenir tout de suite des détails. Je dois m'occuper d'autres choses. Je reste dans les parages.

Elle se détourna de l'homme et se dirigea vers les bureaux administratifs avec ses documents de vol, tâchant de ne pas s'entendre penser qu'elle aurait dû aller avec Lew à la plantation.

M. Gulamhusein était lui aussi un Asiate, pareil à une figue démesurée, avec un extérieur doux et souriant qui semblait dissimuler une panique. Mais il était efficace; il avait apporté le contrat d'embauche et le formulaire d'immigration ougandais et les autres papiers.

Le condamné avait laissé son siège à M. Gulamhusein et était parti prendre une tasse de thé. Sans cérémonie, M. Gulamhusein dégagea la table de travail en repoussant en amas tout ce qui l'encombrait, puis il étala les documents qu'il avait apportés dans son attaché-case en plastique noir luisant.

— Vous désirez certainement tout lire avec soin avant de signer, dit-il.

— Ça, c'est certain, dit Ellen qui s'installa pour lire.

À cause du décalage de huit heures entre le Kenya et New York elle avait dû se lever à deux heures du matin, la veille, une fois certaine que Lew dormait, et elle s'était rendue au bureau de Balim (dont elle avait la permission) pour téléphoner à l'agence de pilotage de l'aéroport Kennedy. Elle avait déjà eu recours à leurs services, et en fait c'est eux qui lui avaient trouvé son boulot en Alaska. Tout ce qu'elle dit cette fois, ce fut qu'elle cherchait un travail n'importe où dans le monde, mais quand elle avait mentionné le fait qu'elle appelait du Kenya, son interlocuteur avait été très intéressé :

— Nous avons peut-être quelque chose là-bas, tout près de vous. Un boulot court, mais qui se termine aux États-Unis.

— Parfait.

Il faudrait un deuxième coup de fil, et l'homme était convenu qu'il y aurait quelqu'un au bureau à onze heures du soir, ce qui pour Ellen faisait sept heures du matin le lendemain. Et quand elle avait passé ce second coup de téléphone, l'affaire était faite.

Et elle se retrouvait donc avec le représentant d'Afrique orientale de la Coast Global Airlines, une grosse compagnie américaine de fret aérien, et elle examinait son contrat d'embauche. Demain mercredi, un avion sans copilote arriverait à Entebbe, venant de Baltimore. Ellen, aux frais de la Coast Global, serait envoyée en charter de Kisumu à Entebbe, où elle deviendrait le copilote de cet appareil. Ses papiers des services d'immigration ougandais lui permettraient de séjourner à Entebbe dans les locaux d'hébergement provisoire du personnel volant, mais ne l'autorisaient pas à sortir de l'aéroport. Vendredi, elle ferait partie de l'équipage de l'avion qui, à pleine charge, se rendrait à Djibouti sur le golfe d'Aden et en reviendrait à vide. Il y aurait trois et peut-être quatre allers et retours, et en tout cas on lui en paierait quatre. Samedi ou dimanche elle embarquerait, toujours comme copilote, à destination de Baltimore, où elle toucherait son salaire. Et entre-temps, selon le type de l'agence, on lui aurait sûrement trouvé un travail à plus long terme. Les choses ne pouvaient se présenter mieux.

Chose étrange, elle était si absorbée par ses projets personnels, par sa détresse, par sa décision de se sortir d'une situation devenue intolérable, qu'il ne lui vint aucunement à l'esprit qu'il pourrait y avoir un rapport entre la cargaison qu'elle aurait à transporter vendredi à Djibouti, et le train de café que Lew et les autres comptaient attaquer d'un jour à l'autre.

— Tout va bien, dit-elle en reposant les papiers sur la partie dégagée du bureau. Puis-je emprunter un stylo ?

— Certainement. (C'était un coûteux stylo à plume en argent, que l'homme décapuchonna avant de le lui tendre. Il la regarda signer et parapher les divers papiers.) Votre emploi précédent n'était pas satisfaisant ? fit-il avec sympathie.

— On ne saurait mieux dire, déclara-t-elle et elle sourit à travers ses doutes et lui rendit son stylo.

29

Alors il sait que je vais à Jinja.

Cette phrase ne cessait de resurgir dans l'esprit de Chase tandis qu'il roulait vers l'est sur l'A109, au milieu des poids lourds rugissants qui donnaient l'impression (parfaitement fausse) d'une activité économique excellente. Alors il sait que je vais à Jinja.

Et il *m'annonce* qu'il le sait.

Ce qui signifie qu'il y a d'autres choses qu'il ignore. Par exemple il ne sait pas *pourquoi* je vais à Jinja, car s'il avait le moindre soupçon de la vérité, je serais déjà mort. Ou en train de souhaiter l'être.

Mais ça signifie aussi qu'il se méfie de moi, davantage qu'à l'ordinaire. Il pense que je suis sur un coup, mais il ne sait pas quoi, alors il me triture un peu pour voir ce qui va se passer.

Triture tout ton soûl, Idi. Tu ne fais que renforcer ma résolution.

Jusqu'à tout récemment, il pensait qu'il resterait ici un moment encore, peut-être même un an ou deux, après son coup double sur le café. Mais l'opération le rendait nerveux, et maintenant l'attitude d'Amin le rendait encore plus nerveux. Quand le café serait braqué, pourquoi Amin ne penserait-il pas que Chase avait à voir avec sa disparition ?

Donc il fallait filer tout de suite. Pas *avec* le café, non ; il n'avait aucune envie d'être là quand Balim et consorts auraient droit à la petite surprise supplémentaire. Mais il allait disparaître *en même temps* que le café. Il avait des papiers qui lui permettaient de sortir à volonté, il pouvait donc se glisser hors du pays dès qu'on apprendrait le vol. Il avait des raisons de le faire, et aucune raison de ne pas le faire.

Jinja, source du Nil, idéal romanesque de l'imagination victorienne, était à présent une ville banale et ordinaire, à la fois petit centre industriel et ville-dortoir pour les fonctionnaires de Kampala, à soixante-dix kilomètres de là. L'ensemble est ourlé par les casernements militaires de Jinja, lieu du premier massacre sous le règne d'Idi Amin, quand plusieurs centaines d'officiers et de soldats appartenant à des tribus suspectes – surtout des Langi et des Acholi – furent regroupés dans un petit bâtiment et abattus à la mitrailleuse.

Non loin des casernes se trouvait le centre commercial de la ville. Le bureau de l'avocat Edward Byagwa était situé au-dessus d'un magasin de chaussures à présent défunt, autrefois propriété des Asiates, puis donné à un officier de la caserne, lequel, ignorant comment passer des commandes, l'avait abandonné quand le stock fut épuisé. Byagwa partageait l'étage avec un dentiste qu'on n'avait pas vu depuis près de deux mois, et dont la famille gardait espoir.

La réceptionniste était l'épouse de Byagwa, ce qui garantissait sa loyauté tant qu'il n'y avait pas de problèmes conjugaux. C'était une femme trapue et sans charme. Elle lisait un vieux numéro de *Queen* et leva les yeux avec un mélange d'agacement et d'anxiété quand Chase entra. Voyant que c'était un Blanc, et qu'il n'était donc guère dangereux pour elle, son anxiété cessa mais son agacement demeura.

– Oui?

– Baron Chase. On m'attend.

– Vous êtes en retard. Les autres sont déjà là. (Sans se lever, elle désigna la porte de communication.)

– Je suis le *capitaine* Baron Chase, déclara-t-il en souriant. Conseiller de notre président.

Elle le considéra tandis que son angoisse revenait. En Ouganda, nul n'avait droit au titre de président de quoi que ce fût – club, société, syndicat. Rien qu'Amin Dada. Si quiconque arborait le titre de «président» de n'importe quoi, c'était un crime pendable. Cet homme l'informait donc qu'il était proche d'Amin et, somme toute, potentiellement dangereux pour elle, et qu'elle prenait des risques en l'irritant. Elle comprit, oui. La bouche rondement ouverte en O, elle se leva maladroitement et précipitamment. Alors Chase sourit et l'arrêta du geste :

— Non, ne vous levez pas. Je trouverai le chemin.

Le bureau intérieur avait une cloison entièrement vitrée sur la rue, couverte de minces voilages. Le mobilier était sommaire et fonctionnel, disposé pour servir et non pour décorer sur le tapis gris usé ; un uniforme de l'armée était plié sur un siège. Les murs étaient vert pâle et dépourvus de décoration, à part les diplômes encadrés de l'avocat.

En entrant, Chase vit d'abord Frank Lanigan, étalé dans un fauteuil de bois comme un gladiateur vaincu. L'homme portait un costume et une cravate mais paraissait aussi ridiculement froissé que jamais.

— Salut, Frank, fit Chase en souriant. Ça fait un bail.

— Ça fait trop court. (Mais Frank se mit sur pied et accepta qu'on se serre la main. Tous deux serrèrent fort, mais cessèrent avant que ce devienne un affrontement.) Voici Isaac Otera, dit Frank en désignant un Noir en uniforme de chauffeur.

Isaac Otera, Chase le savait, était le directeur administratif de Balim et était censé procurer les camions. Il n'avait vraiment pas l'air d'être dans la peau du rôle. Et pourquoi me regarde-t-il ainsi ?

Ni Chase ni Otera ne tendirent la main, et c'est avec un certain soulagement que Chase se tourna vers le troisième homme présent, l'avocat Edward Byagwa.

— Notre hôte, je pense, dit-il.

Byagwa voulut qu'on se serre la main et Chase s'exécuta et jugea la paume de l'avocat molle et grenue, comme le reste de sa personne. Byagwa avait une tête ronde et un visage rond de bronze poli, avec une très large bouche et des yeux saillants. À mi-chemin entre la grenouille et le prince, songea Chase avec amusement en relâchant son étreinte.

Edward Byagwa était beaucoup de choses, trop de choses, et un jour il irait trop loin, c'était inévitable. Sa femme à côté avait raison d'être inquiète. Paroissien actif, Byagwa apparaissait fréquemment devant les tribunaux pour défendre des curés et des pasteurs contre des accusations qui allaient de la trahison (on les accusait souvent de détenir des armes dans le sous-sol des églises) à l'exercice du culte en compagnie d'une des sectes chrétiennes interdites. En même temps, il servait d'intermédiaire dans des opérations de contrebande impliquant des officiers de l'armée et de hauts fonctionnaires, et l'on disait qu'il avait été très utile en 1973 pour faire passer des voitures au Kenya. (Les Asiates expulsés avaient laissé derrière eux beaucoup d'excellentes autos, mais le shilling ougandais valait déjà bien moins que le shilling kenyan, et l'on pouvait faire un vrai bénéfice sur ces voitures si l'on pouvait les sortir du pays. Ce fut la première fois sous Amin que la frontière avec le Kenya fut fermée ; Amin la ferma lui-même, pour essayer de garder ces voitures en Ouganda. Byagwa avait aidé beaucoup de gens importants à faire un bénéfice malgré tout.)

Parce qu'il était si utile aux gens au pouvoir, Byagwa osait faire bien plus que la plupart des avocats en aidant ses amis chrétiens. Et parce qu'il avait été si utile et savait – très littéralement – où étaient enterrés tant de cadavres, on ne lui faisait pas d'ennuis. Ce bureau, par exemple, n'était pas sur écoute, non plus que le téléphone, ce qui en faisait un des rares endroits d'Ouganda où pouvait se tenir la présente réunion.

– Eh bien, fit Byagwa en contournant son bureau, vous voulez certainement discuter ensemble. (Avec un sourire et une courbette, il s'éclipsa, fermant soigneusement la porte derrière lui.)

– On peut aussi bien s'y mettre, dit Frank. Changez-vous, Isaac.

Mais Chase secoua la tête et mit un doigt sur ses lèvres. Frank fronça les sourcils et tous écoutèrent, et entendirent se fermer la porte de l'antichambre. Frank gagna la porte de communication, l'ouvrit, et fit voir à Chase que le hall de réception était vide.

– O.K.?

– Pas encore.

Chase jeta un regard circulaire dans le bureau et décida que le premier endroit logique à examiner était la table de travail. Les tiroirs étaient tous inoffensifs, sauf que celui du bas à gauche était fermé à clé. Allongé sur le sol sous le bureau tandis que Frank et Otera le regardaient avec stupeur, Chase découvrit le fil minuscule qui sortait de sous ce tiroir verrouillé du meuble. Soigneusement fixé le long de la jointure de deux panneaux, le fil aboutissait à un petit micro dans le coin extérieur du meuble.

– Bon, marmonna Chase qui utilisa le tournevis de son couteau de poche pour extraire le micro du bois, et il tira dessus pour briser le fil et sortit de sous le bureau. Byagwa aussi aimerait savoir ce qui se passe, dit-il en jetant le micro sur le buvard de l'homme de loi. Et ce que ça lui réserve.

– Le petit salaud, dit Frank en contemplant le petit objet sur le buvard vert.

– Ah, ma foi, dit Chase. Qui d'entre nous refuse ce genre de petites manœuvres? À présent, Frank, on peut s'y mettre.

Ce qu'ils firent. Chase s'installa dans le fauteuil derrière le bureau, et Frank sortit une enveloppe blanche de sa poche et la laissa tomber dédaigneusement près du micro. En même temps, Otera entreprit d'échanger son uniforme de chauffeur contre l'uniforme posé sur le siège, se transformant en capitaine de l'armée ougandaise.

Dans l'enveloppe, Chase trouva la confirmation de la banque de Zurich. Vingt mille dollars avaient été déposés par Balim sur son nouveau compte là-bas. «Une garantie financière», avait-il expliqué à Balim quand il avait exigé de l'argent d'avance. Pour protéger Balim, le dépôt avait été fait de telle sorte qu'il pouvait le retirer et le remettre sur son propre compte dans les trente jours. Balim avait accepté cette idée de «protection» parce qu'il comptait être encore vivant dans les trente jours à venir.

— Bien, dit Chase en rangeant le papier. (De sa poche intérieure, il tira une grande enveloppe de papier manille. Écartant le micro, il vida sur le bureau les papiers contenus dans cette enveloppe.) Voyons voir ça, dit-il. Des papiers d'identité pour M. Otera. Vous êtes maintenant le capitaine Isaac Gelaya, annonça Chase à l'homme qui enfilait son pantalon militaire à l'autre bout de la pièce. Je vous ai laissé votre prénom, au cas où quelqu'un vous hélerait.

— Merci.

Pour on ne sait quelle raison, Otera paraissait très fermé. La trouille? Le regard sévère de Chase alla d'Otera à Frank, tâchant de signifier qu'une bêtise d'Otera pouvait maintenant mettre en péril toute l'opération. Frank saisit ce souci inexprimé et secoua la tête.

— Ne t'en fais pas pour Otera. Il trompe son monde. Il a l'air d'un mec supergentil, mais intérieurement c'est un tueur.

Otera sourit d'un air reconnaissant et supergentil, et remonta la fermeture de sa braguette. Chase, pas tout à fait convaincu, revint aux papiers posés sur le bureau.

— Voilà l'autorisation pour le camion aujourd'hui. Et voilà pour ceux de vendredi.

— C'est vendredi, c'est sûr? dit Frank. (Derrière lui Otera, qui nouait la cravate brune de son uniforme, se figea.)

— Vendredi, c'est sûr, dit Chase.

Otera s'avança, la cravate pas très bien nouée, les jambes bizarrement raides.

— Qu'on en finisse.

— Rajustez votre cravate, lui dit Frank tandis que Chase lui passait les papiers.

En silence, Otera hocha la tête et tripota sa cravate pendant que Chase expliquait l'usage de chaque document. Mais quand Chase voulut lui expliquer comment se rendre aux casernes de Jinja, l'homme l'interrompit :

— Je connais Jinja.

Chase le regarda, regarda le visage crispé, l'allure de bureaucrate, la tension nerveuse. Un Ougandais, comprit-il soudain. Réfugié. Un fonctionnaire en fuite. Beaucoup de choses devinrent claires, y compris la violente hostilité que Chase percevait chez l'homme.

— Vous savez donc que la caserne est près d'ici, accessible à pied.

— Bien sûr. Frank, voici les clés de la voiture.

Frank les prit.

— Nous vous verrons par la fenêtre, quand vous repasserez avec le camion, dit-il.

— Oui.

— Et vous savez où nous nous retrouverons.

— Bien sûr.

Frank et Otera se serrèrent la main. Chase, assis au bureau avec un sourire étroit, regarda Otera sortir, puis Frank qui gagnait les fenêtres, écartait légèrement le rideau et observait la rue.

— Ta vie est entre les mains de ce type, tu sais, Frank.

Frank ne se retourna pas.

— C'est mieux que dans les tiennes, dit-il.

343

30

Quand ils atteignirent la plantation, Lew et Amarda ne se parlaient plus. Elle avait voulu qu'on s'arrête dans la maison vide comme l'autre fois, mais il avait refusé, et quand elle avait demandé pourquoi, il avait dû lui dire que c'était fini entre eux. Et comme c'était une chose si difficile à dire, il lui avait fallu s'échauffer et puis quasiment lui hurler aux oreilles :

— C'est sans avenir, c'est tout ! Ça n'a pas de sens et ça fiche la pagaille et il faut que ça cesse !

— La pagaille ? De quoi parles-tu ?

— La pagaille, c'est tout. (Il sentait qu'il était désagréable, et c'était la faute d'Amarda.) Je ne veux pas perdre Ellen, voilà.

— Tu préfères me perdre ?

— Je préfère perdre n'importe quoi.

— Je ne vaux pas le risque.

— C'est toi qui le dis, pas moi, dit-il en sachant qu'il était odieux, mais il ne pouvait plus supporter la situation.

Et la conversation en était restée là. Pendant le reste du trajet, Lew s'était senti grossier mais dans le droit chemin — la sensation n'était pas désagréable.

Dans la demeure, Amarda, le visage figé, le conduisit dans une petite pièce trop meublée, à l'atmosphère lourde et brûlante, où la grand-mère, vêtue aujourd'hui d'un sari de soie vert clair, lisait un livre relié de velours bleu avec des tranches dorées. La vieille femme leva la tête, tandis que la lampe de lecture et son abat-jour de verre sombre se reflétaient dans ses lunettes rondes, et elle fit signe à Lew de s'asseoir dans un fauteuil ouvré en face d'elle.

— Je vais faire le thé, dit Amarda.

La vieille femme ferma son livre mais garda son doigt

dedans pour marquer la page et demeura silencieuse jusqu'à ce qu'Amarda fût sortie. Ensuite ses premières paroles ne furent pas encourageantes :

— Je ne comprends pas du tout, monsieur Brady, pourquoi votre ami M. Balim a jugé bon de vous envoyer me voir.

Lew ne comprenait pas non plus, en fait.

— Eh bien, Mama Jhosi, dit-il d'une voix douce, se penchant comme pour la protéger des tempêtes et des érosions, M. Balim paraissait penser qu'il y a un problème quelconque.

— Il n'y a pas de problème. J'ai changé d'avis, c'est tout. Quant à l'argent, M. Balim sait que je le restituerai après notre prochaine récolte.

Il y avait un soupçon de parfum floral dans l'air lourd.

— Je ne suis pas venu parler d'argent, Mama Jhosi.

— Bien sûr. (Elle fit un petit mouvement, peut-être inconscient, avec son livre, comme pour marquer son envie de s'y replonger.)

Lew avait l'impression d'avoir des mains trop grandes, trop encombrantes. Ne sachant qu'en faire, il les planta sur ses genoux en se penchant encore.

— S'il vous plaît, dit-il, voudriez-vous me dire pourquoi vous avez changé d'avis ?

— Mon petit-fils.

— Pandit. (Lew sourit, se le rappelant avec plaisir. Il avait rencontré deux fois le jeune garçon et les deux fois il avait apprécié leur conversation.) Un très gentil garçon.

— Il est à l'école à cette heure. Mais la maison aussi est une école.

— Bien sûr.

— Je ne compte pas que Pandit aura une existence très facile, dit-elle. (Ses petits yeux étaient indéchiffrables derrière les verres de lunettes.)

— Il a un bon départ, du moins.

— Vous parlez du confort matériel.

— De ça aussi, admit Lew. Mais ce dont je parlais surtout, c'est la maison qu'il a ici, et les gens qui l'entourent. Vous, et Amarda.

Comme obéissant à un signal, Amarda entra avec le plateau du thé, et pendant les minutes qui suivirent la conversation fut suspendue au profit du rituel du thé à l'anglaise. Amarda était silencieuse, morose, raide. La vieille dame avait-elle conscience de cette tension, et pouvait-elle en imaginer la cause?

Quand tous furent pourvus de thé et de petits gâteaux, elle reprit la parole:

— Amarda, j'expliquais à M. Brady pourquoi j'ai changé d'avis quant à l'offre si attentionnée de M. Balim.

Amarda sirota une gorgée, impassible, sans regarder Lew.

— M. Brady comprend-il, tu crois, Mama?

— Je n'avais pas fini d'expliquer. (Elle s'adressa de nouveau à Lew:) Je vous parlais de Pandit, et je disais que la maison aussi est une école, et j'étais sur le point de dire que la dignité et la moralité que Pandit apprend chez lui sont très importantes pour sa vie ultérieure.

— Absolument, dit Lew. (Le thé et les biscuits lui occupaient les mains, mais le breuvage brûlant s'était allié à la chaleur délétère de la pièce pour lui donner une impression d'étouffement, d'obstruction, de distraction.)

— Pandit a vu M. Balim ici, poursuivit la vieille dame. Il vous a vu. Si nous continuons comme c'était prévu, le jour va venir où il verra ici une importante cargaison de café dont il saura qu'il n'a pas poussé sur nos quelques arpents de terre. Il posera des questions.

— Il a déjà posé des questions, Mama, dit Amarda. Sur M. Balim et sur M. Brady. Surtout sur M. Brady.

Lew jeta un coup d'œil à la fille et perçut son hostilité derrière son masque neutre. C'était évidemment une faute tactique d'avoir rompu avec elle avant cet entretien; une petite séance dans la maison de Nairobi et Amarda aurait été de son côté, à présent. Mais il n'avait pu se résoudre à la traiter avec tant de cynisme, et maintenant elle allait faire de son mieux pour saboter subtilement sa mission.

Si seulement Ellen était venue! Non seulement pour qu'il puisse démontrer qu'il n'y avait rien entre lui et Amarda, mais aussi pour donner un coup de main avec la vieille dame. Ellen aurait fait impression sur Mama Jhosi, qui aurait vu qu'une opération où Ellen était impliquée ne pouvait pas être mauvaise.

Mais Ellen avait fait la difficile, et Amarda avait entrepris d'être impossible, et Lew se retrouvait à se débattre tout seul dans cette pièce étouffante et momifiée. À se débattre et à échouer, très certainement; alors autant plonger:

— Mama Jhosi, dit-il, je crois que je comprends votre argument. Si Pandit voit commettre un acte délictueux dans sa propre maison, avec la complicité des deux personnes qui sont ses principaux guides moraux, qu'adviendra-t-il de sa propre personnalité morale et éthique?

La vieille dame sourit et fit un petit geste à deux mains (sans lâcher son livre dont elle marquait toujours la page).

— Vous comprenez bien, dit-elle.

Ce que Lew comprit, soudain et avec stupeur, c'est qu'il suivait exactement les instructions de Balim: il parlait de moralité, de bien et de mal. Mais c'était sans intention — il n'était pas venu avec des idées arrêtées sur ce qu'il pourrait dire — et il lui semblait que c'était Mama Jhosi, et non lui, qui avait mené la conversation dans cette direction. Mais Balim avait-il raison encore une fois? Abasourdi mais ragaillardi, Lew repartit à l'attaque.

— Je comprends et je sympathise. Et il se peut très bien que vous ayez raison. À l'âge de Pandit — il a combien? douze ans? — le mieux est peut-être une moralité simpliste. Plus tard, je suppose qu'il aura le temps d'apprendre à réfléchir aux complexités morales.

Amarda lui jeta un coup d'œil agacé, mais la grand-mère plissa le visage, secouant légèrement la tête:

— Des complexités morales? Je ne vois aucune complexité. Il s'agit de café volé. De vol.

— Bien sûr. (À présent la chaleur était son alliée; elle les liait tous les trois comme dans une cachette secrète.) Mama Jhosi, dit-il, puis-je vous raconter une anecdote personnelle?

— Si vous le désirez.

— Je ne suis pas un délinquant professionnel. Je suis un soldat.

— Un mercenaire, dit Amarda.

— Exact. Mon travail normal est d'entraîner des recrues. Voici plusieurs années, vous vous rappelez peut-être qu'une des factions de la guerre civile congolaise avait pris l'habitude de rassembler des groupes de missionnaires blancs, de personnel médical blanc, etc., et de les massacrer.

— Et des bonnes sœurs, dit la vieille dame. Je me rappelle comme c'était triste; ils ont tué beaucoup de bonnes sœurs.

— J'allais vous parler des religieuses. Il y avait un orphelinat... (Lew s'interrompit et sourit en coin et eut un geste négatif:) Les enfants étaient déjà partis; ce n'est pas un mélo.

— Je vous demande pardon?

— Il veut dire, déclara Amarda de sa voix neutre, qu'il ne va pas essayer de t'émouvoir pour te convaincre.

— Ah, je comprends. (Son doigt ne marquait plus sa page. Elle semblait sourire presque.) Alors il n'y a pas d'orphelins dans cette histoire.

— Juste les religieuses, promit Lew. Onze religieuses, de langue française. Nous n'avions pas de moyens de transport et nous ne pouvions pas les emmener avec nous au combat, mais nous n'avions pas envie de les laisser là. Or nous avions vu une Land Rover, avec des journalistes dedans, et les journalistes s'étaient avancés à pied en la laissant avec le conducteur. Nous sommes retournés à la Land Rover et le conducteur a dit qu'il devait rester là et attendre les journalistes. Alors nous l'avons fichu dehors, nous avons volé la Land Rover et rejoint les religieuses. L'une d'elles savait conduire, et elles sont parties. Les journalistes ont été furieux.

— Oui, dit la vieille dame. (À présent elle souriait bel et bien, tandis qu'Amarda demeurait froide et morose.)

— Eh bien, il n'y a pas beaucoup de *complexité* morale là-dedans, dit Lew, mais ça dépasse le niveau de subtilité que vous autorisez pour Pandit. Nous avons effectivement volé cette Land Rover.

— Oh, allons, monsieur Brady, fit-elle comme s'il l'avait déçue. C'était la guerre. Les choses sont différentes, à la guerre, tout le monde sait ça.

— Mais *vous êtes en guerre*, Mama Jhosi. Excusez-moi, mais il faut vous rendre compte que vous êtes en guerre, que vous le vouliez ou non. Idi Amin vous fait la guerre, à vous et à beaucoup d'autres. Vous avez déjà souffert de cette guerre, comme vous ne le savez que trop. Et Pandit a souffert aussi.

— La guerre, ce sont des batailles. Pas du café.

— L'argent du café est la principale chose qui maintient Idi Amin au pouvoir. Et ses victimes sont aussi mortes que sur un champ de bataille normal. Mais très bien. (Il se rejeta en arrière, levant les mains comme pour reconnaître sa défaite.) Votre argument concerne vos rapports personnels avec votre petit-fils. Je ne peux pas discuter ça. L'opération aura lieu de toute façon, comme vous imaginez.

— Bien sûr, dit Amarda. Ma grand-mère ne s'imagine pas qu'elle va empêcher le vol d'avoir lieu.

Le vol. Merci bien, Amarda.

— Même maintenant, au dernier moment, je suis sûr que M. Balim pourra facilement trouver un autre planteur de café qui sera enchanté de prendre votre place. Quelqu'un qui ne se souciera que d'argent, et non de la satisfaction que vous pourriez avoir de vous venger un peu d'Idi Amin. Les *motifs* de cette autre personne seront moins moraux que les vôtres auraient été. (Lew se pencha de nouveau en avant.) Mama Jhosi, c'est par affection pour vous, et en sachant ce qu'Amin vous a fait subir, que M. Balim s'est adressé à vous.

— J'en suis certaine. (À présent la vieille dame était agitée ; ses doigts tambourinaient en silence sur la reliure de velours bleu sur ses genoux.) Je n'ai pas discuté de cela avec Pandit. Lui en as-tu parlé, Amarda ?

— Oui, dit Amarda. (Elle hésita, peu disposée à poursuivre, puis regarda durement Lew.) Il voit les choses comme vous, monsieur Brady. Une aventure héroïque contre les forces du mal. (Elle se retourna vers sa grand-mère.) Pandit pense que M. Brady est un héros. Une sorte de footballeur.

— De footballeur ? (La veille dame examina Lew avec une sévérité ironique.) J'espère qu'on n'affiche pas votre portrait sur les murs.

— En aucune façon, fit Lew en souriant.

Elle secoua la tête, réfléchissant. Amarda était assise raidement, les yeux baissés, contemplant seulement le plateau à thé. Lew avait gagné, et il le savait, et ce qu'il y avait de stupéfiant, c'est qu'Amarda avait rendu la chose possible. Le léger parfum flottait dans l'air confiné, et il pensa à la chambre d'Amarda, quelque part dans les profondeurs de la demeure, et qu'il n'avait jamais vue.

Mama Jhosi poussa un soupir.

— Il semble qu'il n'y ait pas de réponse entièrement satisfaisante, dit-elle en jaugeant Lew du regard. Mais je suppose que ça ne fera pas de mal à Pandit qu'il ait des héros, s'il les choisit avec un peu de soin. Vous pouvez dire à M. Balim que je m'en tiendrai à notre accord initial.

Amarda accompagna Lew dans le couloir vers la porte.

— Merci, dit-il.

Elle posa sur lui un regard froid et hostile.

— De quoi ? J'ai dit la vérité, c'est tout.

— Tu n'étais pas obligée.

— Mais si. (Elle s'immobilisa et lui fit face.) J'ai fait ce qu'il fallait. Pour Pandit tu restes un héros, mais pour moi c'est fini. Et lorsque je penserai à toi, je me dirai que j'ai fait ce qu'il fallait, *moi*.

— Tout de même, je…

— Wanube t'attend dans la voiture. Il travaille pour nous. Il te reconduira à l'aérodrome.

Lew avait envie de parler encore, de remercier ou de faire ses adieux, mais elle pivota et s'éloigna.

— Tout est réglé, dit-il en souriant gaiment quand il rejoignit Ellen qui lisait une revue à l'aéroport. (Et il voulait dire — et voulait qu'elle comprenne — que *tout* était réglé. Pas seulement l'affaire que lui avait confiée Balim, mais aussi l'affaire Amarda. Ça aussi, c'était réglé, à jamais, et avec très peu de dégâts de part et d'autre.)

— Bien, dit Ellen en se levant et en rangeant la revue dans son sac à lanière ; mais elle ne paraissait guère intéressée ni concernée, bizarrement.

Lew avait supposé que sa mauvaise humeur provenait d'un soupçon qu'elle avait sur lui et Amarda ; ne voyait-elle pas qu'il n'y avait plus rien à soupçonner ? Il regrettait qu'elle n'eût pas été dehors, pour le voir arriver sans la fille. Il insista :

— Un employé m'a reconduit. Un vieux, un Kikuyu nommé Wanube. C'est peut-être le conducteur le plus lent, le plus maladroit, le pire que j'aie jamais vu. J'ai fini par prendre le volant pendant qu'il s'asseyait derrière. Au fait, c'est peut-être ce qu'il voulait.

— Sans doute, fit Ellen d'un ton toujours absent. Prêt à partir ?

— Ouais. Ellen, qu'est-ce qui se passe ?

Alors elle le regarda enfin et il vit ses yeux se fixer sur lui.

— Excuse-moi, Lew. Je pensais à autre chose. Tu as embobiné la grand-mère, hein ?

— Parfaitement. Je crois qu'elle avait à moitié envie de se faire embobiner, d'ailleurs.

— Alors M. Balim a eu raison de t'envoyer. Viens, rentrons et annonçons-lui la bonne nouvelle.

Ils sortirent des bâtiments par la porte latérale et se dirigèrent vers l'avion.

— Ellen, qu'est-ce qui ne va pas ? dit Lew.

— Rien. (Soudain elle devint bien plus animée.) Ça m'a à moitié endormie de rester à traîner, j'imagine. (Elle lui prit le bras tout en marchant.) Il n'y a pas de raison qu'on ne soit pas bons amis.

Ça alors, qu'est-ce qu'elle voulait dire par là ?

31

Au premier blocage bureaucratique, Isaac oublia d'avoir peur. Il oublia presque qui il était en réalité, et à quoi tendait cette mascarade, car son esprit fut envahi par une réaction normale à l'égard des sous-fifres pointilleux, des ronds-de-cuir réticents, et de l'arrogance minable. Quand le sergent chargé des véhicules, un homme négligé en uniforme négligé, protesta : «Nous ne pouvons pas modifier notre planning pour vous fournir un camion, vous auriez dû téléphoner hier», la réaction immédiate d'Isaac fut de désigner le téléphone sur le bureau du sergent :

— Appelez-moi votre commandant.

S'il y avait réfléchi, c'était ce qu'il pouvait faire de plus dangereux. Les papiers fournis par Chase pouvaient tromper les militaires de la caserne – et d'ailleurs ils lui avaient permis d'entrer et d'arriver jusqu'ici – mais pour que les soupçons soient détournés de Chase, la falsification des documents pouvait être démontrée. Si le sergent le prenait au mot et lui passait le commandant de la caserne – ce qui aurait été la réaction d'un officiel vraiment imbu de soi – Isaac pouvait avoir très vite de gros ennuis. Il imaginait la scène : le commandant prend le parti du sergent et passe un coup de fil aux gens de Kampala qui ont signé l'ordre de réquisition, afin de se plaindre. «Quelle réquisition ? Jamais je n'ai...» Le cœur d'Isaac se mit à battre à grands coups.

— Inutile de vous fâcher, mon capitaine, dit au contraire le sergent qui avait aussitôt perdu sa belle indignation pour devenir servile et abattu, comme un homme qui s'est déjà fait souvent engueuler par ses supérieurs parce qu'il protestait trop. Tout ce que je dis, c'est que nous n'avons pas de camion pour vous, à la minute.

Isaac le tenait, à présent. Soudain plein de sang-froid, réellement plein d'authentique sang-froid (il s'en rendit compte avec stupeur), comme s'il ne se trouvait pas dans ce bureau, au milieu des baraquements bas près du parc de camions, au milieu de la caserne de Jinja en Ouganda, avec des milliers de soldats d'Amin autour de lui, pareils à des piranhas autour d'un chaton qui se noie, toujours plein de sang-froid, Isaac regarda ostensiblement sa montre.

— Dans combien de *minutes* pensez-vous que vous aurez un camion pour moi?

— C'est difficile à dire. (Le sergent s'efforça de retrouver son indignation antérieure.) Vous débarquez, vous dérangez le planning, je ne sais pas ce qu'on fait ensuite.

— Eh bien, je le sais, mon gars, dit Isaac. Vous avez vu qui a signé cet ordre?

Le sergent regarda de nouveau — à contrecœur, semblait-il — cette très importante signature.

— Oui, je sais, je sais.

— Ce n'est pas pour *moi*. Je suis capitaine. Si ce camion était pour moi, croyez-vous que je le conduirais moi-même?

— Oh, je comprends, dit le sergent en se redressant un peu comme pour marquer que le capitaine et lui partageaient le même destin: leurs supérieurs les harcelaient sans cesse.

— Si je suis en retard avec ce camion, dit Isaac, je regrette mais je n'en prendrai pas toute la responsabilité. Ce n'est pas *comme ça* que je suis devenu capitaine. Vous me comprenez, sergent?

Le sergent comprit. Il comprit aussi pourquoi Isaac avait insisté sur leur différence de grade.

— Oui, bien sûr, dit-il d'un air soucieux.

— Alors je suis sûr que nous allons tous deux faire de notre mieux.

— Certainement. Pourquoi pas? Hum, voyons voir. Il faut que je, euh... (Il décrocha une des planchettes alignées au-dessus de sa table de travail et feuilleta les documents qui y étaient fixés par une pince.) Je vais voir dehors, dit-il. Vous comprenez, il faut que je vous donne un camion qui est déjà en préparation pour quelqu'un d'autre. Ça change beaucoup le planning. Enfin, je vais voir ce que je peux faire. Je reviens.

Le sergent s'éclipsa avec la planchette. Isaac gagna la fenêtre et regarda l'homme se diriger vers le parc de camions où plusieurs douzaines de véhicules, allant du semi-remorque à la jeep en passant par des autocars, étaient parqués en amas sur le sol de terre brune, sans ordre apparent. Le ton du sergent impliquait une activité hautement organisée, claire, nette et complexe, selon un planning serré. Mais c'était démenti par le désordre partout visible et par l'inertie des quelques militaires qu'on apercevait.

Curieusement Isaac se sentit moins sûr de lui, moins à l'abri et plus exposé quand il fut seul. Il lui fallait apparemment quelqu'un en face de qui il puisse agir pour se sentir assuré dans son rôle.

Le sergent était hors de vue, quelque part au milieu des camions et des cars. Et s'il avait percé Isaac à jour? Et s'il avait deviné que les papiers étaient faux, et s'il était au téléphone en cet instant même, en train d'appeler un peloton pour arrêter l'imposteur?

Quatre hommes tournèrent le coin d'un bâtiment sur la droite, portant des fusils comme si c'étaient des cannes à pêche après une longue journée sans rien prendre. Isaac se raidit, toutes ses peurs de naguère l'envahirent. De nouveau il était caché dans les buissons derrière sa maison, par cette nuit tiède, regardant toutes ces fenêtres éclairées, écoutant le tir des armes automatiques à l'intérieur.

355

Les quatre soldats passèrent d'une démarche fatiguée : c'est tout juste s'ils ne traînaient pas leurs armes dans la poussière. Avec une célérité satisfaite, le sergent réapparut parmi les véhicules du parc et revint vers le bureau.

— Eh bien, j'ai réussi, annonça-t-il. Non sans mal !

— J'aurai bientôt un camion ?

— Dix minutes, maximum. (L'homme raccrocha la planchette à son clou et la fit claquer avec satisfaction.) On est en train de faire le plein, on nettoie le pare-brise, tout.

— C'est bien. (Isaac tapota l'autre ordre de réquisition sur le bureau du sergent.) Maintenant, ceci, pour vendredi.

— Vingt camions. (Le sergent, très dubitatif, secoua la tête.)

— C'est dans trois jours, vous avez tout votre temps, fit remarquer Isaac.

Ils passèrent les quinze minutes suivantes à discuter ; le sergent finit par promettre qu'il ferait *personnellement* de son mieux ; mais bien sûr il ne pouvait répondre d'un personnel incompétent ni de conducteurs brutaux ni de l'interférence de personnalités encore plus importantes que celle qui avait signé cet ordre-ci ; mais du moins ferait-il *personnellement* de son mieux, et sauf malchance vingt camions seraient en état et prêts à midi vendredi.

— C'est plus facile que vous n'ayez pas besoin de conducteurs, déclara le sergent.

Un coup à la porte précéda l'apparition d'un homme décharné et couvert de cambouis, en pantalon d'uniforme et tricot de corps, qui annonça que le camion était prêt.

— Juste à l'heure ! s'exclama mensongèrement le sergent. Venez, mon capitaine.

Le camion était dehors. C'était un cinq tonnes Leyland Terrier vieux de plusieurs années, avec une bâche de toile noire sur des arceaux d'aluminium. Le moteur tournait ; plus exactement, il toussait et détonnait bruyamment.

— Il n'est pas encore chaud, expliqua le sergent qui tendit une autre planchette et un stylo à bille : Pas d'éraflures ni de bosses ; signez ici.

À l'alinéa *Observations* du formulaire, Isaac écrivit : «Nombreuses bosses et éraflures», puis il signa avec un certain ravissement : «Capitaine I. Gelaya.» Content d'avoir signé sans hésiter, soulagé et heureux de s'en tirer si aisément, il restitua la planchette.

— Isaac !

Réagissant instinctivement à l'appel de son prénom, et aussi à une voix familière, Isaac se retourna, et son cœur bondit dans sa gorge.

Il était face à face avec un homme nommé Obed Naya, qui portait aussi l'uniforme de capitaine, mais à juste titre. Un vieil ami, cet Obed Naya, un condisciple d'autrefois à l'université de Makerere. Il avait dîné chez Isaac, il avait dansé avec l'épouse d'Isaac. Il était entré dans l'armée après l'université, dans les derniers temps de la présidence d'Obote, et lui et Isaac s'étaient vus de moins en moins après la prise du pouvoir par Amin. Il était à présent officier du génie militaire, et il savait qui Isaac était réellement, et Isaac n'avait plus la moindre idée de ce qu'Obed Naya avait pu devenir depuis quatre ans.

Allons-y au culot. Qu'aurait fait Frank ?

— Obed, fit Isaac en se forçant à sourire largement, à avancer, à tendre la main. Ça fait longtemps.

La joie fit place à la confusion dans le regard d'Obed tandis qu'on se serrait la main. Il contempla avec perplexité le visage d'Isaac, puis son uniforme, ses galons de capitaine.

— Je ne savais pas que, euh… (Et Isaac vit qu'il commençait de se rappeler la vérité, ce qui était vraiment arrivé à son vieux copain Isaac Otera.)

— On m'a envoyé dans le Nord pendant un moment, dit Isaac qui bavardait pour faire taire Obed, et lui serra durement la main, comme pour le supplier de continuer la scène au nom de leur ancienne amitié. Mais maintenant, dit-il, on m'a transféré de nouveau. C'est stupéfiant comme il y a du changement, non ?

— Si... Si... .

— Eh bien, je ne dois pas faire attendre mon général. C'était merveilleux de te revoir, Obed. (Isaac se figea et observa intensément le visage stupéfait.) Je pense ce que je dis, expliqua-t-il. Merveilleux de te revoir, de voir que tu es en bonne santé, que tu vas bien. Il faudra qu'on se revoie bientôt.

— Oui, fit Obed d'une voix lointaine.

Isaac sentit sur lui le regard de son vieil ami tandis qu'il montait dans la cabine malpropre du camion et embrayait avec effort. Que pensait Obed ? Quelles conclusions tirerait-il ? Allait-il laisser Isaac s'en sortir, par amitié et par stupeur, ou allait-il soudain donner l'alerte ? « C'est un imposteur ! » Mais il demeurait silencieux près du camion, le visage choqué et crispé.

Le camion s'ébranla avec une secousse. Isaac actionna l'accélérateur avec douceur. Il ne voulait pas que le moteur cale ; il ne voulait pas avoir l'air de s'enfuir. Dans le rétroviseur latéral, il voyait Obed qui ouvrait des yeux ronds.

Là-bas devant, la Mercedes tourna et quitta la route à l'endroit où Lew avait été capturé par les hommes du State Research Bureau. Isaac, qui suivait dans le camion bringuebalant, regarda dans son rétroviseur et ne vit que la route vide derrière lui. À son tour il vira, quittant la grand-route.

Il y avait une heure qu'il avait quitté la caserne de Jinja, frémissant de peur rétrospective après sa rencontre impromptue avec Obed, s'agrippant au volant. Souhaitant que ses mains ne relâchent pas leur prise, il avait traversé la ville avec le camion, passant devant le bureau de l'avocat. En passant il s'était penché par la vitre, faisant semblant de scruter au loin, afin que Frank le vît bien. Puis il avait fait deux fois le tour du pâté de maisons, et la seconde fois Frank avait démarré devant lui dans la Mercedes, prenant la tête en direction de l'est, hors de Jinja et vers la frontière du Kenya.

Et maintenant, sans le moindre ennui, ils se retrouvaient sur la vieille route de service, couverte de broussailles, ravinée et défoncée en dessous. Devant, la Mercedes n'allait guère à plus de dix à l'heure, plongeant et tanguant sur le sol inégal, comme un petit bateau sur une mer grosse. Le camion suivait de manière plus pachydermique ; ses gros pneus écrasaient les cailloux et les racines qui faisaient vaciller la Mercedes.

Celle-ci s'arrêta au bout de quatre cents mètres et Isaac freina derrière. Frank le rejoignit à pied.

— Pas d'ennuis ? demanda-t-il par la vitre baissée.

— Pas d'ennuis. Je suis tombé sur un vieux copain, mais il ne m'a pas dénoncé.

Frank parut secoué, et puis il sourit :

— Pas dénoncé, hein ? Isaac, c'est du gâchis de vous faire travailler dans un bureau ; vous êtes fait pour cette vie-ci.

— Je serai tout de même content de retrouver mon bureau.

— Vous le retrouverez. Garez ce truc par là sur la droite, sur le bas-côté. Nous sommes suffisamment loin ; on ne peut pas nous voir de la grand-route et on ne peut pas nous voir de la voie ferrée.

— Parfait.

Isaac rangea le camion à l'endroit indiqué puis rejoignit Frank dans la Mercedes. Il monta à l'arrière où son uniforme de chauffeur l'attendait, et il se changea tandis que Frank menait la Mercedes plus loin, avec force cahots et grognements. Quand la voiture s'arrêta, Isaac vit luire l'acier de la voie juste devant eux.

— Allons, dit Frank. Allons voir notre chemin de fer miniature.

On sortit de la voiture et l'on descendit jusqu'à la ligne. Jetant un regard en amont vers la Mercedes arrêtée, incongrue au milieu de la forêt tropicale, environnée d'arbres et de lianes et de broussailles, Isaac eut un instant de perplexité car le véhicule *n'avait pas* l'air aussi déplacé qu'il aurait dû. Puis il se rendit compte que, depuis des années, la publicité pour les voitures de luxe incluait de somptueuses photos en couleurs qui montraient les limousines luisantes dans les bois ou sur des plages désertes ou perchées au sommet des montagnes. Maintenant je sais pourquoi elles étaient là, songea Isaac : leurs conducteurs étaient en train de voler du café.

— Qu'est-ce qui vous fait rigoler ? demanda Frank.

— Une idée idiote. Sans importance.

— C'est quelque part par là, dit Frank en tournant à droite le long de la voie.

Isaac ne put s'empêcher de regarder plusieurs fois derrière lui, bien qu'il sût qu'aucun train n'allait surgir. En sa qualité de bureaucrate de cette opération, il s'était documenté sur l'état actuel de la circulation ferroviaire ougandaise, et elle était vraiment très faible. Il n'y avait plus de trains de voyageurs sur la ligne principale entre Kampala et Tororo à la frontière occidentale du Kenya. En règle générale, il passait ici deux convois par jour, tous deux des trains de marchandises, un dans chaque sens, tous deux la nuit pour éviter la chaleur du soleil.

Frank s'arrêta au milieu des rails. Les mains sur les hanches, sa chemise blanche mouillée de sueur sous les côtes, il regarda de côté et d'autre d'un air furibond.

— C'est quelque part par ici.

— Quoi donc ?

Isaac pivota lentement. Devant et derrière, la ligne était bordée d'une végétation épaisse, presque une jungle, des taillis, des arbustes, des baliveaux, qui se pressaient de part et d'autre, formant un double mur de verdure, de trois ou quatre mètres de haut. Il existait une petite locomotive-faucheuse spéciale, fabriquée à Cleveland aux USA, avec des lames pivotantes de chaque côté ; trois ou quatre fois par an, cet engin devait parcourir la ligne, aller et retour, pour faucher la végétation et en repousser l'avance envahissante. La croissance accélérée consécutive à la saison des pluies allait bientôt rendre nécessaire un nouveau passage de la machine.

— *Hé !* hurla Frank comme s'il s'adressait à quelqu'un. *Nom de Dieu, où sommes-nous ?*

Nulle part, comme Isaac le constatait. Là-bas vers l'est, la ligne s'incurvait doucement vers la gauche et disparaissait entre les murailles de verdure interrompues seulement par la route de service. Il en était de même vers l'ouest, sauf que le virage à droite était plus proche et que nulle route ne trouait la jungle.

— Nom de Dieu, dit encore Frank, est-ce qu'il va falloir se retaper tout le chemin dans l'autre direction ?

— J'ignore ce que vous cherchez, dit Isaac et puis il *hurla* et sauta en arrière, manquant trébucher sur les rails, tandis qu'un grand pan de végétation *s'ouvrait* soudain sur sa gauche.

— *Là !* on y est, déclara Frank.

— Que... que... que... (Isaac contemplait le grand enchevêtrement de feuilles et de branches, large de deux mètres cinquante, qui s'était tranquillement détaché de la réalité et transformé en porte, comme dans un conte de fées.)

Et de cette porte impossible à présent entrouverte, une voix sortit et gémit en swahili : «Ça tombe !»

— Ça tombe ? (À travers son ahurissement et sa panique, Isaac se rappelait encore sa tâche d'interprète ; Frank ne comprenait pas le swahili :) Ça tombe, lui dit Isaac en anglais.

— Merde ! cria Frank qui bondit en avant, bras écartés.

Et de fait, ça tombait. Cette section de la muraille verte était devenue une vague verte, un raz de marée qui s'abattait lentement sur eux.

— Je ne peux pas le retenir ! gémit la voix swahili.

Frank s'était jeté contre les broussailles et les rameaux, opposant son poids au leur. Isaac, plus lent à réagir, bondit pour l'aider, criant en même temps en swahili :

— On pousse !

Mais c'était fichu. La chose, quoi qu'elle fût, avait à présent basculé au-delà de son centre de gravité, et sa chute était inexorable. Avec lenteur, avec une lenteur douloureuse, mais irrémédiablement, le pan de végétation s'écrasait sur eux. La voix swahili invoqua avec désespoir le nom d'un dieu-serpent tribal de la région du lac Turkana, et puis Frank et Isaac s'effondrèrent sur la voie, sous une masse de verdure.

Isaac, tout naturellement, entreprit de se dégager, mais Frank l'interpella en hurlant :

— Ne démolissez pas tout ! (Et Isaac s'immobilisa avec stupeur. Ne pas démolir quoi ?)

Le mur ou le panneau ou l'objet surnaturel, ou quoi que ce fût, s'était abattu sur la voie sud de la ligne, laissant juste assez de place pour qu'un homme pût se dégager en s'écorchant et en souillant son uniforme de chauffeur. Se redressant malaisément, décoiffé, couvert de feuilles et de graviers et de terre, Isaac se trouva face à un homme pieds nus et torse nu, en pantalon de bleu de travail, qui souriait servilement :

— On ne peut pas le retenir si on est seul.

— Qu'est-ce qu'il dit, ce con? (Frank s'était dégagé par l'autre bout de la chose, l'air aussi dépenaillé qu'Isaac et deux fois plus furieux; Isaac traduisit ce qu'avait dit l'homme.) Mon cul, commenta Frank. Mais si ça n'est pas cassé, tout baigne.

Isaac regarda la chose. Au revers se voyait un arrangement de treillage; des branches, des pieux de bambou, entrelacés d'une abondance de feuillage et de broussailles. L'ensemble avait près d'un mètre d'épaisseur et était sûrement très lourd.

— Il vaut mieux le remettre en place, dit Frank. Dis-lui d'appeler les autres.

— Il dit d'appeler les autres, traduisit Isaac.

— Très bien. (L'homme se détourna et disparut en aval.)

À présent Isaac regardait pour la première fois à travers la porte magique. Un chemin aussi large qu'une voie ferrée s'ouvrait sur la pente où, après quelques mètres, se voyait réellement une voie ferrée, vieille et rouillée. Les antiques rails descendaient tout droit la pente et disparaissaient rapidement dans la végétation qui les couvrait. Plus près, des souches et de la terre retournée indiquaient l'endroit où l'on avait dégagé le passage.

Isaac prit conscience d'un bruit qu'il n'avait pas perçu quand la muraille était en place. C'était le couinement d'une tronçonneuse. Puis on entendit l'homme en pantalon de travail qui appelait. La scie s'arrêta; une autre voix répondit. Les voix sonnaient et se répercutaient sous les hautes branches des arbres, dérangeant des oiseaux qui s'agitaient brièvement, échangeaient des appels, puis se calmaient.

— S'il savait qu'un type seul ne pouvait pas y arriver, grommela Frank, pourquoi est-ce qu'il a essayé tout seul, ce con?

— Parce que vous avez une voix forte et impressionnante.

Frank réfléchit. Isaac vit qu'il essayait de rester
sérieux et coléreux.

— Si je suis tellement impressionnant, dit Frank,
pourquoi est-ce que vous me parlez comme ça ?

— Parce que je vois clair en vous.

Montant à travers la forêt le long de la vieille voie,
l'homme en pantalon de travail réapparut avec trois
autres hommes, vêtus dans le même genre, quoique
deux d'entre eux eussent des chemises élimées et déchirées. Les trois nouveaux venus eurent l'air très amusés
de voir leur rideau de verdure renversé sur les voies, et
ils firent quelques remarques ironiques aux dépens du
premier homme. Il rit avec eux, donc il n'y eut pas d'in-
cident.

Les quatre hommes, avec l'aide de Frank et d'Isaac,
redressèrent le rideau de verdure et le remirent en place.
Il fut si étroitement coincé par les branches vives, de part
et d'autre, qu'il n'eut pas besoin d'être amarré.

À présent, tout le monde était de l'autre côté.

— Voyons voir comment ils se débrouillent, dit Frank
et tous descendirent la pente en longeant l'antique voie
ferrée. On dut lutter contre les branches et les buissons,
puis on déboucha de nouveau dans un secteur dégagé.
De nouveau les souches fraîches et la terre retournée
montraient tout ce qu'il avait fallu couper. Devant eux
sur la voie, en aval, Isaac voyait maintenant le hangar et
l'embranchement qui virait à droite.

Un des types, vêtu d'une élégante chemise vert pâle
dont on avait grossièrement découpé les manches,
s'adressa à Isaac en désignant la portion de jungle qu'on
venait de franchir :

— Dis-lui que nous ferons ça en dernier.

Isaac transmit le message. Frank hocha la tête.

— Malin. Un écran supplémentaire. (Isaac traduisit cela et l'homme à la chemise verte sourit.)

On continua de marcher. On suivit l'embranchement jusqu'à la plaque tournante. Isaac se rappelait que l'un des problèmes potentiels était le blocage de la plaque par la rouille, dans une position inutilisable. Mais à présent elle était à l'alignement des rails, d'une manière presque parfaite. Les quatre hommes voulurent qu'Isaac explique à Frank comme la tâche avait été difficile, combien d'outils ils avaient brisés, le temps qu'ils avaient mis. Isaac traduisit la moitié de leurs propos, et en traduisant la réponse distraite de Frank, il y ajouta de l'enthousiasme.

Ils avaient beaucoup œuvré en cinq jours, d'abord sous la pluie, puis au soleil. Au-delà de la plaque tournante, ils avaient enlevé le vieux butoir qui gisait piteusement sur le côté dans les broussailles. La voie elle-même avait été prolongée avec des rails pris derrière le hangar. Faute de traverses et de tire-fond, les hommes avaient à demi enterré de gros rondins, à intervalles réguliers, de l'extrémité de la voie existante jusqu'à la falaise, et ils y avaient amarré les rails. C'était un bricolage hasardeux qui ne tiendrait pas longtemps, mais on n'en avait besoin qu'un seul jour.

À présent les hommes travaillaient sur le sentier, entre le hangar et la route de service, fabriquant un revêtement que des camions pourraient emprunter. On coupait les buissons et les arbres, et l'on utilisait les branches et les bûches pour combler les ravines et les goulets qui traversaient le chemin. Moins d'un quart de la distance avait été couvert, mais on voyait déjà que ça marcherait.

— C'est bon, déclara Frank en arpentant à coups de talon la portion déjà réalisée. Ça va gazer, ce merdier. (Il adressa à Isaac un sourire en coin.) C'est Ellen qui a eu l'idée, vous vous rappelez ?

— Bien sûr.

— On va... (Frank contempla les alentours, mains sur les hanches, avec son habituelle impatience.)

— Qu'y a-t-il?

— Une planche, un panneau... quelque chose. (Frank écarta les mains, montrant un espace d'un mètre environ.)

Isaac traduisit la demande, et un des ouvriers rit aussitôt, hocha la tête et trotta jusqu'au hangar, d'où il revint après un instant avec un vieux longeron qui avait jadis fait partie d'un cadre de fenêtre, et dont les deux bouts étaient pourris par l'humidité.

— Parfait, dit Frank en tirant son couteau de sa botte.

Tous firent cercle tandis qu'il posait la planche sur le sol, s'agenouillait dessus, et gravait de grosses lettres dans le bois gris et usé, dont l'intérieur se révéla un peu plus sombre. Quand ce fut fini, la planche indiquait: ROUTE ELLEN.

— Voilà, dit Frank.

Pendant l'opération, Isaac avait expliqué aux ouvriers que c'était Ellen, l'aviatrice blanche de M. Balim, qui avait conçu cette piste. Ils avaient tous vu la femme chez Balim, l'avaient jugée éminemment baisable, et furent très contents qu'on donne son nom à la piste. (Dans ses débuts, le swahili a acquis une forme écrite et littéraire, à partir de la graphie arabe qui fut balayée et remplacée par l'alphabet romain quand les Portugais s'emparèrent des villes et du commerce arabe le long de l'océan Indien au début du XVIe siècle. Aujourd'hui, si l'on écrit en swahili, on utilise la graphie occidentale. Pour «route», on écrira *njia*; mais pour «Ellen» on écrira *Ellen*.)

Après avoir beaucoup discuté du meilleur emplacement possible pour la pancarte, on choisit un arbre au bord de la piste, non loin du hangar, un des ouvriers l'escalada et y cloua le panneau. Tandis que l'homme se laissait glisser à terre, les autres crièrent une ovation qui résonna sous la futaie.

Ma foi, songea Isaac, le monde des hommes d'action est parfois assez marrant.

Mais il était temps de se remettre à la tâche :

— Trois jours, commanda Frank aux ouvriers par l'intermédiaire d'Isaac, et ils sourirent tous et hochèrent la tête et dirent qu'il n'y avait pas de problème. Bon, dit Frank, nous allons repartir par là-bas. Je ne veux pas recommencer à démolir le treillage.

Les derniers mètres broussailleux de la route Ellen furent difficiles à franchir, surtout pour Isaac qui portait les chaussures de ville convenant à un chauffeur de Mercedes. Arrivé à la route de service, Frank fit une pause, regardant vers l'aval.

— Trente bornes jusqu'au lac, dit-il. Pas plus compliqué que de tomber par la fenêtre.

Derrière eux, le bourdonnement de la tronçonneuse recommençait. D'une certaine façon, ce bruit nasillard rehaussait le calme et la paix de la forêt, les grands arbres épineux et svelties, marbrés de jaune ; les arbres plus petits — une douzaine de variétés ; les divers genres d'acanthe mauve, les multiples teintes des hibiscus, les orchidées rampantes, et ici ou là cette liane rampante qu'on nomme *setyot*, et qui fleurit seulement une fois tous les sept ou huit ans — il y a des tribus qui attendent sa floraison pour procéder à l'initiation des jeunes hommes. Des oiseaux chanteurs voletaient dans les hautes branches, s'écartant de la tronçonneuse et des mouvements des hommes.

— C'est beau, ici, dit Isaac en contemplant les alentours, observant un rouge-gorge bavard — un petit oiseau à la tête et au ventre jaunes, les ailes grises, le crâne casqué de blanc — qui filait de branche en branche, s'arrêtant chaque fois pour lancer des trilles variés. C'est beau, c'est paisible, répéta-t-il et sa voix se fit nostalgique et triste en songeant à Obed Naya : Quel merveilleux pays cela pourrait être.

— Bon emplacement pour se battre, aussi, fit Frank en examinant la forêt. Surtout pour attaquer à partir de l'amont. Bon, allons-y, vous allez retrouver ce bureau qui vous plaît tant.

32

En fin d'après-midi, mardi, Sir Denis se sentit épuisé. Il avait peine à garder les yeux ouverts, et la douceur des sièges de la Daimler, la délicatesse de la conduite, l'habileté tranquille du chauffeur derrière la vitre de séparation : tout conspirait mollement contre son désir de rester éveillé.

— Dieu du ciel, fit-il, je serai content quand ce sera fini.

— Je aussi, grogna Emil Grossbarger assis auprès de lui avec une fourrure autour de ses jambes mortes. Cet Amin n'est pas un homme d'affaires.

— J'ignore pourquoi il a insisté pour que je sois là lors de l'expédition du café. Comme une espèce de fourrier. Mais il en a fait une condition obligée de la vente. Encore une condition. (Sir Denis bâilla.) La dernière, j'espère. Pardon.

— Après ça, vous pourrez rentrer chez fous à São Paulo. Vous pourrez reposer.

— Je ne suis plus aussi jeune qu'avant.

Il y eut un petit silence dans la voiture tandis que les deux hommes méditaient cette déclaration. Aucun d'eux n'était aussi jeune qu'avant. Dehors, les grandes tours de verre et de béton des banques zurichoises défilaient, rosissant de gêne dans le soleil couchant. Un moment une Volvo, avec une plaque d'immatriculation rouge de l'ONU, roula devant la Daimler, puis elle vira vers le lac. Bizarre que tant d'organismes de l'ONU fussent ici, en Suisse, dans un pays qui n'appartenait même pas aux Nations unies. Peut-être, songea Sir Denis, le reste du monde essaie-t-il de découvrir le secret qui a tenu les Suisses en dehors de toutes les guerres depuis 1521.

— Che fous avais fait retirer de la transaction ougan-daise.

C'était la première fois que l'un d'eux évoquait le fait. En arrivant ce matin de Londres afin de revoir Grossbarger pour la première fois depuis qu'il avait été mis à l'écart puis rappelé, Sir Denis s'était demandé comment l'homme se comporterait avec lui, et quel serait en retour son propre comportement. En fait ils avaient tous deux paru négliger la question.

Ils avaient pris un bon déjeuner dans la salle à manger privée de Grossbarger, dans son appartement au sommet de la tour qui abritait ses bureaux. Il n'y eut ni explica-tions ni agressivité pendant le repas. Presque toute la conversation roula sur le paysage montagneux et sau-vage, vert sombre dans les fonds et bigarré en haut de blanc, de gris et de noir, et qui formait un diorama inat-tendu autour de cette ville dure, moderne et commerciale.

— Les montagnes se moquent de nos bédits bâti-ments, avait dit Grossbarger avec un sourire de conspira-teur, derrière sa fenêtre du quarante-septième étage.

Mais à présent, presque à la dernière minute, alors que Grossbarger accompagnait Sir Denis à l'aéroport, la question surgissait soudain : « Che fous avais fait retirer de la transaction ougandaise. »

— Je sais, dit précautionneusement Sir Denis. Je me suis demandé pourquoi, ajouta-t-il d'un ton neutre.

— Fous savez certainement que tout le café qui se vend dans le monde n'est pas toujours d'origine claire et nette.

— Vous parlez de contrebande. L'Office international fait ce qu'il peut.

— Za égale rien du tout, dit Grossbarger en tapotant sa fourrure avec une satisfaction évidente. Que peut l'Office quand les torréfacteurs participent à la contrebande?

Dans l'industrie du café, on nomme «torréfacteurs» — *roasters* — les groupes qui achètent le café aux planteurs, le torréfient et l'emballent pour la vente au détail.

— Nous connaissons le problème, dit Sir Denis. Mais les torréfacteurs ne sont pas tenus, moralement ou légalement, de contrôler la légitimité de tous les chargements qu'ils achètent.

— Bien zûr que non! Et d'ailleurs, de vrais planteurs participent, ils permettent au café de contrebande de réapparaître sous une forme légale. Mon ami, on connaît même des gouvernements qui ferment les yeux et tendent la main quand il y a une obération ainzi!

— Impliquez-vous que le café ougandais vendu aux Brésiliens vient d'ailleurs, par contrebande?

— Oh non, non! (La bouche mobile de Grossbarger exprima onze formes différentes de rigolade.) L'Ouganda ne fait pas *rentrer* de café en contrebande. Il y a du café ougandais qui *sort* en contrebande. Zurtout zes derniers temps, parce que la structure sociale s'écroule là-bas. Vous connaissez ce pays qui s'appelle Malavi?

— Le Malawi? Oui, bien sûr, en Afrique.

— À l'est de la Zambie, au sud du Tanganyika.

— De la Tanzanie, rectifia Sir Denis.

— Nostalgie, fit Grossbarger avec un sourire finaud. En tout cas, le Malavi est vraiment hors de la ceinture caféière de l'Afrique, bien qu'il ait exporté de bédides quantités ces dernières années. Mais zette année! Mein ami, zette année le Malavi est un gros producteur de café!

Par principe, Sir Denis était hostile à ce genre de procédé dans le monde du café, bien que ces procédés fussent fréquents, et tolérés avec un clin d'œil complice. Mais le ravissement de Grossbarger était si contagieux qu'il ne put s'empêcher de lui rendre son sourire :

— Quelle chance pour les planteurs du Malawi.

— Planteurs peut-être. En tout cas ils ramassent ! Vous savez, mein ami, nous autres, Suisses... (ceci fut dit sans la moindre gêne)... nous savons depuis des siècles comme il est utile d'avoir un *lac* en guise de frontière avec un pays étranger. C'est si difficile de patrouiller sur un lac, vous comprenez. Et l'on dirait presque que les puissances coloniales ont délibérément transformé le continent africain en un gigantesque échiquier pour jouer aux *contrebandiers*, quand elles ont défini les vrountières nazionales. Le lac Victoria est la vrountière de trois nazions. Trois pour le lac Nyasa. Pour le lac Tanganyika... Est-ce qu'il s'appelle toujours Tanganyika, le *lac* ?

Sir Denis encaissa la plaisanterie avec le sourire :

— Oui, dit-il. Le souvenir de votre colonie allemande est encore perpétué par le nom du lac.

— Bon. Le lac Tanganyika sert de vrountière à *quatre* pays ! Comment pourrait-il y avoir un commerce normal ?

— Parfois, je me le demande. Mais je ne vois pas le rapport avec, hum...

— Avec mein amicale attenzion pour vous ? (Il caressa sa fourrure d'un air content de lui.) Amicale attenzion, ah oui ! Je n'ironise pas. Voyez-vous, mein ami, j'ai été averti que quelque chose arrivera à zette cargaison de café.

— Un vol, voulez-vous dire ?

— Barfaitement. Vol et contrebande marchent ensemble. L'autre jour je lisais dans le journal, un camion de café a été attaqué à Nairobi par deux hommes armés. Dans un seul camion, quatre-vingt-cinq mille livres sterling de café. Za mérite l'attenzion d'un bandit.

— Qu'est-il censé arriver à la cargaison de café ?

— Le café ougandais ? Je ne sais pas. (Grossbarger haussa les épaules, contemplant le paysage de petits champs cultivés, nets et distincts, et l'air artificiel au pied des montagnes. L'aéroport était proche.) Bédêtre rien du tout. Mais pour être franc, Denis, s'il arrive quelque chose, che ne veux pas que vous ayez des ennuis.

— Des ennuis ?

— Du mal. Che suis zérieux, oh oui. Ces gens, vous savez, ce ne sont pas des gentlemen comme vous et moi. Et dans la circonstance, leur adversaire, cet Idi Amin, n'est pas un gentleman non plus. J'ai pensé qu'il y avait du danger à être là-bas.

— Emil, dit Sir Denis avec sincérité et avec gêne, je vous remercie et je suis touché. Mais j'aurais souhaité qu'on me pose la question de savoir si je voulais être protégé ainsi.

— Vous auriez dit non ! À votre place, *moi*, j'aurais dit non ! J'ai donc tâché de vous écarter subrepticement de l'endroit dangereux, und j'ai échoué. Und alors je vous dis la vérité maintenant, pour que vous puissiez vous défendre. Bédêtre il arrivera quelque chose à la cargaison. Tenez-vous à l'abri, si ça arrive.

— Je ne compte pas discuter avec des pistoleros, dit Sir Denis en souriant.

— Bon. Autre chose. La pire chose à faire serait que vous parliez aux autorités ougandaises. Nous n'avons pas de preuves ; nous n'avons pas de faits ; nous n'avons pas de suspects. Mais si quelque chose se produit, und vous les avez avertis vaguement, ils vous garderont pour vous interroger jusqu'à la fin de vos jours.

— Oui, je vois. (Sir Denis se passa la main sur le

visage.) Et moi qui croyais n'avoir qu'un seul problème : la fatigue…

La Daimler vira pour pénétrer dans l'aéroport.

— Gardez-vous, mein ami, dit Grossbarger.

L'hôtesse le réveilla à Rome, où il devait changer d'avion.

L'hôtesse le réveilla à Tripoli, où il devait changer d'avion.

Le pilote le réveilla à Entebbe et lui dit qu'on y était.

Qu'on y était ? Sir Denis ouvrit des yeux brûlants et regarda la lumière du matin, quelque part sur la planète. Sa bouche avait un goût affreux, elle était pleine de chenilles velues.

— Hou… où ça ? demanda-t-il.

— Entebbe, monsieur. (Le pilote, un jeune musulman libyen plein d'allant et de confiance en soi et en ses capacités, avait déjà vu ce genre d'homme d'affaires surmené : ils se forcent jusqu'à ce qu'ils s'effondrent.) Mercredi matin, précisa-t-il, le 25 mai 1977. Terminus.

— Terminus, répéta Sir Denis en mettant en mouvement son corps raide et douloureux. *(Je suis âgé de soixante et un ans.)* Oui, dit-il. Merci.

33

Lew la regarda fixement :

— Tu quoi ?

— Je pars, dit Ellen. J'ai trouvé un boulot.

— Un boulot ?

Ils étaient assis à deux côtés adjacents de la table de la cuisine, devant un petit déjeuner composé de café, de

tranches de melon et de.toasts épais. Un soleil tiède
entrait obliquement par les fenêtres ouvertes, faisant
luire les surfaces qu'ils avaient astiquées ensemble,
jouait sur les rideaux posés par Ellen, illuminait les étagères peintes en blanc que Lew avait fixées. L'homme
considéra son assiette d'un air sombre.

— Tu as *déjà* un boulot. Pour Balim, dit-il comme s'il
l'accusait d'être déloyale envers la compagnie.

— Il est au courant. (Elle semblait abominablement
calme, bon sang, mais il est vrai qu'*elle* n'était pas prise
de court.) Il engage un autre pilote.

— Un autre pilote ? (La balle qu'elle lui avait lancée
était si épineuse qu'il ne savait par où la prendre.) Quel
genre de boulot ? Où vas-tu ?

— Je rentre aux États-Unis.

Les États-Unis. Y avait-il la moindre chose qui fît
sens, dans cette affaire ?

— Tu as le mal du pays ? C'est ça ? demanda-t-il et il
y avait un peu d'espoir dans sa voix parce qu'il croyait
avoir une petite idée, peut-être, de ce qui se passait ; mais
elle rit, comme si elle était soulagée de pouvoir briser la
tension – sa tension à *elle*, pas celle de Lew.

— Non, Lew, dit-elle. Jamais de toute ma vie je n'ai
eu le mal du pays. J'ai grandi dans l'armée, non ? Je n'ai
pas de chez-moi.

— Mais alors… Alors, *c'est quoi* ? (Il avait sur le bout
de la langue le nom d'Amarda, mais peut-être
qu'Amarda n'était pas la question, il serait idiot de soulever le problème sans nécessité.) Ellen, c'est quoi ?

— Toi et moi. Lew, te rappelles-tu qui tu étais avant
de me connaître ?

— Qui j'étais ? Qu'est-ce que tu veux dire ?

— Tu te débrouillais dans l'existence. Tu avais des
amis, tu avais des maîtresses, des gens qui t'importaient
et qui n'étaient pas toujours les mêmes.

374

— Hé, voyons, attends une minute.

— Et puis nous nous sommes rencontrés, insista-t-elle inexorablement, et nous sommes devenus très importants l'un pour l'autre pendant longtemps.

— On l'est toujours. (Il voulut lui prendre la main mais elle s'écarta.)

— Non, c'est fini. Autrefois… Enfin, tu es allé en Alaska pour être avec moi. Je suis venue ici pour être avec toi. Maintenant je vais aux États-Unis. Est-ce que tu viendrais avec moi ?

— Venir avec toi ? Mais c'est impossible ! Le coup… Le coup du café… c'est dans quelques jours !

— Lew, dit-elle, il n'y a rien de pire qu'essayer de s'accrocher à une chose terminée.

Il commençait à encaisser, enfin. Il s'adossa, repoussa son assiette et regarda Ellen.

— Pour toi, c'est terminé, c'est ça ?

— Pour toi aussi, dit-elle. Mais tu n'y as pas encore réfléchi. Veux-tu me conduire à l'aéroport ?

— Quand ? (Nouvelle stupeur.)

— Je dois partir dans environ quinze minutes. Mes bagages sont déjà à moitié faits.

Il sourit et il eut conscience de l'amertume de son sourire.

— Pas de longs adieux, hein ?

— Voilà. Si tu ne veux pas me conduire, pas de problème, je comprendrai. Je passerai un coup de fil à Bathar.

— Balim le Jeune ? Je vais te conduire.

— Merci, Lew.

Il la regarda se lever, cette superbe femme qui s'était placée au centre de sa vie, bizarrement.

— Si tout est tellement terminé, dit-il, comment ça se fait que je sois jaloux de ce con de Balim ?

— L'habitude. (Elle sourit et se mit en marche pour finir ses bagages ou autre chose, puis s'immobilisa.) Je t'ai dit où je vais. Si nous étions encore ce que nous avons été, je n'aurais pas envie de partir, et tu n'aurais pas envie de rester ici sans moi.

— Pas comme ça, Ellen, dit-il. Je suis allé en Alaska avec toi parce que je voulais être avec toi, pas parce que tu voulais des preuves. Ce que tu fais maintenant, c'est différent ; face tu gagnes et pile je perds.

— Personne ne gagne, Lew, dit-elle.

Le temps d'atteindre l'aéroport, il s'était à peu près habitué à l'idée. Certes il aurait de beaucoup préféré qu'elle reste – par exemple il n'avait pas songé à repartir aux trousses d'Amarda maintenant que le terrain était dégagé – mais il savait qu'il n'y avait pas moyen de retenir Ellen si elle ne voulait pas. C'était pénible, mais il savait qu'il ne devait même pas essayer. On ne garde plus les nanas en cage, de nos jours.

Tout de même, c'était dur, ce nouveau poids sur la poitrine ; et encore plus dur de savoir que la cause en était la seule personne chez qui il pouvait trouver le réconfort et un abri. Toutes choses qui s'en allaient. Il ne pouvait pas argumenter contre elle. (D'une certaine manière, qu'il ne pouvait encore saisir pleinement, il se disait qu'elle avait peut-être raison.) Mais il ne pouvait non plus se montrer aussi détaché qu'elle. (Il savait qu'elle était très calme parce que c'était elle qui avait pris la décision, et parce qu'elle avait eu le temps de s'y faire.) Assurément des supplications sentimentales ne pourraient que gâcher leur souvenir l'un de l'autre ; elle voulait partir d'une manière calme et détachée, il pouvait au moins lui accorder ça, et garder au-dedans de lui ce qui s'y convulsait.

Tous deux avaient gardé un silence presque complet sur le chemin de l'aéroport, chacun s'absorbant dans ses propres pensées, Lew tâchant de se faire à l'idée nouvelle de ce que sa vie serait maintenant ; mais tandis qu'ils marchaient de la voiture à l'aéroport, il s'enquit soudain des détails du départ :

— Quel avion prends-tu ? Tu passes par où ?

— On m'envoie un avion-taxi d'Entebbe.

— Entebbe !

— Oui. J'ai un travail ultracourt à faire pour un transporteur américain, la Coast Global. Un petit coup de transport de fret jusqu'à Djibouti, et puis je rentre aux États-Unis avec l'avion et je cherche un autre emploi.

— Bon Dieu, Ellen, dit Lew (il avait vu instantanément ce dont il s'agissait). C'est quand, ton transport de fret ?

— Vendredi.

— Ha !

Elle s'immobilisa et le dévisagea, et il la vit sur le point de se mettre en colère. Tout allait très bien jusqu'ici, ils avaient négocié le bouleversement émotionnel de leur rupture, et voici que Lew était soudain empli d'un mystérieux fou rire, débordant de gaieté secrète.

Il expliqua :

— Chérie, c'est *notre café* !

— Seigneur ! (Elle venait de comprendre.) Mais oui, c'est forcé !

— Somme toute, nous sommes encore ensemble sur la même affaire de café, fit-il en souriant en coin. (Il lui prit le bras pour entrer dans l'aérogare.) En fait, voilà un sujet de réflexion pour toi.

— Hein ?

— Si le café se pointe effectivement à Entebbe, tu sauras que ton vieux pote Lew n'est plus très en forme.

C'était le même avion et le même pilote qui avaient ramené Lew d'Ouganda en avril. Uganda Skytours. L'avion paraissait inchangé, mais le pilote américain entre deux âges – propriétaire, avec sa femme, d'Uganda

Skytours — semblait un peu plus vieux, un peu plus affolé. Lew fut tout de même content de le revoir. On se serra la main.

— Ellen, voici Mike. Il m'a ramené, tu te rappelles ?

— Oui.

— Et maintenant il t'emmène.

— Comment allez-vous ? demanda-t-elle en serrant la main du pilote.

— Y'a pas à se plaindre, répondit-il (et c'était manifestement faux).

— Mike prendra bien soin de toi. (Lew se sentait extrêmement mal à l'aise, incapable de dire au revoir.)

— On part quand vous voudrez, dit le pilote qui s'écarta avec tact et rejoignit son appareil.

— Bon vol, dit Lew.

— Toi aussi, bon *vol*.

Et alors il la prit dans ses bras et l'embrassa et c'était bon comme toujours et elle réagissait comme toujours.

— Seigneur, chuchota-t-il dans les cheveux d'Ellen, est-ce qu'on ne pourrait pas...

Elle se raidit et s'écarta.

— Pas de ça.

Il la lâcha, mais à présent il était plein du désir de changer les choses.

— Écoute, dit-il et, désespérément, il prononça enfin le nom redouté : Amarda...

— Non, dit Ellen qui lui toucha les lèvres avec le doigt pour le faire taire. J'étais au courant, et ça en fait partie, mais ce n'est pas la raison principale.

— C'est quoi, la raison principale ?

Elle hésita, comme si elle n'y avait pas vraiment réfléchi auparavant, et puis il y eut une ombre d'étonnement dans sa voix :

— Tu sais, dit-elle, je crois que c'était la pluie.

Il n'y avait rien à répondre à ça ; il comprit immédiatement ce qu'elle voulait dire. Mais bien que ce fût une parfaite réplique finale – et ils le savaient tous deux –, il avait encore une chose à dire. Il lui reprit le bras et ils marchèrent vers l'avion.

— Écoute, fit-il, ne te marie pas ni rien.

— Ce n'était pas mon intention, mais pourquoi ?

— Il y a des chances pour que je réapparaisse dans ta vie un de ces jours.

Elle sourit. L'idée semblait lui plaire.

— Ça ne me surprendrait pas du tout, dit-elle.

QUATRIÈME PARTIE

34

Le train fut constitué à Tororo, sur la frontière entre le Kenya et l'Ouganda, le mercredi matin. Il se composait de trente-trois wagons de marchandises couverts dont la contenance totale était presque de neuf cents tonnes. (Sur le marché des matières premières ce mois-là, le café se vendait sept mille dollars américains la tonne; le train rempli contiendrait du café pour une valeur de trente-six millions de dollars.)

En tête du train se trouvait une locomotive de la classe 29, initialement mise en service en janvier 1953. Sur le flanc métallique noir de son tender se lisaient encore les lettres blanches E.A.R. des East African Railways. Sur son avant rond, sous le phare, une plaque de cuivre portait le numéro 2934, et des deux côtés de la cabine, sous les fenêtres, des plaques de cuivre portaient le nom d'*Arusha*. Toutes les locomotives de la classe 29 avaient le nom d'une tribu africaine.

Depuis quatre ans qu'Idi Amin avait détruit la société des East African Railways, pratiquement aucun matériel roulant des chemins de fer ougandais n'avait été remplacé. (Au contraire, dans le même temps, le Kenya était presque totalement passé de la vapeur au diesel.) Les locomotives ougandaises étaient vieilles et usées ; les fourgons étaient rouillés et décrépits ; beaucoup avaient le pont cassé, des roues voilées et qui nécessitaient une révision. On ne pratiquait qu'un entretien d'urgence, on n'obtenait que difficilement des pièces de rechange, et chacun se désintéressait de l'efficacité de la ligne. L'administration actuelle, mise en place par le gouvernement actuel, traitait le chemin de fer comme un objet trouvé, qu'on allait utiliser aussi longtemps que possible, et puis qu'on jetterait et qu'on oublierait.

Deux petits engins de remorquage de la classe 13 allaient et venaient sur le site de triage, choisissaient les wagons les plus utilisables parmi ceux qui restaient. Ils les alignèrent sur une voie. Les employés accrochèrent les attelages et relièrent les tuyaux hydrauliques des freins. (Le système électrique était détruit dans la plupart des wagons, de sorte qu'il était inutile de connecter les câbles.) Sur le flanc de chaque wagon, un employé, avec une craie, écrivit KAHAWA (café) en grandes lettres irrégulières.

Finalement la locomotive à vapeur, l'*Arusha*, fut amenée à reculons en tête du convoi, et l'on finit d'attacher les câbles et les tuyaux. Le mécanicien et le chauffeur prirent place dans la locomotive et, juste avant midi, le mécanicien actionna le long levier et l'*Arusha* s'ébranla lentement en avant tandis que le complexe assemblage de bielles qui reliait ses grandes roues montait et descendait, et que le pourtour luisant des roues tournait sur les rails avec une sorte de délicatesse. (Haut dans le ciel passait l'avion d'Uganda Skytours, dont le bourdonnement nasillard fut couvert par le tcheuf-tcheuf musculeux de l'*Arusha*.)

Des heurts bruyants se répercutèrent en série le long des trente-trois wagons vides comme les attelages se tendaient, et les wagons, l'un après l'autre, suivirent le mouvement à contrecœur mais avec soumission. Pendant que les employés du triage s'éloignaient en songeant à leur déjeuner, le train du café sortit lentement et s'engagea sur la voie principale.

Prenant de la vitesse, tandis que la fumée noire et la vapeur blanche se courbaient contre le ciel bleu, l'*Arusha* et sa progéniture filèrent vers le nord en direction de Mbale, à près de quarante kilomètres de distance. De là, selon une vaste courbe vers le nord-ouest, on allait traverser le pays en son milieu, de la frontière kenyane jusqu'à Soroti, Lira et Gulu, puis on obliquerait au sud-ouest en direction de Pakwach, sur la frontière zaïroise, où la branche Victoria du Nil, venant du lac Victoria, rencontre la branche Albert, qui vient de ce qu'on appelait autrefois le lac Albert mais qui est devenu le lac Mobutu Sese Seko. (Désormais il existait aussi un lac Idi Amin, plus au sud, non loin de la région de West Lake, sur la frontière tanzanienne, d'où allaient venir plus tard les forces militaires qui renverseraient Amin.)

Le train devait parcourir une distance d'un peu moins de cinq cents kilomètres. La voie de chemin de fer se poursuivait au-delà de Pakwach, tournant de nouveau vers le nord sur soixante-dix kilomètres, jusqu'à Arua, d'où Idi Amin était issu. Mais il y avait peu de café dans ce secteur proche du Sahel – cette zone subsaharienne de sécheresse famélique où le désert progresse vers le sud.

Le convoi étant vide et le terrain plutôt plat en général, on roulait vite, à près de cent à l'heure à travers les terres luxuriantes de l'Ouganda, dans le fracas brinquebalant et bavard des wagons vides. Mais à partir de Mbale, on s'arrêta souvent pour détacher des wagons dans toutes les gares de marchandises qu'on traversait.

Vendredi, lors du trajet de retour, ces wagons seraient bourrés de sacs de café.

Le mercredi soir on fit halte à Gulu, ayant parcouru les deux tiers du chemin. Le lendemain matin on allait achever le trajet vers l'ouest, et dans l'après-midi le retour commencerait.

35

La nuit où Patricia avoua être une espionne fut aussi la nuit où Sir Denis la demanda en mariage. La demande vint d'abord, alors qu'ils étaient au lit ensemble dans la chambre de Sir Denis, au Nile Mansions Hotel, et elle pensa aussitôt comme ils allaient rire en écoutant l'enregistrement !

— Tais-toi ! dit-elle en tâchant de lui fermer la bouche avec sa paume, mais le mal était fait ; les mots étaient enregistrés sur la bande, à jamais.

Et de même les mots prononcés auparavant. Elle n'avait plus besoin de lui donner du vin drogué ; il acceptait, et de grand cœur, de répondre à tout ce qu'elle lui demandait. Était-ce qu'il était naïf, ou parce qu'il comprenait qu'elle l'espionnait, et parce qu'il était prêt à accepter cela pour la garder ? Elle savait qu'il était amoureux d'elle, et pour la première fois de sa vie, elle se sentait coupable à cause de l'amour d'un homme.

Lorsqu'ils étaient séparés, il était aisé de considérer cet amour avec désinvolture et dédain, de le dénier et d'y être insensible. Somme toute, il avait trente ans de plus qu'elle, c'était un Blanc, c'était un aristocrate anglais. Son «amour» pour elle ne pouvait être que de la lubricité, mêlée de cette fameuse tendance anglaise à la dégradation.

Mais quand ils étaient ensemble elle savait qu'il l'aimait réellement. Elle tenait entre ses mains la vie et le bonheur d'un autre être, et elle n'en voulait pas. Elle voulait le pouvoir, mais pas ce pouvoir-là. Elle voulait la puissance, mais pas si c'était seulement pour détruire.

Patricia aussi était une aristocrate, mais jamais elle ne l'aurait dit à Sir Denis, de peur qu'il ne comprît pas et fût condescendant. Car les Anglais comprenaient-ils quelque chose aux lignées royales hors d'Europe, sauf peut-être en Inde ? Pourtant l'Ouganda aussi avait ses nobles familles, et dans son histoire il y avait des rois et des cours.

Jadis, dans la région maintenant devenue l'Ouganda, la tribu la plus grande et la plus puissante était la tribu Baganda, qui occupait le territoire sur la rive droite du lac. Les Baganda habitaient des cités, portaient de beaux vêtements, avaient instauré un système juridique complexe, possédaient d'excellentes demeures et non les huttes de boue des tribus du Rift. Le souverain des Baganda s'appelait un *kabaka*. C'est Kabaka Mutesa II qui accepta la carabine que lui offrait l'explorateur anglais Speke, et envoya un page de sa cour dehors pour qu'il tire sur un passant afin de voir si l'arme marchait bien. Et Patricia Kamin appartenait à la lignée collatérale de Mutesa II.

Quand les Britanniques s'emparèrent de l'Ouganda, c'est la tribu Baganda du sud du pays qui fournit des fonctionnaires, et plus tard les professeurs d'université, les médecins et les hommes de loi, et le pouvoir politique indigène. Et quand finalement les Britanniques s'en allèrent, laissant la direction de l'armée aux Nubiens du nord du pays, ce furent surtout les Baganda qui tinrent le gouvernement. Plus tard, beaucoup d'Ougandais virent d'un bon œil la prise du pouvoir par Idi Amin, comme révolte des pauvres et des illettrés du Nord contre l'oppression de l'aristocratie sudiste des Baganda.

Le père de Patricia était professeur de littérature à l'université de Makerere. De littérature anglaise, bien sûr, non de littérature africaine. Elle avait grandi dans une ambiance où se mêlaient le luxe et l'inquiétude. Elle faisait partie de l'élite intérieure, tandis que la masse des va-nu-pieds était partout visible. Certains jugèrent la situation pitoyable ; certains la jugèrent abominable et partirent vivre à Londres, à Paris, à New York. Patricia s'endurcit.

Elle avait passé trois ans à Londres, achevant son éducation, mais le climat froid et mouillé, et la couleur de sa peau la dissuadèrent de s'installer là. Dans son pays, la couleur de sa peau était convenable, et surtout, dans son pays, elle était une aristocrate, *et tous le savaient*.

Après l'indépendance il fut plus difficile d'être ostensiblement aristocratique. Quoi qu'on dise des colonisateurs — et l'on peut en dire beaucoup —, ils avaient à peu près réussi à arrêter les conflits tribaux et les bains de sang pendant les trois générations de leur règne. Quand ce règne pointilleux s'acheva, on vit que trois générations n'avaient pas suffi. Les vieilles haines et les vieux affrontements étaient plus vifs et virulents que jamais.

Le père de Patricia était mort, de mort naturelle, et elle rechercha très délibérément un nouveau protecteur, en la personne d'un colonel de l'armée, un Langi nommé Walter Unbule. Il avait vu en elle la princesse qu'elle était, et il semblait être une étoile montante sous le régime d'Obote. Mais Amin surgit, et le colonel Unbule fut de ceux qu'on massacra en 1971 dans la caserne de Jinja.

Très vite Patricia vit que la règle du jeu avait changé, et que la règle nouvelle allait être beaucoup plus dure que l'ancienne. C'est dans le camp d'Amin qu'elle rechercha aussitôt son nouveau protecteur, dans le State Research Bureau, encore un colonel — un Lugbara, celui-ci (c'était la tribu natale d'Amin) – nommé Musa Embur. Il était marié, ce qui était mieux : un homme est toujours plus attentionné avec sa maîtresse. D'ailleurs il lui avait une ou deux fois proposé de l'épouser – la polygamie était légale et usuelle en Ouganda, et à ce moment Amin lui-même avait quatre épouses – mais Patricia préférait la liberté de mouvement de sa situation. Au reste, Embur l'avait présentée à Amin.

Amin effraya Patricia, et l'excita. Sans sa puissance, il n'aurait rien été d'autre qu'un gros ours maladroit, même pas drôle ; mais son naturel dans l'exercice du pouvoir – comme si *de toute évidence* il devait être puissant et n'avoir de comptes à rendre à personne – lui conférait une capacité de fascination qui laissait peu de femmes indifférentes.

Il y avait deux ans que Patricia renseignait Amin, éclaircissant surtout telle ou telle rumeur selon quoi un officiel haut placé se montrait déloyal et envisageait peut-être même un putsch. Amin lui disait qui circonvenir, et quelles informations il voulait. Elle avait démasqué quelques comploteurs, elle avait découvert l'innocuité de quelques autres (parfois c'était trop tard pour le suspect) ; mais avant Sir Denis, jamais elle n'avait eu d'affection pour les hommes dont elle se chargeait.

Que devait-elle faire ? C'est seulement comme espionne qu'on l'autoriserait à poursuivre ses relations avec cet homme, mais elle ne voulait plus jouer ce rôle auprès de lui. Et quels secrets connaissait-il, d'ailleurs ? C'était un honnête homme d'affaires, rien de plus. Même quand il paraissait détenir une information, il ne détenait rien du tout.

Ce soir, par exemple, avant la demande en mariage, il lui avait dit qu'Emil Grossbarger pensait que le chargement de café risquait d'être volé. Mais avait-il une preuve, un nom, un indice, le moindre détail sur l'entreprise ou sur l'identité possible de l'informateur éventuel de Grossbarger? Rien. Sir Denis ne savait rien, et c'était cruel de se jouer ainsi de lui, et elle s'était rendu compte qu'elle voulait arrêter avant même qu'il eût dit cette terrible chose à propos de mariage. C'est avec affolement qu'elle lui dit de se taire en lui plaquant la paume sur la bouche.

Bien sûr, il se méprit :

— Tu parles de la différence d'âge. Patricia, ma chérie, je...

— Non non non, je t'en prie, dit-elle avec terreur à l'idée qu'il allait se rendre encore plus ridicule au milieu des micros. Viens, commanda-t-elle en descendant du lit et tirant sur le long bras blanc. Viens, nous allons d'abord prendre une douche, nous parlerons plus tard.

— Une douche? Dans un moment comme...

— *Je t'en prie.*

Réagissant enfin à l'insistance du visage et de la voix, il la laissa l'entraîner à bas du lit et jusque dans la salle de bains, où elle ouvrit à fond les robinets d'eau chaude et d'eau froide de la douche, puis se retourna en souriant.

— Maintenant nous pouvons parler. Les microphones ne peuvent plus nous entendre.

— Oh Bon Dieu, fit-il en rougissant comme un gamin, le visage et le cou écarlates. J'avais complètement oublié ces sales engins. Chase m'avait averti, bien sûr. Sapristi, nous leur avons donné de quoi s'en mettre plein les oreilles.

— Délibérément, dit-elle.

Il se pencha comme s'il croyait avoir mal entendu.

— Que dis-tu?

— C'était mon travail de te faire parler, dit-elle en le regardant droit dans les yeux. (Elle sentait ses propres yeux la brûler, de toutes les larmes qu'elle avait retenues au cours de son existence.)

Il la considéra comme s'il était seulement un conseiller bienveillant, à qui elle avait soumis un petit problème agaçant.

— Alors tu es une... Ça paraît ridicule à dire, le mot lui-même est ridicule.

— Je suis une espionne. (Elle prononça le mot soigneusement et nettement, pour lui enlever son ridicule.)

— Je m'étais demandé, bien sûr, lui dit-il en secouant tristement la tête. J'avoue que l'idée m'était venue. Mais m'espionner, *moi*?

— Oui. J'en avais l'ordre. (Elle serrait fortement les avant-bras de l'homme.) Je t'ai fait prendre des drogues pour te faire parler. J'ai manœuvré au bénéfice des micros.

— Pas seulement, fit-il avec un pâle sourire. Je vois en quoi j'ai l'air d'un vieux gâteux, mais...

— Non!

— ... *Mais* je ne peux pas croire que tu me manœuvrais seulement. Si c'était le cas, tu ne serais pas en train de me le dire.

— Bien sûr.

— Je ne détenais pas beaucoup de secrets, hein?

Elle réussit à lui rendre son sourire.

— Absolument aucun. A-t-on jamais vu un tel innocent?

— Laisse-moi rester un innocent, Patricia. Épouse-moi.

— Je t'en prie...

— Reste avec moi pendant les années qui me restent. Vis avec moi où tu voudras. São Paulo, Londres, ailleurs. Où tu préféreras. Mais pas ici, pas dans ce pays.

— Pas en Afrique! fit-elle avec une véhémence qui l'étonna elle-même.

— Je suis bien d'accord.

— Mais c'est *impossible*. Nous rêvons. Toi et moi...

— L'âge?

— *Et* la race.

— Balivernes, dit-il négligemment. Après-demain, cette ennuyeuse transaction sera enfin terminée. Je quitterai l'Ouganda, et tu partiras avec moi.

— Mais on ne peut pas, juste comme ça…

— Chut, dit-il et il la fit taire en l'embrassant. Tu voudrais que je te perde, maintenant que je t'ai trouvée? Prenons cette douche pendant qu'elle est encore chaude, et puis nous dormirons, et nous ferons des rêves, et nous reparlerons demain.

— Bon. (Elle était trop tourneboulée pour discuter.)

— Dans un endroit sans micros, dit-il. S'il existe un tel endroit à Kampala.

36

Le soir du mercredi Lew ne put supporter la maison silencieuse, et il prit la route de l'ouest le long du rivage, sans se rendre compte — avant de dépasser l'endroit — qu'il reproduisait le trajet de l'autre fois, avec Amarda. Le souvenir lui revint du jeune corps glissant et agile dans la voiture moite, avec la buée sur les vitres et la pluie qui murmurait sur le toit, et maintenant il était seul dans la nuit dans une autre voiture, et le souvenir était comme une présence physique qui le fit se sentir furieux et stupide. C'était vrai, ce qu'Ellen avait dit de la pluie — la pluie et cette longue attente durant laquelle rien ne se déclenchait — mais sans Amarda ils auraient franchi le cap. Se rappeler maintenant Amarda, et même se la rappeler érotiquement, cela montrait bien le peu de confiance qu'il pouvait se faire à lui-même.

— Je suis un crétin, murmura-t-il en contemplant rageusement le pare-brise. Et il faut que je continue à vivre avec moi.

Les routes africaines n'étaient pas dépeuplées la nuit ; des gens y marchaient, seuls ou en groupe, sur le bord de la chaussée parce que le bas-côté était trop inégal ou trop broussailleux. Ils circulaient dans le noir, à la seule lumière des étoiles, et ils surgissaient soudain devant les phares comme des apparitions. Lew devait sans cesse les éviter. Ils ne faisaient pas d'auto-stop, ni ne réagissaient à son passage, sauf que ceux qui venaient en sens inverse baissaient les yeux dans la lumière des phares. Pour la plupart ils étaient haillonneux et marchaient lentement, comme des promeneurs sans but. Leur société est un mystère pour moi, songea Lew, au point que je ne sais même pas pourquoi ils se promènent la nuit.

Ne voulant pas repasser devant l'endroit d'Amarda, il poursuivit sa route jusqu'à ce qu'il trouve une piste sur sa droite, caillouteuse et creusée d'ornières. Ce chemin-là aussi était parsemé de piétons, et il rejoignait finalement la grand-route, la B1, qui à son tour ramena Lew à Kisumu, chez lui, où il trouva Frank et Balim le Jeune qui se soûlaient dans sa cuisine.

— Nous vous avons apporté de la bière, déclara Balim le Jeune avec un sourire de vendeur de voitures d'occasion.

— Et nous l'avons bue, dit Frank. Nous pensions que tu avais besoin de réconfort.

— Mais vous n'étiez pas là, dit Balim le Jeune. Alors on a commencé sans vous.

— Je vais vous rattraper, affirma Lew qui se rendit aussitôt compte que c'était *exactement* ce dont il avait besoin.

Il y avait tout un tas de bières au réfrigérateur. On avait déjà largement passé minuit, mais pendant les trois heures suivantes ils burent ensemble dans la cuisine, se racontant des anecdotes, notamment des histoires de femmes. (On n'évoqua pas Ellen ; Lew n'avait pas envie, et les autres respectèrent son silence.)

M. Balim le Jeune exposa le drame de sa vie :

— Les femmes m'aiment, expliqua-t-il. (Comme son père, il était capable d'aborder toute une variété de sourires tristes et souffrants.) Elles me trouvent irrésistible, déclara-t-il et il soupira.

— Ça doit être dur, dit Frank d'un air amer.

— Ah, oui. Car ce qu'elles aiment en moi, c'est mon exotisme. Pas mon érotisme, mon exotisme. Avec la plupart des femmes – sauf les Indiennes, bien sûr ; *celles-là* je ne veux rien faire avec elles – je suis différent, je suis un spécimen exotique. Elles veulent absolument m'avoir. Elles veulent savoir comment c'est avec moi.

— Pourquoi pas avec les Indiennes ? demanda Lew. (Il se dit qu'il n'était pas en train de penser à Amarda.) Comment ça se fait que vous ne vouliez rien faire avec elles ?

— Il faut d'abord que je vous parle des autres femmes.

— Celles qui vous aiment, dit Frank d'un air de plus en plus amer. Toutes ces cramouilles qui vous trouvent irrésistible.

— C'est ça, celles-là. Elles se demandent : «Comment est-il vraiment, ce Bathar Balim ? Il est très joli», elles disent.

— Grrr, fit Frank qui avala une longue goulée de bière.

— Alors elles me pourchassent. Et comment puis-je refuser ?

— Venez-en au fait, dit Lew parce qu'il voulait revenir à la question de ce qui n'allait pas avec les Indiennes.

— Eh bien, elles me séduisent, non ? demanda Balim le Jeune qui poursuivit sans attendre de réponse : Et elles découvrent que je ne suis qu'un homme, non ? Pas du tout exotique. Érotique, certes, mais pas mystérieux, ni foudroyant, ni romanesque. Pas un héros. Je suis *forcé* de les décevoir. Alors elles me rejettent parce que finalement je suis banal. (Il soupira, eut un sourire de profond malheur et but de la bière.)

— Vous n'êtes pas banal, lui affirma Frank. (Lew vit que Frank songeait à devenir désagréable.) Vous êtes un *prince*.

— Défense de se battre dans ma cuisine, dit Lew.

— Personne ne se bat! dit Frank avec un regard furibond. Je viens juste de dire que c'est un con de prince; c'est pas vrai, Bathar?

— Nous sommes tous des amis, déclara Balim le Jeune qui battait beaucoup des paupières comme s'il essayait de se maîtriser.

— Parlez-moi des femmes indiennes, dit Lew.

— Eh bien, quoi?

— Vous avez dit que vous ne vouliez rien faire avec.

— Ah, c'est sûr. Absolument. (Balim le Jeune hocha la tête pour manifester son accord avec lui-même, contempla sa bouteille de bière en verre brun et sombra dans le silence.)

— Mais pourquoi? demanda Lew en s'étonnant de sa fabuleuse patience, et puis, comme il craignait que les processus mentaux de Balim le Jeune fussent devenus légèrement discontinus, il énonça de nouveau la question dans son intégralité: Comment ça se fait que vous ne vouliez rien faire avec les Indiennes?

— Oh, répliqua l'autre avec dédain. C'est parce qu'avec elles c'est toujours la baise, encore la baise, rien que la baise.

— Quoi? dit Frank qui dodelinait et se redressa d'un coup.

— Oui, c'est tout ce qui les intéresse, déclara Balim le Jeune en haussant les épaules pour exprimer son mépris à l'égard de toutes les Indiennes. Zig-zig-zig-zig-zig, un point c'est tout.

— Mon pote, dit Frank, je ne vois pas ce qui vous embête.

— Eh bien, mais, qu'est-ce qu'on est, pour elles? Rien, rien qu'un pénis.

— Un quoi?

— Une bite, traduisit Lew au bénéfice de Frank.

— Elles ne s'intéressent pas du tout aux hommes, expliqua Balim le Jeune d'un ton plus sérieux, plus revendicatif et moins cynique à mesure qu'il s'échauffait : C'est une société de femmes, c'est tout, avec les hommes dehors qui regardent.

Le visage de Frank se plissa, furieux et dubitatif.

— C'est des gouines, vous voulez dire? demanda-t-il.

— Non, non. Zig-zig avec les hommes, mais le reste de leur vie se passe entre femmes. C'est pareil en Inde et ici, et partout où l'on trouve notre société indienne. Le jeune homme se marie, il ramène sa jeune épouse chez lui ; tout de suite les relations importantes, c'est entre la belle-mère et la bru ; elles ont leurs secrets ; le *couple*, c'est elles. Et quand la jeune épouse voit le mari, elle lui dit, « Allez, oui, zig-zig, fais des bébés, maintenant va-t'en », et elle s'essuie et elle retourne avec la belle-mère et elles parlent de leurs secrets et elles pouffent derrière leur main. (Il but de la bière et fut pris d'une telle tristesse que son sourire devint presque imperceptible.) C'est épouvantable d'avoir un point de vue extérieur sur sa propre société, dit-il. C'est très démoralisant.

Il semblait à Lew que les plaintes de Balim le Jeune révélaient l'inverse, en quelque mesure, de la structure sociale qui avait récemment suscité les attaques des femmes américaines – la position des deux sexes était inversée. Mais cette idée l'effleura seulement, il n'était pas capable de l'exprimer. Au reste, les propos de Bathar

Balim l'intéressaient davantage en tant qu'ils éclairaient un peu ses relations avec Amarda. (Il avait oublié qu'il se refusait à penser à elle.) Le côté zig-zig, d'accord ; mais le reste ? Voyait-il différemment la conversation tenue dans la petite pièce étouffante de la demeure, la dernière fois qu'ils s'étaient vus ? Amarda et sa grand-mère... il tâcha de les imaginer ensemble, pouffant derrière leur main, échangeant des secrets sexuels sur les hommes. Curieusement, la grand-mère était plus facile à imaginer ainsi, et *ça*, qu'est-ce que ça signifiait ?

Frank ne tarda pas à s'endormir, sa tête heurtant la table.

— Faut que j'aille me coucher, annonça Lew en se mettant péniblement debout et en secouant la table de telle manière que la moitié des bouteilles vides dégringolèrent et que Frank grogna et ouvrit un œil rougi.

— Je vais ramener Frank, dit Balim le Jeune. (Il semblait plus correct que jamais, mais un peu moins ironique et un peu plus humain ; apparemment boire lui réussissait.)

— Comme vous voulez, dit Lew. Je vais dormir. J'ai une guerre qui m'attend demain matin.

À huit heures trente, crevé et avec la gueule de bois, Lew arriva à l'entreprise Balim et trouva les vieux camions bâchés dans la cour de derrière, avec la troupe de quarante-huit hommes qui chargeait maladroitement les provisions, les sacs de couchage, les toiles, les câbles, les bâches, les barils vides, les caisses d'outils et tout le reste du matériel. Les quarante moteurs hors-bord Evinrude échangés par Lew contre les cinquante-sept machines à coudre disparues étaient déjà embarqués.

Frank ne semblait pas se ressentir de la cuite nocturne, sauf qu'il paraissait avoir un léger problème d'équilibre, comme s'il avait un pépin dans l'oreille interne. De temps à autre il titubait, bien qu'il fût immobile sur un sol parfaitement plat. Au reste, c'était le Frank habituel, beuglant et bougon, ralentissant l'embarquement parce qu'il affolait régulièrement la troupe.

Quant à M. Balim le Jeune, il était invisible, mais peut-être y avait-il un indice de son état dans le regard de reproche que Mazar Balim adressa à Lew quand il apparut une fois pour voir où on en était. Lew répondit par un sourire glauque et tâcha de se conduire comme si, pour sa part, il avait très bien dormi après avoir bu juste un peu.

Finalement on fut prêt à partir. À part les chauffeurs et deux aides, tous les hommes étaient assis en désordre dans deux des camions, et tout le matériel avait été empilé dans les deux autres. Frank, Isaac et Balim eurent un petit entretien privé pendant que Lew, assis sur une ridelle, buvait le café que Frank lui avait gentiment apporté. Puis Balim et Isaac vinrent tous deux lui sourire, lui serrer la main et lui souhaiter bonne chance. Et puis on partit pour de bon.

Frank occupait la place de passager dans le premier camion, Lew dans le deuxième. En théorie on devait avoir l'air d'un convoi d'ouvriers et de fournitures pour la construction de l'hôtel à Port Victoria. Les gens qui avaient vu Frank là-bas supposaient que c'était un ingénieur ou un architecte ou quelque chose comme ça, et Lew passerait pour un type du même genre.

Le début du trajet fut assez tranquille et Lew s'endormit avant même qu'on fût sorti de la ville. Pendant une heure, il piqua une ronflette merveilleusement calme et reposante. Il fut réveillé par un choc qui manqua le projeter à travers le pare-brise.

— Yerk ! hurla-t-il. Le véhicule rebondit de nouveau, il fut plaqué contre le dossier, essaya de se cramponner à la portière et au tableau de bord.

— Pardon, fit le conducteur en souriant d'un sourire édenté tandis que Lew le considérait avec affolement.

Lew reprit la maîtrise de son corps, et le chauffeur reprit la maîtrise de son camion. On était maintenant sur une piste – des cailloux plutôt que de la terre, le genre de terrain qu'on obtient en arasant le terreau superficiel. Juste devant, le camion de Frank lâchait une poussière qui emplissait déjà la gorge de Lew. L'habituel flux de piétons les regardait passer, et puis mourait probablement dans d'atroces souffrances au milieu du grand nuage de poussière orange que les quatre camions laissaient derrière eux.

Lew examina le conducteur, un jeune, avec de longs bras musculeux, des dents de lapin et de grands yeux joyeux.

– Vous parlez anglais ?

L'autre lui sourit encore et secoua la tête.

– Quelques mots, dit-il, puis il observa les hommes dans le camion de tête qui tentaient en riant de jouer au *kalah* – les pierres du jeu rebondissaient sans arrêt hors des bols – et il récita à Lew les mots d'anglais qu'il connaissait : Argent. Putain. Policeman. Patron. Baise. Bière. Mort. Défoncé.

Ça continua ainsi. Au total l'homme connaissait une centaine de mots. Eh bien, cela tint lieu de conversation.

Port Victoria rappela Ellen à Lew, car c'est elle qui la lui avait décrite, après la virée qu'elle y avait faite avec Frank. Sans qu'il en connût l'étrange histoire – ou absence d'histoire –, il lui sembla que nul n'aurait jugé l'endroit remarquable. Ce n'était qu'un petit village commerçant, voilà tout, comme cent autres, avec quelques petites maisons de pêcheurs le long de la pente raide qui descendait vers l'eau. Il n'y sentit nulle atmosphère de bizarrerie ou de perte, mais peut-être était-ce parce qu'il ressentait de nouveau la perte d'Ellen. Il descendit du camion quand on arriva au chantier, pressé d'avoir une tâche pour se distraire.

Frank était maintenant très gai. Son problème d'équilibre semblait résolu ; peut-être avait-il lui aussi dormi dans son camion.

— Qu'est-ce que tu penses du coin ? demanda-t-il.

L'hôtel était véritablement en construction. Les murs extérieurs, en parpaings de béton, étaient quasi terminés sur deux étages (leur hauteur prévue), avec des ouvertures rectangulaires là où l'on placerait un jour des portes et des fenêtres. Sur le côté, des baraques légères, couvertes en tôle, abritaient le matériel et les ouvriers. Juste derrière, Charlie pissait sur un massif de fleurs.

— Cet hôtel est incroyable, dit Lew. Nous sommes vraiment en train de construire un putain d'hôtel.

— Après ce coup, dit Frank en passant ses pouces dans sa ceinture, dans deux ou trois ans, peut-être que je reviendrai, je m'inscrirai dans cette boite, je m'assiérai sur la terrasse là-haut avec ma vodka-tonic et je regarderai tranquillement le lac où ça se sera passé.

— T'es un buveur de bière, lui rappela Lew d'un ton mesquin.

— Après cette affaire je serai un buveur de vodka, proclama Frank. Et je baiserai des intellectuelles.

Charlie s'approcha en secouant les dernières gouttes de son zizi qu'il fourra ensuite dans son pantalon douteux.

— Tout prêt au départ, annonça-t-il.

— C'est pas à moi qu'il faut le dire, jappa Frank. Dis-le à cette bande de trous-du-cul. Commencez à décharger. Merde, quoi, on part faire fortune.

Lew regarda pour la première fois par-delà les eaux. Il connaissait les cartes, c'était donc l'Ouganda, cette bande verte de collines basses là-bas. Je suis ici, songea-t-il, pour voler un train.

Il s'aperçut qu'il souriait.

37

Au déjeuner, le mécanicien et le chauffeur mangèrent des sandwiches et burent de la bière sur une butte plaisante et ensoleillée qui surplombait le cours rapide du Nil Albert. Pendant le repas tous deux furent piqués par divers insectes porteurs de maladies, mais à part une démangeaison occasionnelle ils ne s'en ressentirent pas. Ces bestioles les piquaient depuis leur petite enfance, elles avaient piqué leurs parents et les parents de leurs parents. Les deux hommes avaient subi divers maux infantiles et petites fièvres, et faisaient partie de la minorité survivante de leur classe d'âge. À présent ils étaient immunisés, vaccinés par la nature, qui détruit beaucoup de vies mais dont la méthode est efficace, bien qu'elle laisse le corps définitivement affaibli, comme un véhicule dont le châssis a été faussé dans un accident.

Quand le mécanicien et le chauffeur regagnèrent le triage de Pakwach, les quatre wagons de transport de fret – qu'ils appelaient *goods wagons*, wagons de marchandises, à la manière britannique – étaient presque pleins de sacs de café. Ils signèrent des feuilles, puis téléphonèrent à leur prochain arrêt, Lolim, pour dire qu'ils quittaient Pakwach et pour donner l'heure approximative de leur arrivée à Lolim. Ils durent utiliser le réseau téléphonique public car les Chemins de fer ougandais n'avaient pas de système de communication particulier – certainement pas de radio dans la cabine des locomotives – à part des téléphones de campagne manuels dans les boîtiers des signaux. (Les fils de ces appareils étaient en général accrochés d'arbre en arbre le long de la voie ferrée, à moins qu'on les ait volés.)

Le temps de faire monter la pression, les wagons étaient prêts et scellés. Lolim n'était qu'à vingt kilomètres ; le chauffeur les retarda un instant, le temps d'aller acheter deux autres bières. La bière ougandaise, qu'on brasse à partir de la banane, est très gazeuse, très savoureuse, et très forte. Le train de quatre wagons quitta le triage de Pakwach, rejoignit la voie principale, et attaqua la faible pente qui montait au nord-est vers Lolim.

Ni le mécanicien ni le chauffeur n'étaient politisés ; ni l'un ni l'autre n'étaient non plus spécialement croyants, quoique tous deux fussent issus de familles chrétiennes. Le mécanicien appartenait à la tribu Basoga, qui autrefois avait dominé le territoire voisin de celui des Baganda, et qui était presque aussi civilisée. Le chauffeur était un Karamojong, issu d'une des rares familles qui vinrent dans le Sud, abandonnant l'existence traditionnelle, nomade, pastorale et famélique de cette tribu des terres sèches de l'extrémité nord-est de l'Ouganda. Aucun des deux hommes ne se définissait avant tout en termes de tribu, de religion ou de politique. Ils étaient cheminots depuis qu'ils étaient adultes, et ils continueraient d'être cheminots.

Quand Amin, quatre ans auparavant, avait décidé de démanteler les East African Railways, tous deux avaient été embêtés, mais seulement pour des raisons pratiques et personnelles. En pratique, cela signifiait que les trains ne seraient plus entretenus dans les excellents ateliers modernes de Nairobi. Et sur le plan personnel, cela signifiait qu'ils ne pourraient plus faire de virées à Nairobi et Mombasa, des villes agitées et pittoresques qu'ils trouvaient plus excitantes que Kampala. Mais la décision ne dépendait pas d'eux ; ils avaient haussé les épaules et poursuivi leur travail.

Lolim, droit devant. Ils jetèrent leurs bouteilles vides dans les champs verdoyants et actionnèrent longuement le sifflet de la locomotive en approchant du passage à niveau à l'entrée de la ville.

38

Idi Amin était ivre. Il s'était enivré au déjeuner, et à présent il s'enivrait davantage. Assis dans un fauteuil de bois, tenant dans son poing gauche un magnum à demi plein de scotch Johnnie Walker Red Label, il contemplait d'un œil brumeux le visage d'un colonel qui – il le savait bien, très bien – avait tenté de mobiliser toute la tribu Langi dans un complot contre lui.

– C'est très mal, colonel, dit Amin qui agita le doigt avec sévérité devant la figure du colonel.

Les yeux et la bouche du colonel étaient fermés. De petits caillots de sang sous son nez lui faisaient une moustache imparfaite. Le colonel était mort depuis quatre mois et son corps avait depuis longtemps été jeté aux crocodiles du Nil, au barrage d'Owen Falls, mais sa tête était encore là, dans le congélateur de la salle de botanique de l'ancien poste de commandement, une des résidences mineures d'Amin à Kampala. Trois autres têtes d'ennemis de naguère étaient là pour l'instant, ainsi que deux cœurs humains, mais c'est à la tête du colonel qu'Amin adressait ses remontrances.

Aujourd'hui il avait commencé de boire avant midi, et au déjeuner il avait dû subir les exposés économiques d'un Saoudien qui était ici pour discuter de l'assistance financière à l'Ouganda mais qui en fait passait son temps à critiquer la politique économique d'Amin. Le Saoudien semblait ignorer totalement que ses insolentes «connaissances techniques» n'étaient que le coussin de richesses pétrolières sur lequel il s'appuyait, et qu'il n'en savait réellement pas plus long qu'Amin sur les questions de gestion. Amin avait beaucoup bu à table pour supporter ces déblatérations, et puis il s'était réfugié ici, dans la salle de botanique de l'ancien poste de commandement, pour continuer à boire et passer ses nerfs sur ses ennemis vaincus.

On frappa à la porte verrouillée à l'autre bout de la pièce. Amin se leva, trébuchant en arrière, sa lourde tête pivotant, regardant de côté et d'autre, cherchant un ennemi. Il contempla furieusement les quatre décapités du congélateur, et il se demanda soudain pourquoi on ne lui donnait pas des têtes aux yeux ouverts. Dans cet état-ci, les ennemis n'avaient pas l'air attentif. Il faudrait en parler à Minawa.

On frappa encore, avec plus d'insistance. Amin grommela et s'éloigna du fauteuil en se cramponnant au congélateur.

— Une minute ! cria-t-il, d'abord en kakwa, puis en swahili. Une minute, marmonna-t-il en anglais, une minute, *monsieur*. (Et il chercha du regard où poser la bouteille de whisky.)

Dans la salle de botanique, il y avait côte à côte un réfrigérateur et le congélateur. Le réfrigérateur contenait de la bière et d'autres boissons, car Amin aimait inviter des amis proches dans cette pièce. Les deux meubles étaient bouclés par une même chaîne munie d'un cadenas. Renvoyant ses ennemis à la congélation, Amin tripota la chaîne et le cadenas, les ferma, et alla à la porte. Le temps qu'il l'atteigne, il paraissait moins ivre ; seules son haleine et la rougeur accrue de ses yeux révélaient son état.

L'homme à la porte était un domestique nommé Moïse, un Bagisu des pentes du mont Elgon, un homme placide, avide de bien faire, au rire facile, qui adorait notoirement les plaisanteries et l'humour d'Amin. Amin ne s'en rendait pas compte, mais chaque fois qu'il fallait le joindre quand il était ivre ou de mauvaise humeur, les autres serviteurs envoyaient Moïse, parce qu'il risquait moins d'être battu ou tué.

— Ah, Votre Excellence, dit Moïse. Le colonel Juba a appelé. Il veut vous faire écouter une bande magnétique. Il dit que c'est très important.

— Il croit ça, hein? Le colonel Juba croit que le colonel Juba est important. (Le colonel s'occupait du réseau de micros espions, et beaucoup de ses enregistrements s'étaient révélés effectivement très intéressants. Toutefois, le déjeuner et la boisson avaient mis Amin de mauvaise humeur, et il répugnait à se calmer.) Peut-être que je vais prendre une de ces bandes, un jour, dit-il, et je la lui fourrerai dans le cul, au colonel Juba, et je le ferai tournoyer, et j'écouterai par sa bouche.

L'image enchanta Moïse.

— Ce serait formidable, dit-il en riant et en hochant la tête.

— Fais avancer ma voiture, dit Amin dont l'humeur s'améliorait à toute vitesse. Je vais écouter cette bande.

— Oui, Votre Excellence, dit Moïse qui s'éloigna en riant à travers la salle principale tandis qu'Amin allait pisser et se laver la figure et ôter son costume de chasse qu'il avait maculé pendant le déjeuner.

L'enregistrement était celui de Patricia Kamin et Sir Denis Lambsmith, et quand on arriva au moment où Sir Denis proposait le mariage, Amin, qui souriait dans l'attente de quelque chose de particulier, hurla de rire et se tapa sur les cuisses en regardant autour de lui pour s'assurer que les autres hommes présents percevaient la drôlerie de la chose.

— C'est ça, hein? dit-il ensuite au colonel Juba. Elle le tient vraiment, cette fille. C'est une fille sacrément redoutable, cette fille.

Le colonel Juba était maigre, douloureusement maigre dans son uniforme, avec un long visage osseux et un air perpétuellement réprobateur.

— Non, dit-il. C'est ce qu'il y a avant. À propos du café.

Amin ressentait encore les effets de ses libations, bien qu'il eût accepté avec reconnaissance une tasse de café quand il était arrivé au State Research Bureau. La bande tournait toujours.

— Remettez-la, repassez-la-moi, dit-il et il fronça les sourcils parce que l'enregistrement n'était plus qu'un vacarme, pareil à un coup de vent dans un arbre. Qu'est-ce que c'est que ça ?

— Ils se douchent ensemble, dit le colonel Juba. Ils se douchent souvent ensemble.

— Une fille très propre, dit Amin en souriant largement. Et un Blanc très propre.

Le technicien rembobina l'enregistrement, et Amin écouta de nouveau la partie que le colonel Juba jugeait importante. Comme Juba et deux techniciens et deux autres officiers étaient dans la pièce, Amin jugea important de ne pas avoir l'air idiot. Cette fois, donc, il écouta bien plus attentivement.

Sir Denis : Tu sais, Emil Grossbarger m'a dit pourquoi il voulait m'écarter de cette affaire.

Patricia : Alors c'était bien lui ?

Sir Denis : Oh, je le savais depuis le début. Je ne comprenais pas pourquoi.

Patricia : Peut-être qu'il a un tripatouillage en vue.

Sir Denis : Il dit qu'il croit savoir que quelqu'un essaiera de voler la cargaison.

Patricia : *Quoi ?*

Sir Denis : Ce n'est rien. Une rumeur qu'il a entendue Dieu sait où.

Patricia : La cargaison, c'est… C'est trop *gros*. Des centaines et des centaines de tonnes.

Sir Denis : Je sais bien. Il pense simplement que la

situation ici est trop instable. S'il y avait des ennuis, il craint qu'on ne me fasse du mal. Crois-le ou non, c'était un geste d'amitié.

Patricia : Oui, bien sûr que oui. Tu devrais être flatté d'inspirer tant d'amitié.

Sir Denis : Tu m'inspires des sentiments plus forts, Patr…

Sur un geste du colonel Juba, le technicien arrêta la bande.

— Eh bien ? dit le colonel à Amin. Qu'en pensez-vous ?

Amin resta songeur une demi-minute, à présent bien plus lucide. Ce n'était pas un intellectuel, mais il était rusé et intelligent. Son esprit était comme une fourmilière, où les pensées parcouraient avec obstination des itinéraires rituels.

— Qu'ils sortent, Juba, dit-il et il resta à hocher la tête pendant que Juba faisait sortir les autres, et quand le colonel et lui furent seuls, il dit : Baron Chase a parlé à ce Suisse.

— J'y pensais, approuva Juba. (Ce n'était pas un secret que Juba était de ceux qui détestaient Baron Chase et s'en méfiaient.)

— Nous ne savons pas ce qu'il a dit au Suisse.

— Il ne couche pas avec Patricia.

— Je crois qu'il préfère baiser des garçons, gloussa Amin.

— Nous pouvons lui envoyer un garçon.

— Non. Il ne se trahirait pas si facilement. Il est très malin, très rusé. (Amin reconnaissait ses propres qualités chez les autres, et s'il s'agissait de savoir si elles pouvaient être utilisées contre lui, il était très bon juge.) Il est agité depuis un moment, dit-il d'un air morose en se remémorant ses dernières entrevues avec Chase. Très agité. Et il est resté longtemps à Londres.

Juba attendait patiemment. Il avait déjà décidé de ce qu'il fallait faire, mais bien sûr il avait écouté la bande une heure avant Amin. Et Chase lui avait toujours déplu.

— Bien, dit enfin Amin. Prenez deux hommes de confiance, vous voyez ce que je veux dire. Arrêtez Chase, mais en secret. Il y a dans le gouvernement des gens qui ne doivent pas être au courant, pas avant que ce soit fini. Rien que vous et moi, alors, et vos deux hommes.

— Bon, dit Juba qui hocha la tête.

— Découvrez ce que Chase et ce Suisse ont en tête.

— Doucement ?

Amin réfléchit de nouveau, mais très peu de temps cette fois.

— Non, dit-il. Baron Chase ne vaut plus rien pour nous, maintenant. Nous n'aurons plus besoin de lui. Secouez-le à fond.

— Et ensuite ?

Avec ses proches confidents, Amin utilisait une formule pour signifier que la personne devait d'abord être torturée – non pour la faire parler, mais pour la punir ou par principe – et puis assassinée. C'est cette formule qu'il utilisa :

— Qu'il ait le régime de luxe.

— Bon, dit Juba.

— Mais gardez la tête, ajouta Amin.

39

Charlie ne comprenait pas Lew Brady. L'homme ne suivait pas les règles. Depuis lundi, début des séances d'entraînement, Charlie avait été chargé d'être l'interprête de Lew Brady, et ce n'était pas drôle du tout. Apparemment, Brady ne comprenait pas qu'un des bénéfices annexes de ce travail, un des petits suppléments qui rendaient le travail plaisant, c'était que Charlie avait le droit de se moquer de ses employeurs. S'il n'avait pas ce droit, quel intérêt?

Et il ne l'avait pas. Charlie apprenait vite, et le lundi il avait appris qu'il devait traduire mot pour mot les paroles de Brady. Depuis des années, les soudaines fantaisies de Charlie, ses incidentes scatologiques, la poésie absolue de ses traductions, quand Mguu braillait des ordres, avaient fait s'esbaudir tout le personnel. Maintenant il y avait ce type qui se prenait au sérieux et qui lui secouait les puces chaque fois que Charlie voulait rigoler un peu. En conséquence, non seulement il s'ennuyait à bosser correctement, mais il perdait la face devant les autres, qui savaient ce que Brady lui avait fait et pourquoi il était devenu si couard.

Peut-être serait-il nécessaire de tuer Lew Brady.

Pas facile, à vrai dire. Charlie envisageait de s'adresser à un sorcier – les meilleurs jeteurs de sorts mortels appartenaient à la tribu Luo, dans cette région même – mais si Brady l'apprenait? Ou simplement M. Balim, que Charlie révérait d'une façon quasi théologique.

Pour Charlie, M. Balim était à l'écart des autres hommes : il n'était pas comparable aux Kikuyu, ni aux animaux qui peuplaient le reste du monde, un être totalement différent. Dans l'esprit de Charlie, M. Balim était un grand soleil bienveillant qui le baignait de sa lumière, qui pouvait lire ses pensées sans les réprouver, et qui comprenait son intelligence et son humour et sa sagacité d'une façon qui n'appartenait à personne d'autre. M. Balim lui donnait de l'autorité, M. Balim lui donnait des responsabilités, et enfin M. Balim complétait sa joie en lui offrant une compréhension totale avec une tolérance totale. Il connaît mon cœur, songeait Charlie ; si jamais il révélait son nom secret à un autre humain, ce serait à M. Balim.

Un moment, Charlie avait tâché d'imaginer un nom privé pour M. Balim, mais sans succès jusqu'ici. Aucun mot, aucun nom qu'il pût imaginer n'était assez grandiose.

Quant à Lew Brady, il lui trouverait bientôt un nom. Il s'était presque décidé pour Gijjig, la variante d'un mot kikuyu qui veut dire « maladie vénérienne », bien qu'il dût admettre que ce nom manifestait plus de dépit que de jugement. Peut-être allait-il trouver autre chose ; sinon, Gijjig ferait l'affaire.

— Charlie, bordel !

C'était Mguu, dérangeant les pensées de Charlie à croupetons. Charlie leva les yeux d'un air affable :

— Oui, Frank ?

— Bordel, Charlie, dit Mguu, arrête de chier dans les fleurs.

Charlie regarda sous lui. Certes, il y avait là des fleurs ; et puis après ? Il avait choisi cet endroit afin d'en cueillir pour s'essuyer.

— Qu'est-ce qui ne va pas ? demanda-t-il.

— Les gens du coin n'aiment pas ça, lui dit Mguu. Ils râlent et ils gueulent. Chaque fois que quelqu'un veut des fleurs chez lui, il y a ta merde dessus. En plus tu fais ça en pleine vue. Va sur la colline là-bas.

Charlie n'avait pas commencé de se soulager effectivement, parce qu'il réfléchissait à Lew Brady avec beaucoup d'intensité ; il se redressa donc en haussant les épaules et en remontant son pantalon.

— Comme tu veux, Frank. Je voulais juste être à proximité, au cas où tu aurais eu besoin d'un interprète.

— Oh, dit Mguu, fous le camp, Charlie.

— D'accord, alors, Frank.

Charlie gagna la colline derrière le chantier de l'hôtel, dans la direction de l'endroit où l'on avait campé. Il était tenté d'aller chier dans une combe près de la tente de Mguu, mais il doutait que Mguu utilise encore l'emplacement à l'avenir.

Au sommet de la colline il se retourna et la scène en contrebas lui rappela les illustrations du livre *l'Île au Trésor* qu'il avait lu quand il était à l'école et apprenait l'anglais parce que sa mère – à présent morte – voulait accéder aux richesses urbaines. Elle avait clairement compris que l'anglais était le langage des villes, et elle tordait les bras de Charlie ou ses oreilles s'il apprenait mal ses leçons. Dans ses rêves Charlie grandirait et parlerait anglais et se rendrait à la ville dans le petit autocar *matatu* (rien qu'une camionnette couverte avec deux banquettes, en fait), et puis là, d'une manière magique, il plongerait dans la société riche. L'argent et les vêtements et la nourriture et l'oisiveté jailliraient de la ville et, par l'intermédiaire de Charlie, se répandraient chaudement sur sa mère.

Ce qu'il advint en réalité, c'est que Charlie devint Charlie, et sa mère mourut faute de soins, victime de diverses maladies, à l'âge de trente-sept ans. Ce qui ne veut pas dire qu'elle se trompait.

Et ce qui veut dire que Charlie, au sommet de la colline, contemplant le rivage de Port Victoria et Berkeley Bay sur la droite et l'immensité libre du lac Victoria sur la gauche et la masse verte de l'Ouganda là-bas devant, songea aux illustrations de *l'Île au Trésor*.

La plupart des hommes travaillaient dur à présent, s'activant sur les radeaux, tandis que Mguu allait et venait comme un Long John Silver qui eût récupéré sa jambe, et que Lew Brady jouait le rôle de Tom Swift (encore une référence de Charlie aux livres anglais de ses jours d'école) en surveillant le déballage et l'installation des moteurs hors-bord.

Le long du rivage on construisait dix grands radeaux, chacun de six mètres de large, avec des planches de six mètres clouées à des poutres de six mètres, le tout amarré ensuite sur des barils à huile vides. Sur un côté de chaque radeau l'on fixait sous l'assemblage principal un vague système de planches, sur quoi l'on installait quatre moteurs hors-bord Evinrude. Cette organisation pagailleuse était nécessaire, car si l'on avait directement fixé les moteurs aux radeaux, les hélices auraient été hors de l'eau. Au retour, chaque radeau portant des tonnes de café, le problème ne se poserait plus.

Du haut de la colline, les dix radeaux étaient comme une armada lilliputienne, près d'être lancée dans une soupière, mais ils étaient plus sérieux qu'ils n'en avaient l'air. La vie des hommes dépendait de ces radeaux, comme Lew Brady l'avait dit (et comme Charlie l'avait traduit avec une parfaite exactitude et une rage et un ennui croissants), et ils prenaient donc leur travail très au sérieux. Le bruit des marteaux résonnait sur l'eau et dans les terres.

Charlie se retourna, et quelque chose qui aurait pu être une gazelle se ramassa et bondit et s'enfuit hors de vue. Mais ce n'était pas une gazelle. Charlie fit semblant de n'avoir rien vu et s'avança comme s'il cherchait un endroit où déféquer. Après maints détours et courbes, ses recherches l'amenèrent de plus en plus près de la petite combe buissonneuse dans laquelle...

— YAAAAA!

Charlie plongea comme un nageur de compétition. L'homme (et non pas une gazelle) émergea des buissons comme une caille effarée, mais il ne fut pas assez rapide ; Charlie le plaqua au sol, nouant ses bras aux jambes de l'intrus, tous deux dégringolant dans les feuilles et les branches épineuses.

L'homme donnait des coups de pied, se tortillait, tapait au hasard, dans un silence total. Ce silence révélait à Charlie qu'il s'agissait d'un ennemi et non d'un simple voleur ou d'un passant de hasard. Il se cramponna à ce qu'il pouvait saisir : une cheville osseuse, un poignet plus osseux encore ; et lentement mais inexorablement il traîna l'homme hors des broussailles et l'étendit sur le dos sur le sol pierreux, et puis il contempla le visage fermé et se rappela où il avait déjà vu le personnage.

C'était le chiffonnier que Charlie et Mguu avaient surpris lors de leur visite du dépôt. En Ouganda. Bien loin d'ici.

J'aurais dû le tuer cette fois-là, quand j'en ai eu l'idée.

— Hé, chiffonnier, dit Charlie dont les doigts puissants jouaient avec le pharynx de l'homme ainsi qu'un chaton commence par jouer avec une pelote de ficelle, ainsi qu'un chat commence par jouer avec un oiseau blessé. Hé, chiffonnier, tu ne peux plus me raconter d'histoires.

L'homme lui-même admettait le fait, apparemment. Il demeurait passif, sur le dos, ses bras coincés sous les genoux de Charlie, ses paumes couleur de caramel tournées vers le haut.

— Mais tu peux me raconter qui t'a envoyé, dit Charlie. (L'ongle de son pouce traça une mince ligne de sang sur la pomme d'Adam agitée de sa proie.) Tu *peux* me raconter ça. Qui nous espionne ? Pourquoi ?

— Je suis un homme important, fit le chiffonnier en tentant de prendre l'air digne. (Sa voix était rauque comme si elle était usée.) Si tu me tues, tu seras pourchassé.

— Par l'Association des chiffonniers ?

Dans son jeu rageur — nourri de ses réflexions récentes sur Lew Brady — Charlie en fit trop : il joua trop fort, comme fait le chat avec l'oiseau. Involontairement il écrasa cette pomme d'Adam, et le captif gargouilla et se convulsa, ses yeux furent exorbités, sa langue sortit.

— Ah, pas bon, dit Charlie en s'asseyant sur le ventre agité de l'homme. Très stupide. M. Balim penserait que je suis devenu idiot. Ah, zut.

Laissant le chiffonnier s'étrangler et agoniser, sachant que le mieux était de ne pas avertir Mguu, Charlie se leva en soupirant et s'éloigna à la recherche d'un endroit convenable pour poser culotte.

40

Sur de nombreux kilomètres, l'A104 court parallèlement à la voie ferrée du nord. Parfois la ligne de chemin de fer est visible de la route, quand toutes deux vont côte à côte en terrain plat; ailleurs la voie est invisible dans la jungle ou derrière des collines basses. Baron Chase, qui roulait vers le nord au volant d'une des Toyota noires du S.R.B., manqua le train de café dans un de ces secteurs; mais quand il atteignit Opit et vit que les wagons chargés étaient partis, il comprit son erreur, fit demi-tour et repartit vers le sud.

Les employés du train et des gares avaient déjà beaucoup travaillé, accrochant les wagons à Pakwach, puis à Lolim, à Aparanga, à Bwobon à Gulu et à Opit. Et quand Chase atteignit Otwal, le convoi s'ébranlait, comptant à présent près de vingt wagons. Plus loin se trouvaient Lira, Aloi, Achuni et Soroti — la plus grosse agglomération du trajet — où ils passeraient sûrement la nuit. Demain matin ils n'auraient plus à récupérer des fourgons pleins qu'à Okungulo, Kumi, Kachumbala et Mbale. Demain avant midi, le train serait complet et roulerait sans s'arrêter vers Tororo où il rejoindrait la voie principale et filerait à l'ouest vers Kampala et Entebbe.

Chase roula parallèlement au train d'Otwal à Lira, à travers une succession de champs de café où les arbustes étaient verdoyants, préparant déjà leur prochaine récolte de graines. Laissé à lui-même, un caféier atteindra neuf mètres, mais les planteurs le taillent pour qu'il ne dépasse pas quatre ou cinq mètres, afin de faciliter la cueillette. (Dans certains endroits, comme la plantation Jhos on le taille plus bas encore : ce n'est qu'un buisson.) Vers la fin de la saison des pluies, ces champs avaient grouillé de cueilleurs, des hommes et des femmes et des enfants, qui allaient et venaient trois ou quatre fois pour ramasser tous les grains rose cerise quand ils étaient mûrs. Quand les pluies furent finies et que le soleil vint, les grains roses furent mis à sécher sur des plaques de ciment à l'air libre, puis ils passèrent plusieurs fois dans des machines qui les décortiquaient, ôtaient l'enveloppe desséchée et la pulpe jaune, libéraient les deux graines de chaque baie, qui sont face à face. Chaque grain de café était encore enveloppé de deux membranes : la délicate membrane interne nommée peau d'argent, et la membrane externe plus rugueuse. D'autres machines ôtaient ces membranes, puis des machines de triage répartissaient les grains selon leur taille. Enfin un triage manuel éliminait les grains imparfaits, avant qu'une nouvelle machine les pèse et les emballe pour le transport.

Chase et le convoi de café traversèrent le paysage verdoyant et onduleux des champs de café sous le ciel bleu brûlant. Ici et là un champ était tout blanc de fleurs de caféier, semblables à du jasmin, contrastant avec le panache de fumée crasseuse et noire que la locomotive crachait au-dessus des fourgons pleins. Le sifflet du train hurlait aux passages à niveau ; les roues des wagons chargés bringuebalaient et grondaient sur les rails ; chaque wagon oscillait selon son rythme propre dans l'air tiède. À son volant, Chase contempla le train et sourit.

KAHAWA, disaient les lettres blanches à la craie, wagon après wagon, KAHAWA, KAHAWA, KAHAWA. *Mon-po-gnon*, disaient les roues du convoi, mon-po-gnon, mon-po-gnon, mon-po-gnon, TUUUUU-uut.

Comme le train ralentissait à l'approche de Lira, Chase accéléra pour franchir le passage à niveau juste avant qu'on abaisse les barrières. Enfonçant l'accélérateur, il mit moins de deux heures à couvrir les deux cent cinquante kilomètres jusqu'à Tororo, confiant dans sa plaque d'immatriculation — dont les trois premières lettres, UVS, signalaient l'appartenance officielle de la Toyota — pour lui éviter les agaceries d'éventuels policiers. À Tororo il tourna vers l'ouest sur l'A104 et accéléra encore.

Il n'était pas tout à fait six heures du soir quand il quitta la grand-route vide et descendit doucement la route de service, stoppant à la hauteur du camion militaire. Il craignait que la Toyota s'enlise s'il allait plus loin. Il traversa donc à pied les voies et prit le sentier menant au dépôt.

Le sentier avait été élargi et aménagé d'une manière assez ahurissante. En le parcourant à pied, Chase vit que les camions n'auraient pas de problème. Même la Toyota aurait pu emprunter cette route toute neuve. Au bout de la piste, une pancarte clouée à un arbre lui donnait un nom : ROUTE ELLEN. Chase se rappela la Deuxième Guerre mondiale et les Marines, sur les îles du Pacifique Sud, et l'humour délibéré de leurs panneaux indicateurs : TOKYO 1 740, TIMES SQUARE 9 562.

Le dépôt montrait des signes d'activité, on avait nettoyé et tout mis en place, mais il n'y avait pas âme qui vive. Depuis environ cinq minutes Chase entendait le bourdonnement répété d'une tronçonneuse ; guidé par le bruit, il suivit l'embranchement presque jusqu'à la ligne principale et découvrit quatre hommes qui coupaient les derniers arbustes encombrant la voie.

Ignorant qui était Chase, les quatre hommes ne furent pas du tout joyeux de le voir. Un instant ils parurent carrément menaçants, mais Chase prononça le nom de Frank Lanigan. Alors ils sourirent et se détendirent et se dirent les uns aux autres, en swahili, que l'intrus n'était pas dangereux, rien qu'un autre des hommes blancs de Balim.

Chase ne manifesta pas qu'il comprenait le swahili.

— Frank Lanigan est-il là ? demanda-t-il en anglais.

Personne ne comprenait l'anglais. Il fut forcé de faire des pitreries, montrant le sol tout en demandant Lanigan. Certes il eût été plus facile de parler swahili, mais Chase avait tellement pris l'habitude de cacher cette capacité qu'il ne lui vint pas à l'esprit de l'utiliser.

Enfin il fut compris, et on lui fit comprendre par des gestes compliqués que Frank était encore au Kenya mais serait ici ce soir. Chase fit voir qu'il voulait laisser un message à Frank, et on lui manifesta que le message serait transmis.

— J'y compte, connards, dit Chase.

Il possédait un petit carnet. Sur une feuille il écrivit : « Train peut-être quinze heures, peut-être dix-huit heures. Pas d'emmerdes au garage militaire. C. » Il arracha la page, la plia en deux, et écrivit « Frank Lanigan » dessus, puis il la transmit, en même temps qu'un sévère avertissement au porte-parole du groupe, un type vêtu d'une chemise verte sans manches et dégoûtante, lequel sourit et répéta des paroles rassurantes.

Pour finir Chase refit son trajet en sens inverse, regardant tout le travail accompli. Ils bossent pour moi, songea-t-il avec une jouissance secrète. Rien que pour moi.

Le logement propret de Chase se trouvait dans le nord-ouest de Kampala, près de Bombo Road. Par ses fenêtres en façade il pouvait regarder l'université de

Makerere, et l'hôpital Mulago était son voisin. Avant 1972 la maison appartenait au fils d'un riche Asiate. Chase avait conservé la plupart des amusements du gars : le billard et l'installation stéréo et la petite salle de projection privée ; mais il avait dû céder la Porsche gris argent à un colonel de la sécurité publique qui en avait une envie maniaque.

Presque partout dans la demeure, la décoration asiate avait fait place au style plus simple de Chase. À présent les pièces étaient plus nues et spartiates, et les pas y résonnaient comme ils n'auraient pas résonné jadis. Sur le mur du salon, au lieu de la tapisserie rouge et vert aux couleurs violentes, il y avait maintenant des photos sobrement encadrées, en noir et blanc ou en couleurs, représentant Chase lui-même en compagnie de personnalités actuelles : des gens qui s'étaient laissé photographier en sa compagnie durant leur séjour à Kampala, ou qu'il avait rencontrés en accompagnant Amin dans un voyage officiel outre-mer. Les mains derrière le dos, le colonel Juba était en train d'examiner ces photos avec son expression réprobatrice lorsque Chase entra ce soir-là un peu après huit heures. Les deux hommes en uniforme qui accompagnaient Juba, l'un portant les galons de capitaine, l'autre de major, se prélassaient dans les fauteuils de mohair marron, trop rembourrés, héritage de l'occupant précédent.

Quand il avait vu les lumières en pénétrant dans l'allée, Chase avait simplement supposé que sa domestique, Sarah, faisait un peu de ménage tardif. Voyant Juba et les deux autres — il les reconnaissait, il savait que c'étaient des hommes de main de Juba, mais ne savait pas leur nom — il comprit aussitôt qu'il avait des ennuis.

Il ne le montra pas :

— Colonel Juba ! Quelle surprise. Sarah est-elle allée vous chercher à boire ?

— Non merci, capitaine Chase. C'est vraiment le pape, là ?

Chase utilisait rarement son grade de l'armée ougandaise. Être appelé « capitaine » était un nouveau signe d'ennuis. Chase s'avança, très attentif aux deux hommes assis qui souriaient et hochaient la tête sans intervenir encore.

— Oui, c'est bien le pape, et à côté c'est moi.

— Lui avez-vous demandé sa bénédiction ?

Le colonel Juba était musulman, comme la plupart des proches d'Amin. Chase lui jeta un regard acéré.

— Vous pensez que j'en aurai besoin ?

— Oh, dit Juba, nous avons tous besoin de bénédictions. Le président Amin veut vous voir.

— Personnellement ?

— Oh oui. Vous pouvez le renseigner sur ce Suisse, l'acheteur du café.

Là, le colonel Juba était allé trop loin. Il n'était pas aussi doué qu'il le croyait pour les subtilités et les sous-entendus. Mais Chase ne laissa pas voir qu'il se savait en danger, encore moins qu'il savait *pourquoi*. Au lieu de ça, il sourit.

— Je suis toujours prêt à faire de mon mieux, le président Amin le sait, dit-il. Où est-il aujourd'hui ? À l'ancien poste de commandement, non ?

— Non, il est au quartier général du Bureau.

Danger. Très très gros danger.

— Alors, dit Chase, ne le faisons pas attendre.

Quoi qu'il arrive ensuite, il savait qu'il quittait cette maison pour la dernière fois. Mais il ne se retourna pas.

417

41

Juste avant le coucher du soleil une voiture descendit en dérapant et en zigzaguant de Port Victoria, et s'arrêta en crabe près de l'hôtel en construction. Lew était alors assis sur un des radeaux terminés, contemplant la boule ocrée du soleil bas, par-delà les eaux mauves et tranquilles. De minces lignes de nuages traversaient le soleil et irradiaient un extravagant spectre de couleurs : des bleus et des rouges, magenta et marron et indigo, rose et rubis et brun, or et cuivre et aiguemarine. Entre le soleil et le lac, le ruban décroissant du ciel semblait battu et tuméfié, mais le reste de l'occident céleste était comme une représentation topographique du paradis.

Les couleurs affectaient aussi bien le sol d'ici-bas : tout était en technicolor, plus brillant que nature, plus éclatant, plus doré. Les hommes, ayant fini leur tâche de construction, étaient étendus sur le sol, et leur image avait la précision surréelle d'un Dali. Le pare-brise de la voiture envoyait des signaux d'écarlate et d'or. Lew se retourna pour l'observer, et quand elle fut arrêtée, M. Balim le Jeune en sortit avec une excitation souriante, tandis que son passager, Isaac, descendait avec un peu moins d'enthousiasme.

Frank se dirigea vers l'auto, son ombre noire passant sur les silhouettes cuivrées des hommes étendus. Pendant qu'il parlait à Isaac, Balim le Jeune rejoignait Lew avec un sourire à la fois insolent et timide.

— C'est vous le Roi de la Montagne ?

— Montez.

Le pont du radeau était à près d'un mètre du sol. Lew saisit le poignet frêle de Balim le Jeune et le hissa. Les deux hommes se retournèrent pour contempler le soleil, qui avait à présent rétréci comme s'il s'éloignait et pris une couleur plus sombre, d'un riche vermillon. Son disque effleurait l'horizon lacustre.

— Magnifique, dit Balim le Jeune. Vous avez un beau point de vue.

— Merci. Votre père ce matin m'a donné l'impression que vous ne vous sentiez pas très bien.

— Ah? Qu'a-t-il dit?

— Rien. Juste l'air réprobateur.

— Ha, fit Balim le Jeune. *Moi*, il m'a fait croire que vous et Frank étiez frais comme l'œil.

— Propagande.

— C'est ce que j'ai pensé.

Le disque rutilant du soleil toucha l'eau et perdit une infime partie de sa courbure inférieure, pareil à une roue de locomotive qui a besoin d'un rechaussement.

— Vous êtes venu nous dire au revoir? dit Lew.

— Je viens avec vous.

Lew lui jeta un regard étonné et fut choqué de voir combien Balim le Jeune était vulnérable, debout dans la lumière rouge, souriant avec peine, s'attendant à ce qu'on se moque de lui.

— Bienvenue à bord, dans ce cas, fit-il vivement.

— Merci.

— Pas de quoi.

— Je veux dire, merci de ne pas m'avoir demandé si mon père sait que je viens.

— Frank vous le demandera.

— Oh, je sais. Isaac, déjà… Quand partons-nous?

De la tête, Lew indiqua le soleil qui poursuivait sa transformation géométrique.

— Quand on n'aura plus ce projecteur sur nous…, dit-il.

Frank et Isaac arrivaient, Frank était agressif, Isaac

était soucieux. Ils se plantèrent devant le radeau. La netteté de l'éclairage avait maintenant fait place à une rougeur teintée de noir, équivoque. Frank fut sans ambiguïté :

— Bathar, votre père est dingue, déclara-t-il, les mains sur les hanches.

— Les péchés des fils retombent sur le père, dit Balim le Jeune avec un délicat haussement d'épaules.

— Merde, dit Frank, vous ne servirez à rien là-bas, Bathar. Vous allez porter des sacs ?

— Je jouerai du luth.

— Ah et puis merde. Allez, Isaac, il est temps qu'on mette ces saloperies à l'eau. Vous traduirez ; Dieu sait où est passé Charlie. Lew, tu gardes un œil sur le blanc-bec.

Isaac eut un sourire d'excuse et fut entraîné dans le sillage de Frank. Celui-ci braillait déjà à l'adresse des hommes allongés. La lumière rouge se refléta dans les yeux de Balim le Jeune quand il se retourna vers Lew :

— Voilà qui nous remet *tous les deux* à notre place, dit-il en battant des paupières.

Le crépuscule fut bref, et de moins en moins spectaculaire, mais tandis que les couleurs quittaient le ciel et disparaissaient par-dessus le bord du monde à la suite du soleil, cent millions d'étoiles commencèrent d'apparaître, minuscules points de lumière, vibrants et précis, tout là-haut, accompagnés d'un quartier de lune au-dessus du lac. Dans cet éclairage incertain et perpétuellement changeant, on tira les radeaux avec effort, un par un, sur la plage de boue et jusque dans l'eau tiède. On disposa de longues planches en guise de passerelles et l'on chargea tout. Quand le ciel fut presque entièrement noir, à part une tache rouge sombre sur l'horizon, pareille au reflet d'une ville en flammes de l'autre côté du lac, on était prêt à partir.

Les quatre moteurs hors-bord de chaque radeau étaient reliés de telle manière qu'on pouvait les orienter simultanément grâce à un gouvernail rudimentaire en planches. Quand les hommes furent répartis sur les radeaux et eurent hissé les passerelles à bord, on se laissa dériver un peu avant de faire démarrer les moteurs. Les premiers produisirent une sorte de grondement sourd qui se perdait aisément dans l'immensité du lac ; mais le bruit changea d'intensité à mesure que démarraient de plus en plus de moteurs ; et quand les quarante engins furent en marche on aurait dit que Berkeley Bay était envahie par tous les frelons du monde. Formant une ligne brisée, les dix radeaux firent route vers le large.

Lew et Balim le Jeune étaient sur le dernier radeau avec trois autres hommes. Lew barrait. Les barils de flottage étaient fixés perpendiculairement à la direction de l'avance, et la courbe métallique de leur flanc glissait sur l'eau avec une aisance étonnante. On ne pouvait pas aller vite avec ces radeaux, mais leur bonne tenue fut une surprise pour tous.

Il fallait compter avec les patrouilles, en bateau ou en hélicoptère. Pour aider à les tromper, on déroula les grandes bâches grises avant de pénétrer dans les eaux territoriales ougandaises à la hauteur de l'île Sigulu. Le matériel et les voyageurs furent recouverts, de sorte que les reflets métalliques et les silhouettes ne furent plus perceptibles. Les radeaux étaient maintenant devenus des îlots gris de six mètres de large, bas et trapus, presque invisibles d'en haut. Lew et les autres barreurs restaient hors des bâches, observant le mince miroitement de la lune sur les eaux.

Avec des bouts de bois et des amas de matériel, les hommes avaient fait avec les bâches des sortes de tentes sous lesquelles ils pouvaient s'asseoir et causer. Un mur-

421

mure swahili résonnait discrètement sur le lac. À travers ce murmure et le grondement crachotant des moteurs, un cliquetis de petites pierres indiquait qu'on jouait au *kalah* dans le noir. Rien qu'au toucher, les joueurs savaient combien de pierres se trouvaient dans chacun des douze récipients, et quelles seraient les conséquences de chaque coup. Lew savait jouer au *kalah*, mais mal ; jamais il n'aurait joué de l'argent contre ces hommes ; il faut connaître ce jeu dès l'enfance. Autrefois des troupeaux de bétail, des centaines d'esclaves, même des royaumes entiers ont été gagnés ou perdus au *kalah*.

M. Balim le Jeune était assis juste sous le bord de la bâche, adossé à deux caisses de fruits. Il demeura un moment silencieux, regardant, au-delà de Lew, le rivage qui s'éloignait.

— Savez-vous pourquoi mon père m'a autorisé ? dit-il ensuite.

— Aviez-vous besoin de son autorisation ?

— Ah, oui, j'ai peur que oui, fit Balim le Jeune avec un sourire en coin. Il a accepté parce qu'il a vu que je redevenais trop agité, et qu'il était de nouveau temps de me concéder quelque chose. Vous savez, bien que j'aie vingt-huit ans, je ne suis pas mon propre maître. Absolument pas.

— Pourquoi ?

— L'argent. Je suis comme une épouse, je dépends de mon père.

— Est-ce forcé ? Vous ne pouvez pas gagner votre vie ?

— Je suis un chien d'appartement, mettons. Trop gâté par ma vie facile.

— Alors pourquoi venir ce soir ?

— Un conflit avec moi-même. (Balim le Jeune semblait passer la plupart du temps dans l'autodérision.) Je veux être adulte mais je ne veux pas abandonner ma vie facile. (Il se pencha et tapota la botte de Lew pour donner plus de force à ses paroles.) Voici mon plan insensé : je vais participer à cette expédition. Mon père ne pourra pas me refuser une petite part des bénéfices. Avec cet argent je retournerai à Londres et je monterai une affaire quelconque.

— À Londres ?

— Oh oui, j'adore Londres. C'est le seul endroit de la terre, pour moi. C'est pourquoi mon père me donne des motos plutôt que de l'argent, vous comprenez. Pour que je ne puisse pas partir. Il veut que je reste à Kisumu et que je lui succède un jour. Ce qu'il refuse de voir, c'est que les Kenyans nous jetteront dehors.

— Vous croyez ?

— Pourquoi pas ? Les Ougandais l'ont fait, et on raconte tout le temps que les Kenyans vont le faire, et les Tanzaniens aussi. Au Zaïre il est déjà presque impossible à un Asiate de survivre. Ils nous jetteront hors de toute l'Afrique, vous verrez.

— Possible, admit Lew.

— Et alors nos hangars de Kisumu ne vaudront plus rien. Mais Londres, ah ! (Balim le Jeune s'illumina.) Le pire qu'on me fera à Londres, c'est de m'injurier. (Il imita une voix nasillarde.) Ici, bougnoule ; aux pieds, bougnoule ; file, maintenant, bougnoule. (Il rit.) Bon, ils m'appellent bougnoule ou Paki. Je suis né en Ouganda d'un père né en Ouganda, d'un père né en Inde, mais d'accord, je suis un Pakistanais, pour eux. Et même un Paki peut circuler dans le West End, ou faire des achats chez Harrods, ou acheter un pavillon à Chelsea. Un Paki peut ouvrir une boutique, et les Anglais y viendront. Un Paki… je connais un Paki qui a ouvert une petite agence de publicité pour de petits clients paki : des petites agences de voyage, des tailleurs, etc. Et ça a bien marché, et les Anglais se sont mis à venir. Parce qu'ils voyaient qu'il était habile, vous comprenez, il leur était *utile*. Si j'ai affaire à un peuple pragmatique, peu importe ce qu'il pensera de moi.

Lew sourit.

— Quel genre d'affaire monterez-vous?

— L'homme dépend des circonstances et des occasions, déclara M. Balim le Jeune. D'abord notre opération, ensuite je verrai à être un Paki respectable.

Les quarante-cinq kilomètres jusqu'à Macdonald Bay prirent un peu plus de trois heures. Ce fut surtout difficile à la fin. Les radeaux n'étaient pas tellement maniables et il fallut les disposer contre une plage de boue très étroite. On coupa trois des quatre moteurs de chaque radeau et l'on se faufila avec lenteur. Frank était en tête. Tandis que les autres dérivaient quelque peu, il aborda trop brutalement et l'un des barils de flottage se détacha. Ses hommes récupérèrent le baril, déchargèrent le radeau, et le tirèrent au sec.

Quand Lew dirigea le dixième radeau vers la rive, effleurant doucement les fonds vaseux, les neuf autres avaient déjà été poussés aussi loin que possible sous le couvert des arbres et, sous la direction d'Isaac et Charlie (un très étrange duo), les hommes achevaient de dissimuler les radeaux avec des branches et des broussailles. Quand Lew eut coupé son quatrième moteur, il entendit le couinement d'un autre moteur qui s'éloignait: Frank sur son cyclomoteur, qui montait chercher le camion.

Les trois heures suivantes furent consacrées à la logistique, au travail fastidieux et rebutant qui consiste à amener tous vos hommes et tout votre matériel à l'endroit où l'on en aura finalement besoin. Lew avait connu cette phase dans beaucoup de batailles de plusieurs guerres, et il savait depuis longtemps que la seule chose à faire alors est de cesser de porter des jugements. C'est une faute de juger que tel ou tel événement *devrait* déjà être advenu, ou que telle personne *devrait* avoir compris ça, ou même qu'on *aurait dû* s'y prendre mieux.

Les choses sont ce qu'elles sont. Malgré les intentions et les projets, il se trouva que le camion était trop chargé la première fois que Frank remonta avec, et il s'enlisa à quatre kilomètres du lac, et tout le monde dut parcourir ces quatre kilomètres, décharger le foutu véhicule, le dégager de la boue, et puis le recharger, le tout à la lueur incertaine des torches électriques qui n'étaient jamais braquées dans la bonne direction.

De même il était inévitable que plusieurs bagarres se déclenchent, que le sol mou de la plage soit défoncé à force qu'on y circule, et qu'il y ait trop peu d'hommes pour décharger au dépôt quand il y en avait assez pour charger sur le rivage. Et sans doute était-il inévitable que le camion, lors d'une de ses descentes, roule sur une caisse de bière, écrasant toutes les bouteilles et se retrouvant avec un pneu crevé, qu'il fallut changer à la lumière des lampes et dans une odeur de bière.

Ce qui n'était pas inévitable, c'était d'avoir baptisé la piste «route Ellen».

Lew n'était pas au courant, et il ne vit la chose qu'à la fin, car il demeura sur le rivage pendant toutes les opérations de transport, et monta avec le dernier chargement, lui et Frank dans la cabine, les dix derniers hommes et les diverses dernières caisses à l'arrière.

Frank se bagarrait avec le volant, et le camion escaladait lentement la route sommaire. Les phares en partie recouverts d'adhésif opaque éclairaient toutefois la piste escarpée, et l'ombre des bois et des buissons sur les côtés. Parfois se voyait le reflet rouge des yeux d'une bête.

— Je vais te dire une chose, déclara Frank.

— Ouais ?

— C'est exactement comme la veille d'une guerre.

— J'étais en train de penser la même chose.

— D'accord, mais sais-tu pourquoi ce boulot-ci est mieux?

— Dis voir.

Frank relâcha une seconde le volant pour donner un coup de pouce par-dessus son épaule, désignant les hommes à l'arrière, invisibles et inaudibles derrière la paroi de la cabine.

— Ces cons n'ont pas d'armes, dit-il.

— Je vois ce que tu veux dire. Malheureusement, les types d'en face en ont.

— On ne verra pas les types d'en face.

— Espérons-le, fit Lew.

Un moment plus tard Frank arrêta brutalement le camion.

— On marche.

Quand le moteur fut coupé et les phares éteints, l'univers fut d'abord absolument noir et absolument silencieux. Ni les étoiles ni la lune pâle ne perçaient à travers la futaie, et l'arrivée du camion avait effrayé et fait taire toute vie animale.

Mais graduellement des bruits nouveaux emplirent le vide : les murmures vagues et l'activité des hommes dans le campement. Et sur la gauche, à travers les branches, luisaient des lampes et un feu.

— Par ici, dit Frank.

Ils s'avancèrent en trébuchant sur la piste de feuilles et de branches qui bruissaient, et bientôt ils virent le dépôt et la silhouette des hommes qui circulaient devant les lumières.

— Alors voilà l'endroit où je n'ai pas pu prendre de photos, fit Lew qui vit la pancarte sur l'arbre et ajouta : Ah, merde.

— Qu'est-ce qui se passe? (Frank suivit le regard de Lew.) Oh, j'avais oublié de te dire.

— C'est ton idée?

— Écoute, dit Frank qui était aussitôt devenu agressif. C'est elle qui a conçu le truc. Et j'ai mis le panneau avant qu'elle te plaque.

— Elle ne m'a pas *plaqué*, dit Lew avec une colère vague. Pas comme tu as l'air de dire.

— Écoute, mon pote, dit Frank en prenant le bras de Lew. J'ai connu tout un tas de femmes dans ma vie. Tôt ou tard elles vous plaquent, les salopes, et on reste à se gratter la tête et à se demander comment ça se fait que c'est parti en couille.

— Frank, la philosophie de bistrot, tu peux te la…

— Écoute-moi, nom de Dieu !

— Lâche-moi le bras, et je t'écouterai.

Frank lui lâcha le bras.

— Ellen était une femme bien, dit-il. Une des plus chouettes. Beaucoup trop bien pour un mec comme toi.

— *Et* comme toi.

— Je sais. En tout cas, elle a bouclé sa valoche et elle est *partie*. Et tu peux te tortiller des semaines si ça te chante, comme si tu t'étais planté une écharde dans la main. Ou bien tu te dis : «Merde, quoi, il y en a d'autres, plein les arbres.» Enfin quoi, tu te démerdais bien quand tu ne l'avais pas encore rencontrée.

— Ellen a dit la même chose, fit Lew avec un mauvais sourire.

— Eh bien, tu vois ? Sois aussi malin qu'elle et tu seras un homme, mon fils.

— Je vais te dire quel est le problème, Frank, mais je n'ai pas envie d'y passer la nuit, déclara Lew. Quand Ellen est partie, c'est comme si j'avais attrapé la grippe. Ça passe, la grippe, mais ça commence par s'aggraver. J'ai vu cette pancarte et j'ai senti que ça s'aggravait.

— Bien reçu, dit Frank. Compris. Dépêche-toi de te remettre, camarade.

— Merci, dit Lew et ils reprirent leur marche et il ne se retourna pas vers la pancarte.

On avait apporté jusqu'ici quelques-unes des bâches et l'on en avait fait des tentes improvisées. Parmi le matériel, il y avait des caisses pleines de boîtes de soupe. On les avait ouvertes et la soupe en boîte chauffait sur plusieurs petits feux, emplissant l'atmosphère d'une odeur de cuisine. Les éternelles parties de *kalah* continuaient, on avait distribué de la bière, les hommes riaient et exploraient les alentours, s'installaient sur des couvertures dans les tentes, commençaient de se détendre après une journée de dur labeur.

Lew prit une bouteille de bière et se balada dans le camp, sans causer avec quiconque. En montant un peu au-dessus du dépôt, à l'écart du groupe, il trouva une trouée dans la futaie, et il put regarder le ciel et les étoiles. La lune était presque à son apogée. Ellen est à cent cinquante kilomètres d'ici, pensa-t-il. Seulement cent cinquante kilomètres.

42

Ellen n'arrivait pas à dormir, mais elle ne voulait pas entériner la chose en allumant ou en se levant. Sa chambre, dans les locaux du personnel navigant en transit à Entebbe, était petite et propre mais très froide et impersonnelle, comme une cellule plutôt qu'une chambre d'hôtel. Un store vénitien permettait d'occulter la fenêtre, mais elle l'avait levé un moment auparavant pour pouvoir regarder le quartier de lune qui montait dans le ciel, diagonalement, avec une lenteur et un silence presque furtifs.

Lew est-il en Ouganda à présent ? Ils passent ce soir, pour attaquer le train demain, si rien n'a cloché. Est-ce que quelque chose a cloché ? Est-il en Ouganda, ou ont-ils renoncé pour une raison quelconque ?

Aurais-je dû rester ?

En arrivant ici hier après-midi, elle avait d'abord eu l'impression qu'elle perdait son temps, qu'elle aurait dû rester au Kenya parce qu'elle n'avait rien à faire à Entebbe. En tout cas les avions n'étaient pas là, et le souriant faux derche gouvernemental lui avait menti pendant deux heures avant qu'elle le force à admettre la vérité.

La vérité, c'était que tout était encore conditionnel. Même à présent, au dernier moment, il se pouvait que la Coast Global soit incapable de réunir assez d'appareils ou assez de personnel navigant, d'ici vendredi.

Ellen avait signé un contrat qui, bien sûr, pouvait être dénoncé par la Coast Global : elle avait l'habitude d'accepter ce genre de clause dans ce genre de contrat ; ça ne signifiait jamais rien. Sauf peut-être cette fois-ci. Selon le contrat, si quelque chose faisait que son engagement n'était pas confirmé, on lui paierait ses frais de transport aller et retour pour qu'elle rentre « chez elle » (à Kisumu !), et un quart du salaire prévu, guère plus de mille dollars sans doute.

Et elle se retrouverait à Kisumu, et non à Baltimore. Même avec son tarif réduit sur les lignes aériennes, le retour aux États-Unis lui coûterait presque tout son argent. Bien sûr, si elle n'avait pas démissionné de chez Balim, il aurait dû lui payer le voyage, mais maintenant Balim n'était plus coincé tandis qu'Ellen l'était.

Au milieu de son agacement touchant la question d'argent, le contrat, et le fonctionnaire menteur, elle avait conservé une idée curieusement réconfortante : si le boulot tombait à l'eau, si elle se retrouvait somme toute à Kisumu, ce serait comme un signe – elle devait rester avec Lew.

À moins qu'il soit déjà en ménage avec Amarda.

Elle était devenue de plus en plus soucieuse, et l'arrivée des autres navigants n'avait rien arrangé : ces cinq hommes étaient comme elle des pilotes *free-lance*, engagés pour cet unique boulot, arrivant un par un dans la soirée et ce matin. Et c'est seulement vers midi aujourd'hui qu'ils avaient appris que l'opération de transport aurait vraiment lieu.

À partir de quinze heures, les huit avions avaient commencé d'arriver avec des équipages réduits. Le dernier ne s'était posé que passé neuf heures ce soir. La fin des incertitudes et la présence de tous ces nouveaux pilotes et navigateurs créa une ambiance de camaraderie relative, et pendant le dîner dans la cafétéria, d'ailleurs déserte, Ellen avait refusé en souriant les propositions de trois dragueurs successifs. C'était donc sa faute si elle était seule ce soir dans son lit et incapable de dormir.

La lune approchait de son apogée, juste au-dessous du cadre de la fenêtre. Est-ce que Lew est en Ouganda ? Est-ce que le café arrivera ici demain ? Si oui, cela voudra-t-il dire qu'ils ont renoncé, ou bien qu'ils ont essayé et échoué ? La lumière grisâtre de la lune quitta les yeux d'Ellen et rampa sur la couverture, et la jeune femme sombra lentement dans un sommeil léger et médiocre.

43

Ils menèrent Chase aux locaux du SRB, prétendant qu'il verrait Amin et qu'il « l'aiderait » à propos du « Suisse qui achète le café ». En d'autres termes, certains éléments de son plan étaient découverts, et Amin avait envoyé le colonel Juba pour fouiner et découvrir de quoi il s'agissait.

Premier signe encourageant, Juba voulait que personne ne sache que Chase était arrêté. À l'entrée de l'enceinte, il alla jusqu'à demander au garde si le président était déjà là. Sans doute Chase n'était-il pas censé constater la stupeur du garde, ni la précipitation irritée de Juba disant que peu importait, on attendrait dans son bureau.

Bon. Amin n'était pas sûr qu'il fallait tuer Chase. Juba et ses deux jeunes assistants et Amin lui-même étaient sans doute les seuls à savoir que Chase était prisonnier. (Amin était forcément au courant; Chase était bien trop important pour que Juba l'arrête de sa propre initiative.)

Ils gagnèrent donc le «bureau d'Amin», une grande pièce carrée avec une moquette grise et plusieurs sofas scandinaves le long du mur, qui était en fait une des salles d'interrogatoire, bien qu'Amin l'utilisât effectivement de temps en temps pour conférer avec des gens du SRB. Il l'utilisait aussi parfois pour l'interrogatoire personnel de ses principaux ennemis, et c'est là qu'il avait perdu son calme et abattu l'archevêque. Chase était censé y penser, bien sûr.

Au lieu de quoi il était en train de se dire qu'Amin était un homme très impatient : il aurait déjà été ici s'il avait eu l'intention de participer à l'interrogatoire. En laissant faire Juba, il se donnait la possibilité ultérieure de dégager sa responsabilité. Surtout, cela confirmait à Chase qu'Amin n'était pas encore sûr de ce qui se passait. Ils ont besoin que je le leur dise, pensa Chase, et ils n'y arriveront pas.

Juba, ayant déjà prouvé son manque de subtilité, prouvait à présent son manque de sens psychologique : les trois heures d'attente qui suivirent étaient censées amollir Chase avant qu'on le questionne, mais elles lui donnèrent le temps de préparer sa stratégie.

D'abord Juba tenta de bavarder pour meubler, mais il commit la faute de parler de voyages à l'étranger. Ce pauvre Juba n'avait jamais quitté l'Afrique. Son cosmopolitisme à lui, c'était Tripoli, où les Libyens lui avaient appris à utiliser ses équipements électroniques (qui étaient sans doute cause des ennuis présents de Chase). Ce dernier répliqua avec une aimable condescendance, jusqu'au moment où même Juba se rendit compte qu'il se moquait de lui. Ensuite on resta assis en silence, sauf quand Juba et ses hommes se parlaient, de loin en loin.

Et la situation avait une ironie que Chase put mesurer sans s'en réjouir. Il avait passé des années à dissimuler sa connaissance du swahili, et maintenant ces trois Africains parlaient entre eux en kakwa, leur langue tribale, dont Chase ne connaissait qu'un seul mot : *kalasi*, qui signifie « mort ». Peut-être était-ce de l'imagination, mais il lui sembla qu'ils utilisaient plusieurs fois ce mot.

Le colonel Juba tâchait de maintenir une ambiance de dignité menaçante. Mais les deux autres, le capitaine et le major, n'étaient en fait que des campagnards du Nord qui se vautraient dans le pouvoir et le luxe, sautant presque de joie devant leur bonne fortune. Dans un monde bien ordonné – ils le savaient mieux que personne – ils n'auraient pu devenir au mieux que des ouvriers agricoles ou des manœuvres du bâtiment, et au pire ils seraient devenus rien du tout, deux types désœuvrés avec des épouses affreuses et acariâtres travaillant de minuscules parcelles de terre pour en tirer une maigre nourriture. Mais ils étaient, grâce à Amin, « capitaine » et « major », et ils avaient des femmes et à manger et à boire et des vêtements et même des voitures, autant qu'ils en voulaient.

On faisait tellement semblant que Chase n'était pas prisonnier qu'on lui permit d'aller seul aux toilettes ; toutefois le capitaine resta à la porte du bureau, surveillant la porte des toilettes jusqu'à son retour. Et au bout d'un moment on alla jusqu'à lui offrir de la bière, quand le capitaine et le major se mirent à boire. Chase accepta une bouteille, mais la téta à peine, remarquant que Juba ne buvait pas du tout.

Enfin, après trois heures de comédie, Chase décida qu'il était temps de mettre les choses au point. Il se leva – le capitaine et le major se redressèrent, l'air aussi attentif que possible après six bières – et il alla à la table où Juba remplissait des formulaires sans objet, et il tendit la main vers le téléphone.

— Le président a peut-être oublié, dit-il. Il est à l'ancien poste de commandement, c'est ça ?

— Inutile ! (Subitement furieux, Juba fit claquer sa main sur le combiné, contemplant Chase avec rage.) Assis !

— Mais s'il est tellement important que le président me rencontre, nous devrions…

— Il vous verra à son heure ! (Juba se maîtrisa et recommença sa comédie.) Je suis certain que le président ne souhaite pas vous causer de dérangement, capitaine Chase.

— Ça ne me dérange pas. Je veux seulement être utile.

— Alors il y a un autre sujet sur lequel vous pourriez être utile, pendant que nous attendons.

Chase savait que le major s'était levé et rôdait derrière lui. Ils pouvaient à tout moment utiliser la torture physique, mais ils préféraient la technique du chat et de la souris, jusqu'au moment où ils s'ennuyaient. Chase devait percevoir très délicatement l'humeur de Juba, et il ne voulait pas jouer son coup avant de connaître avec certitude l'étendue du problème.

— De quel autre sujet s'agit-il ?

— Voici quelque temps, dit Juba, un Blanc a été incarcéré ici. Il a fait quelques dégâts, et vous l'avez fait relâcher. Pourquoi?

Qu'est-ce que c'était que ça? Dans son irritation – peut-être que la tactique de l'attente l'avait tout de même entamé – Chase répliqua violemment:

— Tout ça a été examiné en son temps. L'homme se nommait Lewis Brady, c'est un passeur d'armes au service des Saoudiens. Il apporte des armes à des forces révolutionnaires musulmanes d'Afrique. Il s'est fait passer pour un touriste afin de me rencontrer, à titre officieux, au sujet de chargements d'armes qui devraient passer par l'Ouganda pour parvenir à nos amis au Soudan. Malheureusement son nom se trouvait par erreur sur une liste libyenne, parce qu'il a travaillé pour une fraction pro-libyenne au Soudan, voici plusieurs années. Il a donc été arrêté. Comme il n'était pas venu à notre rendez-vous, j'ai évidemment fait des recherches et je l'ai trouvé ici. Il était en train de s'évader quand je l'ai intercepté.

— Il n'y a pas de preuves de cette histoire.

— Des preuves? L'homme était là. La Libye a confirmé son activité au Soudan. Je vous ai dit quelle était sa mission. Que voulez-vous de plus?

— Les Saoudiens...

— D'abord, coupa Chase qui en avait vraiment *marre* de tout ça, nous ne pouvons pas questionner ouvertement les Saoudiens sur une de leurs opérations ultra-secrètes. Et si nous le faisions, ils prétendraient sans doute tout ignorer.

Derrière son bureau, le colonel Juba battait des paupières, agacé et mal à l'aise. Il essaya une ou deux fois de trouver des choses à répliquer.

— Asseyez-vous! grogna-t-il enfin. Vous me faites lever la tête!

— Désolé, colonel.

Chase se dirigea vers le sofa, mais Juba désigna le siège d'interrogatoire devant lui :

— Non, ici. Asseyez-vous ici.

La comédie commençait de finir, donc. Pour marquer sa dignité et son autorité, Juba continua de désigner le siège jusqu'à ce que Chase y fût assis.

— Maintenant, la question du Suisse, dit-il.

Chase sourit et se pencha pour s'accouder au bureau.

— Le Suisse, oui. Celui qui achète le café, comme vous dites.

— Vous lui avez dit que le café serait volé, déclara Juba qui parut aussitôt hésitant – comme s'il eût préféré être moins direct.

— Je lui ai dit que le café serait volé? (C'était une déformation de la vérité, mais c'était tout de même davantage que ce que Chase s'attendait à ce que ces types sachent.) Pourquoi aurais-je dit une chose pareille à un client? Et qui prétend cela?

— Le Suisse l'a dit à l'Anglais.

L'idiot! Grossbarger était esclave de son amitié et avait mis *Chase* dans la panade. Chase prit son air le plus méprisant.

— Et je présume que l'Anglais l'a dit au président Amin.

Juba parut béat; il était enfin en terrain ferme.

— Il l'a dit à Patricia Kamin.

Alors c'était ça. Cette morue était la source de ses ennuis. Chase ne fut pas surpris; elle voulait sa peau depuis longtemps. Il commença de former des projets de vengeance.

— On dirait que quelque chose ne colle pas, là, dit-il. Ai-je dit au Suisse qu'il nous fallait de bonnes mesures de sécurité parce qu'on a volé un peu de café en Ouganda? C'est possible. L'a-t-il répété à l'Anglais?

Pourquoi pas ? Et est-ce que l'Anglais... Au lit, je suppose ? Quand il a parlé à la femme Kamin, étaient-ils au lit ?

— Ça ne fait pas de différence, dit Juba.

— Donc l'Anglais, tâchant d'avoir l'air courageux et dramatique parce qu'il est au lit avec sa pute, lui raconte une histoire de danger qui menace le chargement de café. Et c'est pour ça que vous m'amenez ici la nuit, que vous me faites perdre mon temps, que vous me racontez mensongèrement que le président Amin va arriver, que...

— Taisez-vous, à présent ! (Juba fit claquer sa paume sur le bureau.)

— Je ne me tairai pas ! Quand le président Amin apprendra ce que vous avez fait...

— C'est sur son ordre !

Chase s'adossa, les bras croisés, contemplant Juba. La situation était claire, maintenant, et il savait tout ce qu'il avait besoin de savoir. Il n'avait plus rien à dire.

Juba aussi comprit que la situation avait changé, et il se détendit, devint le malfrat qu'il était en fait. Il s'adressa à Chase d'une voix lente, sans battre des paupières :

— Quand vous parlez avec vos amis, parlez-vous de « l'Anglais », ou dites-vous « Sir Denis Lambsmith » ? Me prenez-vous pour un grand crétin ignorant ?

— Pas pour un *grand* crétin ignorant.

— Vous allez apprendre ! (Juba fit signe à ses adjoints.) Fouillez-le.

— Trop tard, dit Chase qui sortit de l'étui-brassard de son avant-bras gauche le pistolet automatique chromé à six coups, un Firearms International de calibre 25, et tira une fois. Le projectile frappa Juba juste sous l'œil droit avec assez de force pour pénétrer dans le cerveau et le tuer, mais pas assez pour le faire basculer de son fauteuil.

Déjà Chase était en mouvement, roulant sur sa gauche, projetant son siège en arrière d'un coup de pied,

436

boulant une fois vers le mur et se remettant sur pied en pointant l'automatique vers le capitaine et le major que la bière alourdissait. Ces deux-là n'étaient que de grands benêts qui pensaient lentement et faisaient trop la fête. Ils hésitèrent, prêts à se précipiter mais effrayés.

— Reculez jusqu'au mur, commanda Chase.

Ils ne reculèrent pas. Incertains mais agressifs, ils demeurèrent sur place, vacillant légèrement.

— Si vous tirez, on viendra, dit le major.

— Personne ne sait qu'il y a un prisonnier ici, dit Chase. Même pas moi. C'est pourquoi vous ne m'avez pas fouillé plus tôt. Reculez jusqu'au mur.

— Des gens *viendront*, insista le major.

Le capitaine dit quelque chose en kakwa. C'était exaspérant de ne pas comprendre ! Le major secoua la tête, puis répondit ; à en juger par le mouvement de ses yeux, il était question de foncer, l'un à gauche, l'autre à droite.

Non, non, pas question. Un calibre 25 est un très petit calibre ; il n'a pas de puissance d'arrêt et n'est précis qu'à très courte distance. Bondissant soudain en avant, tendant comme un bretteur son bras armé, Chase tira dans la bouche du major, et sauta de côté, visant le capitaine.

Celui-ci vit avec incrédulité son compagnon tomber lentement, les mains sur la figure, puis tressauter une fois sur le sol et s'immobiliser. Terrifié, totalement dégrisé, une brusque écume de sueur blanche surgissant dans ses cheveux crépus, le capitaine contempla Chase avec stupeur et tomba à genoux.

— Pitié ! cria-t-il.

— Lève-toi. Tu peux m'être utile vivant.

Mais le capitaine resta agenouillé, se tordant les mains, contemplant Chase et s'attendant à mourir. Il savait trop peu d'anglais, manifestement, guère plus que ce « pitié » ironique ; où diable avait-il appris un tel mot ?

Pressé, Chase leva enfin l'interdit qu'il s'était imposé et parla swahili :

— Tu vivras si tu fais ce que je te dis. Mets-toi debout. Va là-bas. Face au mur.

— Oui, monsieur, oui, monsieur, je ferai ce que vous direz. (L'accent régional de l'homme déformait son propre usage du langage. Le swahili de Chase l'avait frappé de stupeur comme un miracle biblique. Il se leva en hâte, gagna le mur latéral et resta là à se trémousser de peur. L'écume de sueur blanche coulait dans ses cheveux et tombait en gouttelettes sur son col.)

Chase trouva au total quatre armes de poing sur les deux cadavres. Remettant le .25 dans son étui-brassard, il choisit d'emporter un Browning .38, un revolver.

— Très bien, capitaine, dit-il. Au travail, maintenant.

Il importait que l'on ne trouve pas tout de suite Juba et les autres. Heureusement, dans ce bâtiment, se débarrasser d'un corps ne posait pas de problème. Sur l'ordre de Chase, le capitaine ôta les uniformes galonnés des deux morts et les accrocha avec d'autres vêtements dans le placard. Puis il transporta le major tandis que Chase portait Juba, plus mince et plus léger, le long des couloirs déserts à minuit. Chase savait où étaient les sentinelles et comment les contourner. On atteignit la pièce de ciment où l'on plaçait les cadavres à enlever. Il n'y avait là que deux autres corps. C'était une nuit tranquille. Juba et le major furent déposés.

— Capitaine, donnez-moi votre veste, dit Chase.

— Oh, monsieur, dit le capitaine. J'ai fait ce que vous vouliez. Laissez-moi rentrer chez moi, maintenant. Loin d'ici. Hors d'Ouganda, même. Près d'Adi, monsieur. (C'était une ville zaïroise à quelques kilomètres des frontières du Soudan et de l'Ouganda.) J'irai là-bas, monsieur, je ne reviendrai jamais.

— Donne-moi ta veste.

— J'ai toute ma famille là-bas, monsieur. Je vais vivre avec eux, je ne reviendrai jamais, monsieur.

À la fin, Chase dut lui-même ôter la veste du corps.

Il y avait quelques papiers utilisables dans son propre bureau dans le bâtiment du SRB, quelques armes, pas grand-chose. Il s'assit un instant à sa table de travail, contemplant la pièce nue – il ne venait pas souvent ici, il préférait son bureau plus ensoleillé et gai dans l'immeuble de l'Assemblée nationale – et il se dit que cette partie de sa vie était terminée. Juste à temps, il avait préparé son avenir. D'un autre côté, ses préparatifs avaient précipité son départ.

Enfin, tant pis. Dans le monde des vivants, seuls Idi Amin et Patricia Kamin savaient qu'une ombre pesait sur sa tête. Pendant un moment encore, ses papiers seraient un sauf-conduit, et ses ordres seraient obéis. Il quitta son bureau et gagna la salle de service.

— Donnez-moi un formulaire d'arrestation, dit-il à l'officier de service.

— Oui, capitaine Chase.

Chase remplit le mandat d'arrêt, au nom de Patricia Kamin, et en indiquant à la fois son domicile et la chambre d'hôtel de Sir Denis Lambsmith comme lieux où l'on pourrait peut-être la trouver. Dans la case adéquate, il écrivit : « Motif non précisé. » Sous le mot « *Autorité* », il nota « IAD » : l'officier de service comprendrait qu'il s'agissait d'Idi Amin Dada. Et sous « *Date d'effet* », il ne mit pas l'habituel « immédiatement », mais « Nuit du 27 mai 1977 ». C'est-à-dire demain soir, vendredi, après que le braquage du café serait victorieusement accompli. Enfin il écrivit « Jinja » pour qu'elle ne soit pas amenée ici, où elle pourrait contacter des amis du SRB qui la tireraient d'affaire, mais à la caserne de Jinja où on ne la connaissait pas.

— Vous voyez qui a donné l'ordre, dit Chase en rendant le formulaire.

— Oh, oui, capitaine Chase.

— Et le lieu.

— Jinja ; oui, monsieur.

— Et la date d'effet.

— Oui, monsieur. Demain soir.

— Il faut rester discret jusque-là. Nous ne voulons pas effrayer notre oiseau.

— Non, capitaine, fit l'officier en riant.

— Encore une chose.

L'officier de service écouta, attentif.

— Pas une chose qu'on puisse écrire. C'est un ordre du président en personne. (Chase tapota le formulaire avec le doigt.) Qu'on lui donne *le régime de luxe*.

CINQUIÈME PARTIE

44

Huit heures. Le train – locomotive, tender, vingt-sept wagons pleins de café – quitta la gare de Soroti, prit vers le sud. Une brève ondée avant l'aube avait jeté sur le monde une propreté étincelante. Le mécanicien et le chauffeur, buvant leur bière du matin et percevant la profonde vibration de la locomotive qui tirait sept cents tonnes de café sur les rails brillants, chantèrent gaiement ensemble en filant sur la voie à travers la contrée verdoyante. Ils interpellèrent de jolies écolières qui traversaient un champ pour gagner la route, leurs livres serrés contre leurs seins. Quelques-unes des jeunes filles agitèrent la main en retour.

Lew se tint à l'écart pendant que les quatre hommes qui avaient construit le treillage l'ôtaient avec précaution, le repoussant en contrebas sur la gauche, l'appuyant contre un enchevêtrement de buissons.

— Très chouette, dit-il et il franchit cette ouverture magique dans la jungle pour examiner la voie ferrée. Vraiment très chouette.

M. Balim le Jeune, qui prétendait parler suffisamment bien le swahili, s'était promu l'interprète de Lew. Il le suivit par l'ouverture.

— Seigneur, dit-il. En entendre parler est une chose, le voir en est une autre.

— Bathar, dites-leur que c'est un très joli travail. Dites-leur qu'ils ont fait ça au poil.

La traduction de Balim le Jeune fut au moins assez exacte pour que les quatre ouvriers grimacent des sourires de fierté. Ils s'agitèrent beaucoup, parlant, montrant du doigt, hochant la tête, toutes choses que Balim le Jeune traduisit brièvement :

— Ils disent qu'ils ont eu beaucoup de mal, mais ils savaient que c'était un travail très important.

— Ils ont fait ce qu'il fallait. Encore merci.

Pendant que Balim les remerciait de nouveau, Lew examina les rails. Contrairement aux Américains, qui font alterner les jointures des rails de sorte que chaque jointure est à mi-chemin des deux plus proches jointures du rail opposé, les Britanniques posent des voies dont les jointures sont face à face. Ce système rend la voie un peu moins solide, mais elle est la bienvenue pour des braqueurs qui veulent dévier la ligne. Lew fit quelques pas vers l'ouest.

— Ces joints-ci, dit-il à Balim le Jeune. C'est ici qu'on va ouvrir la ligne. Demandez-leur s'ils sont d'accord.

Balim le Jeune posa la question, que Lew soumettait à ces hommes parce qu'ils avaient tous une grande expérience des voies ferrées, c'est pourquoi on les avait engagés.

— Oui, ils disent que c'est l'endroit qu'ils pensaient.

Le train de marchandises du matin était passé depuis deux heures, juste après l'aube, alors que la brève averse cessait. La ligne était toute à eux.

— Je crois qu'on peut faire monter l'équipe de travail et commencer, dit Lew.

442

Isaac, portant son uniforme de capitaine ougandais, s'approcha du camion, où Frank observait d'un air soupçonneux les vingt hommes choisis comme conducteurs qui choisissaient des vêtements dans des caisses avant d'embarquer. Il semblait les soupçonner d'avoir menti sur leur capacité de conduire. Ce qui était d'ailleurs possible.

— De quoi ça a l'air? dit Isaac.

— Quoi? Ah, l'uniforme? Très bien. Vêtu comme ça, vous pourriez me fiche la frousse à quarante pas.

— C'est rassurant, dit Isaac.

— Bien. Charlie!

Une partie des affaires commerciales de Mazar Balim consistait à vendre activement des surplus de l'armée et des vêtements usés. Tout le contenu des caisses en provenait. Charlie aidait les hommes à choisir des vêtements d'allure militaire qui leur iraient, bien qu'on pût douter de sa capacité dans le domaine de l'habillement. Il leva la tête.

— Oui Frank? (Il arriva au petit trot pour prendre ses ordres.)

— Dis à cette bande de clowns qu'il faudra récupérer les uniformes.

— Ouais d'accord.

— Ces fringues sont en vente au magasin à Kisumu, elles sont censées se retrouver en rayon quand on aura fini, alors il ne faut pas les dégueulasser ni les bousiller.

— Ouais absolument.

Quelque chose, dans la traduction de Charlie, fit rigoler les hommes. Isaac, qui écoutait vaguement, sourit, puis vit Frank le regarder avec fureur.

— Il leur a dit ce que j'ai dit?

— Oh, certainement, dit Isaac. (Et Charlie avait certes transmis *le sens* du message de Frank. Isaac jugea qu'il valait mieux que Frank ignore les détails.) Est-ce qu'on ne pourrait pas accélérer le chargement? fit-il.

— Pressé de commencer? ricana Frank.

— Non, dit franchement Isaac. Pressé d'en avoir fini.

La banque ouvrit à neuf heures trente et Chase fut son premier client. Il entra à grands pas, avec un sourire assuré, salua par son nom le directeur adjoint et lui tendit le faux ordre de retrait d'Idi Amin Dada, pour cinq mille dollars américains en liquide. Chase savait que c'était le plus gros montant que le directeur adjoint lui donnerait sans vérification téléphonique.

— Pendant que vous allez les chercher, dit Chase, je vais faire un tour à mon coffre.

— Certainement. Bien sûr. Miss Ngana? Voulez-vous conduire M. Chase aux coffres individuels?

Chase avait toujours supposé qu'Amin connaissait le contenu de son coffre; il n'y avait donc jamais rien déposé que des bijoux et des papiers d'identité. Il les prit, de sorte qu'en remontant en compagnie de la svelte Miss Ngana, il avait dans ses poches pour environ trente mille dollars de figurines d'ivoire et d'or ouvragé.

Le petit paquet enveloppé de toile attendait sur le bureau du directeur adjoint. Chase s'approcha avec un énorme bâillement.

— Excusez-moi, dit-il. (Ne voulant pas se risquer à retourner chez lui, il avait passé la nuit avec une prostituée de sa connaissance, qui avait tenu à lui en donner pour son argent.)

— Je vous en prie, fit l'adjoint en souriant. Moi-même, le matin, ça m'arrive souvent.

— C'est du café qu'il me faut. (Chase eut un sourire secret.)

— Et moins de succès amoureux, ajouta l'adjoint en souriant largement et nerveusement pour montrer qu'il se risquait à plaisanter.

— Aussi, oui. Eh bien, bonne journée.

— Bonne journée, monsieur Chase.

Dehors, Chase gagna vivement la Mercedes qu'il avait réquisitionnée la nuit dernière sur le parking du SRB. Fourrant le sac d'argent sous le siège avant, il démarra et s'éloigna rapidement. Il devait encore passer dans trois autres banques, et plusieurs boutiques.

Il songea que même le succès avait son côté amer. Amin sort des millions de son pays pourri, pensa-t-il, et moi j'emporte des milliers. Le requin et le brochet. Tant pis ; nous mangeons tous le plus possible.

Frank ne s'en rendait pas compte, mais lorsqu'il se hissa en haut d'un poteau téléphonique, portant des écouteurs reliés à une masse de fil qui brinquebalait, il eut l'air d'une espèce d'ours de cirque dans son numéro. C'est pourquoi on gloussait beaucoup en bas. Il estima tout de même que les gloussements le concernaient, et résolut de donner des coups de pied au cul dès qu'il serait redescendu.

Le système téléphonique ougandais n'était plus entretenu depuis seize ans qu'il n'y avait plus les Britanniques. Depuis lors on avait fait très peu de réparations et absolument aucune amélioration. La moitié des isolateurs en verre étaient cassés ou volés, et les vieux fils eux-mêmes s'effrangeaient. Le boîtier de service était cabossé et rouillé, mais quand Frank l'ouvrit, les vieux schémas et diagrammes en anglais étaient encore lisibles sur le revers du battant. Il dut pourtant fixer plusieurs fois les pinces crocodile avant de trouver la ligne directe des bureaux du chemin de fer à Jinja.

— La vache, qu'est-ce qu'ils causent ! fit-il à haute voix.

Entre les écouteurs et les pinces crocodile, il y avait un amas de dix mètres de fil, beaucoup plus qu'il n'en fallait pour atteindre le sol. Regardant en bas, Frank vit Charlie juste au-dessous qui gesticulait et grimaçait devant un public appréciateur. Visant avec soin, Frank lâcha les écouteurs et eut le plaisir de les voir rebondir sur le crâne de Charlie.

— Attention là-dessous ! prévint-il aimablement et il revérifia que les pinces crocodile étaient bien en place, ferma le boîtier, et se laissa descendre à bas du poteau.

Dix heures quinze. En admettant que le train eût un horaire, il avait de l'avance. Il y avait quelque chose dans le soleil de la matinée, dans la pureté de l'air, qui faisait que même les paresseux étaient d'humeur à travailler. L'unique wagon d'Okungulo et les deux de Kumi avaient été accrochés pratiquement avant que le train fût complètement arrêté, et maintenant c'était pareil avec le wagon unique de Kachumbala. Le convoi était à présent long de trente et un wagons ; il n'y avait plus à prendre que les deux de Mbale.

— Nous serons à Kampala avant l'heure du dîner, dit le mécanicien.

— Si rien ne cloche.

— Un jour pareil ? Qu'est-ce qui pourrait clocher ?

Lew avait posté une sentinelle au croisement des voies et de la route, et une autre à cinquante mètres du lieu de travail et dans la direction opposée, là où la courbure à droite augmentait. Si l'un des deux hommes voyait quelque chose, il devait agiter énergiquement les bras au-dessus de sa tête. À ce signal, Balim le Jeune crierait « *Chini !* », le mot swahili qui signifie « en bas », et les ouvriers, portant leurs outils, s'écarteraient des voies et se mettraient à couvert des deux côtés. Lew leur avait fait répéter deux fois la manœuvre et pensait qu'ils avaient compris. Quant à Balim le Jeune, il prenait sa tâche très au sérieux, allant et venant près de la ligne, observant alternativement l'un et l'autre guetteur.

Même avec près de trente hommes à l'ouvrage, sous la direction de quatre anciens employés des chemins de fer, le travail était long et difficultueux. Sur quelque quarante mètres, il fallait ôter les quatre tire-fond de chaque traverse métallique, ce qui faisait près de cent tire-fond. Les jointures, pleines de vis et de boulons rouillés, devaient être défaites en force, à la limite de la cassure. Puis, péniblement, centimètre par centimètre, les deux longueurs de rail, quelque sept tonnes de métal au total, devaient être dégagées de leur logement sur les traverses et alignées avec effort dans leur nouvelle direction. Pour ce faire, vingt hommes s'alignaient le long d'un rail, sous lequel ils inséraient vingt leviers ; au signal, tous soulevaient et le rail bougeait ; pas de beaucoup, mais il bougeait.

Pendant ce temps, le reste des ouvriers creusaient de petites tranchées pour y placer les rondins qui serviraient de traverses sur la nouvelle trajectoire. Non seulement il n'était pas question de transporter cent traverses de trente-cinq kilos, vu le délai, mais de plus il faudrait remettre la foutue voie en place après coup.

Pendant que Lew surveillait le travail de la voie avec l'aide de Balim le Jeune, Frank parcourait tout le secteur du dépôt, cherchant un défaut après quoi gueuler. À quelque distance le long des voies, Charlie, qui portait maintenant les écouteurs, était accroupi contre le poteau que Frank avait escaladé. Il grignotait des pousses de canne en écoutant avec contentement les conversations provenant de la gare de Jinja. Si Frank avec les écouteurs avait eu l'air d'un ours savant, Charlie, avec les écouteurs, accroupi sous le poteau, avait l'air d'un singe du même cirque.

Vers dix heures et demie, le nouvel embranchement commençait de prendre forme. À force d'arrachements, de tractions, d'efforts, de coups de levier, de progression

centimètre par centimètre, et de jurons, le rail sud avait
été mis en place sur les rondins et s'incurvait maintenant
à gauche de son logement initial et jusqu'à raccorder
avec la voie du dépôt, sauf qu'il était trop long de plus
de soixante centimètres.

— Merde, dit Lew. C'est bon, il va falloir augmenter
l'angle à l'autre bout.

Tandis que plusieurs tire-fond maintenaient l'extrémité de l'embranchement, les ouvriers pesèrent sur
l'autre bout, le ramenant vers sa trajectoire initiale, aug-
mentant la courbure du virage. Le rail, vu du côté de la
voie de service, paraissait reculer et rétrécir de quelques
centimètres à chaque poussée.

— *Chini ! Chini !*

Balim le Jeune était si excité d'être utile qu'il sautait
sur place, agitant les bras comme le jeune voyageur qui
aperçoit le djinn, dans les légendes indiennes. La plupart
des hommes perdirent quelques secondes à chercher Lew
du regard, pour voir si c'était encore un exercice, mais
en voyant la sentinelle du croisement qui balançait les
bras au-dessus de sa tête, ils s'éparpillèrent assez bien,
ne laissant rien derrière eux qu'un bout de voie très
bizarrement tordu. Le guetteur cessa de faire des signaux
et, ayant apparemment été aperçu par ce qui approchait,
s'accroupit sur les talons près de la voie comme n'importe quel oisif qui attend le train ; non pour y monter,
pour le regarder.

De sa cachette, Lew avait vue sur le croisement, et ce
qui apparut d'abord là fut une vache, marchant à pas
lents mais décidés, comme si elle revenait de la messe.
Elle était brun foncé, grande, le mufle long, les épaules
larges, les jambes osseuses, à demi sauvage, semblable à
un bœuf plutôt qu'à une vache, et pas du tout comme les
vaches américaines noires et blanches des livres
d'images.

Près de Lew, Balim le Jeune pouffa. Lew secoua la tête et les gloussements cessèrent.

Trois créatures similaires apparurent ensuite, dont deux s'arrêtèrent d'un air bovin pour brouter au croisement, où il n'y avait aucune verdure. Le vacher, un gamin gris-brun d'environ sept ans, avec une chemise cramoisie et un short marron et un bâton presque deux fois grand comme lui, s'avança sur les voies pour morigéner les traînardes, sur le ton d'un professeur patient mais déçu face à des élèves retardés. Lui et la sentinelle échangèrent un signe de tête, et deux autres vaches apparurent, hochant la tête comme si elles se demandaient ce que celles qui s'étaient arrêtées avaient trouvé à manger.

Au total le gamin avait la charge de neuf vaches, et il les connaissait manifestement bien. Et elles le connaissaient; il lui suffit de lever son bâton pour qu'elles avancent. En trois minutes le troupeau eut fini de traverser, et une minute plus tard la sentinelle fit signe que tout était dégagé.

Tandis que tout le monde retournait vers la voie, Frank gagna à grands pas l'embranchement et examina les travaux.

— Ça avance, hein?

— Lentement et irrégulièrement, dit Lew.

Frank hocha la tête, regardant la voie. Le rail nord était toujours en place, mais le rail sud était incurvé de manière à rejoindre l'embranchement.

— Première fois que je vois une voie ferrée écarter les cuisses, commenta-t-il.

Je m'excite trop, se dit Isaac avec sévérité. Ce n'est pas si facile. Quelque chose pourrait tourner très mal.

Mais pour l'instant les choses allaient magnifiquement. Au parc automobile, le même sergent responsable était de service, et apparemment Isaac l'avait apprivoisé assez la dernière fois, de sorte qu'aujourd'hui l'homme ne songeait qu'à se montrer coopératif.

— Vingt camions, annonça-t-il alors qu'Isaac comptait sur onze véhicules. Tous prêts, le plein fait.

— C'est très bien, dit Isaac. J'ai dit au général que nous pouvions compter sur vous.

— Ah oui? Merci, c'est très gentil de votre part. Et c'est exact, c'est exact. (Le sergent saisit une planchette sur le mur.) Venez voir vos camions. Tous des beautés.

Le sergent avait une étrange conception de la beauté. Les vingt camions alignés sur la terre brune du dépôt semblaient avoir fait Dunkerque : ils étaient usagés, sales, avec des bâches déchirées, des phares cassés, des pare-brises étoilés, et il manquait des pare-chocs. C'étaient surtout des British Leyland, et quelques Volvo, et même deux ou trois Mercedes-Benz et des diesels Fiat. Ils avaient l'air d'arriver au dépôt pour une révision générale et non d'en partir pour utilisation. Mais dès lors que les pneus étaient corrects et que les moteurs tournaient, Isaac n'allait pas se plaindre. Il écrivit « Éraflures et cabossages nombreux » sur la fiche fixée sur la planchette du sergent, et signa : Capitaine I. Gelaya.

Aujourd'hui nul vieil ami ne surgit pour lui donner un coup au cœur. À l'évidence Obed Naya ne l'avait pas dénoncé, il avait gardé ses pensées pour lui. Qu'avait-il imaginé? Si seulement on pouvait se contacter sans risque... mais tout contact serait dangereux pour Obed. Une lettre ou un coup de téléphone attirerait l'attention. Faire tuer un ami, ce n'était pas un bon remerciement.

Après avoir signé la décharge, il regagna le véhicule avec lequel il était venu et fit sortir les hommes. Dans leurs uniformes de récupération, ils ressemblaient aux autres soldats de la caserne. Isaac prit plaisir à faire semblant d'être un officier violent, aboyant des ordres, faisant embarquer les hommes dans les camions. Quand il constata que tous les moteurs tournaient, il remercia encore le sergent, lui promit de restituer les camions d'ici demain midi, et prit la tête du convoi qui quitta la caserne et se dirigea vers la sortie de la ville, à l'est.

Ce n'était qu'un convoi militaire, vision bien ordinaire sur les routes d'Ouganda. Nul n'y regarda à deux fois.

À midi moins le quart, Chase sortit en souriant d'une joaillerie de Kampala Road. Désormais les shillings ougandais lui seraient inutilisables, il venait donc d'en échanger la plupart contre un collier de diamants, petit mais charmant. En Europe, il pourrait le vendre au moins vingt mille dollars.

C'était son dernier arrêt. Déjeuner maintenant, avant le départ ? Non ; à présent que les choses étaient en mouvement il était saisi d'un sentiment d'urgence de plus en plus intense, un puissant désir de bouger. Il pouvait faire halte à un marché, s'acheter à manger en route. Il regagna la Mercedes, logea l'écrin du bracelet dans la boîte à gants et s'en alla. Vers l'ouest, s'éloignant de Kampala, s'éloignant de Jinja et du train de café. Loin d'Ouganda, loin du passé. Loin du danger.

Frank longea la voie en direction de Charlie qui sommeillait à moitié, souriant rêveusement entre les écouteurs, écoutant les conversations affairées du monde laborieux. Il était midi juste.

— Charlie, dit Frank, où est le train ?

— Oh, bonjour, Frank. Ils viennent d'appeler.

— Qui ça ?

— La gare de Tororo. Le train est passé. Bonne vitesse.

Frank le contempla fixement.

— Le train a *passé* Tororo ?

— Ouais. Il est très rapide.

— Nom de Dieu de bon Dieu !

Frank se hâta lourdement vers l'endroit où Lew et les ouvriers s'activaient centimètre par centimètre à rapprocher le second rail de l'embranchement.

— Putain, Lew ! hurla-t-il. Cette saloperie est en avance sur l'horaire !

Lew regarda au loin sur la voie, comme s'il s'attendait à voir arriver le convoi.

— Où est-il ?

— À moins de cent cinquante bornes. Il a déjà passé Tororo. Ils foncent, ces enflés.

Lew jeta un regard circulaire, puis beugla :

— Bathar !

Balim le Jeune surgit comme s'il sortait de sous une traverse.

— Dis-leur, annonça Lew, que nous devons faire plus vite. Le train est à une heure d'ici.

— Oh bon sang.

— Plus d'une heure, dit Frank. Ils ne peuvent pas rouler à cent quarante, pas chargés comme ça.

— Dis-leur une heure, insista Lew.

Pendant que Balim le Jeune traduisait — comme ça écœurait Frank de voir qu'un tel rat pouvait manier ce foutu swahili —, Frank se détourna et vit un camion militaire qui franchissait le passage à niveau.

— Isaac est revenu ! Fais magner ces mecs, Lew.

Frank longea la voie au trot jusqu'à la route de service, où les camions traversaient en cahotant. Saleté de chemin de fer ! *En avance !* Frank bondit, s'accrochant à une ridelle, et se laissa porter jusqu'à l'emplacement où Isaac indiquait à chacun où se garer.

— Hé ! Isaac !

Isaac agita la main, souriant d'une oreille à l'autre, le parfait écolier qui fait l'école buissonnière.

— Aucun ennui, lança-t-il. Une nouvelle vie de bandit s'ouvre devant moi.

Frank n'avait pas le temps de bavarder :

— Isaac, le train est en avance. Il a passé Tororo. Faites monter vos chauffeurs pour aider Lew à bouger cette putain de voie.

— Tororo ! (Se détournant, Isaac se mit à crier des ordres précipités à ses conducteurs.)

Encore du swahili.

C'était comme une file de danseurs de conga, Lew en tête, Balim le Jeune derrière lui, Frank, Isaac, les quatre anciens employés des chemins de fer et les quarante-huit ouvriers. Cinquante-six hommes en ligne, tous penchés pour saisir à deux mains la double lèvre du rail, tendus, prêts.

— À trois, dit Lew. Vas-y, Bathar.

Claire et musicale, la voix de Balim le Jeune résonna au-dessus des voies :

— *Moja ! Mbili ! TATU !*

Les cent douze mains se refermèrent ; les cinquante-six dos se tendirent et se dressèrent ; le rail se souleva et parcourut une trentaine de centimètres vers la gauche, et retomba.

— Encore !

— *Moja ! Mbili ! TATU !*

— *Moja ! Mbili ! TATU !*

— Seigneur, grogna Frank. C'est pas là qu'on se retrouve dans la merde ?

Lew contempla les deux longueurs de rails, la voie principale luisante et l'embranchement couvert de rouille orange. On aurait dû y penser, songea-t-il.

— C'est là, dit-il. Viens voir.

Pendant que les hommes se redressaient et se frottaient le dos, s'étirant et échangeant des rires, Lew et Frank et

Isaac et Balim le Jeune et les quatre ex-employés contemplèrent les rails. Frank exprima la chose :

— Cette merde est trop courte de cinquante centimètres de merde.

— Nous avons pris deux lignes droites, soupira Lew, et nous les avons incurvées. La courbe extérieure devrait être plus longue que la courbe intérieure pour aboutir au même point.

— Cinquante centimètres. On fera dérailler cette saleté de train si on essaie de le faire passer là-dessus.

— Ces hommes ont travaillé ici une semaine, dit Lew à Balim le Jeune. Demandez-leur s'ils n'ont pas vu un quelconque bout de rail qu'on pourrait utiliser.

Balim le Jeune posa la question, mais n'eut pas besoin de traduire les signes de tête négatifs.

— Putain de saloperie de merde, dit Frank.

Lew, presque inconsciemment, avait pris la direction.

— Frank, dit-il, on n'a pas fait tout ça pour se laisser arrêter par un petit bout de rail qui manque. On va trouver une solution. Fais-les commencer à poser les tire-fond. Nous avons la mesure ?

— Ici, dit Balim le Jeune en ramassant la longue baguette marquée d'encoches qu'on devait utiliser pour vérifier le bon écartement de la voie.

— Donnez-la à Frank. Vous et ces types, venez avec moi. Il y a forcément *quelque chose* d'utilisable dans le dépôt.

Frank resta immobile, tenant le bâton à encoches. Il paraissait désemparé et féroce.

— Et alors, quoi ? fit-il.

— Frank, dit Lew, le premier rail est fixé. Tu utilises le bâton pour placer le deuxième rail à la bonne distance, et tu le fais fixer par les hommes. Je reviens tout de suite.

— Où est mon interprète ? réclama Frank ; et tandis que Lew menait ses compagnons vers le hangar à loco-

motives, Frank négligea l'offre d'Isaac et hurla : Charlie,
espèce de trou-du-cul, amène-toi ici !

L'intérieur du hangar était un conglomérat de nourriture à moitié dévorée, de vieilles feuilles pourrissantes, de
crottes d'oiseaux et d'animaux, de tables et d'outils métalliques rouillés, de planches pourries et d'une puanteur de
bois brûlé. Lew et les cinq autres explorèrent sans succès
ce magma ; tout ce qu'ils trouvèrent était trop long, ou
bien trop fragile pour le poids qu'il faudrait subir.

— Quelque chose, dit Lew, les mains sur les hanches,
avec un regard circulaire furieux. Quelque chose.

— Pas ici, dit Balim le Jeune.

— Alors dehors.

Dehors, près du hangar, il y avait encore quelques
rails inutilisés, mais ils avaient tous cinq mètres. Ça n'allait pas. Tandis que les autres remuaient les débris le
long du bâtiment, Lew, sans savoir ce qu'il cherchait,
erra seul le long de l'embranchement et jusqu'à la plaque
tournante, y fit halte pour regarder alentour et ne vit rien
d'utilisable, et poursuivit sa marche. Le dernier des rails
ajoutés s'arrêtait à guère plus d'un mètre du bord de la
falaise. Loin en bas, on entendait les eaux de Thruston
Bay battre les rochers du rivage.

Que pourrait-on utiliser ? Faisant demi-tour, Lew
s'apprêtait à revenir quand il vit le vieux butoir qu'on
avait ôté du bout de la voie et qui gisait maintenant sur la
droite au milieu des herbes. Le cadre du butoir était tra-
pézoïdal, entourant un gros ressort épais et rouillé avec
un pain de caoutchouc noir dessus. Et ce cadre était fait
de *morceaux de rail !*

— Seigneur Jésus, fit Lew pour lui-même et il hurla :
Bathar ! Descendez ici avec les autres !

Il y avait un espace de chaque côté du morceau de rail
ajouté, mais de moins de trois centimètres. On avait mis

force rondins de soutien sous le morceau, qu'on avait fixé avec tant de tire-fond qu'il avait l'air d'avoir de l'acné.

— C'est bon, dit Frank en jetant le bâton de mesure. Maintenant qu'on a le paillasson pour l'accueillir, allons braquer ce putain de train.

45

À l'ouest de Tororo, le train s'éloignait à quatre-vingt-dix kilomètres à l'heure. Les wagons lourdement chargés rugissaient et grondaient en roulant, les roues résonnaient sur les joints des rails, les attelages métalliques s'entrechoquaient, les véhicules roulaient et tanguaient sur leurs vieux ressorts. La locomotive avançait en force, comme si elle eût été la représentante universelle de la traction à vapeur, jetant un défi au monde du diesel. Les grosses roues d'acier tournaient si vite que les bielles d'accouplement devenaient floues. L'échappement double crachait fumée et vapeur, et le mécanicien faisait hurler le sifflet à l'approche des passages à niveau, où les gens regardaient passer dans un bruit de tonnerre l'énorme serpent de métal hurlant et grondant, long d'un demi-kilomètre.

Un moment plus tôt, quand on s'avançait à travers le triage de Tororo, la vitesse était tellement tombée que le chauffeur avait sauté à terre, couru à la gare, acheté deux sandwiches et quatre bières, et regagné la cabine avant qu'on eût fini de s'engager sur la ligne est-ouest. Mais à présent, tandis qu'on mangeait les sandwiches et qu'on buvait la bière, il n'y avait rien devant que du beau temps et la voie libre.

Les petites gares défilaient en un clin d'œil: Nagongera, où le chef de gare endormi bondit de son fauteuil ombragé sur le quai comme si le diable en personne déboulait; Budumba, juste avant le fracas du pont sur chevalets qui franchit l'extrémité marécageuse du lac Kyoga; Busembatia, où le convoi frémit et ferrailla sur les aiguillages qui mènent à la boucle de Mbulamuti, vers le nord; Iganga, où un match de football entre écoliers s'interrompit comme les jeunes garçons en chemise blanche et short bleu foncé se retournaient pour regarder, de sorte que le ballon de football noir et blanc s'éloigna en rebondissant sur l'herbe verte. Le mécanicien rit et actionna encore une fois le sifflet fantomatique, pour porter chance.

— Drapeau devant!

Le mécanicien tourna la tête et fronça les sourcils, et le chauffeur désigna, droit devant, un soldat très dépenaillé qui, au bord de la voie, agitait au-dessus de sa tête un drapeau rouge.

Automatiquement, le mécanicien relâcha la pression et actionna les freins, et l'on dépassa le soldat souriant. Qu'est-ce que ça signifiait? La prochaine gare était à Magamaga, juste avant Jinja. Y avait-il un problème là-bas? Un problème sur la voie?

Plus loin un autre soldat agitait un drapeau rouge, et au-delà un camion militaire coupait les rails, bloquant le train.

— C'est l'armée, dit le chauffeur. (Il paraissait effrayé.)

— Il faut s'arrêter. (Le mécanicien aussi paraissait effrayé. L'armée. Qui sait de quel côté l'armée se trouvait, ces temps-ci?)

Mais arrêter un convoi si gros, si long, si lourd, était plus facile à dire qu'à faire. Les freins s'actionnèrent d'un bout à l'autre du train, sous l'impulsion des transmissions hydrauliques ; les roues se bloquèrent en vibrant, glissant sur les rails, faisant jaillir des étincelles. La locomotive lâcha une grande masse de vapeur, feintant comme un cheval rétif, refusant de s'arrêter, luttant contre les freins. Les yeux écarquillés, le conducteur du camion (un Asiate, semblait-il, et qu'est-ce qu'un Asiate faisait en Ouganda ?) dégagea précipitamment la voie, mais le train – grinçant, bruyant, enveloppé de vapeur sifflante et d'un fracas de métal heurté – fit enfin halte, avec une infinie répugnance, son mouvement cessant juste avant le point où le camion s'était trouvé.

Le deuxième militaire était un officier. Le mécanicien, partagé entre le souci et l'irritation, le vit trotter le long du ballast, tenant toujours son drapeau rouge. Au loin, bien plus loin que la queue de train, l'autre militaire avait jeté son drapeau et l'on pouvait l'apercevoir qui courait vers eux.

L'officier n'était pas en forme ; sans doute un bureaucrate. Il était essoufflé quand il atteignit la locomotive.

– Qu'est-ce qui se passe ? cria le mécanicien au milieu du sifflement continu de la vapeur.

L'officier passa une minute à haleter et à reprendre son souffle, accroissant l'agacement du mécanicien. Enfin il réussit à articuler :

– Des ennuis.

– Des *ennuis* ? Ça, j'avais deviné. Quel genre ?

– Vous êtes victimes d'un hold-up, dit l'officier.

– Quoi ? fit le mécanicien qui ne comprenait pas du tout.

– Nous nous emparons de ce train, déclara une voix derrière lui en anglais.

Le mécanicien et le chauffeur avaient tous deux une bonne connaissance de l'anglais, et *cette* phrase-là, ils la comprirent. Ils pivotèrent et contemplèrent avec stupeur deux Blancs qui étaient montés dans la cabine – pendant que l'officier les distrayait – et qui s'y tenaient maintenant avec des armes braquées.

— Vous… (Le mécanicien ne voyait pas comment exprimer sa stupeur et son incrédulité, dans *n'importe quel* langage.) Vous… Vous ne pouvez pas… C'est un *train*!

— On le sait, que c'est un putain de train, fit le plus gros et le plus âgé des assaillants. On le sait, mon pote, et on s'en empare.

L'officier était à présent monté dans la cabine.

— L'armée? lui dit le chauffeur. Qu'est-ce que l'armée lui veut, à notre train?

— Ce n'est pas l'armée, dit le mécanicien. (Il avait au moins compris ça.)

— Parlez anglais, commanda l'aîné des Blancs.

L'autre s'approcha du mécanicien.

— Tu avances, maintenant, dit-il. Mais doucement.

— Ce serait le comble! s'exclama le chauffeur, soudain saisi par l'énormité de toute la chose.

— Parlez anglais, bon Dieu!

— Avançons, fit l'autre en faisant signe au mécanicien avec son arme.

— Attendons Charlie, dit l'officier.

— Qu'il aille se faire foutre, dit un des Blancs.

— Non, dit l'autre. Où est-il, Isaac?

L'officier se pencha par la fenêtre de la cabine.

— Il grimpe sur le dernier wagon. Donnez-lui une seconde… C'est bon.

— Avancez.

Le mécanicien démarra. À nouveau des boules de fumée s'élevèrent; les roues s'agitèrent sur la voie, mordirent; la locomotive s'ébranla. *Clang, clang, clang*, les attelages résonnèrent tout le long du convoi qui s'étirait de nouveau, et le serpent géant s'avança.

On dépassa le camion, à présent arrêté sur la piste près des voies. Le conducteur — un Asiate, effectivement — agita la main et démarra pendant que le train prenait lentement de la vitesse.

Le plus jeune Blanc observait attentivement les gestes du mécanicien. Il compte conduire lui-même, se dit le mécanicien.

— C'est de la folie, vous savez? fit-il à haute voix. Qu'est-ce que vous allez faire d'un train? Si nous n'arrivons pas à Jinja, on va venir à notre recherche.

— Stop. On y est.

— Où ça? (Ils avaient parcouru environ huit cents mètres.)

Le train avançait à peine à quinze à l'heure et s'arrêta facilement. Mais *où* était-on? Sur une voie déserte environnée par la jungle, près du passage à niveau d'une route abandonnée.

— Terminus, dit l'aîné. Tout le monde descend.

Le mécanicien, le chauffeur, l'officier, et l'aîné des Blancs descendirent tous.

— Ne bousille pas ce train! cria le Blanc. On n'en a pas d'autre!

— J'ai toujours eu envie d'avoir mon train à moi, fit le cadet en souriant du haut de la cabine.

L'autre militaire, le dénommé Charlie, courait sur le toit des wagons, sautant les intervalles comme un impala pris de folie. Le mécanicien et le chauffeur regardèrent alentour, les yeux ronds, et eurent un autre sujet de stupeur. Là-devant, on avait *bougé* la voie! Tandis que le reste de la ligne continuait comme d'habitude, s'incurvant doucement vers la droite, ce segment-ci tournait sèchement *à gauche*, et disparaissait par une ouverture dans les broussailles.

— Écartez-vous, dit l'aîné des deux Blancs. C'est un amateur qui est aux commandes, maintenant.

46

Lew ne pouvait s'empêcher de sourire. Le train semblait respirer sous lui, comme une énorme et puissante bête apprivoisée, attendant ses ordres. Il fallait baisser la manette et la tenir pour que la bête bouge. C'était une mesure de sécurité, la barre du mort, afin que si le mécanicien avait un arrêt du cœur, le train ne continue pas sa course sans personne aux commandes.

Il était convenu que Lew conduirait sur ce segment, juste au cas où l'on aurait affaire à un mécanicien du genre héroïque, qui pouvait essayer de saboter le train avant qu'on l'eût caché. À présent Lew palpait la manette et sentait la bête vibrer sous sa paume. Il appuya et la vibration centupla et, au milieu d'un grand rugissement grinçant, il entendit quelqu'un en contrebas qui criait :

— Doucement ! Doucement ! Pas si vite !

Pas si vite ! Le train ne bougeait pas, il devait donc être en train de patiner. Lew relâcha la manette et le bruit s'éteignit, et il entreprit d'apprendre à conduire la bête, qui n'était peut-être pas aussi apprivoisée qu'il avait cru. Il ne s'était pas rendu compte qu'il appuyait trop. De nouveau, il effleura la manette et cette fois il appuya très doucement.

Le rugissement se fit entendre, mais avec moins de colère. La vibration augmenta, mais avec moins de violence. Le train bougea ! Stupéfait, Lew lâcha la manette et le train s'arrêta.

— *Tu vas arrêter tes conneries, là-haut ?*

— La ferme, Frank, cria Lew par la fenêtre, et il posa de nouveau la main sur la manette.

Le rugissement. La vibration croissante. Un heurt, et de nouveau le train avança très lentement.

Lew garda la position, et le convoi accéléra doucement, et sur les arrières s'entendit le fracas lointain des
attelages qui se tendaient.

Le train faisait moins de dix kilomètres à l'heure, la
dérivation était juste devant. En regardant du haut de la
cabine, Lew eut l'impression que ce qu'ils avaient bâti
était trop léger, les rondins trop fragiles pour remplacer
des traverses de métal, le sous-sol trop mou, les rails
insuffisamment fixés. C'est un jouet d'enfant, pensa-t-il,
et j'arrive dessus avec une vraie locomotive.

Si ça se renversait, fallait-il rester dans la machine ou
essayer de sauter?

— Vas-y doucement, Lew! Mollo!

— Ta gueule, Frank!

La locomotive s'affaissa sur la gauche quand on
quitta le ballast. Les assistants s'écartèrent, et la locomotive descendit avec hésitation une voie qui était soudain
devenue pleine de creux et de bosses.

— Ne t'arrête pas! Continue.

— Va te faire mettre, Frank, grommela Lew.

Devant lui, tandis que la locomotive franchissait doucement l'ouverture à travers les buissons, il vit les
ouvriers et les ex-poseurs de voies, excités et attentifs,
qui regardaient l'énorme nez métallique du monstre
pénétrer dans leur univers.

La distance était courte entre la solidité de la voie
principale et la solidité de l'embranchement, mais elle
semblait maintenant faire des millions de kilomètres. La
locomotive se trouvait entièrement sur la voie de fortune,
se balançant de côté et d'autre tandis que le métal et le
bois gémissaient et craquaient sous ses roues. Le tender
suivit comme un enfant obéissant, bien plus docile que
sa mère. Les wagons arrivaient comme des moutons,
l'un derrière l'autre, bringuebalant, grinçant, leurs roues
couinant là où l'écartement des rails était insuffisant.

La locomotive abattit à droite, de trois centimètres peut-être, tressaillant comme si on lui avait tiré dessus. Lew perdit le contrôle de la manette, et quand il le reprit il appuya trop fort. Les roues patinèrent dans un grondement, mais le côté droit se redressa et la locomotive se jeta en avant sur le vieil embranchement comme un ours quitte la glace mince.

C'était une ovation qu'on entendait ! Lew regarda hors de la cabine, et des deux côtés de la locomotive les hommes hurlaient et riaient et applaudissaient et sautaient sur place. Même Frank approuvait au lieu de donner des conseils, et l'ex-mécanicien et l'ex-chauffeur échangeaient des sourires subreptices. En se penchant hors de la cabine, Lew aperçut Charlie au loin, à huit wagons de distance, qui tressautait sur un toit comme un pantin dont un enfant tire les ficelles.

Isaac, souriant comme une citrouille à la Toussaint et portant un talkie-walkie, monta dans la cabine. Il désigna le sourire de Lew.

— Vous allez vous fendre les joues.

— Vous aussi.

À présent c'était facile. Les hommes se ruaient, s'agrippaient aux échelons des wagons, montaient faire un tour, certains se perchant sur le toit, certains suspendus sur les flancs. Lew pilotait doucement la locomotive sur l'embranchement. Avec tranquillité, la machine franchit l'aiguillage qui l'orientait vers la plaque tournante plutôt que le hangar. Les roues firent *clac* en attaquant la plaque, qui n'était pas exactement à l'alignement, et elles refirent *clac* de l'autre côté.

— Je vous signale qu'il y a une falaise, fit Isaac.

— Ah, je sais.

Après l'embranchement venait encore une longueur de voie de fortune. De nouveau la locomotive s'affaissa et hésita. Lew lâcha la manette et, pendant un instant ter-

rifiant, le train continua de rouler vers le bout de la voie
et le bord de la falaise. Puis il ralentit et puis il s'arrêta.

Le talkie-walkie d'Isaac s'éclaircit la gorge, crachant
des parasites graillonnants, puis débita d'une voix déformée, comme d'un perroquet imitant Frank :

— Conduisez-le jusqu'en bas.

— Nous *sommes* en bas, dit Isaac.

— Répétez ?

— On y est, Frank. Nous sommes au bout de la voie.

Le talkie-walkie fit des bruits indignés.

— J'ai encore des wagons ici en haut ! Il faut que je
les vire de la ligne ! Foutez la loco par-dessus bord !

— Demandez-lui s'il veut la place du mort, dit Lew.

— Hein ? (L'expression idiomatique échappait à Isaac.)

— Rien. Dites-leur de décrocher les wagons du tender. On ne va pas flanquer tout le train par-dessus bord.

— D'accord.

— Et envoie quelqu'un ici avec un bout de rail, ajouta
Lew comme Isaac descendait de la machine.

— D'accord.

C'est ce qui vint en premier : un ouvrier souriant
grimpa dans la cabine avec un bout de rail de cinquante
centimètres provenant du butoir démantelé. Il demeura
dans la cabine à tout regarder d'un air hilare.

— Tu veux sauter la falaise avec ? fit Lew mais
l'homme ne comprenait pas l'anglais et s'en alla après
un instant.

En bas, Lew entendait Frank cacarder impatiemment
dans le talkie-walkie, et Isaac qui répondait calmement.
Frank voulait les hommes, alors Isaac leur commanda de
retourner vivement vers la ligne principale. Ils partirent à
contrecœur, regardant en arrière, regrettant de ne pas
voir la locomotive faire le grand saut.

Entre-temps, deux des ex-employés des chemins de
fer s'occupaient de décrocher le tender du premier

wagon. Les deux autres étaient montés sur le toit des deux premiers wagons pour serrer les grands volants plats des freins à main.

— Tout est paré!

Lew avait déjà appuyé le bout de rail sur la fenêtre de la cabine; il le déposa doucement sur la manette. Le moteur rugit, les roues patinèrent, et avant qu'il eût mis le truc en équilibre on roulait déjà vers le vide. Il leva vivement le morceau de rail, mais maintenant la locomotive n'avait plus de charge à tirer et ne vit pas de raison de s'arrêter.

Enfer et damnation. Éprouvant l'attirance du vide, Lew lâcha le morceau de rail sur la manette, se retourna et plongea la tête la première hors de la locomotive en mouvement.

Il atterrit dans un amas de vilaines branches tranchantes, boula, s'assit, et regarda les roues avant de l'engin qui dépassaient l'extrémité des rails et creusaient des sillons dans la terre.

La locomotive ralentit; elle peinait; les roues arrière motrices mordaient violemment sur les rails rouillés; les roues avant tranchaient lentement le sol en direction de l'à-pic.

Isaac arrivait en courant, le talkie-walkie à la main:

— Ça va?

— Regardez cette grande vache.

Lew se mit sur pied en titubant, et Isaac et lui contemplèrent la locomotive qui se suicidait avec obstination. Elle poussait, elle s'efforçait, son tender la suivant docilement et patiemment, jusqu'au moment où des amas de terre cédèrent d'un coup au bord de la falaise, et la locomotive fonça soudain en avant.

— La voilà partie! gémit Isaac.

Pas encore tout à fait. Lew aurait eu tout le temps de descendre de l'engin avec dignité et componction. Isaac

465

et lui coururent à travers les broussailles du bord tandis que la locomotive progressait doucement, ses roues avant maintenant suspendues dans les airs. Le nez s'abaissa graduellement, comme si la machine répugnait à voir où elle allait. Puis elle bascula tandis que les roues motrices perdaient l'appui des rails, tout l'avant demeura suspendu en l'air, et puis l'arrière se souleva, le nez plongea, et en se renversant de côté comme pour admettre sa défaite, le grand monstre passa par-dessus bord.

Thruston Bay est étroite et sinueuse et très profonde, elle ressemble davantage à une rivière qu'à une baie, avec de raides falaises d'argile des deux côtés, couvertes de buissons tenaces. La locomotive, qui parut minuscule et légère aussitôt qu'elle fut dans les airs, fila droit vers le bas, heurta la falaise à mi-hauteur et ricocha en tourbillonnant follement sur les vingt derniers mètres, perdant son tender et heurtant l'eau dans un énorme et magnifique éclaboussement en forme de cratère, au centre duquel le tender fit mouche comme une arrière-pensée sans importance.

Il y eut une explosion sous l'eau quand le froid du lac heurta la chaudière brûlante, et la surface déjà ébranlée de la baie parut se soulever comme du pain qui lève. Puis la surface se déchira et livra passage à la toux géante de l'explosion, et à une grande expectoration de vapeur. La vapeur s'éleva et se dissipa, et les eaux déchirées retombèrent et reformèrent une surface, qui s'aplanit rapidement. C'en était fini de la locomotive.

Lew et Isaac se regardèrent, impressionnés et ravis comme des mômes le matin de Noël.

— Ça, dit Isaac d'une voix si faible et éblouie qu'elle paraissait descendre des branches au-dessus de sa tête, ça, c'est le spectacle le plus réjouissant que j'aie vu de toute ma vie.

— Quoi de plus beau qu'une locomotive qui tombe?
(Lew hocha lentement la tête.) Quoi qu'il m'arrive
d'autre dans l'existence, ça valait le coup.

— Ha, ha, ha! fit Isaac, riant et titubant. (Peut-être
serait-il passé par-dessus bord lui-même si Lew ne
l'avait retenu par le bras.) Et Mazar Balim, cria Isaac en
riant, Mazar Balim qui me disait de ne pas être volontaire! Ha ha ha ha!

— Oh Bon Dieu, fit Lew, soudain saisi.

— Qu'y a-t-il? (Le rire d'Isaac s'était coupé net.)

— Nous n'avons pas pris de photo.

Isaac réfléchit à la question, puis secoua la tête.

— Elle n'aurait rien rendu. Une chose pareille ne rend
jamais rien en photo.

— Vous avez raison, dit Lew avec soulagement. En
photo, ce ne serait qu'une locomotive-jouet.

— Nous avons l'image ici, dit Isaac en se tapotant la
tête.

— Pour toujours, approuva Lew.

À contrecœur, ils se détournèrent de la baie paisible et
virent le reste du train qui roulait doucement vers eux.
Laissant faire la pesanteur, les ex-cheminots montés sur
les wagons de tête manipulaient les volants des freins,
délicatement, afin que le vaste poids descende lentement
la pente douce, sans prendre de vitesse.

— J'espère qu'ils savent ce qu'ils font, dit Lew. Après
tout ça, je n'aimerais pas voir trente-six millions de dollars de café dégringoler dans la baie.

— Ça ne donnerait pas envie de photographier, dit
Isaac.

47

Quand les vacheries de wagons avancèrent enfin, Frank comprit qu'on s'était débarrassé de la loco. Il avait braillé à se rendre aphone dans cette saleté de walkie-talkie, et ses efforts ne lui avaient rapporté qu'un mal de gorge. Mais maintenant enfin les wagons bougeaient, quoique bougrement lentement.

En amont vers la ligne principale, les ouvriers s'activaient déjà à ôter des tire-fond de la voie provisoire. Le mécanicien et le chauffeur, saucissonnés de corde, étaient assis à l'écart, le dos à un arbre, et regardaient avec une complète stupeur. Charlie s'était remis au travail comme interprète de Frank, et gambadait comme d'habitude, tandis que sur la ligne Balim le Jeune avait la charge des écouteurs, pour espionner la gare de Jinja. Frank était écœuré d'admettre que Balim le Jeune pût avoir une utilité, mais c'était un fait. Du moins pouvait-on compter sur lui, contrairement à Charlie, pour signaler tout ce qu'il entendrait d'intéressant.

Les wagons s'arrêtèrent. Trop tôt ; le dernier était encore en grande partie sur les rails qu'on devait déplacer.

— Faites avancer cette saloperie ! hurla Frank dans le talkie-walkie. (Il attendit un huitième de seconde et beugla :) Est-ce qu'il y a quelqu'un qui *m'écoute* ?

C'est la voix de Lew qui répondit, et non Isaac :

— T'as pas besoin du talkie-walkie, je t'entends sans ça.

— Alors fais avancer cette saloperie de train !

— C'est fait. La loco est balancée. C'était un joli spectacle, Frank.

— J'ai encore des roues sur la ligne principale, dit Frank qui n'avait pas le temps de s'intéresser aux jolies vues.

— Tout ce qu'on pourrait faire, Frank, c'est de balancer le premier wagon.

— Faites-le !

— On n'aura pas le temps de le décharger.

— Un seul wagon de mes deux ? Ne sois pas gourmand, foutez-le en l'air !

— C'est comme si c'était fait, promit Lew.

Secouant la tête, Frank fourra le talkie-walkie sous son bras comme si c'était une cravache et monta vers les hommes qui ôtaient les tire-fond. Chaque tire-fond était jeté par-dessus les buissons et tous les rondins seraient emportés hors de vue, et l'on égaliserait tout ce qu'on avait creusé. Si on avait le temps.

Deux des ex-cheminots participaient à ce secteur du travail. L'un d'eux s'approcha de Frank et lui parla d'un ton très sérieux dans son sacré swahili, sans cesser de désigner le bout de l'embranchement. Il voulait sans doute savoir quand ils pourraient défaire la jonction.

— On s'en occupe, assura Frank. Bon Dieu, j'espère qu'on s'en occupe.

Les wagons bougèrent. Ils s'arrêtèrent. Ils bougèrent de nouveau, centimètre par centimètre, les roues arrière du dernier wagon progressèrent en direction de la jointure et du début de l'embranchement rouillé. Elles atteignirent la jonction, la franchirent, parcoururent encore un peu moins d'un mètre, et puis elles s'immobilisèrent.

— Allez-y, dit Frank et le joyeux ex-cheminot se dirigea d'un air affairé vers la jonction, portant plusieurs outils.

Frank longea la ligne et rejoignit Balim le Jeune.

— Du neuf ?

Balim le Jeune fit glisser un écouteur derrière son oreille de manière à pouvoir en même temps écouter Frank et Jinja.

— Pas un mot, dit-il. La plupart des appels concernent des marchandises disparues, pas des trains disparus.

— Il est encore tôt. Ils finiront par sonner l'alarme,
vous pouvez être sûr.

— Le train disparu, dit Balim le Jeune qui sourit :
Quelle merveille.

— C'est pas triste, approuva Frank qui contempla la
voie où cinquante hommes s'activaient à remettre le rail
de droite dans sa position initiale.

48

La ville de Jinja, cinquante-deux mille habitants,
outre qu'elle est un port d'une certaine importance parce
que c'est là que le Nil sort du lac Victoria, est également
un centre ferroviaire, une importante gare de marchandises sur la ligne est-ouest, en même temps que le terminus occidental de la boucle du nord qui passe par
Mbulamuti. En conséquence, il y avait du personnel
toute la journée, malgré la réduction présente de l'activité ferroviaire.

Dans la gare en brique rouge, le bureau principal était
une grande pièce étroite où un haut comptoir de bois
sombre en forme de L maintenait le public dans un quart
de l'espace disponible, près de la porte. Derrière le
comptoir il y avait juste assez de place pour deux
bureaux, deux chaises, un grand meuble de classement,
et un rayonnage quadrillé en bois sur le mur, contenant
les bordereaux d'expédition et des billets de passage
invendus. Un des bureaux revenait au chef de gare (également chargé des billets) et l'autre au chef du triage
(également chef de la sécurité).

On chapardait beaucoup dans les trains ces temps-ci,
et personne ne semblait capable d'y mettre le holà. Le

public, non sans fondements, soupçonnait généralement les employés d'être eux-mêmes responsables d'une grande partie des pertes. En conséquence, la plupart des coups de téléphone reçus à la gare de Jinja émanaient de clients furieux et soupçonneux dont les envois de marchandises avaient disparu.

Le chef du triage, honnête pour sa part, ne pouvait rien faire que soupirer et approuver et promettre d'étudier la question. Ses journées étaient de plus en plus frustrantes et désagréables, et s'il avait su quoi faire d'autre dans la vie, il aurait abandonné ce métier depuis longtemps. Les choses étant ce qu'elles étaient, il passait son temps à chercher des hommes honnêtes pour monter la garde, et à faire des excuses à des clients qui assurément le tenaient *lui aussi* pour un voleur. Situation très déprimante.

À treize heures quarante-cinq, le chef du triage raccrocha le téléphone après un fâcheux coup de fil de plus, et leva les yeux vers la pendule ronde au mur.

— Le train n'est pas passé, hein?

Le chef de gare se débattait avec le *fumbo* du journal d'aujourd'hui.

— Le numéro trois, je n'y arrive pas, dit-il. Un mot de sept lettres signifiant «foire commerciale ou centre international de commerce». Ça commence et ça finit par un O.

— *Onyesho.*

— Ça colle!

Pendant que le chef de gare traçait laborieusement les lettres, l'autre regarda de nouveau la pendule avec souci.

— Il doit y avoir une heure qu'ils ont passé Iganga.

— Quoi?

— Le train spécial. Le chargement de café.

— Ils vont arriver.

— Ça ne devrait pas leur prendre une heure.

— Peut-être qu'ils ont vu une jolie fille près de la voie et qu'ils se sont arrêtés pour la complimenter.

Le chef du triage rit. Le téléphone sonna et il cessa de rire.

Entebbe n'était pas desservi par le rail. Après qu'on eut déjeuné tôt, Patricia emmena Sir Denis en voiture à Luzira, le port de Kampala, où se trouvaient les principaux triages et où le train arriverait. C'était un voyage officiel, afin que le chef du triage montre à Sir Denis les camions qui attendaient le café pour le transporter du train jusqu'aux avions à Entebbe.

En roulant, seuls dans la voiture, ils parlèrent de leurs projets.

— Je ne promets rien, dit Patricia.

— Bien sûr. Nous prendrons chaque jour comme il vient, dit Sir Denis avec un air ravi. J'ai hâte de vous montrer le Brésil.

— Le Brésil. (Elle secoua la tête avec un sourire ébahi.) Voilà un avenir que je n'avais jamais imaginé, dit-elle.

Amin s'attendait à recevoir dans la matinée un rapport du colonel Juba concernant Chase. Le colonel n'étant pas apparu à onze heures, Amin appela son bureau au SRB, où il apprit seulement que le colonel n'était pas là. Et il n'était pas chez lui.

Amin aboutit à la conclusion que Juba, pour garder secrète l'arrestation de Chase, l'avait conduit dans un autre endroit sûr, par exemple un poste de police rural, jusqu'au moment où il lui arracherait ses informations.

— Tenez-moi informé à tout instant, commanda-t-il et il partit déjeuner.

Le déjeuner d'aujourd'hui était plus agréable qu'à l'ordinaire. Il accueillait les jeunes membres de sa force aérienne qui venaient de se faire expulser des États-Unis.

Depuis plusieurs années, des compagnies américaines comme les hélicoptères Bell entraînaient les pilotes d'Amin, mais récemment quelques agités – des membres du Congrès qui recherchaient la publicité – avaient exercé des pressions, sous prétexte d'humanitarisme, affirmant que les États-Unis ne devraient pas être en affaires avec un pays comme l'Ouganda (comme si les États-Unis étaient irréprochables).

Cette mauvaise publicité avait effrayé les sociétés américaines, et toute l'affaire avait rebondi en octobre quand les trois seuls chrétiens ougandais qui, avec dix-huit Ougandais musulmans, étaient entraînés par Harris Corporation à Melbourne en Floride avaient déserté et demandé au gouvernement américain l'asile politique, qui fut accordé; et puis bien sûr ils avaient raconté un tas d'histoires aberrantes.

Le résultat final, c'est que plusieurs douzaines d'aviateurs à l'entraînement aux États-Unis – certains ayant été précédemment entraînés par la Grande-Bretagne à Perth en Écosse – avaient maintenant tous quitté l'Amérique et regagné l'Ouganda, sans avoir achevé leur formation. Et c'est pour accueillir les six derniers, qui arrivaient de Vero Beach en Floride, qu'on donnait le déjeuner d'aujourd'hui.

Amin adorait être en contact avec ses vaillants jeunes pilotes. Ils le faisaient penser à lui-même, ou à l'être plus affable et plus distingué qu'il aurait pu être s'il avait eu, *lui*, un Idi Amin Dada pour le guider dans sa jeunesse, avec bonté, fermeté et dignité. De plus il était content de voir qu'il était encore meilleur qu'eux tous. Il pouvait les battre à la boxe, au basket-ball, à la nage. Et en dernière analyse c'était *lui* le père qui avait rendu leur existence possible.

On rit et l'on but beaucoup à table, et l'on raconta beaucoup de mensonges sur les Américaines. Amin défia tous les arrivants au bras de fer et les terrassa tous. Son projet d'acheter des bombardiers stratégiques pour attaquer l'Afrique du Sud fut écouté et discuté avec respect. Amin revint de déjeuner de très joyeuse humeur.

Qui fut aussitôt gâtée car on n'avait trouvé ni Chase ni Juba. Où étaient-ils ? Amin donna des ordres, et apprit bientôt qu'ils n'étaient absolument nulle part dans les locaux du SRB, mais que l'officier de service la veille au soir se rappelait avoir vu Chase partir vers minuit.

Partir ? Chase ? *Seul ?*

Un coup de téléphone à la banque de Chase confirma les soupçons d'Amin. L'homme était passé ce matin, et il apparut qu'il avait vidé son coffre. Pire, il avait retiré cinq mille dollars américains en espèces, avec un faux ordre au nom d'Amin !

— Il se sauve, mon petit Baron.

Des appels aux aéroports d'Entebbe, Jinja, Tororo, Soroti et Kasese confirmèrent que Chase n'avait pas encore quitté le pays, du moins par avion. En fait, aucun Blanc ne s'était envolé hors d'Ouganda pendant les dernières douze heures.

Ce qui laissait les routes et le lac. Très improbable, le lac ; Chase ne possédait pas de bateau et n'avait jamais entretenu de relations avec des propriétaires de bateaux. Il avait toujours manifesté qu'il n'aimait pas les promenades occasionnelles sur le yacht d'Amin. Il n'était pas homme à aimer la vulnérabilité d'une fuite sur l'eau.

Ce qui laissait les routes.

— Appelez tous les postes frontières, commanda Amin. Si Chase est passé, nous voulons savoir où et sous quel nom. S'il essaie de passer maintenant, on doit l'arrêter et le ramener ici. Peu importe dans quel état, pourvu qu'il puisse encore parler.

Le chef de gare posa son *fumbo* parachevé et bâilla. Au temps des East African Railways, le travail était bien plus astreignant, mais plus intéressant aussi. Il regarda la pendule et fut déprimé de voir qu'il n'était que quatorze heures cinq. Encore trois heures d'ennui.

— Dis donc, mon vieux, dit-il au chef du triage. Où est-il, ton train ?

Le chef du triage apprenait la comptabilité par correspondance avec une école britannique de Manchester. Des frictions entre les gouvernements de Grande-Bretagne et d'Ouganda avaient longuement retardé le courrier, après quoi trois leçons étaient arrivées d'un coup, et il y travaillait activement, entre deux coups de fil de clients mécontents. Levant les yeux d'un très délicat problème touchant un mélange d'intérêts imposables et d'intérêts exonérés en fonction du taux, il grimaça à l'adresse du chef de gare, puis de la pendule.

— Je ne sais pas du tout ce qui se passe, dit-il. Ils ont peut-être une panne, non ?

— Ils nous auraient appelés par la ligne directe.

— Je vais rappeler Iganga. (Le chef du triage décrocha le téléphone et joignit Iganga et son chef de gare.) À quelle heure le train du café est-il passé ?

(Au bord de la voie, à vingt-cinq kilomètres de là, Balim le Jeune héla Frank : « Ils posent la première question ! »)

— Midi cinquante-cinq, dit le chef de gare d'Iganga.

— Il n'est pas encore là. Pas d'ennuis, à votre connaissance ?

— Rien du tout. Une panne, vous croyez ?

— Ils nous auraient appelés.

— Qu'est-ce qui se passe, alors ?

— Aucune idée. Je vous rappellerai.

Le chef du triage essaya ensuite d'appeler la seule autre gare intermédiaire, Magamaga, à quelques kilomètres, mais personne n'était de service là-bas et le téléphone sonna en vain dans le bureau fermé.

Le chef du triage raccrocha. Il réfléchit quelques secondes en contemplant machinalement son problème de comptabilité, puis il soupira.

— Il faut que j'aille voir.

— Tu crois ? (Le chef de gare regrettait peut-être l'époque intéressante du travail actif, mais il n'était pas partisan de se précipiter inutilement au boulot.) À quoi bon chercher les ennuis ? demanda-t-il.

— Ah, eh bien, c'est mon travail, tu vois.

Le chef du triage se leva à regret, ferma son cahier et le rangea dans le tiroir du milieu de son bureau. Il enfila sa veste d'uniforme bleu foncé et mit son chapeau rond et empoigna le vélo près du meuble de classement. (On gardait la machine à l'intérieur à cause des voleurs.)

— J'espère tout le temps l'entendre arriver, dit-il. Enfin, bon. Au moins tu pourras prendre mes communications en mon absence.

Tenant sa bicyclette à la main, il marcha jusqu'aux voies qui luisaient au soleil et regarda des deux côtés. Pas de train. Abritant ses yeux de sa main, il scruta aussi loin que possible vers l'est, et toujours pas de train. Dans la direction opposée, le pont sur le Nil s'étendait, vide et accueillant. Derrière l'homme se trouvaient les voies de garage de Jinja, parsemées de vieux wagons et de quelques vieilles locomotives chancelantes de la classe 13. Alentour, la ville de Jinja dormait tranquillement dans la chaleur de l'après-déjeuner.

Le chef du triage monta sur son vélo. Se penchant sur le guidon, il pédala lentement entre les voies en direction d'Iganga.

L'avion était un Boeing 707, vieux et ravagé, juste assez entretenu pour répondre aux critères des assurances et des gouvernements. Ellen s'était familiarisée avec lui ce matin et ne pensait pas courir de risques particuliers en volant dedans, jusqu'à Djibouti ou à travers l'Atlantique, bien que ce fût assurément un engin moins rigolo que le petit bimoteur à six places de Balim. Maintenant, traînaillant devant un déjeuner tardif à la cafétéria, elle voyait l'avion par la fenêtre, et les sept autres appareils rangés côte à côte sur le tarmac : trois autres 707, un Lockheed C 130, et trois Douglas DC 9 ; un échantillonnage complet d'avions-cargos pas encore tout à fait caducs.

À table avec Ellen se trouvaient les trois autres membres de l'équipage. Le pilote et le mécanicien navigant étaient tous deux américains ; ils avaient amené l'avion des États-Unis hier. Ils se nommaient Jerry (pilote) et Dave (mécanicien navigant), et tous deux étaient des hommes affablement laconiques qui trouvaient amusant, mais sans dédain, d'avoir un copilote femme. Le navigateur était un Italien morose et silencieux nommé Augusto, qui se contenta de se faire plus morose et plus silencieux quand Jerry et Dave décidèrent de l'appeler Gus.

Jerry, qui portait une moustache broussailleuse et une alliance large et épaisse, avait clairement manifesté hier soir et ce matin qu'il pourrait s'intéresser à Ellen si elle l'encourageait d'un rien. Dave, qui avait la touffe de cheveux typique des rôles de bon copain, avait laissé entendre que c'était Jerry qui avait vu Ellen le premier. Ellen ne s'était jamais intéressé à ce genre d'écumeurs du ciel, et son indifférence était intensifiée du fait qu'elle passait tout son temps à se faire du souci pour Lew.

Ce qui était injuste, vachement injuste. Quand on rompt avec un homme, il n'est pas censé vous forcer à continuer de penser à lui en se flanquant immédiatement dans les dangers. Quoi qu'Ellen voulût y faire ou en penser, elle retombait toujours là-dessus : elle allait attendre ici à l'aéroport d'Entebbe, à se demander si le café arriverait. S'il arrivait, elle se demanderait alors ce que ça signifiait. Et s'il n'arrivait pas, elle se demanderait si le coup s'était passé sans bavures.

Si j'avais son adresse, pensa-t-elle avec colère en essayant de suivre une anecdote de Jerry à propos du Laos et du temps où le principal fret aérien y était l'opium, je lui enverrais une lettre piégée.

Quelqu'un approchait, traversant la cafétéria presque vide. Comment vont-ils formuler la chose ? se demanda Ellen qui imagina un monologue : « *Nous sommes désolés mais vous pouvez rentrer chez vous. On nous a pris notre café. Ils s'en sont tirés sans une égratignure. Merci et au revoir.* »

Mais c'était la serveuse, qui demanda :

— Voulez-vous encore du café ?

À quatorze heures vingt, Chase et la Mercedes étaient presque à la frontière du Ruanda à l'est de Kabale, près de la ville ruandaise de Kagitumba. Après avoir franchi la frontière, il comptait parcourir les quelque cent vingt kilomètres jusqu'à la capitale du Ruanda, Kigali, où il pourrait affréter un avion pour n'importe quelle destination. Il choisirait sans doute de continuer vers l'ouest, sur Kinshasa, la capitale du Zaïre, où il pourrait prendre un vol de ligne vers l'Europe.

De Kampala, Chase s'était dirigé au sud-ouest puis au sud, contournant le lac Victoria. À Masaka, à cent trente kilomètres de Kampala, il s'était arrêté au marché du village pour acheter des fruits, de la bière et des morceaux graisseux de poulet cuit. Cinquante kilomètres plus loin, à Rakai, il avait pris une piste qui menait au minuscule lac Kijanebalola, où il avait trouvé un endroit isolé où il avait pu démonter les panneaux des portières arrière, planquer son argent, ses bijoux et des papiers inessentiels dans le logement des vitres, et remettre les panneaux.

Après Rakai, Chase avait pris de petites routes vers l'ouest, dans la direction générale du lac Idi Amin. À Gazaya il avait de nouveau obliqué vers le sud, évitant la frontière tanzanienne sur le fleuve Kagera, et à présent il arrivait enfin au seuil du Ruanda.

Le poste frontière était un petit bâtiment de parpaings de ciment entouré de huttes de boue à toit de chaume. Des enfants qui jouaient dans la poussière restèrent en place mais observèrent avec une silencieuse intensité Chase qui quittait la magnificence ventilée de la Mercedes et gagnait la moiteur chaude du monde réel.

Il n'y avait rien ici, rien que le bâtiment et les huttes, le revêtement usé de la route, la barrière frontalière rouge et blanc, les enfants, le sol poussiéreux et brun, l'unique ligne téléphonique accrochée sur de hauts poteaux de bois, l'odeur vague de viande grillée. Comme Chase se dirigeait vers le bâtiment, le front et la nuque déjà envahis de sueur, un homme sombre et replet surgit d'une hutte, frottant ses yeux ensommeillés et enfilant sa veste d'uniforme. Il était pieds nus et sans casquette.

— *Jambo ! Jambo !* cria-t-il.

— Comment allez-vous ? fit Chase en souriant. Désolé, je ne parle pas swahili.

— Ah oui, anglais, très bien. Avancez-vous, monsieur, déclara le garde replet en faisant signe à Chase de le précéder dans la hutte. (Derrière lui, une femme osseuse et décharnée, presque difforme, enveloppée d'une médiocre étoffe rouge imprimée, émergea de la hutte, portant un vieux tiroir plein de formulaires, de timbres et de crayons.)

Chase dut baisser la tête pour franchir la porte. À l'intérieur, de vieilles caisses de bière soutenaient un dessus de table en bois. Deux chaises sans dossier se faisaient face de part et d'autre de cette table. Le garde rondouillard indiqua un siège à Chase, puis s'installa sur l'autre d'une manière ridiculement grandiose. La femme entra, posa le tiroir à portée de la main droite du garde, et attendit, les mains croisées sur le ventre.

— Comme vous voyez, dit Chase en tendant son passeport ougandais, je suis membre du gouvernement.

— Ah ! Très bien ! fit le garde en anglais. *Très* bien.

Il prit le passeport et l'ouvrit. Chase le vit changer ; ce fut la première indication. Le garde n'avait ni subtilité ni intelligence. Son visage souriant se crispa sous le choc ; ses épaules se voûtèrent ; il se mit à battre très vite des paupières.

Je n'avais donc pas tant de temps que ça, songea Chase. Il croisa les bras ; les doigts de sa main droite se glissèrent dans sa manche gauche, vers le pistolet automatique.

Le garde contempla trop longtemps le passeport, et d'un œil trop absent, tentant de se donner une contenance. Puis il releva les yeux, battant toujours furieusement des paupières, et adressant à Chase un grand sourire principalement affolé.

— Il faut papiers, dit-il. Papiers *à moi*. (Et il se tourna vers la femme comme pour lui indiquer quels papiers elle devait apporter.) Va chercher Ulu et Walter, dit-il en swahili. C'est l'homme recherché par le président. Quand il sortira, qu'ils lui tirent dans les jambes.

— Bien, dit la femme. (À présent elle aussi dissimulait maladroitement sa peur, sa panique, son excitation.)

— Mais il ne faut pas qu'ils le tuent, dit le garde grassouillet. Le président veut lui parler.

Je parie que oui. Chase se leva doucement en tirant l'automatique de sa manche.

— Ne bougez pas, dit-il en swahili. (Il ne les abattit pas tout de suite car le bruit aurait attiré Ulu et Walter.)

Conne de femme. L'arme lui fit peur, oui, mais pas comme il fallait. Au lieu de se figer, elle hurla et bondit et *elle se précipita* sur Chase ! Elle fonça sur lui comme un lapin qui fonce sur des phares d'auto, et avec le même résultat : Chase la tua.

Mais c'était inutile. Il avait été forcé de tirer et pourtant elle fonçait toujours. Il tira de nouveau et elle jeta les bras autour de lui dans une étreinte d'agonie. Le malheureux calibre 25 n'avait aucune puissance d'arrêt.

La mourante l'encombrait. Son arme était coincée entre eux. Le temps qu'il la dégage, le garde grassouillet était prêt, levant le tiroir au-dessus de sa tête tandis que les papiers et les tampons s'envolaient, et il abattit le tiroir sur le poignet de Chase.

Puis deux hommes se ruèrent à l'intérieur et le jetèrent à terre.

Tous deux avaient été les amants de la morte. Le garde replet fit de son mieux pour empêcher qu'ils battent Chase à mort.

49

Lew et Balim le Jeune, debout sur la voie, regardèrent les hommes fixer les deux dernières douzaines de tire-fond des traverses. Les rails étaient revenus à leur emplacement légitime. Deux des ex-cheminots fixaient les jointures, crachant dessus et les barbouillant de terre pour dissimuler les éraflures récentes. Presque tous les ouvriers étaient déjà partis, descendant avec Frank pour commencer à décharger.

Balim le Jeune acheva d'enrouler le long fil autour des écouteurs, puis fourra le tout sous son bras ; il n'était plus nécessaire de guetter les communications de Jinja.

— Vous n'aimeriez pas être là ? demanda-t-il. Je veux dire, quand ils se rendront compte que tout le fichu convoi a disparu.

— Et *où* s'en rendront-ils compte ? (Lew désigna l'étendue des voies.) Quarante kilomètres de distance entre Iganga et Jinja, et pas de train.

— La tête qu'ils vont faire ! rigola Balim le Jeune et puis sa figure *à lui* changea comme il jetait un coup d'œil aux voies en direction de Jinja. Qu'est-ce que c'est que ça ? demanda-t-il.

Lew se retourna. Le guetteur qu'il avait posté par là-bas arrivait en courant de toutes ses forces, agitant les bras au-dessus de sa tête, au risque de perdre l'équilibre. Balim le Jeune trotta à sa rencontre, criant en swahili. L'homme s'arrêta pour répondre, pointant le doigt derrière lui. Balim le Jeune se retourna vers Lew.

— Il dit qu'il y a un homme à bicyclette.

— Bon sang. (Lew regarda les hommes qui marte-laient les tire-fond ; ceux-ci étaient presque tous remis en place.) Dites-leur de tout laisser tomber. Qu'ils descen-dent et se mettent à couvert. Avec leurs outils.

— Bien.

Pendant que Balim le Jeune s'exécutait, Lew fit éner-giquement signe à l'autre sentinelle, du côté de la route de service. Pars, indiquait-il. Cache-toi. Descends la route. Un instant le guetteur parut perplexe, mais il vit les ouvriers qui se hâtaient de se dissimuler et il eut un geste de compréhension et disparut au trot.

Déjà le premier guetteur avait continué sa course et franchi l'ouverture dans la jungle, et les ouvriers se hâtè-rent à sa suite. Lew se retira en dernier, jetant un regard alentour puis, bondissant par-dessus les rails, il gagna l'ouverture.

Une demi-douzaine d'ouvriers s'arc-boutèrent pour remettre le treillage en place. Ils achevaient de le fixer quand le cycliste apparut dans la courbe vers l'ouest, pédalant sur l'étroite bande de sol le long du ballast. Las, transpirant dans sa veste d'uniforme bleu foncé des Chemins de fer ougandais et sous son couvre-chef rond, il dépassa à son insu les lieux du hold-up, avançant obstinément, sa manche droite effleurant le treillage camouflé, observé par une vingtaine de paires d'yeux à travers les minuscules interstices des broussailles. Il continua sa route, cherchant le train perdu aussi obstinément qu'il étudiait la comptabilité. Il ne le savait pas encore, mais il allait pédaler jusqu'à Iganga.

50

— Votre Excellence, dit le secrétaire en uniforme : De très bonnes nouvelles. On a trouvé le capitaine Chase.

Comme son humeur joyeuse avait été gâchée par la désertion de Chase, Idi Amin s'était retiré sur la véranda de l'ancien poste de commandement, où il était assis en compagnie d'une bouteille de bière et de quatre des aviateurs récemment revenus. Ils s'étaient efforcés de retrouver l'affabilité et le contentement dont ils avaient joui pendant le déjeuner, mais sans grand succès ; les plaisanteries, les rires et les anecdotes, même ceux d'Amin, étaient trop manifestement forcés. Amin avait de plus en plus de mal à prétendre qu'il était satisfait, et les aviateurs avaient raison d'être de plus en plus nerveux, mais il n'était pas malin de le montrer.

Or maintenant, en un éclair, tout changeait. Le soleil brilla. Un sourire heureux envahit le visage d'Amin, ses yeux s'allumèrent, il frappa même dans ses mains, écartant ses longs doigts et battant seulement des paumes, comme font les enfants qui essaient d'applaudir.

— Ah *maintenant* voilà quelque chose ! s'écria-t-il. Où est cette canaille ?

— Le major Okwal est au téléphone, Excellence.

— Attendez ici, les gars, dit Amin en se mettant debout avec effort. Je vous en parlerai, de cette canaille.

Le secrétaire prit les devants jusqu'au bureau d'Amin, où attendait le téléphone décroché, puis il s'inclina et s'en fut, fermant la porte. Amin s'assit au bureau, prit le combiné et sourit comme un lion qui aperçoit un zèbre.

— Alors, major Okwal ? Vous le tenez ? (C'était l'habitude d'Amin de ne pas se présenter au téléphone ; il comptait que chacun reconnaissait sa voix.)

— Oui, Excellence. (Le major Okwal était un Lugbara, de la tribu de la mère d'Amin. Homme sans grande personnalité, il avait atteint un rang moyen au SRB, où il se montrait un interrogateur efficace quoique sans imagination. Amin le traitait comme un cousin inintéressant et inoffensif.)

— Où est-il ?

— Près de Kabale.

— Ah ! Il essayait de fuir au Ruanda, hein ? Qui l'a attrapé ?

— Le garde-frontière local. Sergent Auzo. Un homme très bien.

— J'ai été sergent, fit Amin d'un ton pensif. (Dans ses yeux brilla comme de l'acier noir la vision des bas-fonds d'où il avait émergé.) J'aime encourager les bons éléments de nos troupes, dit-il. Vous m'enverrez son nom.

— Oui, Excellence, tout de suite.

— Et quand tiendrai-je le capitaine Chase entre mes mains ?

— Ah, fit le major Okwal. Malheureusement, le sergent Auzo manque de personnel. Il estime qu'il n'a pas d'hommes adéquats pour escorter en toute sécurité le capitaine Chase et le ramener ici.

— Ah oui, ah oui. (Amin hocha la tête, laissant errer son regard sur le mur.) Il faut ramener cet homme *immédiatement et sans délai*, dit-il (utilisant une expression anglaise qui lui paraissait exprimer une autorité, une urgence et une vitesse qu'aucun mot swahili ne pouvait marquer).

— Certainement, Excellence.

— Envoyez-moi, heu... Des nouvelles du colonel Juba?

— Rien, Excellence.

— Alors il n'était pas avec Chase? (Amin avait pensé que Chase avait tué ou acheté Juba, l'une et l'autre chose étaient possibles, et il aurait pensé cela de tout homme.)

— Oh non, dit le major Okwal. Le colonel et ses deux adjoints ont complètement disparu.

— Ses deux adjoints *aussi*? (Amin ne put s'empêcher de sourire; il ne pouvait s'empêcher d'admirer un salopard aussi redoutable que Chase. Ce serait un plaisir de le briser.) Envoyez-moi le général Kekka, dit-il.

— Oui, Excellence. Immédiatement.

Amin raccrocha et resta un moment à méditer, un reste de sourire sur le visage. Ses mains bougèrent comme pour écraser une noix.

Le général Ali Kekka était un homme très grand et très maigre de cinquante-trois ans, un Soudanais du Sud très proche de l'ethnie nubienne. Sa peau était très sombre et mate; il avait les joues creuses; il posait sur le monde un regard sans expression. Amin savait que deux ans auparavant le général Kekka s'était rendu à l'hôpital Mulago, se plaignant de migraines, qu'on avait diagnostiqué une tumeur au cerveau et prôné une opération d'urgence, et que le général avait refusé, par crainte primitive des lames. La tumeur tuerait Kekka d'ici quelques années, mais entre-temps il était un ressort tendu, un homme aux violences si brusques et brutales qu'il effrayait même ceux qui travaillaient avec lui au SRB. Même Amin, qui jugeait ce mal utile, avait un sentiment de malaise en présence d'Ali Kekka.

Ils s'assirent ensemble sur la véranda de l'ancien poste de commandement, d'où l'on avait fait partir les jeunes pilotes à présent qu'Amin avait à penser à des questions plus graves.

— Ali, dit Amin, notre ami Baron Chase s'est mis contre nous.

— Bien sûr, dit Kekka. Tous les Blancs finiront par se tourner contre vous. Et la plupart des Noirs.

— Il m'a volé, dit Amin d'un ton lent et patient comme s'il dressait un chien de chasse. Il complote contre moi, je ne sais pas encore quoi.

— Nous lui demanderons.

— Oui, nous allons faire ça. Ali, il a essayé de fuir, on l'a arrêté à la frontière ruandaise. Je veux que vous alliez là-bas, avec un peloton, et que vous le rameniez.

— Oui, monsieur le Maréchal.

— Il faut nous le ramener vivant, qu'il soit en état de parler.

— Oui, d'accord.

— Amenez-le à mon bureau du SRB. Attirez un minimum d'attention.

— Alors il aura *le traitement de luxe*?

— Pas tout de suite, dit Amin. Quand vous l'aurez ramené, Ali, appelez-moi tout de suite. Je m'occuperai personnellement de mon petit Baron.

Debout sur la véranda, Amin regarda la Mercedes noire de Kekka qui s'éloignait dans l'allée sinueuse et rejoignait la route. Il sourit d'avance. Il n'était pas tout à fait quinze heures.

— Votre Excellence?

Amin se retourna pour voir qui était à la porte et découvrit Moïse, le domestique joyeux qui avait pour tâche de lui annoncer les mauvaises nouvelles.

— Oui, Moïse?

— Ah, Votre Excellence. (La jovialité habituelle de Moïse avait disparu; il était triste et troublé.) D'étranges mauvaises nouvelles, Votre Excellence.

Amin fit un pas en avant. Avait-on fait une bourde, avait-on accidentellement tué Chase? Ou bien s'était-il enfui de nouveau?

— Qu'y a-t-il, Moïse?

— Le train, dit Moïse qui haussa les épaules comme pour rejeter la responsabilité. Le train de café.

— Eh bien quoi, le train de café? fit Amin, soulagé d'apprendre qu'il ne s'agissait pas de Chase, que c'était sans grande importance.

Moïse se tordit les mains.

— Il a disparu!

— Hein? Quoi? (Amin ne comprenait pas.)

— Oh, Excellence! gémit Moïse en reculant instinctivement. Quelque part entre Iganga et Jinja, tout le grand train a subi une magie! Il n'est plus là! Complètement disparu!

51

Les trente-deux wagons faisaient une ligne élégamment gribouillée et sinueuse, à partir de l'entrée de l'embranchement, par-delà le dépôt d'entretien, franchissant la plaque tournante, et jusqu'à l'extrémité des rails provisoires, presque au bord de la falaise. Du haut des airs ils étaient pratiquement invisibles : tout juste aurait-on pu percevoir un reflet çà et là à travers la futaie, à condition de savoir que le train était ici.

Chaque wagon contenait plus de quatre cents sacs de café, d'un poids de soixante kilos chacun, vingt-six tonnes au total. L'ensemble du train contenait près de huit cent cinquante tonnes de café. Les camions ne pouvaient en transporter que vingt tonnes chacun, de sorte qu'ils devraient tous faire deux voyages. Et cela impliquait aussi qu'il fallait porter à la main huit cent cinquante tonnes de café, et par deux fois aussi : du train aux camions, et des camions aux radeaux. Cela prendrait plusieurs heures, et pendant la plus grande partie de ce temps il fallait compter qu'on ferait l'objet de très actives recherches.

Lew avait posté Isaac en sentinelle au passage à niveau, avec un talkie-walkie. Balim le Jeune, avec l'autre talkie-walkie, était assis comme un Humpty Dumpty svelte sur le toit d'un des fourgons, d'où il avait une vue d'ensemble et pouvait au besoin attirer l'attention de tous. Un des ex-cheminots se tenait sur le premier wagon, la main sur le vaste volant des freins. Quatre camions avaient été conduits au dépôt et avaient approché en marche arrière des quatre premiers wagons, et maintenant plus de cinquante hommes, y compris Frank, Charlie et Lew, les chargeaient en hâte.

Le premier chargement se fit vite. On était enchanté de la réussite du braquage, et l'on était encore en forme, le labeur sur la voie était oublié. Il n'était pas encore trois heures de l'après-midi quand on commença, et les camions furent remplis en vingt minutes. Aussitôt trois hommes s'empilèrent dans chaque cabine, Frank et Charlie prenant place dans le véhicule de tête, et les camions s'éloignèrent en grondant sur la route Ellen, leurs roues s'enfonçant profondément dans les rondins et les feuilles, broyant tout et transformant la chaussée en une sorte de torchis gluant.

Dès que les premiers camions eurent dégagé, quatre autres furent amenés, manœuvrèrent et firent marche arrière vers les mêmes wagons, maintenant plus qu'à moitié vidés.

Avec douze hommes en moins, il fallut plus long-temps pour charger. Mais ceux qui s'activaient eurent la satisfaction de vider entièrement les quatre wagons alors que les camions n'avaient encore qu'un quart de leur charge. On coinça en position ouverte les grandes portes coulissantes et tout le monde sauta à terre en causant et en riant parce qu'on savait ce qui allait se passer ensuite.

Balim le Jeune descendit aussi.

— Vous auriez pu rester là-haut et juste changer de toit, lui dit Lew.

— S'il y a une fausse manœuvre, dit Balim le Jeune, je préfère la voir d'ici.

Sur le toit du train, deux des ex-cheminots serraient les freins du cinquième et du sixième wagon, tandis qu'un autre décrochait l'attelage entre le cinquième et le quatrième. Le dernier des anciens cheminots, ayant débloqué les freins du fourgon de tête, se tenait en alerte, prêt à faire de même sur le toit du second. On lui cria le signal, et il eut un grand geste spectaculaire pour tourner le volant de freinage.

Tout d'abord, malgré la pente, les wagons ne bougè-rent pas. Puis Lew, par le truchement de Balim le Jeune, invita les spectateurs à intervenir en poussant. Lentement et en silence, perdant soudain leur répugnance à avancer, les quatre wagons s'ébranlèrent et prirent de la vitesse. L'ex-cheminot restait sur le toit, riant et agitant la main.

— Ce dingue va passer par-dessus bord ! dit Lew.

Mais non. Tandis que les wagons filaient sur les rails provisoires, l'ancien cheminot fit un bond de quatre mètres jusqu'au sol, boula et bondit sur ses pieds. Les ouvriers lui firent une ovation hilare, et les quatre wagons s'élancèrent dans l'espace et tourbillonnèrent en dégringolant, et percutèrent l'eau dans un déchaînement de bruit et d'éclaboussures, le deuxième flottant assez longtemps pour que le troisième le heurte de plein fouet, et puis tous les quatre se tordirent et s'enfoncèrent sous la surface et disparurent.

Après ce spectacle, il était manifeste que tout le monde avait besoin d'une bière avant de se remettre au travail. Tandis que les ex-cheminots faisaient doucement descendre le convoi pour aligner les quatre wagons suivants en face des camions, on sortit deux caisses de bière du hangar, où elles avaient gardé une relative fraîcheur. Le mécanicien et le chauffeur, ayant juré de bien se conduire, furent libérés de leurs cordes surabondantes et autorisés à se joindre aux réjouissances. On distribua les bouteilles, et tous burent au succès.

Pendant ce temps, Frank, Charlie et les autres, avec les quatre premiers camions, descendaient lentement mais sûrement la route d'accès à Macdonald Bay, à trente kilomètres de là. La pente permanente aidait en quelque mesure, mais sur une piste si hasardeuse avec des camions si surchargés, on ne pouvait guère dépasser vingt-cinq kilomètres à l'heure. Ils n'avaient pas encore atteint Macdonald Bay quand les réjouissances au dépôt s'achevèrent, les quatre camions suivants furent remplis et partirent à leur tour, la main-d'œuvre se réduisant encore de quatre hommes.

Enfin la baie apparut, scintillante et déserte, la plage de boue entourée par les énormes radeaux couverts de broussailles — on aurait dit un village côtier aplati par un ouragan. Tout le monde descendit des camions, et Frank commanda en beuglant la mise à l'eau du premier radeau, avec l'aide malhabile et malveillante de Charlie. Puis, tandis que Frank et Charlie s'occupaient de détacher les moteurs hors-bord et de les réajuster plus haut sur les radeaux, les dix autres hommes commencèrent de porter les sacs.

Sur le radeau de six mètres de côté, on pouvait poser cent vingt sacs, par rangées de vingt. Le contenu des quatre camions allait entièrement charger ce radeau-ci et en faire un monstre pataud à six strates, entrecroisées pour l'équilibrer, et de près de quatre mètres de hauteur. En théorie, ça ne chavirerait pas et ça flotterait.

Le premier sac plein fut embarqué sur le radeau à seize heures cinq.

52

La pendule de la gare indiquait quatre heures cinq quand Idi Amin s'avança dans les minuscules locaux du chemin de fer à Iganga, suivi d'une demi-douzaine d'officiers de l'armée et de membres en uniforme du SRB. Amin jeta un regard circulaire et furieux.

— Maintenant vous allez me dire de quoi il s'agit, déclara-t-il.

Il y avait là deux hommes en uniforme des Chemins de fer ougandais, tous deux l'air malade de peur. Le gros désigna le maigre :

— Voici le chef du triage de Jinja, monsieur le Président. Il m'a prévenu.

— Prévenu de *quoi*? (Amin contempla rageusement le chef de triage de Jinja.) Expliquez-vous !

— Oui, monsieur le Président. (Bien que terrifié, l'homme tâchait de paraître digne et professionnel.)

Ayant été informé par la gare d'Iganga, dit-il en repassant la responsabilité à son compagnon, que le train de café était passé ici à midi cinquante-cinq, je me suis inquiété de constater qu'il n'était pas arrivé à Jinja à quatorze heures. Après avoir vérifié auprès de la gare d'Iganga, monsieur le Président, que le train était effectivement passé à l'heure dite...

— Oui, oui, fit Amin en fouettant impatiemment l'air avec sa paume. La question, c'est : Où est le train ?

— Introuvable, monsieur le Président. Je suis désolé, monsieur, mais il a disparu, monsieur.

— Un train ne peut pas disparaître, dit Amin avec bon sens. Vous êtes un employé des trains, vous devriez le savoir. La taille d'un train, il suffit de considérer la *taille* d'un train, pour comprendre ça. Et puis les rails. Le train ne peut pas quitter les rails. En tout cas, pas beaucoup, ajouta-t-il par plaisanterie en regardant autour de lui avec un grand sourire pour voir si son entourage riait. (C'était le cas.)

Le chef de triage ne riait pas.

— Pardonnez-moi, monsieur le Président, mais je suis venu sur mon vélo, de Jinja jusqu'ici, le long de la voie. Il n'y avait pas de train.

Amin considéra l'homme. Serait-on assez effronté pour faire une farce à Idi Amin ? L'un de ces deux rats oserait-il mentir à son président ? Amin reprit la parole avec lenteur et insistance, en levant un doigt didactique :

— Faites attention, maintenant, vous deux. Faites très attention.

— Oui, monsieur le Président, dit le chef du triage de Jinja en réprimant sa peur tandis que le chef de gare d'Iganga, ayant cru qu'on l'oubliait, sursautait de terreur.

— Alors, vous, dit Amin en désignant le chef de gare d'Iganga (le plus faible de ces deux rats). Vous dites que ce train est passé ici à midi cinquante-cinq.

— Oui, monsieur le Président.

— Un long train plein de café. Long, énorme… Combien de wagons ? demanda-t-il à ses accompagnateurs.

— Plus de trente, Votre Excellence, dit quelqu'un.

— Bon. (Amin se retourna vers le chef de gare d'Iganga.) Alors ce long train de plus de trente wagons est passé dans cette gare à midi cinquante-cinq. Et est-il revenu ?

— Monsieur le Président ? monsieur ? (Le chef de gare d'Iganga était trop effrayé pour suivre les brusqueries d'Amin.)

— Le train ! (Amin commençait à être irrité.) Est-ce qu'il est *revenu* ? Est-ce qu'il est *repassé* ?

— Non, bien sûr que non, monsieur le Président ! Il est passé, vers l'ouest, à midi cinquante-cinq, à grande vitesse… Ah, plus de cent vingt à l'heure… Et je ne l'ai pas revu.

— Bon. (Amin se tourna vers le chef de triage de Jinja.) Vous, vous n'avez pas vu ce train.

— Non, Votre Excellence. (Le chef du triage avait l'esprit vif, il lui avait suffi d'entendre une fois comment son entourage s'adressait au président.)

— Vous êtes un homme observateur, supposa Amin. Le train n'aurait pas pu traverser Jinja pendant que vous étiez en train de pisser.

— Votre Excellence, je ne suis pas allé aux toilettes, Votre Excellence, pendant ce temps-là. Et le chef de gare était avec moi, d'ailleurs. Votre Excellence, je le jure sur ma tête, ce train n'est pas passé à Jinja.

— Votre tête, oui, fit Amin en contemplant l'homme et son regard choqué.

— Votre Excellence, dit un membre de la suite, il y a sept gares après Jinja, jusqu'à Luzira. On les a toutes appelées ; aucune n'a vu passer le train.

— Votre Excellence, dit un autre, nous avons vérifié à

Kakira et Luzinga, sur la boucle nord de la voie, vers Mbulamuti. Le train n'est pas parti par là.

— Il n'aurait pas pu sans passer par mes aiguillages, Votre Excellence, dit le chef du triage de Jinja. Je l'aurais vu.

— Vous avez pris votre vélo, fit méditativement Amin qui commençait à détester ce type et ses «Votre Excellence». Le train est passé par Iganga. Il n'est pas arrivé à Jinja. Il ne peut aller nulle part ailleurs que sur la voie, donc il est impossible qu'il soit ailleurs que *sur la voie entre Iganga et Jinja*! Mais vous avez fait le trajet à vélo.

— Oui, Votre Excellence.

— «Oui Votre excellence», singea Amin qui commençait à se laisser aller au plaisir de perdre son calme. «Oui Votre Excellence!» Vous n'avez pas vu de train, ni de traces, ni rien!

Trop effrayé à présent pour répondre, le chef de triage resta figé, contemplant Amin, impuissant, et dans le silence ils entendirent tous un bruit: *tchouff*. Et de nouveau: *tchouff*. Se détournant du chef de triage terrifié, Amin vit une locomotive par la vitre de la gare. Elle avançait doucement.

— Le voilà! hurla-t-il.

— Non, Votre Excel...

Mais Amin avait oublié le chef de triage. Bousculant sa suite, il gagna le quai ensoleillé où les spectateurs curieux, surtout des enfants, s'enfuirent dans tous les sens. Grand, lourd, menaçant, triomphant, le menton levé, Amin s'avança, mit les mains sur les hanches, et se renfrogna soudain avec perplexité.

Ce n'était pas le train. Ce n'étaient qu'une locomotive et son tender, d'ailleurs dans le mauvais sens: *s'éloignant* de Jinja. Classe 29, comme l'*Arusha* disparue. Celle-ci portait le matricule 2938 et s'appelait *Samia*.

La suite du maréchal et, de moins bon gré, les deux hommes du chemin de fer sortirent sur le quai.

— Votre Excellence, dit le chef de triage, j'ai fait envoyer cette machine de Jinja pour nous aider à examiner la voie.

— Très bien, fit Amin à contrecœur. (L'homme le prenait à rebrousse-poil, voilà tout. Comme tous ces docteurs, ces profs, ces avocats; les Baganda, Langi et autres Acholi; tous ces salopards mielleux qui se croyaient au-dessus du pauvre soldat kakwa Idi Amin.)

Le mécanicien de la *Samia* était descendu de la cabine et venait au rapport avec beaucoup d'excitation:

— Oh, monsieur le Président, il n'y a *rien*! Aucun signe! Pas la moindre trace!

— Le café, dit Amin comme pour lui-même. (Il hocha lentement la tête.) Mon petit Baron, dit-il et les gens de sa suite se regardèrent avec perplexité. C'est ça qu'il faisait, il vole mon café. Mais comment fait-il?

Tous attendirent respectueusement pendant qu'Amin réfléchissait. Il se passerait des heures avant qu'on ramène Chase de la frontière ruandaise; d'ici là son plan, quel qu'il fût, pouvait être appliqué. En ce moment même, le train de café était peut-être sur quelque voie inconnue, différente, mystérieuse, incompréhensible et exaspérante, fonçant vers l'étranger et s'échappant.

— Non! cria Amin en secouant son gros poing. On les empêchera! Vous, dit-il en désignant le mécanicien de *Samia*, faites demi-tour avec votre engin.

Le mécanicien paru ahuri.

— Votre Excellence, dit le chef du triage de Jinja, il n'y a pas de plaque tournante ici. Mais la locomotive peut aller aussi vite en marche arrière.

— Alors nous roulerons en marche arrière, décida Amin. Venez. (Il poussa le mécanicien.) Ils sont en train de me voler mon café. Il faut les trouver et les arrêter.

Ils roulèrent en marche arrière. Ils roulèrent doucement, et Amin se tenait sur le tender, les bras en appui,
regardant furieusement en tous sens, cherchant à déceler
les traces du train et de sa disparition.

(S'il était passé une demi-heure plus tôt, perché ainsi
en haut du tender, sans doute aurait-il aperçu les deux
derniers wagons du convoi disparu, par-dessus le
treillage de jungle; mais quand la *Samia* dépassa l'endroit, quatre wagons avaient été jetés du haut de la
falaise, le reste du convoi avait avancé au milieu des
arbres et des buissons, et il n'y avait rien de visible.)

Ici et là des pistes croisaient la voie, certaines à
l'abandon, d'autres toujours utilisées. Aucune ne montrait des signes d'activité étrange et récente. Un moment
on put apercevoir un hélicoptère anticontrebande, loin au
sud au-dessus du lac, et pendant un instant aberrant
Amin imagina l'enlèvement du train par des hélicoptères. Mais *trente* hélicoptères emportant trente wagons
sous eux? Sans parler des hélicoptères qu'il aurait fallu
pour soulever la pesante locomotive! Et personne n'aurait rien vu? Même les Israéliens n'auraient pas pu monter un coup pareil.

— Stop! hurla Amin quand Jinja apparut droit devant.
On retourne, on retourne! C'est quelque part, c'est
quelque part par là, la clé du mystère est quelque part!

Trois membres de sa suite s'entassaient dans la cabine
avec le mécanicien et le chauffeur. Les autres s'étaient
empilés dans des autos et suivaient la route parallèle,
parfois visibles. Avec beaucoup d'agitation, la marche
de la locomotive fut inversée et elle repartit en avant, et
la suite d'autos fit demi-tour.

Rien, rien, toujours rien. En roulant dans ce sens, on
ne pouvait pas se percher sur le tender à cause de la
fumée et de la vapeur. Amin s'entassa donc dans la

cabine avec les autres, sans pouvoir observer les deux côtés de la voie en même temps. Le dépit, la bousculade et l'incapacité de bien voir se mêlèrent et il finit par hurler :

— Arrêtez ! Arrêtez *ici* !

On s'arrêta. Amin, vu ses croyances en la sorcellerie et les esprits, était maintenant certain que l'au-delà lui avait envoyé un signe pour lui dire où et quand s'arrêter. (En fait, c'est quatre kilomètres plus loin que le train de café avait été détourné.)

— Où était l'indice ? Qu'est-ce qui faisait que cet endroit l'avait interpellé ? Amin parcourut la voie devant la locomotive qui toussait sporadiquement. Il contempla les rails, les tire-fond, les jointures, le ballast, les sentiers de chaque côté, la jungle vivace alentour.

Le dépit l'envahissait de plus en plus, et finalement il s'arrêta et tapa de son pied botté sur une traverse. Ça faisait du bien, mais pas assez.

— Je veux mon café ! beugla-t-il dans le vide. (Bondissant, il retomba à pieds joints sur la traverse ; c'était meilleur. Il recommença, sautant sur place, agitant les poings au-dessus de sa tête.) Je veux mon train, rugit Idi Amin. Je veux mon train ! *Je veux mon café ! Je veux mon tra iiiiiiiiiiiiiiiiiiiiiiii n !!!!!!*

53

Mazar Balim avait des postes de radio. De toute espèce : récepteurs commerciaux, ondes courtes, émetteurs-récepteurs, tout ce qu'on voulait. Il les vendait au détail dans ses trois magasins, à Kisumu, Kericho et Kakamega. Il les vendait en gros dans son établissement incomplètement bleu de Kisiani Street. Et il ne comprenait pas pourquoi il avait été impossible d'exiger que Bathar emporte une radio.

Oh, il savait les raisons ; la possibilité de repérage des émissions et tout ça. Mais tandis qu'il arpentait les pièces de ses deux bâtiments, incapable de rester assis dans son bureau, et tandis qu'il longeait des caisses et des caisses de radios sur les rayons de stockage, cela le préoccupait horriblement. C'était *affreux* de ne pas pouvoir se tourner vers une de ces merveilleuses machines, fabriquées à Taiwan ou Hong Kong, l'allumer et avoir Bathar, la voix de Bathar confirmant qu'il était vivant et allait bien, quoiqu'il fût en Ouganda.

Si au moins Isaac avait encore été ici, Balim aurait eu quelqu'un à qui parler de son anxiété, il n'aurait pas été forcé de l'enfouir en lui-même. Isaac aurait été compréhensif, raisonnable, rassurant. Mais bien sûr le raisonnable et rassurant Isaac était lui-même en Ouganda en train de jouer les pirates et les matamores, sur le territoire d'une nation où, surtout pour lui, être découvert serait la mort assurée.

De même que pour Bathar. Asiate. Voleur et contrebandier. Déjà expulsé d'Ouganda naguère.

Peut-être que je devrais le laisser partir pour Londres. Peut-être que l'Afrique ne vaut rien pour les Asiatiques, que ça ne s'arrangera jamais. Mais Balim avait du mal à accepter cette idée. Errant dans son domaine commercial, craignant pour son fils, ruminant le passé et l'avenir, il sentait encore sur ses épaules le poids de son propre père.

Mazar Balim avait été élevé en sachant avec une absolue certitude qu'il prendrait un jour la suite de l'affaire familiale. Il n'y avait pas d'autre voie ni aucune raison d'en imaginer une. Il avait tâché de donner la même conviction à Bathar, mais quelque chose avait changé, une atmosphère avait fui, et aucun des jeunes hommes de la génération actuelle n'avait cette conviction instinctive et tranquille quant à l'avenir et la suite des affaires de famille.

Somme toute, comparer les Asiatiques à des juifs d'Afrique, comme on le faisait couramment, c'était peut-être une facilité. Il y avait certes des analogies : ils étaient un peuple marginal qui conservait ses coutumes propres, son langage, sa religion ; ils étaient boutiquiers, banquiers, un embryon de bourgeoisie apportant avec eux la civilisation et l'usure, détestés pour leur savoir, leur réussite et leur particularité. Mais en Europe et en Amérique, il était devenu possible pour un juif de s'inté-grer ou bien, presque partout, de conserver sa particula-rité s'il préférait cela. L'antisémitisme était assurément une réalité, mais on considérait le nazisme comme une aberration, alors qu'en Afrique l'expulsion des Asia-tiques ougandais avait été saluée par les politiciens des nations noires voisines comme le jalon qui préfigurait la suite de leurs propres carrières.

Si Bathar s'installait à Londres, la firme Balim & Fils finirait par disparaître.

Au moins, à Londres, on ne le tuera pas. Tant qu'il ne pénétrera pas dans l'East End.

Si mon garçon revient vivant, mon Dieu, je promets que je le laisserai faire ce qu'il veut de sa vie.

Tard dans l'après-midi un manutentionnaire s'approcha avec hésitation, peu habitué à s'adresser au propriétaire :

— Maître, dit-il. Il y a des hommes au bureau.

Balim fronça les sourcils, l'esprit encore empli d'idées d'expulsion et de pogrom.

— Des hommes au bureau ? (Et Isaac absent, Frank absent, Lew Brady absent !) Habillés comment ? demanda-t-il en répugnant à aller leur faire face, à ces hommes.

— Des vêtements du Nord, maître.

Des vestons, donc ; plutôt rassurant. Juste des représentants de commerce, peut-être.

— De quelle race ?

— Des Bantous, maître.

Des Noirs ; peut-être du bon, peut-être du mauvais. Des fonctionnaires cherchant un pot-de-vin ?

— Combien ?

— Deux, maître.

Du moins les violences physiques étaient-elles improbables.

— Merci, dit Balim avec une politesse qu'il ne marquait pas souvent à ses employés, et il se hâta de gagner les bureaux où il trouva les deux hommes installés dans la pièce d'Isaac. Comme l'endroit semblait vide ! Comme Balim se sentait vulnérable ! Comme ces deux Noirs étaient assurés et à l'aise, assis et souriants, dans leur patrie...

Ils se levèrent ; ils étaient presque identiques dans le genre fonctionnaire, un peu ébouriffés pour suivre une mode qui voulait montrer ainsi qu'on ne dépendait pas de la civilisation européenne qui les avait pourtant engloutis. L'un avait une grosse moustache, l'autre des lunettes à monture noire. Tous deux portaient sous le bras un porte-documents souple en cuir.

— Mazar Balim ? fit le moustachu en s'avançant et en souriant.

— Je suis Balim. Que puis-je pour votre service ?

— Je suis Charles Obuong, dit le moustachu sans tendre la main — avec laquelle il désigna son compagnon : Et voici Godfrey Magon. Nous sommes du ministère du Commerce et de l'Industrie, nous arrivons de Nairobi.

— Service du contrôle des importations, précisa Godfrey Magon. (Tous deux parlaient un anglais correct et scolaire.)

Un pot-de-vin, alors ; sous quel prétexte ?

— J'espère pouvoir vous aider.

— Oh, nous pensons que c'est très possible, dit Charles Obuong. Nous sommes venus parler de ce chargement de café que vous attendez.

Le choc figea Balim, mais il n'en montra rien.

— Du café ? dit-il d'un air poli et perplexe.

— D'Ouganda, dit Godfrey Magon en souriant, ses yeux pétillant derrière ses lunettes.

— Je crains de ne pas saisir. (Balim s'était mis à transpirer terriblement sous les bras. Il admettait la croyance selon laquelle les Africains ont l'odorat plus développé, et il serra donc les bras contre son corps pour qu'ils ne perçoivent pas l'odeur de sa peur. Ils savent ! se dit-il. Ils savent tout !)

— Si nous pouvions nous dispenser de plusieurs heures de dénégations et de diversions, dit Charles Obuong, ce serait mieux.

— Voyez-vous, expliqua Godfrey Magon d'un air presque affectueux, nous pensons que quelqu'un d'autre projette de voler le café avant qu'il arrive au Kenya.

— Par la violence, dit Charles Obuong.

— Par la violence ? (Balim n'essayait plus de dissimuler son état de choc et d'effroi.)

— Oh, je le crains, dit Charles Obuong en hochant la tête et en souriant comme si cette idée de violence lui plaisait tout à fait.

— Malheureusement, dit Godfrey Magon, notre enquêteur a été assassiné par un de vos hommes avant d'avoir fini son enquête.

— Oh, non, sûrement pas !

— J'ai peur que si, déclara Godfrey Magon mais sans paraître vouloir en faire un gros problème. Aucun de nous, ajouta-t-il, ne comprend pourquoi votre gars a tué un simple chiffonnier.

— Un chiffonnier? (Balim secoua la tête; quand il était sincère, il était toujours désemparé.) Je ne suis absolument pas au courant, dit-il.

— Pour l'instant, ce n'est pas la question, fit Charles Obuong avec un geste négligent. Pour l'instant, il s'agit de notre intention que ce café parvienne au Kenya.

— Ah bon? (Balim ouvrit de grands yeux.)

Les deux hommes lui sourirent d'un air radieux.

— Vous n'avez pas entendu parler de la balance des paiements? dit Godfrey Magon. Des difficultés des petits pays comme le nôtre à éviter le déficit commercial? Des prix épouvantables du pétrole importé?

— L'Ouganda sème, dit Charles Obuong, le Kenya récolte. *Bonne chose* pour notre déficit commercial. Vous êtes patriote, monsieur Balim.

— Peut-être serions-nous plus à l'aise dans votre bureau privé, dit Godfrey Magon, pour continuer notre petite conversation.

54

En entendant la voix de Kekka, Chase eut un instant de désespoir noir et absolu. Amin, quel salaud rusé. Entre tous les incapables et les corrompus de Kampala, il avait choisi l'homme le plus difficile à affronter pour Chase. Pouvait-on échapper à Kekka? Pouvait-on l'acheter? Chase se rappelait clairement toutes ces séances au SRB, et il sut qu'il devait absolument se sortir d'ici. Une issue, n'importe laquelle. Entre ici et Kampala, d'une manière ou d'une autre, il fallait qu'il s'évade ou qu'il meure.

On l'avait attaché avec beaucoup de cordes, les bras douloureusement tordus derrière le dos, les genoux pliés, et une corde autour des chevilles qui passait ensuite autour de son cou de sorte que, s'il essayait de se dresser, il s'étranglerait. Mais malheureusement il n'en mourrait pas : aussitôt qu'il perdrait conscience, ses jambes se détendraient, la pression se relâcherait sur sa gorge, et il survivrait.

S'il pouvait encore garder un mince espoir, c'est qu'il était apparemment assez chanceux pour n'avoir pas de fractures. Les salopards s'en étaient donné à cœur joie, mais tous leurs coups de poing et de pied semblaient n'avoir causé qu'un tas de bleus et d'écorchures. Tant qu'il n'était pas physiquement handicapé, il gardait une petite chance de se sortir de là.

Combien d'heures avait-il passées étendu ici dans la puanteur et la chaleur de cette hutte de boue, son corps tuméfié souffrant sur le sol dur ? Dans le fragment du monde extérieur qu'il apercevait au coin de la porte basse, il faisait encore jour même si les ombres déjà s'allongeaient. Et maintenant une des ombres était celle de Kekka, et il entendait Kekka donner des ordres, et deux soldats entrèrent et empoignèrent Chase par les chevilles et la ceinture, et le traînèrent dehors sans se soucier de l'étrangler ou non.

Kekka se tenait devant la hutte, les pieds écartés dans la poussière, les mains sur les hanches, ses yeux froids posés sur Chase gisant. Avec lui se trouvait cette saleté de garde-frontière replet, et puis Ulu et Walter, l'air furieux, et un peloton de soldats en uniforme. À l'arrière-plan se voyait un véhicule blindé avec une peinture de camouflage, et couvert de la poussière du trajet.

Quel honneur, songea ironiquement Chase. Ils ne prennent pas de risques face à Baron Chase.

— Eh bien, capitaine, dit Kekka. On me dit que vous parlez le swahili, somme toute.

Il n'était plus temps de nier. Chase croassa en swahili d'une voix horriblement rauque – il était très important de ne pas paraître affaibli ni effrayé.

– Ali. Il faut que je vous parle, mon ami.

– Je n'aime pas votre accent, dit Kekka.

– Ali, j'ai quelque chose pour vous.

– Et moi, dit Kekka en ouvrant sa braguette, j'ai quelque chose pour toi.

Chase ferma hermétiquement les paupières et la bouche, et sentit le jet d'urine tiède bouillonner sur son visage et dans ses cheveux tandis que les soldats gloussaient. Quand ce fut enfin fini, Chase garda les yeux fermés mais parla :

– Ali, *motakaa*. (Automobile... Et puis, espérant que Kekka comprenait l'anglais et était le seul, il ajouta :) De l'argent ! (Sa voix était basse et intense.)

Un coup de pied dans le ventre le vida de son souffle et lui fit ouvrir les yeux. Il regarda le visage méprisant de Kekka.

– Si tu parles encore avec cet accent minable, dit Kekka, je te ferai chier dessus par mes soldats.

Quelque chose... quelque chose... une issue quelque part... un espoir quelque part... ne pas finir... ne pas finir... ne pas finir *comme ça*. Chase était immobile et silencieux, haletant comme un coureur de fond.

– Mettez-le dans la voiture, dit Kekka qui se détourna.

Les militaires l'empoignèrent sans aménité et le portèrent à la voiture blindée. À l'écart la Mercedes était immobile et muette, toutes portières ouvertes. Ces crétins l'avaient fait marcher tout l'après-midi, s'entassant pour goûter l'air conditionné, jusqu'à ce que l'essence fût épuisée. Des dizaines de milliers de dollars se trouvaient à l'intérieur de ces portières ouvertes. Avec une telle somme il *fallait* qu'il y eût un moyen de s'en tirer.

— Ali ! cria Chase sans se soucier de ce qu'il risquait.
La Mercedes ! Ne laissez pas la Mercedes !

Il n'y eut aucune réaction, même pas un coup de pied.
Il fut jeté sur le plancher métallique, puis huit soldats
montèrent près de lui à l'arrière du blindé, quatre sur
chaque banquette latérale, tous posant leurs pieds sur lui
et lui crachant dessus à l'occasion. Kekka et le chauffeur
montèrent dans la cabine. Le véhicule s'ébranla, laissant
la Mercedes derrière lui.

— *Argent ?*

Apeuré et épuisé, Chase avait perdu conscience un
moment quand il entendit qu'on lui chuchotait ce mot
anglais à l'oreille. Il ouvrit les yeux dans la pénombre du
crépuscule ; rien ne bougeait ; personne dans le blindé
sauf lui-même et le jeune soldat au regard avide penché
sur lui.

— Où… ? commença Chase qui dut s'éclaircir la
gorge et déglutir.

— Ils sont allés manger, dit le soldat en swahili. Je me
suis arrangé pour rester de garde. Le général Kekka avait
une de ses migraines ; il voulait manger. Vous connaissez les migraines du général Kekka ?

Chase hocha la tête. Il n'arrivait pas encore à saliver
avec sa bouche et sa gorge parcheminées.

— Parfois, dit le soldat, le général Kekka tue à cause
de ses migraines.

Chase attendit, observant les yeux du jeune soldat.

— On est à Mbarara, dit celui-ci à voix basse, s'adressant seulement à Chase. Pas loin. Je vous ai entendu dire
« *argent* ». Je sais ce que c'est. *Fedha*.

— C'est ça, chuchota Chase. (Voilà l'homme qu'il me
fallait ! pensa-t-il. Le voilà ! Le voilà !)

— Dans l'automobile, dit le soldat dont les yeux luisaient de cupidité mais aussi de fierté devant sa propre

intelligence. C'est ce que vous vouliez dire ! De l'argent dans l'automobile !

— Oui ! Si vous...

— Combien ?

Chase réfléchit.

— Vous savez qui je suis, chuchota-t-il d'une voix encore incertaine. Vous savez que je ne partirais pas avec *peu* d'argent.

— Oui. Oui. Combien ?

— Assez pour deux. Un million de livres anglaises, et *quatre* barres d'or du Zaïre.

Les yeux du soldat sortirent de leurs orbites ; la salive brilla sur ses dents.

— Nous y allons ! chuchota-t-il avec excitation. Vous allez me montrer où vous avez caché tout ça !

— Oui, oui, vous n'avez qu'à me détacher et...

Mais l'homme était parti. Se redressant de son mieux malgré la corde qui mordait dans sa gorge, Chase observa et écouta, sans comprendre ce qui se passait, jusqu'au moment où le blindé démarra soudain, recula, s'arrêta, avança, vira en épingle à cheveux et brinquebala sur un bout de piste défoncé avant de s'engager sur la route.

Le salopard ! Le sale petit salopard ! Tandis que la voiture blindée fonçait vers le sud, cahotant et zigzaguant sur la chaussée à l'abandon, Chase comprit avec amertume les projets du soldat : il allait ramener Chase à la frontière, le torturer jusqu'à ce qu'il mette la main sur le butin caché dans la Mercedes, puis tuer Chase, franchir la frontière par corruption, et se retrouver riche au Ruanda.

Non. Non. Luttant contre ses liens, contre la pesanteur, contre les heurts et les cahots du blindé qui bondissait sur les nids-de-poule, luttant contre son propre corps amoché et las, Chase se tortilla pour gagner l'arrière du véhicule. Des épaules et du front, il se hissa en position

sur les genoux et les épaules ; puis, lors d'un cahot particulièrement sauvage, il se propulsa de telle sorte qu'il se
retrouva assis sur ses talons, le dos contre le hayon.

Dehors, la route filait à une allure vertigineuse. Mbarara était à moins de soixante-quinze kilomètres au nord
de la frontière, et le soldat tentait manifestement de boucler le trajet avant que l'alarme fût donnée.

Toutefois, comme la route montait dans les collines, il
y avait de plus en plus de virages et le soldat devait fata-
lement ralentir ou bien avoir un accident. Chase attendit,
se cognant dans les tournants, en équilibre instable. Finalement le blindé leva le nez et s'engagea dans une montée
brutalement sinueuse. Comme le véhicule ralentissait,
Chase *poussa* sur ses jambes, se *hissa* vers le haut, se jeta
en arrière. Pendant un instant horrible il oscilla, le creux
des reins sur le hayon, les jambes tendues au maximum,
la corde s'enfonçant dans son cou. Puis le blindé eut un
nouveau cahot et Chase fut projeté dehors.

Entravé, saucissonné, impuissant, il tomba durement
sur la tête et cessa de lutter.

Un balancement cahotant. C'est un rêve, pensa Chase,
de la bile plein la bouche. Une évasion rêvée, rien de
plus. Il bougea son corps affreusement douloureux, et il
n'y avait plus de cordes ! Et il était assis, adossé, sur
quelque chose de doux, qui amortissait les cahots.

Il ouvrit d'un coup les yeux et, un instant, contempla
sans comprendre la route nocturne à travers le pare-brise
du camion. Il hurla et saisit le tableau de bord pour se
cramponner.

— Vous êtes réveillé, mon pauvre, dit le conducteur
en anglais.

— Arrêtez ! Mon Dieu, arrêtez !

Le conducteur s'arrêta sur le bas-côté, et Chase ouvrit
maladroitement la portière, tomba sur le sol et vomit

jusqu'à ce qu'il fût complètement vidé et desséché. Près de lui, le conducteur du camion était agenouillé et le réconfortait, lui caressait l'épaule d'une main bienveillante. Et quand Chase eut fini, l'homme lui donna un linge pour s'essuyer le visage.

— Je suis désolé de ne pas avoir d'eau à vous donner, dit-il. Mais nous ne sommes pas loin de Mbarara.

Mbarara ! Encore ! Chase leva les yeux et vit le col retourné : un prêtre.

— Vous m'avez sauvé.

— Le gouvernement n'aime pas que je circule, dit le prêtre. Alors je rends visite à mes paroissiens le soir. On vous a attaqué et volé ?

— Oui. Ils ont pris ma voiture.

— Vous avez beaucoup de chance qu'ils ne vous aient pas tué, dit le prêtre en aidant Chase à se relever. À Mbarara, vous pourrez avoir des soins médicaux. Et prévenir la police, bien sûr.

— Bien sûr. Merci.

Chase laissa le prêtre l'aider à remonter dans la cabine de la camionnette cabossée. Ses pieds heurtèrent deux démonte-pneus sur le sol, qui s'entrechoquèrent.

— Il y a tant de désordre dans mon véhicule, dit le prêtre en se penchant. Je vais enlever ça.

— Non, non, ça va bien.

Le prêtre ferma la portière et contourna l'avant du camion pendant que Chase saisissait un des démonte-pneus. Dommage que l'histoire de ce Bon Samaritain dût s'achever sur une fausse note, mais Chase avait besoin de ce véhicule et ne pouvait permettre que l'alerte fût donnée.

Inutile d'essayer de rejoindre la Mercedes ; il fallait la passer par profits et pertes. Il ne restait qu'un itinéraire de fuite : dans l'autre sens, vers l'est, en repassant par Kampala et Jinja. Il devait rejoindre les voleurs de café

508

avant qu'ils aient fini de vider le train et qu'ils repartent à travers le lac.

Le prêtre ouvrit sa portière pour monter.

— C'est une chance que je sois passé, dit-il.

55

Tout l'après-midi et dans la soirée le transbordement du café se poursuivit. Il fallait une demi-heure pour charger quatre camions, et presque une heure pour que les camions descendent au lac. Là, avec moitié moins de main-d'œuvre, il fallait encore une heure pour décharger chaque groupe de quatre camions, transborder le café sur les radeaux, poser les bâches par-dessus, puis mouiller chaque radeau dans les eaux calmes près de la rive.

Il n'y avait évidemment aucun moyen de dissimuler ces radeaux chargés à une observation aérienne, mais les quelques avions et hélicoptères qui les survolèrent avant la nuit ne leur prêtèrent pas attention. Ces appareils appartenaient aux unités ougandaises anticontrebande, et ils avaient été rappelés, abandonnant leurs patrouilles, pour rechercher le train disparu. Ils aperçurent les radeaux bâchés mais les négligèrent. Ces objets flottants pouvaient être là pour trente-six raisons, y compris la pêche, les sondages pétroliers et l'archéologie, mais assurément ils n'avaient rien à voir avec le train volé.

Le premier groupe de camions n'était guère qu'à moitié déchargé quand le deuxième arriva au lac, et alors que le premier quatuor avait fini et commençait de remonter vers le dépôt, le troisième apparut, Frank remonta avec les premiers camions, laissant Charlie et un de ses copains finir de replacer les moteurs hors-bord.

Les camions qui montaient croisèrent précautionneusement ceux qui descendaient, à mi-hauteur de la pente, et
atteignirent le dépôt juste avant dix-huit heures, à temps
pour qu'on aide à terminer le chargement du cinquième
et dernier groupe de véhicules.

À présent douze wagons avaient été jetés du haut de
la falaise – en trois séries de quatre – et chaque chute
avait provoqué la joie et fait ouvrir des bières. Frank
constata que l'équipe de travail, y compris Lew et Balim
le Jeune et Isaac – qui avait été remplacé dans sa fonction de guetteur par un ouvrier tombé d'un camion avec
un sac –, semblait vraiment très optimiste et hilare.

— Prenez une bière, Frank, dit Isaac. (Même Isaac !)
Frank prit la bière mais eut un regard réprobateur.

— C'est plus tard qu'on se soûlera, dit-il.
Lew approcha en souriant.

— Détends-toi, Frank. Le boulot se fait. Et il y a de la
rigolade à la clé, tu ne sais pas encore, il y a un truc…
Attends, tu verras.

Frank savait que Lew Brady, bien qu'un peu jeunot,
était un professionnel sur qui l'on pouvait compter. Mais
en le dévisageant, il vit dans ses yeux une étincelle qui
l'étonna, une témérité inconnue.

— Lew ? Qu'est-ce qui se passe ?
— Attends juste qu'on finisse ce camion.

Il désignait le camion qu'Isaac avait emprunté
quelques jours auparavant à l'armée ougandaise. Plus
léger et plus petit que les autres camions, on y mettait à
présent le reste du café des quatre wagons en cours de
déchargement ; huit ou dix tonnes en tout.

Frank lampa sa bière et regarda les hommes au travail, et bien que leur attitude lui parût frivole, il dut
admettre qu'ils faisaient le travail, avec rapidité et efficacité. Et quand ce camion solitaire fut chargé et partit –
le perdant d'un tirage à la courte paille avait pris le

volant — Frank put voir quelle drogue les faisait tous planer.

C'était le danger. Tandis qu'un ex-cheminot détachait les quatre wagons vides, les trente ouvriers escaladèrent les flancs, certains montant sur le toit, certains se cramponnant aux échelons, le reste s'entassant par les grandes portes ouvertes, tous hurlant et poussant des hourras, riant et agitant leurs bouteilles de bière.

Frank chercha Lew du regard pour lui demander de quoi il s'agissait, mais Lew était en train de se hisser sur le toit du premier wagon. Balim le Jeune rigolait dans l'embrasure du troisième, tétant abondamment sa bouteille de bière. Frank se retrouva pratiquement seul avec Isaac.

— Isaac, dit-il, bon sang ! qu'est-ce que c'est que *ça* ?

— Les chahuteurs auront toujours besoin de chahuter, dit Isaac. C'est ce que Lew a expliqué.

— On croirait entendre Charlie.

L'ex-cheminot hilare, entre les wagons, fit signe qu'il avait dételé. L'ex-cheminot hilare sur le toit du cinquième wagon fit signe que son frein était mis. Et l'ex-cheminot hilare du premier wagon vida sa bière et jeta la bouteille dans le gouffre. Puis, d'un geste grandiose, il tourna le volant du frein et le débloqua. Et il ne se passa rien.

Mais pourquoi tout le monde hurlait-il joyeusement, alors ? Frank regarda les trente hommes perchés sur les toits et les flancs, qui braillaient et se trémoussaient et bondissaient et dansaient, tapant des pieds comme des gens du Moyen Âge tâchant d'éloigner la peste.

— Ça n'a fait que s'accentuer depuis le début, dit Isaac. Chaque fois c'est plus énorme et plus ridicule. Dieu sait comment ça finira.

La vibration. Frank comprit ce que la bande avait en tête. La vibration des danses et de l'agitation avait raison de l'inertie, et faisait démarrer les wagons sur la pente douce, et tous ces crétins roulaient vers l'à-pic !

— Doux Jésus, *Lew* !

Maintenant les hommes du premier wagon couraient sur le toit, et Lew parmi eux, et l'on bondissait d'un wagon à l'autre. Ceux qui étaient en bas sautèrent par les portes béantes, tandis que ceux qui étaient suspendus aux échelons se laissaient simplement tomber par terre, les uns sur les autres, riant et agitant les pieds.

Sur les toits se déroulait une sorte de concours. L'idée semblait être d'attendre que le wagon commence bel et bien à tomber, les roues avant dans le vide, avant qu'on saute en arrière sur le toit suivant. Le premier fourgon avait déjà basculé par-dessus bord ; le deuxième basculait ; l'ensemble accélérait. Il n'y avait pas assez de place sur les toits étroits pour tous ceux qui voulaient jouer ; du second toit, une demi-douzaine d'hommes plongèrent latéralement au dernier instant et boulèrent au bord de la falaise, les pieds en l'air, les mains cherchant une prise dans l'herbe.

— Nom de Dieu de *merde* !

Et Lew était là-haut avec ces empaffés ; il était au milieu ; il jouait les maîtres de ballet, ce con. Toujours sur le wagon de tête, il n'était jamais le premier ni le dernier à sauter sur le toit suivant, il bougeait chaque fois juste avant la ruée finale. Je suis trop vieux pour ça, pensa Frank, mon Dieu, je vais *vraiment* prendre ma retraite.

— Frank !

C'est Balim le Jeune qui appelait. Frank regarda avec horreur, songeant à ce qu'il devrait dire au père, tandis que Balim le Jeune, dans le troisième wagon, s'agitait et rigolait et attendait *certainement trop longtemps* avant de plonger hors du véhicule, tenant haut sa bière, et de s'étaler au bord du gouffre. Frank avala son souffle, mais

Balim le Jeune se déplia et rampa vivement en avant pour regarder par-dessus bord son wagon qui tombait. Frank reprit sa respiration.

— Isaac, dit-il. Isaac, comment pouvez-vous les laisser faire *ça*? Isaac eut une expression navrée mais amusée.

— Comment les en empêcher? demanda-t-il.

Tandis qu'une ovation résonnait et que des corps plongeaient en tous sens, le quatrième wagon franchit le bord et plongea dans l'éternité. Au milieu des cris et des sifflements, Frank et Isaac, l'air neutre, étaient comme deux prédicateurs dans une ville du Far West un samedi soir.

Lew arriva sans avoir perdu son sourire ni sa bouteille, celle-ci à moitié pleine, les vêtements salis de terre et de brindilles.

— Qu'est-ce t'en dis, Frank?

— J'en dis que si t'es pas bourré, t'es con comme un balai.

— Alors je suis con comme un balai, Frank. (Lew leva sa bouteille et lampa la moitié de ce qui restait.)

— Qu'est-ce qui te rend tellement joyeux?

— Je vais te dire, Frank, fit Lew qui tendit sa main libre. Tu vois cette pancarte?

— Route Ellen. Je suis désolé d'avoir mis cette connerie.

— Faut pas. (Lew se retourna pour adresser son sourire joyeux aux wagons restants qui s'avançaient maintenant pour qu'on décharge les quatre suivants, puis il revint à Frank.) J'ai été avec ces types toute la journée, dit-il. Chaque fois que je lève la tête, je vois cette pancarte et je me demande ce qui n'a pas gazé, et puis je regarde autour de moi, ce qu'on est en train de faire, chouraver des sacs de café, et je me demande pourquoi je suis si content.

— C'est la bière, dit Frank.

— Peut-être. (Lew était assez joyeux pour tomber d'accord sur n'importe quoi : le monde est plat, la fin justifie les moyens, Pepsi-Cola lave plus blanc, n'importe quoi.) Ce que je pense, poursuivit-il, la raison, davantage que la bière, c'est que je crois que j'ai compris qui je suis.

— Un con, dit Frank. Un con qui essaie d'être un con mort.

— Ça aussi, peut-être. Mais autre chose. (Du sérieux se mêla à la joyeuse folie de Lew.) Tu sais, dit-il, Ellen n'est pas plus la femme d'un seul homme que je ne suis l'homme d'une seule femme. Je ne vais pas me mettre à porter cravate et à aller au bureau, et elle ne va pas rester à la maison et faire la lessive. Nous allons vraiment parfaitement ensemble, et c'est un grand soulagement pour moi de le savoir.

— Je suis content pour toi.

— Merci, Frank. Si Ellen et moi allons si parfaitement ensemble, c'est parce que nous nous ressemblons tant. *Et* parce que nous ne voulons ni l'un ni l'autre que l'autre soit autre chose que ce qu'il est.

— Et merde, et qu'est-ce que tu es ? demanda Frank qui se sentait de plus en plus exaspéré.

— Je vais te dire qui je suis. (Lew était vraiment très excité.) Ça m'est venu comme une révélation cet après-midi. Cette pancarte, ce train, cette falaise. J'ai accepté mon destin, Frank. Je suis le héros !

Frank le contempla avec des yeux ronds.

— Tu es le *quoi* ?

— Le héros. C'est ce que je suis né pour être. Et c'est pourquoi je peux monter sur ces wagons et prendre quelques risques. (Le salaud eut l'effronterie de *tapoter la joue* de Frank.) Le héros ne se fait pas tuer, expliqua-t-il.

SIXIÈME PARTIE

56

C'est avec le groupe de wagons suivant qu'un homme passa par-dessus bord. Il avait fait une erreur de jugement, voilà tout ; c'était une simple maladresse, c'était donc hilarant. Tous les autres crièrent « Aïe ! Aïe ! » avec saisissement et ravissement, et se massèrent au bord du vide pour voir la longue chute de leur compagnon.

— Seigneur ! cria Lew mais il ne prit pas non plus la chose au sérieux et contempla le gouffre comme s'il regardait un film burlesque muet, et non la mort d'un homme. Les wagons tombaient, l'homme était debout sur le dernier, bouche bée, et sa dernière vision de ce monde, ce furent trois douzaines de types qui rigolaient de lui. Puis les wagons percutèrent la baie, l'eau jaillit pleine de plaques coupantes et d'esquilles de bois, et quand le calme revint à la surface, elle était vide.

Sur la falaise les hommes riaient à tomber par terre ; ils se tenaient les côtes. Les uns aux autres, ils mimaient les yeux ronds, la bouche béante, la stupeur du gars quand il s'était précipité vers l'arrière du quatrième wagon, et il n'y avait plus rien derrière qu'une tranche de vide qui grandissait. Quant à Lew, l'impression burlesque l'avait abandonné à l'instant où la chose s'était terminée, et quand il se retourna et vit l'expression d'Isaac, il regretta son amusement. S'écartant rapidement de l'à-pic, il rejoignit Isaac et son visage grave.

— Ça devient la pagaille.

Il faisait ce commentaire parce qu'il voulait qu'Isaac le tienne pour un individu responsable et non pour un des rieurs, mais Isaac secoua la tête et rectifia :

— *C'était* la pagaille. Cet accident va les calmer un moment.

Les ouvriers revenaient, songeant manifestement qu'il était temps de boire une bière, mais continuant de grimacer et de mimer et d'exprimer la joie que leur avait donnée ce spectacle inattendu.

— Vous êtes sûr ? dit Lew en les observant.

— Ils ont une heure pour y penser, dit Isaac tandis que Balim le Jeune les rejoignait à grands pas détendus. La prochaine fois ils se souviendront, et ils seront tous un peu plus prudents.

— Dites, fit Balim le Jeune d'un ton hésitant, j'ai pensé que je pourrais monter jusqu'à la route, relever l'homme de garde.

— Pourquoi ? grogna Isaac.

— Parce qu'il est sans doute endormi. (Balim le Jeune eut un sourire désenchanté.) Et puis je n'aime pas les distractions, ici.

— Selon Isaac, ça ne se reproduira pas, dit Lew.

— En tout cas, il y a une grande leçon là-dedans, dit Balim le Jeune, et je n'ai pas besoin qu'on me la répète.

— C'est quoi ?

— Qu'il est dangereux de jouer les héros, dit Balim le Jeune, si l'on n'en est pas un.

Lew fut gêné d'entendre comme un écho de ses rodo-
montades devant Frank, ce qui le rendit agressif.

— Qu'en savez-vous ? fit-il. Comment sait-on si l'on
est un héros ?

Balim le jeune haussa les épaules.

— On reste en vie, dit-il.

Isaac avait à la fois raison et tort quant à la suite des
événements. Quand le sixième groupe de wagons fut jeté
de la falaise, les hommes furent bien plus prudents ; plus
de la moitié ne montèrent pas sur les wagons, et ceux qui
montèrent en sautèrent bien plus tôt. Pourtant un homme
mourut.

Lew n'était pas monté, restant au sol pour donner le
bon exemple. Le soir venait, il faisait déjà sombre sous
les arbres, avec des rais et des barres de lumière rose
oblique tombant des trouées. Lew regarda les wagons
vides qui roulaient contre le ciel rose, et puis il vit
l'homme immobile sur le dernier toit.

— Ah non, pas ce coup-ci ! gémit-il.

Mais si. L'homme était petit et massif, avec de très
larges épaules, et jusqu'ici n'était remarquable qu'à
cause de son chapeau — une casquette de base-ball très
usagée — car presque tous les ouvriers étaient tête nue. À
présent il était debout sur le wagon, face à la baie, les
deux mains sur son cœur comme un personnage de
roman victorien, et un peu penché en avant comme s'il
était pressé de disparaître.

Il n'y eut pas de rires. Quelques voix tentèrent une
ovation, mais s'éteignirent, et tous regardèrent en silence
le fou sur son wagon, traversant l'air rose sans jamais
changer de pose, même quand sa casquette voltigea. Et
quand la grande bouche noire de l'eau s'ouvrit, montrant
des dents d'écume blanche, un soupir général monta et
se perdit dans la forêt.

Les hommes se détournèrent en silence, le visage fermé, et bien que tous fussent passablement pleins de bière, il n'y eut pas le chahut habituel pendant la pause. Des amis du disparu expliquèrent qu'il avait un chagrin d'amour.

— Merde, moi aussi ! dit Lew quand il l'apprit. Ce n'est pas une raison !

Isaac écarta les mains.

— Pour lui, dit-il, il semble que c'en était une.

Lew partit pour le lac avec le groupe de camions suivant, emmenant avec lui le mécanicien et le chauffeur prisonniers. Tous deux, ayant juré de ne pas chercher à s'échapper, étaient depuis longtemps en liberté sur parole et traînaient dans le secteur, buvant de la bière avec les gars et prenant plutôt du bon temps. Mais quand ils virent Lew faire des préparatifs de départ, ils s'approchèrent et dirent qu'ils voudraient venir au Kenya, s'il vous plaît. Lew les regarda en secouant la tête.

— Pourquoi ? Vous n'avez pas de problème. Quand nous serons partis, vous rentrerez et vous direz la vérité.

— Eh bien, monsieur, dit le chauffeur, parfois en Ouganda la vérité ne compte pas beaucoup.

— C'était notre train, dit le mécanicien. Ils seront peut-être très en colère, et ils voudront accuser quelqu'un et peut-être que ça nous retombera dessus.

— Nous aimons le Kenya, dit le chauffeur. C'est un pays complètement bien meilleur.

— J'ai des cousins là-bas, dit le mécanicien. C'est bien le mot ? « Cousins » ?

— Ouais.

— Nous aimions beaucoup quand le train allait au Kenya, dit le chauffeur. Nous avons toujours des amis dans les chemins de fer là-bas.

— Nous trouverons du boulot, dit le mécanicien, et nous raconterons à *tout le monde* l'histoire de ce train.

— On nous paiera des bières, dit le chauffeur et il rit.

— On nous paiera complètement toujours toutes nos bières, dit le mécanicien et ils rirent tous les deux.

— Eh bien, montez dans le camion, leur dit Lew qui alla prévenir Isaac qu'il partait et ajouta : Quand vous filerez, n'oubliez pas M. Balim le Jeune là-haut sur la route.

— Oh, bien sûr que non. (Isaac sourit dans les ténèbres montantes.) Vous nous imaginez rentrant chez M. Balim sans son fils ?

— Non, dit Lew et il s'en alla.

Sans doute aurait-il dû rester, mais il en avait assez. Ce n'était plus marrant. La nuit tombait, le chargement des sacs n'était que du travail manuel, les chutes répétées des wagons (avec ou sans sacrifice humain) devenaient fastidieuses, et Lew n'arrêtait pas d'avoir des pensées dérangeantes. D'abord, qu'il se montait le cou en se considérant comme un héros ; et deuxièmement, qu'il n'aimait pas assez Ellen pour se flanquer du haut d'une falaise à cause d'elle. Il y avait là de quoi déprimer n'importe qui.

Route Ellen, indiquait la pancarte sur la piste.

— Merde, dit Lew.

57

Balim le Jeune avait été très troublé par la chute des hommes. Il était lui-même un homme qui n'avait jamais senti sous ses pieds un terrain ferme, et ces morts lui rappelaient donc avec quelle facilité il pouvait dégringoler et cesser d'exister, n'avoir plus jamais d'importance, n'en avoir jamais eu ; ces morts le heurtaient et lui donnaient le sentiment nerveux de sa propre fragilité, environnée de dangers. Il arpentait le passage à niveau, au croisement de la route et de la voie, espérant que le mouvement physique allait le rassurer quant à sa propre réalité, mais le bruit de ses pas sonnait creux dans la nuit, ses gestes décidés devenaient l'agitation vide d'une ombre inessentielle.

Car qui était-il en fait, sinon un spectre à demi immatériel, à peine plus vivant que les insectes qui voletaient et bourdonnaient autour de lui ? Il était un fantôme de l'époque impériale britannique qui avait amené d'Inde ses deux grands-pères, pour qu'ils travaillent sur ce même chemin de fer, et puis qui avait laissé derrière soi le chemin de fer et les hommes, comme un demi-pain et une liste de commissions abandonnés sur un meuble de cuisine après un déménagement. Et il était aussi le fantôme de l'Ouganda ; dans ce pays où il était né, il risquait la peine de mort du simple fait qu'il y avait vécu. Et il était le fantôme des rêves de son père, rêves de sécurité et de continuité ; la sécurité n'existait pas, et l'époque était l'ennemie de la continuité. Chaque homme est sur le toit d'un wagon. Nous tombons longuement, les pieds bien plantés, et la seule question est de savoir combien de temps nous avons avant de percuter.

Des lumières. Il faisait maintenant complètement nuit et des lumières clignaient soudain à travers les arbres, en amont. D'abord il crut que c'étaient des lanternes portées par des gens qui se frayaient un chemin dans la végétation, mais comme cela se rapprochait il se rendit compte que c'étaient des phares. Un véhicule arrivait en cahotant très lentement sur la route de service.

Qui ? Les phares étaient jaunâtres, comme si la batterie était faible, mais ce pouvait quand même être la police ; ou l'armée. Surtout vu l'état des camions empruntés par Isaac.

Comme la lumière jaune l'effleurait, Balim le Jeune abandonna le passage à niveau et se glissa dans l'enchevêtrement d'arbres et de buissons en contrebas de la voie. On ne voyait rien derrière ces phares lents et oscillants. On entendait faiblement un moteur qui toussait un peu. Recroquevillé, Balim le Jeune observa et attendit pendant que les phares atteignaient le croisement, s'élevaient sur le dos-d'âne... et s'arrêtaient.

Balim le Jeune attendit, les yeux écarquillés. Les lumières jaunes éclairaient faiblement les hautes branches des arbres et le moteur continuait de tousser faiblement, mais rien ne se passait. Le véhicule refusait d'avancer.

L'attente était interminable. Après s'être senti fantôme sans corps, Balim le Jeune se sentait maintenant deux fois trop réel ; sa position accroupie devenait nettement pénible, il avait des élancements dans les genoux et les mollets, une douleur grandissante dans la nuque, et une crampe intense envahissait son dos. Quand il ne put plus y tenir, quand il fut sûr que dix minutes s'étaient écoulées — quatre-vingt-dix secondes avaient passé — il changea de position, mais bougea aussitôt encore, les broussailles crépitant autour de lui.

Pourquoi son père lui avait-il permis de se joindre à cette équipée ? Mazar Balim était censé être l'homme fort, bien plus fort et plus assuré que son fils ; pourquoi avait-il laissé Bathar le circonvenir ? Et quel délire avait saisi Bathar, pour qu'il veuille faire le zouave et rêver à une nouvelle vie, arrachée aux griffes du danger ? Il avait conçu sa venue ici comme une initiation, un tardif rituel de virilité, sans songer qu'il pouvait échouer et tomber, sans que cela importe. Ces deux hommes qui étaient passés par-dessus bord, nul n'avait prévu qu'ils finiraient ainsi quand ils avaient quitté le Kenya hier.

Il ne pouvait plus attendre. Il devait bouger, prendre des risques, aller voir par lui-même ce qui se passait là-haut. Après tout, peut-être s'agissait-il seulement d'un couple venu se faire des papouilles.

Mais les couples d'amoureux laissent-ils leurs phares allumés? Avec de grandes précautions, Balim le Jeune se fraya un chemin dans les broussailles, traversa vivement la voie à trois mètres du croisement, et se figea de nouveau dans les buissons de l'autre côté.

D'ici, sur l'arrière gauche du véhicule, il le voyait se détacher contre la lumière jaune. C'était une vieille camionnette cabossée et sombre. Il ne voyait pas qui était dans la cabine.

Lentement, lentement, il approcha. La toux frêle du moteur le rassurait, suggérant qu'il n'y avait là guère de force à affronter. Dans un bond ultime et presque silencieux, il atteignit le coin arrière gauche du véhicule et s'arrêta, la main sur le pare-chocs qui vibrait.

Un peu de lumière se reflétait sur les frondaisons. Dans la lueur, alors qu'il allait s'avancer le long de la camionnette, Balim le Jeune vit un corps étendu dans la benne du véhicule. Endormi? Curieux, il se pencha, vit le visage noir et le col de pasteur, sentit l'odeur du sang caillé avant de le voir sur la tête de l'homme, comprit qu'il regardait un cadavre, entendit un léger bruit derrière lui, pivota avec effroi, et vit le démonte-pneu une fraction de seconde avant qu'il s'abatte sur le côté de son crâne.

58

Chase jeta le démonte-pneu par terre, enjamba le corps du guetteur et alla couper le moteur et les phares de la camionnette. Ils n'étaient plus utiles. Puis, tandis que ses yeux s'accoutumaient à la nuit, il revint au guetteur, le fouilla, et fut à la fois étonné et agacé que l'homme n'eût pas d'armes.

Quelle espèce d'opération Frank menait-il ? Chase était désemparé de trouver un guetteur sans armes. Ses propres armes, on les lui avait prises à la frontière ruandaise, et bien sûr le prêtre, précédent propriétaire de la camionnette, n'était pas armé. Le premier but de Chase, en assommant ce type-ci, c'était de lui prendre ses armes.

Bon. Ça n'était pas la fin du monde. Chase regarda le ciel gris velouté, la végétation noire. Ses yeux s'accommodèrent autant qu'il était possible. S'éloignant de la camionnette, il franchit le passage à niveau, bougeant avec lenteur, le corps encore raidi par son temps de captivité.

Il n'y avait pas d'autres guetteurs. Chase descendit la piste, les sens en alerte, guettant la forêt, les mouvements, les sons. Il sentit le terrain changer sous ses semelles quand il atteignit le secteur qui avait été foulé par les camions chargés. Il fit demi-tour, trouva la piste de traverse et la suivit lentement, percevant au loin un fracas de faibles bruits.

Il faillit se cogner dans le flanc du hangar qu'il n'avait pas vu dans l'ombre des bois. Contournant le bâtiment, il vit là-bas une illumination indistincte et mit un instant à comprendre ce que c'était.

Du train de café ne restaient apparemment que quatre wagons, immobiles sur la vieille voie comme des vaches qui attendent la traite. Ou qu'on a traites déjà : un grand camion militaire se tenait près de chaque wagon. Des lampes à pétrole éclairaient la scène, et des bâches, jetées entre les camions et les wagons, dissimulaient cette lumière aux observateurs aériens. Dans la nuit tranquille, des bruits creux se répercutaient jusqu'à Chase : des traînements de pieds, des conversations murmurées, le choc des sacs de café qu'on plaçait.

Une arme, pensa Chase, il me faut une arme.

Les cabines des camions étaient vides. Il les explora mais il n'y avait pas d'armes dans les boîtes à gants ni les porte-cartes ni entre les sièges. Frank sera armé, se dit Chase. Il vaudrait mieux que j'aie un revolver quand nous serons face à face.

Un homme sauta à bas d'un wagon, ses pieds heurtèrent le sol. Il s'écarta des camions et s'arrêta pour se soulager. Chase attendit qu'il eût fini, puis l'approcha par-derrière, lui coinça le cou et la tête entre ses avant-bras, et lui chuchota à l'oreille en swahili :

— Si tu fais le moindre bruit, je te brise la nuque.

L'homme se tendit, mais plutôt par peur que par envie d'agir. Il demeura figé, les mains en avant comme s'il allait tomber.

— Où est Frank Lanigan ? chuchota Chase.

— Parti... (L'homme vacilla, la voix tremblante et rauque.) Parti au lac. (Il avait un léger accent luo.)

— Au lac. Et Brady ?

— Je ne sais... Qui ?

Chase tordit un peu pour lui apprendre à faire l'idiot.

— L'autre Blanc !

— Au lac !

— Sage !

— Parti au... Vous me faites mal au cou.

— Je peux faire pire, signala Chase. Les deux hommes blancs sont descendus au lac ? (Ça paraissait peu raisonnable.)

— Oui.

— Qui commande ici ?

— M. Otera.

Otera. Le chef de bureau de Balim. En pensée, Chase eut l'image d'Otera enfilant l'uniforme militaire dans le bureau de l'avocat à Jinja. Pas difficile à affronter, cet homme.

— Où est-il?

— Le wagon le plus éloigné.

— Qui y a-t-il avec lui?

— Des gens qui travaillent. (L'homme paraissait trouver la question étonnante.)

— Les chefs, précisa Chase en serrant de nouveau le cou de l'homme. Quels autres chefs?

— Personne ici. M. Balim le Jeune est là-haut sur la route.

Alors c'était le fils Balim, là-haut, qui gigotait dans la jungle. Chase sourit.

— Merci, dit-il, puis il rompit le cou de l'homme et, s'approchant du dernier wagon, il appela, restant dans l'ombre et imitant l'accent luo de l'homme: Monsieur Otera!

Il dut appeler deux fois avant qu'Otera apparaisse, écartant le pan de la bâche, écarquillant les yeux, incapable de distinguer grand-chose dans le noir après avoir été ébloui par la lampe.

— Oui?

— Quelque chose que vous devez voir, monsieur Otera.

— Quoi donc?

— Oh, il faut venir voir, monsieur.

De mauvais gré, de mauvaise humeur, Otera descendit du wagon et s'avança. Il portait la chemise et le pantalon de son uniforme ougandais, mais pas la veste.

— Qu'y a-t-il? Je ne vois pas ce... Oh!

Chase plongea en avant, referma la main gauche sur la gorge d'Otera, l'empoignant de la droite par sa chemise et l'attirant brutalement.

— Pas un mot! fit-il en anglais. Ou tu meurs à l'instant.

Son mouvement brusque avait rallumé dans son corps toutes les douleurs récentes; son visage n'en montrait rien. Otera le regarda bouche bée, écarquillant les yeux au-dessus de l'étreinte meurtrière.

525

— Chase! chuchota-t-il avec stupeur.

— Où est votre uniforme? La veste.

— Dans le... commença Otera en désignant le hangar, puis en voulant retenir son geste, mais trop tard.

— Bien, dit Chase en souriant. (Sûr de lui face à cet homme, il fit passer sa prise de la gorge au haut du bras, et poussa Otera vers le hangar.) Il y a un joli ceinturon dessus, et un joli étui, et un joli revolver.

— Chase... dit Otera, mais ensuite il parut ne rien trouver à dire, tandis que l'autre le propulsait dans l'ombre.

— Si je comptais vous tuer, vous seriez déjà mort, dit Chase d'un ton assez affable. J'ai subi beaucoup de choses aujourd'hui, et je me sentirai mieux quand j'aurai une arme.

— Est-ce qu'ils vous poursuivent? (Otera avait un souci de plus.)

— Pas ici. Ne vous inquiétez pas, lui dit Chase avec une sincérité parfaite, je ne vais pas démolir cette opération. Pour rien au monde.

La veste et le ceinturon étaient posés sur un tas de vieux rails en surnombre, contre le flanc du hangar. Pour donner de la chaleur et du confort à son corps meurtri, Chase enfila la tunique, content qu'elle soit un peu douillette. Il serra la ceinture, puis ouvrit d'un coup de pouce le rabat de l'étui et en tira l'arme. Le métal froid lui communiqua un flux de force. Otera le regardait dans l'ombre avec des yeux d'herbivore.

— Retournons, dit Chase en laissant pendre le revolver au bout de son bras, et comme Otera laissait échapper une respiration longuement retenue, Chase rit: Je vous avais dit que je ne vous tuerais pas.

Ils revinrent vers les wagons.

— Qu'est-ce qu'il reste comme travail?

— Ce sont les derniers camions, dit Otera.

— Bien. Nous pourrons descendre au lac ensemble.

Près des camions il y avait un peu plus de clarté, et Otera considéra Chase avec étonnement et aversion.

— Si vous avez des ennuis, si tout ce que vous voulez, c'est venir avec nous au Kenya, il était inutile de m'attaquer et de vous armer, et tout ça.

— Chacun ses méthodes, mon cher Watson, dit Chase. (Il fit le geste de tirer avec sa main armée.) Filez, filez.

Otera se détourna et Chase gagna le camion le plus proche pour se reposer dans la cabine. Mais la lampe de lecture de carte ne marchait pas, il gagna donc le camion voisin où le petit lumignon sous le tableau de bord lui permit d'examiner l'arme dont il s'était muni.

Elle était bonne, quoique vieille. C'était un revolver anglais semi-automatique, un Webley-Fosbery chambré en 455, l'un des rares revolvers jamais fabriqués qui utilisent le recul du coup pour réarmer le chien et faire pivoter le barillet pour le coup suivant. Il ne pouvait faire feu aussi vite qu'un pistolet automatique, mais il était solide et fiable.

Tenant le revolver vers le bas sous la lampe de lecture, Chase fit basculer le barillet et l'examina. Un instant il resta figé, puis il rit de la plaisanterie. Il n'y avait pas une seule cartouche dedans.

59

Balim était à l'arrière de la Mercedes avec le fonctionnaire nommé Charles Obuong. L'autre, Godfrey Magon, était à l'avant avec le chauffeur; entre eux, à travers le pare-brise, Balim pouvait apercevoir s'il en avait envie les routes de campagne de la province de Nyanza, illuminées par les puissants phares blancs de la Mercedes ; ce qu'il n'apercevait pas, malheureusement, c'est ce que Charles Obuong et Godfrey Magon avaient en tête.

Ils le traitaient avec une politesse et une affabilité sans défaut, sinon l'inévitable pointe de supériorité ironique. Et ils n'avaient pas rusé, lui exposant tranquillement ce qu'ils savaient déjà de l'opération, c'est-à-dire *beaucoup*. Et, outre leurs informations, ils avaient aussi exposé modestement l'aide logistique qu'ils avaient fournie. C'est leur service qui avait hâté le permis de construire et le déblocage des subventions du Fonds de développement pour l'hôtel de Port Victoria. Ils avaient aidé Isaac à acheter les faux papiers d'identité. Ils avaient même fait en sorte que des bois de construction soient disponibles, alors que normalement Balim aurait pu en être encore à attendre les poutres et les planches utilisées pour construire les radeaux. Ils étaient en fait depuis le début les associés de Balim, et ils ne semblaient même pas très embêtés que leur «enquêteur» se fût apparemment fait assassiner par quelqu'un de l'équipe de Balim.

Est-ce que tout ça était vrai ? Mais si c'était faux, comment auraient-ils connu tant de détail, et comment se faisait-il que les diverses questions matérielles se fussent *effectivement* résolues avec une aisance si inhabituelle ? Et si c'était vrai (y compris leur affirmation d'une intrigue pour intercepter le café «par la violence»), alors tout ce qui importait maintenant, c'était *Bathar* qui était en danger. Bathar, le fils unique de Mazar Balim.

Et c'est pourquoi Balim avait aussitôt et franchement offert de coopérer, disant à Magon et Obuong le peu qu'ils ne savaient pas encore, surtout l'horaire des événements : quand le café serait attaqué, quand il serait transporté à Port Victoria. «C'est en cours en ce moment même», avait dit Balim, et la nouvelle les avait réjouis. À l'hôtel local, on avait fait un bon dîner à leurs frais, et quand on était sorti, la Mercedes et le camion plein de soldats attendaient déjà. Et maintenant ils filaient dans la nuit sur les routes striées et inégales, la Mercedes en tête et le camion derrière dans leur sillage de poussière.

Le bac de la Nzoia ne fonctionnait pas la nuit. On avait dû prendre l'itinéraire long, traversant Sio, traversant de petits villages sans électricité, sur de longues pistes où se montraient des pousses nouvelles après la saison des pluies. Assis en silence près d'Obuong, Balim eut le loisir de s'habituer à son inquiétude pour Bathar, et de réfléchir à des questions plus séculières, notamment le vrai but de ces deux fonctionnaires. Était-il aussi désintéressé et officiel qu'il semblait ? Très improbable.

Avec grand soin, Balim commença de sonder la question, aussi indirectement que possible.

— L'Ouganda, dit-il à Obuong après un très long silence, est un voisin encombrant, depuis des années.

— Oh, très encombrant, approuva Obuong. (Il sourit.) C'est pourquoi votre initiative nous a fait tant plaisir.

— Oui. Vous avez dit que je suis un patriote.

— J'ai dit ça ? (Obuong semblait amusé.)

— Oui, au début, dans mon bureau. (Balim prit l'air aussi petit, rondelet et inoffensif que possible.) Je sais que vous ironisiez, dit-il en mettant une pointe d'accablement dans sa voix.

— J'espère ne pas vous avoir offensé, déclara Obuong avec une politesse qui dissimulait mal son amusement dédaigneux.

— Du tout. (Balim soupira, acceptant de porter sur ses épaules basses les calomnies du monde.) Mais, poursuivit-il, cela m'a fait m'interroger sur ce que vous pensez de nos motivations, dans cette affaire.

— L'argent, dit Obuong avec vivacité, simplicité et netteté.

— Seulement l'argent ?

— S'il vous plaît, ne vous méprenez pas, monsieur Balim. Personnellement je ne suis pas contre les Asiatiques. Certains de mes meilleurs amis, à Nairobi, sont des Asiatiques.

Balim hocha la tête, acceptant l'affirmation.

— Mais, poursuivit Obuong, je ne pense pas qu'il soit malveillant de dire que le patriotisme n'est pas un sentiment familier des Asiatiques. Leur intérêt — de manière tout à fait légitime — est ailleurs. L'argent, le commerce. L'art. La connaissance. Parfois la religion. Et ils ont un grand sens de la famille.

— Le patriotisme, fit doucement remarquer Balim, est l'amour de son pays. Il est difficile de garder pour sa patrie une passion *qui n'est pas payée de retour*.

— Certes des injustices ont été commises contre les Asiates, déclara Obuong en prenant l'air d'un homme qui ne s'intéresse vraiment pas à la discussion de ces injustices. Mais permettez-moi de vous rassurer. Si vous envisagiez *aussi* un bénéfice — à côté de l'amour que vous portez à votre pays d'adoption, bien sûr —, vous aurez quelque chose. Pas beaucoup, évidemment.

— Évidemment, dit Balim.

— Il y aura diverses taxes à payer, des droits d'importation, etc. Étant donné votre... patriotisme... je crois que les amendes pénales et la saisie des marchandises ne seront pas envisagées.

— C'est gentil de votre part, murmura Balim.

— Au reste, les Jhosi ont une plantation vraiment trop petite pour se charger de tout ce café. Nous pourrons trouver d'autres planteurs pour participer.

— Je vois.

Balim souriait. Le fumet familier de la corruption, qui

avait longuement fait défaut à ses rapports avec ces deux hommes, montait enfin confortablement à ses narines. La politique, le commerce, le cosmopolitisme, et une commune aversion pour Idi Amin ; tout cela s'alliait pour former une association improbable.

— On va y être, déclara Godfrey Magon à l'avant et Balim regarda au-delà de lui l'univers nettement dessiné dans la lumière brutale des phares.

La nuit, Port Victoria cessait presque totalement d'exister. Une ou deux lampes vacillaient au fond des magasins de la place herbeuse, mais les petites maisons à façade en stuc, le long de la piste qui descendait vers le lac, étaient sombres et silencieuses, se pressant dans les ténèbres comme des plantes ou des monticules désertiques.

Au bas de la pente, près du rivage, près du début d'hôtel, deux hommes, que Frank avait laissés là pour garder le matériel dans le bâtiment, entretenaient un feu orangé et fumeux dans un grand baril.

— Une balise, dit Godfrey Magon, pour guider le retour des héros.

60

Isaac conduisait le premier camion, Chase à côté de lui caressant son revolver. L'adhésif sur leurs phares ne laissait passer qu'un rai de lumière, à peine plus puissant que la lueur d'une bougie, une faible lueur ambrée juste suffisante pour distinguer la route des bois qui l'entouraient. D'ailleurs, seul le camion de tête utilisait ses phares ; chacun des trois véhicules suivants se guidait sur les feux arrière du précédent.

De temps en temps Chase tâchait de bavarder : « Qu'allez-vous faire de tout cet argent ? » – « Ça vous plaît, votre nouvelle vie d'aventurier ? » – « Dans quel ministère étiez-vous en Ouganda ? » Mais Isaac se refusait à répondre. Il haïssait cet être assis près de lui ; il lui fallait se cramponner à son volant pour ne pas tenter une attaque suicidaire.

Bathar. Dans sa tête se jouaient des scènes douloureuses : il annonçait à M. Balim que Bathar était mort ; bien sûr c'est lui qui devait annoncer la chose. Frank n'était pas assez sensible, et tous les autres étaient des étrangers.

C'est pour ça qu'il a une arme, songea Isaac, c'est pour ça qu'il ne s'est pas détendu avant d'avoir une arme. C'est parce que sa cruauté fait du mal, il ne peut pas s'arrêter de faire du mal, et il a besoin de se protéger contre la rage et la haine qu'il inspire.

Le revolver était visible dans la main de Chase quand Isaac était revenu à la cabine du camion, au dépôt.

— Chargement terminé, avait-il dit. Il faut juste que j'envoie quelqu'un chercher M. Balim le Jeune.

— Inutile. (Chase souriait dans la cabine comme un chat paresseux.) Je l'ai rencontré en descendant.

— Qu'est-ce que... (Isaac écarquillait des yeux incrédules.)

— Vous n'avez plus à vous soucier de lui. Montez, Partons.

Toute l'heure suivante, Isaac y pensa, pendant toute la longue descente jusqu'au lac. Des brisures fraîches, pâles, s'apercevaient dans les branches, la trace des passages précédents. Les ténèbres proches, alentour, semblaient habitées d'êtres silencieux, observateurs ; mais rien qui fût si dangereux ni mauvais que Chase.

Isaac eut finalement l'impression qu'on était passé dans un autre univers où il n'y avait pas de lac, pas de terminus ; rien que la route et cette situation infinie : il conduisait à travers l'obscurité incessante, avec ce monstre content près de lui. Et puis il vit une silhouette confuse devant, entre les ornières, et comprit aussitôt que cette pose déhanchée ne pouvait être que celle de Charlie. Bien sûr c'était lui, c'était Charlie immobile et ricanant, une longue pousse de canne entre les dents comme le cigare d'un banquier.

Charlie fit signe à Isaac de le suivre, puis crapahuta en avant-garde, silhouette aberrante, semblable à un bout de bois flotté inesthétique. Les camions précédents, vides et sombres, étaient simplement garés sur les côtés, laissant à Isaac un passage étroit et périlleux.

— Eh bien, c'est une grosse opération, dit Chase.

En effet. Dans une obscurité presque complète on déchargeait deux camions sur deux radeaux. Les files grouillantes des portefaix étaient comme des fourmis surexcitées forcées d'abandonner leur nid. Isaac freina et s'arrêta, coupa le moteur, et dans le brusque silence il perçut le bruit étouffé du travail et, au-delà, l'agitation de l'eau contre les radeaux.

Frank arriva du rivage du lac invisible, l'air grand et méchant et coléreux ; c'était son air de chef. Lew suivait, jetant des coups d'œil de côté et d'autre, craignant un accroc dans les toiles.

— Je pourrais les descendre tous les deux d'ici, dit Chase d'un ton enjoué.

Isaac se tourna pour regarder l'homme, qui souriait doucement en observant à travers le pare-brise. S'il lève son revolver, pensa Isaac, je l'arrêterai. Je le tuerai si je peux. Chase croisa le regard d'Isaac et parut étonné et amusé.

— Je ne vais *pas* le faire, Otera. (Il agita son arme.) Descendez. Je vous suis.

Isaac ouvrit la portière et trébucha sur le sol. Chase

descendit du même côté, et Isaac dut s'écarter de quelques pas. Frank venait vers eux et criait déjà des ordres :

— Faites descendre vos types jusqu'au lac, Isaac, qu'on en finisse, il fait trop foutrement noir pour bosser.

— Il est armé, dit Isaac d'une voix douce et il s'écarta tandis que Chase fermait la portière et apparaissait en souriant dans la faible lumière, tenant son revolver sans agressivité mais bien en évidence sur son flanc.

Alors la petite réunion devint très silencieuse et calme. En aval, franchissant des planches étendues sur la boue foulée du rivage, les ouvriers continuaient de charger les radeaux. En amont, dans l'étroit corridor entre les camions vides, les hommes qui venaient d'arriver du dépôt sautaient à terre, l'air démoniaque dans le reflet des feux de position rouges, s'étirant et causant à demi-voix. Ici, près du camion de tête, c'était le silence. Chase, avec son pantalon déchiré, sa tunique d'uniforme et son ceinturon, se tenait près de la portière et son arme luisait. Isaac était figé à quelques pas de lui. Frank était en aval, Lew était juste derrière Frank. À la limite de la lumière, Charlie observait avec un intérêt puéril.

— Coucou, dit Chase.

— Qu'est-ce que c'est que ça ? fit Frank.

Lew fit un pas vers la gauche, mais Chase agita son arme avec une soudaine dureté.

— Tu ne vas nulle part, compagnon.

— Chase, dit Frank qui était déjà furieux. Qu'est-ce que tu fous ?

— Des ennuis de bureau, lui dit Chase dont la bonne humeur était revenue. J'ai dû partir.

— Il a tué Bathar, dit Isaac.

Frank regarda furieusement Isaac, comme s'il s'en prenait au porteur de mauvaises nouvelles.

— Il a fait quoi ?

— Je l'ai tapé avec un démonte-pneu, expliqua Chase comme si c'était un détail inessentiel. Il est peut-être mort, il est peut-être en vie. Quelle importance ?

Frank s'adressa à Isaac comme si Chase n'était pas là :

— Vous l'avez vu ?

— Non. Bathar était de garde, au passage à niveau. Cet homme a refusé que j'envoie quelqu'un le chercher.

Frank réfléchit.

— Bon, conclut-il et il se dirigea vers Chase.

Chase se détendait, l'épaule contre la portière fermée. Il se redressa et braqua de nouveau son arme.

— Du calme, Frank.

— Combien de fois vas-tu pouvoir me flinguer avec ton petit truc ? dit Frank d'un ton professionnel en continuant d'avancer. Il me restera la force de t'arracher ta tête de con.

Derrière, Lew s'était ébranlé aussi, sur la droite de Frank. Isaac regardait, bouche bée. Il avait envie de crier, de les faire s'arrêter, mais il n'arrivait pas à former les mots nécessaires. Et Chase semblait tout aussi stupéfait :

— Frank ! hurla-t-il. Ne me force pas à tirer !

Mais Frank continua d'avancer et finalement voulut saisir la tête de Chase. Et c'est alors que Chase retourna son revolver et tenta de donner des coups de crosse. Mais Frank lui saisit l'avant-bras, lui arracha l'arme et la jeta tranquillement à Lew. Puis il se mit à cogner.

Chase était grand, mais Frank était plus grand, et il traita Chase comme il traitait la Land Rover, comme il houspillait les employés, comme il faisait toute chose : il lui rentra dedans.

— Il est vivant ! hurla Chase en levant les bras pour se défendre. C'est vrai, c'est vrai, il est vivant.

Mais Frank n'écoutait pas, ou s'en foutait, ou n'y croyait pas. Ses coudes fonctionnaient comme des pistons, horizontalement et verticalement, sa grosse tête fonçait, ses pieds étaient plantés comme des chênes, et au lieu de contourner les bras levés de Chase, il cogna dessus, accula Chase contre le camion et lui tapa sur les bras et les épaules jusqu'à ce qu'il fût trop fatigué pour se défendre. Alors il s'attaqua au thorax, s'interrompant un instant, posant sa grande main sur le torse de Chase.

— Je garde ta tête pour le dessert, dit-il et il recommença de cogner le thorax, et les ouvriers descendus du dépôt s'assemblèrent pour regarder et admirer.

— Frank, dit Lew.

Sa voix était assez douce mais il avait un ton quelque peu bizarre qui attira l'attention de Frank, qui se figea. Chase s'effondra sur le marchepied du camion tandis que Frank reculait d'un pas et se retournait.

— Qu'y a-t-il?

Lew avait rejoint Isaac, qui le vit montrer le barillet ouvert à Frank. Isaac vit aussi.

— Il est vide, Frank, dit Lew.

Frank eut un rire rauque et rageur, comme si ce n'était pas la question, mais quand il se retourna vers Chase il ne paraissait plus aussi décidé à le battre à mort.

— Alors, con débile, dit-il. T'as rien dans les couilles, finalement.

Chase ne dit rien. Sa respiration était précipitée, heurtée et bruyante; il se tâtait comme s'il craignait d'avoir une fracture. Il contemplait le sol entre les pieds de Frank et attendait la suite, quelle qu'elle fût.

Lew passa le revolver à Isaac et s'avança. Pendant qu'Isaac tenait à deux mains l'objet ouvert, étonné de son poids et sans savoir qu'en faire, Lew s'arrêta près de Frank.

— Chase, dit-il. Parlez-moi du jeune Balim.

— Je l'ai frappé. (La voix était plate, lasse et neutre.)

— Où ? Avec quoi ?

— Le côté de la tête. Avec un démonte-pneu.

Isaac les rejoignit, tenant le revolver comme un cadeau. Lew continuait l'interrogatoire :

— Vous avez tâté son pouls ensuite ?

— Non.

— Vous ne lui avez rien fait d'autre ?

— Je l'ai fouillé.

— Vous pensez qu'il est vivant ou vous pensez qu'il est mort ?

Chase leva sa tête lasse où se lut un reste de son arrogance ancienne et de son mépris.

— Je n'y ai pas pensé. Ça m'était égal.

— Pourquoi ne m'avez-vous pas laissé envoyer quelqu'un ? demanda Isaac.

— Quelle différence cela aurait-il fait ? (Chase, qui avait encaissé les coups dans un silence stoïque, semblait poussé à bout par l'interrogatoire.) De toute façon, vous êtes tous morts, dit-il.

— En quel honneur ? fit Frank. Qu'est-ce qui se passe, Chase ?

Mais Chase baissa la tête d'un air obstiné. Quoi qu'il eût voulu dire, il était clair qu'il ne s'expliquerait pas davantage. Frank jeta un regard au lac puis revint à Chase.

— Tu comptes nous doubler ? Ça serait bien ton style, hein, fumier. J'ai *prévenu* Balim de ce que tu es.

— Et il faudra lui annoncer, pour Bathar, dit Isaac.

— Frank, je vais monter le chercher, dit Lew.

— Ne sois pas idiot.

— Ce n'est pas idiot. Et s'il est vivant ? Il n'est pas prêt à subir l'Ouganda, Frank, crois-moi. Réfléchis : s'ils le trouvent, ils trouvent le dépôt, ils se mettront à travailler Bathar au corps.

— Il parlera, dit Frank.

— Il parlera dans les dix premières secondes, fit Lew en haussant les épaules. Mais ils ne s'arrêteront pas, Frank. Je les connais, ces salauds. Chase ! Si Balim le Jeune est encore vivant et si vos copains le trouvent, qu'est-ce qui se passera ?

Chase ne leva pas la tête.

— Ils joueront avec lui pendant un mois, dit-il d'une voix atone.

— Si jamais il y a eu une souris dans un monde de chats, dit Lew, c'est bien Balim le Jeune.

— Attends une seconde, dit Frank qui se retourna pour beugler : *Charlie !*

— Ici, dit Charlie qui était ici.

— Prends sept ou huit gars, dit Frank en désignant Chase, et attachez ce type avec beaucoup de corde. Je ne veux pas qu'il ait son confort, tu vois ce que je veux dire ?

— Oh, ouais, fit Charlie en ricanant.

— Et mets-lui un bâillon dans la bouche. Un bâillon sale. Utilise ta chemise.

Charlie gloussa et héla en swahili les hommes alentour, dont plusieurs s'approchèrent avec un contentement anticipé. Pendant ce temps Frank se retournait vers Lew et Isaac :

— Venez par là.

Ils firent quelques pas, s'éloignant de la lumière. Frank adressa une grimace à Lew et secoua la tête.

— L'aller et retour là-haut, c'est deux heures, minimum. Nous serons partis d'ici dans moins d'une heure. Et si Chase a vraiment un plan en tête, on ne peut pas traîner. En fait, de toute façon on ne peut pas traîner.

— Frank, dit Isaac, songez à M. Balim.

— J'y pense ! Merde, je pense à tout le monde !

— Je ne redescendrai pas, dit Lew. Écoute, Frank, qu'il soit mort ou vivant, je rentrerai par un autre itinéraire.

— Il n'y en a pas d'autre. On leur a volé leur saloperie de récolte de café, tu te rappelles ? Leur frontière va être aussi fermée qu'un couvent de nonnes pendant la guerre de Cent Ans.

— Ellen, dit Lew.

Personne ne comprit. Isaac crut que Lew avait un trou dû à l'urgence de la situation.

— Lew, dit-il, Ellen n'est plus avec nous.

— Bien sûr que si, fit Lew. Elle est à Entebbe.

— Entebbe ? dit Frank. Tu vas t'enfuir d'Ouganda par *Entebbe* ?

— Je ne serai pas le premier. (Lew sourit.) Frank, fais parvenir un message à Ellen. Tu peux, tu es son ancien employeur. Le message, c'est qu'un vieux copain à elle, un type d'Alaska nommé Val Deeze, est de passage en Afrique. Il dit qu'il sera à Entebbe dans les prochaines vingt-quatre heures, il espère bien qu'il pourra passer dire bonjour et lui payer un verre.

— Lew, dit Isaac avec gêne, ce n'est pas vous qui devriez faire ça.

— Je suis le seul à pouvoir.

Le visage de Frank était sombre et acide.

— On joue toujours le héros à la con, hein ?

— Maintenant et à jamais, Frank. (Lew reculait déjà, souriant en coin, pressé de partir.) Rappelez-vous le message.

— Val Deeze, d'Alaska, dit Isaac.

— D'où sort ce nom ? dit Frank.

— Elle comprendra. (Lew pointa l'index.) Vingt-quatre heures.

— Je me souviendrai, promit Isaac.

Lew se détourna et partit au petit trot vers les camions vides. Frank le regarda s'éloigner et marmonna :

— Ellen croira que c'est *ma* faute.

61

La douleur de sa tête était incroyable. Il n'était pas juste d'avoir aussi mal ; même s'il avait bu beaucoup, même s'il s'était couché très tard, ce n'était vraiment pas juste. Si sa tête voulait exploser, qu'elle explose et qu'on en finisse ! Pourquoi continuait-elle à le torturer, à lui faire si mal qu'il ne trouvait même pas de position confortable, le matelas était si dur et cabossé et...

Le matelas ? Bon sang de bon sang, il n'était même pas au lit, il était par terre quelque part, il n'était pas rentré chez lui, il était encore tout habillé, en chaussures...

Il tenta d'ouvrir un œil, ne vit rien et ressentit une douleur accrue dans son crâne. Levant lentement une main tremblante, il posa une paume consolatrice sur son front souffrant, et l'horreur de ce qu'il toucha le fit *hurler* ! Il s'assit d'un coup, et contempla avec terreur les ténèbres tout autour de lui.

— Mon Dieu. Mon Dieu. (Il n'avait aucune idée de l'identité exacte de son Dieu, mais dans cet instant de détresse il ressentait la présence d'une entité bienveillante qui, du bord des cieux, contemplait avec placidité et un intérêt amusé le pauvre petit étourdi nommé Bathar.)

Du sang. Du sang coagulé et des chairs déchirées et une vaste tuméfaction parcourue d'élancements. Et l'obscurité tout autour ; rien de distinct, sauf cette sombre camionnette juste à côté. Camionnette. Cadavre dedans. Phares jaunâtres, toux du moteur, un bruit derrière lui, l'éclair incroyablement *rapide* du métal.

Se rappelant tout — mon Dieu, regardes-tu ? Mon Dieu, je suis en *Ouganda* — Bathar s'accrocha au véhicule pour se remettre sur pieds. Ses nerfs étaient flasques ; il pouvait à peine tenir debout ; son ventre était bourbeux à l'intérieur ; des étoiles et des planètes tourbillonnaient et éclataient à la périphérie de son champ visuel. Il s'appuya contre la camionnette, haletant, attendant que les symptômes disparaissent, mais ils ne s'atténuèrent même pas.

Pourtant il ne pouvait pas rester là. Il fallait regagner le dépôt pour prévenir. « Il y a un fou là-haut. Il tape sans prévenir, sans aucune raison. Un vrai fou. »

Mais était-ce vrai ? Et *qui* était-ce ? Et pourquoi faire une chose si horrible ? Bathar prit appui sur la camionnette pour s'écarter, non qu'il fût prêt à tenir debout tout seul, mais mû par un sentiment d'urgence. Il fallait avertir tout de suite Isaac, lui dire ce qui s'était passé.

Il franchit en titubant le passage à niveau, luttant pour reprendre la maîtrise de ses jambes, et il se dit qu'il se débrouillerait assez bien jusqu'à ce qu'il atteigne la chaussée caillouteuse, inégale et coupée de racines, où il tomba aussitôt, amortissant douloureusement sa chute avec ses avant-bras. Il se reposa un moment sur le sol frais et humide, puis se remit debout et reprit son avance, courbé, circonspect, les bras écartés.

Il progressa bien jusqu'aux approches de la route Ellen. Là il tomba sur le cyclomoteur. Frank était monté ici avec, tout au début, pour rejoindre le premier camion, et ensuite on n'avait pas poussé l'engin sur le bas-côté, car il était désormais inutile. Quand Bathar tomba dessus, il reçut le guidon dans l'estomac. Sonné, il dut rester encore un moment étendu sur le sol. Puis, soupirant, espérant que Dieu observait ses efforts admirables, il se remit encore debout, trouva la route Ellen, gagna lentement le dépôt, et il n'y avait plus personne. Il ne restait rien que les quatre derniers wagons, vidés de leur chargement.

Comment était-ce possible ? Combien de temps était-il resté inconscient ? Il contempla le ciel mais ne vit rien qui y indiquât l'approche de l'aube. Pourquoi personne n'était-il venu à sa recherche? Et *où* étaient-ils tous passés?

Partis. Ils ont quitté l'Ouganda. Quitté l'*Ouganda*.

— Oh! là! là! murmura Bathar (sa propre voix était une amie réconfortante dans les ténèbres désertes). Oh! mon Dieu! je suis en mauvaise posture.

Se précipiter à leur suite? Mais depuis combien de temps étaient-ils partis? Il avait laissé sa montre à la maison — ah, la délicieuse commode d'acajou dans sa chambre sombre, et confortable et douillette à la maison —, sa montre à la maison sur la commode avec son portefeuille, sa gourmette en or, sa pince à billets en or, tous ces brimborions civilisés, parce qu'il partait pour l'aventure. Une aventure!

Les autres — Isaac et Frank et Lew et tout le monde — devaient être loin sur le lac à présent, en sûreté, s'éloignant de l'Ouganda. Il lui avait fallu si longtemps pour descendre du passage à niveau jusqu'ici, et ils étaient déjà partis quand il avait commencé la descente, ou bien il aurait entendu et aperçu les camions. Partis depuis longtemps. L'abandonnant, tout seul, dans ce lieu maudit.

Il ne comprenait pas pourquoi ils avaient fait ça, mais pour l'instant il s'en souciait peu. Plus tard — *s'il y avait un plus tard* — il s'abandonnerait à la fureur et à la paranoïa et à l'apitoiement sur soi-même, mais pour l'instant il était trop nerveux pour cela. Il devait bouger, rester en mouvement, ou il s'effondrerait complètement. Terrifié, sachant ou croyant que son esprit lui-même était en péril, que s'il s'immobilisait il craquerait et s'assiérait au pied d'un arbre et marmotterait jusqu'à ce qu'on vienne le saisir, sachant ou croyant que le mouvement, même inutile, était du moins une thérapie, il fit demi-tour et s'éloigna en titubant du dépôt, reprenant la route Ellen.

Il retrouva le cyclomoteur en tombant de nouveau dessus, mais cette fois il alluma le phare, et la soudaine apparition des choses au milieu de l'obscurité aveugle fut réconfortante.

De quel côté aller? Il regarda la route dans les deux sens. Le lac était en bas, mais les autres ne pouvaient plus y être. Ce serait une dangereuse perte de temps; il lui faudrait faire demi-tour et remonter les trente kilomètres – avec on ne sait combien d'essence en réserve – et repasser à la hauteur du dépôt, qu'entre-temps les autorités ougandaises auraient très bien pu découvrir.

L'autre sens? En haut de la route d'accès, il y avait la grand-route; vers l'est elle franchissait la frontière du Kenya. Un tas de gens se faufilaient tout le temps à travers cette frontière.

Bathar enfourcha le cyclo, fit démarrer le moteur crépitant et nasillard, prit une grande inspiration pour se calmer les nerfs, serra le guidon pour empêcher ses mains de trembler, et prit le départ, lentement, zig-zaguant, vers l'amont.

62

À chaque personne qui entrait dans le bureau, à chaque rapport reçu, à chaque coup de téléphone, la rage d'Idi Amin ne faisait que se fortifier et s'intensifier. Dans le grand fauteuil derrière le bureau, son grand corps se figeait de plus en plus tandis que l'après-midi faisait place à la nuit. Épaules basses, reposant de tout son poids sur le siège, les pieds bottés militairement et posés fermement sur le sol, il ne mouvait que ses mains et ses yeux qui allaient de droite et de gauche comme des canons cherchant l'ennemi ; les doigts de sa main droite exploraient ceux de sa gauche.

Le train avait disparu ; point final. Du café, d'une valeur de dix-huit millions de livres sterling, avait été volé, et tout le train qui le transportait avait été volé, et nul n'en trouvait la moindre trace, ni le moindre indice sur sa disparition.

Il y avait des hypothèses, bien sûr, des centaines d'hypothèses. Autour d'Amin, les hommes effrayés crachaient des hypothèses comme s'ils étaient des mitraillettes Sten bloquées en position de tir ; leurs hypothèses étaient comme un tir de couverture dissimulant le manque de faits concrets.

Selon une hypothèse, les bandits avaient aussi volé le ferry de Jinja, le grand ferry qui transportait des wagons à travers le lac jusqu'à Mwanza en Tanzanie ; mais outre que ce ferry ne pouvait transporter que huit wagons — tandis que le train manquant en comptait *trente-trois* sans parler de la locomotive — il y avait aussi le fait que le ferry n'avait pas été volé et fonctionnait toujours.

Selon une autre hypothèse, le train avait bel et bien traversé la gare de Jinja, avec la complicité des employés, et avait été détourné sur la boucle nord, vers Mbulamuti. Mais on avait examiné toute la boucle de Mbulamuti et tous ses embranchements, par terre et par air, sans résultat. Et le chef de gare et le chef de triage de Jinja avaient été torturés pendant plusieurs heures sans jamais rien avouer.

Selon une autre hypothèse encore, le train n'avait pas obliqué vers l'ouest à Tororo, il avait franchi la frontière kenyane. Toutefois, en questionnant et en torturant longuement les employés de Tororo l'on n'avait abouti à rien, et les tortures n'avaient pas non plus modifié la version du chef de gare d'Iganga, qui continuait de jurer que le train de café avait traversé Iganga d'est en ouest et n'était plus revenu.

Tous les hélicoptères anticontrebande avaient quitté leurs secteurs respectifs au-dessus du lac afin de voler au-dessus des voies, en vain. La force aérienne ougandaise avait décollé en urgence, et des avions à réaction avaient strié les cieux en tous sens, en vain. La nuit étant complètement tombée, on arrêta toute activité aérienne, c'était inutile.

Les gens qui se présentaient devant Amin pour lui annoncer ces nouvelles répugnaient grandement à entrer dans la pièce et répugnaient encore plus à dire ce qu'ils avaient à dire. Mais Amin était trop irrité par la disparition de son train pour faire attention à la peur visible dans les yeux de ses subordonnés, et perceptible dans leur voix. (D'ailleurs il avait l'habitude qu'on eût passablement peur de lui.) Parfois il posait une question d'une voix lourde et basse, parfois il rejetait avec mépris telle ou telle hypothèse absurde. Mais en général il restait assis en silence, immobile comme dans son labyrinthe le Minotaure attendant sa nourriture. La nourriture, en l'occurrence, ce seraient les responsables de la disparition de son train.

Et de la disparition de Chase. Ali Kekka avait échoué, dans une tâche pourtant bien simple : ramener Chase à Kampala. L'homme avait de nouveau disparu. *Comme le train.*

Tous, y compris Amin, s'accordaient sur un point : il fallait que le train fût *quelque part.* Mais ce n'était pas d'un grand secours. Toutefois cela signifiait qu'on allait continuer les recherches ; tôt ou tard on trouverait le train – et l'explication de sa disparition. Il était impossible que le mystère demeure irrésolu.

Ce qui ouvrait une possibilité d'enquête féconde. Le chemin de fer était relativement moderne, on n'avait pas achevé le pont sur le Nil, à Jinja, avant 1931 ; seulement quarante-six ans auparavant. Sûrement il se trouvait des hommes encore en vie qui avaient travaillé sur cette portion de l'itinéraire, et qui se rappelleraient s'il y avait eu une voie parallèle, ou un embranchement à présent hors d'usage, ou n'importe quoi qui pût abriter un train à l'écart de la ligne. Les recherches étaient en cours pour découvrir de tels employés, avec difficulté car l'Ouganda de la période récente ne s'était guère soucié de conserver des archives.

La nuit était tombée et Idi Amin ne bougeait pas. On lui apporta sur le bureau de la bière et des sandwiches qu'il mastiqua lentement, faisant rouler ses mâchoires comme s'il écrasait la tête et les membres des coupables. Le téléphone sonna comme il finissait, et c'était un colonel de l'aviation appelant d'Entebbe pour dire que tous les appareils étaient maintenant au sol pour la nuit, mais qu'ils seraient révisés et approvisionnés en carburant et prêts à redécoller à l'aube. Un homme de la Commission du café d'Ouganda entra à contrecœur, et annonça que les équipages des avions-cargos qui attendaient à Entebbe, ainsi que Sir Denis Lambsmith de l'Office international du café, avaient tous été informés que le train de café était en panne à l'est de Jinja mais en cours de réparation, et qu'il arriverait à Kampala dans la journée de demain.

Amin considéra l'homme.

— Il faudra d'abord le trouver, dit-il.

L'homme de la Commission du café était amateur de livres, un peu plus éduqué que les militaires dont Amin préférait le voisinage.

— Nous devons nous rappeler le conseil du grand détective anglais Sherlock Holmes, dit-il. «Éliminez l'impossible», dit toujours Sherlock Holmes, «et ce qui reste, si improbable que ce soit, c'est la solution.»

— Sherlock Holmes, hein? grogna Idi Amin à l'adresse de l'homme — qui ne l'agaçait pas suffisamment pour qu'il le fasse torturer et tuer. «Éliminer l'impossible», hein? (Il leva la main gauche, doigts écartés, décomptant les éléments.) Un train ne peut pas s'en aller sans rails. On ne peut pas cacher un train parce que c'est trop gros. Un train ne peut pas disparaître. Le train a disparu. Voilà vos impossibilités. (Il pointa un doigt semblable à un gourdin sur le malheureux représentant de la Commission du café.) Alors, dit Amin, dites-moi. Dites-moi ce qui reste?

63

En ligne brisée, les dix radeaux sortirent de Macdonald Bay, lents et peu maniables, leurs moteurs grinçant et s'échinant sous le poids. Chaque radeau de six mètres de côté avait un chargement de quatre mètres de haut, des bâches grises recouvrant les sacs de café, quatre ou cinq hommes perchés dessus. Frank était sur le radeau de tête, avec Chase ligoté d'un côté, et derrière eux Charlie qui jabotait avec deux autres Bantous près du gouvernail de fortune.

Il faisait presque nuit noire. Le quartier de lune éclairait peu. En se retournant, Frank distinguait à peine les deux radeaux suivants, vautrés sur le lac calme comme deux valises imbibées provenant d'un paquebot naufragé. Il avait fallu trois heures pour venir de Port Victoria, mais il faudrait plutôt une demi-douzaine d'heures pour le retour.

De temps en temps Chase s'agitait furieusement, semblant avoir quelque chose à dire d'urgence; mais chaque

fois qu'il se tortillait et poussait des grognements sous
son bâillon malpropre, Frank ou bien Charlie le cognait
pour le faire taire. Cependant Frank avait réfléchi à l'indication lâchée par Chase un peu plus tôt, à l'idée qu'il
pouvait les avoir doublés de telle manière qu'ils auraient
peut-être des ennuis en route. Quand on fut sorti de la
baie et qu'on eut achevé le long et lent virage vers l'est
autour de Bwagwe Point, Frank piétina donc les sacs
couverts de bâche pour rejoindre Chase étendu, tout saucissonné, comme une mouche qu'une araignée a mise de
côté pour un prochain repas. Frank s'accroupit près de
l'homme et lui tapa du poing dans la tempe pour attirer
son attention.

— Je vais t'enlever ce bâillon. Si tu as quelque chose
à dire, tu le dis. Mais ne gueule pas ou tu le regretteras.

Chase hocha la tête avec précipitation et angoisse. Il
tentait déjà de parler à travers le bâillon.

— Attends une minute, dit Frank qui se démenait avec
le nœud fait par Charlie ; puis, quand il eut enfin ôté le
bâillon, Chase, tout d'abord, ne put que tousser et
cracher et s'éclaircir la gorge. Frank attendait. Chase
parla enfin d'une voix rauque :

— On fait un marché ?

— Avec toi ? demanda Frank, sans sourire.

— Si on ne fait pas un marché, insista Chase étendu
qui se tordait le cou pour dévisager Frank, tu es un
homme mort, et je suis probablement un homme mort.

— Raconte-moi ça, Chase, dit Frank. Qu'est-ce que tu
nous as mijoté ?

— Est-ce qu'on fait un marché ? (Chase était pressé, il
s'arc-boutait contre ses liens.) Il y a de l'argent à
prendre, Frank, beaucoup d'argent. On pourra *tous les
deux* prendre notre retraite.

— Raconte ton truc.

Mais Chase hésitait encore :

— Est-ce qu'on s'arrange ? Est-ce que tu marches avec moi ? Puis-je te faire confiance ?

— Regarde où tu es, dit Frank en rigolant. Si je veux, je n'ai qu'à te pousser par-dessus bord. Plouf, t'es plus là. Baron Chase disparaît à jamais. Bouffé par les poissons. Tu veux faire *un marché* ? Raconte-moi ton truc ou ferme ta gueule.

Chase réfléchit quelques instants, manifestement mécontent. Sa joue semblait à vif là où elle avait frotté contre la bâche. Il prit une profonde inspiration et hocha la tête.

— Je suis forcé, Frank. Tu es mon seul espoir.

— Dur, commenta Frank.

— J'ai vendu le café, dit Chase.

— Vendu ? (Frank était perplexe.) *Ce* café ? À qui ?

— Peu importe. Un type en Suisse. Tu n'en as jamais entendu parler.

— Pourquoi t'achèterait-il du café à *toi*, Chase ?

Chase appuya sa tête contre la bâche bosselée. Sa voix parut plus lasse :

— Il fait partie du consortium qui achète le café. Qui l'achète en premier. Je lui ai dit que j'avais des informations et que le café ne sortirait pas du pays. Lui et ses associés allaient être marrons. Mais peut-être pouvais-je lui trouver une autre cargaison. Le prix a monté, de toute façon ; il peut faire payer davantage aux Brésiliens si ce n'est plus le même café. Il réduit ses pertes, et moi — nous — nous faisons un joli bénéfice.

— Il a marché ?

— Il m'a dit que si le café disparaissait et si j'avais du café de remplacement, c'était d'accord.

— Encore un enfant de chœur, dit Frank. Vous arrangez ça comment ?

— Je livre à ses représentants à Dar.

Dar es-Salaam, capitale de la Tanzanie, est un grand

port sur l'océan Indien, le deuxième après Monbasa pour le tonnage des marchandises. Mais c'était à plus de quinze cents kilomètres d'ici.

— Comment tu le transportes là-bas? demanda Frank.

— En train à partir de Mwanza.

Mwanza. De même que Kisumu était le principal port kenyan sur le lac, Mwanza était le principal port tanzanien, tout à fait au sud, à l'extrémité du lac, à trois cents kilomètres et plus.

— Ces radeaux ne peuvent pas aller jusqu'à Mwanza, dit Frank.

— Je sais. (Chase hésita de nouveau, manifestant qu'il abordait le point critique. Il commença prudemment.) Il y a un Asiate nommé Hassanali.

— J'en ai entendu parler, dit Frank. C'est ses moteurs que nous avons. Il a eu des ennuis avec la police.

— J'ai provoqué ses ennuis, fit Chase avec une certaine fierté.

— Pourquoi?

— Il possède un cargo, l'*Angel*, basé à Kisumu.

— Je connais l'*Angel*. Vachement gros, pour ce lac, mais nous ne traitons pas avec lui. C'est un voleur, pire que les chemins de fer. Mais pourquoi provoquer des ennuis à Hassanali?

— Il ne voulait pas traiter, mais le commandant de l'*Angel*, le capitaine Usoga, voulait bien.

Frank contempla les eaux vides sur l'avant. Il faisait très noir, à part de minuscules reflets de lune sur les vaguelettes.

— Tu nous as collé l'*Angel* quelque part devant nous, dit Frank. Pour nous braquer.

— Oui.

— Ils doivent avoir des hommes armés à bord. (Frank se retourna du côté des autres radeaux.) Ils vont se pointer et nous flinguer tranquillement.

— Pas si nous faisons un marché. Pas si je hèle le capitaine Usoga, si je lui dis qui je suis. Il a besoin de moi vivant pour toucher son argent.

Frank contempla l'homme ligoté avec une sorte d'étonnement, presque avec admiration.

— Tu es un *pirate*, Chase, tu sais? Tu es un putain de *pirate*.

Chase ne fit pas de commentaire.

— C'est bon, grogna Frank en scrutant vers l'avant. Où est-ce qu'ils comptent nous sauter?

— Je ne sais pas.

— Tu es un menteur, mais ça ne fait rien. Moi, je sais. Le seul bon endroit, c'est le détroit entre l'île Sigulu et Matale Point.

— Frank! (Chase se débattit dans ses liens.) Tu ne peux pas leur échapper! Frank, non seulement tu vas te faire tuer, mais tu vas *me* faire tuer!

— Ferme-la, lui dit Frank. Je réfléchis.

Debout, il médita une minute, puis se détourna et se dirigea vers Charlie et les autres, à l'arrière près du gouvernail improvisé. Chase le héla mais Frank n'en tint pas compte. Il rejoignit les trois Bantous.

— Charlie, ma vieille, je vais te faire des confidences.

— Ah, chouette! déclara Charlie. (La lune faisait luire ses yeux brillants, ses dents blanches et son menton baveux.)

— T'as déjà entendu parler de pirates, Charlie?

— Oh, oui, dit Charlie. Pour de bon, au cinéma. Ils se balancent sur des cordes. Ils ont des épées.

— C'est ça. Et il y en a qui nous attendent. Mais pas avec des épées. Avec des fusils.

Charlie jeta un regard circulaire et rapide au radeau.

— Complètement mauvais, déclara-t-il.

— Je pense qu'ils nous attendent près de l'île Sigulu. Dans le détroit, entre l'île et le rivage.

— Ah, oui, approuva joyeusement Charlie. Embuscade. Très bon.

— Bon pour eux, pas bon pour nous. (Frank désigna les deux autres Noirs qui regardaient et écoutaient et ne saisissaient même pas un mot d'anglais sur dix.) Ils savent nager, l'un ou l'autre ?

— Oh, excellente capacité. Ce sont des Luo, tous les Luo savent nager.

Les Noirs sourirent en entendant le nom de leur tribu. Frank leur sourit en retour.

— Charlie, dit-il, je veux que l'un d'eux nage jusqu'au radeau suivant, et puis jusqu'au suivant, et à celui d'après, et ainsi de suite jusqu'au dernier radeau où se trouve Isaac. D'accord ?

— Longue natation, observa Charlie.

— Il n'a qu'à se laisser flotter, dit Frank avec impatience. Il attend que le radeau le rattrape. À chaque radeau, il passe le mot. Il y a des pirates devant, nous devons nous resserrer, nous allons contourner l'île Sigulu par l'autre côté.

— C'est bien plus long.

— On n'y peut rien. Dis-lui.

Charlie choisit donc un des deux Bantous et se mit à lui exposer la chose dans son fichu swahili. Avant qu'il eût fini, Chase se mit à appeler et à hurler.

— Explique-lui bien, qu'il se rappelle, dit Frank à Charlie qui jabotait ; puis il franchit les sacs de café et alla donner un coup de pied dans la tête de Chase.

— Tu parleras quand on te parlera, dit-il.

64

À la lumière de sa torche électrique minuscule, Lew examina le prêtre mort dans la camionnette. On l'avait frappé très violemment à la tête, plus d'une fois, et il avait énormément saigné pendant qu'il gagnait un monde meilleur. Les macules de sang sur le métal indiquaient que l'attaque avait sans doute eu lieu ailleurs, puis on avait jeté le corps dans la benne et on avait roulé jusqu'ici.

Lew décrivit lentement un cercle, promenant son pinceau de lumière sur la route, la voie, les arbres et les buissons alentour. Aucune trace de Balim le Jeune. Ou il était vivant et était parti, ou bien il était mort et un animal quelconque avait emporté le corps pour dîner. Mais dans ce dernier cas, n'y aurait-il pas des traces, quelque indication ? Il n'y avait rien ; rien que la vieille guimbarde noire arrêtée juste devant les voies, dirigée vers l'aval, la portière du conducteur ouverte, et dans la benne le cadavre habillé en prêtre.

Portière ouverte, mais pas d'éclairage intérieur. Lew gagna la cabine, s'assit de côté sur le siège de conducteur, découvrit la petite ampoule dans son sachet de plastique translucide, et la remit en place dans sa douille. Une faible lumière luisit. Lew ôta l'ampoule et reprit pied près de la portière.

Il voyait maintenant comment Chase avait fait. Descendre la route, s'arrêter ici ; Balim le Jeune devait être en aval des voies, incapable de distinguer quoi que ce fût au-delà des phares. Laissant les phares allumés pour leurrer le guetteur, Chase s'était glissé dehors — pas d'ampoule intérieure pour le trahir — et avait attendu que Balim le Jeune vienne voir. Il devait y avoir des traces.

Lew se pencha très bas, parcourant le sol avec son pinceau de lumière, en petites courbes lentes, à partir de la portière ouverte et en allant vers l'arrière. C'est juste à côté de la roue arrière qu'il trouva la tache de sang, encore molle au toucher. Il n'y en avait pas beaucoup, et le sol alentour ne portait pas de traces de lutte. Vivant, donc.

Il se redressa, éteignit sa lampe et attendit que ses yeux se réhabituent à l'obscurité, la main gauche posée sur le flanc rouillé de la camionnette. Balim le Jeune avait repris conscience et s'était éloigné. Où ? Bien que les clés fussent dans la camionnette, il n'avait pas pris le véhicule, ni pour tâcher de les rattraper au lac, ni pour filer en sens inverse. S'était-il évanoui après s'être éloigné ?

S'ajoutant à tout le reste, la question de temps commençait de peser sur Lew. Il était presque vingt-deux heures. Il y avait neuf heures qu'on avait braqué le train. Tôt ou tard les autorités ougandaises trouveraient forcément ce vieux dépôt, sur une vieille carte ou une vieille liste annuelle. *Dépôt d'entretien numéro 4 – Iganga*. Quand on apprendrait son existence, on arriverait en force, et on n'attendrait pas le jour pour ça.

— Si j'étais Bathar, murmura Lew dans l'ombre, qu'est-ce que je ferais ?

Descendre au dépôt. Puis foncer, avec la camionnette. Mais il n'avait pas pris la camionnette.

Tout de même, le dépôt d'abord. Peut-être était-ce là qu'il s'était évanoui de nouveau, ou qu'il était simplement assis par terre, abandonné et désespéré.

Lew avait laissé le camion militaire juste en contrebas du passage à niveau. Il y retourna, sauta à bord, démarra, alluma ses feux et redescendit jusqu'à la route Ellen en marche arrière. Là il manœuvra, tournant le volant avec autant d'énergie que Frank dans ses pires moments, et il s'engagea sous bois.

Mais Bathar n'était pas au dépôt. Les quatre derniers wagons étaient sur l'embranchement, attendant patiemment de devenir la principale pièce à conviction de l'enquête imminente. Le paysage était parsemé de bouteilles de bière vides, comme si tous les joueurs de base-ball amateurs de Chicago avaient pique-niqué là. De petits animaux galopaient pour fuir la lumière, abandonnant les bribes de nourriture. Quand Lew eut coupé le moteur et se dressa sur le marchepied pour écouter, il entendit l'eau battre le rivage rocheux de Thruston Bay, au pied de la falaise.

— Bathar! appela-t-il quatre fois en se tournant vers les quatre points cardinaux; mais rien ne répondit.

Reprenant la route Ellen, il alla plus lentement, examinant les taillis à droite et à gauche. Arrivé à la route du lac il s'arrêta encore pour appeler Bathar, puis il vira vers l'amont et remonta vers la ligne de chemin de fer.

Parti, voilà tout. Errant dans les bois, ou tentant de regagner la frontière à pied, ou inconscient quelque part dans le voisinage, ou somme toute mort.

Lew chassa Balim le Jeune de son esprit. Il avait perdu son temps en redescendant, il n'avait fait que se retarder, et se retrouver coincé en Ouganda. Maintenant qu'il avait brûlé ses vaisseaux, il était temps de nager.

Balim le Jeune avait décidé de ne pas prendre la camionnette, mais Lew la préférait au camion militaire qui risquait à présent d'attirer trop l'attention. Laissant ses phares allumés pour s'éclairer, il franchit les voies à pied, ouvrit le capot de la camionnette et se macula la figure et les mains avec du cambouis. Puis il traîna le mort par terre et le fit rouler hors de la route, essuyant le cambouis de ses paumes sur la veste de l'homme.

Le moteur de la camionnette répugna à démarrer; il toussait et se rendormait, comme un ivrogne sur un perron. Mais Lew le traita patiemment, comme une demoiselle de l'Armée du Salut, et finalement la toux se prolongea, le moteur s'éveilla complètement, et se mit bel et bien au travail quand Lew embraya.

Il fit demi-tour sur le passage à niveau, puis remonta vers la grand-route. Les amortisseurs étaient morts et les roues sautaient et cognaient sur la chaussée de terre striée. À l'intersection de l'A109, deux voies silencieuses et vides dans les ténèbres, il n'hésita qu'une seconde.

C'est ici qu'on l'avait alpagué, exactement. Le souvenir du State Research Bureau lui revint, fort et vif, toutes les puanteurs, toutes les visions d'horreur. Il ne pouvait pas retourner là-bas ; il *n'osait pas*. Ils se souviendraient de lui aussi clairement qu'il se souvenait d'eux, et il savait ce qu'ils feraient cette fois. Ils commenceraient par lui massacrer une jambe ou les deux, pour l'empêcher de bouger. Peut-être lui ôteraient-ils aussi quelques doigts à moins qu'ils lui coupent simplement les deux mains. Ensuite ils seraient prêts à commencer.

Il ressentait physiquement l'appréhension de la souffrance. Ses poignets le brûlaient, éprouvant la lame.

— Saleté de Bathar, murmura-t-il.

Non. Saleté de Chase, plutôt, ou peut-être saleté de tout le monde. Ou con que je suis de m'être porté volontaire, de n'avoir pas pu chasser l'image de M. Balim apprenant la nouvelle. C'est pour éviter d'être présent quand M. Balim l'apprendrait qu'il était revenu dans cet enfer.

— Je pourrais être sur le radeau, marmonna-t-il. À mi-chemin du retour. (Il enclencha la première avec le levier au plancher, relâcha la pédale d'embrayage, et s'engagea sur l'A109, tournant à gauche, vers l'ouest, vers Jinja et Kampala.) À mi-chemin du retour, répéta-t-il.

65

— Repose-toi, dit Isaac.

L'homme ruisselant, épuisé, hocha la tête et se laissa tomber sur la bâche qui couvrait les sacs, tandis qu'Isaac rejoignait le barreur pour lui annoncer le changement de cap. Les deux autres passagers du radeau, accroupis près du messager épuisé, le contemplèrent avec de grands yeux. Des pirates !

Isaac n'utilisa pas ce mot mélodramatique.

— Nous changeons de cap, dit-il au barreur. Il peut y avoir un bateau près de Matale Point qui veut nous voler le café. Alors nous allons contourner Sigulu.

— C'est beaucoup plus long, dit le barreur.

— Mais c'est plus sûr. S'il y a vraiment ce bateau.

— Vous auriez dû nous donner des armes à tous, fit le barreur d'un air de matamore.

— Oh, mieux vaut que nous n'ayons pas à combattre. Tâchons de rester tout près du radeau précédent.

— On devrait avoir des armes, insista le barreur.

— On n'y peut rien, dit Isaac qui s'éloigna vers l'avant, peu désireux de continuer cette conversation ; et il ne voulait pas non plus se laisser aller à répéter les raisons pour lesquelles, selon Lew, il ne fallait pas armer ces amateurs ; il était lui-même un amateur, et il ne doutait pas que Lew eût raison.

Le messager était toujours étendu sur le dos, contemplant le quartier de lune, son torse pompant l'air. En une heure il avait plongé neuf fois dans l'eau, nagé d'un radeau au suivant, escaladé la montagne de sacs, et transmis le message de Frank Lanigan ; puis plongé de nouveau après une brève pause. Au cinquième radeau il était très fatigué, et d'autres avaient proposé de transmettre le message, mais il avait refusé. Comme la plupart des hommes, il vivait dans la terreur de Frank Lanigan — ce que Frank, connaissant seulement la poltronnerie de Charlie, aurait été stupéfait et un peu perplexe d'apprendre — et c'était à *lui* que Frank Lanigan avait confié la mission. Il ne voulait la transmettre à personne, il voulait finir le travail lui-même. Et c'est ce qu'il avait fait, bien qu'il eût été près de se noyer pendant les deux derniers trajets, et à présent, il était si épuisé qu'il ne pouvait même pas rendre à Isaac son sourire encourageant.

— Sigulu, dit un homme qui pointa le doigt vers tribord avant.

Isaac scruta mais ne distingua rien encore. Malgré le quartier de lune, malgré le ciel presque sans nuages plein d'étoiles brillantes et minuscules comme des têtes d'épingles, la nuit était très noire, le lac était de velours sombre, sa douceur obscurcissait tous les contours. La côte ougandaise avait disparu presque aussitôt après leur départ de Macdonald Bay, et depuis lors ils auraient aussi bien pu être au milieu de l'océan Atlantique ou sur quelque nuage bourbeux voyageant entre les planètes.

— Est-ce qu'il y a vraiment des pirates, monsieur Otera ? demanda l'homme qui avait désigné l'île de Sigulu.

— Eh bien, il y a sûrement des voleurs en ce bas monde, dit Isaac en souriant pour en faire une plaisanterie et tâcher de rassurer l'homme. Nous avons volé un train. Quand ils font ce genre de chose sur l'eau, on appelle ça des pirates.

— On ne peut pas voler un train sur l'eau, observa l'homme.

Un autre lui jeta un coup d'œil apitoyé.

— Comment peut-on être si stupide ?

Un bruit sifflant fit dévier leur attention. C'était le messager, trop épuisé pour rire, et qui riait. Cela fit rire les autres, et quand ce fut fini tous étaient copains comme avant.

— Maintenant je vois l'île, dit Isaac.

C'était une forme basse devant eux. Le radeau précédent obliquait déjà vers la droite pour la contourner. D'ici, le jour, on apercevait à la fois les côtes du Kenya et d'Ouganda, mais dans ce moment rien n'était visible que cette carapace laineuse et bossuée affleurant les eaux et se dressant.

Isaac gagna l'arrière pour s'asseoir près du barreur et regarder l'île Sigulu défiler lentement. Elle faisait quinze bons kilomètres de long, et au train où ils allaient elle serait sans doute sur leur gauche pendant près d'une heure.

Une demi-heure après qu'ils eurent aperçu l'île, le barreur interpella Isaac d'une voix bizarrement sourde :

— Monsieur Otera.

— Oui ?

— Il y a quelque chose derrière nous, monsieur Otera.

Un frisson parcourut l'épine dorsale d'Isaac. D'abord il ne pensa même pas aux pirates. Isolé sur l'eau, environné de néant, saisi par l'étrange formule du barreur — « Il y a *quelque chose* derrière nous » —, Isaac imagina d'abord des spectres, des monstres lacustres, surnaturels et insensés. Mais quand il se retourna, la nuque en chair de poule, cette forme noire qu'il vit se diriger sur eux, sans feux, ouvrant un brutal V d'écume blanche devant soi, n'avait de surnaturel que son nom. C'était l'*Angel*, las d'attendre, qui les traquait au large. Et qui les avait découverts.

L'*Angel*, initialement baptisé le *Kikuyu*, avait été construit sur commande du Service maritime des Chemins de fer du Kenya et d'Ouganda, en 1925, et, jusqu'à l'achèvement du *Victoria* en 1959, c'était le plus gros bateau du lac. Long de soixante-quinze mètres, avec un travers de douze mètres, sa capacité de chargement était de onze cents tonnes. Mais il n'avait presque aucune capacité de transport de passagers, et les Chemins de fer le jugeaient trop gros et trop coûteux, et le vendirent donc en 1963 à une société privée. À présent le bâtiment avait eu quatre propriétaires et trois noms successifs, et son déclin apparaissait : rouille, fuites persistantes, tuyauteries rongées, machines peu sûres. Mais il demeurait gros, et rapide quand il était à vide, et il fonçait vers les radeaux tel Jaggernaut, dieu des dieux, haut et sombre et inexorable.

— Couchez-vous ! Les pirates ! hurla Isaac qui se jeta contre la bâche.

Une lumière blanche le baigna : un projecteur à la proue du navire. Sans lever les yeux, Isaac croisa les mains sur sa tête, s'écrasa le nez contre la bâche grise, et pria pour être invisible.

Le bruit qui crépita parut si mince sur la vaste solitude du lac, qu'Isaac ne comprit pas tout de suite que c'était une mitrailleuse qui les balayait. Des hurlements se mêlèrent au crépitement, ainsi que les claquements secs de fusils de guerre.

Ils ne nous laissent pas une chance ! pensa Isaac comme si l'on jouait à un jeu qui avait des règles. Terrifié, se croyant déjà mort, il s'aplatit encore plus sur la masse bossuée des sacs de café. Une guêpe piqua sa cuisse gauche et il poussa un couinement étouffé contre la bâche.

Le mitrailleur avait un problème. Il tirait sur les radeaux à partir d'une position élevée, et avait l'ordre d'éviter autant que possible de mitrailler la cargaison. Les hommes qui s'aplatissaient étaient des cibles extrêmement difficiles, mais ceux qui s'asseyaient ou prenaient le temps de crier ou se précipitaient pour sauter étaient faciles à cueillir. Et ceux qui réussissaient à plonger, les fusils s'en chargeaient dans l'eau, avec l'aide des projecteurs secondaires.

Quand l'éblouissante lumière blanche s'écarta d'Isaac, il leva un regard éperdu et vit que l'*Angel* dépassait déjà le radeau voisin, le clouant sous ses projecteurs, dans le fracas et le claquement des tirs.

Sur le dernier radeau, le barreur et un homme avaient purement et simplement disparu, il restait Isaac et le messager et un autre. Isaac se hâta vers eux à quatre pattes.

— Êtes-vous blessés? Êtes-vous blessés? gémissait-il.

Aucun d'eux n'était touché mais tous deux étaient aussi affolés qu'Isaac lui-même, qui avait une déchirure de huit centimètres dans le gras de la cuisse.

— Qu'est-ce qu'on fait? demanda le messager en claquant des dents. Ils vont revenir!

— On nage jusqu'à Sigulu, dit Isaac. Notre seule chance.

— Sigulu est en Ouganda! fit l'autre avec horreur. Monsieur Otera, demain...

— Que Dieu nous vienne en aide demain, dit Isaac. Mais si nous restons ici maintenant, ils vont sûrement nous tuer.

— Regardez! Regardez! cria le messager.

L'*Angel*, filant à la hauteur du troisième radeau, virait brusquement, sans plus tirer, cap au large. Par-delà le navire, il y avait un remue-ménage confus, d'autres lumières, d'autres tirs. Tandis qu'Isaac, les yeux écarquillés, essayait de comprendre ce qu'il voyait, on entendit le *phoum!* autoritaire d'un petit canon de marine, on vit un éclair de départ, et une grande gerbe d'eau jaillit près de l'*Angel* qui virait.

— D'autres pirates! hurla le messager qui tomba à genoux: Ah, Sainte Mère de Dieu! Ah, Sainte Mère de Dieu, jette les yeux sur ton petit enfant!

La pièce de marine aboya de nouveau, et la gerbe jaillit cette fois derrière l'*Angel*. Isaac y voyait plus clair à présent, et distinguait deux navires poursuivant les pirates. C'étaient des embarcations petites, minces et rapides, peintes en blanc et enguirlandées de lumières. L'une d'elles tira un obus, puis l'autre.

Le quatrième tir frappa l'*Angel* haut sur bâbord, derrière la passerelle. Une masse de fumée jaillit aussitôt, comme si elle avait été stockée d'avance à l'intérieur, et un instant plus tard des flammes orange se faufilèrent par la brèche ouverte dans la coque.

Les deux navires de chasse vinrent à la hauteur de l'*Angel*, continuant de tirer, réduisant la distance, atteignant une précision de tir sur cible. Les trous, les flammes et la fumée transformèrent l'*Angel* en une scène de théâtre convulsif, en catastrophe spectaculaire sur les eaux tranquilles. Des silhouettes se tordaient sur fond de flammes orangées et tombaient ou sautaient dans l'eau.

Pendant qu'un des navires blancs restait près de l'*Angel* et continuait de le harceler de tirs durant son agonie, l'autre vira au loin, décrivant un grand arc de cercle qui le ramena derrière la file de radeaux. Comme il approchait, Isaac vit le drapeau à sa poupe : trois bandes horizontales, noir, rouge, vert, séparées par de minces bandes blanches, et avec au milieu des sagaies croisées et un bouclier masaï. Le drapeau kenyan. La marine du Kenya.

— Nous sommes sauvés, chuchota Isaac. (Son souffle lui raclait douloureusement la gorge.)

Les sauveurs ralentirent à la hauteur du radeau, braquant dessus leur projecteur.

— Trafiquants, fit une voix de stentor, vous êtes en état d'arrestation. Vous allez vous rendre à terre avec nous, à Port Victoria.

— Merci, Sainte Mère de Dieu, dit le messager.

Mais l'autre était indigné. Tandis que la vedette poursuivait sa route pour avertir les autres radeaux, il la considéra avec fureur, les mains sur les hanches :

— Nous sommes dans les eaux ougandaises ! déclara-t-il. Ils n'ont *pas le droit* de nous arrêter !

— Il faudra le leur dire, fit Isaac, quand nous serons tout à fait en sécurité.

66

La petite maison de Patricia sur la colline de Nakasero était, comme Patricia elle-même, nette et moderne et superbement décorée, et pourtant impersonnelle. Mais Patricia ne se sentait plus impersonnelle – Denis avait provoqué ce changement en elle – et elle pouvait donc quitter sans regret cette maison qu'elle avait aimée.

Elle n'avait encore jamais amené Denis ici, peut-être parce qu'elle craignait inconsciemment que la maison révèle trop sa vraie personnalité ; mais à présent ce n'était plus qu'une coquille caduque, le cocon de l'ancienne Patricia. Son intention, en amenant Denis ici, maintenant, était de se révéler, de lui montrer quel vide il avait comblé, pourquoi elle lui était reconnaissante.

Et puis bien sûr ce devait être leur dernière nuit à Kampala. On avait prévu que Denis en finirait dans la journée avec son affaire de transport de café à partir d'Entebbe, et ils passeraient la nuit là dans la maison de Patricia, et le lendemain ils s'envoleraient pour toujours. Mais comme le train avait eu une panne, il y avait un retard agaçant ; pas plus d'une journée, sûrement, mais agaçant tout de même.

Patricia avait prévu le menu et la soirée avec grand soin. Sa cuisinière était une Ougandaise qui avait été pendant des années au service d'une riche famille d'Asiates ougandais. Ceux-ci l'avaient emmenée avec eux lors de leurs fréquents séjours en Europe, et l'avaient envoyée à divers cours de cuisine en France et en Suisse. Elle était maintenant un cordon-bleu émérite et subtil, et c'est avec sagacité – mais avec amour aussi – qu'elle considérait les denrées disponibles en Ouganda, et qu'elle adaptait son savoir-faire sophistiqué aux victuailles locales.

Elle et Patricia avaient conçu le dîner ensemble, tandis qu'elle pleurait. (Elle allait rester en Ouganda avec sa famille ; Patricia lui avait donné une prime d'adieu telle que son cœur avait un instant cessé de battre. Les deux femmes éprouvaient une réelle affection l'une pour l'autre.)

La dernière action que fit la cuisinière dans le service de Patricia fut de servir le repas. Denis et Patricia étaient assis dans la petite salle à manger, près de la fenêtre qui donnait sur le jardin, lequel était illuminé par de petits projecteurs ambrés dissimulés sous les plantes. Patricia sourit :

— Voilà ce que nous sommes devenus.

Denis versa l'aimable pouilly-fuissé, et ils trinquèrent à eux-mêmes. Puis le dîner commença par des avocats d'Afrique, replets, doux et onctueux, fourrés à la langouste. Le même vin accompagna une entrée de poisson d'eau douce, au goût délicat et évanescent, frit sans être huileux.

Le plat de résistance était un cari d'agneau avec beaucoup de condiments doux ou épicés, et des lentilles, et des haricots verts petits et fins comme des moustaches de chat, accompagnés d'un médoc Château-Montrose limpide. Comme dessert, des fruits variés : mangues, divers melons et pastèques, fruits de la passion, ananas – avec un sorbet maison, et un moselle Zeltinger léger et sec.

Ils s'attardèrent à dîner pendant des heures, seuls à présent dans la maison, et quand ils eurent fini ils firent l'amour avec douceur et sans précipitation.

Plus tard ils parcoururent la maison, choisissant ce que Patricia allait emporter et ce qu'elle allait laisser derrière elle. Il y avait de petits objets, intrinsèquement beaux, dont elle ne voulait plus à cause des circonstances de leur acquisition. Elle se mit à expliquer pourquoi elle les rejetait, et ils devinrent une sorte d'itinéraire autobiographique et de confession, une manière d'en finir avec le passé. Denis se tenait près d'elle, tenant les petits objets, écoutant leur histoire, l'acceptant, les chassant dans le néant, absolvant Patricia d'un sourire et d'un hochement de tête.

Le coup à la porte, peu avant minuit, ne fut qu'un léger dérangement – un domestique revenait chercher un objet oublié ou quelque chose de ce genre – jusqu'au moment où Patricia ouvrit et les quatre hommes du SRB entrèrent, l'air mauvais derrière leurs lunettes d'insectes, stupides mais menaçants avec leurs chemises de Nylon, leurs pattes d'éléphant et leurs semelles compensées.

— Patricia Kamin, dit l'un d'eux.

— Vous me connaissez.

En effet. Et elle les connaissait tous quatre, ne fût-ce que de vue. Et bien qu'elle ne comprît pas encore de quoi il s'agissait, elle sut aussitôt que c'était très grave.

Mais sa crainte première fut pour Denis, qui entra dans le salon, tenant un morceau d'ivoire ouvré en forme de rose, avec une amorce de tige et deux épines très pointues.

— Pouvons-nous vous être utiles ? demanda-t-il en regardant froidement les quatre hommes, avec cette attitude britannique qui consiste à montrer son irritation envers la police à travers une extrême politesse formelle.

Les hommes le négligèrent.

— Venez avec nous, dit l'un d'eux à Patricia.

— Certainement pas, dit Denis en s'avançant brave-
ment. Me direz-vous au juste ce que...

— Denis ! (Elle était terrifiée pour lui ; manifestement
il ne voyait pas la fragilité de sa position.) Denis, non.

— Je connais ce pays, Patricia, dit-il. Je ne vais certainement pas te laisser emmener par ces...

Deux des hommes s'avancèrent pour prendre Patricia
par les bras. Et puis tout se passa très vite. Denis, tout en
parlant, voulut s'interposer ; l'homme qui avait interpellé
Patricia tendit la main pour repousser Denis ; celui-ci
repoussa la main avec la sculpture en ivoire, qui s'y
planta ; l'homme arracha l'ivoire planté dans sa main,
puis hurla et le laissa tomber par terre ; il considéra avec
horreur les perforations sanglantes de sa paume.

— Du poison ! hurla-t-il. Vous m'avez empoisonné !

— Non ! cria Patricia et elle voulut se jeter entre eux
mais les deux autres lui saisirent fermement les bras ; et
celui qui se croyait empoisonné sortit un petit automatique de sa poche latérale et tira trois balles dans le
visage de Sir Denis.

Et pendant cinq minutes, ils tordirent les bras de
Patricia et lui tirèrent les cheveux pour lui faire dire le
nom du poison et son antidote. Elle répétait inlassable-
ment qu'il n'y avait pas de poison, sans se soucier de ce
qu'ils faisaient ni de ce qui se passait. Chaque fois qu'on
lui lâchait la tête elle regardait le pauvre Denis étendu
sur le sol. Jamais il n'avait compris combien ils étaient
mauvais. Jamais il n'avait voulu admettre combien les
humains peuvent être mauvais, et son refus avait fini par
le tuer.

Au bout de cinq minutes, quand l'homme éraflé se
rendit compte qu'il n'éprouvait aucun symptôme, il
abandonna l'idée qu'on l'avait empoisonné.

— Emmenez-la, dit-il. Cet homme. Il se moquait de moi.

Il alla donner un coup de pied au corps pour se soulager, puis suivit Patricia et les autres qui quittaient la maison.

67

Quand les deux fonctionnaires sortirent le matériel radio du coffre de la Mercedes et l'installèrent sur le capot, Balim fut d'abord stupéfait. Déjà ils avaient amené à Port Victoria un plein camion de soldats, lesquels étaient à présent au repos, allongés sur la pente herbeuse entre l'hôtel et le rivage ; qui donc ces fonctionnaires-si-fonctionnels avaient-ils encore à joindre ?

Quelqu'un. Godfrey Magon prit le micro et énonça un tas de lettres et de chiffres, encore et encore, avec une patience exaspérante et vaine, jusqu'au moment où la radio répondit d'une voix si rauque et si déformée par les parasites et le mauvais diffuseur que Balim ne put comprendre un mot. Mais Godfrey Magon, apparemment, put ; il répliqua par phrases vives, par questions rapides auxquelles répondait le même grognement brutal et insensé. Enfin satisfait, Magon posa le micro, alluma un cigare, et s'appuya au pare-chocs de la Mercedes pour contempler le lac obscur avec satisfaction et complaisance.

Entre-temps, Charles Obuong admirait l'hôtel à la lumière vacillante du fanal fumeux brûlant dans le baril.

— Bonne construction, dit-il à Balim. Je suis content que vous ayez traité la chose sérieusement, pas seulement comme une diversion.

— Je suis un homme d'affaires, répondit Balim. (C'était une chose qu'il voulait qu'Obuong garde pleinement en tête. Isaac lui manquait cruellement.

C'est précisément avec ce genre de personnage qu'Isaac se débrouillait toujours bien.)

— Vous êtes un très bon homme d'affaires, dit Obuong. Je n'en doute pas. Absolument pas. (De la tête il désigna l'hôtel en construction.) Savez-vous ce que je prévois comme avenir, pour cet endroit ?

Balim n'imaginait rien d'autre qu'une vente légèrement avantageuse à quelque Britannique ou quelque Allemand à la retraite, qui voudrait — avec de faibles moyens — rivaliser avec William Holden.

— J'ai hâte de savoir, dit-il.

— Ici, au Kenya, commença Obuong sur le ton d'un emmerdeur qui tient à placer son discours dans une soirée mondaine, nous sommes en train de créer une civilisation traditionnelle. C'est-à-dire une civilisation basée sur le développement de la bourgeoisie. Pas le socialisme, pas les fermes collectives de Tanzanie, précisa-t-il avec un certain mépris. Ni les États féodaux de la plus grande partie de l'Afrique noire, où la différence grandit entre la minorité riche et la multitude pauvre. Non ; nous, au Kenya, nous reproduisons, en moins d'un siècle, toute l'histoire de l'Europe.

— Intéressant, dit poliment Balim.

— Plus qu'intéressant pour *vous*, monsieur Balim, dit Obuong en souriant dans la lueur du feu. Vital pour vous. L'Asiate doit s'adapter au Kenya s'il veut y survivre. Il doit donc savoir ce qu'est le Kenya, et ce qu'il n'est pas.

— Monsieur Obuong, dit Balim, se pourrait-il que vous soyez en harmonie spirituelle avec moi ?

Le sourire d'Obuong faillit se changer en rire, mais fut remplacé par la gravité.

— Votre ancien pays, dit-il, est un pays très malheureux. Si la même chose arrivait ici, je serais personnellement terrorisé à chaque instant de mon existence. Je serais vulnérable à cause de ma position dans l'administration, et à cause de ma réussite et de mon instruction. Ma tranquillité d'esprit réclame un Kenya bourgeois et satisfait.

Balim prit un ton admiratif :

— Il y a peu d'hommes qui considèrent si clairement la question, quelles que soient leur race et leur couleur.

— Indépendamment de mes opinions personnelles, et je vous avouerai à titre privé que j'ai mes propres contradictions, je sais en tout cas que la bourgeoisie kenyane sera forcément hétérogène. Nous avons besoin des marchands asiatiques ; nous avons besoin des fermiers blancs ; nous avons même besoin des Arabes de la côte.

— Même ? fit Balim en souriant.

— Une de mes contradictions, dit Obuong qui haussa les épaules. Je veux bien m'entendre avec tout le monde, s'il le faut, pour mener une vie tranquille et confortable. Ce qui nous ramène, monsieur Balim, à votre bel hôtel.

— Ah ! oui, mon hôtel.

— Notre industrie touristique est toujours presque entièrement entre les mains des Blancs du Nord. Mais, comme vous savez, ils ne viendront jamais *ici*.

— On peut toujours espérer, murmura Balim.

— Un homme d'affaires intelligent ne vit pas d'espoir. Nous savons tous les deux, monsieur Balim, que les étrangers blancs ne viendront jamais ici, malgré le lac, le port, les possibilités. Mais *notre* bourgeoisie, hein ? Quand je prends des vacances vais-je aller dans un club-hôtel où des Suédois et des Américains me regarderont comme si j'étais une bête curieuse qui vient boire au trou d'eau ? Où est mon lieu de villégiature, monsieur Balim ?

— *Très* intéressant, dit Balim qui cette fois le pensait.

— La bourgeoisie en expansion, fit Obuong en désignant l'hôtel. Voilà l'espoir pour votre construction, monsieur Balim, de même que c'est mon espoir personnel pour l'avenir. Ne vendez pas l'hôtel quand tout ça sera fini. Ne le lâchez pas. (Il baissa la voix et se détourna de son coéquipier Magon, de l'autre côté de la voiture.) Nous pourrons en reparler, dit-il. Un peu plus tard. Dans quelques mois.

Une fleur s'épanouit dans l'esprit de Balim. Une association avec Obuong, des amitiés dans l'administration, des liens avec le ministère du Tourisme, de meilleures routes, des commerces annexes... Il faut que j'achète beaucoup plus de terrain par ici, pensa Balim, sachant qu'Obuong pensait la même chose. Mais il me faut acheter à travers des prête-noms, des indigènes, pas sous le nom de Balim. Isaac pourra...

— Regardez !

C'était Magon. Quand Balim se retourna, Magon se tenait près de la Mercedes et désignait le lac.

— Sapristi, fit Obuong dans un souffle, avec stupeur.

Loin sur le lac, des flammes jaillissaient, fumeuses et orangées ; comme une imitation massive de leur brasero.

— Bathar ! cria Balim qui se précipita lourdement jusqu'au bord de l'eau où il resta à contempler la parabole de feu sur l'horizon noir. Des tirs et des explosions s'entendaient vaguement.

Obuong avait aussitôt crié quelque chose à Magon, qui saisit le micro et appela, d'une voix modérément excitée. Obuong descendit rejoindre Balim.

— Votre fils est avec eux ?

— Oui.

— Je suis étonné. Je n'avais pas imaginé que...

Obuong s'interrompit si brusquement que Balim se retourna pour lui sourire avec amertume.

— Vous n'aviez pas imaginé que les Asiates prenaient des risques personnels, qu'ils faisaient eux-mêmes le sale boulot. Mon fils ne serait pas là-bas si cela ne tenait qu'à moi. Bathar est déjà différent, il fait partie de votre bourgeoisie. Les boutiquiers ne cherchent pas *volontairement* l'aventure.

— Ce n'est pas un radeau, ce qui brûle, dit Obuong. C'est un navire. Venez, nous allons savoir ce qui se passe.

Ensemble ils remontèrent vers la Mercedes où la radio répondait aux questions de Magon. La voix radiophonique était toujours incompréhensible pour Balim qui fut heureux quand Magon traduisit :

— Un navire a attaqué les radeaux. Nous sommes intervenus.

— Dans quelles eaux territoriales ? fit Obuong.

Tandis que Magon retransmettait la question par radio, Balim en posa une qui lui semblait plus urgente :

— Vous êtes intervenus ? Qui ?

— Nous. La marine. Nous avons envoyé deux vedettes pour être sûrs que rien ne tournerait mal. (Obuong eut un sourire clairet.) Que les radeaux ne choisiraient pas un autre point d'arrivée, par exemple.

— Ils sont dans les eaux ougandaises, dit Magon, mais il n'y avait pas le choix. C'est l'*Angel*, de Kisumu. Il tirait sur les radeaux.

Balim s'appuya au flanc frais de la Mercedes. Je suis un commerçant, je ne devrais pas être mêlé à de telles choses, ni Bathar. Qu'il parte pour Londres. Là, la bourgeoisie a gagné.

La radio continuait à grommeler et Magon à traduire :

— Ils ont attaqué et coulé l'*Angel*.

Les tirs lointains continuaient.

— Il n'est pas coulé, dit Obuong avec colère. On le voit brûler.

— Il est pratiquement coulé. Pas de survivants. (Magon haussa les épaules à l'adresse du micro.) Qu'ils s'amusent.

Obuong, morose, croisa le regard de Balim et réussit à sourire un peu.

— Je déteste le désordre, dit-il. L'excès de violence. Je ne suis pas un partisan du chaos.

— Mais le chaos a encore beaucoup de partisans en Afrique, dit Balim en contemplant au loin le navire en feu.

68

L'arme dans sa main droite, Lew se glissa dans la pénombre de l'église, qu'éclairaient seulement trois cierges près de l'autel, au fond. Trois vieilles vêtues de blanc étaient agenouillées devant des prie-Dieu à l'avant. Un jeune homme en soutane noire, avec de grandes lunettes rondes, passa devant l'autel et disparut par une petite porte latérale. Le silence de l'église était rehaussé par le chuchotement sifflant des prieuses.

En traversant Bugembe dans la vieille camionnette, à quelques kilomètres de Jinja, voyant le nom de la localité sur un panneau, Lew s'était rappelé l'évêque Michael Kibudu dans l'effroyable cellule du SRB. Mission baptiste évangélique ; l'homme avait parlé avec fierté de son église à Bugembe. Mais ce n'avait été qu'une anecdote fugitive, sans importance, jusqu'au moment où Lew était entré dans Jinja et avait vu le barrage de police du pont.

Il lui fallait franchir le Nil pour atteindre Entebbe. Si l'un des ponts de Jinja était barré, l'autre devait l'être aussi. Alors le pont le plus proche était à Mbulamuti, à soixante kilomètres au nord, et pourquoi ne serait-il pas barré aussi ? Lew ne franchirait pas un contrôle de police avec son visage blanc couvert de cambouis. C'est pourquoi il avait fait demi-tour et était revenu à Bugembe. C'était le seul lieu où il pourrait peut-être trouver de l'aide.

Il se sentit terriblement vulnérable en s'avançant dans l'allée centrale, sa main droite tenant l'arme sous sa chemise, mais aucune des femmes ne leva le nez de ses litanies. Franchissant la balustrade, Lew gagna la porte basse et pénétra dans la sacristie, où des vêtements sacerdotaux étaient accrochés sur les cloisons de bois. Le jeune prêtre était à un bureau à cylindre dans un coin, recopiant une liste de cantiques à la lumière d'une lampe à essence. Il leva la tête pour considérer Lew ; ses yeux s'affolaient derrière ses grosses lunettes.

— Tout va bien, dit Lew d'une voix basse et pressée tandis qu'il refermait la porte. Je suis un ami de l'évêque Kibudu.

Le prêtre se leva. Ses façons étaient craintives, mais vives et soupçonneuses.

— Vous connaissez l'évêque ? Puis-je vous demander d'où ?

— Du SRB. Nous étions en cellule ensemble.

— C'est *vous* le Blanc ? (La stupeur remplaçait l'anxiété.) L'évêque était sûr que vous étiez mort. Nous prions pour vous.

— C'est pas une mauvaise idée, dit Lew.

— L'évêque va être ravi, dit le prêtre en serrant ses mains l'une contre l'autre comme aurait fait un homme bien plus vieux.

— Il est *vivant* ? (Lew était stupéfait à son tour. Il sortit sa main vide de sa chemise.)

— Oh, oui, notre évêque nous est revenu. Êtes-vous recherché par la police ?

— La police. L'armée. Tout le monde. (Lew ricana.)

— Attendez ici, dit le prêtre qui sortit par une porte à l'autre bout de la pièce.

C'est seulement après la sortie du prêtre que Lew se rendit compte qu'il avait cru l'homme sur parole, sans raison particulière. Comment Kibudu serait-il vivant ?

Pourquoi son vicaire, ou quoi qu'il fût, ne serait-il pas en train d'appeler la police pour sauver sa peau ? J'aurais dû aller avec lui, songea Lew dont la main chercha de nouveau le contact réconfortant de l'arme sous sa chemise.

Mais c'est réellement l'évêque Kibudu qui apparut ensuite par la porte, souriant d'une oreille à l'autre, les bras tendus pour l'accolade.

— Dieu est merveilleux ! cria-t-il. Dieu est bon ! Vous renforcez mon espérance !

— Vous renforcez la mienne, dit Lew en souriant en retour et en laissant l'évêque lui infliger une étreinte étonnamment puissante ; puis ils se regardèrent à loisir et Lew fut content de voir que l'évêque ne gardait de son séjour au SRB que quelques cicatrices autour des yeux. Propre, son large nez chaussé de lunettes à monture de corne, l'homme avait l'air d'un lettré plutôt que d'un évêque, et pas du tout l'air d'une victime au fond d'un cul-de-basse-fosse.

Lew savait qu'il n'était pas aussi présentable personnellement. L'évêque rit de son aspect :

— C'est un faible déguisement, cette saleté sur votre figure.

— Je conduisais. Je ne voulais pas qu'on aperçoive un visage blanc. Comment vous en êtes-vous tiré ?

— Il y a un avocat à Jinja, nommé Byagwa. Parfois il peut aider dans les affaires d'ordre religieux. J'ai eu la chance que ses efforts soient finalement fructueux pour moi. Mais vous ?

Le jeune vicaire était rentré aussi et avait fermé la porte, et se tenait à l'écart, souriant, les mains croisées.

— Un ami que j'ai au Kenya a pu joindre quelqu'un du gouvernement ici, dit Lew. Ils ont persuadé le SRB qu'il y avait erreur.

— Vous avez eu beaucoup de chance, déclara

l'évêque. Oh! à propos, ajouta-t-il en désignant le jeune prêtre, voici mon assistant, le père Njuguna.

Lew et le père Njuguna hochèrent la tête et se sourirent. L'évêque, l'air toujours souriant et amical, dévisageait Lew :

— Votre soudaine réapparition semble indiquer que vous n'avez pas été totalement franc avec moi, la dernière fois.

— Je ne crois pas que je le serai cette fois-ci non plus. (Lew haussa les épaules.) Je suis mêlé à une petite chose. Rien que vous puissiez approuver, mais vous ne seriez pas non plus contre. Nous portons un coup à Idi Amin, un petit coup. Rien de majeur. Mais chaque petit coup compte.

— Il est dit qu'on jugera un homme d'après la qualité de ses ennemis, dit l'évêque. C'est tout ce que j'ai besoin de savoir.

— Merci.

— Vous avez besoin d'aide. J'espère que c'est en mon pouvoir.

— J'essaie de quitter le pays, dit Lew qui sourit de nouveau : pour des raisons évidentes.

L'évêque hocha la tête.

— Je peux partir, poursuivit Lew, si j'atteins Entebbe. Mais le pont sur le Nil est bloqué par un barrage. Si je peux traverser, tout ira bien.

— C'est tout? demanda l'évêque. Vous voulez juste traverser le Nil?

— Oui, s'il vous plaît.

— Rien de plus simple. Venez.

Dans le sous-sol de l'église, à la lumière d'une autre lanterne à essence, l'évêque montra à Lew son cercueil :

— Vous y serez très confortable, je vous assure, dit-il.

— Je ne tiens pas à y être confortable, dit Lew.

Le jeune et sérieux Njuguna s'exprima avec sérieux :

— Vous serez le premier à vous en servir.

— C'est bon à savoir, fit Lew en riant. Pourvu que je ne sois pas le dernier.

— Nous allons peindre votre visage et vos mains, déclara l'évêque, avec des couleurs qui feraient s'évanouir un homme fait, et qui suggéreront diverses maladies épouvantables. Nous mettrons un petit morceau de fromage très fort avec vous dans le cercueil. Je conduirai moi-même notre corbillard, et le père Njuguna conduira votre véhicule. En deux minutes vous serez sur l'autre rive du Nil. (Souriant tel M. Pickwick, il fit une plaisanterie cléricale :) Pas du Jourdain, attention. Du Nil.

— Je ne puis vous dire combien j'apprécie, dit Lew.

— Mais ce n'est rien du tout, protesta l'évêque. C'est si peu de chose. Un petit aller et retour à Jinja. Vous êtes sûr que nous ne pouvons rien faire de plus ? Vous conduire jusqu'à Entebbe ?

— Non, non, tout ira bien quand j'aurai traversé. Je ne veux pas vous causer de nouveaux ennuis.

— L'homme est né pour les ennuis comme l'étincelle pour voltiger, cita l'évêque. Et en Ouganda plus que partout ailleurs. Puisse votre voie être facile à parcourir.

— Merci.

— Et, dit l'évêque, puissiez-vous ne pas avoir l'usage de ce revolver, sous votre chemise.

69

Comme l'atterrissage était une opération très délicate, Frank s'en chargea personnellement, et fit aborder le radeau avec une telle brutalité que l'homme debout à l'avant de l'empilement de sacs tomba dans l'eau peu profonde et se redressa tout boueux et crachant. « Merde », commenta Frank qui tira sur la corde pour couper les moteurs, et contempla Port Victoria.

C'était devenu une quasi-métropole. D'un côté, un camion militaire contenait apparemment le groupe électrogène qui alimentait une paire de projecteurs, auprès desquels le feu du baril fumeux semblait déprimé et inutile. Des soldats de l'armée kenyane étaient allongés sur le sol, une Mercedes-Benz gouvernementale était garée au milieu, deux types à l'air officiel attendaient avec des sourires de matou placide, et puis M. Balim arriva au bord de l'eau en criant :

— Frank ! Où est Bathar ?

— Merde, dit encore Frank. J'arrive ! hurla-t-il et il se retourna vers Charlie : Tu peux aussi bien détacher Chase, à présent. Il n'ira nulle part. (Et il s'adressa à Chase :) Je vais causer avec le père Balim. T'as quelque chose à lui faire dire, fumier ?

Mais Chase n'avait rien à dire. Silencieux et inexpressif, il contemplait les lumières et les gens.

Frank dévala l'amas de sacs, piétina dans l'eau peu profonde et rejoignit Balim.

— Monsieur Balim, Lew est retourné le chercher.

Sous le choc, Balim eut l'air d'un pantin à tête ronde.

— Retourné ? Retourné où ?

— Votre vieux copain Chase s'est joint à la fête. (Frank se rendait compte que les deux fonctionnaires approchaient, et il se hâta de raconter.) Il a assommé le petit... votre fils, au dépôt. Il l'a assommé et abandonné. Lew s'est porté volontaire pour remonter et le récupérer.

— En *Ouganda* ? Ils sont tous les deux en Ouganda ? (Balim scruta l'eau comme s'il pouvait les apercevoir là-bas.) Comment feront-ils pour... Qu'est-ce qu'ils vont faire ?

— Rejoindre Ellen à Entebbe. C'est l'idée de Lew. (Les deux types de l'administration arrivaient.) Lew est très bien, monsieur Balim. Il s'en sortira. Mais pour l'aider, il faut que je trouve un téléphone aussi vite que possible.

— Il y a un problème? demanda l'un des fonctionnaires avec un sourire neutre.

— Rien de grave, dit Frank. Écoutez, je viens d'arriver, je suis un peu perdu. D'accord si je cause une minute avec mon patron, en privé?

L'un des fonctionnaires fit la grimace mais l'autre sourit:

— Certainement. Vous devez être monsieur Lanigan? Prenez tout votre temps, monsieur Lanigan.

Tandis que les officiels retournaient vers la Mercedes en causant doucement entre eux, et que le deuxième radeau touchait doucement terre près du premier, Frank entraîna Balim à l'écart sur la pente.

— Mettez-moi au courant. Qu'est-ce qui se passe?

— Le gouvernement kenyan savait ce que nous faisions, expliqua Balim. Ils auraient pu nous arrêter, mais ils avaient leurs raisons de nous laisser agir.

— Ils n'aiment pas non plus Amin.

— C'est une des raisons, j'imagine. (Balim jeta un coup d'œil vers le lac, manifestement préoccupé par le sort de son fils; mais il se reprit.) Il y a aussi l'argent. Moins pour nous, un peu pour ces gens et leurs amis.

— Charmant, dit Frank. On fait le gros travail, et ils ramassent.

— Le rôle du gouvernement par excellence, estima Balim. Qui étaient ces gens qui vous ont attaqués là-bas?

— Encore une embrouille de Chase. Il a fait monter un coup pour nous sauter.

— Je n'aurais jamais dû traiter avec cet homme. Et s'il vous plaît, ne me dites pas que vous me l'aviez dit.

— Je me mords la langue.

— Et qu'est-ce qu'il est en train de faire maintenant?

Frank se retourna pour regarder la Mercedes, près de laquelle Chase, pareil à un ramasseur d'épaves dans une nouvelle de Somerset Maugham, conversait discrètement avec les deux fonctionnaires, qui paraissaient tous deux assez intéressés.

— Il vend quelques veuves et quelques orphelins, je suppose.

— Frank, murmura tranquillement Balim. Si Bathar ne revient pas, me rendrez-vous un grand service? Voudriez-vous tuer ce Baron Chase?

— Avec plaisir, dit Frank. Je ne sais pas pourquoi je ne l'ai encore jamais fait.

70

Il n'y avait pas de téléphone dans les logements des navigants en transit à Entebbe. Quand on vint lui dire qu'il y avait un appel pour elle dans le hall, Ellen était assise sur son lit et lisait un Agatha Christie, et elle n'en avait pas lu assez pour s'apercevoir qu'elle l'avait déjà lu. Elle fronça les sourcils quand on frappa.

— Qu'est-ce que c'est?

— Téléphone, m'dame. (C'était le garçon de nuit, qui s'entêtait on ne sait pourquoi à appeler Ellen « m'dame ».)

Téléphone? À moins que ce fût quelqu'un de la Coast Global qui annonçait qu'on laissait tout tomber – ce qui ne serait pas une mauvaise idée –, Ellen ne voyait pas qui pouvait l'appeler.

— J'arrive, répondit-elle en déposant son livre à contrecœur et en enfilant ses chaussures.

Le train de café, bien sûr, n'était pas arrivé. Selon la version officielle, il avait eu une panne avant Jinja, et peut-être même était-ce vrai, mais Ellen sentait dans le fond de son cœur souriant que le coup avait réussi. Lew et Frank et tous les autres, ils avaient vraiment réussi ; ils s'étaient faufilés en Ouganda, avaient sauté ce joli train, et avaient filé avec tout le café. Bravissimo. Demain, ou le jour d'après, ou quand elle serait enfin hors d'Ouganda, peut-être passerait-elle un coup de fil, un gentil coup de téléphone de félicitations prudentes après un beau boulot.

Pendant ce temps, son boulot à elle ne se faisait pas. Les questions de paiement étaient confuses, on recevait des ordres contradictoires touchant des chargements de café qui étaient effectivement arrivés du Centre-Ouest par camions, et personne ne semblait savoir qui commandait ni ce qui devait se passer. Trois avions avaient été chargés, mais pas celui d'Ellen, et deux avaient décollé. L'un des pilotes, avant de partir, avait dit à Ellen : «S'ils ne nous paient pas, nous vendrons le café nous-mêmes.» L'anarchie était à l'ordre du jour. Peut-être les Ougandais s'en étaient-ils rendu compte, car ils empêchèrent le troisième avion chargé de décoller, et les cinq autres appareils restèrent vides.

Les téléphones étaient au-delà du comptoir d'enregistrement, dans de petites cabines à portes vitrées.

— Numéro trois, dit l'employé de nuit et Ellen gagna la cabine numéro trois et décrocha le combiné :

— Allô ?

La première voix qu'elle entendit fut celle d'un opérateur qui voulait absolument savoir si elle était bien Ellen Gillespie, sans aucun doute et sans rigoler. Quand elle l'eut convaincu, un silence s'ensuivit, si long qu'elle envisageait d'abandonner et de retourner à Agatha Christie lorsque la voix de Frank lui rugit tout à coup dans l'oreille.

— ... d'un trou dans le sol !

— Frank ? (Elle y croyait sans y croire.) Frank, c'est vous ?

— Ellen ? Nom de Dieu, je vous ai enfin eue ?

Elle pensa qu'il allait lui dire quelque chose de terrible à propos de Lew.

— Frank ? Qu'est-ce qui se passe ?

— Je vous le dis en vitesse, avant que ces connards nous coupent encore. Un vieux copain à vous, d'Alaska, est passé. Il cherche après vous.

— Qui ? (C'était incompréhensible, complètement.)

— Un mec qui s'appelle Val, euh... merde... Val...

Soudain elle comprit.

— Deez ?

— Deeze ! C'est ça, Val Deeze.

— Et qu'est-ce qu'il raconte, ce vieux Val ? demanda Ellen qui ne voyait pas pourquoi Lew la contactait de façon si détournée ; croyait-il qu'elle était furieuse ou quoi ?

— Il est en Ouganda, maintenant, dit Frank d'un air aussi détaché qu'une section de trompettes.

— En Ouganda ? *Ici ?*

— Oui. Il dit qu'il compte passer par Entebbe dans les prochaines vingt-quatre heures, peut-être qu'il pourrait vous payer un verre.

— Je... (Elle empoigna le combiné à deux mains, tournant le dos à la porte vitrée.) Je serais ravie. J'espère qu'il passera.

— Oh, on peut compter sur ce mec, dit Frank. Content de vous avoir parlé, Ellen.

— Moi de même, Frank.

Elle raccrocha mais resta une demi-minute dans la cabine, le temps de maîtriser ses nerfs et son visage. Le café avait été volé. Frank semblait se porter bien. Lew était encore en Ouganda. Il essayait d'arriver ici.

«Oh Bon Dieu», chuchota-t-elle et elle prit une profonde inspiration et sortit de la cabine dans le hall, où elle vit l'employé de nuit qui observait avidement quelque chose dehors.

Par les portes en verre on avait vue sur un parking vide entre ici et l'aérogare principale. Juste avant le parking, des pancartes indiquaient la direction du jardin botanique et du zoo en aval près du rivage du lac. Dans le parking, sous un projecteur au sommet d'un mât, quatre Noirs luttaient avec un Blanc.

Lew! pensa-t-elle, mais en s'approchant des portes elle vit que le Blanc était le pilote américain entre deux âges nommé Mike. Il dirigeait Uganda Skytours; il l'avait amenée ici l'autre jour. Oui, et naguère il avait ramené Lew à Kisumu.

Et maintenant ils le passaient à tabac très durement, ces quatre hommes aux vêtements criards. Ellen se retourna pour voir si l'employé téléphonait à la police, mais il s'était écarté et s'activait à ranger un tas de petites fiches dans un tiroir métallique. Elle regarda de nouveau et, voyant deux Toyota noires stopper près de l'homme qui se débattait, elle se rendit compte qu'elle était en train d'assister à une arrestation par la police secrète. Les hommes s'entassèrent avec Mike dans les deux voitures et l'on s'éloigna en vitesse.

Ellen gagna le comptoir.

— Vous avez vu, dit-elle.

— Oh, on ne tient pas à voir des choses, en Ouganda, dit l'homme sans lever la tête. Non, non, il n'y a rien à voir ici.

— Mais... (Ellen secoua la tête.) Pourquoi ont-ils fait ça? Il ne fait rien de mal, c'est juste un pilote d'avion.

— Vous le connaissez? (Il lui jeta un regard bref.)

— Il m'a amenée ici.

L'employé de nuit examina ses fiches de classement.

— Beaucoup de jeunes pilotes sont rentrés, fit-il comme s'il ne s'adressait pas à elle. Des pilotes militaires, ils sont revenus, expulsés d'Amérique. (Il ferma le tiroir de classement d'un air satisfait et hocha la tête.) Uganda Skytours. Cet avion aura un nouveau propriétaire demain. Bonne nuit. (Et il rentra dans le bureau et ferma la porte derrière lui.)

71

Patricia, coincée entre deux de ses ravisseurs à l'arrière de la Toyota, se dégagea lentement d'un état de choc gélatineux et confortable pour affronter la réalité tranchante et douloureuse. Avec répugnance elle rejoignit le monde réel, tourbillonnant, désespérant, torrentiel, dans lequel elle n'avait plus envie de lutter pour survivre.

Mais l'habitude de lutter, de survivre, était trop ancrée en elle. Elle percevait malgré elle les signaux du monde extérieur : elle se rendit compte qu'on n'était pas en route vers le SRB, mais vers l'est, sur la route de Jinja. Pourquoi ? Elle ne voulait pas se poser la question, elle ne voulait pas réfléchir, mais son esprit insistait et étudiait la question, et proposait même une réponse hypothétique : ceux qui ont fait ça ne veulent pas que je puisse joindre mes amis ; ils m'emmènent à la caserne de Jinja.

Une vision irrépressible lui vint : des hommes ; une pièce pleine d'hommes qui lui souriaient d'une manière horrible. Ils ne se souciaient pas de son esprit, de son élégance ; ils ne convoitaient sa beauté que pour la souiller et la détruire. Ils se rapprochaient.

L'avenir était insupportable, mais le passé aussi. Des souvenirs l'assaillirent, le souvenir de Denis tombant mort, emportant dans le néant le futur le plus brillant et le plus heureux qu'elle eût jamais envisagé. La laissant ici : dans le désespoir, la dégradation, l'horreur, et, bien longtemps après, la mort.

Les occupants de la voiture parlaient d'elle en riant, se racontant ce que les soldats de la caserne lui feraient. Bien sûr elle avait la force de haïr, mais à quoi bon ? Il n'y aurait pas de vengeance, pas de fuite. Elle n'était plus rien qu'un jouet que des enfants allaient manipuler et briser. Je veux mourir, pensa-t-elle, suppliant son cerveau actif de cesser son agitation, de se débrancher, de lui offrir la seule porte de sortie qui restait.

Ne pourrais-je tenter de fuir, afin qu'ils m'abattent ?

Son voisin de droite lui caressa rudement la cuisse :

— On devrait s'en payer une tranche, dit-il. Avant que ceux de Jinja en fassent de la bouillie.

— C'est vrai qu'elle sera moins bien demain, approuva le conducteur en riant.

— Arrête-toi quelque part, dit l'homme de droite en lui saisissant la jambe.

— Quand on sera hors de la ville, dit le conducteur.

Laissez-moi mourir. Par pitié.

72

Ils ouvrirent bel et bien le cercueil. Lew ne pensait pas qu'ils le feraient, mais ils le firent. Ils regardèrent fugitivement, et fugitivement ils humèrent l'odeur, et ils claquèrent le couvercle si vite qu'il rebondit. Lew les entendit cacarder à l'adresse de l'évêque Kibudu, puis il y eut le bruit mat du corbillard qu'on refermait. Lew poussa un soupir de soulagement, oubliant le bout de fromage, et puis il dut retenir sa respiration jusqu'à ce que la nausée passe.

Le souper qu'il avait pris était trop excellent pour qu'il le vomisse. Surtout allongé sur le dos dans un cercueil à un barrage de police sur le Nil. Lew déglutit et retint encore sa respiration, et compta lentement de tête. À cinq cents, se promit-il, je me rends à la police.

C'est sur l'insistance de l'évêque Kibudu qu'on avait dîné. Il refusait absolument que Lew croise son chemin sans qu'on fête ça. Le père Njuguna fut envoyé dans les ruelles et les allées de Bugembe et revint avec une douzaine de couples de paroissiens, dont beaucoup apportaient quelque chose pour les agapes. Des poulets accommodés de trois façons différentes, deux sortes de soupe, un plat de légumes et de riz qui était à la fois oriental et délicieux, d'autres légumes, des fruits, et même du fromage local.

Du fromage. Celui-là même avec lequel il partageait à présent cet étouffoir, mais plus frais de quelques années.

La fête s'était déroulée dans le sous-sol de l'église, près du cercueil de Lew. Beaucoup de bière avait été apportée, mais il en but peu. Quant à la bière qu'il avait avalée toute la journée au dépôt, son effet était passé pour l'essentiel, et c'était aussi bien.

Au total, ce fut une belle fête, quoique précipitée. On chanta des cantiques, on conta des histoires d'évasions et de délivrances, et l'un des hommes présents fit un rapport sur les progrès de la nouvelle église, qui en fait n'était pas une église mais un petit magasin en ciment derrière une fabrique de meubles. Les persécutions religieuses d'Idi Amin en étaient arrivées à un point où il était dangereux de s'assembler pour des services religieux chrétiens. La présente église, dont l'évêque Kibudu était si fier, allait donc rester du moins pour l'instant une coque vide ; d'ici un mois l'évêque et sa congrégation se transporteraient dans leur lieu secret derrière la fabrique de meubles.

— Maintenant il y a beaucoup d'églises secrètes, expliqua à Lew l'un des rares paroissiens à parler anglais. En Ouganda, c'est la seule façon de garder notre lien avec Dieu.

Après le repas et les chants, on apprêta Lew. On enveloppa son corps dans un drap blanc, et trois hommes le soulevèrent et le déposèrent avec douceur sur le capitonnage rose ; lequel se révéla bien plus mince qu'il n'avait l'air, fixé sur une surface de bois extrêmement dure et inconfortable. (Un occupant normal n'était évidemment pas censé se plaindre.)

Quatre ou cinq femmes entreprirent de maquiller le visage de Lew et ses mains, utilisant du rouge à lèvres, la suie des lanternes à essence, les restes de sauce d'un des plats de poulet, et divers autres ingrédients qu'il aimait mieux ne pas connaître trop précisément. Elles s'amusèrent beaucoup de leur ouvrage, riant et plaisantant entre elles en swahili, claquant des mains devant certaines réussites particulièrement monstrueuses, et prenant beaucoup de plaisir dans l'ensemble, à ses dépens.

Quelqu'un proposa de chercher un miroir pour qu'il puisse se voir transformé, mais il refusa. Il voyait à quoi ressemblaient ses mains : à celles de Dorian Gray sur le portrait, vers la fin de ce vieux film, et ça lui suffisait.

— Je vais garder ma figure pendant le reste de ma vie, leur dit-il. J'aime mieux qu'elle ne m'évoque pas trop de souvenirs épouvantables.

Pour finir, l'évêque lui donna deux objets : un bâton de cinquante centimètres pour soulever le couvercle du cercueil de manière à avoir de l'air pendant le trajet, et un petit paquet bosselé enveloppé de feuille d'aluminium.

— C'est le fromage, dit l'évêque en le lui tendant comme si c'était radioactif. Ne l'ouvrez pas avant qu'on arrive là-bas.

Le petit paquet semblait auréolé d'horreur, comme accompagné d'un démon minuscule mais virulent, peut-être le diablotin chargé de toutes les caries dentaires du monde. Lew le déposa doucement sur le capitonnage près de sa hanche gauche, cala le couvercle en position ouverte avec le bâton, croisa les mains, et fut transporté dans le cercueil par l'escalier qui montait du sous-sol, et jusqu'au corbillard en attente, un véhicule cabossé aussi vétuste que la camionnette, et où manquait la vitre arrière.

Des saluts chuchotés se mêlèrent à des gloussements retenus, et dans la dernière vision qu'il eut des ouailles de l'évêque Kibudu, les hommes agitaient la main et les femmes envoyaient des baisers et tous riaient. L'évêque avait pris le volant tandis que le père Njuguna suivait vraisemblablement avec la camionnette — par quelles voies étranges elle était passée d'un prêtre à un autre ! — et l'on eut bientôt quitté Bugembe.

La cloison, entre le conducteur et le passager, comportait un panneau coulissant que l'évêque avait laissé ouvert, mais il ne semblait pas qu'il y eût grand-chose à dire, après que Lew eut exprimé sa gratitude et que l'évêque eut affirmé que ce n'était rien du tout.

— Vous avez une congrégation merveilleuse, dit Lew.

— Des gens formidables. C'est grâce à eux que je continue.

Lew avait idée que c'était l'inverse, mais il ne le dit pas.

La présence du petit paquet d'aluminium se faisait sentir ; c'est le mot. Le fond de la plus profonde citerne de Calcutta ; le cimetière des éléphants un jour de chaleur ; l'intérieur d'un congélateur après une panne d'électricité de trois semaines ; voilà quelques images qui vinrent à l'esprit de Lew tandis que d'infimes relents s'insinuaient jusqu'à son nez – et l'épouvantable chose n'était même pas ouverte encore.

– Voici Jinja, dit l'évêque. Il n'y en a plus pour longtemps.

– Je suis prêt. (Il ne l'était pas, à vrai dire ; il songea soudain que le linceul lui rendait inaccessible l'arme sous sa chemise. L'évêque l'avait-il voulu ainsi ? Eh bien, si les choses tournaient mal, un revolver ne servirait de toute façon pas à grand-chose.)

– Voilà le pont, annonça l'évêque. Ouvrez le paquet et fermez le couvercle.

– D'accord.

Lew ouvrit le paquet, et ses narines se bloquèrent. Ses cheveux se hérissèrent, ses poumons se tortillèrent, sa langue mourut, ses dents se ratatinèrent et se rétractèrent dans ses gencives. Ses paupières inférieures se changèrent en cuir. Ses oreilles tombèrent.

Fermer le couvercle ? Et être là-dedans avec *ça* ? Tournant la tête, cherchant en vain de l'air frais, Lew aspira à pleins poumons, fourra l'objet puant sous sa jambe gauche dans un repli du linceul, ôta le bâton et le glissa sous sa jambe droite, ferma les yeux comme un cadavre décent et ferma le couvercle.

Urkh.

Puis, après une éternité, ils ouvrirent le couvercle, ce qui lui donna au moins un souvenir d'air frais, mais avec une grande vivacité ils refermèrent la boîte, et au-dedans Lew se mit à compter. À cinq cents, il allait se rendre...

Deux cent quarante-sept... Deux cent quarante-huit... Le corbillard se mit lentement en mouvement, mais Lew continua de compter et il avait atteint deux cent soixante et un quand la voix de l'évêque lui parvint faiblement à travers le couvercle :

– Maintenant, ça va.

588

— Hyaaaaaaaaaaaargh ! (Lew ouvrit violemment le couvercle, s'assit, saisit le petit paquet et le flanqua par la lucarne arrière sans vitre. L'évêque rit.)

— Si un piéton vous a vu vous dresser comme ça, il a dû s'évanouir.

— Le fromage va le ranimer, dit Lew d'un ton rogue.

On se dit adieu dans l'ombre près d'un magasin fermé de Njery, la première bourgade à l'ouest du Nil, à moins de quatre kilomètres du pont. Le linceul avait, semblait-il, absorbé presque toute l'odeur du fromage, heureusement. Et malheureusement c'est tout ce qu'il avait pour ôter de son visage le maquillage mortuaire.

— J'ai expliqué que vous étiez mort d'une épidémie, dit l'évêque pendant que Lew se nettoyait, et que nous devions attendre deux semaines la permission officielle de vous enterrer.

Le père Njuguna, debout près d'eux, les mains jointes, déclara qu'un aventurier devait avoir une vie intéressante.

— Je ne sais pas, dit Lew. La réponse est non si l'on considère comme une péripétie majeure ce voyage en compagnie d'un fromage mort. (Puis il serra la main des deux hommes, les remercia encore de leur aide, et leur demanda de transmettre de nouveau ses remerciements à leurs ouailles.)

— Puisse Dieu nous réunir à nouveau dans des circonstances moins tendues, déclara l'évêque.

— Amen. (Lew prit la main de l'évêque entre les siennes.) Je dirais : « Que Dieu vous bénisse », mais pourquoi m'exaucerait-il ? Et d'ailleurs il l'a déjà fait. Puisse l'Ouganda devenir assez équilibré pour vous mériter. Au revoir.

Aux abords de Kampala, un terrain de golf s'étendait sur la droite de la route. Lew, roulant comme il convenait du côté gauche, bien après minuit, sur une voie où la circulation était rare et où il n'y avait aucun piéton, jeta un coup d'œil à ce terrain, avec ses parcours doucement sinueux, ses fanions triangulaires, ses pièges de sable en forme de piscines, et il fut étonné de penser que, bien sûr, il y avait à Kampala des gens qui venaient là au grand soleil, bien nourris, bien vêtus, pourvus de loisirs et d'argent, et qui passaient un agréable après-midi à taper sur la petite balle blanche le long du parcours. Dans toute société, même répressive, même terrifiante, même fondée sur des actes horribles, il reste toujours des gens qui sont à l'abri, qui vivent d'une vie confortable et facile au milieu des abominations et de la mort, comme s'il ne se passait rien de monstrueux.

Lew fut arraché à ses réflexions par une vision stupéfiante dans le faisceau de ses phares : du côté opposé de la route, une Toyota noire était arrêtée au bord du bas-côté, phares coupés mais feux de position allumés. Plusieurs hommes – trois ou quatre – luttaient avec une fille svelte, séduisante et élégante ; tous étaient des Africains. Voyant les phares de Lew, ils empoignèrent la fille et partirent en courant avec elle sur le terrain de golf.

Ce n'était pas son affaire. Il ne savait même pas qui étaient les bons et les méchants. Il avait assez d'emmerdements personnels. Il vira brutalement à travers la route, tâchant de braquer ses phares sur ces silhouettes fugitives ; il échoua ; et il finit par s'arrêter brutalement devant la Toyota.

La Toyota. Immatriculation en UVS. Son éclairage avait montré que les hommes portaient des vêtements criards. Eux et leur voiture étaient exactement comme les hommes et la voiture qui avaient arrêté Lew.

Il coupa les feux de la camionnette, sauta à terre, tira son arme de sous sa chemise et s'avança au trot dans les ténèbres.

Il était facile de les suivre. La fille hurlait au meurtre. Dans l'ombre, le terrain montueux était un peu difficile, mais Lew n'avait pas à se bagarrer avec une fille et pouvait donc progresser plus vite qu'eux.

L'avaient-ils entendu arriver, ou l'avaient-ils aperçu dans l'éclairage faiblard de la route ? L'un d'eux se trouva soudain devant Lew, l'air très sévère, totalement assuré de son pouvoir et de son autorité, aboyant quelque chose en swahili (sans doute du genre « occupe-toi de tes affaires »).

Ralentissant à peine sa marche rapide, Lew leva sa main armée comme pour un salut fasciste. L'homme ébahi suivit des yeux le revolver brandi, et Lew lui flanqua un coup de pied dans le bas-ventre, puis lui tapa sur la tête avec la crosse de l'arme alors qu'il se pliait en deux. Un de moins.

Ils s'étaient arrêtés un peu plus loin sur un des *greens*. Lew se hâta de ce côté. La fille hurla. Des gifles s'entendirent.

— Laissez-la, cria Lew qui tira en l'air.

Stupeur. Silence. Même la fille était silencieuse. En approchant il la vit seule sur le gazon près d'un fanion, à genoux ; voulant se relever, à demi assommée, elle tomba. Lew la rejoignit et mit un genou en terre :

— Miss ? Vous parlez anglais ?

— Si vous êtes mon ange gardien, répondit-elle d'une voix amère, la figure dans le gazon, ah ! bon sang vous êtes en retard.

— J'ai une bagnole. Pouvez-vous...

Il y eut un coup de feu. Lew s'aplatit près d'elle.

— Ils insistent, dit-il.

— Tirez-vous. (Son visage était beau mais ravagé par l'épouvante.) Ne vous attirez pas d'ennuis. Ne...

— Stop, dit-il. Laissez-moi écouter.

— Ils vont vous tuer. Ils vont vous tuer sur place.

— La ferme !

Elle la ferma. Il leva la tête pour écouter, scrutant de côté et d'autre. Près d'eux le fanion se balançait paresseusement et portait le numéro 16. Il la regarda et rit. Deux coups de feu furent tirés dans la direction de son rire, semblait-il. La fille le regarda comme s'il était dingue.

— C'est ce qu'il me fallait, expliqua-t-il en désignant le fanion.

Elle secoua la tête. Apparemment elle ne savait pas si elle avait davantage peur du SRB que de son sauveur.

— Je ne sais pas ce que vous voulez dire.

— Le drapeau. Depuis le début de cette affaire, il manque un truc et le voici. À présent je sais pourquoi nous combattons. Le trou numéro 16.

— C'est un fou qui est venu me sauver, dit-elle. (Elle s'efforçait d'être claire et nette, mais sa voix chevrotait.) Monsieur, dit-elle, des choses affreuses me sont arrivées ce soir. Ne rigolez pas.

Là-bas dans l'ombre, des voix s'interpellaient.

— Excusez-moi, dit Lew. J'ai moi-même subi une certaine tension. Maintenant, ces gars vont peut-être attaquer. Ou bien ils tâcheront seulement de rester entre nous et la route. D'ailleurs, je *souhaite* passer derrière eux et les liquider, parce que leur véhicule est bien meilleur que le mien. Vous savez pourquoi je vous explique?

— Non.

— Parce que je vais avoir besoin de votre aide. Je vois que vous êtes intelligente et vive, donc même si vous avez eu un tas d'ennuis, ça serait utile si vous pouviez éviter l'hystérie.

— Je croyais que c'était vous l'hystérique, dit-elle. (Déjà elle était bien plus calme.)

— Pure apparence. Ce que vous allez faire maintenant, c'est causer avec moi. Vous pouvez imiter une voix grave?

— Comme ceci ? fit-elle comme une grenouille-taureau.

— Allez-y sans forcer. Je vais avancer, vous voyez, et je vais me les taper, et pendant ce temps-là vous restez ici et vous tenez une conversation.

— Pour qu'ils vous croient toujours ici. Saisi.

— Bien. À tout à l'heure.

— Attendez ! fit-elle comme il commençait de se déplacer. Et s'ils *viennent* ?

— Gueulez.

— Ah, je n'y manquerai pas.

Lew rampa au-delà de la courbure du *green* et s'avança sur l'herbe moins rase du terrain. Un autre coup de feu s'entendit, suivi d'un cri de fureur dans un autre azimut. Sur les coudes, les genoux et le ventre, Lew s'avança vivement en se tortillant, pendant que la fille dialoguait derrière lui :

— Si je peux me permettre, depuis combien de temps vous êtes-vous évadé d'un asile psychiatrique ?

— Aujourd'hui (voix de grenouille-taureau).

— Et est-il exact que vous menez la politique étrangère du président Amin depuis des années ?

— Non, il fait ça tout seul (voix de grenouille-taureau).

Là-bas devant, les types discutaient. Sans comprendre leur langue, Lew saisissait cependant que certains voulaient prendre d'assaut tout de suite le trou numéro 16, tandis que l'autre faction voulait attendre l'aube, ou peut-être demander du renfort, ou Dieu sait quoi.

Ils n'avaient pas de discipline et étaient peu entraînés. Ils sautillaient et bougeaient sans cesse, s'interpellant bruyamment, se détachant contre l'éclairage de leur propre voiture là-bas. Lew rampa sur leur flanc droit, arriva sur les arrières de sa première cible, tira son poignard de son étui dans sa botte, attendit que l'homme eût fini de brailler une phrase, puis le liquida. En le fouillant il trouva deux armes de poing mais pas de clés de voiture.

En route vers le second, Lew tomba sur le type qu'il avait assommé pour commencer, et qui était assis et se massait la tête en songeant à repartir à l'action. Lew l'élimina et poursuivit sa reptation.

L'homme suivant était encore plus agité que le premier, sans doute plus nerveux. Dans l'obscurité lointaine la fille poursuivait sa conversation inepte. Lew s'approcha de l'homme, le couteau dans la main droite et le revolver dans la gauche. Le type se retourna, le vit et attaqua aussitôt en criant et en balançant le canon de son pistolet contre la tête de Lew.

Lew s'avança pour éviter le coup, planta le poignard et trancha vers le haut, puis s'écarta pour laisser l'homme tomber. Et puis il se dirigea vers le dernier, qui criait des questions, n'obtenait pas de réponses, et s'énervait excessivement.

Très excessivement. Avant que Lew l'atteignît, il fonça vers la voiture. Lâchant le couteau, Lew s'allongea sur l'herbe dans la position du tireur couché, les bras tendus, la paume gauche sur le gazon soutenant la poignée de son arme, la main droite tenant la poignée, le doigt pressant doucement la queue de détente en s'alignant sur les feux de la Toyota. Tôt ou tard l'homme se détacherait contre la lumière.

C'est ce qu'il fit. Lew fit feu deux fois et l'homme tomba.

C'était difficile de le fouiller dans le noir, mais ça valait le coup, car c'est lui qui avait les clés. Lew les empocha, rangea le revolver dans sa poche et le poignard essuyé dans sa botte, puis se laissa guider par la voix de la fille jusqu'au *green* numéro 16.

— C'est bon, dit-il en approchant. Il n'y a plus que nous.

Elle hoqueta, se tint la gorge, puis comprit qui arrivait.

— Ils sont *partis*? dit-elle. Ils se sont enfuis?

— Ils sont morts.

— Merci, dit-elle. (Soudain elle était féroce.) Merci, merci, merci. J'espère que vous les avez fait souffrir *beaucoup*.

Avec souci, il s'agenouilla près d'elle, toucha son épaule, la sentit frémir comme une machine épuisée.

— Du calme, dit-il. Ils sont partis. C'est fini.

— Ils ont tué l'homme que j'allais épouser.

— Je suis désolé. Vraiment désolé.

Elle s'affala contre lui, moins tendue. Allait-elle pleurer ? Non.

— Je ne peux pas vous expliquer, dit-elle (son souffle tiède était sensible contre le torse de Lew, à travers la chemise). Je reviens du royaume des morts, je reviens de pire. Ils m'emmenaient à la caserne de Jinja.

— En passant par le trou numéro 16 ?

— Ils me voulaient d'abord. Pendant que j'étais encore agréable.

— Ah. Oui, je crois que je vois.

Elle leva la tête et quand sa joue frotta celle de l'homme il fut étonné d'y sentir de l'humidité. Il y avait donc eu une larme, ou peut-être deux au maximum. Ce n'était pas Amarda.

— Vous m'avez sauvée, chuchota-t-elle.

— M. Propre vous en donne plus.

— Ne plaisantez pas, dit-elle tandis que ses lèvres rejoignaient doucement celles de Lew.

Ça recommence ! Ah non.

— Mademoiselle, dit Lew.

— Patricia, dit-elle et elle l'embrassa et il fut incapable de ne pas l'étreindre, il éprouvait combien elle était vivante et délectable.

C'est pas possible, pensa-t-il. C'est ridicule, je suis en route pour rejoindre Ellen, il y a des cadavres aux alentours comme des statues dans un square, ça ne se peut pas.

Mais si. Après les séismes, les gens se sautent dessus ; après les naufrages, les incendies désastreux, les combats sauvages, les survivants s'étreignent ; quand le dragon est tué, la Demoiselle récompense le Chevalier ; après le danger, la vie s'épanche violemment.

— Je sais que c'est abominable, dit-elle en posant la tête sur son épaule et puis elle le regarda, mi-érotique, mi-menaçante. Je n'y peux rien. Il s'est passé des choses affreuses, je ne sais pas comment je peux éprouver ça, mais c'est ainsi. J'étais en enfer, j'étais sans espoir, et puis je suis revenue et j'ai envie de quelque chose de chaud et d'amical en moi.

— Je m'appelle Lew, dit-il.

73

— Vous comprenez, dit Obuong (le plus malin des deux). Nous ne pouvons pas nous engager maintenant, monsieur Chase. Il faut encore qu'il y ait une enquête très serrée.

— Je l'appelle de mes vœux, dit Chase qui comprenait bien davantage que ça et qui souriait avec assurance. Tout ce que j'espère, c'est pouvoir manifester ma valeur devant le gouvernement du Kenya et son peuple.

Debout près de la Mercedes, ils formaient un triumvirat, Chase et Charles Obuong et Godfrey Magon. Quatre radeaux avaient abordé à présent et occupaient les deux cent cinquante mètres de rivage. Une équipe de soldats orientait vers les bords de l'anse, en ce moment même, les cinquième et sixième radeaux. Le reste des militaires continuait de paresser sur le sol, en compagnie des ouvriers de Balim, de plus en plus nombreux, qui se demandaient s'ils étaient en état d'arrestation. On avait autorisé Frank à prendre un camion et monter jusqu'au magasin général pour passer un important coup de téléphone. Balim lui-même arpentait nerveusement le sol devant l'ébauche d'hôtel, contemplant le lac, bien qu'il sût que son fils n'était pas là.

Quant à Chase, il récupérait un triomphe entre les mâchoires de la défaite. Même à présent c'est ce qu'il faisait. Il avait passé la plus incroyable journée de son existence, parcourant tout le sud de l'Ouganda et se retrouvant à présent au Kenya, deux fois pris, deux fois dans des conditions apparemment désespérées, et s'en tirant les deux fois pour retomber sur ses pieds. Sa Mercedes était perdue, ainsi que les richesses cachées dans les portières. L'*Angel* avait totalement échoué dans sa mission. Chase avait été attaché, on l'avait battu, on lui avait pissé dessus, on l'avait insulté, volé, trahi ; pourtant il se retrouvait victorieux à la fin.

Et pourquoi pas ? Comment ces bureaucrates timorés pouvaient-ils résister à un homme qui avait passé sa vie à faire joujou avec des petits officiels de ce genre ? Il leur parlait avec assurance, et de manière insinuante, leur faisant voir qu'il partageait leur point de vue et leur langage de bureaucrates. D'ailleurs il avait une certaine célébrité en Afrique orientale. Ici et là il avait accompagné Amin en tant que haut dignitaire, on l'avait photographié avec des papes, des présidents, des Premiers ministres. Ses ennuis dans un autre territoire comptaient ici pour rien. Certes Obuong et Magon le voyaient à présent dans un état fâcheux, mais son nom et ses façons et sa réputation effaçaient forcément l'effet de son visage sali et de ses habits déchirés. Il faisait face à des fonctionnaires mineurs qui avaient appris dans leur prime enfance à plier le genou devant lui et ses pareils ; ils ne pouvaient lui tenir tête.

Sans admettre véritablement le moindre lien entre lui et la tentative de piraterie de l'*Angel*, il les avait amenés à comprendre que s'il avait envisagé de prendre en charge tant de café, c'est qu'il avait déjà un acheteur. Un acheteur à bon prix, qui ne serait pas pointilleux quant à l'origine de la marchandise.

Il pouvait mettre les deux hommes en contact avec Grossbarger. En fait, il en serait ravi.

Eux aussi seraient ravis, bien sûr, de voir leur part augmenter. Un instant, toutefois, Obuong fut hésitant, s'inquiétant de Balim, mentionnant son nom d'un ton indécis. Mais Chase haussa les épaules, balayant la question :

— L'Asiate ? Je ne vois pas quel est son rôle dans cette affaire, s'il en a un. Il n'a jamais été le propriétaire de ce café. Il n'en a même jamais eu la possession concrète.

— Pourtant, dit Obuong, pourtant, monsieur Chase, on éprouve une certaine obligation morale.

Ce qui signifiait qu'en excluant complètement Balim, on risquait des conséquences, il n'aurait plus aucune raison de ne pas faire d'histoires.

— Si vous tenez à être généreux, fit Chase en souriant pour marquer son admiration devant la grandeur d'âme d'Obuong, je pense qu'on pourrait donner une sorte de prime à l'Asiate, pour couvrir ses frais et tout ça. Comment dire ? Une prime de découverte ?

Magon rit, mais Obuong médita sérieusement la formule.

— Peut-être vaudrait-il mieux lui offrir une détaxe fiscale sur d'autres affaires, suggéra-t-il. Ainsi, il paraîtrait moins lié à *cette* transaction-ci.

— Excellent, dit Chase.

Au même instant il se rendit compte que ce n'était pas à son fils perdu que Balim pensait en contemplant le lac ; c'était à Isaac Otera. Balim comprenait forcément qu'on était en train de l'éliminer de l'affaire, en ce moment même, mais qu'y pouvait-il? Il n'osait pas affronter Chase directement; un Asiate ne peut pas affronter un Blanc comme Chase dans une nation noire comme ici, quoi que Chase ait pu lui faire ou non naguère. Et Frank Lanigan était inutilisable dans cette situation. Otera, le spécialiste de Balim dans la lutte avec les bureaucrates, était le seul homme qui aurait pu se mêler à la discussion et obtenir pour son employeur un peu plus que de vagues détaxes fiscales. Mais Frank dans sa sagesse avait placé Otera sur le dernier radeau; il s'écoulerait au moins une demi-heure avant que ce radeau atteignît le rivage, et ce serait bien trop tard.

En fait, le mieux à faire pour Chase à présent, afin de cimenter la nouvelle alliance, c'était de laisser ces deux-là seuls, pour qu'ils complotent contre lui. Comploter ainsi, cela présupposerait leur alliance, elle s'en trouverait renforcée dans leur esprit. Chase était certain qu'ils ne pourraient pas inventer ni faire grand-chose contre lui. Et, en s'écartant maintenant — en laissant le champ libre à Balim et à Otera —, il ne ferait que marquer son assurance.

— Je sais que vous avez d'autres tâches, dit-il. J'ai abusé de votre temps.

— Non, non, dit Obuong, vous avez été très précieux.

— Je l'espérais. Et demain, quand je me serai décrassé, après un bon repos et un bon bain dans un hôtel, je suis sûr que nous aurons tous plaisir à causer de nouveau.

— Certainement, fit Obuong avec un sourire.

Chase s'éloigna au pas de promenade. Derrière lui, Magon se mit à parler avec excitation en swahili:

— Il n'est pas dans une situation où...

Ce n'était même pas la peine d'écouter à leur insu; mais c'était agréable de penser qu'il se trouvait dans un nouveau pays où tous ses secrets étaient intacts.

Par-delà le brasillement du baril s'élevait un arbre au tronc épais ; Chase s'en approcha, s'assit et s'installa plus ou moins confortablement, le dos au tronc, avec vue sur le lac et sur les radeaux qui arrivaient lentement. Près de la Mercedes, Obuong et Magon chuchotaient avec passion.

Tout ce café, songea Chase en contemplant la muraille de sacs, trente mètres de long et quatre mètres de haut. Dans l'ensemble, il était plutôt content de son ouvrage. Tout ce café. Tout cet argent.

C'est agréable d'être un gagnant.

74

— Je vais faire un tour, répondit Ellen par trois fois.

D'abord c'est ce qu'elle répondit à l'employé de nuit comme elle traversait de nouveau le hall.

— Très tard la nuit, observa-t-il.

— Insomnie, expliqua-t-elle et elle poussa les portes de verre ouvrant sur le monde extérieur avant qu'il pût en dire davantage.

Vingt minutes plus tard, elle fit la même réponse au garde près des avions garés à l'écart de la piste, qui la questionnait de manière très soupçonneuse et peut-être même apeurée, bien que ce fût lui qui étreignait un pistolet-mitrailleur.

— Pas faire un tour près des avions, insista-t-il en la contemplant avec des yeux ronds.

— Ne dites pas de bêtises, je *pilote* cet avion, dit-elle en désignant l'appareil derrière lui. Je peux certainement en faire le tour.

L'homme s'inquiéta et s'accrocha à des certitudes :

— Pas piloter cette nuit.

— Pas piloter, approuva-t-elle. Marcher. (Et puis elle contourna simplement l'homme, en espérant qu'elle avait l'air bien plus détendu qu'elle ne se sentait, et elle partit se balader parmi les avions, et il ne l'embêta pas davantage.)

Un peu moins d'une heure plus tard, elle fit encore la même réponse à la fille affable et grassouillette qui s'occupait de la cafétéria vide.

— Faites attention, lui dit la fille, et n'allez pas loin.

— Non, promit Ellen ragaillardie par deux tasses de café, et elle retourna dehors.

L'air de la nuit était toujours aussi humide, avec une pointe frisquette venue du lac. Relevant le col de son Burberry, rentrant les mains dans les poches, Ellen traversa des zones d'ombre et de lumière, se dirigeant cette fois vers l'entrée principale donnant sur la grand-route.

Le problème, c'est que Frank avait parlé de vingt-quatre heures et que c'était idiot. Si Lew devait arriver jusqu'ici, ce serait forcément avant le jour; ensuite, un Blanc isolé et traqué ne pourrait pas bouger d'un millimètre sans être repéré. Et demain soir il serait trop tard; Ellen ne pouvait pas refuser de partir avec son avion.

C'était donc cette nuit que Lew était forcé d'arriver et les principales questions étaient: Comment arriverait-il, et comment prendrait-il contact? Après le coup de téléphone, la pauvre Agatha Christie ne pouvait plus espérer retenir l'attention d'Ellen; elle avait essayé de lire, mais ses yeux refusaient de voir la page. Et quand elle parvint à la conclusion que Lew n'avait aucun moyen de la joindre dans cette chambre — l'employé de nuit recevait et écoutait tous les appels qui arrivaient —, elle posa Agatha Christie, enfila son Burberry et descendit (et répondit trois fois à la question «Où allez-vous?»).

Les deux extrémités de son trajet étaient l'entrée principale et les pistes. Si Lew arrivait carrément par la route d'accès – et elle s'attendait à ce qu'il le fasse – ils se retrouveraient là, au bord de la chaussée, et ils aviseraient. S'il était traqué, et sa présence connue en Ouganda, il choisirait peut-être un itinéraire plus discret, auquel cas il se dirigerait sûrement vers les avions, et c'est là qu'elle le retrouverait.

Entre-temps, l'attente était un mélange égal de tension et d'ennui. Entebbe, le jour, était peut-être l'aéroport commercial le plus sous-utilisé du monde ; et la nuit ce devenait un désert d'inactivité absolue. La cafétéria restait ouverte très tard, comme pour nier délibérément la réalité, et un homme de peine nettoyait lentement ici et là, et un soldat ou une sentinelle passait parfois, mais c'était tout. Et Ellen, pour ce qu'elle en savait, allait encore aller et venir à travers cet aéroport vide pendant six ou sept heures, jusque bien après l'aube ; pour ce qu'elle en savait, elle circulait peut-être en vain. Lew pouvait ne jamais surgir.

Que ferait-elle si le jour se levait, et pas de Lew ? Emprunter une voiture. Mais pour aller où ? Elle ignorait où il était, ce qui l'avait retenu en Ouganda alors que les autres étaient partis, dans quel état il était. Ou bien il avait un véhicule quelconque, ou bien il en volerait sûrement un. Ou bien les autorités le recherchaient, ou bien elles ignoraient sa présence. Ou bien...

C'est un soldat, se rappela-t-elle. Il est entraîné à survivre dans une sale situation. Il entraîne même les autres. Il va arriver.

Au rond-point de l'échangeur – que les panneaux, à la manière britannique des anciens possesseurs de l'Ouganda, appelaient *roundabout*, c'est-à-dire «manège», mot qu'Ellen jugea très adéquat pour décrire la nuit qu'elle était en train de passer – elle fit demi-tour et, lentement, se dirigea de nouveau vers les bâtiments bas de l'aéroport, avec leurs façades en stuc. Les lumières rares et intenses et les constructions basses et pâles, au toit plat, la firent penser à une prison ou à un camp de prisonniers de guerre.

Un véhicule arriva en ronronnant du rond-point. Elle jeta un coup d'œil, espérant contre toute attente, quittant la chaussée pour le bas-côté terreux, et quand la voiture noire ralentit elle eut un instant de conviction totale, elle souriait déjà et puis elle vit que ce n'était pas Lew au volant, somme toute, mais une femme. Une Noire très séduisante de moins de trente ans, tout à fait élégante. Sans ses traits tirés près des yeux et de la bouche, elle aurait été parfaitement belle. Mais ce n'était pas Lew.

Vaguement, Ellen se demanda ce qu'une telle personne venait chercher dans cet aéroport à cette heure. Elle ne venait sûrement pas relever la serveuse dans la funèbre cafétéria. Nul vol commercial n'était prévu, arrivant ou partant. Serait-ce une call-girl ? Et pour qui ?

La voiture s'arrêta près d'Ellen et la femme sourit par la vitre baissée.

— Excusez-moi. Pouvez-vous m'indiquer le logement des navigants en transit ?

— Certainement, dit Ellen qui s'exécuta, montrant du doigt, et la femme la remercia et repartit, sans hâte apparente, dans le bourdonnement de la voiture noire.

C'était donc bien une call-girl, somme toute, appelée par un des navigants. Ellen était étonnée, non que la femme eût l'air d'une « bonne fille » ni rien de ce genre, mais parce que cette sorte de putain coûtait bien plus cher que la plupart des pilotes n'auraient accepté de dépenser.

Ellen continua sa marche. Là-bas devant, les feux de stop de la voiture s'allumèrent, et le véhicule s'arrêta net. Puis les feux blancs de marche arrière s'illuminèrent, et l'auto revint précipitamment, couinant, sinuant. Eh bien, quoi ?

De nouveau la voiture fit halte à sa hauteur. Ellen regarda, sourcils froncés, et derrière la magnifique Noire, s'élevant à l'arrière, apparut le visage souriant et contrit de Lew. Ellen regarda ce sourire, puis la femme (elle avait des yeux très sagaces, cette femme-là), puis de nouveau Lew.

— J'aurais dû m'en douter, dit-elle.

Souhaitant que son sac fût plein de cailloux, Ellen le jeta par la fenêtre de sa chambre, visant la tête de Lew quatre mètres plus bas. Le salopard attrapa le sac, lui adressa un geste amical et disparut dans l'ombre. Je devrais vraiment le laisser ici, pensa-t-elle. Ce type est incorrigible.

En même temps, elle tâchait d'être impartiale. Dans la voiture, dans un coin sombre du parking, elle les avait écoutés lui raconter tout – enfin, tout ou presque – et ce n'était pas la faute de Lew si Patricia Kamin avait eu besoin de secours à l'instant où il passait. Pourtant Ellen était révoltée par la fatalité de la chose, et exaspérée à l'idée que Lew Brady trouverait *toujours* une belle femme à secourir, en la sauvant tantôt d'une vie désespérante, comme Amarda, tantôt d'une agression physique comme Patricia. Les appels au secours continueraient d'arriver, et l'on pouvait dire une chose en faveur de Lew : dans de telles circonstances, il n'était jamais impuissant.

Ma foi, *moi*, il ne m'a jamais sauvée, songea-t-elle en quittant la chambre et en se dirigeant vers le hall, et elle fut étonnée de trouver cette idée très réconfortante. C'était vrai. Elle avait souvent voulu Lew, mais elle n'avait jamais eu besoin de lui, et cela faisait une différence. Il y avait au moins un peu de réconfort dans la pensée que leur relation rompait avec la tradition.

Au fait, à bien réfléchir, c'était *elle* qui était en train de le sauver, *lui*. Prends ça, Lew Brady !

L'employé de nuit fut stupéfait de la revoir.

— Vous sortez encore ? Vous avez besoin de dormir.

— Je suis copilote, lui dit Ellen. Je dormirai demain dans l'avion.

Il eut un rire poli, et elle sortit, se dirigeant de nouveau vers les avions en stationnement.

Cette fois ce fut très dur de garder le pas de promenade. Elle atteignit la piste de roulage, et son vieux copain le garde nerveux passa, et elle lui fit un grand sourire. Il commençait à s'habituer à la voir ; il eut même un sourire vacillant à son adresse. Elle poursuivit son chemin, au pas, les mains dans les poches, humant dans l'air nocturne les parfums du jardin botanique proche, et quand elle atteignit l'avion d'Uganda Skytours il n'y avait personne en vue.

Pauvre Mike. Il savait ce qui se préparait, il savait que les choses allaient mal finir, mais il était enchaîné à son affaire. Les autorités l'auraient à tout instant laissé quitter l'Ouganda avec sa femme, mais pas avec son avion. Il pouvait partir avec son avion, mais pas avec sa femme à bord. Il avait essayé de tout garder, espérant gagner, et à la fin il avait tout perdu, y compris lui-même. Mais comment peut-on apercevoir avec certitude ce moment où votre mode de vie est devenu un naufrage, un navire qu'il faut abandonner ? Les Juifs dans l'Allemagne de Hitler ; les intellectuels dans la Russie de Staline ; les chrétiens dans l'Ouganda d'Amin. La prison la plus sûre, c'est ce que les gens ont choisi d'être.

Ellen détacha les trois amarres et ouvrit l'unique portière du Cessna, du côté gauche. Montant dans le siège de pilotage, laissant la portière ouverte, elle palpa les commandes dans le noir, se réhabituant à un genre d'appareil sur lequel elle n'avait pas volé depuis près de trois ans.

Combien de temps faudrait-il pour faire partir les

moteurs ? Ellen se rappelait les fières déclarations de Mike : « Il est toujours prêt à décoller, le plein fait. » Comme si l'avion était un porte-bonheur, comme si le soin qu'en prenait Mike était une sorte d'offrande aux dieux pour garantir sa sécurité. Cette attitude s'était-elle étendue à un entretien soigneux des moteurs ? Il serait lamentable de se faire coincer là par son copain le garde nerveux, pendant qu'elle actionnerait en vain le démarreur, encore et encore.

Ce serait pire que lamentable. Bien pire.

Est-ce que Lew et sa miquette étaient déjà en place ? (Ellen n'avait pas envie d'être impartiale. D'un autre côté, si Lew était ici, c'était pour de bonnes raisons. Alors qu'il était hors de danger, il était remonté pour chercher vainement Bathar, ne voulant pas revenir vers Balim sans le jeune homme. Pauvre M. Balim. Et pauvre Bathar Balim, d'ailleurs. Et quelle noblesse et quel héroïsme de la part de Lew, Ellen devait l'avouer et ça l'irritait beaucoup.)

Assise là, tripotant les commandes, elle finit par comprendre qu'elle lanternait, qu'elle répugnait à franchir le point de non-retour. Bon. Elle inspira profondément et enfonça son pouce sur le démarreur du moteur de gauche.

Bravo Mike. Le moteur partit aussitôt, et de même celui de droite quelques secondes plus tard. Relâchant le frein des roues, elle s'avança sur la piste de roulage, vira à gauche, et fila vers la piste de décollage nord-sud la plus proche. La brise de cette nuit était légère et capricieuse, mais elle venait surtout du lac, au sud.

Ils étaient censés l'attendre dans les buissons sur la droite, près du grillage. Les moteurs auraient alerté déjà les éventuelles sentinelles du secteur ; elle alluma ses feux d'atterrissage, et dans l'éblouissement blanc elle vit Lew surgir des broussailles et courir sur l'herbe rugueuse, le sac d'Ellen dans la main droite, remorquant de la gauche Patricia Kamin. Ils se tiennent par la main ; n'est-ce pas chou ?

Ils durent traverser la piste en courant devant l'avion pour atteindre la portière. Ellen s'arrêta, passa sur le siège de droite et renversa le dossier du pilote pour qu'ils puissent embarquer. Ils allaient voyager ensemble derrière, ce qui ne plaisait guère à Ellen, mais la seule façon d'avoir Lew à l'avant près d'elle eût été de sortir, de le laisser monter, puis qu'elle remonte, ce qui prendrait trop longtemps.

La femme entra la première, hors d'haleine, haletante, mais souriante.

— Merci.

— Je vous en prie, ce n'est rien, dit Ellen. Je m'occupe de la portière, Lew.

— D'accord. (Il cessa de se convulser pour embarquer et fermer la porte en même temps, laissa la place à Ellen et dégringola dans l'autre emplacement arrière. Ellen remonta le dossier d'un coup sec, se remit aux commandes et accéléra.)

— Ils nous tirent dessus là-bas derrière, déclara Lew d'un ton civil. Je vois les coups de feu.

Pourquoi a-t-il fallu que je rencontre ce type ? Les épaules haussées, Ellen mena l'avion en bout de piste, freina sec, vira sec, et accéléra avant d'être vraiment prête. Les écouteurs accrochés devant elle caquetèrent mais elle les négligea. Jetant un coup d'œil à gauche, elle vit des phares — deux paires de phares — qui fonçaient vers elle sur l'herbe, bondissant sur le sol inégal. Lew se pencha près de sa tête.

— Ils essaient de nous couper la route, Ellen, dit-il d'une voix un peu plus soucieuse.

— Je les vois.

L'avion avait sa propre vitesse, sa propre organisation, sa propre façon de faire les choses. Elle devait seulement rouler droit, accélérer, regarder le tarmac filer sous ses roues, et attendre que l'appareil fût prêt à s'élever.

Une Jeep d'allure britannique filait sur la gauche dans l'herbe, se rapprochant de l'avion selon un angle très aigu, presque parallèle mais pas tout à fait, comme si le conducteur comptait les rejoindre juste avant l'infini. Les vives lueurs brillantes dans la jeep étaient sans doute ce dont Lew avait parlé ; ils nous tirent dessus !

C'était dur de tenir tranquillement le manche, dur de ne pas tirer trop ou trop tôt. Un décollage raté, qui les laisserait retomber sur le sol avec trop peu d'espace devant eux, serait la fin de tout. Il n'y aurait pas de deuxième essai.

D'une voix tremblante, Patricia Kamin dit quelque chose qu'Ellen ne saisit pas. Bien, elle a plus peur que moi.

— Non, répondit Lew. Je pense qu'ils visent les roues. C'est ce que je ferais.

L'avion commença de se soulever. Ses pneus couraient toujours sur le tarmac mais appuyaient moins.

— Allez, chuchota Ellen qui se rappelait comme Mike avait dû faire une longue course pour faire décoller son appareil. Allez, *allez*.

Sans cesser de tourner, les roues de détachèrent du sol. Pivotant paresseusement, elles survolèrent la surface de la piste, comme deux gros beignets noirs, si bas qu'on n'aurait pu glisser un bâton entre elles et le sol. Ellen, tous ses muscles crispés, dans ses bras et son torse et son cou, tira très lentement sur le manche, et l'avion, qui paraissait encore rouler, s'éleva plus haut dans les airs.

La fin de la piste arrivait. La Jeep, ayant perdu la course, vira brutalement pour s'engager sur le béton et continuer la poursuite. L'avion leva le nez comme un cheval ensommeillé qui a fini son picotin ; il parut apercevoir le ciel, s'y intéresser, comprendre enfin. Les ailes étendues, le museau dressé, la queue inclinée, l'appareil franchit furieusement le bout de la piste, survolant les buissons, survolant le rivage boueux, survolant l'eau où étincelaient les reflets du quartier de lune.

Ellen coupa tous les feux, sauf les petites lampes vertes qui éclairaient les commandes. Jamais encore elle n'avait volé dans une telle obscurité. L'altimètre indiquait 300 pieds ; piquant légèrement, elle abattit à gauche avec brusquerie.

— Ellen ? fit Lew. Tu retournes ?

— Je ne peux pas me faire guider par radio. Et ils vont sûrement décoller en vitesse à notre poursuite. Au-dessus du lac, nous serions perdus, alors je vais faire du rase-mottes pour que leur radar ne puisse pas me voir, je vais trouver cette route qui va au Kenya, et je la longerai.

— Ah, c'est bien, dit Lew. C'est formidable.

— Merci.

De nouveau il se penchait, sa main droite sur l'épaule droite d'Ellen, et la voix dégoulinante de sincérité :

— J'apprécie vraiment ce que tu fais, Ellen. Je veux que tu le saches.

Elle haussa les épaules, envoyant balader la main.

— J'en ferais autant pour n'importe qui, dit-elle.

Elle était vraiment très en colère.

75

Charlie attendit que Mguu le fasse, mais Mguu se contenta d'arpenter lourdement les alentours à sa manière habituelle, avec colère et une complète inefficacité. Charlie attendit qu'Isaac commande à quelqu'un de le faire, ou que M. Balim engage quelqu'un pour le faire, mais Isaac passait tout son temps à discuter en vain avec les deux officiels évasifs de Nairobi, tandis que M. Balim demeurait assis sur le siège de parpaings et de planches que Charlie lui avait fait, soupirant et contemplant le lac avec chagrin.

M. Balim était triste à cause de son fils. N'était-ce pas une raison suffisante pour le faire ?

Ce Baron Chase d'Ouganda était un homme très méchant. Il était assis là contre cet arbre mort, souriant, content de lui, mais c'était un homme très méchant qui avait fait beaucoup de choses mauvaises. C'est lui qui avait envoyé le navire pour les assassiner et les voler. Et maintenant il volait encore le café, avec l'aide de ces officiels de Nairobi.

Mais ce n'était pas la raison. La raison, c'est que cet homme, ce Chase, avait pris à M. Balim son fils. Il avait rendu M. Balim malheureux comme aucun vol d'argent ou de puissance n'aurait pu faire. Il avait volé la lumière des yeux de M. Balim. Charlie le voyait, si aucun des autres ne le voyait ; et Charlie aimait M. Balim davantage qu'aucun être humain ; et c'était la raison.

Il se dirigea vers l'endroit où Baron Chase était assis et se pencha vers lui comme pour quémander, dans une posture que Chase aurait plaisir à voir, il le savait.

— Monsieur ? dit-il.

Chase lui jeta un coup d'œil de reconnaissance distraite.

— Oui ?

— Regardez, dit Charlie qui tira de sa manche la longue lame étroite extrêmement aiguisée et pointue, et alors que Chase ouvrait la bouche et que ses mains commençaient de bouger, Charlie inséra la lame entre les côtes de l'homme et l'enfonça à fond, traversant le cœur.

Ce fut pour Chase comme le choc d'une drogue. D'abord le mouvement, le tressaillement, le flash ; ses yeux furent exorbités, les muscles de son cou se contractèrent, ses mains se recourbèrent comme des serres, ses jambes se tendirent d'un coup. Puis la drogue le saisit; ses yeux perdirent leur éclat, sa bouche béa, ses mains reposèrent paisiblement à ses côtés. La drogue était la mort.

Charlie regarda la mort se lever comme une brume et recouvrir Chase jusqu'aux yeux, et puis plus haut. Puis il retira la lame et la glissa de nouveau dans sa manche. Le cœur ne battait pas, il n'y avait donc presque pas de sang. Charlie s'éloigna au pas de promenade dans les ténèbres derrière les projecteurs.

76

Lew aurait souhaité que Patricia ne continue pas à lui tenir la main. Il comprenait qu'elle faisait ça seulement parce qu'elle était effrayée; il était sûr qu'Ellen ne pouvait voir; et dans les circonstances présentes, il ne risquait guère que la chose l'excite; tout de même il aurait mieux aimé qu'elle arrête.

Il souhaitait aussi qu'Ellen surmonte sa fureur. Mais plus que tout au monde il aurait voulu avoir trouvé Bathar. (Puisque le pauvre gars était sans doute mort à présent, ou le serait bientôt, il méritait d'être appelé par son propre nom, plutôt que ce «Balim le Jeune» dépréciateur.)

— Les revoilà, dit Ellen.

— Où? dit Lew tandis que Patricia lui serrait encore plus fort la main.

— À dix heures.

Se penchant, tête basse pour voir au-delà de l'oreille gauche d'Ellen, Lew eut juste le temps de voir les deux chasseurs à réaction traverser le ciel noir de gauche à droite, auréolés de bruit et de feu et de vitesse et de signification. Depuis quinze minutes ces deux-là patinaient dans le ciel de côté et d'autre, comme des mômes qui oublient qu'ils sont en retard pour dîner. D'abord Lew avait escompté qu'ils repéreraient sans problème le Cessna et se contenteraient de l'expédier soudain dans le néant en le mitraillant — la boule de feu brusque, rouge doré, serait belle contre le ciel nocturne, dommage de ne plus être là pour la voir. Mais tandis que les chasseurs continuaient d'aller et venir à toute vitesse, comme des chiens de chasse nerveux qui ont perdu la piste, il se rendit compte qu'ils étaient handicapés par leur vitesse et leur puissance. Un petit Cessna sans feux, ferraillant en rase-mottes juste au sud de l'A109, échappait à leur vue.

Ce qui ne signifiait pas qu'ils n'auraient pas un coup de chance. Ellen faisait de son mieux pour éviter toutes les lumières au sol, mais l'angle de vision des chasseurs changeait constamment; si l'un de ces pilotes regardait juste au bon endroit au bon moment, et s'il voyait un petit objet noir passer entre lui et un lampadaire ou une maison éclairée, il leur tomberait dessus à la seconde.

— J'aimerais qu'ils laissent tomber, dit Ellen comme pour faire écho aux pensées de Lew.

— Ils n'osent pas, dit Patricia. Amin les couperait en rondelles. Ils vont continuer jusqu'à ce qu'ils nous trouvent ou qu'ils soient à court de carburant.

— Je préférerais que vous me mentiez, fit Ellen.

— Je préférerais aussi, répliqua Patricia qui serra la main de Lew (de manière suggestive, ce coup-ci).

Houla. Lew s'était trouvé suffisamment en équilibre instable pour la journée. Gentiment mais fermement, il retira sa main et se tint le coude avec. Patricia lui mit donc la main sur la cuisse.

— Les voyez-vous? fit Ellen.

— Quoi, les chasseurs ? Non.

— Pas de ce côté, dit Patricia.

— Il faut que je traverse la route, expliqua Ellen. Jinja est droit devant, je ne veux pas passer au-dessus du lac, ils nous repéreraient sur l'eau.

— Ils ne sont pas dans le secteur, assura Lew. (Il ne dit pas ce que les deux femmes savaient déjà fort bien : que les chasseurs tendaient à surgir très vite, sans avertissement.)

— Maintenant ou jamais, dit Ellen.

Déjà elle ne volait qu'à une trentaine de mètres d'altitude, et elle abattit brusquement sur sa gauche et descendit plus bas encore. Au passage, Lew aperçut un salon et ses lampes à pétrole à travers une fenêtre sans rideaux, dans une maison du bord de route. L'homme qui lisait un livre sur le canapé leva la tête dans le bruit des moteurs, puis la vision disparut.

Quand il avait traversé Jinja en auto, et puis dans le cercueil, la ville avait paru très sombre ; mais vue du ciel elle était comme un embrasement, surtout si vous tâchiez d'éviter la lumière. Ellen ne cessait d'obliquer de plus en plus loin vers le nord, et puis pour compliquer les choses l'aérodrome de Jinja se trouva droit devant, et elle dut retourner vers l'ouest, vers Kampala, survolant à basse altitude les petits villages, les pistes, de petites lumières isolées.

— Les voilà ! s'écria Patricia en crispant sa main sur la cuisse de Lew. Là-bas sur... Là-bas ! (Elle s'irritait et s'affolait de ne pouvoir dire simplement et vivement où étaient les chasseurs.) À droite ! En haut !

— À trois heures, dit Lew en plongeant pour les observer par la vitre de Patricia. (Se rendant compte qu'il posait sa tête sur ses cuisses, il se redressa aussitôt.)

— Je déteste ça, fit Ellen. (Elle réduisit les gaz et Lew sentit des montagnes russes dans son estomac comme le

Cessna ralentissait et descendait de six ou sept mètres de plus.)

— Ah mon Dieu, dit Patricia qui s'inclina et entoura tranquillement de ses bras Lew et le dossier de Lew. (Il ne put rien faire d'autre que l'enlacer.)

— Quelle est la taille des arbres, par ici, Miss Kamin? dit Ellen.

— Patricia. Appelez-moi Patricia.

— Oui, je... *Où* êtes-vous?

Car bien sûr la voix de Patricia avait résonné juste derrière Ellen, où Lew était censé être assis.

Patricia se cramponna à Lew, jetant un regard circulaire.

— Ils sont partis?

— Oui, dit Ellen, Lew?

— Ici, dit Lew.

— Je suis désolée, dit Patricia en regagnant son coin. Ils me font peur, je n'y peux rien. Pour les arbres, je ne sais pas, mais ils doivent être plus hauts que ça.

— Après Jinja, tout ira bien, déclara Lew. Il n'y a plus de grandes villes avant Tororo, juste sur la frontière.

— J'ai hâte d'y être, commenta Ellen en faisant virer le Cessna vers le nord et puis vers l'est à nouveau.

Patricia adressa à Lew un faible sourire. Son visage était mystérieux dans la lumière verte et réduite du tableau de bord. Sa peau sombre luisait d'un reflet sensuel et métallique, comme si elle était la belle extraterrestre d'un film de science-fiction.

— Je suis désolée. Je me maîtrise, maintenant.

Dans la Toyota, en route vers Entebbe, il lui avait dit ce qu'Ellen et lui étaient l'un pour l'autre; il comprit donc qu'elle n'allait plus faire d'histoires.

— Ça va, assura-t-il. Nous sommes tous un peu tendus.

— Voilà le Nil, dit Ellen.

— Eh bien, détendez-vous, fit Lew en tapotant la main de Patricia. Et écoutez notre guide touristique.

— Ah, la ferme! dit Ellen mais elle semblait un peu moins irritée.

Jinja et ses lumières brillantes s'étendaient sur leur droite. Devant, vers l'est, les ténèbres paraissaient totales, mais il y aurait un tas de lumières pour les saluer au passage.

Pendant quinze minutes, ils avancèrent en bourdonnant vers l'est, laissant Jinja derrière eux, retrouvant l'A109 qui obliquait au nord, survolant des bourgades aux lampes à demi cachées. Leur seul chemin vers la sécurité, comme pour une automobile terrestre, était cette grand-route en contrebas, ce mince ruban. Quiconque irait cette nuit vers le Kenya, par terre ou par air, devait suivre cette route.

Tandis qu'on progressait en ronronnant, sombre dans l'ombre du ciel, Lew expliqua à Patricia comment on désignait en termes de cadran horaire l'endroit où l'on apercevait un autre avion dans le ciel. Et une fois on vit loin au-dessus d'eux les lumières et la postcombustion d'un quadriréacteur qui survolait la planète et filait vers le nord; mais quant aux deux chasseurs aperçus tandis qu'Ellen contournait l'aéroport de Jinja, ce fut leur dernière apparition. Lew finit par exprimer une pensée qu'il avait depuis cinq minutes:

— Peut-être que leur secteur de recherches ne va pas au-delà de Jinja, vers l'est.

— C'est ce que j'étais en train de penser, fit Ellen. J'avais peur de le dire.

— J'avais peur aussi. On va voir si je nous ai porté malheur.

Mais cinq minutes encore s'écoulèrent sans ramener les chasseurs à réaction, et enfin l'on commença tous à se détendre et à croire qu'on allait s'en tirer. On avait passé Iganga, passé Bugiri, à plus de cent cinquante kilomètres d'Entebbe, à moins de soixante-dix de la frontière du Kenya. De plus en plus convaincue qu'ils étaient seuls dans cette partie du ciel, Ellen volait bien plus près de la grand-route, mince ruban de pâleur sans lumières sur le torse noir de la terre. Une voiture isolée apparut là-bas, roulant plus de deux fois moins vite qu'eux (ils allaient à près de deux cents kilomètres à l'heure).

— On dirait les mêmes éclairs de lumière, dit Patricia.

Lew était à moitié endormi après sa rude journée. Il se dressa en clignant des yeux.

— Hein ?

— Les éclairs de lumière, quand ils nous tiraient dessus à l'aéroport, expliqua Patricia. On dirait la même chose. Qu'est-ce que ça peut être ?

Par sa vitre, elle désignait la route en contrebas. Le bras contre la poitrine d'Ellen, il se pencha, regarda, et ne vit d'abord qu'une voiture, une Peugeot, qui fonçait comme eux vers l'est. Le Cessna l'avait déjà dépassée et s'éloignait. Mais soudain il vit les éclairs aux fenêtres.

— C'est des coups de feu, voilà ce que c'est.

Mais sur quoi tiraient-ils ? En avant de la Peugeot, visible dans les phares de la voiture qui le rattrapait régulièrement, il y avait quelqu'un sur un petit cyclomoteur, une silhouette étroite penchée sur le guidon, près d'être abattue ou écrasée, car cette moto ou ce cyclo était plus lent que...

Un cyclo ! Lew écarquilla les yeux.

— C'est Bathar !

— Hein ? (Ellen baissa son aile droite pour mieux voir, ce qui flanqua Lew plus profondément dans le giron de Patricia.) Bon Dieu ! cria Ellen. Ils vont le tuer !

— Seigneur ! Bathar ! (Lew quitta les cuisses de Patricia en se cramponnant au dossier d'Ellen.) J'avais complètement oublié ce foutu cyclo !

Ellen virait sec vers la gauche, s'éloignant de la route.

— Lew, tu as une arme ?

— Bien sûr.

— Le rabat de la fenêtre, là, près de mon coude. Ça s'ouvre. Mais attends que j'aie réduit les gaz.

Après son virage à gauche, Ellen enchaîna sur une longue courbe vers la droite, qui la ramena au-dessus de la route, en sens inverse, le cyclo et la Peugeot droit devant, fonçant vers eux. Elle réduisit les gaz et descendit, les roues à moins de dix mètres de la chaussée. Lew, passant le bras par l'abattant de la vitre, tira trois coups de feu comme ils croisaient la voiture, mais en vain.

— Ça ne va pas, dit-il. Je ne vois rien, je ne peux pas viser. Vole parallèlement à eux, que je leur envoie une bordée.

— Ils se sont arrêtés, dit Patricia qui regardait derrière.

En effet, ils avaient apparemment été stupéfaits de la brusque apparition d'un avion qui leur tirait dessus. Mais tandis qu'Ellen faisait demi-tour pour une nouvelle attaque, ils redémarrèrent sur les chapeaux de roues.

— Très bien, dit Ellen. Plus ils iront vite, plus il sera facile de rester à leur hauteur.

On attaqua sur la droite de la voiture, volant très bas, Ellen ralentissant jusqu'aux cent trente kilomètres à l'heure de l'auto. Cette fois elle calait le rabat en position ouverte avec son coude tandis que Lew, accroupi derrière le siège de pilotage, tenait son revolver à deux mains, stabilisant ses phalanges contre l'intérieur de la portière juste au-dessous de la fenêtre, le canon dépassant par l'ouverture. Le conducteur de la voiture était de ce côté, clairement visible, observant l'avion avec horreur, ses yeux comme d'énormes ronds blancs dans son visage sombre, pareil à une cible-jouet. Du siège arrière droit, un passager tirait avec affolement dans la direction générale de l'avion.

Le premier coup de Lew se perdit, mais le deuxième fit disparaître la cible humaine, comme à la foire. La voiture embarqua et dérapa, tourna soudain à droite, bascula sur le flanc, fit deux tonneaux, et retomba sur ses roues avec une violence fracassante. Elle fumait. Ellen reprit de l'altitude, et en se retournant Lew vit les premières flammes et deux hommes qui s'échappaient en titubant sur la chaussée.

Vers l'avant, Bathar et le cyclo continuaient de foncer, le jeune homme ne se retournait ni ne ralentissait.

— Qui est-ce? demanda Patricia tandis qu'Ellen accélérait pour doubler le fuyard.

— Un ami à nous. Le fils de mon employeur. Nous le croyions mort.

— Il l'était presque.

Ils survolèrent Bathar qui fonçait, puis Ellen fit descendre le Cessna pour atterrir sur la route, de façon très cahotante et effrayante, la queue zigzaguant sans cesse. Quand on fut arrêté, Ellen ouvrit la portière, se pencha et regarda vers l'arrière.

— Où est-il? dit-elle.

Lew se contorsionna pour se faufiler le long du siège d'Ellen et passer la tête par la portière. Derrière eux la route était sombre et vide.

— Il se cache, dit Lew. Il se cache *de nous*. Attends, je vais descendre et aller le chercher.

— On ne peut pas rester ici éternellement, fit remarquer Ellen en descendant pour laisser passer Lew. Tôt ou tard, il va passer des véhicules.

— Oui m'dame. (Lew fit quelques pas derrière l'avion, mit ses mains en porte-voix et hurla:) *Bathar!*

Pas de réponse. Il hurla de nouveau, puis marmonna quelque chose et s'avança au trot sur la chaussée. Il compta cinquante enjambées, puis s'arrêta et brailla:

— *Nom de Dieu*, BATHAR!

— Hein? fit une voix lointaine et incrédule.

— Bathar, c'est Lew! Arrive!

Une ombre se détacha des ténèbres qui bordaient la route, à quelque distance.

— Lew? C'est vraiment vous?

— Mais non, je mens. *Amène-toi*, Bathar! (Lew fit un grand geste d'appel, puis se détourna et trotta vers l'avion.)

Derrière lui retentit le crachotement nasillard du cyclo. Le bruit approcha rapidement, dépassa Lew qui courait, et quand celui-ci rejoignit l'avion, Bathar était descendu de son engin et étreignait Ellen avec beaucoup d'énergie.

— Eh là! dites donc! fit Lew.

Bathar, souriant d'une oreille à l'autre, lâcha Ellen, puis aussitôt l'empoigna encore et embrassa sa bouche souriante. Ensuite il la lâcha pour de bon, se retourna et serra à deux mains la main de Lew, avec enthousiasme.

— Je n'arrive pas à y croire, Lew, j'ai cru que j'étais un bougnoule mort, j'ai vraiment cru ça, je l'ai vraiment cru.

— Montons *dans l'avion*, dit Ellen.

— Ouais, fit Lew qui s'avança, mais Ellen l'arrêta de la main.

— Ah non, dit-elle fermement. Tu montes à l'avant avec moi.

— Oh, oui, bien sûr.

— Montez, Bathar, posez le pied là, et puis là.

— Très bien. (Bathar se hissa, disparut dans l'avion.) Eh bien, tiens, bonjour, l'entendit-on dire.

— Bonjour à vous. (Dans la voix de Patricia, on entendait clairement son sourire.)

Lew monta ensuite, se démenant pour gagner le siège avant droit, puis Ellen s'installa et commença aussitôt de faire rouler l'avion sur la route pleine de nids-de-poule.

— Nom d'un petit bonhomme, voilà une voiture, dit Lew en voyant des phares apparaître dans un virage lointain.

— J'espère qu'il aura assez de bon sens pour s'écarter.

Ellen alluma les feux d'atterrissage du Cessna pour que l'arrivant sache au moins ce qu'il avait en face de lui.

Ce n'était pas un conducteur très malin. Il commença par faire des appels de phares; impossible de savoir s'il demandait à l'avion de céder le passage ou s'il protestait contre l'éblouissement du projecteur avant. Et puis il continua d'approcher, interminablement. À l'arrière, Bathar et Patricia n'y faisaient pas attention; ils étaient très occupés à se présenter l'un à l'autre.

— Ellen, dit Lew, et s'il ne s'arrête pas?

— Devine, dit Ellen.

Mais l'ahuri s'arrêta finalement, et en fait il vira et sortit de la route, ce qui était aussi bien, car le Cessna avait encore besoin d'une certaine longueur avant de pouvoir s'élever péniblement. Le bas-côté plongeait, et c'était une bonne chose aussi: l'aile gauche du Cessna faucha l'air juste au-dessus du toit de l'auto et son conducteur les regarda d'un air stupide et béat. Peu après on décolla enfin, et Ellen éteignit tous les feux. Alors Bathar leur conta son histoire.

— J'essayais d'atteindre la frontière, mais il fallait que je me cache chaque fois qu'une voiture arrivait. J'étais encore groggy et une fois, pendant que j'étais caché, je me suis endormi. Puis je me suis réveillé et je suis reparti, et des gens sont sortis d'un petit hôtel près de la route et m'ont vu et m'ont poursuivi. Parce que je suis un Asiate, j'imagine.

Lew pivota pour lui adresser un sourire en coin:

— Bref, est-ce que tu t'es amusé?

— Je crois que oui, vraiment, dans la mesure où j'ai survécu.

— Et tu vas partir pour Londres, maintenant?

— Oh, absolument. Dans tous les mauvais moments, je me disais sans arrêt : «Londres est au bout de tout ça.»

— Vous allez à Londres ? fit Patricia.

— Oh oui.

— Je pense que je pourrais retourner là-bas, moi aussi. J'ai des cousins à Fulham.

— Un quartier charmant, Fulham, avança Bathar. Près de Chelsea et tout. J'ai habité à Bayswater avec les autres bougnoules, mais ça ne m'a pas beaucoup plu.

— Mes cousins pourraient vous loger, proposa Patricia, jusqu'à ce que vous trouviez quelque chose.

— Ah, eh bien, merci. Est-ce qu'ils vous logeront aussi ?

— Oh oui, dit-elle. Jusqu'à ce que je trouve quelque chose.

La conversation se poursuivit à l'arrière, Patricia et Bathar ne dissimulant pas leur plaisir de se rencontrer. À l'avant, Ellen pilotait en silence. Déboutonnant sa chemise, Lew en tira le long fanion triangulaire, vert sombre avec des chiffres orangés, qu'il avait transporté contre son torse. *16.*

Ellen le regarda.

— Qu'est-ce que c'est que ça ?

— Mon drapeau. Mon guidon, mon étendard, mon fanion. Il faudra que je lui trouve une nouvelle hampe.

— Ça sert à quoi ?

— Ça vient du terrain de golf où Patricia avait ses ennuis.

— Alors c'est un souvenir.

— Eh bien, non, pas exactement. (Il leva le drapeau et l'examina à la faible lueur du tableau de bord.) D'abord, en le voyant, j'ai pensé que c'était une bonne plaisanterie. C'est pourquoi je l'ai pris. Mais maintenant je crois que c'est *vraiment* mon emblème.

— Parce que tu auras toujours seize ans ?

— Possible, dit-il en souriant à Ellen. Mais pour une autre raison aussi. J'ai été dans tant d'armées, je me suis battu si souvent sous tant de drapeaux différents. Cette fois il n'y avait pas de drapeau du tout, il n'y avait pas de nobles idéaux, il n'y avait même pas de cause à faire triompher, à part l'argent. Mais je crois que j'ai davantage fait le bien aujourd'hui, davantage de bien réel, que jamais auparavant dans mon existence. (Il agita le drapeau.) Je vais garder ça pour me rappeler qu'il ne faut pas se mettre à prendre trop au sérieux les drapeaux des autres.

— Tu veux dire que tu ne t'engageras plus comme mercenaire ?

— Je ne sais pas. Je ne suis pas certain de pouvoir faire autre chose. (Il haussa les épaules.) Devenir adulte, peut-être, mais j'aimerais mieux pas. Il faudra que j'y réfléchisse. Et toi ? Tu retournes toujours aux États-Unis ?

Elle poussa un petit soupir et secoua la tête, comme si elle contenait une vieille irritation.

— Oh, je ne crois pas, dit-elle. Tu te fourres dans trop d'embêtements quand je ne suis pas là. Et puis j'aimerais voir quel genre de chevalier tu vas être, à suivre ce drapeau.

Lew sourit et tendit la main pour lui toucher l'épaule.

— Je vais être bien, dit-il.

— Ouais, dit-elle.

ÉPILOGUE

Idi Amin dormait, et il rêva. Il rêva qu'il chevauchait un nuage blanc au-dessus du lac Victoria, et que le lac bouillonnait. Tout le lac s'était changé en café, en café brûlant et fumant, et sur la surface de ce lac de café dansaient les têtes coupées de tous ses ennemis. Des centaines de têtes, des milliers, des millions de têtes qui flottaient et dansaient sur ce grand lac de café, jusqu'à l'horizon dans toutes les directions, et la vapeur montait devant les narines mortes et les yeux que des agrafes forçaient à demeurer ouverts.

C'était un bon rêve, très plaisant et encourageant. Dans son rêve, sur le nuage, planant au-dessus d'eux tous, Idi Amin sourit.

NOTE DE L'AUTEUR

Idi Amin est malheureusement un personnage réel. De même ses commensaux (le major Farouk Minawa, le colonel Kadhafi) et ses victimes (Mrs Dora Bloch, l'archevêque Janani Luwum).

L'Afrique est réelle, à sa manière. L'Ouganda est réel. Le chemin de fer, la ville de Jinja, le bâtiment du State Research Bureau, tous les décors sont réels.

Sont réels l'échec de la récolte de café brésilien en 1977 et la hausse qui s'ensuivit sur le marché mondial. Ainsi que la traditionnelle habitude de sortir d'Ouganda du café de contrebande, qui connut son apogée frénétique en 1977.

Voilà pour la réalité.

L'opération de vol et de contrebande décrite dans le présent livre est imaginaire – quoique des événements comparables aient eu lieu. Absolument tous les personnages liés à cette opération sont imaginaires, et n'ont pas de modèles précis dans le monde réel.

Rivages / noir

Joan Aiken	*Mort un dimanche de pluie* (n° 11)
André Allemand	*Au cœur de l'île rouge* (n° 329)
	Un crime en Algérie (n° 384)
R. E. Alter	*Attractions : Meurtres* (n° 72)
Claude Amoz	*L'Ancien Crime* (n° 321)
	Bois-Brûlé (n° 423)
J. -B. Baronian	*Le Tueur fou* (n° 202)
Cesare Battisti	*Dernières Cartouches* (n° 354)
	Terres brûlées (n° 477)
William Bayer	*Labyrinthe de miroirs* (n° 281)
Marc Behm	*La Reine de la nuit* (n° 135)
	Trouille (n° 163)
	À côté de la plaque (n° 188)
	Et ne cherche pas à savoir (n° 235)
	Crabe (n° 275)
	Tout un roman ! (n° 327)
Marc Behm/Paco Ignacio Taibo II	
	Hurler à la lune (n° 457)
T. Benacquista	*Les Morsures de l'aube* (n° 143)
	La Machine à broyer les petites filles (n° 169)
Bruce Benderson	*Toxico* (n° 306)
A.-H. Benotman	*Les Forcenés* (n° 362)
Stéphanie Benson	*Un meurtre de corbeaux* (n° 326)
	Le Dossier Lazare (n° 390)
Pieke Biermann	*Potsdamer Platz* (n° 131)
	Violetta (n° 160)
	Battements de cœur (n° 248)
James C. Blake	*L'Homme aux pistolets* (n° 432)
Michael Blodgett	*Captain Blood* (n° 185)
Michel Boujut	*Souffler n'est pas jouer* (n° 349)
Daniel Brajkovic	*Chiens féroces* (n° 307)
Wolfgang Brenner	*Welcome Ossi !* (n° 308)
Paul Buck	*Les Tueurs de la lune de miel* (n° 175)

Yves Buin	*Kapitza* (n° 320)
	Borggi (n° 373)
Edward Bunker	*Aucune bête aussi féroce* (n° 127)
	La Bête contre les murs (n° 174)
	La Bête au ventre (n° 225)
	Les Hommes de proie (n° 344)
James Lee Burke	*Prisonniers du ciel* (n° 132)
	Black Cherry Blues (n° 159)
	Une saison pour la peur (n° 238)
	Le Bagnard (n° 272)
	Une tache sur l'éternité (n° 293)
	Dans la brume électrique avec les morts confédérés (n° 314)
	La Pluie de néon (n° 339)
	Dixie City (n° 371)
	Le Brasier de l'ange (n° 420)
	La Rose du Cimarron (n° 461)
	Cadillac Juke-box (n° 462)
W. R. Burnett	*Romelle* (n° 36)
	King Cole (n° 56)
	Fin de parcours (n° 60)
J.-J. Busino	*Un café, une cigarette* (n° 172)
	Dieu a tort (n° 236)
	Le Bal des capons (n° 278)
	La Dette du diable (n° 311)
	Le Théorème de l'autre (n° 358)
Daniel Chavarría	*Adios muchachos* (n° 123)
	Un thé en Amazonie (n° 302)
	L'Œil de Cybèle (n° 378)
D.Chavarría/J.Vasco	*Boomerang* (n° 322)
George Chesbro	*Une affaire de sorciers* (n° 95)
	L'Ombre d'un homme brisé (n° 147)
	Bone (n° 164)
	La Cité où les pierres murmurent (n° 184)
	Les Cantiques de l'Archange (n° 251)
	Les Bêtes du Walhalla (n° 252)
	L'Odeur froide de la pierre sacrée (n° 291)
	Le Second Cavalier de l'Apocalypse (n° 336)
	Le Langage des cannibales (n° 368)

Samuel Fuller	*L'Inexorable Enquête* (n° 190)
	La Grande Mêlée (n° 230)
Barry Gifford	*Port Tropique* (n° 68)
	Sailor et Lula (n° 107)
	Perdita Durango (n° 140)
	Jour de chance pour Sailor (n° 210)
	Rude journée pour l'Homme Léopard (n° 253)
	La Légende de Marble Lesson (n° 387)
A. Gimenez Bartlett	*Rites de mort* (n° 352)
	Le Jour des chiens (n° 421)
	Les Messagers de la nuit (n° 458)
David Goodis	*La Blonde au coin de la rue* (n° 9)
	Beauté bleue (n° 37)
	Rue Barbare (n° 66)
	Retour à la vie (n° 67)
	Obsession (n° 75)
James Grady	*Le Fleuve des ténèbres* (n° 180)
	Tonnerre (n° 254)
	Steeltown (n° 353)
	Comme une flamme blanche (n° 445)
R. H. Greenan	*Sombres Crapules* (n° 138)
	La Vie secrète d'Algernon Pendleton (n° 156)
	C'est arrivé à Boston ? (n° 205)
	La Nuit du jugement dernier (n° 237)
	Un cœur en or massif (n° 262)
Salah Guemriche	*L'Homme de la première phrase* (n° 357)
Wolf Haas	*Vienne la mort* (n° 417)
Joseph Hansen	*Par qui la mort arrive* (n° 4)
	Le petit chien riait (n° 44)
	Un pied dans la tombe (n° 49)
	Obédience (n° 70)
	Le Noyé d'Arena Blanca (n° 76)
	Pente douce (n° 79)
	Le Garçon enterré ce matin (n° 104)
	Un pays de vieux (n° 155)
	Le Livre de Bohannon (n° 214)
	En haut des marches (n° 342)
John Harvey	*Cœurs solitaires* (n° 144)
	Les Étrangers dans la maison (n° 201)
	Scalpel (n° 228)

	Off Minor (n° 261)
	Les Années perdues (n° 299)
	Lumière froide (n° 337)
	Preuve vivante (n° 360)
	Proie facile (n° 409)
	Eau dormante (n° 479)
Vicki Hendricks	*Miami Purity* (n° 304)
George V. Higgins	*Les Copains d'Eddie Coyle* (n° 114)
	Le Contrat Mandeville (n° 191)
	Le Rat en flammes (n° 243)
	Paris risqués (n° 287)
Tony Hillerman	*Là où dansent les morts* (n° 6)
	Le Vent sombre (n° 16)
	La Voie du fantôme (n° 35)
	Femme-qui-écoute (n° 61)
	Porteurs-de-peau (n° 96)
	La Voie de l'Ennemi (n° 98)
	Le Voleur de temps (n° 110)
	La Mouche sur le mur (n° 113)
	Dieu-qui-parle (n° 122)
	Coyote attend (n° 134)
	Le Grand Vol de la banque de Taos (n° 145)
	Les Clowns sacrés (n° 244)
	Moon (n° 292)
	Un homme est tombé (n° 350)
	Le Premier Aigle (n° 404)
	Blaireau se cache (n° 442)
Chester Himes	*Qu'on lui jette la première pierre* (n° 88)
Dolores Hitchens	*La Victime expiatoire* (n° 89)
Craig Holden	*Les Quatre Coins de la nuit* (n° 447)
Geoffrey Homes	*Pendez-moi haut et court* (n° 93)
	La Rue de la femme qui pleure (n° 94)
D. B. Hughes	*Et tournent les chevaux de bois* (n° 189)
	Chute libre (n° 211)
William Irish	*Manhattan Love Song* (n° 15)
	Valse dans les ténèbres (n° 50)

Eugene Izzi	*Chicago en flammes* (n° 441)
	Le Criminaliste (n° 456)
Bill James	*Retour après la nuit* (n° 310)
	Lolita Man (n° 355)
	Raid sur la ville (n° 440)
	Le Cortège du souvenir (n° 472)
Stuart Kaminsky	*Il est minuit, Charlie Chaplin* (n° 451)
Thomas Kelly	*Le Ventre de New York* (n° 396)
W.Kotzwinkle	*Midnight Examiner* (n° 118)
	Le Jeu des Trente (n° 301)
	Book of Love (n° 332)
Jake Lamar	*Le Caméléon noir* (n° 460)
Terrill Lankford	*Shooters* (n° 372)
Michael Larsen	*Incertitude* (n° 397)
	Le Serpent de Sydney (n° 455)
Jonathan Latimer	*Gardénia rouge* (n° 3)
	Noir comme un souvenir (n° 20)
Michel Lebrun	*Autoroute* (n° 165)
	Le Géant (n° 245)
Cornelius Lehane	*Prends garde au buveur solitaire* (n° 431)
Dennis Lehane	*Un dernier verre avant la guerre* (n° 380)
	Ténèbres, prenez-moi la main (n° 424)
	Sacré (n° 466)
Ernest Lehman	*Le Grand Chantage* (n° 484)
C. Lehmann	*Un monde sans crime* (n° 316)
	La Folie Kennaway (n° 406)
	Une question de confiance (n° 446)
	La Tribu (n° 463)
Elmore Leonard	*Zig Zag Movie* (n° 220)
	Maximum Bob (n° 234)
	Punch Créole (n° 294)
	Pronto (n° 367)
	Les Chasseurs de primes (n° 391)
	Beyrouth Miami (n° 412)
	Loin des yeux (n° 436)
	Le Zoulou de l'Ouest (n° 437)

	Viva Cuba Libre ! (n° 474)
	La Loi à Randado (n° 475)
Bob Leuci	*Captain Butterfly* (n° 149)
	Odessa Beach (n° 290)
	L'Indic (n° 485)
Ted Lewis	*Get Carter* (n° 119)
	Sévices (n° 152)
	Jack Carter et la loi (n° 232)
	Plender (n° 258)
	Billy Rags (n° 426)
Richard Lortz	*Les Enfants de Dracula* (n° 146)
	Deuil après deuil (n° 182)
	L'Amour mort ou vif (n° 206)
J. D. Mac Donald	*Réponse mortelle* (n° 21)
	Un temps pour mourir (n° 29)
	Un cadavre dans ses rêves (n° 45)
	Le Combat pour l'île (n° 51)
	L'Héritage de la haine (n° 74)
J.-P. Manchette	*La Princesse du sang* (n° 324)
D. Manotti	*À nos chevaux !* (n° 330)
	Kop (n° 383)
	Nos fantastiques années fric (n° 483)
Thierry Marignac	*Fuyards* (n° 482)
John P. Marquand	*Merci Mr Moto* (n° 7)
	Bien joué, Mr Moto (n° 8)
	Mr Moto est désolé (n° 18)
	Rira bien, Mr Moto (n° 87)
R. Matheson	*Échos* (n° 217)
Ed McBain	*Leçons de conduite* (n° 413)
Helen McCloy	*La Somnambule* (n° 105)
W. McIlvanney	*Les Papiers de Tony Veitch* (n° 23)
	Laidlaw (n° 24)
	Big Man (n° 90)
	Étranges Loyautés (n° 139)
Marc Menonville	*Jeux de paumes* (n° 222)
	Walkyrie vendredi (n° 250)
	Dies Irae en rouge (n° 279)

Ronald Munson	*Courrier de fan* (n° 226)
Tobie Nathan	*Saraka bô* (n° 186)
	Dieu-Dope (n° 271)
Jim Nisbet	*Les damnés ne meurent jamais* (n° 84)
	Injection mortelle (n° 103)
	Le Démon dans ma tête (n° 137)
	Le Chien d'Ulysse (n° 161)
	Sous le signe du rasoir (n° 273)
	Prélude à un cri (n° 399)
K. Nishimura	*Petits crimes japonais* (n° 218)
Jack O'Connell	*B.P. 9* (n° 209)
	Porno Palace (n° 376)
	Et le verbe s'est fait chair (n° 454)
Liam O'Flaherty	*L'Assassin* (n° 247)
Renato Olivieri	*L'Affaire Kodra* (n° 402)
	Fichu 15 août (n° 443)
J.-H. Oppel	*Brocéliande-sur-Marne* (n° 183)
	Ambernave (n° 204)
	Six-Pack (n° 246)
	Ténèbre (n° 285)
	Cartago (n° 346)
	Chaton : Trilogie (n° 418)
Abigail Padgett	*L'Enfant du silence* (n° 207)
	Le Visage de paille (n° 265)
	Oiseau de Lune (n° 334)
	Poupées brisées (n° 435)
Hugues Pagan	*Les Eaux mortes* (n° 17)
	La Mort dans une voiture solitaire (n° 133)
	L'Étage des morts (n° 179)
	Boulevard des allongés (n° 216)
	Last Affair (n° 270)
	L'Eau du bocal (n° 295)
	Vaines Recherches (n° 338)
	Dernière Station avant l'autoroute (n° 356)
	Tarif de groupe (n° 401)
	Je suis un soir d'été (n° 453)
Pierre Pelot	*Natural Killer* (n° 343)
	Le Méchant qui danse (n° 370)
	Si loin de Caïn (n° 430)
	Les Chiens qui traversent la nuit (n° 459)

Anne Perry	*Un plat qui se mange froid* (n° 425)
A. G. Pinketts	*Le Sens de la formule* (n° 288)
	Le Vice de l'agneau (n° 408)
Bill Pronzini	*Hidden Valley* (n° 48)
B. Pronzini/B. N. Malzberg	
	La nuit hurle (n° 78)
Michel Quint	*Billard à l'étage* (n° 162)
	La Belle Ombre (n° 215)
	Le Bélier noir (n° 263)
	L'Éternité sans faute (n° 359)
	À l'encre rouge (n° 427)
Hugh Rae	*Skinner* (n° 407)
Diana Ramsay	*Approche des ténèbres* (n° 25)
	Est-ce un meurtre ? (n° 38)
John Ridley	*Ici commence l'enfer* (n° 405)
Louis Sanders	*Février* (n° 315)
	Comme des hommes (n° 366)
	Passe-temps pour les âmes ignobles (n° 449)
G. Scerbanenco	*Le sable ne se souvient pas* (n° 464)
Budd Schulberg	*Sur les quais* (n° 335)
Philippe Setbon	*Fou-de-coudre* (n° 187)
	Desolata (n° 219)
Roger Simon	*Le Clown blanc* (n° 71)
	Génération Armageddon (n° 199)
	La Côte perdue (n° 305)
Pierre Siniac	*Les mal lunés* (n° 208)
	Sous l'aile noire des rapaces (n° 223)
	Démago Story (n° 242)
	Le Tourbillon (n° 256)
	Femmes blafardes (n° 274)
	L'Orchestre d'acier (n° 303)
	Luj Inferman' et La Cloducque (n° 325)
	De l'horrifique chez les tarés (n° 364)
	Bon cauchemar les petits... (n° 389)
	Ferdinaud Céline (n° 419)
	Carton blême (n° 467)

Neville Smith	*Gumshoe* (n° 377)
Les Standiford	*Pandémonium* (n° 136)
	Johnny Deal (n° 259)
	Johnny Deal dans la tourmente (n° 328)
	Une rose pour Johnny Deal (n° 345)
Richard Stark	*La Demoiselle* (n° 41)
	La Dame (n° 170)
	Comeback (n° 415)
Richard Stratton	*L'Idole des camés* (n° 257)
Vidar Svensson	*Retour à L.A.* (n° 181)
Paco I. Taibo II	*Ombre de l'ombre* (n° 124)
	La Vie même (n° 142)
	Cosa fácil (n° 173)
	Quelques nuages (n° 198)
	À quatre mains (n° 227)
	Pas de fin heureuse (n° 268)
	Même ville sous la pluie (n° 297)
	La Bicyclette de Léonard (n° 298)
	Jours de combat (n° 361)
	Rêves de frontière (n° 438)
	Le Trésor fantôme (n° 465)
Ross Thomas	*Les Faisans des îles* (n° 125)
	La Quatrième Durango (n° 171)
	Crépuscule chez Mac (n° 276)
	Traîtrise ! (n° 317)
	Voodoo, Ltd (n° 318)
Brian Thompson	*L'Échelle des anges* (n° 395)
Jim Thompson	*Liberté sous condition* (n° 1)
	Un nid de crotales (n° 12)
	Sang mêlé (n° 22)
	Nuit de fureur (n° 32)
	À deux pas du ciel (n° 39)
	Rage noire (n° 47)
	La mort viendra, petite (n° 52)
	Les Alcooliques (n° 55)
	Les Arnaqueurs (n° 58)
	Vaurien (n° 63)
	Une combine en or (n° 77)

Le Texas par la queue (n° 83)
Écrits perdus (1929-1967) (n° 158)
Le Criminel (n° 167)
Après nous le grabuge (Écrits perdus,
(1968-1977) (n° 177)
Hallali (n° 195)
L'Homme de fer (n° 196)
Ici et maintenant (n° 229)
Avant l'orage (n° 300)

Masako Togawa   *Le Baiser de feu* (n° 91)

Nick Tosches   *Dino* (n° 478)

Suso De Toro   *Land Rover* (n° 386)

Armitage Trail   *Scarface* (n° 126)

Marc Villard   *Démons ordinaires* (n° 130)
La Vie d'artiste (n° 150)
Dans les rayons de la mort (n° 178)
Rouge est ma couleur (n° 239)
Cœur sombre (n° 283)
Du béton dans la tête (n° 284)
Made in Taïwan (n° 333)
Personne n'en sortira vivant (n° 470)
La Guitare de Bo Diddley (n° 471)

John Wessel   *Le Point limite* (n° 428)

Donald Westlake   *Drôles de frères* (n° 19)
Levine (n° 26)
Un jumeau singulier (n° 168)
Ordo (n° 221)
Aztèques dansants (n° 266)
Kahawa (n° 277)
Faites-moi confiance (n° 309)
Trop humains (n° 340)
Histoire d'os (n° 347)
Le Couperet (n° 375)
Smoke (n° 400)
361 (n° 414)
Moi, mentir ? (n° 422)

J. Van De Wetering *Comme un rat mort* (n° 5)
Sale Temps (n° 30)
L'Autre Fils de Dieu (n° 33)
Le Babouin blond (n° 34)

	Inspecteur Saito (n° 42)
	Le Massacre du Maine (n° 43)
	Un vautour dans la ville (n° 53)
	Mort d'un colporteur (n° 59)
	Le Chat du sergent (n° 69)
	Cash-cash millions (n° 81)
	Le Chasseur de papillons (n° 101)
	Retour au Maine (n° 286)
	Le Papou d'Amsterdam (n° 313)
	Maria de Curaçao (n° 331)
	L'Ange au regard vide (n° 410)
	Mangrove Mama (n° 452)
Harry Whittington	*Des feux qui détruisent* (n° 13)
	Le diable a des ailes (n° 28)
Charles Willeford	*Une fille facile* (n° 86)
	Hérésie (n° 99)
	Miami Blues (n° 115)
	Une seconde chance pour les morts (n° 123)
	Dérapages (n° 192)
	Ainsi va la mort (n° 213)
	Les Grands Prêtres de Californie (n° 365)
	La Messe noire du frère Springer (n° 392)
	L'Île flottante infestée de requins (n° 393)
Charles Williams	*La Fille des collines* (n° 2)
	Go Home, Stranger (n° 73)
	Et la mer profonde et bleue (n° 82)
John Williams	*Gueule de bois* (n° 444)
Timothy Williams	*Le Montreur d'ombres* (n° 157)
	Persona non grata (n° 203)
Colin Wilson	*Le Tueur* (n° 398)
	L'Assassin aux deux visages (n° 450)
Daniel Woodrell	*Sous la lumière cruelle* (n° 117)
	Battement d'aile (n° 121)
	Les Ombres du passé (n° 194)
	Faites-nous la bise (n° 296)
	La Fille aux cheveux rouge tomate (n° 381)
	La Mort du petit cœur (n° 433)
	Chevauchée avec le diable (n° 434)

Imprimé en France
Achevé d'imprimer en juillet 2003
sur les presses de l'Imprimerie Maury-Eurolivres
45300 Manchecourt
pour le compte
des Éditions Payot & Rivages
106, bd Saint-Germain - 75006 Paris

3e édition

Dépôt légal : septembre 1997
No d'imprimeur : 20655